देवकीनन्दन खत्री

देवकीनन्दन खत्री का जन्म 18 जून, 1861 को मुजफ्फरपुर, बिहार (ननिहाल) में हुआ था। हिन्दी और संस्कृत की प्रारम्भिक शिक्षा ननिहाल में ही हुई। फारसी से स्वाभाविक लगाव था लेकिन पिता की अनिच्छावश शुरू में उसे नहीं पढ़ सके। इसके बाद 18 वर्ष की अवस्था में, जब गया स्थित टिकरी राज्य से सम्बद्ध अपने पिता के व्यवसाय में स्वतंत्र रूप से हाथ बँटाने लगे तब फारसी और अंग्रेजी का भी अध्ययन किया। सितम्बर 1898 में लहरी प्रेस की स्थापना की। 'सुदर्शन' नामक मासिक पत्र भी निकाला। 'चन्द्रकान्ता' और 'चन्द्रकान्ता सन्तति' (छह भाग) के अतिरिक्त उनकी अन्य रचनाएँ हैं—'नरेन्द्र मोहिनी', 'कुसुमकुमारी', 'वीरेन्द्र वीर या कटोरा-भर खून', 'काजर की कोठरी', 'गुप्त गोदना' तथा 'भूतनाथ' (प्रथम छह भाग)।

1 अगस्त, 1931 को उनका निधन हुआ।

चन्द्रकान्ता सन्तति

5

देवकीनन्दन खत्री

राधाकृष्ण पेपरबैक्स

पहला संस्करण 1894 में प्रकाशित

राधाकृष्ण पेपरबैक्स में
पहला संस्करण : 2012
तीसरा संस्करण : 2025

राधाकृष्ण पेपरबैक्स : उत्कृष्ट साहित्य के जनसुलभ संस्करण

राधाकृष्ण प्रकाशन प्राइवेट लिमिटेड
जी-17, जगतपुरी, दिल्ली-110 051
द्वारा प्रकाशित

शाखाएँ : अशोक राजपथ, साइंस कॉलेज के सामने, पटना-800 006
पहली मंजिल, दरबारी बिल्डिंग, महात्मा गांधी मार्ग, प्रयागराज-211 001
1, अनमोल सोराबजी सन्तुक लेन, धोबी तलाव, मरीन लाइंस, मुम्बई-400 002
वेबसाइट : www.radhakrishnaprakashan.com
ई-मेल : info@radhakrishnaprakashan.com

विकास कम्प्यूटर एंड प्रिंटर्स
ट्रॉनिका सिटी-201 102
द्वारा मुद्रित

मूल्य : ₹950
(छह खंडों का सम्पूर्ण सैट)

CHANDRAKANTA SANTATI-5
Novel by Devaki Nandan Khatri

ISBN : 978-81-8361-517-4

चन्द्रकान्ता सन्तति-5

सत्रहवां

पहिला बयान

हमारे पाठक 'लीला'[1] को भूले न होंगे। तिलिस्मी दारोगावाले बंगले की बरबादी के पहिले तक इसका नाम आया है, जिसके बाद फिर इसका जिक्र नहीं आया।

लीला को जमानिया की खबरदारी पर मुकर्रर करके मायारानी काशीवाले नागर के मकान में चली गई थी और वहां दारोगा के आ जाने पर उसके साथ इन्द्रदेव के यहां चली गई। जब इन्द्रदेव के यहां से भी वह भाग गई और दारोगा तथा शेरअलीखां की मदद से रोहतासगढ़ के अन्दर घुसने का प्रबन्ध किया गया, जैसा कि सन्तति के बारहवें भाग के तेरहवें बयान में लिखा गया है, उस समय लीला भी मायारानी के साथ थी, मगर रोहतासगढ़ में जाने के पहिले मायारानी ने उसे अपनी हिफाजत का जरिया बनाकर पहाड़ के नीचे ही छोड़ दिया था। मायारानी ने अपना तिलिस्मी तमंचा, जिससे बेहोशी के बारूद की गोली चलाई जाती थी, लीला को देकर कह दिया था कि मैं शेरअलीखां की मदद से उन्हीं के भरोसे पर रोहतासगढ़ के अन्दर जाती हूं, मगर ऐयारों के हाथ मेरा गिरफ्तार हो जाना कोई आश्चर्य नहीं क्योंकि बीरेन्द्रसिंह के ऐयार बड़े ही चालाक हैं। यद्यपि उनसे बचे रहने की पूरी-पूरी तरकीब की गई है लेकिन फिर भी मैं बेफिक्र नहीं रह सकती, अस्तु, यह तिलिस्मी तमंचा तू अपने पास रख और इस पहाड़ के नीचे ही रहकर हम लोगों के बारे में टोह लेती रह, अगर हम लोग अपना काम करके राजी-खुशी के साथ लौट आए तब तो कोई बात नहीं, ईश्वर न करे कहीं मैं गिरफ्तार हो गई तो तू मुझे छुड़ाने का बन्दोबस्त कीजियो और इस तमंचे से काम निकालियो। इसमें चलानेवाली गोलियां और वह ताम्रपत्र भी मैं तुझे दिए जाती हूं जिसमें गोली बनाने की तरकीब लिखी हुई है।

जब दारोगा और शेरअलीखां सहित मायारानी गिरफ्तार हुई और वह खबर शेरअलीखां के लश्कर में पहुंची जो पहाड़ के नीचे था तो लीला ने भी सब हाल सुना और वह उसी समय वहां से टलकर कहीं छिप रही। फिर भी जब तक राजा

---

1. देखिए चंद्रकान्ता सन्तति, नौवां भाग, आठवां बयान।

बीरेन्द्रसिंह वहां से चुनारगढ़ की तरफ रवाना न हुए, वह भी उस इलाके के बाहर न गई और इसी से शिवदत्त और कल्याणसिंह (जो बहुत से आदमियों को लेकर रोहतासगढ़ के तहखाने में घुसे थे) वाला मामला भी उसे बखूबी मालूम हो गया था।

माधवी, मनोरमा और शिवदत्त ने जब ऐयारों की मदद से कल्याणसिंह को छुड़ाया था तो भीमसेन भी उसी के साथ ही छुड़ाया गया, मगर भीमसेन कुछ बीमार था, इसलिए शिवदत्त के साथ मिल-जुलकर रोहतासगढ़ के तहखाने में न जा सका था, शिवदत्त ने अपने ऐयारों की हिफाजत में उसे शिवदत्तगढ़ भेज दिया था।

सब बखेड़ों से छुट्टी पाकर जब राजा बीरेन्द्रसिंह कैदियों को लिये चुनारगढ़ की तरफ रवाना हुए तो मायारानी को कैद से छुड़ाने की फिक्र में लीला भी भेष बदले हुए उन्हीं के लश्कर के साथ रवाना हुई। लश्कर में नकली किशोरी, कामिनी और कमला के मारे जानेवाला मामला उसके सामने ही हुआ और तब तक उसे अपनी कार्रवाई करने का कोई मौका न मिला, मगर जब नकली किशोरी, कामिनी और कमला की दाहक्रिया करके राजा साहब आगे बढ़े और दुश्मनों की तरफ से कुछ बेफिक्र हुए, तब लीला को भी अपनी कार्रवाई का मौका मिला और वह उस खेमे के चारों तरफ ज्यादे फेरे लगाने लगी जिसमें मायारानी कैद थी और चालीस आदमी नंगी तलवार लिये बारी-बारी से उसके चारों तरफ पहरा दिया करते थे। एक दिन इत्तिफाक से आंधी-पानी का जोर हो गया और इसी से उस कमबख्त को अपने काम का अच्छा मौका मिला।

बीरेन्द्रसिंह का लश्कर एक सुहावने जंगल में पड़ा हुआ था। समय बहुत अच्छा था, संध्या होने के पहिले ही से बादलों का शामियाना खड़ा हो गया था, बिजली चमकने लग गई थी, और हवा के झपेटे पेड़-पत्तों के साथ हाथापाई कर रहे थे। पहर रात जाते-जाते पानी अच्छी तरह बरसने लग गया और उसके बाद तो आंधी-पानी ने एक भयानक तूफान का रूप धारण कर लिया। उस समय लश्करवालों को बहुत ही तकलीफ हुई। हजारों सिपाही, गरीब बनिये, घसियारे और शागिर्द पेशेवाले जो मैदान में सोया करते थे, इस तूफान से दुःखी होकर जान बचाने की फिक्र करने लगे। यद्यपि राजा बीरेन्द्रसिंह की रहमदिली और रिआयापरवरी ने बहुतों को आराम दिया और बहुत से आदमी खेमों और शामियानों के अन्दर घुस गए, यहां तक कि राजा बीरेन्द्रसिंह और तेजसिंह के खेमों में भी सैकड़ों को पनाह मिल गई, मगर फिर भी हजारों आदमी ऐसे रह गए थे जिनकी भूंडी किस्मत में दुख भोगना बदा था। यह सब-कुछ था, मगर लीला को ऐसे समय भी चैन न था और वह दुःख को दुःख नहीं समझती थी क्योंकि उसे अपना काम साधने के लिए बहुत दिनों बाद आज यही एक मौका अच्छा मालूम हुआ।

जिस खेमे में मायारानी और दारोगा वगैरह कैद थे उससे चालीस या पचास हाथ की दूरी पर सलई का एक बड़ा और पुराना दरख्त था। इस आंधी-पानी और तूफान

का खौफ न करके लीला उसी पेड़ पर चढ़ गई और कैदियों के खेमे की तरफ मुंह करके तिलिस्मी तमंचे का निशाना साधने लगी। जब-जब बिजली चमकती, तब-तब वह अपने निशाने को ठीक करने का उद्योग करती। सम्भव था कि बिजली की चमक में कोई उसे पेड़ पर चढ़ा हुआ देख लेता, मगर जिन सिपाहियों के पहरे में वह खेमा था, उस (कैदियोंवाले) खेमे के आस-पास जो लोग रहते थे, सभी इस तूफान से घबड़ाकर उसी खेमे के अन्दर घुस गए जिसमें मायारानी और दारोगा वगैरह कैद थे। खेमे के बाहर या उस पेड़ के पास कोई भी न था जिस पर लीला चढ़ी हुई थी।

लीला जब अपने निशाने को ठीक कर चुकी, तब उसने एक गोली (बेहोशीवाली) चलाई। हम पहिले के किसी बयान में लिख चुके हैं कि इस तिलिस्मी तमंचे के चलाने में किसी तरह की आवाज नहीं होती थी, मगर जब गोली जमीन पर गिरती थी तब कुछ हल्की-सी आवाज पटाखे की तरह होती थी।

लीला की चलाई हुई गोली खेमे को छेद के अन्दर चली गई और एक सिपाही के बदन पर गिरकर फूटी। उस सिपाही का कुछ नुकसान नहीं हुआ जिस पर गोली गिरी थी। न तो उसका कोई अंग-भंग हुआ और न कपड़ा जला, केवल हलकी-सी आवाज हुई और बेहोशी का बहुत ज्यादे धुआं चारों तरफ फैलने लगा। मायारानी उस वक्त बैठी हुई अपनी किस्मत पर रो रही थी। पटाखे की आवाज से वह चौंककर उसी तरफ देखने लगी और बहुत जल्द समझ गई कि यह उसी तिलिस्मी तमंचे से चलाई गई गोली है, जो मैं लीला के सुपुर्द कर आई थी।

मायारानी यद्यपि जान से हाथ धो बैठी थी और उसे विश्वास हो गया था कि अब इस कैद से किसी तरह छुटकारा नहीं मिल सकता, मगर इस समय तिलिस्मी तमंचे की गोली ने खेमे के अन्दर पहुंचकर उसे विश्वास दिला दिया कि अब भी तेरा एक दोस्त मदद करने लायक मौजूद है जो यहां आ पहुंचा और कैद से छुड़ाया ही चाहता है।

वह मायारानी, जिसकी आंखों के आगे मौत की भयानक सूरत घूम रही थी और हर तरह से नाउम्मीद हो चुकी थी, चौंककर सम्हल बैठी। बेहोशी का असर करनेवाला धुआं बच रहने की मुबारकबाद देता हुआ आंखों के सामने फैलने लगा और तरह-तरह की उम्मीदों ने उसका कलेजा ऊंचा कर दिया। यद्यपि वह जानती थी कि यह धुआं मुझे भी बेहोश कर देगा, मगर फिर भी वह खुशी की निगाहों से चारों तरफ देखने लगी और इतने में ही एक दूसरी गोली भी उसी ढंग की वहां आकर गिरी।

मायारानी और दारोगा को छोड़कर जितने आदमी उस खेमे में थे, सभों को उन दोनों गोलियों ने ताज्जुब में डाल दिया। अगर गोली चलाते समय तमंचे में से किसी तरह की आवाज निकलकर उनके कानों तक पहुंचती तो शायद कुछ पता लगाने की नीयत से दो-चार आदमी खेमे के बाहर निकलते मगर उस समय सिवाय एक-दूसरे का मुंह देखने के किसी को किसी तरह का गुमान न हुआ और धुएं ने तेजी के साथ

फैलकर अपना असर जमाना शुरू कर दिया। बात-की-बात में, जितने आदमी उस खेमे के अन्दर थे, सभों का सिर घूमने लगा और एक-दूसरे के ऊपर गिरते हुए सब बेहोश हो गए, मायारानी और दारोगा को भी दीन-दुनिया की सुध न रही।

पेड़ पर चढ़ी हुई लीला ने थोड़ी देर तक इन्तजार किया। जब खेमे के अन्दर से किसी को निकलते न देखा और उसे विश्वास हो गया कि खेमे के अन्दरवाले अब बेहोश हो गए होंगे, तब वह पेड़ से उतरी और खेमे के पास आई। आंधी-पानी का जोर अभी तक वैसा ही था मगर लीला ने इसे अच्छी तरह सह लिया और कनात के नीचे से झांककर खेमे के अन्दर देखा तो सभों को बेहोश पाया।

पाठकों को यह मालूम है कि लीला ऐयारी भी जानती थी। कनात काटकर वह खेमे के अन्दर चली गई। आदमी बहुत ज्यादे भरे हुए थे इसलिए उसे मायारानी के पास तक पहुंचने में बड़ी कठिनाई हुई। आखिर उसके पास पहुंची और हाथ-पैर खोलने के बाद लखलखा सुंघाकर होश में लाई। मायारानी ने होश में आकर लीला को देखा और धीरे से कहा, "शाबाश, खूब पहुंची, बस दारोगा को छुड़ाने की कोई जरूरत नहीं," इतना कहकर मायारानी उठ खड़ी हुई और लीला के हाथ का सहारा लेती हुई खेमे के बाहर निकल गई।

लीला ने चाहा कि लश्कर में से दो घोड़े भी सवारी के लिए चुरा लावे, मगर मायारानी ने स्वीकार न किया और उसी तूफान में दोनों कमबख्तों ने एक तरफ का रास्ता लिया।

दूसरा बयान

पाठकों को मालूम है कि शिवदत्त और कल्याणसिंह ने जब रोहतासगढ़ पर चढ़ाई की थी तब उनके साथ मनोरमा और माधवी भी मौजूद थीं। भूतनाथ और सर्यूसिंह ने शिवदत्त और कल्याणसिंह को डरा-धमकाकर मनोरमा को तो गिरफ्तार कर लिया[1] परन्तु माधवी कहां गई या क्या हुई, इसका हाल कुछ लिखा नहीं गया। अस्तु, अब हम थोड़ा-सा हाल माधवी का लिखना उचित समझते हैं।

जिस जमाने में माधवी गया और राजगृही की रानी कहलाती थी उस जमाने में उसका राज्य केवल तीन ही आदमियों के भरोसे पर चलता था–एक दीवान अग्निदत्त, दूसरा कोतवाल धर्मसिंह और तीसरा सेनापति कुबेरसिंह। बस ये ही तीनों उसके राज्य का आनन्द लेते थे और इन्हीं तीनों का माधवी को भरोसा था। यद्यपि ये तीनों ही माधवी की चाह में डूबनेवाले थे, मगर कुबेरसिंह और धर्मसिंह प्यासे ही रह गए जिसका उन दोनों को बराबर बहुत ही रंज बना रहा।

1. देखिए चौदहवां भाग, दूसरा बयान।

जब राजगृही और गया की किस्मत ने पलटा खाया, तब धर्मसिंह कोतवाल को तो चपला ने माधवी की सूरत बन और धोखा दे गिरफ्तार कर लिया और दीवान अग्निदत्त बहुत दिनों तब बचा रहकर अन्त में किशोरी के कारण एक खोह के अन्दर मारा गया, परन्तु अभी तक यह न मालूम हुआ कि उसके मर जाने का सबब क्या था। हां, सेनापति कुबेरसिंह जिसने माधवी के राज्य में सबसे ज्यादे दौलत पैदा की थी, बचा रह गया क्योंकि उसने जमाने को पलटा खाते देख चुपचाप अपने घर (मुर्शिदाबाद) का रास्ता लिया, मगर माधवी के हालचाल की खबर लेता रहा, क्योंकि यद्यपि उसने माधवी का राज्य छोड़ दिया था, मगर माधवी के इश्क ने उसके दिल में से अपना दखल नहीं उठाया था।

माधवी की बिगड़ी हुई अवस्था देखकर भी उसकी मुहब्बत से हाथ न धोने के दो सबब थे, एक तो माधवी वास्तव में खूबसूरत, हसीन और नाजुक थी, दूसरे राजगृही और गया के राज्य से खारिज हो जाने पर भी वह माधवी को अमीर और बेहिसाब दौलत का मालिक समझता था और इसलिए वह समय पर ध्यान रखकर माधवी के हालचाल की बराबर खबर लेता रहा और वक्त पर काम देने के लिए थोड़ी-सी फौज का मालिक भी बना रहा।

मनोरमा के गिरफ्तार हो जाने के बाद शिवदत्त और कल्याणसिंह के साथ जब माधवी रोहतासगढ़ की तराई में पहुंची तो एक आदमी ने गुप्त रीति पर उसे एक चीठी दी और बहुत जल्द उसका जवाब मांगा। यह चीठी कुबेरसिंह की थी और उसमें यह लिखा हुआ था–

"मुझे आपकी अवस्था पर बहुत रंज और अफसोस है। यद्यपि आपकी हालत बदल गई है और आप मुझसे बहुत दूर हैं, मगर मैं अभी तक आपकी खयाली तस्वीर अपने दिल के अन्दर कायम रखकर दिन-रात उसकी पूजा किया करता हूं। यही सबब है कि बहुत दिनों तक मेहनत करके मैंने इतनी ताकत पैदा कर ली है कि आपकी मदद कर सकूं और आपको पुनः राजगृही की गद्दी का मालिक बनाऊं। आप अपने ही दिल से पूछ देखिए कि अग्निदत्त, जिसके साथ आपने सब-कुछ किया, कैसा बेईमान और बेमुरौवत निकला और मैं, जिसे आपने हद से ज्यादे तरसाया, कैसी हालत में आपकी मदद करने को तैयार हूं। यदि आप मुनासिब समझें तो इस आदमी के साथ मेरे पास चली आवें या मुझी को अपने पास बुला लें। यह आदमी जो चीठी लेकर जाता है, मेरा ऐयार है।

आपका–कुबेर"

माधवी ने उस चीठी को बड़े गौर से दोहराकर पढ़ा और देर तक तरह-तरह की बातें सोचती रही। हम नहीं जानते कि उसका दिल किन-किन बातों का फैसला करता रहा या वह किस विचार में देर तक डूबी रही, हां थोड़ी देर बाद उसने सिर उठा चीठी लानेवाले की तरफ देखा और कहा, "कुबेरसिंह कहां पर है?"

ऐयार–यहां से थोड़ी दूर पर।

माधवी–फिर वह खुद यहां क्यों न आया?

ऐयार–इसीलिए कि आप इस समय दूसरों के साथ हैं, जिन्होंने आपको न मालूम किस तरह का भरोसा दिया होगा या आप ही ने शायद उनसे किस तरह का इकरार किया हो, ऐसी अवस्था में आपसे दरियाफ्त किए बिना इस लश्कर में आना उन्होंने मुनासिब नहीं समझा।

माधवी–ठीक है, अच्छा तुम जाकर उसे बहुत जल्द मेरे पास ले आओ। कितनी देर में आओगे?

ऐयार–(सलाम करके) आधे घण्टे के अन्दर।

वह ऐयार तेजी के साथ दौड़ता हुआ वहां से चला गया और माधवी उसी जगह टहलती हुई उसका इन्तजार करने लगी।

दिन आधे घण्टे से कुछ ज्यादे बाकी था और इस समय माधवी कुछ खुश मालूम होती थी। शिवदत्त और कल्याणसिंह का लश्कर एक जंगल में छिपा हुआ था और माधवी अपने डेरे से निकलकर सौ-सवा सौ कदम की दूरी पर चली गई थी। माधवी कुबेरसिंह के अक्षर अच्छी तरह पहिचानती थी इसलिए उसे किसी तरह का धोखा खाने का शक कुछ भी न हुआ और वह बेखौफ उसके आने का इन्तजार करने लगी।

संध्या होने के पहिले ही उसी ऐयार को साथ लिये हुए कुबेरसिंह माधवी की तरफ आता दिखाई दिया जो थोड़ी ही देर पहिले उसकी चीठी लेकर आया था। उस समय वह ऐयार भी एक घोड़े पर सवार था और कुबेरसिंह अपनी सूरत-शक्ल तथा हैसियत को अच्छी तरह सजाए हुए था। माधवी के पास पहुंचकर दोनों आदमी घोड़े से नीचे उतर पड़े और कुबेरसिंह ने माधवी को सलाम करके कहा, ‘‘आज बहुत दिनों बाद ईश्वर ने मुझे आपसे मिलाया! मुझे इस बात का बहुत रंज है कि आपने लौंडियों के भड़काने पर चुपचाप घर छोड़ जंगल का रास्ता लिया और अपने खैरखाह कुबेरसिंह (हम) को याद तक न किया। मैं खूब जानता हूं कि आपने अपने दीवान अग्निदत्त से डरकर ऐसा किया था, मगर उसके बाद भी तो मुझे याद करने का मौका जरूर मिला होगा।’’

माधवी–(मुस्कुराती हुई कुबेरसिंह का हाथ पकड़के) मैं घर से निकलने के बाद ऐसी मुसीबत में पड़ गई थी कि अपनी भलाई-बुराई पर कुछ भी ध्यान न दे सकी और जब मैंने सुना कि गया और राजगृही में बीरेन्द्रसिंह का राज्य हो गया तब तो और भी हताश हो गई। फिर भी मैं अपने उद्योग की बदौलत बहुत-कुछ कर गुजरती, मगर गयाजी में अग्निदत्त की लड़की कामिनी ने मेरे साथ बहुत बुरा बर्ताव किया और मुझे किसी लायक न रक्खा। (अपनी कटी हुई कलाई दिखाकर) यह उसी की बदौलत है।

कुबेर–यह खानदान-का-खानदान ही निमकहराम निकला और इसी फेर में अग्निदत्त मारा भी गया।

माधवी–हां, उसके मरने का हाल मायारानी की सखी मनोरमा की जुबानी मैंने सुना था। (पीछे की तरफ देखकर) कौन आ रहा है?

कुबेर–आप ही के लश्कर का कोई आदमी है, शायद आपको बुलाने आता हो, नहीं वह दूसरी तरफ घूम गया, मगर अब आपको कुछ सोच-विचार करना, किसी से मिलना या इस जगह खड़े-खड़े बातों में समय नष्ट करना न चाहिए और यह मौका भी बातचीत करने का नहीं है। आप (घोड़े की तरफ इशारा करके) इस घोड़े पर शीघ्र सवार होकर मेरे साथ चली चलें, मैं आपका ताबेदार सब लायक और सब-कुछ करने के लिए तैयार हूं, फिर किसी की खुशामद की जरूरत ही क्या है? यदि कल्याणसिंह के लश्कर में आपका कुछ असबाब हो तो उसकी परवाह न कीजिए।

माधवी–नहीं, अब मुझे किसी की परवाह नहीं रही, मैं तुम्हारे साथ चलने को तैयार हूं।

इतना कहकर माधवी कुबेरसिंह के घोड़े पर सवार हो गई, कुबेरसिंह अपने ऐयार के घोड़े पर सवार हुआ तथा पैदल ऐयार को साथ लिये हुए दोनों एक तरफ को रवाना हुए।

यही सबब था कि शिवदत्त वगैरह के साथ माधवी रोहतासगढ़ के तहखाने में दाखिल नहीं हुई।

तीसरा बयान

कैद से छुटकारा मिलने के बाद बीमारी के सबब से यद्यपि भीमसेन को घर जाना पड़ा और वहां उसकी बीमारी बहुत जल्द, जाती रही, मगर घर में रहने का जो सुख उसको मिलना चाहिए, वह न मिला क्योंकि एक तो मां के मरने का रंज और गम उसे हद से ज्यादे था और अब वह घर काटने को दौड़ता था, दूसरे थोड़े ही दिन बाद बाप के मरने की खबर भी उसे पहुंची जिससे वह बहुत ही उदास और बेचैन हो गया। इस समय उसके ऐयार लोग भी वहीं मौजूद थे जो बाहर से यह दुःखदायी खबर लेकर लौट आए थे। पहिले तो उसके ऐयारों ने उसे बहुत समझाया और राजा बीरेन्द्रसिंह से सुलह कर लेने में बहुत-सी भलाइयां दिखाईं, मगर उस नालायक के दिल में एक भी न बैठी और वह राजा बीरेन्द्रसिंह से बदला लेने तथा किशोरी को जान से मार डालने की कसम खाकर घर से बाहर निकल पड़ा। बाकरअली, खुदाबक्श, अजायबसिंह और यारअली इत्यादि उसके लालची ऐयारों ने भी लाचार होकर उसका साथ दिया।

अबकी दफे भीमसेन ने अपने ऐयारों के सिवाय और किसी को भी साथ न लिया, हां रुपये, अशर्फी या जवाहिरात की किस्म में से जहां तक उससे बना, या

जो कुछ उसके पास था, लेकर अपने ऐयारों को लालच-भरी उम्मीदों का सब्जबाग दिखाता रवाना हुआ और थोड़ी दूर जाने के बाद ऐयारों के साथ ही उसने अपनी भी सूरत बदल ली।

"राजा बीरेन्द्रसिंह को किस तरह नीचा दिखाना चाहिए और क्या करना चाहिए?" इस विषय पर तीन दिन तक उन लोगों में बहस होती रही और अन्त में यह निश्चय किया गया कि राजा बीरेन्द्रसिंह और उनके खानदान तथा आपुसवालों का मुकाबला करने के पहिले उनके दुश्मनों से दोस्ती बढ़ाकर अपना दल पुष्ट कर लेना चाहिए। इस इरादे पर वे लोग बहुत-कुछ कायम भी रहे और माधवी, मायारानी तथा तिलिस्मी दारोगा वगैरह से मुलाकात करने की फिक्र करने लगे।

कई दिनों तक सफर करने और घूमने-फिरने के बाद एक दिन ये लोग दोपहर होते-होते एक घने जंगल में पहुंचे। चार-पांच घण्टे आराम कर लेना इन लोगों को बहुत जरूरी मालूम हुआ क्योंकि गर्मी के चलाचली का जमाना था और धूप बहुत कड़ी और दुःखदायी थी। मुसाफिरों को तो जाने दीजिए, जंगली जानवरों और आकाश में उड़ने तथा बात-की-बात में दूर-दूर की खबर लानेवाली चिड़ियाओं को भी पत्तों की आड़ से निकलना बुरा मालूम होता था।

इस जंगल में एक जगह पानी का झरना भी जारी था और उसके दोनों तरफ पेड़ों की घनाहट के सबब बनिस्बत और जगहों के ठंडक ज्यादे थी। ये पांचों मुसाफिर भी झरने से किनारे पत्थर की साफ चट्टान देखकर बैठ गए और आपुस में इधर-उधर की बातें करने लगे। इसी समय बातचीत की आहट पाने और निगाह दौड़ाने पर इन लोगों की निगाह दस-बारह सिपाहियों पर पड़ी जिन्हें देख भीमसेन चौंका और उनका पता लगाने के लिए अजायबसिंह से कहा, क्योंकि दोस्तों और दुश्मनों के खयाल से उसका जी एकदम के लिए भी ठिकाने पर नहीं रहता था और 'पत्ता खड़का बन्दा भड़का' की कहावत का नमूना बन रहा था।

भीमसेन की आज्ञानुसार अजायबसिंह ने उन आदमियों का पीछा किया और दो घण्टे तक लौटकर न आया। तब दूसरे ऐयारों को भी चिन्ता हुई और वे अजायबसिंह की खोज में जाने के लिए तैयार हुए, मगर इसकी नौबत न पहुंची क्योंकि उसी समय अजायबसिंह अपने साथ कई सिपाहियों को लिये भीमसेन की तरफ आता दिखाई दिया।

अजायबसिंह के इस तरह आने ने पहिले तो सभों को खुटके में डाल दिया, मगर जब अजायबसिंह ने दूर ही से खुशी का इशारा किया तब सभों का जी ठिकाने हुआ और उसके आने का इन्तजार करने लगे। पास आने पर अजायबसिंह ने भीमसेन से कहा, "इस जंगल में आकर टिक जाना हम लोगों के लिए बहुत अच्छा हुआ, क्योंकि रानी माधवी से मुलाकात हो गई। आज ही उनका डेरा भी इस जंगल में आया है। कुबेरसिंह सेनापति और चार-पांच सौ सिपाही उनके साथ हैं। जिन लोगों का मैंने

पीछा किया था, वे भी उन्हीं के सिपाहियों में से थे और ये भी उन्हीं के सिपाही हैं जो मेरे साथ आपको बुलाने के लिए आए हैं।"

माधवी की खबर सुनकर भीमसेन उतना ही खुश हुआ जितना अजायबसिंह की जुबानी भीमसेन के आने की खबर पाकर माधवी खुश हुई थी। अजायबसिंह की बात सुनते ही भीमसेन उठ खड़ा हुआ और अपने ऐयारों को साथ लिये हुए घड़ी-भर के अन्दर ही अपनी बेहया बहिन माधवी से जा मिला। ये दोनों एक-दूसरे को देखकर बहुत खुश हुए, मगर उन दोनों की मुलाकात कुबेरसिंह को अच्छी न मालूम पड़ी, जिसका सबब क्या था सो हमारे पाठक लोग खुद ही समझ सकते हैं।

थोड़ी देर तक भीमसेन और माधवी ने कुशल-मंगल पूछने में बिताया। माधवी ने खाने-पीने की चीजें तैयार करने का हुक्म दिया क्योंकि उसे अपने अनूठे भाई की खातिरदारी आज मंजूर थी और इसलिए बड़ी मुहब्बत के साथ देर तक बातें होती रहीं।

माधवी को इस जंगल में आए आज पांच दिन हो चुके हैं। पांचवें दिन दोपहर के समय भीमसेन से मुलाकात हुई थी। उसका (कुबेरसिंह का) ऐयार दुश्मनों की खोज-खबर लगाने के लिए कहीं गया हुआ था क्योंकि माधवी और कुबेरसिंह ने इस जंगल में पहुंचकर निश्चय कर लिया था कि पहिले दुश्मनों का हाल-चाल मालूम करना चाहिए, इसके बाद जो कुछ मुनासिब होगा, किया जाएगा।

चौथा बयान

कैद से छूटने के बाद लीला को साथ लिये हुए मायारानी ऐसा भागी कि उसने पीछे की तरफ फिरके भी नहीं देखा। आंधी और पानी के कारण उन दोनों को भागने में बड़ी तकलीफ हुई, कई दफे वे दोनों गिरीं और चोट भी लगी, मगर प्यारी जान को बचाकर ले भागने के खयाल ने उन्हें किसी तरह दम लेने न दिया। दो घण्टे के बाद आंधी-पानी का जोर जाता रहा, आसमान साफ हो गया और चन्द्रमा भी निकल आया। उस समय उन दोनों को भागने में सुभीता हुआ और सबेरा होने तक ये दोनों बहुत दूर निकल गईं।

मायारानी यद्यपि खूबसूरत थी, नाजुक थी और अमीरी परले सिरे की कर चुकी थी, मगर इस समय ये सब बातें हवा हो गईं। पैरों में छाले पड़ जाने पर भी उसने भागने में कसर न की और सबेरा हो जाने पर भी दम न लिया, बराबर भागती ही चली गई। दूसरा दिन भी उसके लिए बहुत अच्छा था, आसमान पर बदली छाई हुई थी और धूप को जमीन तक पहुंचने का मौका नहीं मिलता था। अब मायारानी बातचीत करती हुई और पिछली बातें लीला को सुनाती हुई रुककर चलने लगी।

थोड़ी दूर जाती फिर जरा दम ले लेती, पुनः उठकर चलती और कुछ दूर बाद दम लेने के लिए बैठ जाती। इसी तरह दूसरा दिन भी मायारानी ने सफर ही में बिता दिया और खाने-पीने की कुछ विशेष परवाह न की। संध्या होने के कुछ पहिले वे दोनों एक पहाड़ी की तराई में पहुंचीं जहां साफ पानी का सुन्दर चश्मा बह रहा था और जंगली बेर तथा मकोय के पेड़ भी बहुतायत से थे। वहां पर लीला ने मायारानी से कहा कि "अब डरने तथा चलते-चलते जान देने की कोई जरूरत नहीं, हम लोग बहुत दूर निकल आए हैं और ऐसे रास्ते से आए हैं कि जिधर से किसी मुसाफिर की आमदरफ्त नहीं होती, अस्तु, अब हम लोगों को बेफिक्री के साथ आराम करना चाहिए। यह जगह इस लायक है कि हम लोग खा-पीकर अपनी आत्मा को सन्तोष दे लें और अपनी-अपनी सूरतें भी अच्छी तरह बदलकर पहिचाने जाने का खुटका मिटा लें!"

लीला की बात मायारानी ने स्वीकार की और चश्मे के पानी से हाथ-मुंह धोने और जरा दम लेने के बाद सबके पहिले सूरत बदलने का बन्दोबस्त करने लगी, क्योंकि दिन नाममात्र को रह गया था और रात हो जाने पर बिना रोशनी के सहारे यह काम अच्छी तरह नहीं हो सकता था।

सूरत-शक्ल के हेर-फेर से छुट्टी पाने के बाद दोनों ने जंगली बेर और मकोय को अच्छे-से-अच्छा मेवा समझकर भोजन किया और चश्मे का जल पीकर आत्मा को सन्तोष दिया, तब निश्चिंत होकर बैठीं और यों बातचीत करने लगीं–

माया–अब जरा जी ठिकाने हुआ, मगर शरीर चूर-चूर हो गया। खैर, किसी तरह तेरी बदौलत जान बच गई, नहीं तो मैं हर तरह से नाउम्मीद हो चुकी थी और राह देखती थी कि मेरी जान किस तरह ली जाती है।

लीला–चाहे तुम्हारे बिलकुल नौकर-चाकर तुम्हारे अहसानों को भूल जाएं और तुम्हारे नमक का खयाल न करें, मगर मैं कब ऐसा कर सकती हूं, मुझे दुनिया में तुम्हारे बिना चैन कब पड़ सकता है, जब तक तुम्हें कैद से छुड़ा न लिया, अन्न का दाना मुंह में न डाला, बल्कि अभी तक जंगली बेर और मकोय पर ही गुजारा कर रही हूं।

माया–शाबाश! मैं तुम्हारे इस अहसान को जन्म-भर नहीं भूल सकती, जिस तरह आप रहूंगी, उसी तरह तुम्हें भी रक्खूंगी, यह जान तुमने बचाई है इसलिए जब तक इस दुनिया में रहूंगी, इस जान का मालिक तुम्हीं को समझूंगी।

लीला–(तिलिस्मी तमंचा और गोली मायारानी के सामने रखकर) यह अपनी अमानत आप लीजिए और अब इसे अपने पास रखिए, इसने बड़ा काम किया।

माया–(तमंचा उठाकर और थोड़ी-सी गोली लीला को देकर) इन गोलियों को अपने पास रक्खो, बिना तमंचे के भी ये बड़ा काम देंगी, जिस तरफ फेंक दोगी या जहां जमीन पर पटकोगी, उसी जगह ये अपना गुण दिखलावेंगी।

लीला–(गोली रखकर) बेशक ये बड़े वक्त पर काम दे सकती हैं। अच्छा यह कहिए कि अब हम लोगों को क्या करना, कहां जाना चाहिए?

माया–इसका जवाब भी तुम्हीं बहुत अच्छा दे सकती हो, मैं केवल इतना ही कहूंगी कि गोपालसिंह और कमलिनी को इस दुनिया से उठा देना सबसे पहिला और जरूरी काम समझना चाहिए। किशोरी, कामिनी और कमला को मारकर मनोरमा ने कुछ भी न किया, उतनी ही मेहनत अगर गोपालसिंह और कमलिनी को मारने के लिए करती तो इस समय मैं पुनः तिलिस्म की रानी कहलाने लायक हो सकती थी।

लीला–ठीक है मगर मुझे... (कुछ रुककर) देखो तो वह कौन सवार जा रहा है? मुझे तो उस छोकरे रामदीन की छटा मालूम पड़ती है। यह पंचकल्यान मुश्की घोड़ी भी अपने ही अस्तबल की मालूम पड़ती है, बल्कि...

माया–(गौर से देखकर) वही है, जिस पर मैं सवार हुआ करती थी, और बेशक वह सवार भी रामदीन ही है, उसे पकड़ो तो गोपालसिंह का ठीक हाल मालूम हो।

लीला–पकड़ना तो कोई कठिन काम नहीं है, क्योंकि तिलिस्मी तमंचा तुम्हारे पास मौजूद है, मगर यह कमबख्त कुछ बतानेवाला नहीं है।

माया–खैर, जो हो, मैं गोली चलाती हूं।

इतना कहकर मायारानी ने फुर्ती से तिलिस्मी तमंचे में गोली भरकर सवार की तरफ चलाई। गोली घोड़ी की गर्दन में लगी और तुरंत फट गई, घोड़ी भड़की और उछली-कूदी, मगर गोली से निकले हुए बेंहोशी के धुएं ने अपना असर करने में उससे भी ज्यादे तेजी और फुर्ती दिखाई। घोड़ी और सवार दोनों ही पर बेहोशी का असर हो गया। सवार जमीन पर गिर पड़ा और दो कदम आगे बढ़कर घोड़ी भी लेट गई। मायारानी और लीला ने दूर से यह तमाशा देखा और दौड़ती हुई सवार के पास पहुंचीं।

लीला–पहिले इसकी मुश्कें बांधनी चाहिए।

माया–क्या जरूरत है?

लीला–क्यों, फिर इसे बेहोश किसलिए किया?

माया–तुम खुद ही कह चुकी हो कि यह कुछ बतानेवाला नहीं है, फिर मुश्कें बांधने से मतलब?

लीला–आखिर फिर किया क्या जाएगा?

माया–पहिले तुम इसकी तलाशी ले लो फिर जो कुछ करना होगा, मैं बताऊंगी।

लीला–बहुत खूब, यह तुमने ठीक कहा।

इस समय संध्या पूरे तौर पर हो चुकी थी, परन्तु चन्द्रदेव के दर्शन हो रहे थे इसलिए यह नहीं कह सकते कि अन्धकार पल-पल में बढ़ता जाता था। लीला उस सवार की तलाशी लेने लगी और पहिले ही दफे जेब में हाथ डालने से उसे दो चीजें मिलीं। एक तो हीरे की कीमती अंगूठी जिस पर राजा गोपालसिंह का नाम खुदा हुआ था और दूसरी चीज एक चीठी थी, जो लिफाफे के तौर पर लपेटी हुई थी।

चाहे अंधकार न हो, मगर चीठी और अंगूठी पर खुदे हुए नाम को पढ़ने के लिए रोशनी की जरूरत थी और जब तक चीठी का हाल मालूम न हो जाए तब तक कुछ काम करना या आगे तलाशी लेना उन दोनों को मंजूर न था, अस्तु, लीला ने अपने ऐयारी के बटुए में से सामान निकालकर रोशनी पैदा की और मायारानी ने सबके पहिले अंगूठी पर निगाह दौड़ाई। अंगूठी पर 'श्रीगोपाल' खुदा हुआ देख उसके रोंगटे खड़े हो गए, फिर भी अपनी तबीयत सम्हालकर वह चीठी पढ़नी पड़ी, चीठी में यह लिखा हुआ था–

"बेनीराम जोग लिखी गोपालसिंह–

"आज हमने अपना पर्दा खोल दिया, कृष्णाजिन्न के नाम का अन्त हो गया, जिनके लिए यह स्वांग रचा गया था उन्हें मालूम हो गया कि गोपालसिंह और कृष्णाजिन्न में कोई भी भेद नहीं है। अस्तु, अब हमने काम-काज के लिए उस छोकरे को अपनी अंगूठी देकर विश्वास का पात्र बनाया है। जब तक यह अंगूठी इसके पास रहेगी, तब तक इसका हुक्म हमारे हुक्म के बराबर सभों को मानना होगा। इसका बन्दोबस्त कर देना और दो सौ सवार और चार रथ बहुत जल्द पिपलिया घाटी में भेज देना। हम किशोरी, कामिनी, लक्ष्मीदेवी और कमलिनी वगैरह को लेकर आ रहे हैं। थोड़ा-सा जलपान का सामान उम्दा अलग भेजना। परसों रविवार की शाम तक हम लोग वहां पहुंच जाएंगे।"

इस चीठी ने मायारानी का कलेजा दहला दिया और उसने घबड़ाकर इसे पढ़ने के लिए लीला के हाथ में दे दिया।

माया–ओफ! मुझे स्वप्न में भी इस बात का गुमान न था कि कृष्णाजिन्न वास्तव में गोपालसिंह है! आह, जब मैं पिछली बातें याद करती हूं तो कलेजा कांप जाता है और मालूम होता है कि गोपालसिंह ने मेरी तरफ से लापरवाही नहीं की, बल्कि मुझे बुरी तरह से दुःख देने का इरादा कर लिया था। किशोरी, कामिनी और कमला के बारे में भी...ओफ! बस अब मैं इस जगह दम-भर भी नहीं ठहर सकती और ठहरना उचित भी नहीं है।

लीला–बेशक, ऐसा ही है, मगर कोई हर्ज नहीं, आज यदि कृष्णाजिन्न का भेद खुल गया है तो यह (अंगूठी और चीठी दिखाकर) चीजें भी बड़ी ही अनूठी मिल गई हैं। तुम बहुत जल्द देखोगी कि इस चीठी और अंगूठी की बदौलत मैं कैसे-कैसे नामी ऐयारों की आंखों में धूल डालती हूं और गोपालसिंह तथा उसके सहायकों को किस तरह तड़पा-तड़पाकर मारती हूं। तुम यह भी देखोगी कि तुम्हारे उन लोगों ने जो ऐयारी का बाना पहिरे हुए थे और नामी ऐयार कहलाते थे, उसका पासंग भी नहीं किया जो मैं अब कर दिखाऊंगी। तो अब यहां से चलना चाहिए।

माया–बहुत जल्द ही चलना चाहिए, मगर क्या इस छोकरे को जीता ही छोड़ जाओगी?

लीला–नहीं-नहीं, कदापि नहीं। क्या इसे मैं इसलिए जीता छोड़ जाऊंगी कि यह होश में आकर जमानिया या गोपालसिंह के पास चला जाए और मेरी कार्रवाइयों में बट्टा लगाए!

इतना कहकर लीला ने खंजर निकाला और एक ही हाथ में बेचारे रामदीन का सिर काट दिया, तब लाश को उसी तरह छोड़ घोड़ी को होश में लाने का उद्योग करने लगी।

थोड़ी देर में घोड़ी भी चैतन्य हो गई, उस समय लीला के कहे अनुसार मायारानी उस घोड़ी पर सवार हुई और दोनों ने वहां से हटकर एक घने जंगल का रास्ता लिया। लीला घोड़ी की रिकाब थामे साथ-साथ बातें करती हुई जाने लगी।

माया–यह मदद मुझे गैब से मिली है, यकायक रामदीन का मिल जाना और उसकी जेब में से अंगूठी तथा चीठी का निकल आना कहे देता है कि मेरे बुरे दिन बहुत जल्द खत्म हुआ चाहते हैं।

लीला–इसमें क्या शक है! अबकी दफे तो राजा गोपालसिंह सचमुच हमारे कब्जे में आ गए हैं। अफसोस इतना ही है कि हम लोग अकेले हैं, अगर सौ-पचास आदमियों की भी मदद होती तो आज गोपालसिंह तथा किशोरी, लक्ष्मीदेवी और कमलिनी वगैरह को सहज ही में गिरफ्तार कर लेते।

माया–अब उन लोगों को गिरफ्तार करने का खयाल तो बिल्कुल जाने दे और एकदम से उन लोगों को मारकर बखेड़ा निपटा डालने की ही फिक्र कर। इस अंगूठी और चीठी के मिल जाने पर यह काम कोई मुश्किल नहीं है।

लीला–ठीक है, जो कुछ तुम चाहती हो मैं पहिले से समझे बैठी हूं। मेरा इरादा है कि तुम्हें किसी अच्छी और हिफाजत की जगह पर छोड़कर मैं जमानिया जाऊं और दीवान साहब से मिलूं जिसके नाम गोपालसिंह ने यह चीठी लिखी है।

माया–बस रामदीन छोकरे की सूरत बना ले और इसी घोड़ी पर सवार होकर चीठी लेकर जा। इस चीठी के अलावे भी तू जो कुछ दीवान को कहेगी वह उससे इनकार न करेगा। गोपालसिंह के लिखे अनुसार जो कुछ खाने-पीने की चीजें तू लेकर उस घाटी की तरफ जाएगी, उसमें जहर मिला देना तो तेरे लिए कोई मुश्किल न होगा और इस तरह एक साथ कई दुश्मनों की सफाई हो जाएगी, मगर इसमें भी मुझे एक बात का खुटका होता है।

लीला–वह क्या?

माया–जिस वक्त से मुझे यह मालूम हुआ है कि गोपालसिंह ही ने कृष्णाजिन्न का रूप धारण किया था, उस वक्त से मैं उसे बहुत ही चालाक और धूर्त ऐयार समझने लग गई हूं, ताज्जुब नहीं कि वह तेरा भेद मालूम कर ले या वे खाने-पीने की चीजें जो उसने मंगाई हैं, उनमें से स्वयं कुछ भी न खाए।

लीला–यह कोई ताज्जुब की बात नहीं है। मेरा दिल भी यही कहता है कि उसने खाने-पीने का बहुत बड़ा ध्यान रखा होगा। सिवाय अपने हाथ के और किसी का

बनाया कदापि न खाता होगा क्योंकि वह तकलीफें उठा चुका है, अब उसे धोखा देना जरा टेढ़ी खीर है, मगर फिर भी तुम देखोगी कि इस अंगूठी की बदौलत मैं उसे कैसा धोखा देती हूं और किस तरह अपने पंजे में फंसाती हूं।

माया–खैर, जो मुनासिब समझ, कर, मगर इसमें तो कोई शक नहीं है कि रामदीन छोकरे की सूरत बन और घोड़ी पर सवार होकर तू दीवान साहब के पास जाएगी।

लीला–जाऊंगी और जरूर जाऊंगी, नहीं तो इस अंगूठी और चीठी के मिलने का फायदा ही क्या हुआ! बस तुम्हें किसी अच्छे ठिकाने पर रख देने-भर की देर है।

माया–मगर मैं एक बात और कहा चाहती हूं।

लीला–वह क्या?

माया–मैं इस समय बिलकुल कंगाल हो रही हूं और ऐसे मौके पर रुपये की बड़ी जरूरत है, इसलिए मैं चाहती हूं कि दीवान साहब के पास तुझे न भेजकर खुद ही जाऊं और किसी तरह तिलिस्मी बाग में घुसकर कुछ जवाहिरात और सोना जहां तक ला सकूं, ले आऊं, क्योंकि मुझे वहां के खजाने का हाल मालूम है और यह काम तेरे किए नहीं हो सकता। जब मुझे रुपये की मदद मिल जाएगी तब कुछ सिपाहियों का भी बन्दोबस्त कर सकूंगी और...

लीला–यह सब-कुछ ठीक है, मगर मैं तुम्हें दीवान साहब के पास कदापि न जाने दूंगी। कौन ठिकाना कहीं तुम गिरफ्तार हो जाओ तो फिर मेरे किए कुछ भी न हो सकेगा। बाकी रही रुपये-पैसेवाली बात, सो इसके लिए तरद्दुद करना वृथा है, क्या यह नहीं हो सकता कि जब मैं दीवान साहब के पास जाऊं और सवारी इत्यादि तथा खाने-पीने की चीजें लूं तो एक रथ पर थोड़ी-सी अशर्फियां और कुछ जवाहिरात भी रख देने के लिए कहूं? क्या वह इस अंगूठी के प्रताप से मेरी बात न मानेगा? और अगर अशर्फियों और जवाहिरात का बन्दोबस्त कर देगा तो क्या मैं उन्हें रास्ते में से गुम नहीं कर सकती? इसे भी जाने दो, अगर तुम पता-ठिकाना ठीक-ठीक बताओ तो क्या मैं तिलिस्मी बाग में जाकर जवाहिरात और अशर्फियों को नहीं निकाल ला सकती?

माया–निकाल ला सकती है और दीवान साहब से भी जो कुछ मांगेगी, सम्भव है कि बिना कुछ विचारे दे दें, मगर इसमें मुझे दो बातों की कठिनाई मालूम पड़ती है।

लीला–वह क्या?

माया–एक तो दीवान साहब के पास अन्दाज से ज्यादे रुपये-अशर्फियों की तहवील नहीं रहती और जवाहिरात तो बिलकुल ही उसके पास नहीं रहता, शायद आजकल गोपालसिंह के हुक्म से रहता हो, मगर मुझे उम्मीद नहीं है। अस्तु, जो चीज

तू उससे मांगेगी वह अगर उसके पास न हुई तो उसे तुझ पर शक करने की जगह मिलेगी और ताज्जुब नहीं कि काम में विघ्न पड़ जाए।

लीला–अगर ऐसा है तो जरूर खुटके की बात है, अच्छा दूसरी बात क्या है?

माया–दूसरे यह कि तिलिस्मी बाग के खजाने में घुसकर वहां से कुछ निकाल लाना नये आदमी का काम नहीं है। खैर, मैं तुझे रास्ता बता दूंगी फिर जो कुछ करते बने, कर लीजियो।

लीला–खैर, जैसा होगा देखा जाएगा, मगर मैं यह राय कभी नहीं दे सकती कि तुम दीवान साहब के सामने या खास बाग में जाओ, ज्यादे नहीं तो थोड़ा-बहुत मैं ले ही आऊंगी।

माया–अच्छा यह बता कि मुझे कहां छोड़ जाएगी और तेरे जाने के बाद मैं क्या करूंगी?

लीला–इतनी जल्दी में कोई अच्छी जगह तो मिलती नहीं, किसी पहाड़ की कन्दरा में दो दिन गुजारा करो और चुपचाप बैठी रहो, इसी बीच में मैं अपना काम करके लौट आऊंगी। मुझे जमानिया जाने में अगर देर हो जाएगी तो काम चौपट हो जाएगा। ताज्जुब नहीं कि देर हो जाने के कारण गोपालसिंह किसी दूसरे को भेज दें और अंगूठी का भेद खुल जाए।

इत्तिफाक अजब चीज है। उसने यहां भी एक बेढब सामान खड़ा कर दिया। इत्तिफाक से लीला और मायारानी भी उसी जंगल में जा पहुंचीं जिसमें माधवी और भीमसेन का मिलाप हुआ था और वे लोग अभी तक वहां टिके हुए थे।

पांचवां बयान

आधी रात का समय था जब लीला और मायारानी उस जंगल में पहुंचीं जिसमें माधवी और भीमसेन टिके हुए थे। जब ये दोनों उसके पास पहुंचीं और लीला को वहां टिके हुए बहुत-से आदमियों की आहट मिली तो वह मायारानी को एक ठिकाने खड़ा करके पता लगाने के लिए उनकी तरफ गई।

हम ऊपर बयान कर चुके हैं कि सेनापति कुबेरसिंह के साथ थोड़ी-सी फौज भी थी–अस्तु, लीला को थोड़ी ही कोशिश से मालूम हो गया कि यहां सैकड़ों आदमियों का डेरा पड़ा हुआ है और वे लोग इस ढंग से घने जंगल में आड़ देख टिके हुए हैं, जैसे डाकुओं का गिरोह या छिपकर धावा मारनेवाले टिकते हैं और हर वक्त होशियार रहते हैं। लीला खूब जानती थी कि राजा बीरेन्द्रसिंह और उनके साथी या सम्बन्धी अगर किसी काम के लिए कहीं जाते हैं या लड़ाई करते हैं तो छिपकर या आड़ पकड़कर डेरा नहीं डालते, हां, अगर अकेले या ऐयार लोग हों तो शायद ऐसा करें,

मगर जब उनके साथ सौ-पचास आदमी या कुछ फौज होगी, तब कदापि ऐसा न करेंगे इसलिए उसे गुमान हुआ कि ये लोग जरूर कोई गैर हैं बल्कि ताज्जुब नहीं कि हमारा साथ देनेवाले हों। अस्तु, बहुत-सी बातों को सोच-विचार और अपनी ऐयारी पर भरोसा करके लीला, माधवी की फौज में घुस गई और वहां बहुत-से सिपाहियों को होशियार तथा पहरा देते हुए देखा।

पहिले लिखा जा चुका है कि लीला भेष बदले हुए थी और यह भी दर्शाया गया है कि माधवी और कुबेरसिंह अपनी असली सूरत में सफर करते थे।

लीला को कई सिपाहियों ने देखा और एक ने टोका कि कौन है?

लीला–एक मुसाफिर परदेसी औरत।

सिपाही–यहां क्यों चली आ रही है?

लीला–अपनी भलाई की आशा से।

सिपाही–क्या चाहती है?

लीला–आपके सरदार से मिलना।

सिपाही–अपना परिचय दे तो सरदार के पास भेजवा दूं।

लीला–परिचय देने में कोई हर्ज तो नहीं है, मगर डरती हूं कि आप लोग भी कहीं उन्हीं में से न हों, जिन्होंने मुझे लूट लिया है, यद्यपि अब मैं बिल्कुल खाली हो रही हूं, मगर...

इतने में और भी कई सिपाही वहां जुट आए और सभों ने लीला को घेरकर सवाल करना शुरू किया और लीला ने भी गौर करके जान लिया कि ये लोग राजा बीरेन्द्रसिंह के दलवाले नहीं हैं क्योंकि उनके फौजी सिपाही अक्सर जर्द पोशाक काम में लाते हैं, इसी तरह से जमानियावाले भी नहीं मालूम हुए क्योंकि उनकी बातचीत और चाल-ढाल को लीला खूब पहिचानती थी, अस्तु, कुछ और बातचीत होने पर लीला को विश्वास हो गया कि ये लोग उनमें से नहीं हैं जिनका मुझे डर है।

उन सिपाहियों को भी एक अकेली औरत से डरने की कोई जरूरत न थी इसलिए उन्होंने अपने मालिक का नाम जाहिर कर दिया और लीला को लिये हुए उस जगह जा पहुंचे जहां माधवी और भीमसेन का बिस्तर लगा हुआ था और वे दोनों इस समय भी बैठे बातचीत कर रहे थे। लालटेन जलाया गया और लीला की सूरत अच्छी तरह देखी गई, लीला ने भी उसी रोशनी में माधवी को पहिचान लिया और खुश होकर बोली, "अहा, आप तो गया की रानी माधवीदेवी हैं!"

माधवी–और तू कौन है?

लीला–मैं प्रसिद्ध मायारानी की ऐयारा हूं और उन्हीं के साथ यहां तक आई भी हूं। यह दुनिया का कायदा है कि एक से दूसरे को मदद पहुंचती है। अस्तु, जिस तरह आपको मायारानी से मदद पहुंच सकती है उसी तरह आप मायारानी की भी मदद कर सकती हैं। वाह-वाह, यह समागम तो बहुत ही अच्छा हुआ। अगर आजकल

मायारानी मुसीबत के दिन काट रही हैं तो क्या हुआ, मगर फिर भी वह तिलिस्म की रानी रह चुकी हैं और जो कुछ वह कर सकती हैं, किसी दूसरे से नहीं हो सकता। आप लोगों का मिलकर एक हो जाना बहुत ही मुनासिब होगा और तब आप लोग जो चाहेंगी कर सकेंगी।

माधवी–(खुश होकर) मायारानी कहां हैं? उन्हें तो राजा बीरेन्द्रसिंह कैद करके चुनार ले गए थे!

लीला–जी हां, मगर मैं अभी कह चुकी हूं कि मायारानी आखिर तिलिस्म की रानी हैं इसलिए जो कुछ वह कर सकती हैं, किसी दूसरे के किए नहीं हो सकता। राजा बीरेन्द्रसिंह ने उन्हें कैद किया तो क्या हुआ, उनका छूटना कोई मुश्किल न था!!

माधवी–बेशक-बेशक, अच्छा बताओ वह कहां हैं?

लीला–यहां से थोड़ी दूर पर खड़ी हैं, किसी सरदार को भेजिए उनका इस्तकबाल करके यहां ले आवे, दो-तीन सौ कदम से ज्यादे न चलना पड़ेगा।

माधवी–मैं खुद उन्हें लेने के लिए चलूंगी।

लीला–इससे बढ़कर और क्या हो सकता है? अगर आप उनकी इज्जत करेंगी तो वह भी आपके लिए जान तक देना जरूरी समझेंगी।

लीला ने अपनी लम्बी-चौड़ी बातों में माधवी को खूब उलझाया, यहां तक कि माधवी अपने साथ भीमसेन और कुबेरसिंह तथा कई सिपाहियों को लेकर मायारानी के पास गई और उसे बड़ी खातिर और इज्जत के साथ अपने डेरे पर ले गई। जल मंगवाकर हाथ-मुंह धुलवाया और फिर बातचीत करने लगी।

माधवी–(मायारानी से) आपको बीरेन्द्रसिंह की कैद से छूट जाने पर मैं मुबारकबाद देती हूं, यद्यपि आपके लिए यह कोई बड़ी बात न थी।

माया–बेशक, यह कोई बड़ी बात न थी, इस काम को तो अकेली मेरी सखी या ऐयारा लीला ही ने कर दिखाया। इस समय आपसे मिलकर मैं बहुत खुश हुई और इसमें अब शक करने की कोई जगह न रही कि आप पुनः गया की रानी और मैं जमानिया की मालिक बन जाऊंगी। दुनिया में एक का काम दूसरे से हुआ ही करता है और जब हम-आप एक दिल हो जाएंगे तो वह कौन-सा काम है जिसे नहीं कर सकते! मुझे आपके कैद होने की भी खबर लगी थी और मुझे इस बात का बहुत रंज था कि आपको मेरी छोटी बहिन कमलिनी ने कैदखाने की सूरत दिखाई थी।

माधवी–इधर तो यह सुनने में आया है कि आपसे और कमलिनी से कोई नाता नहीं है और लक्ष्मीदेवी भी प्रकट हो गई है तथा उसे राजा बीरेन्द्रसिंह चुनार ले गए हैं।

माया–(मुस्कुराकर) बेशक ऐसा ही है, मगर जिस जमाने का मैं जिक्र कर रही हूं, उस जमाने में वह मेरी ही बहिन कहलाती थी। और लक्ष्मीदेवी को राजा बीरेन्द्रसिंह चुनार नहीं ले गए हैं, वह तो किशोरी, कामिनी, कमलिनी, लाडिली और कमला के

सहित किसी दूसरी ही जगह छिपाई गई है, मगर इसमें भी कोई सन्देह नहीं है कि कल शाम को गोपालसिंह उन सभों को जमानिया की तरफ ले जाएंगे और हम लोग उन्हें गोपालसिंह के सहित रास्ते ही में गिरफ्तार कर लेंगे।

माधवी–(ताज्जुब से) हां! क्या कल मैं दुष्टा किशोरी की नापाक सूरत देख सकूंगी! उस पर मुझे बड़ा ही रंज है, और कमलिनी ने तो मुझे कैद ही किया था।

माया–बेशक, कल किशोरी और कमलिनी इत्यादि तुम्हारे कब्जे में होंगी और गोपालसिंह भी तुम्हारे काबू में होगा जो बीरेन्द्रसिंह और उनके लड़कों की बदौलत तुम्हारा सबसे बड़ा दुश्मन हो चुका है?

माधवी–निःसन्देह वह मेरा और तुम्हारा सबसे बड़ा दुश्मन है, तो क्या उसकी गिरफ्तारी का इन्तजाम हो चुका है?

माया–हां, चौदह आना इन्तजाम हो चुका और जो दो आना बाकी है सो वह भी हो जाएगा।

माधवी–क्या बन्दोबस्त हुआ है और किस समय तथा किस तरह वे लोग गिरफ्तार किए जाएंगे?

माया–(इधर-उधर देखकर) बहुत-सी बातें ऐसी हैं जो मैं केवल तुम्हीं से कहूंगी, क्योंकि कोई दूसरा उसके सुनने का अधिकारी नहीं है।

माधवी–बहुत अच्छा, यह कोई बड़ी बात नहीं है।

इतना कहकर माधवी ने भीमसेन और कुबेरसिंह की तरफ देखा, क्योंकि माधवी, मायारानी और लीला के सिवाय केवल ये ही दो आदमी वहां मौजूद थे। भीमसेन ने कहा, "हम दोनों यहां से हट जाते हैं, तुम लोग बेधड़क बातें करो, मगर (मायारानी से) मेरे एक सवाल का जवाब पहिले मिलना चाहिए।"

माया–वह क्या?

भीम–आप अभी कह चुकी हैं कि कल किशोरी, कामिनी और लक्ष्मीदेवी वगैरह गिरफ्तार हो जाएंगी, मगर मैंने सुना था कि राजा बीरेन्द्रसिंह के लश्कर में पहुंचकर मनोरमा ने किशोरी, कामिनी और कमला को जान से मार डाला, अब इस समय कोई और ही बात सुनने में आ रही है।

माधवी–हां, यह सवाल मैं भी करनेवाली थी, लेकिन बातों का सिलसिला दूसरी तरफ चला गया और मैं पूछना भूल गई।

माया–हां, यह बात अच्छी तरह सुनने में आई थी और मुझे विश्वास भी हो गया था कि वास्तव में ऐसा ही हुआ है, मगर आज यह बात खुद गोपालसिंह की लिखावट से खुल गई कि वास्तव में वे तीनों मारी नहीं गईं, परन्तु मुझे यह मालूम नहीं है कि इस विषय में किस तरह की चालाकी खेली गई या मनोरमा ने जिन्हें मारा, वह कौन थीं।

भीम–तो निश्चय है कि वे तीनों मारी नहीं गईं?

माया—बेशक वे तीनों जीती हैं। (गोपालसिंहवाली चीठी दिखाकर) देखो एक ही सबूत में मैं तुम्हारी दिलजमई कर देती हूं। इसे पढ़ो और माधवी रानी को सुनाओ। (माधवी से) देखो बहिन, तुम इस बात का खयाल न करना कि मैं तुम्हें आप कहकर सम्बोधन नहीं करती, मेरा-तुम्हारा अब दोस्ती और मुहब्बत का नाता हो चुका इसलिए अब इन बातों का खयाल नहीं हो सकता।

माधवी—मैं भी यही पसन्द करती हूं और इस बारे में अपने लिए भी तुमसे पहिले ही माफी मांग लेती हूं।

भीमसेन ने पत्र पढ़ा और माधवी को सुनाया।

भीम—इस पत्र से तो बड़ा काम निकल सकता है! यह कब का लिखा है और तुम्हारे हाथ क्योंकर लगा तथा जिस अंगूठी का इसमें जिक्र किया गया है, वह कहां है?

माया—(अंगूठी दिखाकर) अंगूठी भी मुझे मिल गई है और यह चीठी आज ही की लिखी और आज ही मेरे हाथ लगी है। अभी इसकी कार्रवाई बिलकुल बाकी है।

भीमसेन—अफसोस इतना ही है कि मेरे ऐयारों में से कोई भी रामदीन को नहीं जानता...

माया—क्या हर्ज है, यह मेरी ऐयारा लीला बखूबी उसकी तरह बनकर काम निकाल सकती है, तुम्हारे ऐयार इसकी मदद पर मुस्तैद रह सकते हैं, और यह जब रामदीन की सूरत बनेगी तो इसे अच्छी तरह देख भी सकते हैं।

भीम—(चीठी मायारानी के हाथ में देकर) अच्छा अब तुम दोनों को जो कुछ गुप्त बातें करनी हैं, कर लो पीछे मैं, इस विषय में कुछ कहूं-सुनूंगा।

इतना कहकर भीमसेन उठ खड़ा हुआ और कुबेरसिंह को साथ लिये हुए कुछ दूर चला गया और मौका समझकर लीला भी कुछ पीछे हट गई।

माया—जो कुछ तुम पीछे कहो-सुनोगी, उसे मैं पहिले ही निपटा देना चाहती हूं। सच पूछो तो मेरी और तुम्हारी अवस्था बराबर है, तुम भी विधवा हो और मैं भी विधवा हूं, क्योंकि मैं वास्तव में गोपालसिंह की स्त्री नहीं हूं और यह बात सभों को मालूम हो गई, बल्कि तुम भी सुन ही चुकी होगी।

माधवी—हां, मैं सुन चुकी हूं, और मैंने यह सुना था कि तुमने राजा गोपालसिंह को वर्षों तक कैद कर रक्खा था पर आखिर कमलिनी ने उन्हें छुड़ा लिया। तो तुमने ऐसा क्यों किया और उन्हें मार ही क्यों न डाला?

माया—यही मुझसे भूल हो गई। तिलिस्म के दो-चार भेद जो मुझे मालूम न थे, जानने के लिए मैंने ऐसा किया था, मुझे उम्मीद थी कि वह कैद की तकलीफ उठाकर बता देगा। तब उसे मार डालती तो आज यह दिन देखना नसीब न होता। मैं तिलिस्म की बदौलत अकेली ही राजा बीरेन्द्रसिंह ऐसे दस को जहन्नुम में पहुंचा देने की ताकत रखती थी। अब भी अगर गोपालसिंह को मैं पकड़ पाऊं और मार सकूं तो पुनः

तिलिस्म की रानी होने से मुझे कोई भी नहीं रोक सकता और तब मैं बात-की-बात में तुम्हें राजगृही और गया की रानी बना सकती हूं, मगर उस बात का सिलसिला तो टूटा ही जाता है। तुम भी विधवा हो और मैं भी विधवा हूं, तुम भी नौजवान और आशिक-मिजाज हो तथा मैं भी नौजवान और आशिक-मिजाज हूं, तुम भी इन्द्रजीतसिंह के फेर में पड़कर दुःख भोग रही हो और मैं भी आनन्दसिंह की मुहब्बत में इस दशा तक आ पहुंची हूं। अब भी मेरी और तुम्हारी किस्मतों का फैसला एक साथ और एक ही ठिकाने हो सकता है क्योंकि इन्द्रजीतसिंह और आनन्दसिंह भी आजकल जमानिया ही में तिलिस्म तोड़ रहे हैं। अगर आज हम-तुम एक होकर काम करें तो बहुत जल्द दुश्मनों का नामोनिशान मिटाकर अपने प्यारों के साथ दुनिया का सुख भोग सकती हैं, मगर मुझे इस समय तुम्हारे दो कंटक दिखाई देते हैं।

माधवी–हां, एक तो मेरा भाई भीमसेन और दूसरा मेरा सेनापति कुबेरसिंह, मगर तुम इन दोनों का कुछ भी खयाल न करो, इस समय हमें इन दोनों को मिला-जुलाकर काम ले लेना चाहिए फिर तुम जैसा कहोगी, वैसा किया जाएगा।

माया–शाबाश-शाबाश! यही मालूम करने के लिए मैं तुमसे निराले में बातचीत किया चाहती थी, क्योंकि ये बातें ऐसी हैं कि सिवाय मेरे और तुम्हारे किसी तीसरे का न जानना ही अच्छा है।

माधवी–निःसन्देह ऐसा ही है, हम दोनों के दिल की बातें हवा को भी न मालूम होनी चाहिए। आज बड़ी खुशी का दिन है कि हम दोनों जो एक ही तरह का दिल रखती हैं, यहां पर आ मिली हैं। अब हम दोनों को हमेशे मेल-मिलाप रखने और समय पड़ने पर एक-दूसरे की मदद करने के लिए कसम खाकर मजबूत हो जाना चाहिए।

पाठक, मायारानी और माधवी दोनों ही अपना मतलब देख रही हैं। दोनों ही धूर्त, दोनों ही खुदगर्ज, और दोनों ही विश्वासघातिनी हैं। इस समय कुछ देर तक कानों में घुल-घुलकर बातें होती रहीं, वादे भी हुए और कसमें भी खाई गईं। इसके बाद फिर भीमसेन और कुबेरसिंह बुलाए गए तथा लीला भी आ गई और आपुस में बातें होने लगीं।

भीमसेन–अच्छा तो अब क्या निश्चय किया जाता है? राजा गोपालसिंह की चीठी लेकर जमानिया कौन जाएगा और क्या होगा?

माया–पहिले तुम अपनी राय दो।

भीमसेन–मेरी राय तो यह है कि लीला, रामदीन की सूरत बन दीवान साहब के पास जाए और वहां से उनकी फरमाइश लेकर 'पिपलिया घाटी' पहुंचे और हम लोग भी अपनी फौज लेकर वहीं मौजूद रहें। लीला को यह करना चाहिए कि उन दो सौ सवारों को, जिन्हें जमानिया से अपने साथ लाएगी, किसी बहाने से पीछे टिकवा दे जिसमें गोपालसिंह के पहुंचते ही हम लोग बात-की-बात में उन सभों को गिरफ्तार कर लें या मार डालें।

माया–मगर यह बात मुझे नापसन्द है क्योंकि एक तो उसके लिखे अनुसार फौज 'पिपलिया घाटी' तक जरूर जाएगी, अगर मान लिया जाए कि नकली रामदीन के हुक्म से फौज पीछे रह भी जाए और तुम लोग उन सभों को गिरफ्तार कर लो तो भी हमारा काम न निकल सकेगा क्योंकि राजा गोपालसिंह के पकड़े या मारे जाने की खबर दीवान को तुरंत लग जाएगी और वह अपनी फौज को दुरुस्त करके लड़ने के लिए तैयार हो जाएगा और हम लोगों को जमानिया के अन्दर कभी घुसने न देगा। कुंअर इन्द्रजीतसिंह और आनन्दसिंह भी जमानिया ही में तिलिस्म के अन्दर हैं, वे दोनों भी लड़ने-भिड़ने के लिए तैयार हो जाएंगे और उस समय हम लोग फिर लंडूरे ही रह जाएंगे। इतना बखेड़ा करने का कुछ फायदा न निकलेगा, न तो जमानिया की गद्दी मिलेगी और न गया का राज्य।

भीमसेन–अब आप ही कहिए कि क्या करना चाहिए।

माया–(कुबेर से) इस वक्त आपके पास कितनी फौज है?

कुबेर–पांच सौ।

माया–(माधवी से) ऐसा करना चाहिए कि हम-तुम, भीमसेन और कुबेरसिंह चारों आदमी जमानियावाले तिलिस्मी बाग के अन्दर जा घुसें और इन पांच सौ आदमियों को इस तरह तिलिस्मी बाग के अन्दर ले चलें और छिपा रक्खें कि किसी को कानों-कान खबर न हो, क्योंकि उस बाग में इतने आदमियों को छिपा रखने की जगह है और वह बाग भी इस लायक है कि अगर मैं उसके अन्दर मौजूद रहूं तो चाहे कैसा ही जबर्दस्त दुश्मन हो और चाहे कितनी ही ज्यादे फौज लेकर क्यों न चढ़ आवे मगर बाग के अन्दर किसी की नजर तक पहुंचने न दूं।

माधवी–बेशक यह बाग ऐसा ही सुनने में आया है और तुम तो वहां की रानी ही ठहरीं तथा तुम्हें वहां के सब भेद मालूम भी हैं, अच्छा तब?

माया–जब किशोरी और कमलिनी इत्यादि को लेकर गोपालसिंह जमानिया जाएगा तो निःसन्देह सभों को लिये हुए उसी बाग में पहुंचेगा, बस उस समय हम लोग जो छिपे हुए रहेंगे, निकल आवेंगे और बात-की-बात में सभों को मार लेंगे। ऐसा होने से जमानिया में दखल भी बना रहेगा और इन्द्रजीतसिंह तथा आनन्दसिंह भी कब्जे में आ जाएंगे।

माधवी–(खुश होकर) बात तो बहुत ठीक है, मगर हम लोग इतने आदमियों को लेकर चुपचाप उस बाग के अन्दर किस तरह पहुंच सकते हैं?

माया–इसका बन्दोबस्त इस तरह हो सकता है कि हम-तुम, भीमसेन और कुबेरसिंह एक साथ ही भेष बदलकर लीला के साथ जमानिया जाएं और लीला दीवान साहब से कहे कि गोपालसिंह ने इन सभों अर्थात् हम लोगों को खास बाग के अन्दर पहुंचा देने का हुक्म दिया है। बस इतना कहकर हम लोगों को उस बाग के अन्दर पहुंचा दे क्योंकि दीवान इस नकली रामदीन की बात अंगूठी की बरकत से टाल न

सकेगा और रामदीन पहिले भी खास बाग के अन्दर आता-जाता था यह बात दीवान जानता है। जब हम लोग उस बाग के अन्दर जा पहुंचेंगे तो एक गुप्त रास्ते से कुल फौज को बाग के अन्दर ले लेंगे। इन फौजी सिपाहियों को सुरंग के मुहाने का पता बता दिया जाएगा जिसकी राह से हम सभों को खास बाग के अन्दर पहुंचावेंगे।

माधवी–यह बात तो तुमने बहुत ही अच्छी सोची!

भीम–इससे बढ़कर और कोई तरकीब फतह पाने के लिए हो ही नहीं सकती!

कुबेर–और ऐसा करने में कोई टण्टा भी नहीं है।

लीला–बस अब इसी राय को पक्की रखिए।

इसके बाद फिर सभों में बातचीत और राय होती रही यहां तक कि सबेरा हो गया। मायारानी, माधवी, भीमसेन और कुबेरसिंह ने सूरतें बदल लीं और लीला भी रामदीन बन बैठी। भीमसेन के चारों ऐयारों को सुरंग का पता-ठिकाना अच्छी तरह बता दिया गया और कह दिया गया कि उसी ठिकाने सुरंग के मुहाने पर फौजी सिपाहियों को लेकर इन्तजार करना, इसके बाद मायारानी, माधवी, भीमसेन, कुबेरसिंह और लीला ने घोड़ों पर सवार होकर जमानिया का रास्ता लिया।

छठवां बयान

दिन दो पहर से कुछ ज्यादे ढल चुका था, जब जमानिया में दीवान साहब को रामदीन के आने की इत्तिला मिली। दीवान साहब ने रामदीन को अपने पास बुलाया और उसने दीवान साहब के सामने पहुंचकर गोपालसिंह की चीठी उनके हाथ में दी तथा जब वे चीठी पढ़ चुके तो अंगूठी भी दिखाई। दीवान साहब ने नकली रामदीन से कहा, "महाराज का हुक्म हम लोगों के सिर-आंखों पर, तुम अंगूठी को पहिन लो और हम लोगों को अपने हुक्म का पाबन्द समझो! सवारी और सवारों का इन्तजाम दो घड़ी के अन्दर हो जाएगा। तुम यहां रहोगे या सवारों के साथ जाओगे?"

रामदीन ने कहा, "मैं सवारों के साथ ही राजा साहब के पास जाऊंगा, मगर इस समय चार आदमियों को खास बाग के अन्दर पहुंचाकर उनके खाने-पीने का इन्तजाम कर देना है, जैसा कि हमारे राजा साहब का हुक्म है।"

दीवान–(ताज्जुब से) खास बाग के अन्दर?

रामदीन–जी हां।

दीवान–और ये चारों आदमी हैं कहां पर?

रामदीन–उन्हें मैं बाहर छोड़ आया हूं।

दीवान–(कुछ सोचकर) खैर, जो राजा साहब ने हुक्म दिया हो या जो तुम्हारे जी में आवे करो, अब हम लोगों को तो रोकने-टोकने का अधिकार ही नहीं रहा।

रामदीन सलाम करके उठ खड़ा हुआ और अपने चारों साथियों को लेकर तिलिस्मी बाग के अन्दर चला गया जहां इस समय बिल्कुल ही सन्नाटा था। अंगूठी के खयाल से उसे किसी ने भी नहीं रोका और मायारानी बेखटके अपने ठिकाने पहुंच गई तथा लुकने-छिपने और दरवाजों को बन्द करने लगी।

अब हम रामदीन के साथ राजा गोपालसिंह की तरफ रवाना होते हैं और देखते हैं कि बनी-बनाई बात किस तरह चौपट होती है।

संध्या होने से पहिले खाने-पीने का सामान, चार रथ और दो सौ सवारों को लेकर नकली रामदीन पिपलिया घाटी की तरफ रवाना हुआ और दूसरे दिन दोपहर के बाद वहां पहुंचा।

आज ही संध्या होने के पहिले राजा गोपालसिंह यहां पहुंचनेवाले थे यह बात रामदीन की जुबानी सभों को मालूम हो चुकी थी और सभी आदमी उनके आने का इन्तजार कर रहे थे।

संध्या हो गई, चिराग जल गया, पहर रात गई, दो पहर रात गुजरी, आखिर तमाम रात बीत गई, मगर राजा गोपालसिंह न आए, इसलिए नकली रामदीन के ताज्जुब का तो कहना ही क्या? उसके दिल में तरह-तरह की बातें पैदा होने लगीं, मगर इसके अतिरिक्त जितने फौजी सवार तथा लोग साथ आए थे, उन सभों को भी बहुत ताज्जुब हुआ और वे घड़ी-घड़ी राजा साहब के न आने का सबब उससे पूछने लगे, मगर रामदीन क्या जवाब देता? उसे इन बातों की खबर ही क्या थी!

दूसरे दिन संध्या के समय राजा गोपालसिंह घोड़े पर सवार वहां आ पहुंचे, मगर अकेले थे, साईस तक साथ में न था। सिपाहियाना ठाठ से बेशकीमत कपड़ों के ऊपर तिलिस्मी कवच-खंजर और ढाल-तलवार लगाए बहुत ही सुन्दर तथा रोआबदार मालूम होते थे। सभों ने झुककर सलाम किया और नकली रामदीन ने आगे बढ़कर घोड़े की लगाम थाम ली तथा उसकी गर्दन पर दो-चार थपकी देकर कहा, "आश्चर्य है कि आपके आने में पूरे आठ पहर की देर हो गई और फिर भी अकेले ही हैं!"

यह सुनकर राजा साहब ने कई पल तक रामदीन का मुंह देखा और तब कहा, "हां किशोरी, कामिनी और लक्ष्मीदेवी वगैरह ने हमारे साथ आने से इनकार किया इसलिए हम अकेले ही आए हैं और हमारे जाने में रात-भर की देर है। इस समय हम किसी काम को जाते हैं, सबेरे यहां आएंगे, तब तक तुम सभों को इस घाटी में टिके रहना होगा!"

रामदीन–घोड़ों का दाना तो सिर्फ एक ही दिन का आया था, और सवार लोग भी...

गोपाल–खैर, क्या हर्ज है, घोड़े चराई पर गुजारा कर लेंगे और सवार लोग रात-भर फाका करेंगे।

इतना कहकर राजा गोपालसिंह ने घोड़े की बाग मोड़ी और जिधर से आए थे, उसी तरफ तेजी के साथ रवाना हो गए। रामदीन चुपचाप ज्यों-का-त्यों खड़ा उनकी

तरफ देखता ही रह गया और जब वे नजरों की ओट हो गए, तब उसने सभों को राजा साहब का हुक्म सुनाया और इसके बाद अपने बिछावन पर जाकर सोचने लगा—

गोपालसिंह की बातें कुछ समझ में नहीं आतीं और न उनके इरादे का ही पता लगता है! लक्ष्मीदेवी और कमलिनी वगैरह को न मालूम क्यों छोड़ आए और जब उन्होंने इनके साथ आने से इनकार किया तो इन्होंने मान क्यों लिया? क्या अब लक्ष्मीदेवी का और इनका साथ न होगा? अगर ये अकेले जमानिया गए तो क्या केवल इन्हीं के साथ वह सलूक किया जाएगा जो हम सोच चुके हैं? मगर कमलिनी वगैरह का बचे रह जाना तो अच्छा नहीं होगा। लेकिन फिर क्या किया जाए, लाचारी है। हां, एक बात का इन्तजाम तो कुछ किया ही नहीं गया और न पहिले इस बात का विचार ही हुआ। जमानिया पहुंचने पर जब दीवान साहब की जुबानी गोपालसिंह को यह मालूम होगा कि रामदीन ने चार आदमियों को खास बाग के अन्दर पहुंचाया है, तब यह क्या सोचेंगे और पूछने पर मुझसे क्या जवाब पावेंगे? कुछ भी नहीं। इस बात का जवाब देना मेरे लिए कठिन हो जाएगा। तब फिर खास बाग पहुंचने के पहिले ही मेरा भाग जाना उचित होगा? ओफ, बड़ी भूल हो गई, यह बात पहिले न सोच ली! दीवान साहब को बिना कुछ कहे ही, उन सभों को खास बाग में पहुंचा देना मुनासिब होता। मगर ऐसा करने पर भी तो काम नहीं चलता। अगर दीवान साहब को नहीं तो खास बाग के पहरेदारों को तो मालूम हो ही जाता कि रामदीन चार आदमियों को बाग के अन्दर छोड़ गया है और उन्हीं की जुबानी यह बात राजा साहब को भी मालूम हो जाती। बात एक ही थी, सबसे अच्छा तो तब होता, जब वे लोग किसी गुप्त राह से बाग के अन्दर जाते, मगर यह असम्भव था क्योंकि जरूर भीतर से सभी रास्ते गोपालसिंह ने बन्द कर रक्खे होंगे। तब क्या करना चाहिए? हां, भाग ही जाना सबसे अच्छा होगा। मगर मायारानी को भी तो इस बात की खबर कर देनी चाहिए। अच्छा तब जमानिया होकर और मायारानी को कह-सुनकर भागना चाहिए। नहीं, अब तो यह भी नहीं हो सकता, क्योंकि मायारानी फौजी सिपाहियों को बाग के अन्दर करके साथियों समेत कहीं छिप गई होगी और मैं उस भाग के गुप्त भेदों को न जानने के कारण इस लायक नहीं हूं कि मायारानी को खोज निकालूं और अपने दिल का हाल उनसे कहूं या उन्हीं के साथ आप भी छिप रहूं। ओफ्! वह तो मजे में अपने ठिकाने पहुंच गई, मगर मुझे आफत में डाल गई। खैर, अभी तो नहीं, मगर गोपालसिंह को जमानिया की हद में पहुंचाकर जरूर भाग जाना पड़ेगा। फिर जब मायारानी उन्हें मारकर अपना दखल जमा लेंगी तब फिर उनसे मुलाकात होती रहेगी।

इन्हीं विचारों में लीला (नकली रामदीन) ने तमाम रात आंखों में बिता दी। सबेरा होने के पहिले ही वह जरूरी कामों से छुट्टी पाने के लिए घोड़े पर सवार होकर दूर चली गई और घण्टे-भर बाद लौट आई।

सातवां बयान

दिन अनुमान दो घड़ी के चढ़ चुका होगा जब राजा गोपालसिंह दो आदमियों को साथ लिये हुए धीरे-धीरे आते दिखाई पड़े। वे दोनों भैरोसिंह और इन्द्रदेव थे और पैदल थे। जब तीनों उस ठिकाने पहुंच गए जहां राजा साहब के रथ और सवार लोग थे, तब राजा साहब ने अपना घोड़ा छोड़ दिया और उस पर भैरोसिंह को सवार होने के लिए कहा तथा और सवारों को भी घोड़ों पर सवार हो जाने के लिए इशारा किया। इसके बाद स्वयं एक रथ पर सवार हो गए और इन्द्रदेव को भी उसी पर अपने साथ बैठा लिया, बाकी तीन रथ खाली ही रह गए। सवारी धीरे-धीरे जमानिया की तरफ रवाना हुई और फौजी सवार खूबसूरती के साथ राजा साहब को घेरे हुए धीरे-धीरे जैसा कि रथ जा रहा था, जाने लगे। भैरोसिंह अपना घोड़ा बढ़ाकर नकली रामदीन के पास चला गया जो उसी पंचकल्यान घोड़ी पर सवार था और उसके साथ-साथ जाने लगा। यह बात लीला को बहुत बुरी मालूम हुई क्योंकि वह राजा बीरेन्द्रसिंह के ऐयारों से बहुत डरती थी। थोड़ी देर चुप रहने के बाद वह बोली–

लीला–(भैरो से) आपने राजा साहब का साथ क्यों छोड़ दिया?

भैरो–(हंसकर) तुम्हारा साथ करने के लिए, क्योंकि मैं अपने दोस्त रामदीन को अकेला नहीं छोड़ सकता।

लीला–और जब मुझे राजा साहब ने अकेले जमानिया भेजा था, तब आप कहां डूब गए थे?

भैरो–तब भी मैं तुम्हारे साथ था, मगर तुम्हारी नजरों से छिपा हुआ था।

लीला–(डरकर, मगर अपने को सम्हालकर) परसों तुम कहां थे? कल कहां थे और आज सबेरा होने के पहिले तक कहां गायब थे? क्यों झूठी बातें बना रहे हो?

भैरो–परसों भी, कल भी और आज भर भी मैं तुम्हारे साथ ही था, मगर तुम्हारी नजरों से छिपा हुआ था, हां, जब दो घण्टे रात बाकी थी तब मैंने तुम्हारा साथ छोड़ दिया और राजा साहब से जा मिला। अब मैं फिर तुम्हारे साथ जा रहा हूं क्योंकि राजा साहब का ऐसा ही हुक्म है। (हंसकर) क्योंकि राजा साहब ने सुना है कि तुम्हारा इरादा जमानिया पहुंचने के पहिले ही भाग जाना है!

लीला–(अपने उछलते कलेजे को रोककर) यह उनसे किसने कहा?

भैरो–मैंने।

लीला–और तुम्हें किसने खबर दी?

भैरो–तुम्हारे दिल ने।

लीला–मानो मेरे दिल के आप भेदिया ठहरे!

भैरो–बेशक, ऐसा ही है। अगर तुम्हें ऐयारी का ढंग पूरा-पूरा मालूम होता तब तुम्हारा दिल मजबूत होता, मगर तुम्हारी ऐयारी अभी बिलकुल कच्ची है। अहा, एक

बात तुमसे कहना तो मैं भूल ही गया, जिस रात मायारानी राजा बीरेन्द्रसिंह के लश्कर से भाग गई थी, उसी रोज सबेरा होने के पहिले ही वह खबर राजा गोपालसिंह को मालूम हो गई।

लीला–(कांपती हुई और लड़खड़ाती हुई आवाज में) यह तो मुझे भी मालूम है, मगर तुम्हारे इस कहने का मतलब क्या है सो समझ में नहीं आता।

भैरो–मतलब यही है कि तुम अपनी सूरत साफ करो और मेरे साथ राजा साहब के पास चलो क्योंकि अब असली रामदीन के सामने तुम्हारा रामदीन बने रहना मुनासिब नहीं है।

लीला–असली रामदीन अब कहां...!

जल्दी में लीला इतना कह तो गई, मगर फिर उसने जुबान बन्द कर ली। भैरोसिंह की चलती-फिरती बातों ने उसका कलेजा हिला दिया और वह समझ गई कि अब मेरा नसीब मुझे धोखा दिया चाहता है, मेरा भेद खुल गया, और अब मेरे कैद होने में ज्यादे देर नहीं है। अब उसके दिल ने भी कहा कि वास्तव में कल ही राजा साहब को तुझ पर शक हो गया था, अगर तू कल ही भाग जाती तो अच्छा था, मगर अब तेरा भागना भी कठिन है। लीला ने कुछ और सोच-विचार के भैरोसिंह से कहा, "तुम जरा निराले में चलकर मेरी एक बात सुन लो, बेहतर होगा कि हम दोनों आदमी घोड़ा बढ़ाकर जरा आगे निकल चलें, मैं जो बात कहा चाहता हूं उसे सुनकर तुम बहुत खुश होवोगे।"

भैरो–न तो मैं तुम्हारी कुछ सुन सकता हूं और न तुम्हें छोड़ सकता हूं, हां, एक बात तुम्हें और भी कहे देता हूं जिसे सुनकर तुम्हारे दिल का खुटका निकल जाएगा, वह यह है कि जब राजा साहब ने दीवान साहब के नाम की चीठी देकर असली रामदीन को जमानिया भेजा था तो जुबानी कह दिया था कि 'इस चीठी में हमने दो सौ सवार भेजने के लिए लिखा है, मगर तुम केवल बीस सवार अपने साथ लाना और जिस दिन हमने मांगा है, उसके एक दिन बाद आना'। कहो अब तो बहुत-सी बातें तुम्हारी समझ में आ गई होंगी?

इतना कह भैरोसिंह ने लीला का हाथ पकड़ लिया और राजा साहब की तरफ चलने के लिए कहा, मगर लीला को उधर जाना मंजूर न था इसलिए उसने अपनी घोड़ी को न रोका और झटका देकर अपना हाथ छुड़ाना चाहा, मगर ऐसा न कर सकी। भैरोसिंह ने उसे खैंचकर जमीन पर गिरा दिया। उस समय भैरोसिंह को मालूम हुआ कि यह मर्द नहीं, औरत है।

भैरोसिंह की यह कार्रवाई देखकर सभों के कान खड़े हो गए। सवारों ने घोड़ा रोक दिया, राजा साहब की सवारी (रथ) खड़ी हो गई, कई सवार अपने घोड़े पर से कूदकर भैरोसिंह के पास चले गए और इन्द्रदेव भी रथ पर से उतरकर उसके पास जा पहुंचे। आज्ञानुसार लीला की मुश्कें बांध ली गईं और पानी मंगाकर उसका चेहरा

साफ किया गया और तब लीला को सभों ने पहिचान लिया। लीला राजा गोपालसिंह के पास लाई गई और भैरोसिंह ने सब हाल कहा जिसे सुन राजा साहब हंस पड़े और बोले, "अब इन्द्रदेव जैसा कहें वैसा करो।"

इन्द्रदेव की आज्ञानुसार लीला रस्सियों से जकड़कर एक खाली रथ पर बैठा दी गई और कई सवार उसकी निगरानी पर मुस्तैद किए गए।

अब सवारी तेजी के साथ जमानिया की तरफ रवाना हुई। दोपहर के बाद जब सवारी जमानिया के पास पहुंची तब इन्द्रदेव ने राजा साहब से धीरे-धीरे कुछ कहा और रथ से उतरकर पैदल ही मैदान का रास्ता लिया और देखते-देखते न मालूम कहां चले गए। सवारी खास बाग के दरवाजे पर पहुंची और राजा साहब रथ से उतरकर भैरोसिंह को साथ लिये हुए बाग के अन्दर चले गए।

आठवां बयान

कुंअर इन्द्रजीतसिंह और आनन्दसिंह तिलिस्म तोड़ने की धुन में लगे हुए थे, मगर उनके दिल से किशोरी और कमलिनी तथा कामिनी और लाडिली की मुहब्बत एक सायत के लिए भी बाहर नहीं होती थी। जब दोनों कुमारों ने बाग के उत्तर तरफवाले मकान की खिड़की (छोटे दरवाजे) में से झांकते हुए राजा गोपालसिंह की जुबानी किशोरी, कमलिनी, कामिनी और लाडिली का सब हाल सुना और यह भी सुना कि अब वे बहुत जल्द जमानिया में लाई जाएंगी, तब बहुत खुश हुए और उन लोगों से जल्द मिलने के लिए तिलिस्म तोड़ने की फिक्र उन्हें बहुत ज्यादे हो गई। जब गोपालसिंह, इन्दिरा और इन्द्रदेव बातचीत करके चले गए तब बड़े कुमार ने सर्यू से कहा, "सर्यू, हम लोग अब बहुत जल्द तुम्हें अपने साथ लिये हुए इस तिलिस्म के बाहर होंगे। हम लोगों को तिलिस्म तोड़ने और दौलत पाने का उतना खयाल नहीं है जितना तिलिस्म से बाहर निकलने का ध्यान है। इस तिलिस्म से हम लोगों को एक किताब मिलनेवाली है जिसके लिए हम लोग जरूर उद्योग करेंगे, क्योंकि उस किताब की बदौलत हम लोग चुनारगढ़ का वह भारी तिलिस्म तोड़ सकेंगे जिसे हमारे पिता ने हमारे लिए छोड़ रक्खा है और जिसका तोड़ना हम दोनों भाइयों को आवश्यक कहा जाता है।"

सर्यू–मेरे दिल ने उम्मीदों से भरकर उसी समय विश्वास दिया कि अब तेरा दुर्दैव सदैव के लिए तेरा पीछा छोड़ देगा जब आप दोनों भाइयों के दर्शन हुए तथा आप लोगों का परिचय मिला। अब मैं अपना दुःख भूलकर बिल्कुल बेफिक्र हो रही हूं और सिवाय आपकी आज्ञा मानने के कोई दूसरा खयाल मेरे दिल में नहीं है।

इन्द्रजीत–अच्छा तो अब तुम हम लोगों के लिए फल तोड़ो और तब तक हम लोग इस बाग में घूमकर कोई दरवाजा ढूंढ़ते हैं। ताज्जुब नहीं कि हम लोगों को इस बाग में कई दिन रहना पड़े।

सर्यू–जो आज्ञा।

इतना कहकर सर्यू फल तोड़ने और नहर के किनारे छाया देखकर कुछ जमीन साफ करने के खयाल में पड़ी और दोनों कुमार बाग में इधर-उधर घूमकर दरवाजा खोजने का उद्योग करने लगे।

पहर-भर से ज्यादे देर तक घूमने और पता लगाने के बाद जब कुमार उत्तर तरफवाली दीवार के नीचे पहुंचे, जिधर मकान था, तब उन्हें पूरब तरफ के कोने की तरफ हटकर जमीन में एक हौज का निशान मालूम हुआ। उसी के पास दीवार में एक छोटे से दरवाजे का चिह्न भी दिखा जिससे निश्चय हो गया कि उन लोगों का काम इन्हीं दोनों निशानों से चलेगा। इतना सोचकर वे दोनों भाई वहां चले आए जहां सर्यू फल तोड़ और जमीन साफ करके बैठी हुई दोनों भाइयों के आने का इन्तजार कर रही थी। सर्यू ने अच्छे-अच्छे और पके हुए फल दोनों भाइयों के लिए तोड़े और जल से धोकर साफ पत्थर की चट्टान पर रक्खे थे। दोनों भाइयों ने उन्हें खाकर नहर का जल पिया और इसके बाद सर्यू को भी खाने के लिए कहके उसी ठिकाने चले गए जहां हौज और दरवाजे का निशान पाया था। हौज में मिट्टी भरी हुई थी जिसे दोनों भाइयों ने खंजर से खोद-खोदके निकालना शुरू किया और थोड़ी देर में सर्यू भी उनके पास पहुंचकर मिट्टी फेंकने में मदद करने लगी। संध्या हो जाने पर इन सभों ने उस काम से हाथ खींचा और नहर के किनारे जाकर आराम किया। उस हौज की सफाई में इन लोगों को चार दिन लग गए। पांचवें दिन दोपहर होते-होते वह हौज साफ हुआ और मालूम होने लगा कि यह वास्तव में एक फौवारा है। वह हौज संगमरमर का बना हुआ था और फौवारा सोने का। अब दोनों कुमारों ने खंजर के सहारे उस हौज की जमीन का पत्थर उखाड़ना शुरू किया और जब दो-तीन दिन की मेहनत में सब पत्थर उखड़ गए तब वह फौवारा भी सहज ही में निकल गया और उसके नीचे एक दरवाजे का निशान दिखाई दिया। दरवाजे में पल्ला हटाने के लिए कड़ी लगी हुई थी और जिस जगह ताला लगा हुआ था, उसके मुंह पर लोहे की एक पतली चादर रक्खी हुई थी जिसे कुंअर इन्द्रजीतसिंह ने हटा दिया और उसी तिलिस्मी ताली से ताला खोला जो पुतली के हाथ में से उन्हें मिली थी।

दरवाजा हटाने पर नीचे उतरने के लिए सीढ़ियां दिखाई पड़ीं। आनन्दसिंह तिलिस्मी खंजर हाथ में लेकर रोशनी करते हुए नीचे उतरे और उनके पीछे-पीछे इन्द्रजीतसिंह और सर्यू भी गए। नीचे पहुंचकर उन्होंने अपने को एक छोटी-सी कोठरी में पाया जिसके बीचोबीच में एक हौज बना हुआ था। उस हौज के चारों तरफवाली दीवार कई तरह की धातुओं से बनी हुई थी और हौज के बीच में किसी तरह की राख भरी हुई

थी। कोठरी की चारों तरफ की दीवारों में से तांबे की बहुत-सी तारें आई थीं और वे सब एक साथ होकर उसी हौज के बीच में चली गई थीं। इन्द्रजीतसिंह ने सर्यू से कहा, "जब ये सब तारें काट दी जाएंगी तब बाग के चारों तरफ की दीवार करामात से खाली हो जाएगी अर्थात् उसमें यह गुण न रहेगा कि उसके छूने से किसी को किसी तरह की तकलीफ हो, इसके बाद हम लोग उस दीवारवाले दरवाजे को साफ करके रास्ता निकालेंगे और इस बाग से निकलकर किसी दूसरी ही जगह जाएंगे, अस्तु, तुम यहां से निकलकर ऊपर चली जाओ तब हम लोग तार काटने में हाथ लगावें।"

इन्द्रजीतसिंह की आज्ञानुसार सर्यू कोठरी से बाहर निकल गई और दोनों कुमारों ने तिलिस्मी खंजर से शीघ्र ही उन तारों को काट डाला और बाहर निकल आए। दरवाजा पहिले की तरह बन्द कर दिया और ऊपर से मिट्टी डाल दी, फिर नहर के किनारे आकर तीनों आदमी बैठ गए और बातचीत करने लगे।

सर्यू–अब दीवार छूने में किसी तरह की तकलीफ नहीं हो सकती?

इन्द्रजीत–अभी नहीं धीरे-धीरे दो पहर में उसका गुण जाएगा और तब तक हम लोगों को व्यर्थ बैठे रहना पड़ेगा।

आनन्द–तब तक (सर्यू की तरफ बताकर) इनका बचा हुआ किस्सा सुन लिया जाता तो अच्छा होता।

इन्द्रजीत–नहीं, अब इनका किस्सा पिताजी के सामने सुनेंगे।

सर्यू–अब तो मैं आपके साथ ही रहूंगी, इसलिए तिलिस्म तोड़ते समय जो कुछ कार्रवाई आप करेंगे या जो तमाशा दिखाई देगा, देखूंगी, मगर यदि आज के पहिले का हाल जब से आप इस तिलिस्म में आए हैं, सुना देते तो बड़ी कृपा होती। मैं भी समझती कि आपकी बदौलत इस तिलिस्म का पूरा-पूरा तमाशा देख लिया।

इन्द्रजीत–अच्छी बात है, (आनन्दसिंह से) तुम इस तिलिस्म का हाल इन्हें सुना दो।

थोड़ी देर आराम करने तथा जरूरी कामों से छुट्टी पाने के बाद भाई की आज्ञानुसार आनन्दसिंह ने अपना और तिलिस्म का हाल तथा जिस ढंग से इन्दिरा की मुलाकात हुई थी, वह सब सर्यू को कह सुनाया, इसके साथ-ही-साथ तिलिस्म के बाहर आजकल का जैसा जमाना हो रहा था, वह सब भी बयान किया। वह सब हाल कहते-सुनते रात आधी से कुछ ज्यादा चली गई और उस समय इन लोगों ने एक विचित्र तमाशा देखा।

इस बाग के उत्तर तरफ जो सटा हुआ मकान था और जिसमें से राजा गोपालसिंह और कुमार में बातचीत हुई थी, हम पहिले लिख आए हैं कि उसमें आगे की तरफ सात खिड़कियां थीं। इस समय यकायक एक आवाज आने से दोनों कुमारों और सर्यू की निगाह उस तरफ चली गई। देखा कि बीचवाली बड़ी खिड़की (दरवाजा) खुली है और उसके अन्दर रोशनी मालूम होती है। इन लोगों को ताज्जुब हुआ और इन्होंने सोचा कि शायद राजा गोपालसिंह आए हैं और हम लोगों से बातचीत करने का इरादा

है, मगर ऐसा न था। थोड़ी ही देर बाद उसके अन्दर दो-तीन नकाबपोश चलते-फिरते दिखाई दिए और इसके बाद एक नकाबपोश खिड़की में कमन्द अड़ाकर नीचे उतरने लगा। पहिले तो दोनों कुमारों और सर्यू को गुमान हुआ कि खिड़की में राजा गोपालसिंह या इन्द्रदेव दिखाई देंगे या होंगे, मगर जब एक नकाबपोश कमन्द के सहारे नीचे उतरने लगा तब उनका खयाल बदल गया और वे सोचने लगे कि यह काम इन्द्रदेव या गोपालसिंह का नहीं है बल्कि किसी ऐसे आदमी का है जो इस तिलिस्म का हाल नहीं जानता, क्योंकि गोपालसिंह और इन्द्रदेव तथा इन्दिरा को भी मालूम ही है कि इस बाग की दीवार छूने या बदन के साथ लगाने लायक नहीं है, तभी तो इन्दिरा अपनी मां के पास नहीं पहुंच सकी थी और सर्यू ने यह बात इन्दिरा से कही होगी।

इन्द्रजीतसिंह ने इसी समय सर्यू से पूछा कि "इस बाग की दीवार का हाल इन्दिरा को मालूम है?" इसके जवाब में सर्यू ने कहा, "जरूर मालूम है, मैंने खुद इन्दिरा से कहा था और इसी सबब से तो वह मेरे पास आज तक न आ सकी, निःसन्देह इन्दिरा ने यह बात राजा गोपालसिंह से कही होगी, बल्कि वह खुद जानते होंगे इसी से मैं सोचती हूं कि ये लोग कोई दूसरे ही हैं, जो इस भेद को नहीं जानते, मगर अब तो इस दीवार का गुण जाता ही रहा।"

तीनों को ताज्जुब हुआ और तीनों आदमी टकटकी लगाकर उस तरफ देखने लगे। जब वह नकाबपोश कमन्द के सहारे नीचे उतर आया तब दूसरे नकाबपोश ने वह कमन्द ऊपर खैंच ली और उसी कमन्द में एक गठरी बांधकर नीचे लटकाई। दोनों कुमारों और सर्यू को विश्वास हो गया कि इस गठरी में जरूर कोई आदमी है।

जो नकाबपोश नीचे आ चुका था उसने गठरी थाम ली और खोलकर कमन्द खाली कर दी, मगर जिस कम्बल में वह गठरी बंधी हुई थी, उसे इसी के साथ बांध दिया और ऊपरवाले नकाबपोश ने खैंच लिया। थोड़ी देर बाद दूसरी गठरी लटकाई गई और नीचेवाले नकाबपोश ने पहिले की तरह उसे भी थाम लिया और कम्बल खोलकर फिर कमन्द के साथ बांध दिया।

इसी तरह बारी-बारी से सात गठरियां नीचे उतारी गईं, इसके बाद वह नकाबपोश जो सबके पहिले नीचे उतरा था, उसी कमन्द के सहारे ऊपर चढ़ गया और खिड़की बन्द हो गई।

नौवां बयान

जिस समय राजा गोपालसिंह खास बाग के दरवाजे पर पहुंचे उस समय उनके दीवान साहब भी वहां हाजिर थे। नकली रामदीन अर्थात् लीला इनके हवाले कर दी गई। भैरोसिंह के सवाल करने पर उन्होंने कहा कि 'इस लीला ने चार आदमियों को खास

बाग के अन्दर पहुंचाया है, मगर हम नहीं कह सकते कि वास्तव में वे कौन थे।' अस्तु, राजा साहब और भैरोसिंह को यह तो मालूम हो गया कि चार आदमी भी इस बाग के अन्दर घुसे हैं जो हमारे दुश्मन ही होंगे, मगर उन्हें उन पांच सौ फौजी सिपाहियों की शायद ही खबर हो जिन्हें मायारानी ने गुप्त रीति से बाग के अन्दर कर लिया था। पहिली दफे जब मायारानी को गोपालसिंह ने छकाया था, तब वह खुले तौर पर बाग में रहती थी, मगर अबकी दफे तो वह उस भूल-भुलैया बाग में जाकर ऐसा गायब हुई है कि उसका पता लगाना भी कठिन होगा। दीवान साहब ने पूछा भी कि 'अगर हुक्म हो तो बाग में तलाशी ली जाए और उन आदमियों का पता लगाया जाए जिन्हें लीला ने इस बाग में पहुंचाया है', मगर राजा साहब ने इसके जवाब में सिर हिलाकर जाहिर कर दिया कि यह बात उन्हें स्वीकार नहीं है।

कुछ दिन रहते ही राजा गोपालसिंह बाग के दूसरे दर्जे में केवल भैरोसिंह को साथ लेकर गए और बाग के अन्दर चारों तरफ सन्नाटा पाया। इस समय भैरोसिंह और राजा गोपालसिंह दोनों ही के हाथ में तिलिस्मी खंजर मौजूद थे।

खास बाग के दूसरे दर्जे में दो कुएं थे जिनमें पानी बहुत ज्यादे रहता था, यहां तक कि इस बाग के पेड़-पत्तों को सींचने और छिड़काव का काम इन दोनों में से किसी एक कुएं ही से चल सकता था, मगर सींचने के समय दूर और नजदीक का खयाल करके या शायद और किसी सबब से बनवानेवाले ने दो बड़े-बड़े जंगी कुएं बनावाये थे, परन्तु ये दोनों कुएं भी कारीगरी और ऐयारी से खाली न थे।

भैरोसिंह और गोपालसिंह छिपते और घूमते हुए पूरब तरफवाले कुएं पर पहुंचे जिसका घेरा बहुत बड़ा था और नीचे उतरने तथा चढ़ने के लिए कुएं की दीवार में लोहे की कड़ियां लगी हुई थीं। भैरोसिंह और गोपालसिंह दोनों आदमी कड़ियों के सहारे इस कुएं में उतर गए।

किसी ठिकाने छिपी हुई मायारानी इस तमाशे को देख रही थी। गोपालसिंह और भैरोसिंह को आते देख वह बहुत खुश हुई और उसे निश्चय हो गया कि अब हम लोग गोपालसिंह को मार लेंगे। जिस जगह वह बैठी हुई थी वहां पर माधवी, कुबेरसिंह, भीमसेन और ऐयारों के अतिरिक्त बीस आदमी फौजी सिपाहियों में से भी मौजूद थे और बाकी फौजी सिपाही तहखानों में छिपाए हुए थे। पहिले तो मायारानी ने चाहा कि केवल हम ही लोग बीस सिपाहियों के साथ जाकर गोपालसिंह को गिरफ्तार कर लें, मगर जब उसे कृष्णाजिन्नवाली बात याद आई और यह खयाल हुआ कि गोपालसिंह के पास वह तिलिस्मी खंजर और कवच जरूर होगा जो कि रोहतासगढ़ में उनके पास उस समय मौजूद था, जब शेरअली और दारोगा के साथ हम लोग वहां गए थे, तब उसकी हिम्मत टूट गई और बिना कुल फौजी सिपाहियों को साथ लिये गोपालसिंह के पास जाना उचित न जाना। इसी बीच में उसके देखते-देखते गोपालसिंह कुएं के अन्दर चले गए।

इस तिलिस्मी बाग के अन्दर आने तथा यहां से बाहर जानेवाला दरवाजा जिस तरह बन्द होता है, इसका हाल उस समय लिखा जा चुका है जब पहिली दफा इस बाग में मायारानी के ऊपर आफत आई थी और मायारानी ने सिपाहियों के बागी हो जाने पर बाहर जाने का रास्ता बन्द कर दिया था, अस्तु, इस समय भी उसी ढंग से मायारानी ने बाग का दरवाजा बन्द कर दिया और इसके बाद कुल सिपाहियों को तहखाने में से निकालकर माधवी, भीमसेन और कुबेरसिंह तथा ऐयारों को साथ लिये उस कुएं पर पहुंची, जिसके अन्दर भैरोसिंह को साथ लिये हुए राजा गोपालसिंह उतर गए थे।

मायारानी ने सोचा था कि आखिर गोपालसिंह उस कुएं के बाहर निकलेंगे ही, उस समय हम लोग उन्हें सहज ही में मार लेंगे, बल्कि कुएं से बाहर निकलने की मोहलत ही न देंगे–इत्यादि, मगर जब बहुत देर हो गई और रात हो जाने पर भी गोपालसिंह कुएं के बाहर न निकले तो उसे बड़ा ही ताज्जुब हुआ। वह खुद कुएं के अन्दर झांककर देखने लगी और उसी समय चौंककर माधवी से बोली–

माया–क्यों बहिन, आज ही तुमने भी देखा था कि इस कुएं में पानी कितना ज्यादा था!

माधवी–बेशक मैंने देखा था कि बीस हाथ से ज्यादे दूरी पर पानी नहीं है, तो क्या इस समय पानी कम जान पड़ता है?

माया–कम क्या मैं तो समझती हूं कि इस समय इसमें कुछ भी पानी नहीं है और कुआं सूखा पड़ा है।

माधवी–(ताज्जुब से) ऐसा नहीं हो सकता। एक पत्थर इसमें फेंककर देखो।

माया–आओ, तुम ही देखो।

माधवी ने अपने हाथ से ईंट का टुकड़ा कुएं के अन्दर फेंका और उसकी आवाज पर गौर करके बोली–

माधवी–बेशक इसमें पानी कुछ भी नहीं है केवल कीचड़ मात्र है। तो क्या तुम नहीं जानतीं कि इसके अन्दर पानी के निकास का कोई रास्ता तथा आदमियों के आने-जाने के लिए कोई सुरंग या दरवाजा है या नहीं?

माया–मुझे एक दफे गोपालसिंह ने कहा था कि इस कुएं के नीचे एक तहखाना है जिसमें तरह-तरह के तिलिस्मी हर्बे और ऐयारी के काम की अपूर्व चीजें हैं।

माधवी–बेशक यही बात ठीक होगी और उन्हीं चीजों में से कुछ लाने के लिए गोपालसिंह गए होंगे।

माया–शायद ऐसा ही हो!

माधवी–तो बस इससे बढ़कर और कोई तरकीब नहीं हो सकती कि यह कुआं पाट दिया जाए जिसमें गोपालसिंह को फिर दुनिया का मुंह देखना नसीब न हो।

माया–निःसन्देह यह बहुत अच्छी राय है। अस्तु, जहां तक हो सके इसे कर ही देना चाहिए।

इस समय कुबेरसिंह की फौज टिड्डियों की तरह इस बाग में सब तरफ फैली हुई हुक्म का इन्तजार कर रही थी। माधवी ने अपनी राय भीमसेन और कुबेरसिंह से कही और उनकी आज्ञानुसार फौजी आदमियों ने जमीन खोदकर मिट्टी निकालने और कुआं पाटने में हाथ लगा दिया।

पहर रात ज़ाते तक कुआं बखूबी पट गया और उस समय मायारानी के दिल में यह बात पैदा हुई कि अब मुझे गोपालसिंह का कुछ भी डर न रहा।

फौजी सिपाहियों को खुले मैदान बाग में पड़े रहने की आज्ञा देकर भीमसेन, कुबेरसिंह और माधवी तथा ऐयारों को साथ लिये हुए मायारानी अपने उस खास कमरे की छत पर बेफिक्री और खुशी के साथ चली गई जिसमें आज के कुछ दिन पहिले मालिकाना ढंग से रहती थी।

दसवां बयान

रात अनुमान दो पहर के जा चुकी है। खास बाग के दूसरे दर्जे में दीवानखाने की छत पर कुबेरसिंह, भीमसेन और उसके चारों ऐयार तथा माधवी के साथ बैठी हुई मायारानी बड़ी प्रसन्नता से बातें कर रही है। चांदनी खूब छिटकी हुई है और बाग की हर एक चीज, जहां तक निगाह बिना ठोकर खाए जा सकती है, साफ दिखाई दे रही है। बातचीत का विषय अब यह था कि 'राजा गोपालसिंह से तो छुट्टी मिल गई, अब राज्य तथा राजकर्मचारियों के लिए क्या प्रबन्ध करना चाहिए?'

जिस छत पर ये लोग बैठे हुए थे उसके दाहिनी तरफवाली पट्टी में भी एक सुन्दर इमारत और उसके पीछे ऊंची दीवार के बाद तिलिस्मी बाग का तीसरा दर्जा पड़ता था। इस समय मायारानी का मुंह ठीक उसी इमारत और दीवार की तरफ था, और उस तरफ की चांदनी दरवाजों के अन्दर घुसकर बड़ी बहार दिखा रही थी। बात करते-करते मायारानी चौंकी और उस तरफ हाथ का इशारा करके बोली–"हैं! उस छत पर कौन जा पहुंचा है?"

माधवी–हां, एक आदमी हाथ में नंगी तलवार लेकर टहल तो रहा है।

भीमसेन–चेहरे पर नकाब डाले हुए है।

कुबेर–हमारे फौजी सिपाहियों में से शायद कोई ऊपर चला गया होगा, मगर उन्हें बिना हुक्म ऐसा करना नहीं चाहिए!

माया–नहीं-नहीं, उस मकान में सिवा मेरे और कोई नहीं जा सकता।

माधवी–तो फिर वहां गया कौन?

माया–यही तो ताज्जुब है! देखिए एक और भी आ पहुंचा, यह तीसरा भी आया, मामला क्या है?

अजायब–कहीं राजा गोपालसिंह कुएं में घुसकर वहां न जा पहुंचे हों! मगर वे तो केवल दो ही आदमी थे!!

माया–और ये तीन हैं! (कुछ रुककर) लीजिए, अब पांच हो गए!

मायारानी और उसके संगी-साथियों के देखते-देखते उस छत पर पचीस आदमी हो गए। उन सभों ही के हाथों में नंगी तलवारें थीं। जिस छत पर वे सब थे वहां पर से ऊपर मायारानी के पास तक जाने में यद्यपि कई तरह की रुकावटें थीं, मगर ऐयारों के लिए यह कोई मुश्किल बात न थी इसीलिए मायारानी के पक्षवालों को भय हुआ और उन्होंने चाहा कि अपने फौजी आदमियों में से कुछ को ऊपर बुला लें और ऐसा करने के लिए अजायबसिंह को कहा गया।

अजायबसिंह फौजी सिपाहियों को लाने के लिए चला गया, मगर मकान के नीचे न जा सका और तुरंत लौट आकर बोला, "जाने का हर दरवाजा बन्द है, कोई तरकीब मायारानी करें तो शायद वहां पहुंचने की नौबत आवे!"

अजायबसिंह की इस बात ने सभों को चौंका दिया और साथ ही इसके सभों को अपनी-अपनी जान की फिक्र पड़ गई। मायारानी के दिलाए हुए भरोसे से जो कुछ उम्मीद की जड़ इन लोगों के दिलों में जमी थी, वह हिल गई और अब अपने किए पर पछताने की नौबत आई, मगर मायारानी अब भी बात बनाने से न चूकी, यह कहती हुई अपनी जगह से उठी कि "कुंअर इन्द्रजीतसिंह और आनन्दसिंह इस तिलिस्म को तोड़ रहे हैं इसलिए ताज्जुब नहीं कि ये सब बातें कुछ उन्हीं से सम्बन्ध रखती हों।"

मायारानी स्वयं नीचे उतरी मगर जा न सकी और अजायबसिंह की तरह लाचार होकर बैरंग लौट आई। उस समय उसके दिल में भी तरह-तरह के खुटके पैदा हुए और वह ताज्जुब की निगाह से उन लोगों की तरफ देखने लगी जो उसके मुकाबले में एकाएक आकर अब गिनती में पचीस हो गए थे।

थोड़ी देर बाद वे ऊपर से कूदते-फांदते मायारानी की तरफ आते हुए दिखाई दिए। उस समय मायारानी और उसके संगी-साथी सभी उठ खड़े हुए और अपनी-अपनी जान बचाने की नीयत से तलवारें खेंच-खेंच मुस्तैद हो गए।

बात-की-बात में वे पचीसों आदमी उस छत पर चले आए जिस पर मायारानी थी, मगर मायारानी या उसके साथियों से किसी ने कुछ भी न कहा, बल्कि उनकी तरफ आंख उठाकर देखा भी नहीं और मस्तानी चाल से चलते हुए छत के नीचे उतर गए। इन लोगों ने भी यह सोचकर कि वे लोग गिनती में हमसे ज्यादे हैं, रोक-टोक न किया, मगर इस बात का खयाल जरूर रहा कि नीचे जाने के रास्ते तो सब बन्द हैं, खुद मायारानी भी न जा सकी और लौट आई, इन सभों को भी निःसन्देह लौट

आना पड़ेगा, मगर थोड़ी देर में यह गुमान जाता रहा जब कि पचीसों नीचे उतरकर बाग के बीच में चलते हुए दिखाई दिए।

माधवी ने समझा कि हमारे फौजी सिपाही उन लोगों को जरूर टोकेंगे और वास्तव में बात ऐसी ही थी। उन पचीसों को बाग में देख फौजी सिपाहियों में खलबली मच गई और बहुतों ने उठकर उन लोगों को रोकना चाहा, मगर वे लोग देखते-ही-देखते पेड़ों की झुरमुट में घुसकर ऐसा गायब हुए कि किसी का पता भी न लगा और सब लोग आश्चर्य से देखते रह गए। उस समय माधवी ने मायारानी से कहा, "बहिन, यहां तो मामला बेढब नजर आता है!"

माया—कुछ समझ में नहीं आता कि ये लोग कौन थे, यहां क्यों आए और हम लोगों को बिना रोके-टोके इस तरह क्यों और कहां गायब हो गए!

माधवी—यह तो ठीक ही है, मगर मैं पूछती हूं कि आप तिलिस्म की रानी कहलाकर भी इस बाग का हाल क्या जानती हैं? मैं तो समझती हूं कि कुछ भी नहीं जानतीं! खास अपने कमरे का मामूली दरवाजा भी आपसे नहीं खुलता और हम लोगों की जान मुफ्त में जाया चाहती है!

भीमसेन—अब आपकी कोई कार्रवाई हम लोगों को भरोसा नहीं दिला सकती।

माया—इस समय मैं मजबूर हो रही हूं इसलिए टेढ़ी-सीधी जो जी में आवे, सुनाओ, लेकिन अगर इस मकान के नीचे उतरने की नौबत आएगी तो दिखा दूंगी कि मैं क्या कर सकती हूं।

कुबेर—नीचे जाने की नौबत ही क्यों आवेगी! गैर लोग आवें और चले जाएं, मगर यहां की रानी होकर तुम कुछ न कर सकीं, यह बड़े शर्म की बात है।

मायारानी इसका जवाब कुछ दिया ही चाहती थी कि सीढ़ी की तरफ से आवाज आई, "तुम लोगों के कलपने पर मुझे दया आती है, अच्छा हम दरवाजा खोल देते हैं, तुम लोग नीचे उतर आओ और अपनी जान बचाओ!" इसके बाद सीढ़ीवाले दरवाजे के खुलने की आवाज आई।

सभों को ताज्जुब हुआ और सीढ़ी की तरफ जाते डर मालूम हुआ, मगर यह सोचकर कि यहां पड़े रहने से भी जान बचने की आशा नहीं है, सभों ने जी कड़ा करके नीचे उतरने का इरादा किया।

वास्तव में दरवाजे जो बन्द हो गए थे खुले हुए दिखाई दिए और सब कोई जल्दी के साथ नीचे उतर गए। उस समय मायारानी ने एक लम्बी सांस लेकर कहा, "अब कोई चिन्ता नहीं।"

बाकर—मगर यह न मालूम हुआ कि दरवाजा खोलनेवाला कौन था?

यारअली—और उसने हम लोगों के साथ वह नेकी का बर्ताव क्यों किया?

इतने ही में ऊपर से आवाज आई, "दरवाजा खोलनेवाला मैं हूं।"

सभों ने घबराकर ऊपर की तरफ देखा। एक आदमी मुंह पर नकाब डाले बरामदे में झांकता हुआ दिखाई दिया। कुबेरसिंह ने उससे पूछा, "तुम कौन हो?"

नकाबपोश–मैं इस तिलिस्म का दारोगा हूं।

माया–इस तिलिस्म का दारोगा तो राजा बीरेन्द्रसिंह के कब्जे में है।

नकाबपोश–वह तुम्हारा दारोगा था और मैं राजा गोपालसिंह का दारोगा हूं, आजकल यह बाग मेरे ही कब्जे में है।

माया–जिस समय हम लोग यहां आए, तुम कहां थे?

नकाबपोश–इसी बाग में।

माया–फिर हम लोगों को रोका क्यों नहीं?

नकाबपोश–रोकने की जरूरत ही क्या थी? यह तो मैं जानता ही था कि तुम लोग अपने पैर में कुल्हाड़ी मार रहे हो। तुम लोगों की बेवकूफी पर मुझे हंसी आती है।

माया–बेवकूफी काहे की?

नकाबपोश–एक तो यही कि तुम लोगों ने इतनी फौज को बाग के अन्दर घुसेड़ तो लिया, मगर यह न सोचा कि इतने आदमी यहां आकर खाएंगे क्या? अगर घास और पेड़-पत्तों को भी खाकर गुजारा किया चाहें तो भी दो-एक दिन से ज्यादे का काम नहीं चल सकता। क्या तुम लोगों ने समझा था कि बाग में पहुंचते ही राजा गोपालसिंह को मार लेंगे?

माया–गोपालसिंह को हम लोगों ने मार ही लिया, इसमें शक ही क्या है? बाकी रही हमारी फौज, सो एक दिन का खाना अपने साथ रखती है, कल तो हम लोग इस बाग के बाहर हो ही जाएंगे।

नकाबपोश–दोनों बातें शेखचिल्ली की-सी हैं। न तो राजा गोपालसिंह का तुम लोग कुछ बिगाड़ सकते हो और न इस बाग के बाहर की हवा ही खा सकते हो।

माया–तो क्या गोपालसिंह किसी दूसरी राह से निकल जाएंगे?

नकाबपोश–बेशक।

माया–और हम लोग बाहर न जा सकेंगे?

नकाबपोश–कदापि नहीं क्योंकि मैंने सब दरवाजे अच्छी तरह बन्द कर दिए हैं। तुम तो तिलिस्म की रानी बनने का दावा व्यर्थ ही कर रही हो! तुम्हें तो यहां का हाल रुपये में एक पैसा भी नहीं मालूम है। अभी मैंने तुम लोगों के उतरने की राह रोक दी थी सो तुम्हारे किए कुछ भी न बन पड़ा! जब तुम लोग छत पर थे, पचीस आदमी तुम्हारे सामने से होकर नीचे चले आए, अगर तुम्हें तिलिस्म की रानी होने का दावा था तो उन्हें रोक लेतीं! मगर राजा साहब के हौसले को देखो कि तुम लोगों के यहां आने की खबर पाकर भी अकेले सिर्फ भैरोसिंह को साथ लेकर इस बाग में चले आए!

माया–उन्हें हमारे आने की खबर कैसे मिली?

नकाबपोश—(जोर से हंसकर) इसके जवाब में तो इतना ही कहना काफी है कि तुम्हारी लीला इस बाग में आने के पहिले ही गिरफ्तार कर ली गई।

माधवी—तो क्या हम लोग किसी तरह अब इस बाग के बाहर नहीं जा सकते?

नकाबपोश—जीते तो नहीं जा सकते, मगर जब तुम लोग मर जाओगे तब सभों की लाशें जरूर फेंक दी जाएंगी!

जिस मकान में मायारानी उतरी थी, उसी के बरामदे में वह नकाबपोश टहल रहा था। बरामदे के आगे किसी तरह की आड़ या रुकावट न थी। मायारानी उससे बातें करती जाती और छिपे ढंग से अपने तिलिस्मी तमंचे को भी दुरुस्त करती जाती थी तथा रात होने के सबब यह बात उस नकाबपोश को मालूम न हुई। जब वह माधवी से बातें करने लगा उस समय मौका पाकर मायारानी ने तिलिस्मी तमंचा उस पर चलाया। गोली उसकी छाती में लगकर फट गई और बेहोशी का धुआं बहुत जल्द उसके दिमाग में चढ़ गया, साथ ही वह आदमी बेहोश होकर जमीन पर लुढ़कता हुआ मायारानी के आगे आ पड़ा। भीमसेन ने झपटकर उसकी नकाब हटा दी और चौंककर बोल उठा, ''वाह-वाह! यह तो राजा गोपालसिंह हैं।''

ग्यारहवां बयान

कुंअर इन्द्रजीतसिंह, आनन्दसिंह और सर्यू को बड़ा ही ताज्जुब हुआ जब उन्होंने एक-एक करके सात आदमियों को तिलिस्मी बाग में पहुंचाए जाते देखा। जब उस मकान की खिड़की बन्द हो गई और चारों तरफ सन्नाटा छा गया तब इन्द्रजीतसिंह ने आनन्दसिंह से कहा, ''उस तरफ चलकर देखना चाहिए कि ये लोग कौन हैं।''

आनन्द—जरूर चलना चाहिए।

सर्यू—कहीं हम लोगों के दुश्मन न हों।

आनन्द—अगर दुश्मन भी होंगे तो हमें कुछ परवाह न करनी चाहिए, हम लोग हजारों से लड़नेवाले हैं।

इन्द्रजीत—अगर हम लोग दस-बीस आदमियों से डरकर चलेंगे तो कुछ भी न कर सकेंगे।

इतना कहकर इन्द्रजीतसिंह ने उस तरफ कदम बढ़ाया। आनन्दसिंह उनके पीछे-पीछे रवाना हुए, मगर सर्यू को साथ आने की आज्ञा न दी और वह उसी जगह खड़ी रह गई।

पास पहुंचकर कुमारों ने देखा कि सात आदमी जमीन पर बेहोश पड़े हैं। सभों के बदन पर स्याह लबादा और चेहरों पर स्याह नकाब था। थोड़ी देर तक दोनों भाई ताज्जुब की निगाह से उन सभों की ओर देखते रहे और इसके बाद एक के चेहरे

पर से नकाब हटाने का इरादा किया, मगर उसी समय ऊपर से पुनः दरवाजा या खिड़की खुलने की आवाज आई।

आनन्द–मालूम होता है कि और भी दो-चार आदमी यहां उतारे जाएंगे।

इन्द्रजीत–शायद ऐसा ही हो, यहां से हटकर और आड़ में होकर देखना चाहिए।

आनन्द–(सातों बेहोशों की तरफ इशारा करके) यदि इन लोगों को इनके किसी दुश्मन ने यहां पहुंचाया हो और अबकी दफे कोई आकर इनकी जान...

इन्द्रजीत–नहीं-नहीं, अगर ये लोग मारे जाने लायक होते और जिन लोगों ने इन्हें नीचे उतारा है, वे इनके जानी दुश्मन होते तो धीरे से उतारने के बदले ऊपर से धक्का देकर नीचे गिरा देते। खैर ज्यादे बातचीत का मौका नहीं है, इस पेड़ की आड़ में हो जाओ, फिर देखो हम सब पता लगा लेते हैं, बस हटो जल्दी करो।

बेचारे आनन्दसिंह कुछ जवाब न दे सके और वहां से थोड़ी दूर हटकर एक पेड़ की आड़ में हो गए। इस समय चन्द्रदेव अपनी छावनी की तरफ जा रहे थे और पेड़ों की आड़ पड़ जाने के कारण उस जगह कुछ अन्धकार-सा छा गया था, जहां वे सातों बेहोश पड़े हुए थे और इन्द्रजीतसिंह खड़े थे।

इन्द्रजीतसिंह हाथ में तिलिस्मी खंजर लेकर फुर्ती से इन सातों के बीच में छिपकर लेट रहे, दोनों तरफ से दो आदमियों के लबादे को भी अपने बदन पर ले लिया और पड़े-पड़े ऊपर की तरफ देखने लगे। एक आदमी कमन्द के सहारे नीचे उतरता हुआ दिखाई दिया। जब वह जमीन पर उतरकर उन सातों आदमियों की तरफ आया तो इन्द्रजीतसिंह ने फुर्ती से हाथ बढ़ाकर तिलिस्मी खंजर उसके पैर से लगा दिया, साथ ही वह आदमी कांपा और बेहोश होकर जमीन पर गिर पड़ा। इन्द्रजीतसिंह पुनः उसी तरह लेट ऊपर की तरफ देखने लगे। थोड़ी देर बाद और एक आदमी उसी कमन्द के सहारे नीचे उतरा और घूम-घूमके गौर से उन सातों को देखने लगा। जब वह कुमार के पास आया कुमार ने उसके पैर से भी तिलिस्मी खंजर लगा दिया और वह भी पहिले की तरह बेहोश होकर जमीन पर गिर पड़ा। कुंअर इन्द्रजीतसिंह लेटे-लेटे और भी किसी के आने का इन्तजार करने लगे, मगर कुछ देर हो जाने पर भी कोई तीसरा दिखाई न पड़ा। कुमार उठ खड़े हुए और आनन्दसिंह भी उनके पास चले आए।

इन्द्रजीत–तुम इसी जगह मुस्तैद रहकर इन सभों की निगहबानी करो, हम इसी कमन्द के सहारे ऊपर जाकर देखते हैं कि वहां क्या है।

आनन्द–आपका अकेले ऊपर जाना ठीक न होगा, कौन ठिकाना वहां दुश्मनों की बारात लगी हो!

इन्द्रजीत–कोई हर्ज नहीं, जो कुछ होगा देखा जाएगा, मगर तुम यहां से मत हिलना।

इतना कहकर इन्द्रजीतसिंह उसी कमन्द के सहारे बहुत जल्द ऊपर चढ़ गए और खिड़की के अन्दर जाकर एक लम्बे-चौड़े कमरे में पहुंचे जहां यद्यपि बिल्कुल सन्नाटा

था, मगर एक चिराग जल रहा था। इस कमरे में दूसरी तरफ बाहर निकल जाने के लिए एक बड़ा-सा दरवाजा था, कुमार वहां चले गए और एक पैर दरवाजे के बाहर रख झांकने लगे। एक दूसरा कमरा नजर पड़ा जिसमें चारों तरफ छोटे-छोटे कई दरवाजे थे, मगर सब बन्द थे और सामने की तरफ एक बड़ा-सा खुला हुआ दरवाजा था। कुमार उस खुले हुए दरवाजे में चले गए और झांककर देखने लगे। एक छोटा-सा नजरबाग दिखाई दिया जिसके चारों तरफ ऊंची-ऊंची इमारतें और बीच में एक छोटी-सी बावली थी। बाग में दो बिगहे से ज्यादे जमीन न थी और फूल-पत्तों के पेड़ भी कम थे। बावली के पूरब तरफ एक आदमी हाथ में मशाल लिये खड़ा था और उस मशाल में से बिजली की तरह बहुत ही तेज रोशनी निकल रही थी। वह रोशनी स्थिर थी अर्थात् हवा लगने से हिलती न थी और केवल उस एक ही रोशनी से तमाम बाग में ऐसा उजाला हो रहा था कि वहां का एक-एक पत्ता साफ-साफ दिखाई दे रहा था। कुंअर इन्द्रजीतसिंह ने बड़े गौर से उस आदमी को देखा जिसके हाथ में मशाल थी और उनको निश्चय हो गया कि यह आदमी असली नहीं है, बनावटी है, अस्तु, ताज्जुब से कुछ देर तक वे उसकी तरफ देखते रहे। इसी बीच में बाग के उत्तर वाले दालान में से एक आदमी निकलकर बावली की तरफ आता हुआ दिखाई पड़ा और कुमार ने उसे देखते ही पहिचान लिया कि यह राजा गोपालसिंह हैं। कुमार ने उन्हें पुकारने का इरादा किया ही था कि उसी दालान में से और चार आदमी आते हुए दिखाई दिए और इनकी सूरत-शक्ल भी पहिले आदमी के समान ही थी अर्थात् ये चारों भी राजा गोपालसिंह ही मालूम पड़ते थे जिससे कुंअर इन्द्रजीतसिंह को बहुत आश्चर्य हुआ और वे बड़े गौर से इनकी तरफ देखने लगे।

वे चारों आदमी जो पीछे आए थे, खाली हाथ न थे, बल्कि दो आदमियों की लाशें उठाए हुए थे। धीरे-धीरे चलकर वे चारों आदमी उस बनावटी मूरत के पास पहुंचे जिसके हाथ में मशाल थी, वे दोनों लाशें उसी के पास जमीन पर रख दीं और तब पांचों गोपालसिंह मिलकर धीरे-धीरे कुछ बातें करने लगे जिसे कुंअर इन्द्रजीतसिंह किसी तरह सुन नहीं सकते थे।

पहिले आदमी को देखकर और गोपालसिंह समझकर कुमार ने आवाज देना चाहा था, मगर जब और भी चार गोपालसिंह निकल आए तब उन्हें ताज्जुब मालूम हुआ और यह समझकर कि कदाचित इन पांचों में से एक भी गोपालसिंह न हो, वे चुप रह गए। उन पांचों गोपालसिंह की पोशाकें एक ही रंग-ढंग की थीं, बल्कि उन दोनों लाशों की पोशाक भी ठीक उन्हीं की तरह थी। यद्यपि उन लाशों का सिर कटा हुआ और वहां मौजूद न था, मगर उन पांचों गोपालसिंह की तरफ खयाल करके देखनेवाला उन लाशों को भी गोपालसिंह बता सकता था।

कुमार को चाहे इस बात का खयाल हो गया हो कि इन सभों में से कोई भी असली गोपालसिंह न होंगे, मगर फिर भी वे उन सभों को बड़े ताज्जुब और गौर की

निगाह से देखते हुए सोच रहे थे कि इतने गोपालसिंह बनने की जरूरत क्या पड़ी और, उन दोनों लाशों के साथ ऐसा बर्ताव क्यों किया गया या किसने किया!

जिस दरवाजे में कुंअर इन्द्रजीतसिंह खड़े थे उसी के आगे बाईं तरफ घूमती हुई छोटी सीढ़ियां नीचे उतर जाने के लिए थीं। कुंअर इन्द्रजीतसिंह ने कुछ सोच-विचारकर चाहा कि इन सीढ़ियों की तरह नीचे उतरकर पांचों गोपालसिंह के पास जाएं और उन्हें जबर्दस्ती रोककर असल बात का पता लगावें, मगर इसके पहिले किसी के आने की आहट मालूम हुई और पीछे घूमकर देखने से कुंअर आनन्दसिंह पर निगाह पड़ी।

इन्द्रजीत–तुम क्यों चले आए?

आनन्द–आपको मैंने कई दफे नीचे से पुकारा, मगर आपने कुछ जवाब न दिया तो लाचार यहां आना पड़ा।

इन्द्रजीत–क्यों?

आनन्द–राजा गोपालसिंह की आज्ञा से।

इन्द्रजीत–राजा गोपालसिंह कहां हैं?

आनन्द–उन दोनों आदमियों में से जो नीचे उतरे थे और जिन्हें आपने बेहोश कर दिया था, एक राजा गोपालसिंह थे। जब आप ऊपर चढ़ आए तब मैंने एक का नकाब हटाया और तिलिस्मी खंजर की रोशनी में चेहरा देखा तो मालूम हुआ कि गोपालसिंह हैं। उस समय मुझे इस बात का अफसोस हुआ कि बेहोश करने के बाद आपने उनकी सूरत नहीं देखी, अगर देखते तो उन्हें छोड़कर यहां न आते। खैर, जब मैंने उन्हें पहिचाना तो होश में लाने के लिए उद्योग करना उचित जाना, अस्तु, तिलिस्मी खंजर के जोड़ की अंगूठी उनके बदन में लगाई जिसके थोड़ी ही देर बाद वह होश में आए और उठ बैठे। होश में आने के बाद पहिले-पहिले जो कुछ उनके मुंह से निकला वह यह था कि 'कुंअर इन्द्रजीतसिंह ने धोखा खाया, मुझे बेहोश करने की क्या जरूरत थी? मैं खुद उनसे मिलने के लिए आया था!' इतना कहकर उन्होंने मेरी तरफ देखा, यद्यपि उस समय चांदनी वहां से हट गई थी, मगर उन्होंने मुझे बहुत जल्द पहिचान लिया और पूछा कि 'तुम्हारे बड़े भाई कहां हैं?' मैंने उनसे कुछ छिपाना उचित न जाना और कह दिया कि 'इसी कमन्द के सहारे ऊपर चले गए हैं।' सुनकर वे बहुत रंज हुए और क्रोध से बोले कि 'सब काम लड़कपन और नादानी का किया करते हैं! उन्हें बहुत जल्द ऊपर से बुला लो।' मैंने आपको कई दफे पुकारा, मगर आप न बोले तब उन्होंने घुड़कके कहा कि 'क्यों व्यर्थ देर कर रहे हो, तुम खुद ऊपर जाओ और जल्द बुला लाओ।' मैंने कहा कि मुझे यहां से हटने की आज्ञा नहीं है। आप खुद जाइए और बुला लाइए, मगर इतना सुनकर वे और भी रंज हुए और बोले, 'अगर मुझमें ऊपर जाने की ताकत होती तो मैं तुम्हें इतना कहता ही नहीं! बेहोशी के कारण मेरी रग-रग कमजोर हो रही है, तुम अगर उनको बुला लाने में विलम्ब

करोगे तो पछताओगे, बस अब मैं इससे ज्यादे और कुछ न कहूंगा, जो ईश्वर की मर्जी होगी और जो कुछ तुम लोगों के भाग्य में लिखा होगा, सो होगा।' उनकी बातें ऐसी न थीं कि मैं सुनता और चुपचाप खड़ा रह जाता, आखिर लाचार होकर आपको बुलाने के लिए आना पड़ा। अब आप जल्द चलिए, देर न कीजिए।

आनन्दसिंह की बातें सुनकर इन्द्रजीतसिंह को बहुत रंज हुआ और उन्होंने क्रोध भरी आवाज में कहा–

इन्द्रजीत–आखिर तुमसे नादानी हो ही गई।

आनन्द–(आश्चर्य से) सो क्या?

इन्द्रजीत–तुमने उस दूसरे के चेहरे पर की भी नकाब हटाकर देखा कि वह कौन था?

आनन्द–जी नहीं।

इन्द्रजीत–तब तुम्हें कैसे विश्वास हुआ कि यह राजा गोपालसिंह ही हैं? जब चेहरे पर से नकाब हटाकर देखा ही था तो पानी से मुंह धोकर भी देख लेना था! क्या तुम भूल गए कि राजा गोपालसिंह के पास भी इसी तरह का तिलिस्मी खंजर मौजूद है, अस्तु, उनके ऊपर इस खंजर का असर क्यों होने लगा था?

आनन्द–(सिर नीचा करके) बेशक, मुझसे भूल हुई!

इन्द्रजीत–भारी भूल हुई! (छोटे बाग की तरफ बताकर) देखो यहां पांच राजा गोपालसिंह हैं! क्या तुम कह सकते हो कि ये पांचों राजा गोपालसिंह हैं?

आनन्दसिंह ने उस छोटे बागीचे की तरफ झांककर देखा और कहा, "बेशक मामला गड़बड़ है!"

इन्द्रजीत–खैर, अब तो हमें लौटना ही पड़ा, हम चाहते थे कि इन सभों का कुछ भेद मालूम करें? मगर खैर...

इतना कहकर इन्द्रजीतसिंह लौट पड़े और उस कमरे को लांघकर दूसरे कमरे में पहुंचे जिसमें वे सातों खिड़कियां थीं। यकायक इन्द्रजीतसिंह की निगाह एक लिफाफे पर पड़ी जिसे उन्होंने उठा लिया और चिराग के पास ले जाकर पढ़ा। लिफाफा बन्द था और उस पर यह लिखा हुआ था–"इन्द्रजीतसिंह और आनन्दसिंह जोग लिखी गोपालसिंह।"

कुमार ने लिफाफा फाड़कर चीठी निकाली और देखते ही कहा, "इस चीठी पर किसी तरह का शक नहीं हो सकता। बेशक, यह भाई साहब के हाथ की लिखी है और मामूली निशान भी है।" इसके बाद वे चीठी पढ़ने लगे।

आनन्दसिंह ने देखा कि चीठी पढ़ते-पढ़ते इन्द्रजीतसिंह के चेहरे का रंग कई दफे बदला और जैसे-जैसे पढ़ते जाते थे, रंज की निशानी बढ़ती जाती थी। वे जब कुल चीठी पढ़ चुके तो एक लम्बी सांस लेकर बोले, "अफसोस, बड़ी भूल हुई" और वह चीठी पढ़ने के लिए आनन्दसिंह के हाथ में दे दी।

आनन्दसिंह ने चीठी पढ़ी, यह लिखा हुआ था–

"किशोरी, कामिनी, लक्ष्मीदेवी, कमला, लाडिली और इन्दिरा को आपके पास तिलिस्म में भेजते हैं। देखिए इन्हें सम्हालिए और एक क्षण के लिए भी इनसे अलग न होइए। मुन्दर हमारे तिलिस्मी बाग में घुसी हुई है, हम आठ आना उसके कब्जे में आ गए हैं। लीला ने धोखा देकर हमारे कुछ भेद मालूम कर लिए, जिसका सबब और पूरा-पूरा हाल लक्ष्मीदेवी या कमलिनी की जुबानी आपको मालूम होगा जिन्हें हमने सब-कुछ बता और समझा दिया है। कई बातों के खयाल से सभों को बेहोश करके कमन्द द्वारा आपके पास पहुंचाते हैं, खबरदार एक क्षण के लिए भी इन लोगों से अलग न हों और किसी बनावटी गोपालसिंह का विश्वास न करें। आज कम-से-कम बीस-पचीस आदमी गोपालसिंह बने हुए कार्रवाई कर रहे हैं। हम जरा तरद्दुद में पड़े हुए हैं, मगर कोई चिन्ता नहीं, भैरोसिंह हमारे साथ हैं। आप बाग के इस दर्जे को तोड़कर दूसरी जगह पहुंचिए और यह काम रात-भर के अन्दर होना चाहिए।

–शिवरामे गोपाल मेरावाश शुलेख"

चीठी पढ़कर आनन्दसिंह को बड़ा अफसोस हुआ और अपने किए पर पछताने लगे। सच तो यों है कि दोनों ही भाइयों को इस बात का अफसोस हुआ कि किशोरी, कामिनी इत्यादि को अपने पास आ जाने पर भी देखे और होश में लाए बिना छोड़कर इधर चले आए और व्यर्थ की झंझट में पड़े, क्योंकि दोनों कुमार किशोरी और कामिनी की मुलाकात से बढ़कर दुनिया में किसी चीज को पसन्द नहीं करते थे।

दोनों कुमार जल्दी-जल्दी उस कमरे के बाहर हुए और उस खिड़की में पहुंचे जिसमें कमन्द लगा हुआ छोड़ आए थे, मगर आश्चर्य और अफसोस की बात है कि अब उन्होंने उस कमन्द को खिड़की में लगा हुआ न पाया जिसके सहारे वे नीचे उतर जाते, शायद किसी नीचेवाले ने उस कमन्द को छुड़ा लिया था।

बारहवां बयान

राजा गोपालसिंह ने जब रामदीन को चीठी और अंगूठी देकर जमानिया भेजा था तो यद्यपि चीठी में लिख दिया था कि परसों रविवार को शाम तक हम लोग वहां (पिपलिया घाटी) पहुंच जाएंगे, मगर रामदीन को समझा दिया था कि रविवार को पिपलिया घाटी पहुंचना हमने यों ही लिख दिया है, वास्तव में हम वहां सोमवार को पहुंचेंगे, अस्तु, तुम भी सोमवार को पिपलिया घाटी पहुंचना, जिसमें ज्यादे देर तक हमारे आदमियों को वहां ठहरकर तकलीफ न उठानी पड़े, और दो सौ सवारों की जगह केवल बीस सवार लाना। यह बात असली रामदीन को तो मालूम थी और वह मारा ना जाता तो बेशक रथ और सवारों को लेकर राजा साहब की आज्ञानुसार सोमवार को ही पिपलिया घाटी पहुंचता, मगर नकली रामदीन अर्थात् लीला तो उन्हीं बातों

को जान सकती थी जो चीठी में लिखी हुई थीं। अस्तु, वह रविवार को ही रथ और दो सौ फौज लेकर पिपलिया घाटी जा पहुंची और जब सोमवार को राजा साहब वहां पहुंचे तो बोली, ''आश्चर्य है कि आपके आने में पूरे आठ पहर की देर हुई!''

यह सुनते ही राजा साहब समझ गए कि यह असली रामदीन नहीं है। उसी समय से उन्होंने अपनी कार्रवाई का ढंग बदल दिया और लीला तथा मायारानी का सब बन्दोबस्त मिट्टी में मिल गया। वे उसी समय दो-चार बातें करके पीछे लौट गए और दूसरे दिन औरतों को अपने साथ न लाकर केवल भैरोसिंह और इन्द्रदेव को साथ लिये हुए पिपलिया घाटी में आए।

इस जगह यह भी लिख देना उचित जान पड़ता है कि दूसरे दिन पिपलिया घाटी में पहुंचकर लीला के लाए हुए सवारों के साथ रथ पर चढ़कर जमानिया पहुंचनेवाले गोपालसिंह असली न थे बल्कि नकली थे और भैरोसिंह ने लीला के साथ जो सलूक किया, वह असली राजा गोपालसिंह के इशारे से था। अब हमारे पाठक यह जानना चाहते होंगे कि यदि वह राजा गोपालसिंह नकली थे तो असली गोपालसिंह कहां गए, या वह किस सूरत में गए? तो इसके जवाब में केवल इतना ही कह देना काफी होगा कि असली गोपालसिंह नकली गोपालसिंह के साथ इन्द्रदेव की सूरत बनकर रथ पर सवार हुए थे और जमानिया पहुंचने के पहिले ही नकली गोपालसिंह को समझा-बुझाकर रथ से उतर किसी तरफ चले गए थे। यह सब हाल यद्यपि पिछले बयानों से पाठकों को मालूम हो गया होगा, परन्तु शक मिटाने के लिए यहां पुनः लिख दिया गया।

राजा गोपालसिंह के होशियार हो जाने के कारण मायारानी ने तिलिस्मी बाग में तरह-तरह के तमाशे देखे जिसका कुछ हाल तो लिखा जा चुका है और बाकी आगे चलकर लिखा जाएगा, क्योंकि इस समय हम इन्द्रजीतसिंह और आनन्दसिंह का हाल लिखना उचित समझते हैं।

कुंअर इन्द्रजीतसिंह और आनन्दसिंह ने जब खिड़की में कमन्द लगा हुआ न पाया तो उन्हें ताज्जुब और रंज हुआ। थोड़ी देर तक खड़े उसी बाग की तरफ देखते रहे और तब इन्द्रजीतसिंह आनन्दसिंह से बोले, ''क्या हम लोग यहां से कूद नहीं सकते?''

आनन्द–क्यों नहीं कूद सकते! अगर इस बात का खयाल हो कि नीचा बहुत है तो कमरबन्द खोलकर इस दरवाजे के सींकचे में बांध और उसके सहारे कुछ नीचे लटककर कूदने में मालूम भी न पड़ेगा।

इन्द्रजीत–हां, तुमने यह बहुत ठीक कहा, कमरबन्दों के सहारे हम लोग आधी दूर तक तो जरूर ही लटक सकते हैं, मगर खराबी यह है कि दोनों कमरबन्दों से हाथ धोना पड़ेगा और इस तिलिस्म में नहाने-धोने का सुभीता इन्हीं की बदौलत है। खैर, कोई चिन्ता नहीं, लंगोटे से भी काम चल सकता है, अच्छा लाओ कमरबन्द खोलो।

दोनों भाइयों ने कमरबन्द खोलने के बाद दोनों को एक साथ जोड़ा और उसका एक सिरा दरवाजे में लगे हुए सींकचे के साथ बांधकर दोनों भाई बारी-बारी से नीचे लटक गए।

कमरबन्द ने आधी दूर तक दोनों भाइयों को पहुंचा दिया, इसके बाद दोनों भाइयों को कूद जाना पड़ा। कूदने के साथ ही नीचे एक झाड़ी के अन्दर से आवाज आई, "शाबाश! इतनी ऊंचाई से कूद पड़ना आप ही लोगों का काम है। मगर अब किशोरी, कामिनी इत्यादि से मुलाकात नहीं हो सकती।"

जितने आदमी कमन्द के सहारे इस बाग में लटकाए गए थे और जिन सभों को यहां छोड़ आनन्दसिंह अपने भाई को बुलाने के लिए ऊपर गए थे, उन सभों को मौजूद न पाकर और इस शाबाशी देनेवाली आवाज को सुनकर दोनों को बड़ा ही आश्चर्य हुआ। दोनों भाई चारों तरफ घूम-घूमकर देखने लगे, मगर किसी की सूरत नजर न पड़ी। हां, एक पेड़ के नीचे सर्यू को बेहोश पड़े हुए जरूर देखा जिससे उन दोनों का ताज्जुब और भी ज्यादे हो गया।

इन्द्रजीत–(आनन्दसिंह से) यह सब खराबी तुम्हारी जरा-सी भूल के सबब से हुई!

आनन्द–निःसन्देह, ऐसा ही है।

इन्द्रजीत–पहिले सर्यू को होश में लाने की फिक्र करो, शायद इसकी जुबानी कुछ मालूम हो।

आनन्द–जो आज्ञा।

इतना कहकर आनन्दसिंह सर्यू को होश में लाने का उद्योग करने लगे। थोड़ी देर में सर्यू की बेहोशी जाती रही और इतने ही में सुबह की सुफेदी ने भी अपनी सूरत दिखाई।

इन्द्रजीत–(सर्यू से) तुम्हें किसने बेहोश किया?

सर्यू–एक नकाबपोश ने आकर एक चादर जबर्दस्ती मेरे ऊपर डाल दी जिससे मैं बेहोश हो गई। मैं दूर से सब तमाशा देख रही थी। जब आप कमन्द के सहारे ऊपर चढ़ गए और उसके कुछ देर बाद छोटे कुमार भी आपको कई दफे पुकारने के बाद उसी कमन्द के सहारे ऊपर चढ़ गए तब उन्हीं में से एक नकाबपोश ने उन सभों को सचेत किया जो (हाथ का इशारा करके) उस जगह बेहोश पड़े हुए थे या जो ऊपर से लटकाए गए थे। इसके बाद सब कोई मिलकर उस (हाथ से बताकर) दीवार की तरफ गए और कुछ देर तक आपुस में बातें करते रहे। इसी बीच में छिपकर उनकी बातें सुनने की नीयत से मैं भी धीरे-धीरे अपने को छिपाती हुई उस तरफ बढ़ी मगर अफसोस, वहां तक पहुंचने भी न पाई थी कि एक नकाबपोश मेरे सामने आ पहुंचा और उसने उसी ढंग से मुझे बेहोश कर दिया जैसा कि मैं अभी कह चुकी हूं। शायद उसी बेहोशी की अवस्था में मैं इस जगह पहुंचाई गई।

सर्यू की बातें सुनकर दोनों कुमार कुछ देर तक सोचते रहे, इसके बाद सर्यू को साथ लिये उसी दीवार की तरफ गए, जिधर उन लोगों का जाना सर्यू ने बताया था, जो कमन्द के सहारे इस बाग में उतरे या उतारे गए थे। जब वहां पहुंचे तो देखा कि दीवार की लम्बाई के बीचोबीच में एक दरवाजे का निशान बना हुआ है और उसके पास ही में नीचे की जमीन कुछ खुदी हुई है।

आनन्द–(इन्द्रजीतसिंह से) देखिए, यहां की जमीन उन लोगों ने खोदी और तिलिस्म के अन्दर जाने का दरवाजा निकाला है, क्योंकि दीवार में अब वह गुण तो रहा नहीं जो उन लोगों को ऐसा करने से रोकता।

इन्द्रजीत–बेशक, यह वही दरवाजा है जिस राह से हम लोग तिलिस्म के दूसरे दर्जे में जानेवाले थे! मगर इससे तो जाना जाता है कि वे लोग तिलिस्म के अन्दर घुस गए!

आनन्द–जरूर ऐसा ही है और यह काम सिवाय गोपाल भाई के दूसरा कोई नहीं कर सकता, अस्तु, अब मैं जरूर यह कहने की हिम्मत करूंगा कि वह कोई दूसरा नहीं था, जिसके कहे मुताबिक मैं आपको बुलाने के लिए मकान के ऊपर चला गया था।

इन्द्रजीत–तुम्हारी बात मान लेने की इच्छा तो होती है, मगर क्या तुम उस खास निशान को देखकर भी कह सकते हो कि वह चीठी गोपाल भाई की नहीं थी, जो मुझे मकान में कमरे के अन्दर मिली थी!

आनन्द–जी नहीं, यह तो मैं कदापि नहीं कह सकता कि वह चीठी किसी दूसरे की लिखी हुई थी, मगर यह खयाल भी मेरे दिल से दूर नहीं हो सकता कि उन्हीं (गोपालसिंह) की आज्ञा से आपको बुलाने गया था।

इन्द्रजीत–हो सकता है, तो क्या उन्होंने हम लोगों के साथ चालाकी की!

आनन्द–जो हो!

इन्द्रजीत–यदि ऐसा ही है तो उनकी लिखावट पर भरोसा करके यही हम कैसे कह सकते हैं कि किशोरी, कामिनी इत्यादि इस बाग में पहुंच गई थीं।

आनन्द–क्या यह हो सकता है कि वह तिलिस्मी किताब जो गोपाल भाई के पास थी, हमारे किसी दुश्मन के हाथ लग गई और वह उस किताब की मदद से अपने साथियों सहित यहां पहुंचकर हम लोगों को नुकसान पहुंचाने की नीयत से तिलिस्म के अन्दर चला गया है?

इन्द्रजीत–यह तो हो सकता है कि उनकी किताब किसी दुश्मन ने चुरा ली हो, मगर यह नहीं हो सकता कि उसका मतलब भी हर कोई समझ ले। खुद मैं ही 'रिक्तग्रंथ' का मतलब ठीक-ठीक नहीं समझ सकता था, आखिर जब उन्होंने बताया तब कहीं तिलिस्म के अन्दर जाने लायक हुआ। (कुछ रुककर) आज के मामले तो कुछ अजब बेढंगे दिखाई दे रहे हैं...खैर, कोई चिन्ता नहीं, आखिर हम लोगों को इस दरवाजे की राह तिलिस्म के अन्दर जाना ही है, चलो फिर जो कुछ होगा, देखा जाएगा!

आनन्द–यद्यपि सूर्योदय हो जाने के कारण प्रातः कृत्य से छुट्टी पा लेना आवश्यक जान पड़ता है, यह सोचकर कि जाने कैसा मौका आ पड़े तथापि आज्ञानुसार तिलिस्म के अन्दर चलने के लिए मैं तैयार हूं, चलिए।

आनन्दसिंह की बात सुनकर इन्द्रजीतसिंह कुछ गौर में पड़ गए और कुछ सोचने के बाद बोले, "कोई चिन्ता नहीं, जो कुछ होगा, देखा जाएगा।"

दीवार के नीचे जो जमीन खुदी हुई थी उसकी लम्बाई-चौड़ाई पांच-पांच गज से ज्यादे न थी। मिट्टी हट जाने के कारण एक पत्थर की पटिया (ताज्जुब नहीं कि वह लोहे या पीतल की हो) दिखाई दे रही थी और उसे उठाने के लिए बीच में लोहे की कड़ी लगी हुई थी जिसका एक सिरा दीवार के साथ सटा हुआ था। इन्द्रजीतसिंह ने कड़ी में हाथ डालकर जोर किया और उस पटिया (छोटी चट्टान) को उठाकर किनारे पर रख दिया। नीचे उतरने के लिए सीढ़ियां दिखाई दीं और दोनों भाई सर्यू को साथ लिये नीचे उतर गए।

लगभग बीस सीढ़ी के नीचे उतर जाने के बाद एक छोटी कोठरी मिली जिसकी जमीन किसी धातु की बनी हुई थी और खूब चमक रही थी। ऊपर दो-तीन सूराख (छेद) भी इस ढंग से बने हुए थे जिससे दिन-भर उस कोठरी में कुछ-कुछ रोशनी रह सकती थी। आनन्दसिंह ने चारों तरफ गौर से देखकर इन्द्रजीतसिंह से कहा, "भैया, रिक्तग्रंथ में लिखा था कि यह कोठरी तुम्हें तिलिस्म के अन्दर पहुंचावेगी, मगर समझ में नहीं आता कि यह कोठरी किस तरह से हम लोगों को तिलिस्म के अन्दर पहुंचावेगी, क्योंकि इसमें न तो कहीं दरवाजा दिखाई देता है और न कोई ऐसा निशान ही मालूम पड़ता है जिसे हम लोग दरवाजा बनाने के काम में लावें।"

इन्द्रजीत–हम भी इसी सोच-विचार में पड़े हुए हैं, मगर कुछ समझ में नहीं आता है।

इसी बीच में दोनों कुमार और सर्यू के पैरों में झुनझुनी और कमजोरी मालूम होने लगी और वह बात-की-बात में इतनी ज्यादे बढ़ी कि वे लोग वहां से हिलने लायक भी न रहे। देखते-देखते तमाम बदन में सनसनाहट और कमजोरी ऐसी बढ़ गई कि वे तीनों बेहोश होकर जमीन पर गिर पड़े और फिर तनोबदन की सुध न रही।

घण्टे-भर के बाद कुंअर इन्द्रजीतसिंह की बेहोशी जाती रही और वह उठकर बैठ गए, मगर चारों तरफ घोर अन्धकार छाया रहने के कारण यह नहीं जान सकते थे कि वे किस अवस्था में या कहां पड़े हुए हैं। सबसे पहिले उन्हें तिलिस्मी खंजर की फिक्र हुई, कमर में हाथ लगाने पर उसे मौजूद पाया। अस्तु, उसे निकालकर और उसका कब्जा दबाकर रोशनी पैदा की और ताज्जुब की निगाह से चारों तरफ देखने लगे।

जिस स्थान में इस समय कुमार थे, वह सुर्ख पत्थर से बना हुआ था और यहां की दीवारों पर पत्थर के गुलबूटों का काम बहुत खूबी, खूबसूरती और कारीगरी का अनूठा नमूना दिखानेवाला बना हुआ था। चारों तरफ की दीवार में चार दरवाजे थे, मगर उनमें किवाड़ के पल्ले लगे हुए न थे। पास ही कुंअर आनन्दसिंह भी पड़े हुए थे, परन्तु सर्यू का कहीं पता न था जिससे कुमार को बहुत ही ताज्जुब हुआ। उसी समय आनन्दसिंह की बेहोशी भी जाती रही और वे उठकर घबराहट के साथ चारों तरफ देखते हुए कुंअर इन्द्रजीतसिंह के पास आकर बोले–

आनन्द–हम लोग यहां क्योंकर आए?

इन्द्रजीत–मुझे मालूम नहीं, तुमसे थोड़ी ही देर पहिले मैं होश में आया हूं और ताज्जुब के साथ चारों तरफ देख रहा हूं।

आनन्द–और सर्यू कहां चली गई?

इन्द्रजीत–यह भी नहीं मालूम, तुम चारों तरफ की दीवारों में चार दरवाजे देख रहे हो, शायद वह हमसे पहिले होश में आकर इन दरवाजों में से किसी एक के अन्दर चली गई हो।

आनन्द–शायद ऐसा ही हो, चलकर देखना चाहिए। रिक्तग्रंथ का कहा बहुत ठीक निकला, आखिर उसी कोठरी ने हम लोगों को यहां पहुंचा दिया, मगर किस ढंग से पहुंचाया सो मालूम नहीं होता! (छत की तरफ देखकर) शायद वह कोठरी इसके ऊपर हो और उसकी छत ने नीचे उतरकर हम लोगों को यहां लुढ़का दिया हो!

इन्द्रजीत–(कुछ मुस्कुराकर) शायद ऐसा ही हो, मगर निश्चय नहीं कह सकते, हां, अब व्यर्थ न खड़े रहकर सर्यू और नकाबपोशों का पता लगाना चाहिए।

इन्द्रजीतसिंह ने इतना कहा ही था कि दीवारवाले एक दरवाजे के अन्दर से आवाज आई, ''बेशक, बेशक!!''

तेरहवां बयान

''बेशक, बेशक'' की आवाज ने दोनों कुमारों को चौंका दिया। वह आवाज सर्यू की न थी और न किसी ऐसे आदमी की थी जिसे कुमार पहिचानते हों, यह सबब उनके चौंकने का और भी था। दोनों कुमारों को निश्चय हो गया कि यह आवाज उन्हीं नकाबपोशों में से किसी की है जो तिलिस्म के अन्दर लटकाए गए थे और जिन्हें हम लोग खोज रहे हैं। ताज्जुब नहीं कि सर्यू भी इन्हीं लोगों के सबब से गायब हो गई हो क्योंकि एक कमजोर औरत की बेहोशी हम लोगों की बनिस्बत जल्द दूर नहीं हो सकती।

दोनों भाइयों के विचार एक-से थे अतएव दोनों ने एक-दूसरे की तरफ देखा और इसके बाद इन्द्रजीतसिंह और उनके पीछे-पीछे आनन्दसिंह उस दरवाजे के अन्दर चले गए जिसमें किसी के बोलने की आवाज आई थी।

कुछ आगे जाने पर कुमार को मालूम हुआ कि रास्ता सुरंग के ढंग का बना हुआ है, मगर बहुत छोटा और केवल एक ही आदमी के जाने लायक है अर्थात् इसकी चौड़ाई डेढ़ हाथ से ज्यादे नहीं है।

लगभग बीस हाथ जाने के बाद दूसरा दरवाजा मिला जिसे लांघकर दोनों भाई एक छोटे से बाग में गए जिसमें सब्जी की बनिस्बत इमारत का हिस्सा बहुत ज्यादे था अर्थात् उसमें कई दालान-कोठरियां और कमरे थे जिन्हें देखते ही इन्द्रजीतसिंह

ने आनन्दसिंह से कहा, "इसके अन्दर थोड़े आदमियों का पता लगाना भी कठिन होगा।"

दोनों कुमार दो ही चार कदम आगे बढ़े थे कि पीछे से दरवाजे के बन्द होने की आवाज आई, घूमकर देखा तो उस दरवाजे को बन्द पाया जिसे लांघकर इस बाग में पहुंचे थे। दरवाजा लोहे का और एक ही पल्ले का था जिसने चूहेदानी की तरह ऊपर से गिरकर दरवाजे का मुंह बन्द कर दिया। उस दरवाजे के पल्ले पर मोटे-मोटे अक्षरों में यह लिखा हुआ था–

"तिलिस्म का यह हिस्सा टूटने लायक नहीं है, हां, तिलिस्म को तोड़नेवाला यहां का तमाशा जरूर देख सकता है।"

इन्द्रजीत–यद्यपि तिलिस्मी तमाशे दिलचस्प होते हैं, मगर हमारा यह समय बड़ा नाजुक है और तमाशा देखने योग्य नहीं क्योंकि तरह-तरह के तरद्दुदों ने दुःखी कर रक्खा है। देखा चाहिए इस तमाशबीनी से छुट्टी कब मिलती है।

आनन्द–मेरा भी यही खयाल है, बल्कि मुझे तो इस बात का अफसोस है कि इस बाग में क्यों आए, अगर किसी दूसरे दरवाजे के अन्दर गए होते तो अच्छा होता।

इन्द्रजीत–(कुछ आगे बढ़कर ताज्जुब से) देखो तो सही उस पेड़ के नीचे कौन बैठा है! कुछ पहिचान सकते हो?

आनन्द–यद्यपि पोशाक में बहुत बड़ा फर्क है, मगर सूरत भैरोसिंह की-सी मालूम पड़ती है!

इन्द्रजीत–मेरा भी यही खयाल है, आओ उसके पास चलकर देखें।

आनन्द–चलिए।

इस बाग के बीचोबीच में एक कदम्ब का बहुत बड़ा पेड़ था जिसके नीचे एक आदमी गाल पर हाथ रक्खे बैठा हुआ कुछ सोच रहा था। उसी को देखकर दोनों कुमार चौंके थे और उस पर भैरोसिंह के होने का शक हुआ था। जब दोनों भाई उसके पास पहुंचे तो शक जाता रहा और अच्छी तरह पहिचानकर इन्द्रजीतसिंह ने पुकारा और कहा, "क्यों यार भैरोसिंह, तुम यहां कैसे आ पहुंचे?"

उस आदमी ने सिर उठाकर ताज्जुब से दोनों कुमारों की तरफ देखा और तब हलकी आवाज में जवाब दिया, "तुम दोनों कौन हो? मैं तो सात वर्ष से यहां रहता हूं, मगर आज तक किसी ने भी मुझसे यह न पूछा कि तुम यहां कैसे आ पहुंचे?"

आनन्द–कुछ पागल तो नहीं हो गए हो?

इन्द्रजीत–क्योंकि तिलिस्म की हवा बड़े-बड़े चालाकों और ऐयारों को पागल बना देती है!

भैरो–(शायद वह भैरोसिंह ही हो) कदाचित् ऐसा ही हो, मगर मुझे आज तक किसी ने यह भी नहीं कहा कि तू पागल हो गया है! मेरी स्त्री भी यहां रहती है। वह भी मुझे बुद्धिमान ही समझती है।

आनन्द–(मुस्कुराकर) तुम्हारी स्त्री कहां है? उसे मेरे सामने बुलाओ, मैं उससे पूछूंगा कि वह तुम्हें पागल समझती है या नहीं।

भैरो–वाह-वाह, तुम्हारे कहने से मैं अपनी स्त्री को तुम्हारे सामने बुला लूं! कहीं तुम उस पर आशिक हो जाओ या वही तुम पर मोहित हो जाए तो क्या हो?

इन्द्रजीत–(हंसकर) वह भले ही मुझ पर आशिक हो जाए, मगर मैं वादा करता हूं कि उस पर मोहित न होऊंगा।

भैरो–सम्भव है कि मैं तुम्हारी बातों पर विश्वास कर लूं, मगर उसकी नौजवानी मुझे उस पर विश्वास नहीं करने देती। अच्छा ठहरो, मैं उसे बुलाता हूं। अरी ए री मेरी नौजवान स्त्री भोली ई...ई...ई...!!

एक तरफ से आवाज आई, ''मैं आप ही चली आ रही हूं, तुम क्यों चिल्ला रहे हो? कमबख्त को जब देखो 'भोली भोली' करके चिल्लाया करता है!''

भैरो–देखो कमबख्त को! साठ घड़ी में एक पल भी सीधी तरह से बात नहीं करती। खैर, नौजवान औरतें ऐसी हुआ ही करती हैं!

इतने में दोनों कुमारों ने देखा कि बाईं तरफ से एक नब्बे वर्ष की बुढ़िया छड़ी टेकती धीरे-धीरे चली आ रही है जिसे देखते ही भैरोसिंह उठा और यह कहता हुआ उसकी तरफ बढ़ा, ''आओ मेरी प्यारी भोली, तुम्हारी नौजवानी तुम्हें अकड़कर चलने नहीं देती तो मैं अपने हाथों का सहारा देने के लिए तैयार हूं।''

भैरोसिंह ने बुढ़िया को हाथ का सहारा देकर अपने पास ला बैठाया और आप भी उसी जगह बैठकर बोला, ''मेरी प्यारी भोली, देखो ये दो नए आदमी आज यहां आए हैं जो मुझे पागल बताते हैं। तू ही बता कि क्या मैं पागल हूं?''

बुढ़िया–राम-राम, ऐसा भी कभी हो सकता है? मैं अपनी नौजवानी की कसम खाकर कहती हूं कि तुम्हारे ऐसे बुद्धिमान बुड्ढे को पागल कहनेवाला स्वयं पागल है! (दोनों कुमारों की तरफ देखकर) ये दोनों उजड्ड यहां कैसे आ पहुंचे? क्या किसी ने इन्हें रोका नहीं?

भैरो–मैंने इनसे अभी कुछ भी नहीं पूछा कि ये कौन हैं और यहां कैसे आ पहुंचे क्योंकि मैं तुम्हारी मुहब्बत में डूबा हुआ तरह-तरह की बातें सोच रहा था, अब तुम आई हो तो जो कुछ पूछना हो, स्वयं पूछ लो।

बुढ़िया–(कुमारों से) तुम दोनों कौन हो?

भैरो–(कुमारों से) बताओ-बताओ, सोचते क्या हो? आदमी हो, जिन्न हो, भूत हो, प्रेत हो, कौन हो, कहते क्यों नहीं! क्या तुम देखते नहीं कि मेरी नौजवान स्त्री को तुमसे बात करने में कितना कष्ट हो रहा है?

भैरोसिंह और उस बुढ़िया की बातचीत और अवस्था पर दोनों कुमारों को बड़ा ही आश्चर्य हुआ और कुछ सोचने के बाद इन्द्रजीतसिंह ने भैरोसिंह से कहा, ''अब मुझे निश्चय हो गया कि जरूर तुम्हें किसी ने इस तिलिस्म में ला फंसाया है और

ऐसी चीज खिलाई या पिलाई है कि जिससे तुम पागल हो गए हो, ताज्जुब नहीं कि यह सब बदमाशी इसी बुढ़िया की हो, अब अगर तुम होश में न आओगे तो मैं तुम्हें मार-पीटकर होश में लाऊंगा।'' इतना कहकर इन्द्रजीतसिंह भैरोसिंह की तरफ बढ़े, मगर उसी समय बुढ़िया ने यह कहकर चिल्लाना शुरू किया, ''दौड़ियो दौड़ियो, हाय रे, मारे रे, मारा रे, चोर चोर, डाकू डाकू, दौड़ो दौड़ो, ले गया, ले गया, ले गया!''

बुढ़िया चिल्लाती रही मगर कुमार ने उसकी एक भी न सुनी और भैरोसिंह का हाथ पकड़के अपनी तरफ खैंच ही लिया, मगर बुढ़िया का चिल्लाना भी व्यर्थ न गया। उसी समय चार-पांच खूबसूरत लड़के दौड़ते हुए वहां आ पहुंचे जिन्होंने दोनों कुमारों क़ो चारों तरफ से घेर लिया। उन लड़कों के गले में छोटी-छोटी झोलियां लटक रही थीं और उनमें आटे की तरह की कोई चीज भरी हुई थी। आने के साथ ही इन लड़कों ने अपनी झोली में से वह आटा निकाल-निकालकर दोनों कुमारों की तरफ फेंकना शुरू किया।

निःसन्देह उस बुकनी में तेज बेहोशी का असर था, जिसने दोनों कुमारों को बात-की-बात में बेहोश कर दिया और दोनों चक्कर खाकर जमीन पर लेट गए। जब आंख खुली तो दोनों ने अपने को एक सजे-सजाए कमरे में फर्श के ऊपर पड़े पाया।

चौदहवां बयान

जिस कमरे में दोनों कुमारों की बेहोशी दूर हो जाने के कारण आंख खुली थी, वह लम्बाई में बीस और चौड़ाई में पन्द्रह गज से कम न था। इस कमरे की सजावट कुछ विचित्र ढंग की थी और दीवारों में भी एक तरह का अनूठापन था। रोशनी के शीशों (हंडों और कन्दीलों) की जगह उसमें दो-दो हाथ लम्बी तरह-तरह की खूबसूरत पुतलियां लटक रही थीं और दीवारगीरों की जगह पचासों किस्म के जानवरों के चेहरे दीवारों से लगे हुए थे। दीवारें इस कमरे की लहरदार बनी हुई थीं और उन पर तरह-तरह की चित्रकारी की हुई थी। ऊपर की तरफ छत से कुछ नीचे हटकर चारों तरफ छोटी-छोटी खिड़कियां थीं जिससे जान पड़ता था कि ऊपर की तरफ गुलामगर्दिश या मकान है, मगर इस समय सब खिड़कियां बन्द थीं और इस कमरे में से कोई रास्ता ऊपर जाने का नहीं दिखाई देता था।

कुंअर आनन्दसिंह ने इन्द्रजीतसिंह से कहा, ''भैया, वह बुढ़िया तो अजब आफत की पुड़िया मालूम होती है। और उन लड़कों की तेजी भी भूलने योग्य नहीं है।''

इन्द्रजीत–बेशक ऐसा ही है! ईश्वर को धन्यवाद देना चाहिए कि उन्होंने हम लोगों को जीता छोड़ दिया। मगर हमें भैरोसिंह की बातों पर आश्चर्य मालूम होता है! क्या हम उसे वास्तव में कोई ऐयार समझें?

आनन्द–यदि वह ऐयार होता तो निःसन्देह हम लोगों को धोखा देने के लिए भैरोसिंह बना होता और साथ ही इसके पोशाक भी वैसी ही रखता जैसी भैरोसिंह पहिरा करता है, इसके सिवाय वह स्वयं अपने को भैरोसिंह प्रकट करके हम लोगों का साथी बनता, ऐसा न कहता कि मैं भैरोसिंह नहीं हूं। मगर उसकी नौजवान औरत (बुढ़िया) के विषय में...

इन्द्रजीत–उस बुढ़िया की बात जाने दो, अगर वह वास्तव में भैरोसिंह है तो ताज्जुब नहीं कि मसखरापन करता है या पागल हो गया है और अगर वह पागल हो गया है तो निःसंदेह उस बुढ़िया की बदौलत, जो उसकी आंखों में अभी नौजवान बनी हुई है।

आनन्द–उस बुढ़िया को जिस तरह हो, गिरफ्तार करना चाहिए।

इन्द्रजीत–मगर उसके पहिले अपने को बेहोशी से बचाने का बन्दोबस्त कर लेना चाहिए क्योंकि लड़ाई-दंगे से तो हम लोग डरते ही नहीं।

आनन्द–जी हां, जरूर ऐसा करना चाहिए। दवा तो हम लोगों के पास मौजूद ही है और ईश्वर की कृपा से कमरे का दरवाजा भी खुला है।

दोनों भाइयों ने कमर से एक डिबिया निकाली जिसमें किसी तरह की दवा थी और उसे खाने के बाद कमरे के बाहर निकला ही चाहते थे कि ऊपरवाले छोटे-छोटे दरवाजों में से एक दरवाजा खुला और पुनः उसी नौजवान बुढ़िया के खसम भैरोसिंह की सूरत दिखाई दी। दोनों भाई रुक गए और आनन्दसिंह ने उसकी तरफ देखकर कहा, "अब आप यहां क्यों आ पहुंचे?"

भैरो–आपके हालचाल की खबर लेने और साथ ही इसके, अपनी नौजवान औरत की तरफ से आपको ज्याफत का न्योता देने आया हूं। मालूम होता है कि वह तुम लोगों पर आशिक हो गई है तभी खातिरदारी का बन्दोबस्त कर रही है। उसने तुम लोगों के लिए कितनी अच्छी-अच्छी चीजें खाने की तैयार की हैं और अभी तक बनाती ही जाती है।

आनन्द–(हंसकर) और उन चीजों में जहर कितना मिलाया है?

भैरो–केवल डेढ़ छटांक, मैं उम्मीद करता हूं कि इतने से तुम लोगों की जान न जाएगी।

आनन्द–आपकी इस कृपा के लिए मैं धन्यवाद देता हूं और आपसे बहुत ही प्रसन्न होकर, आपको कुछ इनाम दिया चाहता हूं, आप मेहरबानी करके जरा यहां आइए तो अच्छी बात है।

भैरो–बहुत अच्छा, इनाम लेने में देर करना भले आदमियों का काम नहीं है।

इतना कहकर भैरोसिंह वहां से हट गया और थोड़ी ही देर बाद सदर दरवाजे की राह से कमरे के अन्दर आता हुआ दिखाई दिया। जब कुंअर आनन्दसिंह के पास आया तो बोला, "लाइए क्या इनाम देते हैं।"

आनन्दसिंह ने फुर्ती से तिलिस्मी खंजर उसके हाथ पर रख दिया जिसके असर से वह एक दफे कांपा और बेहोश होकर जमीन पर लम्बा हो गया। तब आनन्दसिंह ने अपने भाई से कहा, "अब इसे अच्छी तरह जांचकर देख लेना चाहिए कि यह भैरोसिंह ही है या कोई और?"

इन्द्रजीत–हां, अब बखूबी पता लग जाएगा, पहिले इसके दाहिनी बगलवाला मसा देखो।

आनन्द–(भैरोसिंह की बगल देखकर) देखिए मसा मौजूद है। अब कमरवाला दाग देखिए–लीजिए यह भी मौजूद है। इसके भैरोसिंह होने में अब मुझे तो किसी तरह का सन्देह नहीं रहा।

इन्द्रजीत–अब सन्देह हो ही नहीं सकता, मैंने इस मसे को अच्छी तरह खैंचकर भी देख लिया, अच्छा इसे होश में लाना चाहिए।

इतना कहकर इन्द्रजीतसिंह ने अपना वह हाथ जिसमें तिलिस्मी खंजर के जोड़ की अंगूठी थी, भैरोसिंह के बदन पर फेरा, भैरोसिंह तुरन्त होश में आकर उठ बैठा और ताज्जुब से चारों तरफ देखता हुआ बोला, "वाह-वाह! मैं यहां क्योंकर आ गया और आप लोगों ने मुझे कहां पाया?"

आनन्द–मालूम होता है, अब आपका पागलपन उतर गया?

भैरो–(ताज्जुब से) पागलपन कैसा?

इन्द्रजीत–इसके पहिले तुम किस अवस्था में थे और क्या करते थे, कुछ याद है?

भैरो–मुझे कुछ भी याद नहीं?

इन्द्रजीत–अच्छा बताओ कि तुम इस तिलिस्म के अन्दर कैसे आ पहुंचे?

भैरो–केवल मुझी को नहीं बल्कि किशोरी, कामिनी, कमला, लक्ष्मीदेवी, लाडिली, कमलिनी और इन्दिरा को भी राजा गोपालसिंह ने इस तिलिस्म के अन्दर पहुंचा दिया है, बल्कि मुझे तो सबके आखिर में पहुंचाया है। आपके नाम की एक चीठी भी दी थी, मगर अफसोस! आपसे मुलाकात होने न पाई और मेरी अवस्था बदल गई।

इन्द्रजीत–वह चीठी कहां है?

भैरो–(इधर-उधर देखकर) जब मेरे बटुए ही का पता नहीं तो चीठी के बारे में क्या कह सकता हूं।

आनन्द–मगर यह तो तुम्हें याद होगा कि उस चीठी में क्या लिखा था?

भैरो–क्यों नहीं, मेरे सामने ही तो वह लिखी गई थी। उसमें कोई विशेष बात न थी, केवल इतना ही लिखा था कि 'उस गुप्त स्थान से किशोरी, कामिनी इत्यादि को लेकर मैं जमानिया जा रहा था, मगर मायारानी की कुटिलता के कारण अपने इरादे में बहुत-कुछ उलट-फेर करना पड़ा। जब यह मालूम हुआ कि मायारानी तिलिस्मी बाग के अन्दर घुस गई है तब लाचार सब औरतों को तिलिस्म के अन्दर पहुंचाता हूं। बाकी

हाल भैरोसिंह से सुन लेना'–बस इतना लिखा था। मालूम होता है कि पहिले का हाल वह आपसे कह चुके हैं।

इन्द्रजीत–हां, पहिले का बहुत-कुछ हाल वह हमसे कह चुके हैं।

भैरो–क्या यह भी कहा था कि कृष्णाजिन्न का रूप भी उन्हीं कृपानिधान ने धारण किया था?

आनन्द–नहीं सो तो साफ नहीं कहा था, मगर उनकी बातों से हम लोग कुछ-कुछ समझ गए थे कि कृष्णाजिन्न वही बने थे, खैर, अब तुम खुलासा बताओ कि क्या हुआ?

भैरोसिंह ने वह सब हाल दोनों कुमारों से कहा जो ऊपर के बयानों में लिखा जा चुका है और जिसका बहुत-कुछ हाल राजा गोपालसिंह की जुबानी दोनों कुमार सुन चुके थे। इसके बाद भैरोसिंह ने कहा–"जब राजा गोपालसिंह को मालूम हो गया कि मायारानी बहुत से आदमियों को लेकर तिलिस्मी बाग के अन्दर जा छिपी है तब वे एक गुप्त राह से छिपकर सब औरतों को साथ लिये हुए उस मकान में पहुंचे जिसमें से कमन्द के सहारे सभों को लटकाते हुए शायद आपने देखा होगा।"

इन्द्रजीत–हां देखा था, तो क्या उस समय वे औरतें बेहोश थीं?

भैरो–जी हां, न मालूम किस खयाल से उन्होंने सब औरतों को बेहोश कर दिया था, मगर इसके पहिले यह कह दिया था कि तुम्हें तिलिस्म के अन्दर पहुंचा देते हैं जहां दोनों कुमार हैं। यद्यपि वहां पहुंचना बहुत कठिन था, मगर अब एक दीवारवाले तिलिस्म को दोनों कुमार तोड़ चुके हैं इसलिए वहां तक पहुंचा देने में कोई कठिनता न रही!

इन्द्रजीत–तो क्या तुम भी उन औरतों के साथ ही उस बाग में उतारे गए थे?

भैरो–पहिले तो उन्होंने इन्द्रदेव को बहुत-सी बातें समझाईं-बुझाईं जिन्हें मैं समझ न सका। इसके बाद इन्द्रदेव को तो गोपालसिंह बनाया और इन्द्रदेव के एक ऐयार को भैरोसिंह बनाकर दोनों को खास बाग के अन्दर भेजा। इस काम से छुट्टी पाकर सब औरतों को और मुझे एक साथ लिये उस मकान में आये। सभों को तो उस कमरे में बैठा दिया जिसमें से कमंद के सहारे सबको लटकाया था और मुझे उनकी हिफाजत के लिए छोड़ने के बाद कमलिनी को साथ लिये हुए कहीं चले गए और घण्टे-भर के बाद वापस आये। उस समय कमलिनी के हाथ में एक छोटी-सी किताब थी जिसे उन्होंने कई दफे तिलिस्मी किताब के नाम से सम्बोधन किया था। इसके बाद उन्होंने सभों को बेहोश करके नीचे लटका दिया। इस काम से छुट्टी पाकर उन्होंने आपके नाम की दो चीठियां लिखीं, एक तो उसी कमरे में रक्खी और दूसरी चीठी जिसका मैं अभी जिक्र कर चुका हूं, मुझे देकर कहा कि 'जब कुमारों से तुम्हारी मुलाकात हो तो यह चीठी उन्हें देना और सब काम कमलिनी की आज्ञानुसार करना, यहां तक कि यदि कमलिनी तुम्हें सामना हो जाने पर भी कुमारों से मिलने के लिए मना करे तो तुम कदापि न मिलना' इत्यादि कहकर मुझे नीचे उतर जाने के लिए कहा (कुछ रुककर) नहीं-नहीं, मैं भूलता हूं, मुझे उन्होंने पहिले ही नीचे उतार दिया था क्योंकि

सभों की गठरी मैंने ही नीचे से थामी थी, सभों को नीचे उतार देने के बाद जब मैं उनकी आज्ञानुसार पुनः ऊपर गया, तब उन्होंने ये सब बातें मुझे समझाईं और आपके इन्द्रदेव भी वहां आ पहुंचे जो गोपालसिंह की सूरत बने हुए थे। इन्द्रदेव ने राजा गोपालसिंह से कुछ कहना चाहा, मगर उन्होंने रोक दिया और मुझसे कहा कि अब तुम भी कमन्द के सहारे नीचे उतर जाओ और इन्द्रदेव के आने का इन्तजार करो। मैं उनकी आज्ञानुसार नीचे उतर आया। मैं अन्दाज से कहता हूं कि उन बेहोशों में आप या छोटे कुमार छिपे थे और आप ही दोनों में से किसी ने मेरे बदन के साथ तिलिस्मी खंजर लगाया था जिससे मैं बेहोश हो गया।

इन्द्रजीत–हां, ठीक है, ऐसा ही हुआ था।

भैरो–फिर तो मैं बेहोश हो ही गया, मुझे कुछ भी नहीं मालूम कि इन्द्रदेव जो गोपालसिंह की सूरत में थे कब नीचे आए या क्या हुआ।

आनन्द–ठीक है, वह भी थोड़ी ही देर बाद नीचे उतरे और तुम्हारी तरह से वह भी बेहोश किए गए। (इन्द्रजीतसिंह से) अब मालूम हुआ कि इन्द्रदेव ही के कहे मुताबिक मैं आपको बुलाने के लिए ऊपर गया था।

भैरो–हां, जब हम लोगों को उन्होंने चैतन्य किया तो कहा था कि दोनों कुमार ऊपर गए हैं। आखिर इन्द्रदेव ने कमन्द खींच ली और हम लोगों को लिये हुए दूसरी दीवार की तरफ गए। वहां कमलिनी ने जमीन खोदकर एक दरवाजा पैदा किया। ताज्जुब नहीं कि उसी दरवाजे की राह से आप लोग भी यहां तक आए हों और अगर ऐसा है तो उस कोठरी में भी अवश्य पहुंचे होंगे जहां की जमीन लोगों को बेहोश करके तिलिस्म के अन्दर पहुंचा देती है!

आनन्द–हम लोग भी उसी रास्ते से यहां तक आए हैं, अच्छा तो क्या इन्द्रदेव भी तुम लोगों के साथ यहां आए हैं?

भैरो–जी नहीं, वह तो ऊपर ही रह गए, बोले कि मुझे तिलिस्म के अन्दर जाने की आज्ञा नहीं है, तुम लोग जाओ मैं इसी बाग में छिपकर रहूंगा, जब दोनों कुमार यहां आ जाएंगे तब उनसे छिपकर पुनः कमन्द के सहारे ऊपर जाऊंगा और राजा गोपालसिंह के साथ मिलकर काम करूंगा।

आनन्द–(इन्द्रजीतसिंह से) तब ताज्जुब नहीं कि इन्द्रदेव ने ही सर्यू को बेहोश किया हो?

इन्द्रजीत–जरूर ऐसा ही है, (भैरो से) अच्छा तब क्या हुआ?

भैरो–नीचे उतरकर जब हम लोग उस कोठरी में पहुंचे, जहां की जमीन थोड़ी ही देर में लोगों को बेहोश कर देती है तब नियमानुसार सभों के साथ मैं भी बेहोश हो गया। उस समय से इस समय तक का हाल मुझे कुछ भी मालूम नहीं है, मैं बिल्कुल नहीं जानता कि इसके बाद क्या हुआ और मैं किस अवस्था में होकर क्यों इस तरह अपने को यहां पाता हूं।

पन्द्रहवां बयान

भैरोसिंह की बातें सुनकर दोनों कुमार देर तक तरह-तरह की बातें सोचते रहे और तब उन्होंने अपना किस्सा भैरोसिंह से कह सुनाया। बुढ़ियावाली बात सुनकर भैरोसिंह हंस पड़ा और बोला, ''मुझे कुछ भी ज्ञान नहीं है कि वह बुढ़िया कौन और कहां है, यदि अब मैं उसे पाऊं तो जरूर उसकी बदमाशी का मजा उसे चखाऊं। मगर अफसोस तो यह है कि मेरा ऐयारी का बटुआ मेरे पास नहीं है जिसमें बड़ी-बड़ी अनमोल चीजें थीं। हाय, वे तिलिस्मी फूल भी उसी बटुए में थे जिसके देने से मेरा बाप भी मुझे टल्ली बताया चाहता था, मगर महाराज ने दिलवा दिया। इस समय बटुए का न होना मेरे लिए बड़ा दुखदायी है, क्योंकि आप कह रहे हैं कि 'उन लड़कों ने एक तरह की बुकनी उड़ाकर हमें बेहोश कर दिया।' कहिए अब मैं क्योंकर अपने दिल का हौसला निकाल सकता हूं?''

इन्द्रजीत–निःसन्देह उस बटुए का जाना बहुत ही बुरा हुआ! वास्तव में उसमें बड़ी अनूठी चीजें थीं, मगर इस समय उनके लिए अफसोस करना फजूल है, हां, इस समय मैं दो चीजों से तुम्हारी मदद कर सकता हूं।

भैरो–वह क्या?

इन्द्रजीत–एक तो वह दवा हम दोनों के पास मौजूद है जिसके खाने से बेहोशी असर नहीं करती, वह मैं तुम्हें खिला सकता हूं, दूसरे हम लोगों के पास दो-दो हर्बे मौजूद हैं बल्कि यदि तुम चाहो तो तिलिस्मी खंजर भी दे सकता हूं।

भैरो–जी नहीं, तिलिस्मी खंजर मैं न लूंगा क्योंकि आपके पास उसका रहना तब तक बहुत ही जरूरी है जब तक आप तिलिस्म तोड़ने का काम समाप्त न कर लें। मुझे बस मामूली तलवार दे दीजिए। मैं अपना काम उसी से चला लूंगा और वह दवा खिलाकर मुझे आज्ञा दीजिए कि मैं उस बुढ़िया के पास से अपना बटुआ निकालने का उद्योग करूं।

दोनों कुमारों के पास तिलिस्मी खंजर के अतिरिक्त एक-एक तलवार भी थी। इन्द्रजीतसिंह ने अपनी तलवार भैरोसिंह को दी और डिबिया में से निकालकर थोड़ी-सी दवा भी खिलाने के बाद कहा, ''मैं तुमसे कह चुका हूं कि जब हम दोनों भाई इस बाग में पहुंचे तो चूहेदानी के पल्ले की तरह वह दरवाजा बन्द हो गया जिस राह से हम दोनों आए थे और उस दरवाजे पर लिखा हुआ था कि यह तिलिस्म टूटने लायक नहीं है।

भैरो–हां, आप कह चुके हैं।

आनन्द–(इन्द्रजीत से) भैया, मुझे तो उस लिखावट पर विश्वास नहीं होता।

इन्द्रजीत–यही मैं भी कहने को था क्योंकि रिक्तग्रंथ की बातों से तिलिस्म का यह हिस्सा भी टूटने योग्य जान पड़ता है, (भैरोसिंह से) इसी से मैं कहता हूं कि इस बाग में जरा समझ-बूझके घूमना।

भैरो–खैर, इस समय तो मैं आपके साथ चलता हूं, चलिए बाहर निकलिए।

आनन्द–(भैरो से) तुम्हें याद है कि तुम ऊपर से उतरकर इस कमरे में किस राह से आए थे?

भैरो–मुझे कुछ भी याद नहीं।

इतना कहकर भैरोसिंह उठ खड़ा हुआ और दोनों कुमार भी उठकर कमरे के बाहर निकलने के लिए तैयार हो गए।

सोलहवां बयान

तीनों आदमी कमरे के बाहर निकलकर सहन में आए उस समय कुमार को मालूम हुआ कि यह कमरा बाग के पूरब तरफवाली इमारत के सबसे निचले हिस्से में बना हुआ है और इस कमरे के ऊपर और भी दो मंजिल की इमारत है, मगर वे दोनों मंजिलें बहुत छोटी थीं और उनके साथ ही दोनों तरफ इमारतों का सिलसिला बराबर चला गया था। दिन चढ़ आया था और नित्यकर्म न किए जाने के कारण कुमारों की तबीयत कुछ भारी हो रही थी।

जिस तरह इस तिलिस्म में पहिले-दूसरे बाग के अन्दर नहर की बदौलत पानी की कमी न थी, उसी तरह इस बाग में भी नहर का पानी छोटी नालियों के जरिए चारों ओर घूमता हुआ आता और दस-पांच मेवों के पेड़ भी थे जिनमें बहुतायत के साथ मेवे लगे हुए थे।

दोनों कुमार और भैरोसिंह टहलते हुए बाग के बीचोबीच से उसी कदम्ब के पेड़ तले आए जिसके नीचे पहिले-पहिल भैरोसिंह के दर्शन हुए थे। बातचीत करने के बाद तीनों ने जरूरी कामों से छुट्टी पा हाथ-मुंह धोकर स्नान किया और संध्योपासन से छुट्टी पाकर बाग के मेवे और नहर के जल से संतोष करने के बाद बैठकर यों बातचीत करने लगे–

इन्द्रजीत–मैं उम्मीद करता हूं कि कमलिनी, किशोरी और कामिनी वगैरह से इसी बाग में मुलाकात होगी।

आनन्द–निःसन्देह ऐसा ही है, इस बाग में अच्छी तरह घूमना और यहां की हर एक बातों का पूरा-पूरा पता लगाना हम लोगों के लिए जरूरी है।

भैरो–मेरा दिल भी यही गवाही देता है कि वे सब जरूर इसी बाग में होंगी, मगर कहीं ऐसा न हुआ हो कि मेरी तरह से उन लोगों का दिमाग भी किसी कारण विशेष से बिगड़ गया हो।

इन्द्रजीत–कोई ताज्जुब नहीं अगर ऐसा ही हुआ हो, मगर तुम्हारी जुबानी मैं सुन चुका हूं कि राजा गोपालसिंह ने कमलिनी को बहुत-कुछ समझा-बुझाकर एक तिलिस्मी किताब भी दी है।

भैरो–हां, बेशक मैं कह चुका हूं और ठीक कह चुका हूं।

इन्द्रजीत–तो यह भी उम्मीद कर सकता हूं कि कमलिनी को इस तिलिस्म का कुछ हाल मालूम हो गया हो और वह किसी के फंदे में न फंसे।

भैरो–इस तिलिस्म में और है ही कौन जो उन लोगों के साथ दगा करेगा?

आनन्द–बहुत ठीक! शायद आप अपनी नौजवान स्त्री और उसके हिमायती लड़कों को बिल्कुल ही भूल गए, या हम लोगों की जुबानी सब हाल सुनकर भी आपको उसका कुछ खयाल न रहा!

भैरो–(मुस्कुराकर) आपका कहना ठीक है, मगर उन सभों को...

इतना कहकर भैरोसिंह चुप हो गया और कुछ सोचने लगा। दोनों कुमार भी किसी बात पर गौर करने लगे और कुछ देर बाद भैरोसिंह ने इन्द्रजीतसिंह से कहा–

भैरो–आपको याद होगा कि लड़कपन में एक दफे मैंने पागलपन की नकल की थी।

इन्द्रजीत–हां याद है, तो क्या आज भी तुम जान-बूझकर पागल बने हुए थे?

भैरो–नहीं-नहीं, मेरे कहने का मतलब यह नहीं बल्कि मैं यह कहता हूं कि इस समय भी उसी तरह का पागल बनके शायद कोई काम निकाल सकूं।

आनन्द–हां, ठीक तो है, आप पागल बनके अपनी नौजवान स्त्री को बुलाइए जिस ढंग से मैं बताता हूं।

कुमार के बताए हुए ढंग से भैरोसिंह ने पागल बनके अपनी नौजवान स्त्री को कई दफे बुलाया मगर उसका नतीजा कुछ न निकला, न तो कोई उसके पास आया और न किसी ने उसकी बात का जवाब ही दिया, आखिर इन्द्रजीतसिंह ने कहा, "बस करो, उसे मालूम हो गया कि तुम्हारा पागलपन जाता रहा, अब हम लोगों को फंसाने के लिए वह जरूर कोई दूसरा ही ढंग लावेगी।"

आखिर भैरोसिंह चुप हो रहे और थोड़ी देर बाद तीनों आदमी इधर-उधर का तमाशा देखने के लिए यहां से रवाना हुए। इस समय दिन बहुत कम बाकी था।

तीनों आदमी बाग के पश्चिम तरफ गए जिधर संगमरमर की एक बारहदरी थी। उसके दोनों तरफ दो इमारतें थीं जिनके दरवाजे बन्द रहने के कारण यह नहीं जाना जाता था कि उसके अन्दर क्या है, मगर बारहदरी खुले ढंग की बनी हुई थी अर्थात् उसके पीछे की तरफ दीवानखाना और आगे की तरफ केवल तेरह खम्भे लगे हुए थे जिनमें दरवाजा चढ़ाने की जगह न थी।

इस बारहदरी के मध्य में एक सुन्दर चबूतरा बना हुआ था जिस पर कम-से-कम पन्द्रह आदमी बखूबी बैठ सकते थे। उस चबूतरे के ऊपर बीचोबीच में लोहे का चौखूटा तख्ता था जिसमें उठाने के लिए कड़ी लगी हुई थी और चबूतरे के सामने की दीवार में एक छोटा-सा दरवाजा था, जो इस समय खुला हुआ था, और उसके

अन्दर दो-चार हाथ के बाद अन्धकार-सा जान पड़ता था। भैरोसिंह ने कुंअर इन्द्रजीतसिंह से कहा, "यदि आज्ञा हो तो इस छोटे-से दरवाजे के अन्दर जाकर देखूं कि इसमें क्या है?"

इन्द्रजीत–यह तिलिस्म का मुकाम है, खिलवाड़ नहीं है। कहीं ऐसा न हो कि तुम जाओ और दरवाजा बन्द हो जाए! फिर तुम्हारी क्या हालत होगी सो तुम्हीं सोच लो।

आनन्द–पहिले यह तो देखो कि दरवाजा लकड़ी का है या लोहे का?

इन्द्रजीत–भला तिलिस्म बनानेवाले इमारत के काम में लकड़ी क्यों लगाने लगे जिसके थोड़े ही दिन में बिगड़ जाने का खयाल होता है, मगर शक मिटाने के लिए यदि चाहो तो देख लो।

भैरो–(उस दरवाजे को अच्छी तरह जांचकर) बेशक यह लोहे का बना हुआ है। इसके अन्दर कोई भारी चीज डालकर देखना चाहिए कि बन्द होता है या नहीं? यदि किसी आदमी के जाने से बंद हो जाता होगा तो मालूम हो जाएगा।

आनन्द–(चबूतरे की तरफ इशारा करके) पहिले इस तख्ते को उठाकर देखो कि इसके अन्दर क्या है!

"बहुत अच्छा" कहकर भैरोसिंह चबूतरे के ऊपर चढ़ गया और कड़ी में हाथ डालके उस तख्ते को उठाने लगा। तख्ता किसी कब्जे या पेंच के सहारे उसमें जड़ा हुआ न था बल्कि चारों तरफ से अलग था, इसलिए भैरोसिंह ने उसे उठाकर चबूतरे के नीचे रख दिया, इसके बाद झांककर देखने से मालूम हुआ कि नीचे उतरने के लिए सीढ़ियां बनी हुई हैं।

भैरोसिंह ने नीचे उतरने के लिए आज्ञा मांगी, मगर कुंअर इन्द्रजीतसिंह उसे रोककर स्वयं नीचे उतर गए और भैरोसिंह तथा आनन्दसिंह को ऊपर मुस्तैद रहने के लिए ताकीद कर गए।

नीचे उतरने के लिए चक्करदार सीढ़ियां बनी हुई थीं और हर एक सीढ़ी के दोनों तरफ बनावटी गेंदे के पेड़ बने हुए थे जो सीढ़ी पर पैर रखने के साथ ही झुक जाते और पैर (या बोझ) हट जाने से पुनः ज्यों-के-त्यों खड़े हो जाते थे। इस तमाशे को देखते हुए इन्द्रजीतसिंह कई सीढ़ियां नीचे उतर गए और जब अंधेरे में पहुंचे तो एक बन्द दरवाजा मिला जिसे उस समय कुमार ने कुछ खुला हुआ देखा था, जब वहां तक पहुंचने में तीन-चार सीढ़ियां बाकी थीं अर्थात् कुमार के देखते-ही-देखते वह दरवाजा बन्द हो गया था।

कुमार को ताज्जुब मालूम हुआ और जब उद्योग करने पर भी दरवाजा नहीं खुला तो कुमार ऊपर की तरफ लौटे। तीन सीढ़ियां ऊपर चढ़ने के बाद घूमकर देखा तो दरवाजे को पुनः कुछ खुला हुआ देखा, मगर जब नीचे उतरे तो फिर बन्द हो गया।

इन्द्रजीतसिंह को विश्वास हो गया कि इस दरवाजे का खुलना और बन्द होना भी इन्हीं सीढ़ियों के आधीन है। आखिर लाचार होकर कुछ सोचते-विचारते चले आए। ऊपर आते समय भी सीढ़ियों के दोनों तरफवाले पेड़ों की वही दशा हुई अर्थात् जिस सीढ़ी पर पैर रक्खा जाता, उसके दोनों तरफवाले पेड़ झुक जाते और जब उस पर से पैर हट जाता तो फिर ज्यों-के-त्यों हो जाते।

ऊपर आकर इन्द्रजीतसिंह ने कुल हाल आनन्दसिंह और भैरोसिंह से कहा और इस बात पर विचार करने की आज्ञा दी कि 'हम नीचे उतरकर किस तरह उस दरवाजे को खुला हुआ पा सकते हैं।'

थोड़ी देर बाद भैरोसिंह ने कहा, "मैं पेड़ों का मतलब समझ गया, यदि आप मुझे अपने साथ ले चलें तो मैं ऐसी तरकीब कर सकता हूं कि वह दरवाजा आपको खुला मिले।"

इस समय संध्या हो चुकी थी इसीलिए सभों की राय नीचे उतरने की न हुई। कुमार की आज्ञानुसार भैरोसिंह ने उस गड़हे का मुंह ज्यों-का-त्यों ढांक दिया और उस बारहदरी में निश्चिन्ती के साथ बैठ बातचीत करने लगे, क्योंकि आज की रात इसी बारहदरी में होशियारी के साथ रहकर बिताने का निश्चय कर लिया था और भैरोसिंह के जिद करने से यह बात भी तै पाई थी कि इन्द्रजीतसिंह आराम के साथ सोएं और भैरोसिंह तथा आनन्दसिंह बारी-बारी से जागकर पहरा दें।

सत्रहवां बयान

आधी रात का समय है, तिलिस्मी बाग में चारों तरफ सन्नाटा छाया हुआ है, इमारत के ऊपरी हिस्से पर चन्द्रमा की कुछ थोड़ी-सी चांदनी जरा झलक मार रही है। बाकी सब तरफ अंधकार छाया हुआ है। कुंअर इन्द्रजीतसिंह और आनन्दसिंह सोए हुए हैं और भैरोसिंह एक खम्भे के सहारे बैठे हुए बारहदरी के सामनेवाली इमारत को देख रहे हैं।

बारहदरी के सामनेवाली इमारत दो मंजिली थी और उसकी लम्बाई तो बहुत ज्यादे थी मगर चौड़ाई बहुत कम थी। इमारत के ऊपरवाली मंजिल में बाग की तरफ छोटे-छोटे दरवाजे एक सिरे से दूसरे सिरे तक बराबर एक ही रंग-ढंग के बने हुए थे। दरवाजों के बीच में केवल एक खम्भे का फासला था और वे सब खम्भे भी एक ही ढंग के नक्काशीदार बने हुए थे जिसकी खूबी इस समय कुछ भी मालूम नहीं पड़ती थी, मगर एक दरवाजे के अन्दर यकायक कुछ रोशनी की झलक पड़ जाने के कारण भैरोसिंह एकटक उसी तरफ देख रहे थे।

थोड़ी ही देर बाद ऊपरवाली मंजिल का एक दरवाजा खुला और पीठ पर गठरी लादे हुए एक आदमी बाईं तरफ से दाहिनी तरफ जाता हुआ दिखाई दिया। भैरोसिंह

चैतन्य होकर सम्हलकर बैठ गए और बड़ी दिलचस्पी के साथ ध्यान देकर उस तरफ देखने लगे। कुछ देर बाद दरवाजा बन्द हो गया और उसके दाहिनी तरफ चार दरवाजे छोड़कर, पांचवां दरवाजा खुला, जिसके अन्दर हाथ में चिराग लिये हुए एक और आदमी इस तरह खड़ा दिखाई दिया जैसे किसी के आने का इन्तजार कर रहा हो। थोड़ी देर में चार-पांच औरतें मिलकर किसी लटकते बोझ को लिये हुए उसी आदमी के पास से निकल गईं जिसके हाथ में चिराग था और उन्हीं के पीछे-पीछे वह आदमी भी चिराग लिये चला गया। दरवाजा बन्द नहीं हुआ, मगर उसके अन्दर अंधकार हो गया।

भैरोसिंह ने यह समझकर कि शायद हम और भी कुछ तमाशा देखें, दोनों कुमारों को चैतन्य कर दिया और जो कुछ देखा था, बयान किया।

हम कह आए हैं कि इस बारहदरी की पिछली दीवार के नीचे बीचोबीच में अर्थात् चबूतरे के सामने एक छोटा दरवाजा था जिसके अन्दर भैरोसिंह ने जाने का इरादा किया था। इस समय यकायक उसी दरवाजे के अन्दर चिराग की रोशनी देखकर भैरोसिंह और दोनों कुमार चौंक पड़े और उठकर उस दरवाजे के सामने जा झांककर देखने लगे। मालूम हुआ कि इस छोटे से दरवाजे के अन्दर एक बहुत बड़ा कमरा है जिसके दोनों तरफ की लोहेवाली शहतीरें (बड़ी धरनें) बड़े-बड़े चौखूटे खम्भों के ऊपर हैं और उसकी छत लदाव की बनी हुई है। उस कमरे के दोनों तरफ के खम्भों के बाद भी एक दालान है और दालान की दीवारों में कई बड़े दरवाजे बने हैं जिनमें कुछ खुले और कुछ बन्द हैं।

दोनों कुमारों और भैरोसिंह ने देखा कि उसी कमरे के मध्य में एक आदमी जिसके चेहरे पर नकाब पड़ी थी, हाथ में चिराग लिये हुए खड़ा छत की तरफ देख रहा है। कुछ देर तक देखने के बाद वह आदमी एक खम्भे के सहारे चिराग रखकर पीछे की तरफ लौट गया।

भैरोसिंह और दोनों कुमार आड़ में खड़े होकर सब तमाशा देख रहे थे और जब वह आदमी चिराग रखकर हट गया तब भी यह सोचकर खड़े ही रहे कि 'जब चिराग रखकर गया है तो पुनः आवेगा ही।'

उस नकाबपोश को चिराग रखकर गए हुए दस-बारह पल से ज्यादे न बीते होंगे कि दूसरी तरफवाले दरवाजे के अन्दर से कोई दूसरा आदमी निकलकर तेजी के साथ इस कमरे के मध्य में आ पहुंचा और हाथ की हवा देकर उस चिराग को बुझा दिया, जिसे पहिला आदमी एक खम्भे के सहारे रखकर चला गया था, और इसके बाद कमरे में अंधकार हो जाने के कारण कुछ मालूम न हुआ कि यह दूसरा आदमी चिराग बुझाकर चला गया या उसी जगह कहीं आड़ देकर छिप रहा।

यह दूसरा आदमी भी, जिसने कमरे में आकर चिराग बुझा दिया था, अपने चेहरे पर स्याह नकाब डाले हुए था, केवल नकाब ही नहीं, उसका तमाम बदन भी स्याह

कपड़े से ढंका हुआ था और कद में छोटा रहने के कारण इसका पता नहीं लग सकता था कि वह मर्द है या औरत।

थोड़ी ही देर बाद दोनों कुमार और भैरोसिंह के कान में किसी के बोलने की आवाज सुनाई दी जैसे किसी ने उस अंधेरे में आकर ताज्जुब के साथ कहा हो कि 'हैं! चिराग कौन बुझा गया?'

इसके जवाब में किसी ने कहा, "अपने को सम्हाले रहो और जल्दी से हट जाओ, कोई दुश्मन न आ पहुंचा हो।"

इसके बाद चौथाई घड़ी तक न तो किसी तरह की आवाज ही सुनाई दी और न कोई दिखाई ही पड़ा, मगर दोनों कुमार और भैरोसिंह अपनी जगह से न हिले।

आधी घड़ी के बाद वह आदमी पुनः हाथ में चिराग लिये हुए आया, जो पहिले खम्भे के सहारे चिराग रखकर चला गया था। इस आदमी का बदन गठीला और फुर्तीला मालूम पड़ता था। इसका पायजामा, अंगा, पटूका, मुड़ासा और नकाब ढीले कपड़े का बना हुआ था। अबकी दफे वह बाएं हाथ में चिराग और दाहिने हाथ में नंगी तलवार लिये हुए था, शायद उसे पहले दुश्मन का खयाल था जिसने चिराग बुझा दिया था इसलिए उसने चिराग जमीन पर रख दिया और तलवार लिये चारों तरफ घूम-घूमकर किसी को ढूंढ़ने लगा। वह आदमी, जिसने चिराग बुझा दिया था, एक खम्भे की आड़ में छिपा हुआ था। जब पीले कपड़ेवाला उस खम्भे के पास पहुंचा तो उस आदमी पर निगाह पड़ी, उसी समय वह नकाबपोश भी सम्हल गया और तलवार खैंचकर सामने खड़ा हो गया। पीले कपड़ेवाले ने तलवारवाला हाथ ऊंचा करके पूछा, "सच बता तू कौन है?"

इसके जवाब में स्याह नकाबपोश ने यह कहते हुए उस पर तलवार का वार किया कि 'मेरा नाम इसी तलवार की धार पर लिखा हुआ है।'

पीले कपड़ेवाले ने बड़ी चालाकी से दुश्मन का वार बचाकर अपना वार किया और इसके बाद दोनों में अच्छी तरह लड़ाई होने लगी।

दोनों कुमार और भैरोसिंह लड़ाई के बड़े ही शौकीन थे इसलिए बड़ी चाह से ध्यान देकर उन दोनों की लड़ाई देखने लगे। निःसन्देह दोनों नकाबपोश लड़ने में होशियार और बहादुर थे, एक-दूसरे के वार को बड़ी खूबी से बचाकर अपना वार करता था, जिसे देख इन्द्रजीतसिंह ने आनन्दसिंह से कहा, "दोनों अच्छे हैं, चिराग की रोशनी एक ही तरफ पड़ती है, दूसरी तरफ सिवाय तलवार की चमक के और कोई सहारा वार बचाने के लिए नहीं हो सकता, ऐसे समय में इस खूबी के साथ लड़ना मामूली काम नहीं है!"

इसी बीच यकायक स्याह नकाबपोश ने अपने हाथ की तलवार जमीन पर फेंक दी और एक खम्भे की आड़ घूमता हुआ खंजर खींच और उसका कब्जा दबाकर बोला, "अब तू अपने को किसी तरह नहीं बचा सकता।"

निःसन्देह वह तिलिस्मी खंजर था जिसकी चमक से उस कमरे में दिन की तरह उजाला हो गया। मगर पीले नकाबपोश ने भी उसका जवाब तिलिस्मी खंजर से ही दिया क्योंकि उसके पास भी तिलिस्मी खंजर मौजूद था। तिलिस्मी खंजरों से लड़ाई अभी पूरी तौर से होने भी न पाई थी कि एक तरफ से आवाज आई, "पीले मकरंद, लेना, जाने न पावे! अब मुझे मालूम हो गया कि भैरोसिंह के तिलिस्मी खंजर और बटुए का चोर यही है, देखो इसकी कमर से वह बटुआ लटक रहा है, अगर तुम इस बटुए के मालिक बन जाओगे तो फिर इस दुनिया में तुम्हारा मुकाबला करनेवाला कोई भी न रहेगा, क्योंकि यह तुम्हारे ही ऐसे ऐयारों के पास रहने योग्य है!"

यह एक ऐसी बात थी, जिसने सबसे ज्यादे भैरोसिंह को चौंका ही नहीं दिया, बल्कि बेचैन कर दिया। उसने कुंअर इन्द्रजीतसिंह से कहा, "बस आप कृपा करके अपना तिलिस्मी खंजर मुझे दीजिए, मैं स्वयं उसके पास जाकर अपनी चीज ले लूंगा, क्योंकि यहां पर तिलिस्मी खंजर के बिना काम न चलेगा और यह मौका भी हाथ से गंवा देने लायक नहीं है।"

इन्द्रजीत–हां, बेशक ऐसा ही है, अच्छा चलो मैं तुम्हारे साथ चलता हूं।

आनन्द–और मैं?

इन्द्रजीत–तुम इसी जगह खड़े रहो, दोनों भाइयों का एक साथ वहां चलना ठीक नहीं, अकेला मैं ही उन दोनों के लिए काफी हूं।

आनन्द–फिर भैरोसिंह जाकर क्या करेंगे? तिलिस्मी खंजर की चमक में इनकी आंख खुली नहीं रह सकती।

इन्द्रजीत–सो तो ठीक है।

भैरो–अजी आप इस समय ज्यादे सोच-विचार न कीजिए! आप अपना खंजर मुझे दीजिए, बस मैं निपट लूंगा।

इन्द्रजीतसिंह ने खंजर जमीन पर रख दिया और उसके जोड़ की अंगूठी भैरोसिंह की उंगली में पहिरा देने के बाद खंजर उठा लेने के लिए कहा। भैरोसिंह ने तिलिस्मी खंजर उठा लिया और उस छोटे दरवाजे के अन्दर जाकर बोला, "मैं भैरोसिंह स्वयं आ पहुंचा!"

भैरोसिंह के अन्दर जाते ही दरवाजा आप-से-आप बन्द हो गया और दोनों कुमार ताज्जुब से एक-दूसरे की तरफ देखने लगे।

॥ सत्रहवां भाग समाप्त ॥

अठारहवां भाग

पहिला बयान

कह सकते हैं कि तारासिंह के हाथ में नानक का मुकदमा दे ही दिया गया। राजा बीरेन्द्रसिंह ने तारासिंह को इस काम पर मुकर्रर किया था कि वह नानक के घर जाए और उसके चाल-चलन तथा उसके घर के सच्चे-सच्चे हाल की तहकीकात करके लौट आवे, मगर इसके पहिले कि तारासिंह नानक के चाल-चलन और उसकी नीयत का हाल जाने, उसने नानक के घर ही की तहकीकात शुरू कर दी और उसकी स्त्री का भेद जानने के लिए उद्योग किया। जब नानक की स्त्री सहज ही में तारासिंह के पास आ गई तो उसे उसकी बदचलनी का विश्वास हो गया और उसने चाहा कि किसी तरह नानक की स्त्री को टाल दे और इसके बाद नानक की नीयत का अन्दाजा करे, मगर उसकी कार्रवाई में उस समय विघ्न पड़ गया, जब नानक की स्त्री तारासिंह के सामने जा बैठी और उसी समय बाहर से किसी के चिल्लाने की आवाज आई।

हम कह चुके हैं कि नानक के यहां एक मजदूरनी थी। वह नानक के काम की चाहे न थी, मगर उसकी स्त्री के लिए उपयुक्त पात्र थी और उसके द्वारा नानक की स्त्री का सब काम चलता था। मगर इस तारासिंहवाले मामले में नानक की स्त्री श्यामा की बातचीत हनुमान छोकरे की मारफत हुई थी इसलिए बीचवाले मुनाफे की रकम में उस मजदूरनी के हाथ झंझी कौड़ी भी न लगी थी जिसका उसे बहुत रंज हुआ और वह दोस्ती के बदले में दुश्मनी करने पर उतारू हो गई। इसलिए कि श्यामारानी को उससे किसी तरह का पर्दा तो था ही नहीं, उसने मजदूरनी से अपना भेद तो सब कह दिया, मगर उसने हानि-लाभ पर ध्यान न दिया। इसलिए वह मजदूरनी चुपचाप सब कार्रवाई देखती-सुनती और समझती रही, मगर जब श्यामारानी तारासिंह के यहां चली गई और कुछ देर बाद नानक घर में आया तो उसने अपना नाम प्रकट न करने का वादा कराके सब हाल नानक से कह दिया और तारासिंह का मकान दिखा देने के लिए भी तैयार हो गई क्योंकि उसे पता-ठिकाना तो मालूम हो ही चुका था।

नानक ने जब सुना कि उसकी स्त्री किसी परदेशी के घर गई है, तब उसे बड़ा ही क्रोध आया और उसने ऐयारी के सामान से लैस होकर अकेले ही अपनी स्त्री का पीछा किया।

नानक ने यद्यपि किंसी कारण से लोकलाज को तिलांजलि दे दी थी, मगर ऐयारी को नहीं। उसे अपनी ऐयारी पर बहुत भरोसा था और वह दस-पांच आदमियों में अकेला घुसकर लड़ने की हिम्मत भी रखता था, यही सबब था कि उसने किसी संगी-साथी का खयाल न करके अकेले ही श्यामारानी का पीछा किया, हां, यदि उसे यह मालूम होता कि श्यामारानी का उपपति तारासिंह है तो कदापि अकेला न जाता।

नानक औरत के भेष में घर से बाहर निकला और जब उस मकान के पास पहुंचा जिसमें तारासिंह ने डेरा डाला था, तो कमन्द लगाकर मकान के ऊपर चढ़ गया और धीरे-धीरे उस कोठरी के पास जा पहुंचा जिसके अन्दर तारासिंह और श्यामारानी थी और बाहर तारासिंह का चेला और नानक का नौकर हनुमान हिफाजत कर रहा था। वहां पहुंचते ही उसने एक लात अपने नौकर की कमर में ऐसी जमाई कि वह तिलमिला गया और जब वह चिल्लाया तो उसे चिढ़ाने की नीयत से स्वयं नानक भी औरतों ही की तरह चिल्ला उठा।

यही वह चिल्लाने की आवाज थी, जिसे कोठरी के अन्दर बैठे हुए तारासिंह और श्यामा ने सुना था। चिल्लाने की आवाज सुनते ही तारासिंह उठ खड़ा हुआ और हाथ में खंजर लिये कोठरी के बाहर निकला। वहां अपने चेले और हनुमान के अतिरिक्त एक औरत को खड़ा देख वह ताज्जुब करने लगा और उसने औरत अर्थात् नानक से पूछा, "तू कौन है?"

नानक–पहिले तू ही बता कि तू कौन है जिसमें तुझे मार डालने के बाद यह तो मालूम रहे कि मैंने फलाने को मारा था।

तारा–तेरी ढिठाई पर मुझे ताज्जुब ही नहीं होता, बल्कि यह भी मालूम होता है कि तू औरत नहीं कोई ऐयार है!

नानक–(गम्भीरता के साथ) बेशक मैं ऐयार हूं, तभी तो अकेले तेरे घर में घुस आया हूं। शैतान, तू नहीं जानता कि बुरे कर्मों का फल क्योंकर मिलता है और वह कितना बड़ा ऐयार है, जिसकी स्त्री को तूने धोखा देकर बुला लिया है!

तारा–(जोर से हंसकर) अ ह ह ह! अब मुझे विश्वास हो गया कि बेहया नानक तू ही है और शायद अपनी पतिव्रता की आमदनी गिनाने के लिए यहां आ पहुंचा है। अच्छा तो अब तुझे यह भी जान लेना चाहिए कि जिसका तू मुकाबला कर रहा है उसका नाम तारासिंह है और वह राजा बीरेन्द्रसिंह की आज्ञानुसार तेरे चाल-चलन की तहकीकात करने आया है।

तारासिंह और राजा बीरेन्द्रसिंह का नाम सुनते ही नानक सन्न हो गया। उधर उसकी स्त्री ने जब यह जाना कि इस कोठरी के बाहर उसका पति खड़ा है तो वह

नखरे से रोने-पीटने लगी तथा यह कहती हुई कोठरी के बाहर निकलकर नानक के पैरों में गिर पड़ी कि मुझे तुम्हारा नाम लेकर हनुमान यहां ले आया है।

नानक थोड़ी देर तक सन्नाटे में रहा, इसके बाद तारासिंह की तरफ देखके बोला–

नानक–क्यों ऐयारों का यही धर्म है कि दूसरों की औरतों को खराब करें और बदकारी का धब्बा अपने नाम के साथ लगावें।

तारा–नहीं-नहीं, ऐयारों का यह काम नहीं है, और ऐयारों को यह भी उचित नहीं है कि सब तरफ का खयाल छोड़ केवल औरतों की कमाई पर गुजारा करें। मैंने तेरी औरत को किसी बुरी नीयत से नहीं बुलाया बल्कि चाल-चलन का हाल जानने के लिए ऐसा किया है। जो बातें तेरे बारे में सुनी गई हैं और जो कुछ यहां आने पर मैंने मालूम कीं, उनसे जाना जाता है कि तू बड़ा ही कमीना और नमकहराम है। नमकहराम इसलिए कि मालिक के काम की तुझे कुछ भी फिक्र नहीं है और इसका सबूत केवल मनोरमा ही बहुत है, जिसके साथ तू शादी किया चाहता था और जिसने जूतियों से तेरी पूजा ही नहीं की बल्कि तिलिस्मी खंजर भी तुझसे ले लिया।

नानक–यह कोई आवश्यक नहीं है कि ऐयारों का काम सदैव पूरा ही उतरा करे, कभी धोखा खाने में न आवे! यदि मनोरमा की ऐयारी मुझ पर चल गई तो इसके बदले में कमीना और नमकहराम कहे जाने लायक मैं नहीं हो सकता। क्या तुमने और तुम्हारे बाप ने कभी धोखा नहीं खाया? और मेरी स्त्री को जो तुम बदनाम कर रहे हो, वह तुम्हारी भूल है। वह तो खुद कह रही है कि 'मुझे तो तुम्हारा नाम लेकर हनुमान यहां ले आया है।' मेरी स्त्री बदकार नहीं है, बल्कि वह साध्वी और सती है, असल में बदमाश तू है, जो इस तरह धोखा देकर पराई स्त्री को अपने घर में बुलाता है और मुझे यहां पर अकेला जानकर गालियां देता है, नहीं तो मैं तुझसे किसी बात में कम नहीं हूं।

तारा–नहीं-नहीं, तू बहुत बातों में मुझसे बढ़के है, और मैं भी अकेला समझके तुझे गालियां नहीं देता बल्कि दोषी जानकर गालियां देता हूं। तू अपनी स्त्री को साध्वी-सती छोड़के चाहे माता से भी बढ़कर समझ ले, मेरी कोई हानि नहीं है। मैं वास्तव में जिस काम के लिए आया था उसे कर चुका, अब यहां से जाकर मालिक से सब कह दूंगा और तेरे गम्भीर स्वभाव की प्रशंसा भी करूंगा, जिसे सुनकर तेरा बाप बहुत ही प्रसन्न होगा, जो अपनी एक भूल के कारण हद से ज्यादे पछता रहा है और बदनामी का टीका मिटाने के लिए जी-जान से उद्योग कर रहा है, मगर तुझ कपूत के मारे कुछ भी करने नहीं पाता। (हंसकर) ऐसी कुलटा स्त्री को सती और साध्वी समझनेवाला अपने को ऐयार कहे यही आश्चर्य है।

नानक–मेरे ऐयार होने में तुम्हें कुछ शक है!

तारा–कुछ! अजी बिल्कुल शक है!

नानक—यदि तुम ऐसा समझ भी लो तो इसमें मेरी कुछ हानि नहीं है, इससे ज्यादे तुम और कुछ भी नहीं कर सकते कि यहां से जाकर राजा बीरेन्द्रसिंह से मेरी झूठी शिकायतें करो, मगर इस बात को भी समझ लो कि मैं किसी का ताबेदार नहीं हूं?

तारा—(क्रोध से) तू किसी का ताबेदार नहीं है?

तारासिंह को क्रोधित देख कर नानक डर गया, केवल इसलिए कि इस जगह वह अकेला था और अकेले ही इस मकान में तारासिंह का मुकाबला करना अपनी ताकत से बाहर समझता था, जिसके दो चेले भी यहां मौजूद थे, अस्तु, समय पर ध्यान देकर वह चुप हो गया, मगर दिल में वह तारासिंह का जानी दुश्मन हो गया। उसने मन में निश्चय कर लिया कि तारासिंह को किसी-न-किसी ढंग से अवश्य नीचा दिखाना, बल्कि मार डालना चाहिए।

नानक ने और भी न मालूम क्या सोचकर अपनी जुबान को रोका और सिर नीचा करके चुपचाप खड़ा रह गया। तारासिंह ने कहा, "बस अब तू जा और अपनी साध्वी तथा नौकर को भी अपने साथ लेता जा!"

नानक ने इस आज्ञा को गनीमत समझा और चुपचाप वहां से रवाना हो गया। उसकी स्त्री और नौकर भी उसके पीछे चल पड़े।

उसी समय तारासिंह ने भी अपना डेरा कूच कर दिया और शहर के बाहर हो चुनार का रास्ता लिया, मगर दिल में सोच लिया कि कमबख्त नानक अवश्य मेरा पीछा करेगा, बल्कि ताज्जुब नहीं कि धोखा देकर जान लेने की फिक्र भी करे।

दूसरा बयान

संध्या हुआ ही चाहती है। पटने की बहुत बड़ी सराय के दरवाजे पर मुसाफिरों की भीड़ हो रही है। कई भठियारे भी मौजूद हैं जो तरह-तरह के आराम की लालच दे अपनी-अपनी तरफ मुसाफिरों को ले जाने का उद्योग कर रहे हैं, और मुसाफिर लोग भी अपनी-अपनी इच्छानुसार उनके साथ जाकर डेरा डाल रहे हैं। मुसाफिरों को भठियारी के सुपुर्द करके, भठियारे पुनः सराय के फाटक पर लौट आते और नये मुसाफिरों को अपनी तरफ ले जाने का उद्योग करते हैं।

यह सराय बहुत बड़ी और इसका फाटक मजबूत तथा बड़ा था। फाटक के दोनों तरफ (मगर दरवाजे के अन्दर) बारह सिपाही और जमादार का डेरा था जो इस सराय में रहनेवाले मुसाफिरों की हिफाजत के लिए राजा की तरफ से मुकर्रर थे। उनकी तनखाह सराय के भठियारों से वसूल की जाती थी। ये ही सिपाही बारी-बारी से घूमकर सराय के अन्दर पहरा दिया करते थे और जब मुसाफिरों को किसी तरह की तकलीफ होती तो सीधे राजदीवान के पास जाकर रपट किया करते थे।

थोड़ी देर बाद जब सब मुसाफिरों के टिकने का बन्दोबस्त हो गया और सराय के फाटक पर कुछ सन्नाटा हुआ तो उन सिपाहियों का जमादार अपनी जगह से उठकर सराय के अन्दर इसलिए घूमने लगा कि देखें सब मुसाफिरों का ठीक-ठीक बन्दोबस्त हो गया या नहीं। वह जमादार केवल घूमता ही न था बल्कि भठियारों से भी तरह-तरह के सवाल करके मुसाफिरों का हाल दरियाफ्त करता जाता था।

जमादार घूमता हुआ जब उत्तर तरफवाले उस कमरे के पास पहुंचा जो इस सराय में सबसे अच्छा, ऊंचा, दो मंजिला और अमीरों के रहने लायक बना और सजा हुआ था तो कुछ देर के लिए अटक गया और उस कमरे तथा उसमें रहनेवालों की तरफ ध्यान देकर देखने लगा, क्योंकि उसमें एक जौहरी का डेरा पड़ा हुआ था जो बहुत मालदार मालूम होता था। वह जौहरी भी जमादार को देखकर कमरे के बाहर निकल आया और इशारे से जमादार को अपने पास बुलाया।

पास पहुंचने पर जमादार ने उस जौहरी को एक रोआबदार और अमीर आदमी पाकर सलाम किया और सलाम का जवाब पाने के बाद बोला, "कहिए क्या है?"

जौहरी–मालूम होता है कि इस सराय की हिफाजत महाराज की तरफ से तुम्हारे सुपुर्द है और वे फाटक पर रहनेवाले सिपाही सब तुम्हारे ही आधीन हैं।

जमादार–जी हां।

जौहरी–तो पहरे का इन्तजाम क्या है? किस ढंग से पहरा दिया जाता है?

जमादार–मेरे पास बारह सिपाही हैं जिनके तीन हिस्से कर देता हूं, चार-चार आदमी एक-एक दफे घूमकर पहरा देते हैं।

जौहरी–एक साथ रहकर?

जमादार–जी नहीं, चारों अलग-अलग रहते हैं, घूमते समय थोड़ी-थोड़ी देर में मुलाकात हुआ करती है।

जौहरी–मगर ऐसा तो...(कुछ रुककर) यों खड़े-खड़े बातें करना मुनासिब न होगा, आओ कमरे में जरा बैठ जाओ, हमें तुमसे कई जरूरी बातें करनी हैं।

इतना कहकर जौहरी कमरे के अन्दर चला गया और उसके पीछे-पीछे जमादार भी यह कहता हुआ चला गया कि 'कुछ देर तक आपके पास ठहरने में हर्ज नहीं है, मगर ज्यादे देर तक...'

वह कमरा कुछ तो पहिले ही से दुरुस्त था और कुछ जौहरी साहब ने अपने सामान से उसे रौनक दे दिया था। फर्श के एक तरफ बड़ा-सा ऊनी गलीचा बिछा हुआ था। उसी पर जाकर जौहरी साहब बैठ गए और जमादार भी उन्हीं के पास, मगर गलीचे के नीचे बैठ गया। बैठने के साथ ही जौहरी साहब ने जेब में से पांच अशर्फियां निकालीं और जमादार की तरफ बढ़ाके कहा, "अपने फायदे के लिए मैं तुम्हारा समय नष्ट कर रहा हूं और करूंगा, अस्तु, उसका हर्जाना पहिले ही दे देना उचित है।"

जमादार–नहीं-नहीं, इसकी क्या जरूरत है, इतने समय में मेरा कोई हर्ज न होगा!

जौहरी–समय का व्यर्थ नष्ट होना ही हर्ज कहलाता है, मैं जिस तरह अपने समय की प्रतिष्ठा करता हूं उसी तरह दूसरे के समय की भी।

जमादार–हां ठीक है मगर...मैं तो...आपका...

जौहरी–नहीं-नहीं, इसे अवश्य लेना होगा।

यों तो जमादार ऊपर के मन से चाहे जो कहे, मगर अशर्फी देखकर उसके मुंह में पानी भर आया। उसने सोचा कि यह जौहरी एक मामूली बात के लिए जब पांच अशर्फियां देता है तो अगर मैं इसका काम करूंगा तो बेशक बहुत बड़ी रकम मुझे देगा। ऐसा देनेवाला तो आज तक मैंने देखा ही नहीं, अस्तु, इस रकम को हाथ से न जाने देना चाहिए।

जमादार–(अशर्फियां लेकर) कहिए क्या आज्ञा होती है?

जौहरी–हां, तो चार आदमी का पहरा बंधा है?

जमादार–जी हां।

जौहरी–तो तुम्हें तो न घूमना पड़ता होगा?

जमादार–जी नहीं, मैं अपने ठिकाने उसी फाटक में बैठा रहता हूं और बाकी के आठ आदमी भी मेरे पास ही सोए रहते हैं। जब पहरा बदलने का समय होता है तो घण्टे की आवाज से होशियार करके दूसरे चार को पहरे पर भेज देता हूं और उन चारों को बुलाकर आराम करने की आज्ञा देता हूं। आप अपना मतलब तो कहिए!

जौहरी–मेरा मतलब केवल इतना ही है कि मैं आज चार दिन का जागा हुआ हूं, सफर में आराम करने की नौबत नहीं आई, मगर आज सब दिन की कसर मिटाना अर्थात् अच्छी तरह सोना चाहता हूं।

जमादार–तो आप आराम से सोइए, कोई हर्ज नहीं।

जौहरी–मैं क्योंकर बेफिक्री के साथ सो सकता हूं! मेरे साथ बहुत बड़ी रकम है। (कमरे में रक्खे हुए सन्दूकों की तरफ इशारा करके) इन सभों में जवाहिरात की चीजें भरी हुई हैं। जब तक मेरे मन-माफिक इनकी हिफाजत का बन्दोबस्त न हो जाएगा तब तक मुझे नींद नहीं आ सकती।

जमादार–आप इन्हें बहुत बड़ी हिफाजत के अन्दर समझिए क्योंकि इस सराय के अन्दर से कोई चोरी करके बाहर नहीं निकल सकता इसलिए कि फाटक बन्द करके ताली मैं अपने पास रखता हूं और सिवाय फाटक के दूसरे किसी तरफ से किसी के निकल जाने का रास्ता ही नहीं है।

जौहरी–ठीक है, मगर आखिर बहुत सबेरे फाटक खुलता ही होगा। कौन ठिकाना, मैं कई दिनों का जागा हुआ गहरी नींद में सो जाऊं और मेरे आदमी भी मुझे बेफिक्र देख खुर्राटे लेने लगें और दिन चढ़े तक किसी की आंख ही न खुले, तो

ऐसी हालत में कोई चोरी करेगा भी तो प्रातः समय फाटक खुलने पर उसका निकल जाना कोई बड़ी बात न होगी।

जमादार–ठीक है, मगर मैं वादा करता हूं कि सुबह मैं आपसे पूछकर फाटक खोलूंगा।

जौहरी–हो सकता है परन्तु कदाचित चोरी हो ही जाए और चोर पकड़ा भी जाए तो मुझे राजा या किसी राजकर्मचारी के पास सबूत देने के लिए जाना पड़ेगा और ऐसा होने से मेरा बहुत बड़ा हर्ज होगा, ताज्जुब नहीं कि राजा साहब या राजकर्मचारी मुझे ठहरने की आज्ञा दें, मगर मैं एक दिन भी नहीं रुक सकता, इत्यादि बहुत-सी बातों को सोचकर मैं चाहता हूं कि चोरी होने का शक ही न रहे और मैं आराम के साथ टांगें फैलाकर सोऊं और यह बात यदि तुम चाहो तो सहज ही में हो सकती है, इसके बदले में मैं तुम्हें अच्छी तरह खुश कर दूंगा।

जमादार–कोई चिन्ता नहीं, मैं अपने सिपाहियों को हुक्म दे दूंगा कि चार में से एक आदमी सिर्फ आपके दरवाजे पर और तीन आदमी तमाम सराय में घूम-घूमकर पहरा दिया करें।

जौहरी–बस-बस, इतने ही से मैं बेफिक्र हो जाऊंगा। अपने सिपाहियों को यह भी ताकीद कर देना कि मेरे सिपाहियों को सोने न दें! यद्यपि मैं भी अपने आदमियों को जागने के लिए सख्त ताकीद कर दूंगा, मगर वे कई दिन के जागे हुए हैं, नींद आ जाए तो कोई ताज्जुब की बात नहीं है। हां, एक तरकीब मुझे और मालूम है जो इससे भी सहज में हो सकती है अर्थात् तुम स्वयं अकेले भी यदि यहां अपने सोने का बन्दोबस्त रक्खोगे तो तमाम रात यहां अमन-चैन बना रहेगा। पहरा बदलने के समय...

जमादार–मैं आपका मतलब समझ गया, मगर नहीं, ऐसा करने से मेरी बदनामी हो जाएगी, मुझे हरदम फाटक पर मौजूद रहना चाहिए क्योंकि रात-भर में पचासों दफे लोग फाटक पर मेरे पास तरह-तरह की फरियाद करने आया करते हैं। खैर, आप इस बारे में चिन्ता न कीजिए, मैं आपके माल-असबाब की निगहबानी का पूरा इन्तजाम कर दूंगा, अगर आपका कुछ नुकसान हो तो मेरा जिम्मा।

कुछ और बातचीत करने के बाद जमादार अपने स्थान पर चला गया और थोड़ी देर बाद प्रतिज्ञानुसार उसने पहरे का बन्दोबस्त कर दिया।

पाठक, यह सौदागर महाशय हमारे उपन्यास का कोई नवीन पात्र नहीं है बल्कि बहुत प्राचीन पात्र तारासिंह है जो नानक के चाल-चलन का पता लगाके चुनारगढ़ लौट जा रहा है। इसे इस बात का विश्वास हो गया है कि नानक मेरा पीछा करेगा और ऐयारी के कायदे को छप्पर पर रखके जहां तक हो सकेगा मुझे नुकसान पहुंचाने की कोशिश करेगा इसलिए वह इस ढंग से सफर कर रहा है। हकीकत में तारासिंह का खयाल बहुत ठीक था। नानक, तारासिंह को नुकसान पहुंचाने, बल्कि जान से मार डालने की कसम खा चुका था। केवल इतना ही नहीं, बल्कि वह अपने बाप का तथा

राजा बीरेन्द्रसिंह का भी विपक्षी बन गया था क्योंकि अब उसे किसी तरफ से किसी तरह की उम्मीद न रही थी। अस्तु, वह (नानक) भी अपने शागिर्दों को साथ लिये हुए तारासिंह के पीछे-पीछे सफर कर रहा है और आज उसका भी डेरा इसी सराय में पड़ा है क्योंकि पहिले ही से पता लगाए रहने के कारण वह तारासिंह की पूरी खबर रखता है और जानता है कि तारासिंह सौदागर बनकर इसी सराय में उतरा हुआ है। नानक यद्यपि तारासिंह को फंसाने का उद्योग कर रहा है, मगर उसे इस बात की खबर कुछ भी नहीं है कि तारासिंह भी मेरी तरफ से गाफिल नहीं है और उसे मेरा रत्ती-रत्ती हाल मालूम है। अस्तु, देखना चाहिए अब किसकी चालाकी कहां तक चलती है।

रात आधी से ज्यादे जा चुकी है। सराय के अन्दर बिल्कुल सन्नाटा तो नहीं है, मगर पहरा देनेवालों के अतिरिक्त बहुत कम आदमी ऐसे हैं जिन्हें अपनी कोठरी के बाहर की खबर हो। सराय का बड़ा फाटक बन्द है, पहरे के सिपाहियों में से एक तो तारासिंह (सौदागर) के दरवाजे पर टहल रहा है और बाकी के तीन घूम-घूमकर इस बहुत बड़ी सराय के अन्दर पहरा दे रहे हैं।

तारासिंह के साथ-साथ दो आदमी तो इसके शागिर्द ही हैं और दो नौकर ऐसे भी हैं जिन्हें तारासिंह ने रास्ते ही में तनख्वाह मुकर्रर करके रख लिया था, मगर ये दोनों नौकर तारासिंह के सच्चे हाल को कुछ भी नहीं जानते, इन्हें केवल इतना ही मालूम है कि तारासिंह एक अमीर सौदागर है। इस समय ये दोनों नौकर कमरे के बाहर दालान में पड़े खुर्राटे ले रहे हैं और तारासिंह तथा उसके शागिर्द कमरे के अन्दर बैठे आपुस में कुछ बातचीत कर रहे हैं। कमरे का दरवाजा भिड़काया हुआ है।

तारासिंह का एक शागिर्द कमरे के बाहर निकला और उसने चारों तरफ निगाह दौड़ाने के बाद पहरेवाले सिपाही से कहा, ''तुम्हें सौदागर साहब बुला रहे हैं, जाओ सुन आओ, तब तक तुम्हारे बदले मैं पहरा देता हूं। अन्दर जाकर दरवाजा भिड़का देना, खुला मत रखना।''

हुक्म पाते ही लालची सिपाही, जिसे विश्वास था कि हमारे जमादार को कुछ मिल चुका है, और मुझे भी अवश्य मिलेगा, कमरे के अन्दर घुस गया और बहुत देर तक तारासिंह का शागिर्द इधर-उधर टहलता रहा। इसी बीच में उसने देखा कि एक आदमी कई दफे इस तरफ आया, मगर किसी को टहलता देखकर लौट गया।

बहुत देर के बाद कमरे के अन्दर से दो आदमी बाहर निकले, एक तो तारासिंह का दूसरा शागिर्द और दूसरा स्वयं सौदागर भेषधारी तारासिंह। तारासिंह के हाथ में सिपाही का ओढ़ना मौजूद था जिसे अपने शागिर्द को जो पहरा दे रहा था, देकर उसने कहा, ''इसे ओढ़कर तुम एक किनारे सो जाओ, अगर कोई तुम्हारे पास आकर बेहोशी की दवा भी सुंघावे तो बेखटके सूंघ लेना और मुझको अपने से दूर न समझना।''

तारासिंह के शागिर्द ने ओढ़ना ले लिया और कहा—''जब से मैं टहल रहा हूं तब से दो-तीन दफे दुश्मन आया, मगर मुझे होशियार देखकर लौट गया।''

तारा–हां, काम में कुछ देर तो जरूर हो गई है। मैं उस सिपाही को बेहोश करके अपनी जगह सुला आया हूं और चिराग गुल कर आया हूं। (हाथ से इशारा करके) अब तुम इस खम्भे के पास लेट जाओ (दूसरे शागिर्द से) और तुम उस दरवाजे के पास जा लेटो, मैं भी किसी ठिकाने छिपकर तमाशा देखूंगा।" तारासिंह की आज्ञानुसार उसके दोनों शागिर्द बताए हुए ठिकाने पर जाकर लेट गए और तारासिंह अपने दरवाजे से कुछ दूर जाकर एक दूसरे मुसाफिर की कोठरी के आगे लेट रहा, मगर इस ढंग से कि अपने तरफ की सब कार्रवाई अच्छी तरह देख सके।

आधे घण्टे के बाद तारासिंह ने देखा कि दो आदमी उसके दरवाजे पर आकर खड़े हो गए हैं जिनकी सूरत अंधेरे के सबब दिखाई नहीं देती और यह भी नहीं जान पड़ता कि वे दोनों अपने चेहरे पर नकाब डाले हुए हैं या नहीं। कुछ अटककर उन दोनों आदमियों ने तारासिंह के आदमियों को देखा-भाला, इसके बाद एक आदमी कमरे का दरवाजा खोलकर अन्दर घुस गया और आधी घड़ी के बाद जब वह कमरे के बाहर निकला तो उसकी पीठ पर एक बड़ी-सी गठरी भी दिखाई पड़ी। गठरी पीठ पर लादे हुए अपने साथी को लेकर वह आदमी सराय के दूसरे भाग की तरफ चला गया। जब वह दूर निकल गया तो तारासिंह अपने दरवाजे पर आया और शागिर्दों को चैतन्य पाने पर समझ गया कि दुश्मन ने उसके आदमी को बेहोशी की दवा नहीं सुंघाई। तारासिंह के दोनों शागिर्द उठे, मगर तारासिंह उन्हें उसी तरह लेटे रहने की आज्ञा देकर अपने कमरे के अन्दर चला गया और भीतर से दरवाजा बन्द कर लिया। रोशनी करने के बाद तारासिंह ने देखा कि दुश्मन ने उसकी कोई चीज नहीं चुराई है, वह केवल उस सिपाही को उठाकर ले गया है जिसे तारासिंह अपनी सूरत का सौदागर बनाकर अपनी जगह लिटा गया था। तारासिंह अपनी कार्रवाई पर बहुत प्रसन्न हुआ और उसने कमरे के बाहर निकलकर अपने शागिर्दों को उठाया और कहा, "हमारा मतलब सिद्ध हो गया, अब इसमें कोई संदेह नहीं कि कमबख्त नानक अपनी मुराद पूरी हो गई समझके इसी समय सराय का फाटक खुलवाकर निकल जाएगा और मैं भी ऐसा ही चाहता हूं, अस्तु, अब उचित है कि तुम दोनों में से एक आदमी तो यहां पहरा दे और एक आदमी सराय के फाटक की तरफ जाए और छिपकर मालूम करे कि नानक कब सराय के बाहर निकलता है। जिस समय वह सराय के बाहर हो उसी समय मुझे इत्तिला मिले।"

इतना कहकर तारासिंह कमरे के अन्दर चला गया और भीतर से दरवाजा बन्द कर लेने के बाद कमरे की छत पर चढ़ गया, इसलिए कि वह कमरे के ऊपर से अपने मतलब की बात बहुत-कुछ देख सकता था।

इस समय नानक की खुशी का कोई ठिकाना न था। वह समझे हुए था कि हमने तारासिंह को गिरफ्तार कर लिया, अस्तु, जहां तक जल्द हो सके सराय के बाहर निकल जाना चाहिए। इसी खयाल से उसने अपना डेरा कूच कर दिया और सराय

के फाटक पर आकर जमादार को बहुत-कुछ कह-सुनके या दे-दिलाकर दरवाजा खुलवाया और बाहर हो गया।

तारासिंह को जब मालूम हुआ कि नानक सराय के बाहर निकल गया तब उसने अपने यहां चोरी हो जाने की खबर मशहूर करने का बन्दोबस्त किया। उसके पास जो सन्दूक थे, जिनमें कीमती माल होने का लोगों या जमादार को गुमान था, उनका ताला तोड़कर खोल दिया, क्योंकि वास्तव में सन्दूक बिल्कुल खाली केवल दिखाने के लिए थे। इसके बाद अपने नौकरों को होशियार किया और खूब रोशनी करके 'चोर-'चोर' का हल्ला मचाया और जाहिर किया कि हमारी लाखों रुपये की चीज (जवाहिरात) चोरी हो गई।

चोरी की खबर सुन बेचारा जमादार दौड़ा हुआ तारासिंह के पास आया जिसे देखते ही तारासिंह ने रोनी सूरत बनाकर कहा, ''देखो जमादार, मैं पहिले ही कहता था कि मेरे असबाब की खूब हिफाजत होनी चाहिए! आखिर मेरे यहां चोरी हो ही गई! मालूम होता है कि तुम्हारे सिपाही ने मिलकर चोरी करवा दी क्योंकि तुम्हारा सिपाही भी दिखाई नहीं देता। कहो, अब हम अपने लाखों रुपये के माल का दावा किस पर करें?''

तारासिंह की बात सुनते ही जमादार के तो होश उड़ गए। उसने टूटे हुए सन्दूकों को भी अपनी आंखों से देख लिया और खोज करने पर उस सिपाही को भी न पाया जिसका इस समय पहरे पर मौजूद रहना वाजिब था। यद्यपि जमादार ने उसी समय सिपाहियों को फाटक पर होशियार रहने का हुक्म दे दिया, मगर इस बात का उसे बहुत रंज हुआ कि उसने थोड़ी ही देर पहिले एक आदमी को डेरा उठाकर सराय के बाहर चले जाने दिया था। उसने तुरन्त ही कई सिपाहियों को उसकी गिरफ्तारी के लिए रवाना किया और तारासिंह से कहा, ''मैं इसी समय इस मामले की इत्तिला करने राजदीवान के पास जाता हूं।''

तारा–तुम जहां चाहो, वहां जाओ मगर हमारा तो नुकसान हो ही गया। अस्तु, हम भी अपने मालिक के पास इस बात की इत्तिला करने जाते हैं।

जमादार–(ताज्जुब से) तो क्या आप स्वयं मालिक नहीं हैं?

तारा–नहीं, हम मालिक नहीं हैं, बल्कि मालिक के गुमाश्ते हैं। हमें इस बात का बहुत रंज है कि तुमने हमसे पूछे बिना सराय का फाटक खोल दिया और चोर को सराय के बाहर जाने की इजाजत दे दी, यद्यपि तुम मुझसे कह चुके थे कि आपसे पूछे बिना सराय का फाटक न खोलेंगे और इसी हिफाजत के लिए हमने अपनी जेब की अशर्फियां तुम्हारी जेब में डाल दी थीं, मगर अफसोस, मुझे इस बात की बिल्कुल खबर न थी कि तुम हद से ज्यादे लालची हो, हमारा माल चोरी करवा दोगे और चोर से गहरी रकम रिश्वत लेकर उसे फाटक के बाहर निकल जाने की आज्ञा दे दोगे। और मैं यह भी नहीं जानता था कि इस सराय की हिफाजत करनेवाले इस किस्म का रोजगार करते हैं, अगर जानता तो ऐसी सराय में कभी थूकने भी न आता।

तारासिंह ने धमकी के ढंग पर ऐसी-ऐसी बातें जमादार से कहीं कि वह डर गया और सोचने लगा कि नाहक मैंने इनसे पूछे बिना सराय का फाटक खोलकर किसी को जाने दिया, अगर किसी को जाने न देता तो बेशक, इनका माल सराय के अन्दर ही से निकल आता, अब बेशक मैं दोषी ठहरता हूं, ताज्जुब नहीं कि सौदागर की बातों पर दीवान साहब को भी यह शक हो जाए कि जमादार ने रिश्वत ली है। अगर ऐसा हुआ तो मैं कहीं का भी न रहूंगा, मेरी बड़ी दुर्गति की जाएगी। चोरी भी ऐसी नहीं है कि जिसे मैं अपने पल्ले से पूरी कर सकूं–इत्यादि बातें सोचता हुआ जमादार बहुत ही घबड़ा गया और बड़ी नर्मी और आजिजी के साथ तारासिंह से माफी मांगकर बोला "निःसन्देह मुझसे बड़ी भूल हो गई। मगर मैं आपसे वादा करता हूं कि उस चोर को जो मुझे धोखा देकर और फाटक खुलवाकर चला गया है गिरफ्तार कर लूंगा, परन्तु मेरी जिन्दगी आपके हाथ में है, अगर आप मुझ पर दया कर फाटक खोल देनेवाले मेरे कसूर को छिपावेंगे तो मेरी जान बच जाएगी नहीं तो राजा साहब मेरा सिर कटवा डालेंगे और इससे आपका कुछ लाभ न होगा। मैं कसम खाकर कहता हूं कि मैंने उससे एक कौड़ी भी रिश्वत नहीं ली है! मुझे उस कमबख्त ने पूरा धोखा दिया, मगर मैं उसे निःसन्देह गिरफ्तार करूंगा और आपकी रकम जाने न दूंगा। यदि आपको मुझ पर शक हो और आप समझते हों कि मैंने रिश्वत ली है तो फाटक पर चलकर मेरी कोठरी की तलाशी ले लीजिए और जो कुछ निकले चाहे वह आपका दिया हो या मेरा खास हो, वह सब आप ले लीजिए, मगर आप मेरी जान बचाइए!"

जमादार ने तारासिंह की हद से ज्यादे खुशामद की और यहां तक गिड़गिड़ाया कि तारासिंह का दिल हिल गया, मगर अपना काम निकालना भी बहुत जरूरी था इसलिए चालबाजी के साथ उसने जमादार का कसूर माफ करके कहा, "अच्छा मैं कसूर तो तुम्हारा माफ कर देता हूं, मगर इस समय जो कुछ मैं तुमसे कहता हूं उसे बड़ी होशियारी के साथ करना होगा, अगर कसर करोगे तो तुम्हारे हक में अच्छा न होगा।"

जमादार–नहीं-नहीं, मैं जरा भी कसर न करूंगा, जो कुछ आप हुक्म देंगे वही करूंगा, कहिए क्या आज्ञा होती है?

तारा–एक तो मैं अपनी जुबान से झूठ कदापि न बोलूंगा।

जमादार–(कांपकर) तब मेरी जान कैसे बचेगी?

तारा–तुम मेरी बात पूरी हो लेने दो–दूसरे मुझे यहां से तुरन्त चले जाने की जरूरत भी है, इसलिए मैं अपने इन (अपने शागिर्दों की तरफ इशारा करके) दोनों साथियों को यहां छोड़ जाता हूं, तुम जब चोर को गिरफ्तार करके अपने राजदीवान या राजा के पास जाना तो इन्हीं दोनों को ले जाना, ये दोनों आदमी अपने को मेरा नौकर कहकर चोरी गई हुई चीजों को बखूबी पहिचान लेंगे और ये चोरी के समय मेरा यहां मौजूद रहना तथा तुम्हारा कसूर कुछ भी जाहिर न करेंगे और तुम भी इस बात को जाहिर मत करना कि सौदागर का गुमाश्ता भी यहां मौजूद था। ये दोनों

आदमी अपने काम को पूरी तरह से अंजाम दे लेंगे। हां, एक बात कहना तो भूल गया, इस सराय के अन्दर जितने आदमी हैं, उन सभों की भी तलाशी ले लेना।

जमादार–(दिल में खुश होकर) जरूर उन सभों की तलाशी ले ली जाएगी और जो कुछ आपने आज्ञा दी है, वही किया जाएगा। आप अपना हर्ज न कीजिए और जाइए, यहां मैं किसी तरह का नुकसान होने न दूंगा।

सौदागर (तारासिंह) चला जाएगा यह जानकर जमादार अपने दिल में बहुत प्रसन्न हुआ क्योंकि इनके रहने से उसे अपना कसूर प्रकट हो जाने का डर भी था।

जमादार से और भी कुछ बातें करने के बाद तारासिंह अपने दोनों शागिर्दों को एकान्त में ले गया और हर तरह की बातें समझाने के बाद यह भी कहा, "तुम लोग मेरे चले जाने के बाद किसी तरह घबड़ाना नहीं और मुझे हर वक्त अपने पास मौजूद समझना।"

इन सब बातों से छुट्टी पाकर तारासिंह अकेले ही वहां से रवाना हो गया।

तीसरा बयान

तारासिंह के चले जाने के बाद सराय में चोरी की खबर बड़ी तेजी के साथ फैल गई। जितने मुसाफिर उसमें उतरे हुए थे सब रोके गए। राजदीवान को भी खबर हो गई, वह भी बहुत से सिपाहियों को साथ लेकर सराय में आ मौजूद हुआ। खूब हो-हल्ला मचा, चारों तरफ तलाशी और तहकीकात की कार्रवाई होने लगी, मगर सभों को निश्चय इसी बात का था कि चोर सिवाय उसके और कोई नहीं है जो रात रहते ही फाटक खुलवाकर सराय के बाहर निकल गया है। पहरेवाले सिपाही के गायब हो जाने से और भी परेशानी हो रही थी। चोर की गिरफ्तारी में कई सिपाही तो जा ही चुके थे, मगर दीवान साहब के हुक्म से और भी बहुत से सिपाही भेजे गए। आखिर नतीजा यह निकला कि दोपहर के पहिले ही हजरत नानक परसाद गिरफ्तार होकर सराय के अन्दर आ पहुंचे जो अपने खयाल में तारासिंह को गिरफ्तार कर ले गए थे और अभी तक सौदागर का चेहरा धोकर देखने भी न पाए थे, मगर उन कृपानिधान को ताज्जुब था तो इस बात का कि वे चोरी के कसूर में गिरफ्तार किए गए थे।

अभी तक दीवान साहब सराय के अन्दर मौजूद थे। नानक के आते ही चारों तरफ से मुसाफिरों की भीड़ आ जुटी और हर तरफ से नानक पर गालियों की बौछार होने लगी। जिस कमरे में तारासिंह उतरा हुआ था, उसी के आगेवाले दालान में सुन्दर फर्श के ऊपर दीवान साहब विराज रहे थे और उनके पास ही तारासिंह के दोनों शागिर्द भी अपनी असली सूरत में बैठे हुए थे। सामने आते ही दीवान साहब ने क्रोध-भरी आवाज में नानक से कहा, "क्यों बे! तेरा इतना बड़ा हौसला हो गया कि तू हमारी सराय में आकर इतनी बड़ी चोरी करे!!"

नानक–(अपने को बेतरह फंसा हुआ देख, हाथ जोड़के) मुझ पर चोरी का इलजाम किसी तरह नहीं लग सकता, मुझे यह मालूम होना चाहिए कि यहां किसकी चोरी हुई है और मुझ पर चोरी का इलजाम कौन लगा रहा है?

दीवान–(तारासिंह के दोनों शागिदो ं की तरफ इशारा करके) इनका माल चोरी गया है और यहां के सभी आदमी तुझे चोर कहते हैं।

नानक–झूठ, बिल्कुल झूठ।

तारासिंह का एक शागिर्द–(दीवान से) यदि हर्ज न हो तो पहिले इसका चेहरा धुलवा दिया जाए।

दीवान–क्या तुम्हें कुछ दूसरे ढंग का भी शक है? अच्छा (जमादार से) पानी मंगाकर इस चोर का चेहरा धुलवाओ।

जमादार–जो हुक्म।

नानक–चेहरा धुलवाके क्या कीजिएगा? हम ऐयारों की सूरत हरदम बदली ही रहती है, खासकर सफर में।

दीवान–तू ऐयार है! ऐयार लोग भी कहीं चोरी करते हैं?

नानक–जी मैं कह चुका हूं कि चोरी का इलजाम मुझ पर नहीं लग सकता।

तारा का एक शागिर्द–चोरी तो अच्छी तरह साबित हो जाएगी, जरा अपने माल-असबाब की तलाशी तो होने दो! (दीवान से) लीजिए पानी भी आ गया, अब इसका चेहरा धुलवाइए।

जमादार–(पानी की गगरी नानक के सामने धरके) लो अब पहिले अपना चेहरा साफ कर डालो।

नानक–मैं अभी अपना चेहरा साफ कर डालता हूं, चेहरा धोने में मुझे कोई उज्र नहीं है, क्योंकि मैं पहिले ही कह चुका हूं कि ऐयारों की सूरत प्रायः बदली रहती है और मैं भी एक ऐयार हूं।

इतना कहकर नानक ने अपना चेहरा साफ कर डाला और दीवान साहब से कहा, "कहिए, अब क्या हुक्म होता है?"

दीवान–अब तुम्हारी तलाशी ली जाएगी।

नानक–तलाशी देने में भी मुझे कुछ उज्र न होगा, मगर मुझे पहिले उन चीजों की फिहरिस्त मिल जानी चाहिए जो चोरी गई हैं। कहीं ऐसा न हो कि मेरी कुछ चीजों को ये नकली सौदागर साहब अपनी ही चीज बतावें, उस समय ताज्जुब नहीं कि मैं अपनी ही चीजों का चोर बन जाऊं।

दीवान–चीजों की फिहरिस्त जमादार के पास मौजूद है, तुम्हारी चीजों का तुम्हें कोई चोर नहीं बना सकता। हां, तुमने इन्हें नकली सौदागर क्यों कहा?

नानक–इसलिए कि ये दोनों भी मेरी तरह से ऐयार हैं और इनके मालिक तारासिंह को मैंने गिरफ्तार कर लिया है, दुश्मनी से नहीं, बल्कि आपुस की दिल्लगी

से, क्योंकि हम दोनों एक ही मालिक अर्थात् राजा बीरेन्द्रसिंह के ऐयार हैं, धोखा देने की शर्त लग गई थी।

राजा बीरेन्द्रसिंह का नाम सुनते ही दीवान साहब के कान खड़े हो गए और वे ताज्जुब के साथ तारासिंह के दोनों शागिर्दों की तरफ देखने लगे। तारासिंह के एक शागिर्द ने कहा, "इसने तो झूठ बोलने पर कमर बांध रक्खी है! यह चाहे राजा बीरेन्द्रसिंह का ऐयार हो, मगर हम लोगों को उनसे कोई सरोकार नहीं है। हम लोग न तो ऐयार हैं और न हम लोगों का कोई मालिक ही हमारे साथ था जिसे इसने गिरफ्तार कर लिया हो। यह तो अपने को ऐयार बताता ही है फिर अगर झूठ बोलके आपको धोखा देने का उद्योग करे तो ताज्जुब ही क्या है? इसकी झुठाई-सचाई का हाल तो इतने ही से खुल जाएगा कि एक तो इसकी तलाशी ले ली जाए, दूसरे ऐयारी की सनद मांगी जाए जो राजा बीरेन्द्रसिंह की तरफ से नियमानुसार इसे मिली होगी।"

दीवान–तुम्हारा कहना बहुत ठीक है, ऐयारों के पास उनके मालिक की सनद जरूर हुआ करती है। अगर यह प्रतापी महाराज बीरेन्द्रसिंह का ऐयार होगा तो इसके पास सनद जरूर होगी और तलाशी लेने पर यह भी मालूम हो जाएगा कि इसने जिसे गिरफ्तार किया है, वह कौन है। (नानक से) अगर तुम राजा बीरेन्द्रसिंह के ऐयार हो तो उनकी सनद हमको दिखाओ। हां, और यह भी बताओ कि अगर तुम ऐयार हो तो इतनी जल्दी गिरफ्तार क्यों हो गए, क्योंकि ऐयार लोग जहां कब्जे के बाहर हुए, तहां उनका गिरफ्तार होना कठिन हो जाता है।

नानक–मैं गिरफ्तार कदापि न होता, मगर अफसोस, मुझे यह बात बिल्कुल मालूम न थी कि तारासिंह को मेरी पूरी खबर है और वह मेरी तरफ से होशियार है तथा उसने पहिले ही से मुझे गिरफ्तार करा देने का बन्दोबस्त कर रक्खा है।

दीवान–खैर, तुम ऐयारी की सनद दिखाओ।

नानक–(कुछ लाजवाब-सा होकर) सनद मुझे अभी नहीं मिली है।

तारासिंह का शागिर्द–(दीवान से) देखिए, मैं कहता था न कि यह झूठा है।

दीवान–(क्रोध से) बेशक झूठा है और चोर भी है। (जमादार से) हां, अब इसकी तलाशी ली जाए।

जमादार–जो आज्ञा।

नानक की तलाशी ली गई और दो ही तीन गठरियों बाद वह बड़ी गठरी खोली गई जिसमें सराय का सिपाही बेचारा बंधा हुआ था।

नानक ने उस बेहोश सिपाही की तरफ इशारा करके कहा, "देखिए यही तारासिंह है जो सौदागर बना हुआ सफर कर रहा था।"

तारासिंह का शागिर्द–(दीवान से) यह बात भी इसकी झूठ निकलेगी, आप पहिले इस बेहोश का चेहरा धुलवाइए।

दीवान–हां, मेरा भी यही इरादा है। (जमादार से) इसका चेहरा तो धोकर साफ करो।

नानक–मैं खुद इसका चेहरा धोकर साफ किए देता हूं और तब आपको मालूम हो जाएगा कि मैं झूठा हूं या सच्चा।

नानक ने उस सिपाही का चेहरा धोकर साफ किया, मगर अफसोस, नानक की मुराद पूरी न हुई और वह सिर से पैर तक झूठा साबित हो गया। अपने यहां के सिपाही को ऐसी अवस्था में देखकर जमादार और दीवान साहब को क्रोध चढ़ आया। जमादार ने किसी तरह का खयाल न करके एक लात नानक के कमर पर ऐसी जमाई कि वह लुढ़क गया, मगर बहुत जल्द सम्हलकर जमादार को मारने के लिए तैयार हुआ। नानक का हर्बा पहिले ही ले लिया गया था और अगर इस समय उसके पास कोई हर्बा मौजूद होता तो बेशक वह जमादार की जान ले लेता, मगर वह कुछ भी न कर सका उलटा उसे जोश में आया हुआ देख सभी को क्रोध चढ़ आया। सराय में उतरे हुए मुसाफिर भी उसकी तरफ से चिढ़े हुए थे क्योंकि वे बेचारे बेकसूर रोके गए थे और उन पर शक भी किया गया था, अतएव एकदम से बहुत से आदमी नानक पर टूट पड़े और मन-मानती पूजा करने के बाद उसे हर तरह से बेकार कर दिया। इसके बाद दीवान साहब की आज्ञानुसार उसकी और उसके साथियों की मुश्कें कस दी गईं।

दीवान साहब ने जमादार को आज्ञा दी कि यह शैतान (नानक) बेशक झूठा और चोर है, इसने बहुत ही बुरा किया कि सरकारी नौकर को गिरफ्तार कर लिया। तुम कह चुके हो कि उस समय यही सिपाही सौदागर के दरवाजे पर पहरा दे रहा था। बेशक चोरी करने के लिए ही इस सिपाही को इसने गिरफ्तार किया होगा। अब इसका मुकदमा थोड़ी देर में निपटनेवाला नहीं है और इस समय बहुत देर भी हो गई है अस्तु, तुम इसे और इसके साथियों को कैदखाने में भेज दो तथा इसका माल-असबाब इसी सराय की किसी कोठरी में बन्द करके ताली मुझे दे दो और सराय के सब मुसाफिरों को छोड़ दो। (तारासिंह के शागिर्दों की तरफ देखके) क्यों साहब, अब मुसाफिरों को रोकने की तो कोई जरूरत नहीं है!

तारासिंह का शागिर्द–बेशक बेचारे मुसाफिरों को छोड़ देना चाहिए क्योंकि उनका कोई कसूर नहीं। मेरा माल इसी ने चुराया है। अगर इसके असबाब में से कुछ भी न निकलेगा तो भी हम यही समझेंगे कि सराय से बाहर दूर जाकर इसने किसी ठिकाने चोरी का माल गाड़ दिया है।

दीवान–बेशक ऐसा ही है! (जमादार से) अच्छा जो कुछ हुक्म दिया गया है, उसे जल्द पूरा करो।

जमादार–जो आज्ञा।

बात-की-बात में वह सराय मुसाफिरों से खाली हो गई। नानक हवालात में भेज दिया गया और उसका असबाब एक कोठरी में रखकर ताली दीवान साहब को दे दी

गई। उस समय तारासिंह के दोनों शागिर्दों ने दीवान साहब से कहा, "इस शैतान का मामला दो-एक दिन में निपटता नजर नहीं आता इसलिए हम लोग भी चाहते हैं कि यहां से जाकर अपने मालिक को इस मामले की खबर दें और उन्हें भी सरकार के पास ले आवें, अगर ऐसा न करेंगे तो मालिक की तरफ से हम लोगों पर बड़ा दोष लगाया जाएगा। यदि आप चाहें तो जमानत में हमारा माल-असबाब रख सकते हैं।"

दीवान–तुम्हारा कहना बहुत ठीक है। हम खुशी से इजाजत देते हैं कि तुम लोग जाओ और अपने मालिक को ले आओ, जमानत में तुम लोगों का माल-असबाब रखना हम मुनासिब नहीं समझते, इसे तुम लोग ले जाओ।

तारासिंह के दोनों शागिर्द–(दीवान साहब को सलाम करके) आपने बड़ी कृपा की जो हम लोगों को जाने की आज्ञा दे दी, हम लोग बहुत जल्द अपने मालिक को लेकर हाजिर होंगे।

तारासिंह के दोनों शागिर्दों ने भी डेरा कूच कर दिया और बेचारे नानक को खटाई में डाल गए। देखा चाहिए अब उस पर क्या गुजरती है। वह भी इन लोगों से बदला लिए बिना रहता नजर नहीं आता।

चौथा बयान

भैरोसिंह के चले जाने के बाद दरवाजा बन्द हो जाने से दोनों कुमारों को ताज्जुब ही नहीं हुआ, बल्कि उन्हें भैरोसिंह की तरफ से एक प्रकार की फिक्र लग गई। आनन्दसिंह ने अपने बड़े भाई की तरफ देखकर कहा, "अब इस रात के समय भैरोसिंह के लिए हम लोग क्या कर सकते हैं?"

इन्द्रजीत–कुछ भी नहीं। मगर भैरोसिंह के हाथ में तिलिस्मी खंजर है, वह यकायक किसी के कब्जे में न आ सकेगा।

आनन्द–पहिले भी तो उनके पास तिलिस्मी खंजर था बल्कि ऐयारी का बटुआ भी मौजूद था, तब उन्होंने क्या कर लिया था?

इन्द्रजीत–सो तो ठीक कहते हो, तिलिस्म के अन्दर हर तरह से बचे रहना मामूली काम नहीं है, मगर रात के समय अब हो ही क्या सकता है?

आनन्द–मेरी राय है कि तिलिस्मी खंजर से इस छोटे-से दरवाजे को काटने का उद्योग किया जाए, शायद...

इन्द्रजीत–अच्छी बात है, कोशिश करो।

आनन्दसिंह ने तिलिस्मी खंजर का वार उस छोटे-से दरवाजे पर किया, मगर कोई नतीजा न निकला। आखिर दोनों भाई लाचार होकर वहां से हटे और किसी दालान में एक किनारे बैठकर बातचीत में रात बिताने का उद्योग करने लगे।

रात के साथ-ही-साथ दोनों कुमारों की उदासी भी कुछ-कुछ जाती रही और फूलों की महक से बसी हुई सुबह की ठण्डी हवा ने उद्योग और उत्साह का संचार किया। दोनों के पराधीन और चुटीले दिलों में किसी की याद ने गुदगुदी पैदा कर दी और बारह पर्दे के अन्दर से भी खुशबू फैलानेवाली, मगर कुछ दिनों तक नाउम्मीदी के पाले से गन्धहीन हो गई कलियों पर आशारूपी वायु के झपेटे से बहककर आए हुए शृंगाररूपी भ्रमर इस समय पुनः गुंजार करने लग गए।

क्या आज दिन-भर की मेहनत से भी अपने प्रेमी का पता न लगा सकेंगे? क्या आज दिन-भर के उद्योग की सहायता से भी इस छोटी-सी, मगर अनूठी रंगशाला के नेपथ्य में से किसी को खोज निकालने में सफल-मनोरथ न होंगे? क्या आज दिन-भर की कार्रवाई भी हमें विश्वास न दिला सकेगी कि इस जानोदिल का मालिक इसी स्थान में आ पहुंचा है जैसाकि सुन चुके हैं और क्या आज दिन-भर की उपासना का फल भी जुदाई की उस काली घटा को दूर न कर सकेगा जिसने इन चकोरों को जीवनदान देनेवाले पूर्णचन्द्र को छिपा रक्खा है? नहीं-नहीं, ऐसा कदापि नहीं हो सकता, आज दिन-भर में हम बहुत-कुछ कर सकेंगे और उनका पता अवश्य लगावेंगे जिन पर अपनी जिन्दगी का भरोसा समझते हैं और जिनके मिलाप से बढ़कर इस दुनिया में और किसी चीज को नहीं मानते।

इसी तरह की बातें सोचते हुए दोनों कुमार खड़े हो गए। नहर के किनारे आकर हाथ-मुंह धोने के बाद घड़ी-भर के अन्दर ही जरूरी कामों से छुट्टी पा वे बाग में घूमने और वहां की हर एक चीज को गौर से देखने लगे और थोड़ी ही देर में बारहदरी के सामनेवाली उस दोमंजिला इमारत के नीचे जा पहुंचे जिसके ऊपरवाली मंजिल में रात को कोई काम करते हुए भैरोसिंह ने कई आदमियों को देखा था।

इस इमारत के नीचेवाला भाग ऊपरवाले हिस्से के विपरीत दरवाजे बल्कि दरवाजे के किसी नामोनिशान तक से भी खाली था। बाग की तरफवाली नीचे की दीवार साफ तथा चिकने संगमरमर की बनी हुई थी और बीचोबीच चार हाथ ऊंचा और दो हाथ चौड़ा स्याह पत्थर का एक टुकड़ा लगा हुआ था। उसमें नीचे लिखे मोटे छत्तीस अक्षर खुदे हुए थे जिसे दोनों कुमार बड़े गौर से देखने और उसका मतलब जानने के लिए उद्योग करने लगे।

वे अक्षर ये थे–

ने	ए	ती	के	स्म	स्सों
हि	को	ड़	की	उ	ति
स्से	का	स	लि	हि	न
या	से	न	न	ट्	र
य	क	ल	सै	जो	गे
रो	ख	हां	टें	क	रो

दो घड़ी तक गौर करने पर कुंअर इन्द्रजीतसिंह उसका मतलब समझ गए और अपने छोर्ट भाई कुंअर आनन्दसिंह को भी समझाया, इसके बाद दोनों भाइयों ने जोर करके उस पत्थर को दबाया तो वह अन्दर की तरफ घुसकर जमीन के बराबर हो गया और अन्दर जाने लायक एक खास दरवाजा दिखाई देने लगा, साथ ही इसके भीतर की तरफ अन्धकार भी मालूम हुआ। इन्द्रजीतसिंह ने तिलिस्मी खंजर की रोशनी करके आगे चलने के लिए आनन्दसिंह से कहा।

तिलिस्मी खंजर की रोशनी के सहारे दोनों भाई उस दरवाजे के अन्दर चले गए और एक छोटे-से कमरे में पहुंचे जिसके बीचोबीच से ऊपर की मंजिल में जाने के लिए छोटी-छोटी चक्करदार सीढ़ियां बनी हुई थीं। उन्हीं सीढ़ियों की राह से दोनों कुमार ऊपरवाली मंजिल पर चढ़ गए और एक ऐसी कोठरी में पहुंचे जिसकी बनावट अर्धचन्द्र के ढंग की थी और तीन दरवाजे बाग की तरफ उस बारहदरी के ठीक सामने थे जिसमें रात को दोनों कुमारों ने आराम किया था।

बाग की तरफवाले तीनों दरवाजे खोल देने से उस कोठरी के अन्दर अच्छी तरह उजाला हो गया, उस समय आनन्दसिंह ने तिलिस्मी खंजर की रोशनी बन्द की और उसे कमर में रखने के बाद अपने भाई से कहा–

आनन्द–इसी कोठरी में रात को भैरोसिंह ने कई आदमियों को चलते-फिरते तथा काम करते देखा था, और मालूम होता है कि इसके दोनों तरफ की कोठरियों का सिलसिला एक-दूसरे से लगा हुआ है और सभों का एक-दूसरे से सम्बन्ध है।

इन्द्रजीत–मैं भी ऐसा ही विश्वास करता हूं, इस दाहिने बगलवाली दूसरी कोठरी का दरवाजा खोलो और देखो कि उसके अन्दर क्या है?

बड़े कुमार की आज्ञानुसार आनन्दसिंह ने बगलवाली दूसरी कोठरी का दरवाजा खोला, उसी समय दोनों कुमारों को ऐसा मालूम हुआ कि कोई आदमी तेजी के साथ कोठरी में से निकलकर इसके बादवाली दूसरी कोठरी में चला गया। दोनों कुमारों ने तेजी के साथ उसका पीछा किया और उस दूसरी कोठरी में गए जिसका दरवाजा मजबूती के साथ बन्द न था तो नानक पर निगाह पड़ी। यद्यपि उस कोठरी के वे दरवाजे जो बाग की तरफ पड़ते थे, बन्द थे, मगर दिन का समय होने के कारण झिलमिलियों की दरारों में से पड़नेवाली रोशनी ने उसमें इतना उजाला जरूर कर रक्खा था कि आदमी की सूरत-शक्ल बखूबी दिखाई दे जाए, यही सबब था कि निगाह पड़ते ही दोनों कुमारों ने नानक को पहिचान लिया, इसी तरह नानक ने भी दोनों कुमारों को पहिचानकर प्रणाम किया और कहा, ''मैं किसी दुश्मन का होना अनुमान करके भागा था, मगर जब आवाज सुनी तो पहिचानकर रुक गया। मैं कल से आप दोनों भाइयों को खोज रहा हूं, मगर पता न लगा सका क्योंकि तिलिस्मी कारखाने में बिना समझे-बूझे दखल देना उचित न जानकर अपनी बुद्धिमानी या जबर्दस्ती से किसी दरवाजे को खोल न सका और इसीलिए बाग में भी पहुंचने की नौबत न आई। कहिए, आप लोग कुशल से तो हैं!''

इन्द्रजीत–हां, हम लोग बहुत अच्छी तरह हैं, तुम बताओ कि यहां कब, कैसे, क्यों और किस तरह से आए?

नानक–कमलिनी जी से मिलने के लिए घर से निकला था, मगर जब मालूम हुआ कि वे राजा गोपालसिंह के साथ जनानिया गईं तब मैं राजा गोपालसिंह के पास आया और उन्हीं की आज्ञानुसार यहां आपके पास आया हूं।

इन्द्रजीत–किनकी आज्ञानुसार? राजा गोपालसिंह की या कमलिनी की?

नानक–कमलिनी की आज्ञानुसार।

नानक की बात सुनकर आनन्दसिंह ने एक भेद की निगाह इन्द्रजीतसिंह पर डाली और इन्द्रजीतसिंह ने कुछ मुस्कुराहट के साथ आनन्दसिंह की तरफ देखकर कहा–"बाग की तरफ जो दरवाजे पड़ते हैं उन्हें खोल दो, चांदना हो जाए।"

आनन्दसिंह ने दरवाजे खोल दिए और फिर नानक के पास आकर पूछा, "हां, तो कमलिनी जी की आज्ञानुसार तुम यहां आए?"

नानक–जी हां।

आनन्द–कमलिनी को कहां छोड़ा?

नानक–राजा गोपालसिंह के तिलिस्मी बाग में।

इन्द्रजीत–वह अच्छी तरह से तो हैं न?

नानक–जी हां, बहुत अच्छी तरह से हैं।

आनन्द–घोड़े पर से गिरने के कारण उसकी टांग जो टूट गई थी, वह अच्छी हुई?

नानक–यह खबर आपको कैसे मालूम हुई?

आनन्द–अजी वाह, मेरे सामने ही तो घोड़े पर से गिरी थीं, भैरोसिंह ने उनका इलाज किया था, अच्छी हो गई थीं, मगर कुछ दर्द बाकी था जब मैं इधर चला आया।

नानक–जी हां, अब तो वह बहुत अच्छी हैं।

आनन्द–(हंसकर) अच्छा यह तो बताओ कि तुम किस रास्ते से यहां आए हो?

नानक–उसी बुर्जवाले रास्ते से आया हूं।

आनन्द–मुझे अपने साथ ले चलकर वह रास्ता बता तो दो।

नानक–बहुत अच्छा, चलिए मैं बता देता हूं, मगर मुझसे कमलिनी ने कहा था कि जब तुम बाग में जाओगे तो लौटने का रास्ता बन्द हो जाएगा।

आनन्द–यह तो उन्होंने ठीक कहा था। हम दोनों भाइयों को भी उन्होंने यही कहला भेजा था कि मैं नानक को तुम्हारे पास भेजूंगी, तुम उसकी जुबानी सब हाल सुनकर हिफाजत के साथ उसे तिलिस्म के बाहर कर देना।

नानक–(कुछ शर्माना-सा होकर) जी ई ई ई, आप तो दिल्लगी करते हैं, मालूम होता है आपको मुझ पर कुछ शक है और आप समझते हैं कि मैं आपके दुश्मन का

ऐयार हूं और नानक की सूरत बनकर आया हूं, अस्तु, आप जिस तरह चाहें मेरी आजमाइश कर सकते हैं।

इतने ही में एक तरफ से आवाज आई, "जब तुम कमलिनी जी के भेजे हुए आए हो तो आजमाइश करने की जरूरत ही क्या है? थोड़ी देर में कमलिनी का सामना आप ही हो जाएगा!"

इस आवाज ने दोनों कुमारों को तो कम, मगर नानक को हद से ज्यादे परेशान कर दिया। उसके चेहरे पर हवाई-सी उड़ने लगी और वह घबड़ाकर पीछे की तरफ देखने लगा। इस कोठरी में से दूसरी कोठरी में जाने के लिए जो दरवाजा था वह इस समय मामूली तौर पर बन्द था, इसलिए किसी गैर पर उसकी निगाह न पड़ी अतएव उस दरवाजे को खोलकर नानक अगली कोठरी में चला गया, मगर साथ ही आनन्दसिंह ने भी वहां पहुंचकर उसकी कलाई पकड़ ली और कहा, "बस इतने ही में घबड़ा गए! इसी हौसले पर तिलिस्म के अन्दर आए थे! आओ, आओ, हम तुम्हें बाग में ले चलते हैं जहां निश्चिन्ती से बैठकर अच्छी तरह बातें कर सकेंगे।"

इसी समय दो दरवाजे खुले और स्याह लबादा ओढ़े हुए चार-पांच आदमी उनके अन्दर से निकल आए जो नानक को जबर्दस्ती घसीटकर ले गए, साथ ही वे दरवाजे भी उसी तरह बन्द हो गए, जैसे पहिले थे। दोनों कुमारों ने भी कुछ सोचकर आपत्ति न की और उसे ले जाने दिया।

और कोठरियों की बनिस्बत इस कोठरी में दरवाजे ज्यादे थे अर्थात् दो दरवाजे दोनों तरफ तो थे ही, मगर बाग की तरफ चार और दरवाजे पिछली तरफ भी थे और उसी पिछली तरफवाले दोनों दरवाजों में से वे लोग आए थे, जो नानक को घसीटकर ले गए थे। नानक को ले जाने के बाद आनन्दसिंह ने उन्हीं पिछली तरफवाले दरवाजों में से एक दरवाजा खोला और अन्दर की तरफ झांकके देखा। भीतर बहुत लम्बा-चौड़ा एक कमरा नजर आया जिसमें अन्धकार का नाम-निशान भी न था, बल्कि अच्छी तरह उजाला था। दोनों कुमार उस कमरे में चले गए और तब मालूम हुआ कि वे दरवाजे एक ही कमरे में जाने के लिए हैं। इस कमरे में दोनों कुमारों ने एक बहुत बूढ़े आदमी को देखा जो चारपाई के ऊपर लेटा हुआ कोई किताब पढ़ रहा था। कुमारों को देखते ही वह चारपाई के नीचे उतरकर खड़ा हो गया और सलाम करके बोला, "आज कई दिनों से मैं आप दोनों भाइयों के आने का इन्तजार कर रहा हूं।"

इन्द्रजीत–तुम कौन हो?

बुड्ढा–जी, मैं इस बाग का दारोगा हूं।

इन्द्रजीत–तुम हम लोगों का इन्तजार क्यों कर रहे थे?

दारोगा–इसलिए कि आप लोगों को यहां की इमारतों और अजायबातों की सैर कराके अपने सिर से एक भारी बोझ उतार दूं।

इन्द्रजीत–क्या इधर दो-तीन दिन के बीच में कोई और भी इस बाग में आया है?

दारोगा–जी हां, दो मर्द और कई औरतें आई हैं।

इन्द्रजीत–क्या उन लोगों के नाम बता सकते हो?

दारोगा–नानक और भैरोसिंह के सिवाय मैं और किसी का नाम नहीं जानता (कुछ सोचकर) हां, एक औरत का भी नाम जानता हूं, शायद उसका नाम कमलिनी है, क्योंकि वह दो-एक दफे इसी नाम से पुकारी गई थी, बड़ी ही धूर्त और चालाक है, अपनी अक्ल के सामने किसी को कुछ समझती ही नहीं, अस्तु, बिना धोखा खाए नहीं रह सकती।

इन्द्रजीत–क्या यह बता सकते हो कि वे सब इस समय कहां हैं और उनसे मुलाकात क्योंकर हो सकती है?

दारोगा–जी, मुझे उन लोगों का पता नहीं मालूम, क्योंकि कमलिनी ने उन सभों को मेरी बात मानने न दी और अपनी इच्छानुसार उन सभों को लिये हुए चारों तरफ घूमती रही, इसी से मुझे रंज हुआ और मैंने उनकी खबरगीरी छोड़ दी।

इन्द्रजीत–अगर तुम यहां के दारोगा हो तो खबरदारी न रखने पर भी यह तो जरूर जानते ही होवोगे कि वे सब कहां हैं!

दारोगा–मुझे यहां का दारोगा समझने और न समझने का तो आपको अख्तियार है, मगर मैं यह जरूर कहूंगा कि मुझे उन सभों का पता नहीं मालूम है।

आनन्द–(हंसकर) यही हाल है तो यहां की हिफाजत क्या करते हो?

दारोगा–इसका हाल तो तभी मालूम होगा जब आप मेरे साथ चलकर यहां की सैर करेंगे।

आनन्द–अच्छा यह बताओ कि अभी हमारे देखते-ही-देखते जो लोग नानक को ले गए, वे कौन थे?

दारोगा–वे सब मेरे ही नौकर थे। वह झूठा और शैतान है तथा आपको नुकसान पहुंचाने की नीयत से धोखा देकर यहां घुस आया है, इसीलिए मैंने उसे गिरफ्तार करने का हुक्म दिया।

आनन्द–तुम्हारे आदमी लोग कहां रहते हैं? यहां तो मैं तुमको अकेला ही देखता हूं।

दारोगा–यह कमरा तो मेरा एकान्त स्थान है, जब पढ़ने या किसी विषय पर गौर करने की जरूरत पड़ती है तब मैं इस कमरे में आकर बैठता या लेटता हूं। मगर यहां खड़े-खड़े बातें करने में तो आपको तकलीफ होगी। आप मेरे स्थान पर चलें तो उत्तम हो या बाग ही में चलिए, जहां और भी कई...

इन्द्रजीत–खैर, यह सब तो होता रहेगा, पहिले हम लोगों को यह मालूम होना चाहिए कि तुम हमारे दोस्त हो, दुश्मन नहीं और तुम्हारी यह सूरत असली है, बनावटी नहीं। इसके बाद मैं तुमसे दिल खोलकर बातें कर सकूंगा।

दारोगा–इस बात का पता तो आपको मेरी कार्रवाई से ही लग सकेगा, मेरे कहने का आपको एतबार कब होगा, मगर इस बात को खूब समझ...

दारोगा की बात पूरी न होने पाई थी कि एक तरफ से आवाज आई, "अजी तुम्हें कुछ खाने-पीने की भी सुध है या यों ही बकवाद किया करोगे।"

दोनों कुमार ताज्जुब के साथ उस तरफ देखने लगे जिधर से आवाज आई थी। उसी समय एक बुढ़िया उसी तरफ से कमरे के अन्दर आती दिखाई पड़ी और वह दारोगा के पास आकर फिर बोली, "मैं बड़ी ही बदकिस्मत थी जो तुम्हारे साथ ब्याही गई। मैंने जो कहा तुमने कुछ सुना या नहीं?"

दारोगा–(क्रोध से) आ गई शैतान की नानी।

दोनों कुमारों ने देखते ही उस बुढ़िया को पहिचान लिया कि यह वही बुढ़िया है जो भैरोसिंह की जोरू उस समय बनी हुई थी, जब भैरोसिंह पागल भया हुआ इसी बाग में हम लोगों को दिखाई दिया था।

इन्द्रजीतसिंह ने ताज्जुब और दिल्लगी की निगाह से उस बुढ़िया की तरफ देखा और कहा, "अभी कल की बात है कि तू भैरोसिंह पागल की जोरू बनी हुई थी और आज इस दारोगा को अपना मालिक बता रही है।"

पांचवां बयान

कुंअर इन्द्रजीतसिंह की बात सुनकर वह बुढ़िया चमक उठी और नाक-भौं चढ़ाकर बोली, "बुड्ढी औरतों से दिल्लगी करते तुम्हें शर्म नहीं मालूम होती।"

इन्द्रजीत–क्या मैं झूठ कहता हूं?

बुढ़िया–इससे बढ़कर झूठ और क्या हो सकता है? लोग किसी के पीछे झूठ बोलते हैं, मगर आप मुंह पर झूठ बोलके अपने को सच्चा बनाने का उद्योग करते हैं! भला इस तिलिस्म में दूसरा आ ही कौन सकता है? और यह भैरोसिंह कौन है जिसका नाम आपने लिया?

इन्द्रजीत–बस-बस, मालूम हो गया। मैं अपने को तुम्हारी जुबान से...

बुड्ढा–(इन्द्रजीतसिंह को रोककर) अजी, आप किससे बातें कर रहे हैं? यह तो पागल है। इसकी बातों पर ध्यान देना आप ऐसे बुद्धिमानों का काम नहीं है। (बुढ़िया से) तुझे यहां किसने बुलाया जो चली आई? तेरे ही दुःख से तो भागकर मैं यहां एकान्त में आ बैठा हूं, मगर तू ऐसी शैतान की नानी है कि यहां भी आए बिना नहीं रहती। सबेरा हुआ नहीं और खाने की रट लग गई!

बुड्ढी–अजी तो क्या तुम कुछ खाओ-पीओगे नहीं?

बुड्ढा–जब मेरी इच्छा होगी तब खा लूंगा, तुम्हें इससे मतलब? (दोनों कुमारों से) आप इस कमबख्त का खयाल छोड़िए और मेरे साथ चले आइए। मैं आपको ऐसी

जगह ले चलता हूं जहां इसकी आत्मा भी न जा सके। उसी जगह हम लोग बातचीत करेंगे, फिर आप जैसा मुनासिब समझिएगा, आज्ञा दीजिएगा।

यह बात उस बुड्ढे ने ऐसे ढंग से कही और इस तरह पलटा खाकर चल पड़ा कि दोनों कुमारों को उसकी बातों का जवाब देने या उस पर शक करने का मौका न मिला और वे दोनों भी उसके पीछे-पीछे रवाना हो गए।

उस कमरे के बगल ही में एक कोठरी थी और उस कोठरी में ऊपर छत पर जाने के लिए सीढ़ियां बनी हुई थीं। वह बुड्ढा दोनों कुमारों को साथ-साथ लिये हुए उस कोठरी में और वहां से सीढ़ियों की राह चढ़कर, उसके ऊपरवाली छत पर ले गया। उस मंजिल में भी छोटी-छोटी कई कोठरियां और कमरे थे। बुड्ढे के कहे मुताबिक दोनों कुमारों ने एक कमरे की जालीदार खिड़की में से झांककर देखा तो इस इमारत के पिछले हिस्से में एक और छोटा-सा बाग दिखाई दिया जो बनिस्बत इस बाग के जिसमें कुमार एक दिन और रात रह चुके थे, ज्यादे खूबसूरत और सरसब्ज नजर आता था। उसमें फूलों के पेड़ बहुतायत से थे और पानी का एक छोटा-सा साफ झरना भी बह रहा था जो इस मकान की दीवार से दूर और उस बाग के पिछले हिस्से की दीवार के पास था, और उसी चश्मे के किनारे पर कई औरतों को भी बैठे हुए दोनों कुमारों ने देखा।

पहिले तो कुंअर इन्द्रजीतसिंह और आनन्दसिंह को यही गुमान हुआ कि ये औरतें किशोरी, कामिनी और कमलिनी इत्यादि होंगी, मगर जब उनकी सूरत पर गौर किया तो दूसरी ही औरतें मालूम हुईं, जिन्हें आज के पहिले दोनों कुमारों ने कभी नहीं देखा था।

इन्द्रजीत–(बुड्ढे से) क्या ये वे ही औरतें हैं जिनका जिक्र तुमने किया था और जिनमें से एक औरत का नाम तुमने कमलिनी बताया था?

बुड्ढा–जी नहीं, उनकी तो मुझे कुछ भी खबर नहीं कि वे कहां गईं और क्या हुईं।

आनन्द–फिर ये सब कौन हैं?

बुड्ढा–इन सभों के बारे में इससे ज्यादे और मैं कुछ नहीं जानता कि ये सब राजा गोपालसिंह के रिश्तेदार हैं और किसी खास सबब से राजा गोपालसिंह ने इन लोगों को यहां रख छोड़ा है।

इन्द्रजीत–ये सब यहां कब से रहती हैं?

बुड्ढा–सात वर्ष से।

इन्द्रजीत–इनकी खबरगीरी कौन करता है और खाने-पीने तथा कपड़े-लत्ते का इन्तजाम क्योंकर होता है?

बुड्ढा–इसकी मुझे भी खबर नहीं। यदि मैं इन सभों से कुछ बातचीत करता या इनके पास जाता तो कदाचित् कुछ मालूम हो जाता, मगर राजा साहब ने मुझे

सख्त ताकीद कर दी है कि इन सभों से कुछ बातचीत न करूं बल्कि इनके पास भी न जाऊं।

इन्द्रजीत–खैर, यह बताओ कि हम लोग इनके पास जा सकते हैं या नहीं?

बुड्ढा–इन सभों के पास जाना-न जाना आपकी इच्छा पर है, मैं किसी तरह की रुकावट नहीं डाल सकता और न कुछ राय ही दे सकता हूं।

इन्द्रजीत–अच्छा इस बाग में जाने का रास्ता तो बता सकते हो?

बुड्ढा–हां, मैं खुशी से आपको रास्ता बता सकता हूं, मगर स्वयं आपके साथ वहां तक नहीं जा सकता, इसके अतिरिक्त यह कह देना भी उचित जान पड़ता है कि यहां से उस बाग में जाने का रास्ता बहुत पेचीदा और खराब है, इसलिए वहां जाने में कम-से-कम एक पहर तो जरूर लगेगा। इससे यही बेहतर होगा कि यदि आप उस बाग में या उन सभों के पास जाना चाहते हैं तो कमन्द लगाकर इस खिड़की की राह से नीचे उतर जाएं। ऐसा आप किया चाहें तो आज्ञा दें, मैं एक कमन्द आपको ला दूं।

इन्द्रजीत–हां, यह बात मुझे पसन्द है, यदि एक कमन्द ला दो तो हम दोनों भाई उसी के सहारे नीचे उतर जाएं।

वह बुड्ढा दोनों कुमारों को उसी तरह, उसी जगह छोड़कर कहीं चला गया और थोड़ी ही देर में एक बहुत बड़ी कमन्द हाथ में लिये हुए आकर बोला, "लीजिए यह कमन्द हाजिर है।"

इन्द्रजीत–(कमन्द लेकर) अच्छा तो अब हम दोनों इस कमन्द के सहारे उस बाग में उतर जाते हैं।

बुड्ढा–जाइए मगर यह बताते जाइए कि आप लोग वहां से लौटकर कब आवेंगे और मुझे आपको यहां की सैर कराने का मौका कब मिलेगा?

इन्द्रजीत–सो तो मैं ठीक नहीं कह सकता, मगर तुम यह बता दो कि अगर हम लौटें तो यहां किस राह से आवें?

बुड्ढा–इसी कमन्द के जरिए इसी राह से आ जाइएगा, मैं यह खिड़की आपके लिए खुली छोड़ दूंगा।

आनन्द–अच्छा यह बताओ कि भैरोसिंह की भी कुछ खबर है?

बुड्ढा–कुछ नहीं।

इसके बाद दोनों कुमारों ने उस बुड्ढे से कुछ भी न पूछा और खिड़की खोलने के बाद कमन्द लगाकर उसी के सहारे दोनों नीचे उतर गए।

दोनों कुमारों ने यद्यपि उन औरतों को ऊपर से बखूबी देख लिया था क्योंकि वह बहुत दूर नहीं पड़ती थीं, मगर इस बात का गुमान न हुआ कि उन औरतों ने भी उन्हें उस समय या कमन्द के सहारे नीचे उतरते समय देखा या नहीं।

जब दोनों कुमार नीचे उतर गए तो कमन्द को खैंचकर साथ ले लिया और टहलते हुए उस तरफ रवाना हुए जिधर चश्मे के किनारे बैठी हुई वे औरतें कुमार

ने देखी थीं। थोड़ी देर में कुमार उस चश्मे के पास जा पहुंचे और उन औरतों को उसी तरह बैठे हुए पाया। कुमार चश्मे के इस पार थे और वे सब औरतें जो गिनती में सात थीं, चश्मे के उस पार सब्ज घास के ऊपर बैठी हुई थीं।

किसी गैर को अपनी तरफ आते देख वे सब औरतें चौकन्नी होकर उठ खड़ी हुईं और बड़े गौर के साथ मगर क्रोध-भरी निगाहों से कुंअर इन्द्रजीतसिंह और आनन्दसिंह की तरफ देखने लगीं।

जिस जगह वे औरतें बैठी थीं उससे थोड़ी ही दूर पर दक्खिन तरफ बाग की दीवार के साथ ही एक छोटा-सा मकान भी बना हुआ था जो पेड़ों की आड़ में होने के कारण दोनों कुमारों को ऊपर से दिखाई नहीं दिया था, मगर अब नहर के किनारे आ जाने पर बखूबी दिखाई दे रहा था।

वे औरतें जिन्हें नहर के किनारे कुमार ने देखा था, सब-की-सब नौजवान और हसीन थीं। यद्यपि इस समय वे सब बनाव-शृंगार और जेवरों के ढकोसलों से खाली थीं, मगर उनका कुदरती हुस्न ऐसा न था जो किसी तरह की खूबसूरती को अपने सामने ठहरने देता। यहां पर यदि ऐसी केवल एक औरत होती तो हम उसकी खूबसूरती के बारे में कुछ लिखते भी, मगर एकदम से सात ऐसी औरतों की तारीफ में कलम चलाना हमारी ताकत के बाहर है, जिन्हें प्रकृति ने खूबसूरत बनाने के समय हर तरह पर अपनी उदारता का ननूना दिखाया हो।

कुंअर इन्द्रजीतसिंह ने जब उन औरतों को अपनी तरफ क्रोध-भरी निगाहों से देखते देखा तो एक औरत से मुलायम और गम्भीर शब्दों में कहा, "हम लोग तुम्हारे पास किसी तरह की तकलीफ देने की नीयत से नहीं आए हैं बल्कि यह कहने के लिए आए हैं कि किस्मत ने हम लोगों को अकस्मात् यहां पहुंचाकर तुम लोगों का मेहमान बनाया है। हम लोग लाचार और राह भूले हुए मुसाफिर हैं और तुम लोग यहां की रहनेवाली और दयावान हो, क्योंकि जिस ईश्वर ने तुम्हें इतना सुन्दर बनाकर अपनी कारीगरी का नमूना दिखाया है, उसने तुम्हारे दिल को कठोर बनाकर अपनी भूल का परिचय कदापि न दिया होगा, अतएव उचित है कि तुम लोग ऐसे समय में हमारी सहायता करो और बताओ कि अब हम दोनों भाई क्या करें और कहां जाएं?"

औरतें खुशामद-पसन्द तो होती ही हैं! कुंअर इन्द्रजीतसिंह की मीठी और खुशामद-भरी बातें सुनकर उन सभों की चढ़ी हुई त्यौरियां उतर गईं और होंठों पर कुछ मुस्कुराहट दिखाई देने लगी। एक ने जो सबसे चतुर, चंचल और चालाक जान पड़ती थी, आगे बढ़ कुंअर इन्द्रजीतसिंह से कहा, "जब आप हमारे मेहमान बनते हैं और इस बात का विश्वास दिलाते हैं कि हमारे साथ दगा न करेंगे तो हम लोग भी निःसन्देह आपको अपना मेहमान स्वीकार करके जहां तक हो सकेगा, आपकी सहायता करेंगी, अच्छा ठहरिए, हम लोग जरा आपुस में सलाह कर लें!"

इतना कहकर वह चुप हो गई। उन लोगों ने आपुस में धीरे-धीरे कुछ बातें कीं और इसके बाद फिर उसी औरत ने इन्द्रजीतसिंह की तरफ देखकर कहा–

औरत–(हाथ का इशारा करके) उस तरफ एक छोटा-सा पुल बना हुआ है, उसी पर से होकर आप इस पार चले आइए।

इन्द्रजीत–क्या इस नहर में पानी बहुत ज्यादे है?

औरत–पानी तो ज्यादे नहीं है, मगर इसमें लोहे के तेज नोकवाले गोखरू बहुत पड़े हैं इसलिए इस राह से आपका आना असम्भव है।

इन्द्रजीत–अच्छा तो हम पुल पर से होकर आवेंगे।

इतना कह कुमार उस तरफ रवाना हुए, जिधर उस औरत ने हाथ के इशारे से पुल का होना बताया था। थोड़ी दूर जाने के बाद एक गुंजान और खुशनुमा झाड़ी के अन्दर वह छोटा-सा पुल दिखाई दिया। इस जगह नहर के दोनों तरफ पारिजात के कई पेड़ थे जिनकी डालियां ऊपर से मिली हुई थीं और उस पर खूबसूरत फूल-पत्तों वाली बेलें इस ढंग से चढ़ी हुई थीं कि उनकी सुन्दर छाया में छिपा हुआ वह छोटा-सा पुल बहुत खूबसूरत और स्थान बड़ा रमणीक मालूम होता था। इस जगह से न तो दोनों कुमार उन औरतों को देख सकते थे और न उन औरतों की निगाह इन पर पड़ सकती थी।

जब दोनों कुमार पुल की राह पार उतरकर और घूम-फिरकर उस जगह पहुंचे जहां उन औरतों को छोड़ आए थे तो केवल दो औरतों को मौजूद पाया, जिनमें से एक तो वही थी, जिससे कुंअर इन्द्रजीतसिंह से बातचीत हुई थी और दूसरी उससे उम्र में कुछ कम, मगर खूबसूरती में कुछ ज्यादे थी। बाकी औरतों का पता न था कि क्या हुईं और कहां गईं। कुंअर इन्द्रजीतसिंह ने ताज्जुब में आकर उस औरत से, जिसने पुल की राह इधर आने का उपदेश किया था, पूछा, "यहां तुम दोनों के सिवाय और कोई नहीं दिखाई देता, सब कहां चली गईं?"

औरत–आपको उन औरतों से क्या मतलब?

इन्द्रजीत–कुछ नहीं, यों ही पूछता हूं।

औरत–(मुस्कुराती हुई) वे सब आप दोनों भाइयों की मेहमानदारी का इन्तजाम करने चली गईं, अब आप मेरे साथ चलिए।

इन्द्रजीत–कहां ले चलोगी?

औरत–जहां मेरी इच्छा होगी, जब आपने मेरी मेहमानी कबूल ही कर ली तब...

इन्द्रजीत–खैर, अब इस किस्म की बातें न पूछूंगा और जहां ले चलोगी, चला चलूंगा।

औरत–(मुस्कुराकर) अच्छा तो आइए।

दोनों कुमार उन दोनों औरतों के पीछे-पीछे रवाना हुए। हम कह चुके हैं कि जहां ये औरतें बैठी थीं, वहां से थोड़ी ही दूर पर एक छोटा-सा मकान बना हुआ

था। वे दोनों औरतें कुमारों को लिये उसी मकान के दरवाजे पर पहुंचीं जो इस समय बन्द था, मगर कोई जंजीर-कुण्डा या ताला उसमें दिखाई नहीं देता था। कुमारों को यह भी मालूम न हुआ कि किस खटके को दबाकर या क्योंकर उसने वह दरवाजा खोला। दरवाजा खुलने पर उस औरत ने पहिले दोनों कुमारों को उसके अन्दर जाने के लिए कहा, जब दोनों कुमार उसके अन्दर चले गए, तब उन दोनों ने भी दरवाजे के अन्दर पैर रक्खा और इसके बाद हलकी आवाज के साथ वह दरवाजा आप-से-आप बन्द हो गया। इस समय दोनों कुमारों ने अपने को एक सुरंग में पाया जिसमें अन्धकार के सिवाय और कुछ दिखाई नहीं देता था और जिसकी चौड़ाई तीन हाथ और ऊंचाई चार हाथ से किसी तरह ज्यादे न थी। इस जगह कुमार को इस बात का खयाल हुआ कि कहीं इन औरतों ने मुझे धोखा तो नहीं दिया, मगर यह सोचकर चुप रह गए कि अब तो जो कुछ होना था, हो ही गया और ये औरतें भी तो आखिर हमारे साथ ही हैं, जिनके पास किसी तरह का हर्बा देखने में नहीं आया था।

दोनों कुमारों ने अपना हाथ पसारकर दीवाल को टटोला और मालूम किया कि यह सुरंग है, उसी समय पीछे से उस औरत की यह आवाज आई, "आप दोनों भाई किसी तरह का अन्देशा न कीजिए और सीधे चले चलिए, इस सुरंग में बहुत दूर तक जाने की तकलीफ आप लोगों को न होगी!"

वास्तव में यह सुरंग बहुत बड़ी न थी, चालीस-पचास कदम से ज्यादे कुमार न गए होंगे कि सुरंग का दूसरा दरवाजा मिला और उसे लांघकर कुंअर इन्द्रजीतसिंह और आनन्दसिंह ने अपने को एक दूसरे ही बाग में पाया, जिसकी जमीन का बहुत बड़ा हिस्सा मकान, कमरों, बारहदरियों तथा और इमारतों के काम में लगा हुआ था और थोड़े हिस्से में मामूली ढंग का एक छोटा-सा बाग था। हां, उस बाग के बीचोबीच में एक छोटी-सी खूबसूरत बावली जरूर थी जिसकी चार अंगुल ऊंची सीढ़ियां सुफेद लहरदार पत्थरों से बनी हुई थीं। इसके चारों कोनों पर चार पेड़ कदम्ब के लगे हुए थे और एक पेड़ के नीचे एक चबूतरा संगमरमर का इस लायक था कि उस पर बीस-पचीस आदमी खुले तौर पर बैठ सकें। इमारत का हिस्सा जो कुछ बाग में था, वह सब बाहर से तो देखने नें बहुत ही खूबसूरत था, मगर अन्दर से वह कैसा और किस लायक था, सो नहीं कह सकते।

बावली के पास पहुंचकर उस औरत ने कुंअर इन्द्रजीतसिंह से कहा, "यद्यपि इस समय धूप बहुत तेज हो रही है, मगर इस पेड़ (कदम्ब) की घनी छाया में इस संगमरमर के चबूतरे पर थोड़ी देर तक बैठने में आपको किसी तरह की तकलीफ न होगी, मैं बहुत जल्द (सामने की तरफ इशारा करके) इस कमरे को खुलवाकर आपके आराम करने का इन्तजाम करूंगी, केवल आधी घड़ी के लिए आप मुझे बिदा करें।"

इन्द्रजीत–खैर, जाओ मगर इतना बताती जाओ कि तुम दोनों का नाम क्या है जिसमें यदि कोई आवे और कुछ पूछे तो कह सकें कि हम लोग फलाने के मेहमान हैं।

औरत–(हंसकर) जरूर जानना चाहिए, केवल इसलिए नहीं, बल्कि कई कामों के लिए हम दोनों बहिनों का नाम जान लेना आपके लिए आवश्यक है! मेरा नाम 'इन्द्रानी' (दूसरी की तरफ इशारा करके) और इसका नाम 'आनन्दी' है, यह मेरी सगी छोटी बहिन है।

इतना कहकर वे औरतें तेजी के साथ एक तरफ चली गईं और इस बात का कुछ भी इन्तजार न किया कि कुमार कुछ जवाब देंगे या और कोई बात पूछेंगे। उन दोनों औरतों के चले जाने के बाद कुंअर आनन्दसिंह ने अपने भाई से कहा, "इन दोनों औरतों के नाम पर आपने कुछ ध्यान दिया?"

इन्द्रजीत–हां, यदि इनका यह नाम इनके बुजुर्गों का रक्खा हुआ और इनके शरीर का सबसे पहिला साथी नहीं है तो कह सकते हैं कि हम दोनों ने धोखा खाया।

आनन्द–जी, मेरा भी यही खयाल है, मगर साथ ही इसके मैं यह भी खयाल करता हूं कि अब हम लोगों को चालाक बनना...

इन्द्रजीत–(जल्दी से) नहीं-नहीं, अब हम लोगों को जब तक छुटकारे की साफ सूरत दिखाई न दे जाए प्रकट में नादान बने रहना ही लाभदायक होगा।

आनन्द–निःसंदेह, मगर इतना तो मेरा दिल अब भी कह रहा है कि ये सब हमारी जिन्दगी के धागे में किसी तरह का खिंचाव पैदा न करेंगी।

इन्द्रजीत–मगर उसमें लंगर की तरह लटकने के लिए इतना बड़ा बोझ जरूर लाद देंगी कि जिसको सहन करना असम्भव नहीं तो असह्य अवश्य होगा।

आनन्द–हां, अब यदि हम लोगों को कुछ सोचना है तो इसी के विषय में...

इन्द्रजीत–अफसोस, ऐसे समय में भैरोसिंह को भी इत्तिफाक ने हम लोगों से अलग कर दिया। ऐसे मौकों पर उसकी बुद्धि अनूठा काम किया करती है। (कुछ रुककर) देखो तो सामने से वह कौन आ रहा है!

आनन्द–(खुशी-भरी आवाज में ताज्जुब के साथ) यह तो भैरोसिंह ही है! अब कोई परवाह की बात नहीं है, अगर यह वास्तव में भैरोसिंह ही है।

अपने से थोड़ी ही दूर पर दोनों कुमारों ने भैरोसिंह को देखा जो एक कोठरी के अन्दर से निकलकर इन्हीं की तरफ आ रहा था। दोनों कुमार उठ खड़े हुए और मिलने के लिए खुशी-खुशी भैरोसिंह की तरफ रवाना हुए। भैरोसिंह ने भी इन्हें दूर से देखा और तेजी के साथ चलकर इन दोनों भाइयों के पास आया। दोनों भाइयों ने खुशी-खुशी भैरोसिंह को गले लगाया और उसे साथ लिये हुए उसी चबूतरे पर चले आए जिस पर इन्द्रानी उनको बैठा गई थी।

इन्द्रजीत–(चबूतरे पर बैठकर) भैरो भाई, यह तिलिस्म का कारखाना है, यहां फूंक-फूंक के कदम रखना चाहिए, अस्तु, यदि मैं तुम पर शक करके तुम्हें जांचने का उद्योग करूं तो तुम्हें खफा न होना चाहिए।

भैरो–नहीं नहीं नहीं, मैं ऐसा बेवकूफ नहीं हूं कि आप लोगों की चालाकी और बुद्धिमानी की बातों से खफा होऊं। तिलिस्म और दुश्मन के घर में दोस्तों की जांच बहुत जरूरी है। बगलवाला मसा और कमर का दाग दिखलाने के अतिरिक्त बहुत-सी बातें ऐसी हैं जिन्हें सिवाय मेरे और आपके दूसरा कोई भी नहीं जानता जैसे 'लड़कपन वाला मजनूं।'

इन्द्रजीत–(हंसकर) बस-बस, मुझे जांच करने की कोई जरूरत नहीं रही, अब यह बताओ कि तुम्हारा बटुआ तुम्हें मिला या नहीं?

भैरो–(ऐयारी का बटुआ कुमार के आगे रखकर) आपके तिलिस्मी खंजर की बदौलत मेरा यह बटुआ मुझे मिल गया। शुक्र है कि इसमें की कोई चीज नुकसान नहीं गई, सब ज्यों-की-त्यों मौजूद हैं। (तिलिस्मी खंजर और उसके जोड़ की अंगूठी देकर) लीजिए अपना तिलिस्मी खंजर, अब मुझे इसकी कोई जरूरत नहीं, मेरे लिए मेरा बटुआ काफी है।

इन्द्रजीत–(अंगूठी और तिलिस्मी खंजर लेकर) अब यद्यपि तुम्हारा किस्सा सुनना बहुत जरूरी है क्योंकि हम लोगों ने एक आश्चर्यजनक घटना के अन्दर तुम्हें छोड़ा था, मगर इस सबके पहिले अपना हाल तुम्हें सुना देना उचित जान पड़ता है, क्योंकि एकान्त का समय बहुत कम है और उन दोनों औरतों के आ जाने में बहुत विलम्ब नहीं है, जिनकी बदौलत हम लोग यहां आए हैं और जिनके फेर में अपने को पड़ा हुआ समझते हैं।

भैरो–क्या किसी औरत ने आप लोगों को धोखा दिया?

इन्द्रजीत–निश्चय तो नहीं कह सकता कि धोखा दिया, मगर जो कुछ हाल है उसे सुनके राय दो कि हम लोग अपने को धोखे में फंसा हुआ समझें या नहीं।

इसके बाद कुंअर इन्द्रजीतसिंह ने अपना कुल हाल भैरोसिंह से जुदा होने के बाद से इस समय तक का कह सुनाया। इसके जवाब में अभी भैरोसिंह ने कुछ कहा भी न था कि सामनेवाले कमरे का दरवाजा खुला और उसमें से इन्द्रानी को निकलकर अपनी तरफ आते देखा।

इन्द्रजीत–(भैरो से) लो वह आ गई, एक तो यही औरत है, इसी का नाम इन्द्रानी है, मगर इस समय वह दूसरी औरत इसके साथ नहीं है जिसे यह अपनी सगी छोटी बहिन बताती है।

भैरो–(ताज्जुब से उस औरत की तरफ देखकर) इसे तो मैं पहिचानता हूं, मगर यह नहीं जानता था कि इसका नाम 'इन्द्रानी' है।

इन्द्रजीत–तुमने इसे कब देखा?

भैरो–तिलिस्मी खंजर लेकर आपसे जुदा होने के बाद बटुआ पाने के सम्बन्ध में इसने मेरी बड़ी मदद की थी, जब मैं अपना हाल सुनाऊंगा तब आपको मालूम होगा कि यह कैसी नेक औरत है, मगर इसकी छोटी बहिन को मैं नहीं जानता, शायद उसे भी देखा हो।

इतने ही में इन्द्रानी वहां आ पहुंची जहां भैरोसिंह और दोनों कुमार बैठे बातचीत कर रहे थे। जिस तरह भैरोसिंह ने इन्द्रानी को देखते ही पहिचान लिया था, उसी तरह इन्द्रानी ने भी भैरोसिंह को देखते ही पहिचान लिया और कहा, "क्या आप भी यहां आ पहुंचे? अच्छा हुआ, क्योंकि आपके आने से दोनों कुमारों का दिल बहलेगा, इसके अतिरिक्त मुझ पर भी किसी तरह का शक-शुबहा न रहेगा।"

भैरो–जी हां, मैं भी यहां आ पहुंचा और आपको दूर से देखते ही पहिचान लिया बल्कि कुमार से कह भी दिया कि इन्होंने मेरी बड़ी सहायता की थी।

इन्द्रानी–यह तो बताओ कि स्नान-सन्ध्या से छुट्टी पा चुके हो या नहीं?

भैरो–हां, मैं स्नान-सन्ध्या से छुट्टी पा चुका हूं और हर तरह से निश्चिन्त हूं।

इन्द्रानी–(दोनों कुमारों से) और आप लोग?

इन्द्रजीत–हम दोनों भाई भी।

इन्द्रानी–अच्छा तो अब आप लोग कृपा करके उस कमरे में चलिए।

भैरो–बहुत अच्छी बात है, (दोनों कुमारों से) चलिए।

भैरोसिंह को लिये हुए कुंअर इन्द्रजीतसिंह और आनन्दसिंह उस कमरे में आए जिसे इन्द्रानी ने इनके लिए खोला था। कुमार ने इस कमरे को देखकर बहुत पसन्द किया, क्योंकि यह कमरा बहुत बड़ा और खूबसूरती के साथ सजाया हुआ था। इसकी छत बहुत ऊंची और रंगीन थी, तथा दीवारों पर भी मुसौवर ने अनोखा काम किया था। कुछ दीवारों पर जंगल, पहाड़, खोह, कंदरा, घाटी और शिकारगाह तथा बहते हुए चश्मे का अनोखा दृश्य ऐसे अच्छे ढंग से दिखाया गया था कि देखनेवाला नित्य पहरों देखा करे और उसका चित्त न भरे। मौके-मौके से जंगली जानवरों की तस्वीरें भी ऐसी बनी थीं कि देखनेवालों को उनके असली होने का धोखा होता था। दीवारों पर बनी हुई तस्वीरों के अतिरिक्त कागज और कपड़ों पर बनी हुई तथा सुन्दर चौखटों में जड़ी हुई तस्वीरों की भी इस कमरे में कमी न थी। ये तस्वीरें केवल हसीन और नौजवान औरतों की थीं, जिनकी खूबसूरती और भाव को देखकर देखनेवाला प्रेम से दीवाना हो सकता था। इन्हीं तस्वीरों में इन्द्रानी और आनन्दी की तस्वीरें भी थीं जिन्हें देखते ही कुंअर इन्द्रजीतसिंह हंस पड़े और भैरोसिंह की तरफ देखके बोले, "देखो वह तस्वीर इन्द्रानी की और यह उनकी बहिन आनन्दी की है। उन्हें तुमने न देखा होगा!"

भैरो–जी, इनकी छोटी बहिन को तो मैंने नहीं देखा।

इन्द्रजीत–स्वयं जैसी खूबसूरत हैं वैसी ही तस्वीर भी बनी है। (इन्द्रानी की तरफ देखकर) मगर अब हमें तस्वीर के देखने की कोई जरूरत नहीं।

इन्द्रानी–(हंसकर) बेशक, क्योंकि अब आप स्वतन्त्र और लड़के नहीं रहे।

इन्द्रानी का जवाब सुन भैरोसिंह तो खिलखिलाकर हंस पड़ा, मगर आनन्दसिंह ने मुश्किल से हंसी रोकी।

इस कमरे में रोशनी का सामान (दीवारगीर, डोल, हांडी इत्यादि) भी बेशकीमत, खूबसूरत और अच्छे ढंग से लगा हुआ था। सुन्दर बिछावन और फर्श के अतिरिक्त चांदी और सोने की कई कुर्सियां भी उस कमरे में मौजूद थीं, जिन्हें देखकर कुंअर इन्द्रजीतसिंह ने एक सोने की कुर्सी पर बैठने का इरादा किया, मगर इन्द्रानी ने सभ्यता के साथ रोककर कहा–"पहिले आप लोग भोजन कर लें क्योंकि भोजन का सब सामान तैयार है और ठंडा हो रहा है।"

इन्द्रजीत–भोजन करने की तो इच्छा नहीं है।

इन्द्रानी–(चेहरा उदास बनाकर) तो फिर आप हमारे मेहमान ही क्यों बने थे? क्या आप अपने को बेमुरौवत और झूठा बनाया चाहते हैं?

इन्द्रानी ने कुमार को हर तरह से कायल और मजबूर करके भोजन करने के लिए तैयार किया। इस कमरे में छोटा-सा एक दरवाजा दूसरे कमरे में जाने के लिए बना हुआ था, इसी राह से दोनों कुमार और भैरोसिंह को लिये हुए इन्द्रानी कमरे में पहुंची। यह कमरा बहुत ही छोटा और राजाओं के पूजा-पाठ तथा भोजन इत्यादि ही के योग्य बना हुआ था। कुमार ने देखा कि दोनों भाइयों के लिए उत्तम-से-उत्तम भोजन का सामान चांदी और सोने के बर्तनों में तैयार है और हाथ में सुन्दर पंखा लिये आनन्दी उसकी हिफाजत कर रही है। इन्द्रानी ने आनन्दी के हाथ से पंखा ले लिया और कहा, "भैरोसिंह भी आ पहुंचे हैं, इनके वास्ते भी सामान बहुत जल्द ले आओ।"

आज्ञा पाते ही आनन्दी चली गई और थोड़ी देर में कई औरतों के साथ भोजन का सामान लिये लौट आई। करीने से सब सामान लगाने के बाद उसने उन औरतों को बिदा किया जिन्हें अपने साथ लाई थी।

दोनों कुमार और भैरोसिंह भोजन करने के लिए बैठे, उस समय इन्द्रजीतसिंह ने भेद-भरी निगाह से भैरोसिंह की तरफ देखा और भैरोसिंह ने भी इशारे में ही लापरवाही दिखा दी। इस बात को इन्द्रानी और आनन्दी ने भी ताड़ लिया कि कुमार को इस भोजन में बेहोशी की दवा का शक हुआ, मगर कुछ बोलना मुनासिब न समझकर चुप रह गईं। जब तक दोनों कुमार भोजन करते रहे तब तक आनन्दी पंखा हांकती रही। दोनों कुमार इन दोनों औरतों का बर्ताव देखकर बहुत खुश हुए और मन में कहने लगे कि ये औरतें जितनी खूबसूरत हैं, उतनी ही नेक भी हैं, जिनके साथ ब्याही जाएंगी उनके बड़भागी होने में कोई सन्देह नहीं (क्योंकि ये दोनों कुमारी मालूम होती थीं।)

भोजन समाप्त होने पर आनन्दी ने दोनों कुमारों और भैरोसिंह के हाथ धुलाए और इसके बाद फिर दोनों कुमार और भैरोसिंह इन्द्रानी और आनन्दी के साथ उसी

पहिलेवाले कमरे में आए। इन्द्रानी ने कुंअर इन्द्रजीतसिंह से कहा, "अब थोड़ी देर आप लोग आराम करें और मुझे इजाजत दें तो..."

इन्द्रजीत–मेरा जी तुम लोगों का हाल जानने के लिए बेचैन हो रहा है, इसलिए मैं नहीं चाहता कि तुम एक पल के लिए भी कहीं जाओ, जब तक कि मेरी बातों का पूरा-पूरा जवाब न दे लो। मगर यह तो बताओ कि तुम लोग भोजन कर चुकी हो या नहीं!

इन्द्रानी–जी, अभी तो हम लोगों ने भोजन नहीं किया है, जैसी मर्जी हो...

इन्द्रजीत–तब मैं इस समय नहीं रोक सकता, मगर इस बात का वादा जरूर ले लूंगा कि तुम घण्टे-भर से ज्यादे न लगाओगी और मुझे अपने इन्तजार का दुःख न दोगी।

इन्द्रानी–जी, मैं वादा करती हूं कि घण्टे-भर के अन्दर ही आपकी सेवा में लौट आऊंगी।

इतना कहकर आनन्दी को साथ लिये हुए इन्द्रानी चली गई और दोनों कुमार तथा भैरोसिंह को बातचीत करने का मौका दे गई।

छठवां बयान

इन्द्रानी और आनन्दी के चले जाने के बाद कुंअर इन्द्रजीतसिंह, आनन्दसिंह और भैरोसिंह में यों बातचीत होने लगी–

इन्द्रजीत–(भैरो से) असल बात जो कुछ इन्द्रानी से पूछा चाहता था, उसका मौका तो अभी तक मिला ही नहीं।

भैरो–यही कि तुम कौन और कहां की रहनेवाली हो इत्यादि...!

इन्द्रजीत–हां, और किशोरी, कामिनी, कमलिनी इत्यादि कहां हैं तथा उनसे मुलाकात क्योंकर हो सकती है?

आनन्द–(भैरो से) इस बात का कुछ पता तो शायद तुम भी दे सकोगे, क्योंकि हम लोगों के पहिले तुम इन्द्रानी को जान चुके हो और कई ऐसी जगहों में भी घूम चुके हो, जहां हम लोग अभी तक नहीं गए हैं।

इन्द्रजीत–हां, पहिले तुम अपना हाल तो कहो!

भैरो–सुनिए–अपना बटुआ पाने की उम्मीद में जब मैं उस दरवाजे के अन्दर गया तो जाते ही मैंने उन दोनों को ललकारके कहा, "मैं भैरोसिंह स्वयं आ पहुंचा।" इतने ही में वह दरवाजा जिस राह से मैं उस कमरे में गया था, बन्द हो गया। यद्यपि उस समय मुझे एक प्रकार का भय मालूम हुआ परन्तु बटुए के लालच ने मुझे उस तरफ देर तक ध्यान न देने दिया और मैं सीधा उस नकाबपोश के पास चला गया जिसकी कमर में मेरा बटुआ लटक रहा था।

मैं समझे हुए था कि 'पीला मकरन्द' अर्थात् पीली पोशाकवाला नकाबपोश स्याह नकाबपोश का दुश्मन तो है ही अतएव स्याह नकाबपोश का मुकाबला करने में पीले मकरन्द से कुछ मदद अवश्य मिलेगी, मगर मेरा खयाल गलत था। मेरा नाम सुनते ही वे दोनों नकाबपोश मेरे दुश्मन हो गए और यह कहकर मुझसे लड़ने लगे कि 'यह ऐयारी का बटुआ अब तुम्हें नहीं मिल सकता, अब रहेगा तो हम दोनों में से किसी एक के पास ही रहेगा।'

परन्तु मैं इस बात से भी हताश न हुआ। मुझे उस बटुए की लालच ऐसी कम न थी कि उन दोनों के धमकाने से डर जाता और अपने बटुए के पाने से नाउम्मीद होकर अपने बचाव की सूरत देखता, इसके अतिरिक्त आपका तिलिस्मी खंजर भी मुझे हताश नहीं होने देता था। अस्तु, मैं उन दोनों के वारों का जवाब उन्हें देने और दिल खोलकर लड़ने लगा और थोड़ी ही देर में विश्वास करा दिया कि राजा बीरेन्द्रसिंह के ऐयारों का मुकाबला करना हंसी-खेल नहीं है।[1]

थोड़ी देर तक तो दोनों नकाबपोश मेरा वार बहुत अच्छी तरह बचाते चले गए, मगर इसके बाद जब उन दोनों ने देखा कि अब उनमें वार बचाने की कुदरत नहीं रही और तिलिस्मी खंजर जिस जगह बैठ जाएगा, दो टुकड़े किए बिना न रहेगा, तब पीले मकरन्द ने ऊंची आवाज में कहा, "भैरोसिंह, ठहरो-ठहरो, जरा मेरी बात सुन लो, तब लड़ना। ओ स्याह नकाबवाले, क्यों अपनी जान का दुश्मन बन रहा है? जरा ठहर जा और मुझे भैरोसिंह से दो-दो बातें कर लेने दे।"

पीले मकरन्द की बात सुनकर स्याह नकाबपोश ने और साथ ही मैंने भी लड़ाई से हाथ खैंच लिया, मगर तिलिस्मी खंजर की रोशनी को कम होने न दिया। इसके बाद पीले मकरन्द ने मुझसे पूछा, "तुम हम लोगों से क्यों लड़ रहे हो?"

मैं–(स्याह नकाबपोश की तरफ बताकर) इसके पास मेरा ऐयारी का बटुआ है जिसे मैं लिया चाहता हूं।

पीला मकरन्द–तो मुझसे क्यों लड़ रहे हो?

मैं–मैं तुमसे नहीं लड़ता, बल्कि तुम खुद ही मुझसे लड़ रहे हो!

पीला मकरन्द–(स्याह नकाबपोश से) क्यों, अब क्या इरादा है, इनका बटुआ खुशी से इन्हें दे दोगे या लड़कर अपनी जान दोगे?

स्याह नकाबपोश–जब बटुए का मालिक स्वयं आ पहुंचा है तो बटुआ देने में मुझे क्योंकर इनकार हो सकता है? हां, यदि ये न आते तो मैं बटुआ कदापि न देता।

पीला मकरन्द–जब ये न आते तो मैं भी देख लेता कि तुम वह बटुआ मुझे कैसे नहीं देते, खैर, अब इनका बटुआ इन्हें दे दो और पीछा छुड़ाओ!

---

1. बहुत ठीक, सत्य वचन!

स्याह नकाबपोश ने बटुआ खोलकर मेरे आगे रख दिया और कहा, "अब तो मुझे छुट्टी मिली?" इसके जवाब में मैंने कहा, "नहीं, पहिले मुझे देख लेने दो कि मेरी अनमोल चीजें इसमें हैं या नहीं।"

मैंने उस बटुए के बन्धन पर निगाह पड़ते ही पहिचान लिया कि मेरे हाथ की दी हुई गिरह ज्यों-की-त्यों मौजूद है, तथापि होशियारी के तौर पर बटुआ खोलकर देख लिया और जब निश्चय हो गया कि मेरी सब चीजें इसमें मौजूद हैं तो खुश होकर बटुआ कमर में लगाकर स्याह नकाबपोश से बोला, "अब मेरी तरफ से तुम्हें छुट्टी है, मगर यह तो बता दो कि कुमार के पास किस राह से जा सकता हूं?" इसका जवाब स्याह नकाबपोश ने यह दिया कि "यह सब हाल मैं नहीं जानता, तुम्हें जो कुछ पूछना है, पीले मकरन्द से पूछ लो।"

इतना कहकर स्याह नकाबपोश न मालूम किधर चला गया और मैं पीले मकरन्द का मुंह देखने लगा। पीले मकरन्द ने मुझसे पूछा, "अब तुम क्या चाहते हो?"

मैं—अपने मालिक के पास जाना चाहता हूं!

पीला मकरन्द—तो जाते क्यों नहीं?

मैं—क्या उस दरवाजे की राह जा सकूंगा, जिधर से आया था?

पीला मकरन्द—क्या तुम देखते नहीं कि वह दरवाजा बन्द हो गया है और अब तुम्हारे खोलने से नहीं खुल सकता!

मैं—तब मैं क्योंकर बाहर जा सकता हूं?

इसके जवाब में पीले मकरन्द ने कहा, "तुम मेरी सहायता के बिना यहां से निकलकर बाहर नहीं जा सकते क्योंकि रास्ता बहुत कठिन है और चक्करदार है, खैर, तुम मेरे पीछे-पीछे चले आओ, मैं तुम्हें यहां से बाहर कर दूंगा।"

पीले मकरन्द की बात सुनकर मैं उसके साथ-साथ जाने के लिए तैयार हो गया, मगर फिर भी अपना दिल भरने के लिए मैंने एक दफे उस दरवाजे को खोलने का उद्योग किया जिधर से उस कमरे में गया था। जब वह दरवाजा न खुला तब लाचार होकर मैंने पीले मकरन्द का सहारा लिया, मगर दिल में इस बात का खयाल जमा रहा कि कहीं वह मेरे साथ दगा न करे।

पीले मकरन्द ने चिराग उठा लिया और मुझे अपने पीछे-पीछे आने के लिए कहा तथा मैं तिलिस्मी खंजर हाथ में लिये हुए उसके साथ रवाना हुआ। पीले मकरन्द ने विचित्र ढंग से कई दरवाजे खोले और मुझे कई कोठरियों में घुमाता हुआ मकान के बाहर ले गया। मैं तो समझे हुए था कि अब आपके पास पहुंचा चाहता हूं, मगर जब बाहर निकलने पर देखा तो अपने को किसी और ही मकान के दरवाजे पर पाया। चारों तरफ सुबह की सुफेदी अच्छी तरह फैल चुकी थी और मैं ताज्जुब की निगाहों से चारों तरफ देख रहा था। उस समय पीले मकरन्द ने मुझे उस मकान के अन्दर चलने के लिए कहा, मगर इस जगह वह स्वयं पीछे हो गया और मुझे आगे चलने

के लिए बोला। उसकी बात से मुझे शक पैदा हुआ। मैंने उससे कहा कि 'जिस तरह अभी तक तुम मेरे आगे-आगे चलते आये हो उसी तरह अब भी इस मकान के अन्दर क्यों नहीं चलते? मैं तुम्हारे पीछे-पीछे चलूंगा।' इसके जवाब में पीले मकरन्द ने सिर हिलाया और कुछ कहा ही चाहता था कि मेरे पीछे की तरफ से आवाज आई, "ओ भैरोसिंह खबरदार! इस मकान के अन्दर पैर न रखना, और इस पीले मकरन्द को पकड़ रखना, भागने न पावे!"

मैं घूमकर पीछे की तरफ देखने लगा कि यह आवाज देनेवाला कौन है। इतने ही में इस इन्द्रानी पर मेरी निगाह पड़ी जो तेजी के साथ चलकर मेरी तरफ आ रही थी। पलटकर मैंने पीले मकरन्द की तरफ देखा तो उसे मौजूद न पाया। न मालूम वह यकायक क्योंकर गायब हो गया। जब इन्द्रानी मेरे पास पहुंची तो उसने कहा, "तुमने बड़ी भूल की जो उस शैतान मकरन्द को पकड़ न लिया। उसने तुम्हारे साथ धोखेबाजी की। बेशक वह तुम्हारे बटुए के लालच में तुम्हारी जान लिया चाहता था। ईश्वर को धन्यवाद देना चाहिए कि मुझे खबर लग गई और मैं दौड़ी हुई यहां तक चली आई। वह कमबख्त मुझे देखते ही भाग गया।"

इन्द्रानी की बात सुनकर मैं ताज्जुब में आ गया और उसका मुंह देखने लगा। सबसे ज्यादे ताज्जुब तो मुझे इस बात का था कि इन्द्रानी-जैसी खूबसूरत और नाजुक औरत को देखते ही वह शैतान मकरन्द भाग क्यों गया। इसके अतिरिक्त देर तक तो मैं इन्द्रानी की खूबसूरती ही को देखते रह गया। (मुस्कुराकर) माफ कीजिए, बुरा न मानिएगा, क्योंकि मैं सच कहता हूं कि इन्द्रानी को मैंने किशोरी से भी बढ़कर खूबसूरत पाया। सुबह के सुहावने समय में उसका चेहरा दिन की तरह दमक रहा था!

इन्द्रजीत–यह तुम्हारी खुशनसीबी थी कि सुबह के वक्त ऐसी खूबसूरत औरत का मुंह देखा।

भैरो–उसी का यह फल मिला कि जान बच गई और आपसे मिल सका।

इन्द्रजीत–खैर, तब क्या हुआ।

भैरो–मैंने धन्यवाद देकर इन्द्रानी से पूछा कि 'तुम कौन हो और यह मकरन्द कौन था?' इसके जवाब में इन्द्रानी ने कहा कि 'यह तिलिस्म है, यहां के भेदों को जानने का उद्योग न करो, जो कुछ आप-से-आप मालूम होता जाए उसे समझते जाओ। इस तिलिस्म में तुम्हारे दोस्त और दुश्मन बहुत हैं, अभी तो आए हो, दो-चार दिन में बहुत-सी बातों का पता लग जाएगा, हां, अपने बारे में मैं इतना जरूर कह दूंगी कि इस तिलिस्म की रानी हूं और तुम्हें तथा दोनों कुमारों को अच्छी तरह जानती हूं।'

इन्द्रानी इतना कहके चुप हो गई और पीछे की तरफ देखने लगी। उसी समय और भी चार-पांच औरतें वहां पर आ पहुंचीं जो खूबसूरत, कमसिन और अच्छे गहने-कपड़े पहिरे हुए थीं। मैंने किशोरी, कामिनी वगैरह का हाल इन्द्रानी से पूछना चाहा, मगर उसने बात करने को मोहलत न दी और यह कहकर मुझे एक औरत

के सुपुर्द कर दिया कि 'यह तुम्हें कुंअर इन्द्रजीतसिंह के पास पहुंचा देगी।' इतना कहकर बाकी औरतों को साथ लिये हुए इन्द्रानी चली गई और मुझे तरद्दुद में छोड़ गई। अन्त में उसी औरत की मदद से मैं यहां तक पहुंचा।

इन्द्रजीत–आखिर उस औरत से भी तुमने कुछ पूछा या नहीं?

भैरो–पूछा तो बहुत-कुछ, मगर उसने जवाब एक बात का भी न दिया मानो वह कुछ सुनती ही न थी। हां, एक बात कहना तो मैं भूल ही गया।

इन्द्रजीत–वह क्या?

भैरो–इन्द्रानी के चले जाने के बाद जब मैं उस औरत के साथ इधर आ रहा था, तब रास्ते में एक लपेटा हुआ कागज मुझे मिला जो जमीन पर इस तरह पड़ा हुआ था जैसे किसी राह चलते की जेब से गिर गया हो। (कमर से कागज निकालकर और कुंअर इन्द्रजीतसिंह के हाथ में देकर) लीजिए पढ़िए, मैं तो इसे पढ़कर पागल-सा हो गया था।

भैरोसिंह के हाथ से कागज लेकर कुंअर इन्द्रजीतसिंह ने पढ़ा और उसे अच्छी तरह देखकर भैरोसिंह से कहा, "बड़े आश्चर्य की बात है, मगर यह हो नहीं सकता, क्योंकि हमारा दिल हमारे कब्जे में नहीं है और न हम किसी के आधीन हैं।"

आनन्द–भैया, जरा मैं भी देखूं यह कागज कैसा है और इसमें क्या लिखा है?

इन्द्रजीत–(वह कागज देकर) लो देखो।

आनन्द–(कागज पढ़कर और उसे अच्छी तरह देखकर) यह तो अच्छी जबर्दस्ती है, मानो हम लोग कोई चीज ही नहीं हैं। (भैरोसिंह से) जिस समय यह चीठी तुमने जमीन पर से उठाई थी उस समय उस औरत ने भी देखा या तुमसे कुछ कहा था कि नहीं जो तुम्हारे साथ थी?

भैरो–उसे इस बात की कुछ भी खबर न थी, क्योंकि वह मेरे आगे-आगे चल रही थी। मैंने जमीन पर से चीठी उठाई भी और पढ़ी भी, मगर उसे कुछ भी मालूम न हुआ। मुझे तो शक होता है कि वह गूंगी और बहरी अथवा हद से ज्यादे बेवकूफ थी।

आनन्द–इस पर मोहर इस ढंग की पड़ी हुई है जैसे किसी राजदरबार की हो।

भैरो–बेशक ऐसी ही मालूम पड़ती है। (हंसकर इन्द्रजीतसिंह से) चलिए आपके लिए तो पौ बारह है, किस्मत का धनी होना इसे कहते हैं!

इन्द्रजीत–तुम्हारी ऐसी-की-तैसी।

पाठकों के सुभीते के लिए हम उस चीठी की नकल यहां लिख देते हैं जिसे पढ़ और देखकर दोनों कुमारों और भैरोसिंह को ताज्जुब मालूम हुआ था–

"पूज्यवर,

पत्र पाकर चित्त प्रसन्न हुआ। आपकी राय बहुत अच्छी है। उन दोनों के लिए कुंअर इन्द्रजीतसिंह और आनन्दसिंह ऐसा वर मिलना कठिन है, इसी तरह दोनों

कुमारों को भी ऐसी स्त्री नहीं निल सकतीं। बस अब इसमें सोच-विचार करने की जरूरत नहीं, आपकी आज्ञानुसार मैं आठ पहर के अन्दर ही सब सामान दुरुस्त कर दूंगा। बस परसों ब्याह हो जाना ही ठीक है। बड़े लोग इस तिलिस्म में जो कुछ दहेज की रकम रख गए हैं, वह इन्हीं दोनों कुनारों के योग्य है। यद्यपि इन दोनों का दिल चुटीला हो चुका है परन्तु हमारा प्रताप भी तो कोई चीज है! जब तक दोनों कुमार आपकी आज्ञा न मानेंगे, तब तक जा कहां सकते हैं? अन्त को वह होना आवश्यक है जो आप चाहते हैं।

| मुहर |

द.–मु.मा."

इस चीठी को कुंअर इन्द्रजीतसिंह ने पुनः पढ़ा और ताज्जुब करते हुए अपने छोटे भाई की तरफ देखके कहा, "ताज्जुब नहीं कि यह चीठी किसी ने दिल्लगी के तौर पर लिखकर भैरोसिंह के रास्ते में डाल दी हो और हम लोगों को तरद्दुद में डालकर तमाशा देखा चाहता हो!"

आनन्द–कदाचित ऐसा ही हो। अगर कमलिनी से मुलाकात हो गई होती तो...

भैरो–तब क्या होता? मैं यह पूछता हूं कि इस तिलिस्म के अन्दर आकर आप दोनों भाइयों ने क्या किया? अगर इसी तरह से समय बिताया जाएगा तो देखिएगा कि आगे चलकर क्या-क्या होता है।

इन्द्रजीत–तो तुम्हारी क्या राय है, बिना समझे-बूझे तोड़-फोड़ मचाऊं?

भैरो–बिना समझे-बूझे तोड़-फोड़ मचाने की क्या जरूरत है? तिलिस्मी किताब और तिलिस्मी बाजे से आपने क्या पाया और वह किस दिन काम आवेगा? क्या इन बागों का हाल उसमें लिखा हुआ न था?

इन्द्रजीत–लिखा हुआ तो था, मगर साथ ही इसके यह भी अन्दाज मिलता था कि तिलिस्म के ये हिस्से टूटनेवाले नहीं हैं।

भैरो–यह तो मैं भी बिना तिलिस्मी किताब पढ़े ही समझ सकता हूं कि तिलिस्म के ये हिस्से टूटनेवाले नहीं हैं, अगर टूटनेवाले होते तो किशोरी, कामिनी वगैरह को राजा गोपालसिंह हिफाजत के लिए यहां न पहुंचा देते, मगर यहां से निकल जाने का या तिलिस्म के उस हिस्से में पहुंचने का रास्ता तो जरूर होगा, जिसे आप तोड़ सकते हैं।

आनन्द–हां, इसमें क्या शक है।

भैरो–अगर शक नहीं है तो उसे खोजना चाहिए।

इतने ही में इन्द्रानी और आनन्दी भी आ पहुंचीं जिन्हें देख दोनों कुमार बहुत प्रसन्न हुए और इन्द्रजीतसिंह ने इन्द्रानी से कहा–"मैं बहुत देर से तुम्हारे आने का इन्तजार कर रहा था।"

इन्द्रानी–मेरे आने में वादे से ज्यादे देर तो नहीं हुई?

इन्द्रजीत–न सही, मगर ऐसे आदमी के लिए, जिसका दिल तरह-तरह के तरद्दुदों और उलझनों में पड़कर खराब हो रहा हो, इतना इन्तजार भी कम नहीं है।

इस समय इन्द्रानी और आनन्दी यद्यपि सादी पोशाक में थीं, मगर किसी तरह की सजावट की मुहताज न रहनेवाली उनकी खूबसूरती देखनेवाले का दिल, चाहे वह परले सिरे का त्यागी क्यों न हो, अपनी तरफ खैंचे बिना नहीं रह सकती थी। नुकीले हर्बों से ज्यादे काम करनेवाली उनकी बड़ी-बड़ी आंखों में मारने और जिलानेवाली दोनों तरह की शक्तियां मौजूद थीं। गालों पर इत्तिफाक से आ पड़ी हुई घुंघराली लटें शान्त बैठे हुए मन को भी चाबुक लगाकर अपनी तरफ मुतवज्जह कर रही थीं। सूधेपन और नेकचलनी का पता देनेवाली सीधी और पतली नाक तो जादू का काम कर रही थी, मगर उनके खूबसूरत पतले और लाल ओंठों को हिलते देखने और उनमें से तुले हुए तथा मन लुभानेवाले शब्दों के निकलने की लालसा से दोनों कुमारों को छुटकारा नहीं मिल सकता था और उनकी सुराहीदार गर्दनों पर गर्दन देनेवालों की कमी नहीं हो सकती थी। केवल इतना ही नहीं, उनके सुन्दर, सुडौल और उचित आकारवाले अंगों की छटा बड़े-बड़े कवियों और चित्रकारों को भी चक्कर में डालकर लज्जित कर सकती थी।

कुंअर इन्द्रजीतसिंह और आनन्दसिंह के आग्रह से वे दोनों उनके सामने बैठ गईं, मगर अदब का पल्ला लिये और सिर नीचा किए हुए।

इन्द्रानी–इस जल्दी और थोड़े समय में हम लोग आपकी खातिरदारी और मेहमानी का इन्तजाम कुछ भी न कर सकीं, मगर मुझे आशा है कि कुछ देर के बाद इस कसूर की माफी का इन्तजाम अवश्य कर सकूंगी।

इन्द्रजीत–इतना क्या कम है कि मुझ-जैसे नाचीज मुसाफिर के साथ यहां की रानी होकर तुमने ऐसा अच्छा बर्ताव किया। अब आशा है कि जिस तरह तुमने अपने बर्ताव से मुझे प्रसन्न किया है, उसी तरह मेरे सवालों का जवाब देकर मेरा सन्देह भी दूर करोगी।

इन्द्रानी–आप जो कुछ पूछना चाहते हों पूछें, मुझे जवाब देने में किसी तरह का उज्र न होगा।

इन्द्रजीत–किशोरी, कामिनी, कमलिनी और लाडिली वगैरह इस तिलिस्म के अन्दर आई हैं?

इन्द्रानी–जी हां, आई तो हैं।

इन्द्रजीत–क्या तुम जानती हो कि इस समय वे सब कहां हैं?

इन्द्रानी–जी हां, मैं अच्छी तरह जानती हूं। इस बाग के पीछे सटा हुआ एक और तिलिस्मी बाग है, सभों को लिये हुए कमलिनी उसी में चली गई हैं और उसी में रहती हैं!

इन्द्रजीत–क्या हम लोगों को तुम उनके पास पहुंचा सकती हो?

इन्द्रानी–जी नहीं।

इन्द्रजीत–क्यों?

इन्द्रानी–वह बाग एक दूसरी औरत के आधीन है जिससे बढ़कर मेरी दुश्मन इस दुनिया में कोई नहीं।

इन्द्रजीत–तो क्या तुम उस बाग में कभी नहीं जातीं?

इन्द्रानी–जी नहीं, क्योंकि एक तो दुश्मनी के खयाल से मेरा जाना वहां नहीं होता, दूसरे उसने रास्ता भी बन्द कर दिया है, इसी तरह मैं उसके पक्षपातियों को अपने बाग में नहीं आने देती।

इन्द्रजीत–तो हमारी-उनकी मुलाकात क्योंकर हो सकती है?

इन्द्रानी–यदि आप उन सभों से मिला चाहें तो तीन-चार दिन और सब्र करें क्योंकि अब ईश्वर की कृपा से ऐसा प्रबन्ध हो गया है कि तीन-चार दिन के अन्दर ही वह बाग मेरे कब्जे में आ जाए और उसका मालिक मेरा कैदी बने। मेरे दारोगा ने तो कमलिनी को उस बाग में जाने से मना किया था मगर अफसोस कि उसने दारोगा की बात न मानी और धोखे में पड़कर अपने को एक ऐसी जगह जा फंसाया जहां से हम लोगों का सम्बन्ध कुछ भी नहीं।

इन्द्रजीत–तो क्या तुम लोग राजा गोपालसिंह के आधीन नहीं हो?

इन्द्रानी–हम लोग जरूर राजा गोपालसिंह के आधीन हैं, और मैं यह जानती हूं कि आप यहां के तिलिस्म को तोड़ने के लिए आए हैं, अस्तु, इस बात को भी जानते होंगे कि यहां के बहुत-से ऐसे हिस्से हैं जिन्हें आप तोड़ नहीं सकेंगे।

इन्द्रजीत–हां, जानते हैं।

इन्द्रानी–उन्हीं हिस्सों में से जो टूटनेवाले नहीं हैं, कई दर्जे ऐसे हैं जो केवल सैर-तमाशे के लिए बनाए गए हैं और वहां जमानिया का राजा प्रायः अपने मेहमानों को भेजकर सैर-तमाशा दिखाया करता है, अस्तु, इसलिए कि वह जगह हमेशा अच्छी हालत में बनी रहे, हम लोगों के कब्जे में दे दी गई है और नाममात्र के लिए हम लोग तिलिस्म की रानी कहलाती हैं, मगर हां इतना तो जरूर है कि हम लोगों को सोना-चांदी और जवाहिरात की (यहां की बदौलत) कमी नहीं है।

इन्द्रजीत–जिन दिनों राजा गोपालसिंह को मायारानी ने कैद कर लिया था, उन दिनों यहां की क्या अवस्था थी? मायारानी भी कभी यहां आती थी या नहीं?

इन्द्रानी–जी नहीं, मायारानी को इन सब बातों और जगहों की कुछ खबर ही न थी इसलिए वह अपने समय में यहां कभी नहीं आई और तब तक हम लोग स्वतन्त्र बने रहे। अब इधर जब से आपने राजा गोपालसिंह को कैद से छुड़ाकर हम लोगों को पुनः जीवनदान दिया है तब से केवल तीन दफे राजा गोपालसिंह यहां आए हैं और चौथी दफे परसों मेरी शादी में यहां आवेंगे!

इन्द्रजीत–(चौंककर) क्या परसों तुम्हारी शादी होनेवाली है?

इन्द्रानी–(कुछ शर्माकर) जी हां, मेरी और (आनन्दी की तरफ इशारा करके) मेरी इस छोटी बहिन की भी।

इन्द्रजीत–किसके साथ?

इन्द्रानी–सो तो मुझे मालूम नहीं।

इन्द्रजीत–शादी करनेवाले कौन हैं? तुम्हारे मां-बाप होंगे?

इन्द्रानी–जी, मेरे मां-बाप नहीं हैं, केवल गुरुजी महाराज हैं, जिनकी आज्ञा मुझे मां-बाप की आज्ञा से भी बढ़कर माननी पड़ती है।

भैरो–(इन्द्रानी से) इस तिलिस्म के अन्दर कल-परसों में किसी और का ब्याह भी होनेवाला है?

इन्द्रानी–नहीं।

भैरो–मगर हमने सुना है।

इन्द्रानी–कदापि नहीं, अगर ऐसा होता तो हम लोगों को पहिले खबर होती।

इन्द्रानी का जवाब सुनकर भैरोसिंह ने मुस्कुराते हुए कुंअर इन्द्रजीतसिंह और आनन्दसिंह की तरफ देखा और दोनों कुमारों ने भी उसका मतलब समझकर सिर नीचा कर लिया।

इन्द्रजीत–(इन्द्रानी से) क्या तुम लोगों में पर्दे का कुछ खयाल नहीं रहता?

इन्द्रानी–पर्दे का खयाल बहुत ज्यादे रहता है, मगर उस आदमी से पर्दे का बर्ताव करना पाप समझा जाता है जिसको ईश्वर ने तिलिस्म तोड़ने की शक्ति दी है, तिलिस्म तोड़नेवाले को हम ईश्वर समझें यही उचित है।

आनन्द–तो तुम राजा गोपालसिंह के पास जा सकती हो या हमारी चीठी उनके पास पहुंचा सकती हो?

इन्द्रानी–मैं स्वयं राजा गोपालसिंह के पास जा सकती हूं और अपना आदमी भी भेज सकती हूं, मगर आजकल ऐसा करने का मौका नहीं है, क्योंकि आजकल मायारानी वगैरह खास बाग में आई हुई हैं और उनसे तथा राजा गोपालसिंह से बदाबदी हो रही है, शायद यह बात आपको भी मालूम होगी।

इन्द्रजीत–हां, मालूम है।

इन्द्रानी–ऐसी अवस्था में हम लोगों का या हमारे आदमियों का वहां जाना अनुचित ही नहीं, बल्कि दुःखदायी भी हो सकता है।

इन्द्रजीत–हां, सो तो जरूर है।

इन्द्रानी–मगर मैं आपका मतलब समझ गई। आप शायद उसके विषय में राजा गोपालसिंह को लिखा चाहते हैं जिसके हिस्से में किशोरी, कामिनी वगैरह पड़ी हुई हैं, मगर ऐसा करने की कोई जरूरत नहीं है, दो रोज सब्र कीजिए तब तक स्वयं राजा गोपालसिंह ही यहां आपसे मिलेंगे।

इन्द्रजीत–अच्छा यह बताओ कि हमारी चीठी किशोरी या कमलिनी के पास पहुंचवा सकती हो?

इन्द्रानी–जी हां, बल्कि उसका जवाब भी मंगवा सकती हूं, मगर ताज्जुब की बात है कि कमलिनी ने आपके पास कोई पत्र क्यों नहीं भेजा। इसमें कोई सन्देह नहीं कि उन्हें आप लोगों का यहां आना मालूम है।

इन्द्रजीत–शायद कोई सबब होगा, अच्छा तो मैं कमलिनी के नाम से एक चीठी लिख दूं?

इन्द्रानी–हां, लिख दीजिए, मैं उसका जवाब मंगा दूंगी।

कुंअर इन्द्रजीतसिंह ने भैरोसिंह की तरफ देखा। भैरोसिंह ने अपने बटुए में से कलम-दावात और कागज निकालकर कुमार के सामने रख दिया और कुमार ने कमलिनी के नाम से इस मजमून की चीठी लिखी और बन्द कर इन्द्रानी के हवाले कर दी।

''मेरी...कमलिनी,

यह तो मुझे मालूम ही है कि किशोरी, कामिनी, लक्ष्मीदेवी और लाडिली वगैरह को साथ लेकर राजा गोपालसिंह की इच्छानुसार तुम यहां आई हो, मगर मुझे अफसोस इस बात का है कि तुम्हारा दिल जो किसी समय मक्खन की तरह मुलायम था, अब फौलाद की तरह ठोस हो गया। इस बात का तो विश्वास हो ही नहीं सकता कि तुम इच्छा करके भी मुझसे मिलने में असमर्थ हो, परन्तु इस बात का रंज अवश्य हो सकता है कि किसी तरह का कसूर न होने पर भी तुमने मुझे दूध की मक्खी की तरह अपने दिल से निकालकर फेंक दिया। खैर, तुम्हारे दिल की मजबूती और कठोरता का परिचय तो तुम्हारे अनूठे कामों ही से मिल चुका था, परन्तु किशोरी के विषय में अभी तक मेरा दिल इस बात की गवाही नहीं देता कि वह भी मुझे तुम्हारी ही तरह अपने दिल से भुला देने की ताकत रखती है। मगर क्या किया जाए? पराधीनता की बेड़ी उसके पैरों में है और लाचारी की मुहर उसके होंठों पर! अस्तु, इन सब बातों का लिखना तो अब वृथा ही है, क्योंकि तुम अपनी आप मुख्तार हो, मुझसे मिलो चाहे न मिलो, यह तुम्हारी इच्छा है, मगर अपना तथा अपने साथियों का कुशल-मंगल तो लिख भेजो, या यदि अब मुझे इस योग्य भी नहीं समझतीं तो जाने दो।

क्या कहें, किसका–इन्द्रजीत''

कुंअर आनन्दसिंह की भी इच्छा थी कि अपने दिल का कुछ हाल कामिनी और लाडिली को लिखें, परन्तु कई बातों का खयाल कर रह गए। इन्द्रानी कुंअर इन्द्रजीतसिंह की लिखी हुई चीठी लेकर उठ खड़ी हुई और यह कहती हुई अपनी बहिन को साथ लिये चली गई कि 'अब मैं चिराग जले बाद आप लोगों से मिलूंगी, तब तक आप लोग यदि इच्छा हो तो इस बाग की सैर करें, मगर किसी मकान के अन्दर जाने का उद्योग न करें।'

सातवां बयान

अब हम थोड़ा-सा हाल राजा गोपालसिंह का लिखते हैं। जब वह बरामदे पर से झांकने वाला आदमी मायारानी के चलाए हुए तिलिस्मी तमंचे की तासीर से बेहोश होकर नीचे आ गिरा और भीमसेन उसके चेहरे की नकाब हटाने और सूरत देखने पर चौंककर बोल उठा कि "वाह-वाह, यह तो राजा गोपालसिंह हैं," तब मायारानी बहुत ही प्रसन्न हुई और भीमसेन से बोली, "बस अब विलम्ब करना उचित नहीं है, एक ही वार में सिर धड़ से अलग कर देना चाहिए।"

भीमसेन—नहीं, इसे एकदम से मार डालना उचित न होगा, बल्कि कैद करके तिलिस्म का कुछ हाल मालूम करना लाभदायक होगा।

माया—मैंने इसे कैद में रखकर हद से ज्यादे तकलीफें दीं तब तो इसने तिलिस्म का कुछ हाल कहा ही नहीं अब क्या कहेगा, बस इसे मार डालना ही मुनासिब है।

इसके जवाब में उसी बरामदे पर से जिस पर से वह आदमी लुढ़ककर नीचे आया था, किसी ने कहा, "तिलिस्म का हाल जानने का शौक अभी तक लगा ही हुआ है? इस बात की खबर नहीं कि अब तुम लोगों के मरने में केवल सात घण्टे की देर रह गई है।"

सभों ने चौंककर उधर की तरफ देखा और पुनः एक आदमी को उसी बरामदे में टहलता हुआ पाया, मगर अबकी दफे इस आदमी का चेहरा नकाब से खाली था और एक जलती हुई मोमबत्ती बाएं हाथ में मौजूद थी जिससे उसका रोबीला चेहरा साफ-साफ दिखाई दे रहा था। मायारानी और उसके साथियों को यह देखकर बड़ा ताज्जुब हुआ कि यह दूसरा आदमी भी राजा गोपालसिंह ही मालूम होता था बल्कि बनिस्बत पहिले आदमी के ठीक राजा गोपालसिंह ही मालूम होता था। इस कैफियत ने मायारानी का कलेजा हिला दिया और वह डर से कांपती हुई उसको इस तरह देखने लगी जैसे कोई व्याध जंगल में अकस्मात् आ पड़े हुए शेर की तरफ देखता हो।

सभों को अपनी तरफ ताज्जुब के साथ देखते देख उस आदमी ने पुनः कहा, "न तो वह राजा गोपालसिंह है और न उसकी जुबानी तिलिस्म का कोई भेद ही तुम लोगों को मालूम हो सकता है। अरे ओ कमबख्त मायारानी, तू तो वर्षों मेरे साथ रह चुकी है, क्या तू भी मुझे नहीं पहिचानती। राजा गोपालसिंह मैं हूं या वह है? तू उसके नाटे कद को नहीं देखती? अगर वह गोपालसिंह होता तो क्या उस तिलिस्मी तमंचे की एक गोली खाकर गिर पड़ता। भला मुझ पर भी एक नहीं पचास गोली चला, देख क्या असर होता है।"

नए गोपालसिंह की इस बात ने मायारानी की रही-सही ताकत भी हवा कर दी और अब उसे अपने सामने मौत की सूरत दिखाई देने लगी। यद्यपि उसने इस गोपालसिंह पर भी तिलिस्मी तमंचा चलाने का इरादा किया था, मगर अब उसके हाथों

में इतनी ताकत न रही कि तमंचे में गोली डालकर चला सके। उसी की तरह उसके साथी भी घबड़ाकर इस नए राजा गोपालसिंह की तरफ देखने और अपने मन में सोचने लगे, "व्यर्थ इस मायारानी के फेर में पड़कर यहां आए।"

इस नए गोपालसिंह ने पुनः पुकारकर मायारानी से कहा, "हां-हां, सोचती क्या है, तिलिस्मी तमंचा चला और तमाशा देख या कहे तो मैं स्वयं तेरे पास चला आऊं! और भीमसेन वगैरह, तुम लोग क्यों इसके फेर में पड़कर अपनी-अपनी जान दे रहे हो! क्या तुम समझ रहे हो कि यह तिलिस्म की रानी हो जाएगी और तुम्हें अपना हिस्सेदार बना लेगी! कदापि नहीं, अब इसकी जान किसी तरह नहीं बच सकती और मैं अभी नीचे आकर तुम सभों का काम तमाम करता हूं। हां, अगर तुम लोग अपनी जान बचाना चाहते हो तो मैं तुम्हें कहता हूं कि मायारानी का खयाल न करके उसे इसी जगह छोड़ दो और तुम लोग उस सुफेद संगमरमर के चबूतरे पर भागकर चले जाओ, खबरदार, दूसरी जगह मत खड़े होना और मेरे नीचे आने के पहिले ही यहां से हटकर उस चबूतरे पर चले जाना, नहीं तो पछताओगे!"

इतना कहकर नए गोपालसिंह ने मोमबत्ती नीचे फेंक दी और पीछे की तरफ हटकर उन लोगों की नजरों से गायब हो गए।

अब भीमसेन और माधवी वगैरह को निश्चय हो गया कि मायारानी के किए कुछ न होगा और इसका साथ करके हम लोगों ने व्यर्थ ही अपने को आफत में ला फंसाया। इस तिलिस्मी बाग तथा राजा गोपालसिंह की माया का पता नहीं लगता, अस्तु, अब मायारानी का साथ देना और गोपालसिंह की बात न मानना निःसन्देह अपना गला अपने हाथ से काटना है। इतना सोचते-सोचते ही वे लोग गोपालसिंह के कहे मुताबिक उस संगमरमर के चबूतरे पर चले गए जो उनसे थोड़ी ही दूर पर उनके पीछे की तरफ पड़ता था।

होना तो ऐसा ही चाहिए था कि गोपालसिंह की बातों से डरकर मायारानी भी उन लोगों के साथ-ही-साथ उसी संगमरमरवाले चबूतरे पर चली जाती, मगर न मालूम क्या सोचकर उसने ऐसा न किया और वहां से भागकर उन फौजी सिपाहियों की भीड़ में जा छिपी, जो इस बाग में खड़े हुए, इनकी बातें सुन नहीं सकते थे, मगर ताज्जुब के साथ सब-कुछ देख जरूर रहे थे।

वह संगमरमर का चबूतरा जिस पर भीमसेन वगैरह चले गए थे, उनके जाने के थोड़ी ही देर बाद इस तेजी के साथ जमीन के अन्दर धंस गया कि उन लोगों को कूदकर भागने की भी मोहलत न मिली। कुछ देर बाद उन सभों को न मालूम कहां उलटकर वह चबूतरा फिर ऊपर चला आया और ज्यों-का-त्यों अपने स्थान पर जम गया।

इस समय केवल सुबह की सुफेदी ही ने चारों तरफ अपना दखल नहीं जमा लिया था, बल्कि आसमान पर पूरब की तरफ सूर्य की लालिमा भी कुछ दूर तक फैल चुकी

थी। इसलिए उस चबूतरे पर जानेवाले भीमसेन और माधवी वगैरह का जो हाल हुआ वह माधवी के फौजी सिपाहियों ने भी बखूबी देख लिया। अपने मालिक और उनके साथियों की यह दशा देख फौजी सिपाही घबड़ा गए और चाहने लगे कि यदि कहीं रास्ता मिल जाए तो हम लोग भी यहां से भागकर अपनी जान बचावें। उन्हें अपने झुण्ड में मायारानी का आ जाना बहुत ही बुरा मालूम हुआ और उन्होंने बड़ी बेमुरौवती के साथ मायारानी से कहा, "तुम्हारी ही बदौलत हम लोगों की यह दशा हुई और हमारे मालिकों पर भी आफत आई, अस्तु, अब तुम हमारी मण्डली में से चली जाओ नहीं तो हम लोग जूते से तुम्हारे सिर की खबर लेंगे, तुम्हारे चले जाने के बाद हम लोगों पर जो कुछ बीतेगी, सह लेंगे।"

अफसोस, अपनी करतूतों के कारण आज मायारानी इस दशा को पहुंच गई कि अदने सिपाहियों की झिड़की सहे और जूतियां खाए। सिपाहियों की बात जब मायारानी ने न मानी तो कई सिपाहियों ने जूतियों से उसकी खबर ली, और उसी समय ऊपर से किसी के पुकारने की आवाज आई।

जिस जगह ये सिपाही लोग थे उससे थोड़ी ही दूर पर एक बुर्ज था। इस समय उसी बुर्ज पर चढ़े हुए राजा गोपालसिंह को उन सिपाहियों ने देखा और मालूम किया कि यह आवाज उन्हीं ने दी थी।

गोपालसिंह की कैफियत देखकर सिपाहियों का कलेजा पहिले ही दहल चुका था, अस्तु, अब इस बात का हौसला नहीं कर सकते थे कि उनका मुकाबला करें, उन्हें देखने के साथ ही उस फौज का अफसर हाथ जोड़कर खड़ा हो गया और बोला, "आज्ञा!"

गोपालसिंह ने कहा, "हम खूब जानते हैं कि तुम लोग बेकसूर हो और जो कुछ कसूर है वह तुम्हारे मालिकों का है, सो तुमने देख ही लिया कि वे अपनी सजा को पहुंच गए, अब वे जीते नहीं हैं जो तुमसे आकर मिलेंगे, अस्तु, अब तुम लोगों को हुक्म दिया जाता है कि तुम लोग अपनी जान बचाकर यहां से निकल जाओ। यदि तुम्हारी इच्छा हो तो तुम्हारे जाने के लिए दरवाजा खोल दिया जाए और तुम लोग बाग से बाहर होकर जहां इच्छा हो चले जाओ। यदि तुम लोग चाहोगे और नेकचलनी का वादा करोगे तो हमारी फौज में तुम लोगों को जगह भी मिल जाएगी।"

फौजी अफसर—(हाथ जोड़े हुए) आप स्वयं राजा हैं और जानते हैं कि सिपाही लोग तनख्वाह के वास्ते लड़ते हैं। जो राज्य या जमीन के वास्ते लड़े और सिपाहियों को तनख्वाह दे, कसूर उसी का समझा जाता है। हमारे मालिक नादान थे, आपके प्रताप का खयाल न करके मायारानी की बातों में आकर नष्ट हो गए, अब हम लोग आपके आधीन हैं और चाहते हैं कि हम लोगों को इस कैद से छुटकारा ही नहीं बल्कि आपकी सरकार में नौकरी भी मिले। इस समय हम लोग अपने को आप ही का ताबेदार समझते हैं।

गोपाल–अच्छा तो जैसा चाहते हो वैसा ही होगा। इस समय से तुम्हें अपना नौकर समझकर हुक्म दिया जाता है कि मायारानी जो तुम लोगों के बीच में चली आई है, जूतियां लगाकर अलग कर दी जाए और तुम लोग (हाथ का इशारा करके) उस तरफ की दीवार के पास चले जाओ। वहां तुम्हें एक छोटा-सा दरवाजा खुला हुआ दिखाई देगा, बस उसी राह से तुम लोग बाहर चले जाना और किसी ठिकाने मैदान में डेरा जमाना। हमारा राजदीवान स्वयं तुम्हारे पास पहुंचकर सब इन्तजाम कर देगा। मगर खबरदार, इस बात का खूब खयाल रखना कि मायारानी तुम लोगों के साथ बाहर न जाने पावे और तुम लोगों में से एक आदमी भी उसका साथ न दे।

फौजी अफसर–जो हुक्म।

मायारानी बेइज्जत हो ही चुकी थी, मगर फिर भी दूर खड़ी यह सब कार्रवाई देख और बातें सुन रही थी। उसे इन सिपाहियों की नमकहरामी पर बड़ा क्रोध आया और वह वहां से भागकर पश्चिम की तरफवाले दालान में चली गई तथा एक कोठरी के अन्दर घुसकर गायब हो गई। शायद इस कोठरी में कोई तहखाना या रास्ता था जिसका हाल उसे मालूम था। उसी राह से होकर वह मकान की दूसरी मंजिल पर चली गई और उसी जगह से छिपकर तिलिस्मी तमंचे की गोली उन फौजी सिपाहियों पर चलाने लगी जो राजा गोपालसिंह की आज्ञानुसार दरवाजे की तरफ जा रहे थे। इन गोलियों की तासीर का हाल हम पहिले कई जगह लिख आए हैं और बता आए हैं कि इन गोलियों में से निकला हुआ धुआं आला दर्जे की बेहोशी का असर बात-की-बात में पैदा करता था। अस्तु, बेचारे सिपाहियों को दरवाजे तक पहुंचने की भी मोहलत न मिली और तीन-ही-चार गोलियों में से निकले धुएं ने उन सभों को बेहोश करके जमीन पर लिटा दिया।

अपनी इस कार्रवाई को देखकर मायारानी बहुत प्रसन्न हुई, मगर उसकी प्रसन्नता ज्यादा देर तक कायम न रही क्योंकि उसी समय उसने राजा गोपालसिंह को उन सिपाहियों की तरफ जाते देखा। वह ताज्जुब में आकर उसी जगह खड़ी देखने लगी कि अब क्या होता है उसने देखा कि राजा गोपालसिंह ने उस सिपाहियों के मध्य में पहुंचकर एक गोला जमीन पर पटका, जो गिरते ही भारी आवाज के साथ फट गया और उसमें से इतना ज्यादा धुआं निकला कि उसने क्रमशः फैलकर हर तरफ से उन सिपाहियों को घेर लिया और फिर हलका होकर आसमान की तरफ उठ गया। उस धुएं की तासीर से सब सिपाहियों की बेहोशी जाती रही और वे लोग उठकर ताज्जुब के साथ एक-दूसरे का मुंह देखने लगे। सिपाहियों के अफसर ने अपने पास राजा गोपालसिंह को मौजूद पाया और निगाह पड़ते ही हाथ जोड़कर बोला, "आपने तो हम लोगों को बाहर चले जाने की आज्ञा दे दी थी, फिर हम लोग बेहोश क्यों कर दिए गए?"

इसके जवाब में गोपालसिंह ने कहा, "तुम लोगों को हमने नहीं, बल्कि कमबख्त मायारानी ने बेहोश किया था, हमने यहां पहुंचकर तुम लोगों की बेहोशी दूर कर दी, अब तुम लोग एक सायत भी विलम्ब न करो और शीघ्र ही यहां से चले जाओ।"

उस अफसर ने झुककर सलाम किया और अपने साथियों को कुछ इशारा करके वहां से चल पड़ा। यह हाल देख मायारानी ने पुनः तिलिस्मी तमंचे की गोलियां उन लोगों पर चलाईं, मगर इसका असर कुछ भी न हुआ और वे सब सिपाही राजा गोपालसिंह की बदौलत थोड़ी ही देर में इस तिलिस्मी बाग के बाहर हो गए। फिर मायारानी को यह भी मालूम न हुआ कि राजा गोपालसिंह कहां गए और क्या हुए।

आठवां बयान

वास्तव में भूतनाथ का हाल बड़ा ही विचित्र है। अभी तक उसका असल भेद खुलने में नहीं आता। वह जहां जाता है, वहां ही एक विचित्र घटना देखने में आती है, जिससे मिलता है, उसी से एक नई बात पैदा होती है, और जब जो कुछ करता है, उसी में एक अनूठापन मालूम होता है। इस समय वह बलभद्रसिंह के साथ चुनारगढ़वाले तिलिस्म में मौजूद है और वहां पहुंचने के साथ ही वह सुन चुका है कि कल राजा बीरेन्द्रसिंह भी इस जगह आनेवाले हैं। बीरेन्द्रसिंह को तो आए हुए आज कई दिन हो चुके होते, मगर उन्होंने जान-बूझकर रास्ते में बहुत देर लगा दी। नकली किशोरी, कामिनी और कमला के क्रिया-कर्म का बखेड़ा (जिसका करना लोगों को धोखे में डालने के लिए आवश्यक था) चुनार में ले जाना उन्होंने पसन्द न किया, बल्कि रास्ते ही में निपटा डालना उचित जाना, इसलिए पन्द्रह-बीस दिन की देर उन्हें रास्ते ही में हो गई और इसी से वहां पहुंच जाने पर भूतनाथ ने सुना कि राजा बीरेन्द्रसिंह कल आनेवाले हैं।

उस खण्डहर में पहुंचने पर रात के समय भूतनाथ ने जो कुछ तमाशा देखा था, उसका विचित्र हाल तो हम ऊपर के किसी बयान में लिख ही चुके हैं, आज उसी के आगे का हाल लिखकर हम अपने पाठकों के चित्त में भूतनाथ की तरफ से पुनः एक तरह का खुटका पैदा किया चाहते हैं।

बलभद्रसिंह ने जब अपने सिरहानेवाला लिफाफा उठाकर शमादान के सामने खोला तो उसके अन्दर से एक अंगूठी निकली जिसे देखते ही वह चिल्ला उठा और तब बिना कुछ कहे अपनी चारपाई पर आकर बैठ गया। भूतनाथ ने उससे पूछा, "क्यों यह अंगूठी कैसी है और इसे देखकर तुम घबड़ा क्यों गए?"

बलभद्र–इस अंगूठी ने मुझे कई ऐसी बातें याद दिला दीं जिन्हें स्वप्न की तरह कभी-कभी याद करके मैं चौंक पड़ता था, मगर आज नहीं फिर कभी मैं इसका खुलासा हाल तुमसे कहूंगा।

भूतनाथ–भला देखो तो सही उस लिफाफे के अन्दर कोई चीठी भी है या केवल यह अंगूठी ही थी।

बलभद्र–(लिफाफा भूतनाथ के हाथ में देकर) लो, तुम्हीं देखो।

भूतनाथ–(शमादान के पास लिफाफा ले जाकर और उसे अच्छी तरह देखकर) हां-हां, इसमें चीठी भी तो है।

बलभद्र–(भूतनाथ के पास जाकर) देखें।

भूतनाथ ने वह चीठी बलभद्रसिंह के हाथ में दी और बलभद्रसिंह ने बड़े शौक से उसे पढ़ा, यह लिखा हुआ था–

''यह अंगूठी देकर तुम्हें विश्वास दिलाते हैं कि तुम हमारे हो और हम तुम्हारे हैं। भूतनाथ को अपना सच्चा सहायक समझो और जो कुछ वह कहे, उसे करो। भूतनाथ यह नहीं जानता कि हम कौन हैं, मगर हम कल उससे मिलकर अपना परिचय देंगे और जो कुछ कहना होगा, कहेंगे।''

इस चीठी को पढ़कर दोनों के जी में एक तरह का खुटका पैदा हो गया और बिना कुछ विशेष बातचीत किए दोनों अपनी-अपनी चारपाई पर जाकर लेट रहे, मगर बची हुई रात दोनों ने अपनी आंखों में ही काटी, किसी को नींद न आई।

दूसरे दिन सबेरे ही पन्नालाल उन दोनों के पास पहुंचे और रात-भर का कुशल-मंगल पूछा। दोनों ही ने दुनियादारी के तौर पर कुशल-मंगल कहकर बातचीत की, मगर रात के विचित्र हाल को अपने दिल के अन्दर ही छिपा रक्खा।

दिन-भर इन दोनों का बड़े चैन और आराम से बीता। जीतसिंह से भी मुलाकात और कई तरह की बातें हुईं, मगर जीतसिंह और उनकी आज्ञानुसार किसी ऐयार ने भी उन दोनों से मुकदमे की बात या किसी तरह का सवाल न किया क्योंकि यह बात पहिले से ही तय पा चुकी थी कि बिना राजा बीरेन्द्रसिंह के आए इस बारे में किसी तरह की बातचीत भूतनाथ से न की जाएगी।

आज किसी समय राजा बीरेन्द्रसिंह के आने की खबर थी, मगर वे न आए। संध्या के समय हरकारे ने आकर जीतसिंह को खबर दी कि राजा साहब कल संध्या के समय यहां आएंगे, भूतनाथ और बलभद्रसिंह के आने की खबर उन्हें हो गई है।

संध्या होने के साथ ही भूतनाथ और बलभद्रसिंह के दिल में धुकधुकी पैदा हो गई कि देखा चाहिए कि आज की रात कैसी गुजरती है, तिलिस्मी चबूतरे के अन्दर से कौन निकलता है, और क्या कहता है।

रात आधी से ज्यादे जा चुकी है, कल की तरह आज भी इस लम्बे-चौड़े मकान के अन्दर सन्नाटा छाया हुआ है। भूतनाथ और बलभद्रसिंह अपनी-अपनी चारपाई पर

लेटे हुए हैं, मगर नींद किसी की आंखों में नहीं है और दोनों का ध्यान उसी तिलिस्मी चबूतरे की तरफ है। कल की तरह आज भी उस चबूतरेवाले दालान में कन्दील जल रही है जिसके सबब से वह पत्थरवाला चबूतरा साफ दिखाई दे रहा है।

भूतनाथ ने देखा कि कल की तरह आज भी इस पत्थरवाले चबूतरे का दरवाजा खुला और उसके अन्दर से एक आदमी स्याह लबादा ओढ़े हुए निकला। धीरे-धीरे घूमता-फिरता वह उस कमरे के दरवाजे पर पहुंचा जिसमें भूतनाथ और बलभद्रसिंह आराम कर रहे थे। कमरे का दरवाजा खुलने के साथ ही वे दोनों उठ बैठे और उस आदमी को कमरे के अन्दर पैर रखते हुए देखा।

उस आदमी ने हाथ के इशारे से बलभद्रसिंह को बैठने के लिए कहा और भूतनाथ को अपने पास बुलाया। भूतनाथ चारपाई के नीचे उतर पड़ा और अपना तिलिस्मी खंजर जो खूंटी के साथ लटक रहा था, लेकर उस आदमी के पास गया। वह आदमी भूतनाथ को अपने साथ कमरे के बाहरवाले दालान में ले गया और वहां से सीढ़ी की राह नीचे उतरने के लिए कहा। भूतनाथ भी चुपचाप उसके साथ नीचे चला गया।

यहां भी एक कन्दील जल रही थी और चारों तरफ सन्नाटा था। उस आदमी ने अपना चेहरा खोल दिया और भूतनाथ को अपनी तरफ अच्छी तरह देखने के लिए कहा। भूतनाथ सूरत देखते ही चौंक पड़ा और बोला–"हैं, यह मैं किसकी सूरत देख रहा हूं! क्या धोखा तो नहीं है!"

आदमी–नहीं-नहीं, कोई धोखा नहीं है, 'मेमकुलचे' कहने से शायद तुम्हारा शक जाता रहेगा।

भूतनाथ–हां, अब मेरा शक जाता रहा, मगर आप यहां कहां? क्या मुझे किसी तरह का विचित्र हुक्म दिया जाएगा? या मुझे राजा साहब से माफी मांगने की मोहलत ही न मिलेगी?

आदमी–हां, तुम्हें एक विचित्र हुक्म दिया जाएगा, मगर यह बताओ कि राजा साहब के बारे में तुमने क्या सुना है! वे कब तक यहां आएंगे?

भूतनाथ–राजा बीरेन्द्रसिंह कल यहां अवश्य आ जाएंगे। आज हरकारे ने आकर यह पक्की खबर जीतसिंह को दी है!

आदमी–(कुछ सोचकर) यह तो बड़ी मुश्किल हुई, हमारे लिए नहीं, बल्कि तुम्हारे लिए।

भूतनाथ–(कांपकर) सो क्या! मैंने अब कौन-सा नया अपराध किया है?

आदमी–नया अपराध किया तो नहीं, मगर करना पड़ेगा।

भूतनाथ–नहीं-नहीं, मैं अब कोई अपराध न करूंगा, जो कुछ कर चुका हूं उसी का कलंक मिटाना मुश्किल हो रहा है!

आदमी–मगर क्या किया जाए, लाचारी है, अपराध तो करना ही होगा और सो भी इसी समय।

भूतनाथ–(कुछ सोचकर) भला यह तो बताइए कि वह अपराध है क्या और मुझे क्या करना होगा!

आदमी–यह तो जानते ही हो कि बलभद्रसिंह हमारा है।

भूतनाथ–जी हां, मगर इस समय तो मेरी जान बचानेवाला है।

आदमी–बेशक।

भूतनाथ–तब आप क्या चाहते हैं?

आदमी–यही कि इस समय बलभद्रसिंह को बेहोश करके हमारे हवाले कर दो। हम तो उन्हें कल ही उठा ले गए होते, मगर कल हमें निश्चय हो गया था कि तुम जाग रहे हो और लड़ने के लिए अवश्य तैयार हो जाओगे, इसलिए सोचा कि पहिले तुम्हें अपना परिचय दे लें तब यह काम करें, जिसमें तुम्हारा दिल भी खुटके में न रहे।

भूतनाथ–मगर यह तो बड़ी मुश्किल होगी। अच्छा कल राजा बीरेन्द्रसिंह से उनकी मुलाकात करा लेने दीजिए।

आदमी–यह नहीं हो सकता। उन्हें हम आज ही ले जाएंगे नहीं तो हमारा बहुत हर्ज होगा और उस हर्ज में तुम्हारा भी नुकसान है।

भूतनाथ–हाय, नुकसान और दुःख भोगने के लिए तो मैं पैदा ही हुआ हूं! न जाने मेरी किस्मत में निश्चिन्त होना भी बदा है या नहीं! राजा बीरेन्द्रसिंह सुन चुके हैं कि भूतनाथ बलभद्रसिंह को छुड़ा लाया है, अब अगर इस समय आप उन्हें ले जाएंगे और कल राजा बीरेन्द्रसिंह उन्हें मुझसे मांगेंगे तो क्या जवाब दूंगा?

आदमी–कह देना कि मैं रात को सोया हुआ था न मालूम बलभद्रसिंह कहां चले गए। मुझे कुछ खबर नहीं, आप अपने पहरेवालों से पूछिए।

भूतनाथ–हां, यदि आप न मानेंगे तो ऐसा ही करना पड़ेगा।

आदमी–तो बस अब विलम्ब न करो, झटपट जाओ और उन्हें बेहोश करके हमारे पास ले आओ।

भूतनाथ–जिस समय मैंने बलभद्रसिंह को छुड़ाया था उस समय उन्हें विश्वास नहीं होता था कि मैं उनके साथ नेकी कर रहा हूं। बड़ी मुश्किल से तो उन्हें विश्वास दिलाया। इस समय आप जानते हैं कि वे भी जाग रहे हैं, आप खुद ही उन्हें बैठे रहने के लिए कह आए हैं। अब मैं उन्हें जबर्दस्ती बेहोश करूंगा तो उनके दिल में क्या आवेगा! क्या वे यह नहीं समझेंगे कि भूतनाथ ने नेकनीयती के साथ मेरी जान नहीं बचाई थी!

आदमी–अगर ऐसा समझेंगे तो समझें, तुम सोच क्या रहे हो! क्या मेरा हुक्म न मानोगे?

भूतनाथ–मेरी क्या मजाल जो आपका हुक्म न मानूं।

इतने ही में उसी तरह का स्याह लबादा ओढ़े और भी एक आदमी वहां आ पहुंचा। भूतनाथ समझ गया कि वह आदमी इसी का साथी है और कल भी यहां आया

था। इस नए आए हुए आदमी ने पहिले आदमी से खास बोली (भाषा) में कुछ बातचीत की जिसे भूतनाथ कुछ भी न समझ सका, इसके बाद उसने परदा हटाकर अपनी सूरत भूतनाथ को दिखा दी।

अब भूतनाथ के ताज्जुब का कोई ठिकाना न रहा और वह एकदम घबड़ाके बोला, "नहीं-नहीं, मैं जागता नहीं हूं बल्कि जो कुछ देख रहा हूं, सब स्वप्न है!"

दूसरा आदमी–भूतनाथ तुम पागल हो गए हो!

भूतनाथ–बेशक यही बात है, या तो मैं स्वप्न देख रहा हूं या पागल हो गया हूं।

पहिला आदमी–न तो तुम स्वप्न देख रहे हो और न पागल ही हो गए हो, जो कुछ देख-सुन रहे हो सब ठीक है। अच्छा अब तुम हम लोगों के साथ आओ, किसी दूसरी जगह अंधेरे में खड़े होकर बातचीत करेंगे, यहां केवल इसलिए खड़े हो गए थे कि तुम्हें अपनी सूरत दिखा दें।

इतना कहकर वे दोनों आदमी भूतनाथ का हाथ पकड़े हुए दूसरे दालान में चले गए जहां बिलकुल अंधकार था और यहां बातचीत करने लगे। इस जगह उन तीनों में जो कुछ बातें हुईं, वह ऐयारी भाषा में हुईं इसलिए लिख न सके, मगर आगे चलकर इन बातों का जो कुछ नतीजा निकलेगा पाठकों को मालूम हो जाएगा। हां, इतना कह देना जरूरी है कि डेढ़ घण्टे तक उन तीनों में खूब बातें होती रहीं, इस बीच में दो दफे भूतनाथ के बड़े जोर से हंसने की आवाज आई, ताज्जुब नहीं कि वह आवाज बलभद्रसिंह के कानों तक भी पहुंची हो। इसके बाद भूतनाथ वहां से रवाना होकर बलभद्रसिंह के पास आया, देखा कि अभी तक वह बैठे हुए हैं और भूतनाथ का इन्तजार कर रहे हैं।

भूतनाथ को देखते ही बलभद्रसिंह बोले, "आओ-आओ भूतनाथ, मेरे पास बैठ जाओ और बताओ कि क्या हुआ! वह आदमी कौन था जो तुम्हें ले गया था?"

"मैं सब विचित्र हाल आपसे कहता हूं।" यह कहता हुआ भूतनाथ बलभद्रसिंह के पास बैठ गया, मगर इस तरह पर सटकर बैठा कि उसकी कमर में लगा तिलिस्मी खंजर बलभद्रसिंह के बदन के साथ छू गया और वह उसी समय कांपकर बेहोश हो गए।

बलभद्रसिंह के बेहोश हो जाने के बाद भूतनाथ ने उनकी गठरी बांधी और नीचे उतारकर दोनों विचित्र आदमियों के पास ले गया। उन दोनों ने उसे तिलिस्मी चबूतरे के पास पहुंचा देने के लिए कहा और भूतनाथ उसे तिलिस्मी चबूतरे के पास ले गया, तब वे दोनों आदमी बलभद्रसिंह को लेकर चबूतरे के अन्दर चले गए। चबूतरे का पल्ला बन्द हो गया और भूतनाथ कुछ सोचता-विचारता अपनी चारपाई पर आकर लेट रहा।

नौवां बयान

सबेरा हो जाने पर जब भूतनाथ और बलभद्रसिंह से मिलने के लिए पन्नालाल तिलिस्मी खण्डहर के अन्दर नम्बर दो वाले कमरे में गए तो भूतनाथ को चारपाई पर सोये पाया और बलभद्रसिंह को वहां न देखा। पन्नालाल ने भूतनाथ को जगाकर पूछा, "आज तुम इस समय तक खुर्राटे ले रहे हो, यह क्या मामला है।"

भूतनाथ–बलभद्रसिंहजी ने गप्प-शप्प में तीन पहर रात बैठे-ही-बैठे बिता दी इसलिए सोने में बहुत कम आया और अभी तक आंख नहीं खुली, आइए बैठिए।

पन्नालाल–बलभद्रसिंहजी कहां हैं?

भूतनाथ–मुझे क्या खबर, इसी जगह कहीं होंगे, मुझे तो अभी आपने सोते से जगाया है।

पन्नालाल–मगर मैंने तो उन्हें कहीं भी नहीं देखा!

भूतनाथ–किसी पहरेवाले से पूछिए, शायद हवा खाने के लिए कहीं बाहर चले गए हों।

बलभद्रसिंह को वहां न पाकर पन्नालाल को बड़ा ही ताज्जुब हुआ और भूतनाथ भी घबड़ाया-सा दिखाई देने लगा। पहिले तो पन्नालाल और भूतनाथ दोनों ही ने उन्हें खण्डहरवाले मकान के अन्दर खोजा, मगर जब कुछ पता न लगा तब फाटक पर आकर पहरेवालों से पूछा। पहरेवालों ने भी उन्हें देखने से इनकार करके कहा कि 'हम लोगों ने बलभद्रसिंहजी को फाटक के बाहर निकलते नहीं देखा। अस्तु, हम लोग उनके बारे में कुछ नहीं कह सकते।'

बलभद्रसिंह कहां चले गए? आसमान पर उड़ गए, दीवार में घुस गए, या जमीन के अन्दर समा गए, क्या हुए? इस बात ने सभों को तरद्दुद में डाल लिया। धीरे-धीरे जीतसिंह को भी इस बात की खबर हुई। जीतसिंह स्वयं उस खण्डहरवाले मकान में गए और तमाम कमरों, कोठरियों और तहखानों को देख डाला, मगर बलभद्रसिंह का पता न लगा। भूतनाथ से भी तरह-तरह के सवाल किए गए, मगर इससे भी कुछ फायदा न हुआ।

संध्या के समय राजा बीरेन्द्रसिंह की सवारी उस तिलिस्मी खण्डहर के पास आ पहुंची और राजा बीरेन्द्रसिंह तथा तेजसिंह वगैरह सब कोई उसी खण्डहरवाले मकान में उतरे। पहर-भर रात जाते तक तो इन्तजामी हो-हल्ला मचता रहा, इसके बाद लोगों को राजा साहब से मुलाकात करने की नौबत पहुंची, मगर राजा साहब ने वहां पहुंचने के साथ ही भूतनाथ और बलभद्रसिंह का हाल जीतसिंह से पूछा था और बलभद्रसिंह के बारे में जो कुछ हुआ था उसे उन्होंने राजा साहब से कह सुनाया था। पहर रात जाने के बाद जब भूतनाथ आज्ञानुसार दरबार में हाजिर हुआ तब राजा बीरेन्द्रसिंह ने उससे पूछा, "कहो भूतनाथ, अच्छे तो हो?"

भूतनाथ–(हाथ जोड़कर) महाराज के प्रताप से प्रसन्न हूं।

बीरेन्द्र–सफर में हमको जो कुछ रंज और गम हुआ, तुमने सुना ही होगा?

भूतनाथ–ईश्वर न करे महाराज को कभी रंज और गम हो, मगर हां, समयानुकूल जो कुछ होना था, हो ही गया।

बीरेन्द्र–(ताज्जुब से) क्या तुम्हें इस बारे में कुछ मालूम हुआ है?

भूतनाथ–जी हां!

बीरेन्द्र–कैसे?

भूतनाथ–इसका जवाब देना तो कठिन है, क्योंकि भूतनाथ बनिस्बत जुबान और कान के अन्दाज से ज्यादे काम लेता है।

बीरेन्द्र–(मुस्कुराकर) तुम्हारी होशियारी और चालाकी में तो कोई शक नहीं है मगर अफसोस इस बात का है कि तुम्हारे रहस्य तुम्हारी ही तरह द्विविधा में डालने वाले हैं। अभी कल की बात है कि हमको तुम्हारे बारे में इस बात की खुशखबरी मिली थी कि तुम बलभद्रसिंह को किसी भारी कैद से छुड़ाकर ले आए, मगर आज कुछ और ही बात सुनाई पड़ रही है।

भूतनाथ–जी हां, मैं तो हर तरह से अपनी किस्मत की गुत्थी सुलझाने का उद्योग करता हूं, मगर विधाता ने उसमें ऐसी उलझनें डाल दी हैं कि मालूम पड़ता है कि अब इस शरीर को चुनारगढ़ के कैदखाने का आनन्द अवश्य भोगना ही पड़ेगा।

बीरेन्द्र–नहीं-नहीं, भूतनाथ, यद्यपि बलभद्रसिंह का यकायक गायब हो जाना तरह-तरह के खुटके पैदा करता है, मगर हमें तुम्हारे ऊपर किसी तरह का सन्देह नहीं हो सकता। अगर तुम्हें ऐसा करना ही होता तो इतनी आफत उठाकर उन्हें क्यों छुड़ाते और क्यों यहां तक लाते! अस्तु, तुम हमारी खफगी से तो बेफिक्र रहो मगर इस बात के जानने का उद्योग जरूर करो कि बलभद्रसिंह कहां गए और क्या हुए?

भूतनाथ–(सलाम करके) ईश्वर आपको सदैव प्रसन्न रक्खे, मैं आशा करता हूं कि एक सप्ताह के अन्दर ही बलभद्रसिंह का पता लगाकर उन्हें सरकार में उपस्थित करूंगा।

बीरेन्द्र–शाबाश, अच्छा अब तुम जाकर आराम करो।

आज्ञानुसार भूतनाथ वहां से उठकर अपने डेरे पर चला गया और बाकी लोग भी अपने ठिकाने कर दिए गए। जब राजा बीरेन्द्रसिंह और तेजसिंह अकेले रह गए तब उन दोनों में यों बातचीत होने लगी–

बीरेन्द्र–कुछ समझ में नहीं आता है कि यह रहस्य कैसा है? भूतनाथ की बातों से तो किसी तरह का खुटका नहीं होता!

तेजसिंह–जहां तक पता लगाया गया है उससे यही जाहिर होता है कि बलभद्रसिंह इस इमारत के बाहर नहीं गए, मगर इस बात पर भी विश्वास करना कठिन हो रहा है।

बीरेन्द्र–निःसन्देह ऐसा ही है!

तेजसिंह–अब देखा चाहिए, भूतनाथ एक सप्ताह के अन्दर क्या कर दिखाता है।

बीरेन्द्र–यद्यपि मैंने भूतनाथ की दिलजमई कर दी है, परन्तु उसका जी शान्त नहीं हो सकता। खैर, जो भी हो, मगर तुम उसे अपनी हिफाजत में समझो और पता लगाओ कि यह मामला कैसा है।

तेजसिंह–ऐसा ही होगा!

दसवां बयान

मायारानी ने जब समझा कि वे फौजी सिपाही इस बाग के बाहर हो गए और गोपालसिंह को भी वहां न देखा तब हिम्मत करके अपने ठिकाने से निकली और पुनः बाग में आकर उस तरफ रवाना हुई जिधर उस गोपालसिंह को बेहोश छोड़ आई थी, जो उसके चलाए हुए तिलिस्मी तमंचे की गोली के असर से बेहोश होकर बरामदे के नीचे आ रहा था, मगर वहां पहुंचने के पहिले ही उसने उस दूसरे कुएं के ऊपर एक गोपालसिंह को देखा, जिसे फौजी सिपाहियों ने मिट्टी से पाट दिया था। मायारानी एक पेड़ की आड़ में खड़ी हो गई और उसी जगह से तिलिस्मी तमंचेवाली एक गोली इस गोपालसिंह पर चलाई, गोली लगते ही गोपालसिंह लुढ़ककर जमीन पर आ रहा और मायारानी दौड़ती हुई उसके पास आ पहुंची। थोड़ी देर तक तो उसकी सूरत देखती रही, इसके बाद कमर से खंजर निकालकर गोपालसिंह का सिर काट डाला और तब खुशी-भरी निगाहों से चारों तरफ देखने लगी, यद्यपि उसे पूरा विश्वास न था कि मैंने असली गोपालसिंह को मार डाला है।

यद्यपि दिन बहुत चढ़ चुका था, मगर अभी तक उसे जरूरी कामों से निपटने या कुछ खाने-पीने की परवाह न थी या यों कहिए कि उसे इन बातों की मोहलत ही नहीं मिल सकी थी। गोपालसिंह की लाश को उसी जगह छोड़कर वह बाग के तीसरे दर्जे में जाने की नीयत से अपने दीवानखाने में आई और उसी मामूली राह से बाग के तीसरे दर्जे में चली गई जिस राह से एक दिन तेजसिंह वहां पहुंचाए गए थे।

वहां भी उसने दूर ही से नम्बर दो वाली कोठरी के दरवाजे पर एक गोपालसिंह को बैठे बल्कि कुछ करते हुए देखा। मायारानी ताज्जुब में आकर थोड़ी देर तक तो उस गोपालसिंह को देखती रही, इसके बाद उसे भी उसी तिलिस्मी तमंचेवाली गोली का निशाना बनाया। जब वह भी बेहोश होकर जमीन पर लेट गया तब मायारानी ने वहां पहुंचकर उसका भी सिर काट डाला और एक लम्बी सांस लेकर आप-ही-आप

बोली, "क्या अब भी असली गोपालसिंह न मरा होगा! मगर अफसोस, उस एक गोपालसिंह पर तो ऐसी गोली ने कुछ भी असर न किया था। कदाचित् असली गोपालसिंह वही हो!"

इसके जवाब में किसी ने कोठरी के अन्दर से कहा, "हां, असली गोपालसिंह यह भी न था और असली गोपालसिंह अभी तक नहीं मरा!"

इस बात ने मायारानी का कलेजा दहला दिया और वह कांपती हुई ताज्जुब के साथ कोठरी के अन्दर देखने लगी।

अकस्मात् कोठरी के अन्दर से निकलते हुए नानक पर मायारानी की निगाह पड़ी। नानक को देखते ही मायारानी का पुराना क्रोध (जो नानक के बारे में था) पुनः उसके चेहरे पर दिखाई देने लगा। वह कुछ देर तक तो नानक को देखती रही और इसके बाद उसे तिलिस्मी गोली का निशाना बनाना चाहा, मगर नानक मायारानी की अवस्था देखकर हंस पड़ा और बोला, "क्या अब भी आप मुझे अपना पक्षपाती नहीं समझतीं?"

माया–क्यों? तूने कौन-सा ऐसा काम किया है जिससे मैं तुझे अपना पक्षपाती समझूं?

नानक–क्या आपको इस बात की खबर न लगी कि राजा बीरेन्द्रसिंह और उनके खानदान तथा ऐयारों से मेरी गहरी दुश्मनी हो गई? मेरा बाप गिरफ्तार करके दोषी ठहराया गया, बीरेन्द्रसिंह के ऐयारों ने उसे बहुत तंग किया और इसी के साथ-ही-साथ मेरी भी बहुत बेइज्जती की। मेरा बाप अपने बचाव की फिक्र कर रहा है और मैं उन सभों से बदला लेने का बन्दोबस्त कर रहा हूं। इस समय मैं इसलिए यहां आया हूं कि आप मेरी सहायता करें और मैं आपका साथ दूं।

माया–यदि तेरा कहना वास्तव में सच है तो बड़ी खुशी की बात है।

नानक–जो कुछ मैं कह रहा हूं उसके सच होने में किसी तरह का सन्देह न कीजिए। मैं उन लोगों की बुराई में जान तक खर्च करने का संकल्प कर चुका हूं।

माया–यदि तू पहिले ही मेरी बात मान चुका होता तो आज मुझे और तुझे दोनों ही को यह दिन देखना नसीब न होता। खैर, आज भी अगर तू राह पर आ जाए तो हम लोग मिल-जुलकर बहुत-कुछ कर सकते हैं।

नानक–उन दिनों मुझे हरी-हरी सूझती थी और उस दरबार से बहुत-कुछ पाने की आशा थी, मगर इस बात की खबर न थी कि उनके ऐयार अपनी मण्डली के सिवाय किसी नए या दूसरे ऐयार को अपने दरबार में देखना पसन्द नहीं करते। मुझे कमलिनी ने जितनी उम्मीदें दिलाई थीं उनका एक अंश भी पूरा न निकला, उल्टे मेरा बाप दोषी ठहराया गया।

माया–भूतनाथ पर जो कुछ इल्जाम लगाया गया है, मुझे उसकी पूरी-पूरी खबर लग चुकी है। अब भूतनाथ बिना मेरी मदद के किसी तरह अपनी जान नहीं बचा

सकता और न वह बलभद्रसिंह का ही पता लगा सकता है। सच तो यों है कि भूतनाथ ने मुझे भी बड़ा धोखा दिया।

नानक–उन दिनों जो कुछ उन्होंने किया सो किया, क्योंकि कमलिनी की दिलाई हुई उम्मीदों ने उन्हें भी अन्धा कर दिया था, मगर अब तो उन्हें कमलिनी से भी दुश्मनी हो गई है, और मैं भी यह सुनकर कि कमलिनी वगैरह को राजा गोपालसिंह ने इसी बाग में लाकर रक्खा है, उससे बदला लेने का खयाल करके यहां आया हूं।

माया–यहां का रास्ता तुझे किसने बताया?

नानक–यहां के बहुत-से रास्तों का हाल कमलिनी ने ही मुझे बताया था, मैं एक दफे यहां पहिले भी आ चुका हूं।

माया–कब?

नानक–जब तेजसिंह को आपने कैद किया था और जब चण्डूल ने आकर आप लोगों को छकाया था।

माया–(उन बातों की याद से कांपकर) तब तो तुम्हें मालूम होगा कि वह चण्डूल कौन था।

नानक–वह कमलिनी थी और मैं उसके साथ था।

माया–(कुछ सोचकर) हां...ठीक है।...तब तो तुम्हें...अच्छा...अच्छा तुम मेरे पास आओ। पहिले मैं निश्चय कर लूं कि तुम ईमानदारी से साथ देने के लिए तैयार हो या सब बातें धोखा देने के लिए कह रहे हो, इसके बाद अगर तुम सच्चे निकले तो हम दोनों आदमी मिलकर बहुत बड़ा काम कर सकेंगे और तुम्हें भी बहुत-सी...खैर, तुम इधर आओ और मेरे साथ एकान्त में चलो।

नानक–(मायारानी के पास आकर) और यहां तीसरा कौन है जो हम लोगों की बातें सुनेगा!

माया–चाहे न हो, मगर शक तो है।

मायारानी नानक को लिये दूसरी तरफ चली गई।

ग्यारहवां बयान

संध्या होने में अभी दो घण्टे से कुछ ज्यादे देर थी, जब कुंअर इन्द्रजीतसिंह, आनन्दसिंह और भैरोसिंह कमरे से बाहर निकलकर बाग के उस हिस्से में घूमने लगे जो तरह-तरह के खुशनुमा पेड़, फूल-पत्तों, गमलों और फैली हुई लताओं से सुन्दर और सुहावना मालूम पड़ता था, क्योंकि इन तीनों को इन्द्रानी के मुंह से निकले हुए ये शब्द बखूबी याद थे कि 'मगर आप लोग किसी मकान के अन्दर जाने का उद्योग न करें'।

भैरो–(घूमते हुए एक फूल तोड़कर) यहां एक तो बागीचे के लिए बहुत कम जमीन छोड़ी गई है, दूसरे जो कुछ जमीन छोड़ी गई है, उसमें भी काम खूबी और खूबसूरती के साथ नहीं लिया गया है, जहां पर जिस ढंग के पेड़ होने चाहिए वैसे नहीं लगाए गए हैं।

आनन्द–बाग के शौकीन लोग प्रायः बेला, चमेली, जूही और गुलाब इत्यादि खुशबूदार फूलों के पेड़ क्यारियों के बीच में लगाते हैं।

इन्द्रजीत–ऐसा न होना चाहिए, क्यारियों के अन्दर केवल पहाड़ी गुलबूटों के ही लगाने में मजा है, जूही, बेला, मोतिया इत्यादि देशी खुशबूदार फूलों की रविशों के दोनों तरफ लगाना चाहिए जिसमें सैर करनेवाला घूमता-फिरता जब चाहे एक-दो फूल तोड़के सूंघ सके।

आनन्द–बेशक, ऐसा न होना चाहिए कि खुशबूदार फूल तोड़ने के लालच में कहीं सैर करनेवाला बुद्धि विसर्जन करके क्यारी के बीच में पैर रक्खे और जूते समेत फिल्ली तक जमीन के अन्दर जा रहे, क्योंकि सिंचाव का पानी क्यारियों में जमा होकर कीचड़ करता है, इसलिए क्यारियों के बीच में उन्हीं पेड़-पौधों का होना आवश्यक है जिन्हें केवल देखने ही से तृप्ति हो जाए और जिनमें ज्यादे सर्दी और पानी को बर्दाश्त करने की ताकत हो।

भैरो–मेरी भी यही राय है, मगर साथ ही इसके यह भी कहूंगा कि गुलाब के पेड़ रविशों के दोनों तरफ न लगाने चाहिए जिसमें कांटों की बदौलत सैर करनेवाले के (यदि वह भूल से कुछ किनारे की तरफ जा रहे तो) कपड़ों की दुर्गति हो जाए, उसके लिए क्यारी अलग ही होनी चाहिए जिसकी जमीन बहुत नम न हो।

इन्द्रजीत–ठीक है, इसी तरह चमेली के पेड़ों की कतार भी ऐसी जगह लगाना चाहिए, जहां टट्टी बनाकर आड़ कर देने का इरादा हो।

भैरो–आड़ का काम तो मेंहदी की टट्टी से भी लिया जाता है।

इन्द्रजीत–हां, लिया जाता है, मगर जमीन के उस हिस्से में जो बीचवाली या खास जलसेवाली इमारत से कुछ दूर हो, क्योंकि मेंहदी जब फूलती है तो अपने सिवाय और फूलों की खुशबू का आनन्द लेने की इजाजत नहीं देती।

आनन्द–जैसे कि अब भैरोसिंह को हम लोग अपने साथ चलने की इजाजत न देंगे।

भैरो–(चौंककर) हैं! इसका क्या मतलब?

आनन्द–इसका मतलब यही है कि अब आप थोड़ी देर के लिए हम दोनों भाइयों का पिण्ड छोड़िए और कुछ दूर हटकर उधर की रविशों पर पैर थकाइए।

भैरो–(कुछ चिढ़कर) क्यों अब मुझ ऐसे साथी और ऐयार से भी बात छिपाने की नौबत आ गई?

आनन्द–(इन्द्रजीतसिंह का इशारा पाकर) हां, और इसलिए कि बात छिपाने का कायदा तुम्हारी तरफ से जारी हो गया।

भैरो–सो कैसे?

आनन्द–अपने दिल से पूछो।

भैरो–क्या मैं वास्तव में भैरोसिंह नहीं हूं?

आनन्द–तुम्हारे भैरोसिंह होने में कोई शक नहीं है, बल्कि तुम्हारी बातों की सचाई में शक है।

भैरो–यह शक कब से हुआ?

आनन्द–जब से तुमने स्वयं कहा कि राजा गोपालसिंह ने तुम्हें इस तिलिस्म में पहुंचाते समय ताकीद कर दी थी कि सब काम कमलिनी की आज्ञानुसार करना, यहां तक कि यदि कमलिनी तुम्हें सामना हो जाने पर भी कुमार से मिलने के लिए मना करे तो तुम कदापि न मिलना।[1]

भैरो–(कुछ सोचकर) हां ठीक है, मगर आपको यह कैसे निश्चय हुआ कि मैंने राजा गोपालसिंह की बात मान ली?

इन्द्रजीत–यह इसी से मालूम हो गया कि तुमने अपने बटुए का जिक्र करते समय तिलिस्मी खंजर का जिक्र छोड़ दिया।

भैरो–(कुछ सोचकर और शर्माकर) बेशक यह मुझसे भूल हुई।

आनन्द–कि उस तिलिस्मी खंजर के लिए भी कोई अनूठा किस्सा गढ़कर हम लोगों को सुना न दिया।

भैरो–(और भी शर्माकर) नहीं, ऐसा नहीं है, उस समय मैं इतना कहना भूल गया कि ऐयारी के बटुए के साथ-साथ वह तिलिस्मी खंजर मुझे उस नकाबपोश या पीले मकरन्द से नहीं मिला, उन्होंने कसम खाकर कहा कि तुम्हारा खंजर हममें से किसी के पास नहीं है।

आनन्द–हां–और तुमने मान लिया!

भैरो–(हिचकता हुआ) इस जरा-सी भूल के हो जाने पर ऐसा न होना चाहिए कि आप लोग अपना विश्वास मुझ पर से उठा लें।

इन्द्रजीत–नहीं-नहीं, इससे हम लोगों का खयाल ऐसा नहीं हो सकता कि तुम भैरोसिंह नहीं हो या अगर हो भी तो हमारे दुश्मनों के साथी बनकर हमें नुकसान पहुंचाया चाहते हो! कदापि नहीं। हम लोग अब भी तुम्हारा उतना ही भरोसा रखते हैं जितना पहिले रखते थे, मगर कुछ देर के लिए जिस तरह तुम असली बातों को छिपाते हो, उसी तरह हम भी छिपावेंगे।

अभी भैरोसिंह इस बात का जवाब सोच ही रहा था कि सामने से एक औरत आती हुई दिखाई पड़ी। तीनों का ध्यान उसी तरफ चला गया। कुछ पास आने और

1. देखिए सत्रहवां भाग, चौदहवाँ बयान।

ध्यान देने पर दोनों कुमारों ने उसे पहिचान लिया कि इसे हम बाग में आने के पहिले इन्द्रानी और आनन्दी के साथ नहर के किनारे देख चुके हैं।

आनन्द–यह भी उन्हीं औरतों में से है जिन्हें हम लोग इन्द्रानी और आनन्दी के साथ पहिले बाग में नहर के किनारे देख चुके हैं!

इन्द्रजीत–बेशक, मगर सब-की-सब एक ही खानदान की मालूम पड़ती हैं यद्यपि उम्र में इन सभों के बहुत फर्क नहीं है।

आनन्द–देखा चाहिए यह क्या सन्देशा लाती है।

इतने में वह औरत कुमार के पास आ पहुंची और हाथ जोड़कर दोनों कुमारों की तरफ देखती हुई बोली, "इन्द्रानी और आनन्दी ने हाथ जोड़कर आप दोनों से इस बात की माफी मांगी है कि अब वे दोनों आप लोगों के सामने हाजिर नहीं हो सकतीं।"

इन्द्रजीत–(ताज्जुब से) सो क्यों?

औरत–उन्हें इस बात का रंज है कि वे आप लोगों की खातिरदारी अच्छी तरह से न कर सकीं और उनके गुरु महाराज ने उन्हें आप लोगों का सामना करने से रोक दिया।

इन्द्रजीत–आखिर इसका कोई सबब भी है?

औरत–इसके सिवाय तो और कोई सबब नहीं जान पड़ता कि उन दोनों की शादी आप दोनों भाइयों के साथ होनेवाली है।

इन्द्रजीत–(ताज्जुब के साथ) मुझसे और आनन्द से!

औरत–जी हां।

इन्द्रजीत–हमारे या हमारे बुजुर्गों की इच्छा के बिना ही?

औरत–जी हां।

इन्द्रजीत–चाहे हम लोग राजी हों या न हों?

औरत–जी हां।

इन्द्रजीत–तब तो यह खासी जबर्दस्ती है!

औरत–जी हां।

इन्द्रजीत–क्या उनके गुरु महाराज में इतनी सामर्थ्य है कि अपनी इच्छानुसार हम लोगों के साथ बर्ताव करें?

औरत–जी हां।

इन्द्रजीत–(झुंझलाकर) कभी नहीं, कदापि नहीं!

आनन्द–ऐसा हो ही नहीं सकता! (औरत से, जो जाने के लिए अपना मुंह फेर चुकी थी) क्या तुम जाती हो?

औरत–जी हां।

इन्द्रजीत–क्या भेजनेवालों ने तुम्हें कह दिया था कि 'जी हां' के सिवाय और कुछ मत बोलना?

औरत–जी हां।

इन्द्रजीतसिंह की झुंझलाहट देखकर उस औरत को भी हंसी आ गई और वह मुस्कुराती हुई जिधर से आई थी उधर ही चली गई तथा थोड़ी दूर जाकर नजरों से गायब हो गई। तब भैरोसिंह ने दिल्लगी के तौर पर कुमार से कहा, "आप लोगों की खुशकिस्मती का कोई ठिकाना है! रम्भा और उर्वशी के समान औरतें जबर्दस्ती आप लोगों के गले मढ़ी जाती हैं, तिस पर मजा यह कि आप लोग नखरा करते हैं! ऐसा ही है तो मुझे कहिए मैं आपकी सूरत बनकर ब्याह कर लूं।"

इन्द्रजीत–तब कमला किसके नाम की हांडी चढ़ावेगी?

भैरो–अजी कमला से क्या जाने कब मुलाकात हो और क्या हो! यह तो परोसी हुई थाली ठहरी।

इन्द्रजीत–ठीक है, मगर भैरोसिंह, जहां तक मेरा खयाल है मैं समझता हूं कि तुम्हें इस ब्याह-शादीवाले मामले की कुछ-न-कुछ खबर जरूर है।

भैरो–अगर खबर हो भी तो अब मैं कुछ कहने का साहस नहीं कर सकता।

आनन्द–सो क्यों?

भैरो–इसलिए कि आप लोग मुझे झूठा समझ चुके हैं।

इन्द्र–सो तो जरूर है।

भैरो–(चिढ़कर) अगर ऐसा ही खयाल है तो अब मैं आप लोगों के साथ रहना भी मुनासिब नहीं समझता।

इन्द्रजीत–मेरी भी यही राय है।

भैरो–अच्छा तो (सलाम करता हुआ) जय माता की।

इन्द्रजीत–जय माता की!

आनन्द–जय माता की, मगर यह तो मालूम हो कि आप जाएंगे कहां?

भैरो–इससे आपको कोई मतलब नहीं।

इन्द्रजीत–हां साहब, इससे हम लोगों को कोई मतलब नहीं, आप जाइए और जल्द जाइए।

इसके जवाब में भैरोसिंह ने कुछ भी न कहा और वहां से रवाना होकर पूरब तरफवाली इमारत के नीचेवाली एक कोठरी में घुस गया, इसके बाद मालूम न हुआ कि भैरोसिंह का क्या हुआ या वह कहां गया। उसके जाने के बाद दोनों कुमार भी धीरे-धीरे उसी कोठरी में चले गए, मगर वहां भैरोसिंह दिखाई न पड़ा और न उस कोठरी में से किसी तरफ जाने का रास्ता ही मालूम हुआ।

इन्द्रजीत–(आनन्द से) क्यों हम लोगों का खयाल ठीक निकला न!

आनन्द–निःसन्देह वह झूठा था, अगर ऐसा न होता तो जानकारों की तरह इस कोठरी में घुसकर गायब न हो जाता।

इन्द्रजीत–बात तो यह है कि तिलिस्म के इस भाग में बहुत समझ-बूझकर काम करना चाहिए जहां की आबोहवा अपनों को भी पराया कर देती है।

आनन्द–मामला तो कुछ ऐसा ही नजर आता है। मेरी राय में तो अब यहां चुपचाप बैठना भी व्यर्थ जान पड़ता है। यहां से किसी तरफ जाने का उद्योग करना चाहिए।

इन्द्रजीत–अब आज की रात तो सब्र करके बिता दो, कल सबेरे कुछ-न-कुछ बन्दोबस्त जरूर करेंगे।

इसके बाद दोनों भाई वहां से हटे और टहलते हुए बावली के पास आकर संगमरमरवाले चबूतरे पर बैठ गए। उसी समय उन्होंने एक आदमी को सामनेवाली इमारत के अन्दर से निकलकर अपनी तरफ आते देखा।

यह शख्स वही बुड्ढा दारोगा था, जिससे पहिले बाग में मुलाकात हो चुकी थी, जिसने नानक को गिरफ्तार किया था और जिसके दिए हुए कमन्द के सहारे दोनों कुमार उस दूसरे बाग में उतरकर इन्द्रानी और आनन्दी से मिले थे।

जब वह कुमार के पास पहुंचा तो साहब-सलामत के बाद कुमारों ने उसे इज्जत के साथ अपने पास बैठाया और यों बातचीत होने लगी–

इन्द्रजीत–आज पुनः आपसे मुलाकात होने की आशा तो न थी?

दारोगा–बेशक मुझे भी इस बात का गुमान न था परन्तु एक आवश्यक कार्य के कारण मुझे आप लोगों की सेवा में उपस्थित होना पड़ा। क्षमा कीजिएगा, जिस समय आप कमन्द के सहारे उस बाग में उतरे थे, उस समय मुझे इस बात की कुछ भी खबर न थी कि उन औरतों में जिन्हें देखकर आप उस बाग में गए थे, दो औरतें ऐसी हैं जिन्हें और बातों के अतिरिक्त यहां की रानी कहलाने की प्रतिष्ठा भी प्राप्त है। जिन्दगी का पिछला भाग इस बुढ़ौती के लिबास में काट रहा हूं इसलिए आंखों की रोशनी और ताकत ने भी एक तौर पर जवाब ही दे दिया है, इसीलिए मैं उन औरतों को भी पहिचान न सका।

इन्द्रजीत–खैर, तो यह बात ही क्या थी जिसके लिए आप माफी मांग रहे हैं और इससे मेरा हर्ज भी क्या हुआ? आप उस काम की फिक्र कीजिए जिसके लिए आपको यहां आने की तकलीफ उठानी पड़ी।

दारोगा–इस समय वे ही दोनों अर्थात् इन्द्रानी और आनन्दी मेरे यहां आने का सबब हुई हैं। मैं आपके पास इस बात की इत्तिला करने के लिए भेजा गया हूं कि परसों उन दोनों औरतों की शादी आप दोनों भाइयों के साथ होनेवाली है, आशा है कि आप दोनों भाई इसे स्वीकार करेंगे।

इन्द्रजीत–मैं अफसोस के साथ यह जवाब देने पर मजबूर हूं कि हम लोग इस शादी को मंजूर नहीं कर सकते और इसके कई सबब हैं।

दारोगा–ठीक है, मुझे भी पहिले-पहिल यही जवाब सुनने की आशा थी, मगर मैं आपको अपनी तरफ से भी नेकनीयती के साथ यह राय दूंगा कि आप इस शादी से इनकार न करें और मुझे उन सब बातों के कहने का मौका न दें जिन्हें लाचारी

की हालत में निवेदन करके समझाना पड़ेगा कि आप इस शादी से इनकार नहीं कर सकते, बाकी रही यह बात कि इनकार करने के कई सबब हैं, सो यद्यपि मैं उन कारणों के जानने का दावा तो नहीं कर सकता, मगर इतना तो जरूर कह सकता हूं कि सबसे बड़ा सबब जो है वह केवल मुझी को नहीं, बल्कि सभों को यहां तक कि इन्द्रानी और आनन्दी को भी मालून है। परन्तु मैं आपको भरोसा दिलाता हूं कि किशोरी और कामिनी को भी इस शादी से किसी तरह का दुख न होगा क्योंकि उन्हें इस बात की पूरी-पूरी खबर है कि यह शादी ही आपकी और उनकी मुलाकात का सबब होगी, बिना इस शादी के हुए वे आपको और आप उन्हें देख भी नहीं सकते।

इन्द्रजीत–मैं आपकी बातों पर विश्वास करने की कोशिश करूंगा परन्तु और सब बातों को किनारे रखकर मैं आपसे पूछता हूं कि यह शादी किस रीति के अनुसार हो रही है? विवाह के आठ प्रकार शास्त्र में कहे हैं, यह उनमें से कौन-सा प्रकार है और ऐसी शादी का नतीजा क्या निकलेगा। यद्यपि इसमें मेरी कुछ हानि नहीं हो सकती, परन्तु मेरी अनिच्छा के कारण जो कुछ हानि हो सकती है इसका विचार लड़कीवाले के सिर है।

दारोगा–ठीक है, मगर जहां तक मैं सोचता हूं, इन सब बातों पर अच्छी तरह विचार किया जा चुका है और ज्योतिषी ने भी निश्चय दिला दिया है कि इस शादी का नतीजा दोनों तरफ बहुत अच्छा निकलेगा। यद्यपि आप इस समय प्रसन्न नहीं होते, परन्तु अन्त में बहुत ही प्रसन्न होंगे। अच्छा इस समय तो मैं जाता हूं क्योंकि मैं केवल इत्तिला करने के लिए आया था, वाद-विवाद करने के लिए नहीं, परन्तु इसका जवाब पाने के लिए कल प्रातःकाल अवश्य आऊंगा।

इतना कहकर दारोगा उठ खड़ा हुआ और जवाब का इन्तजार कुछ भी न करके जिधर से आया था उधर ही चला गया। उसके जाने के बाद कुछ देर तक तो दोनों भाई उसी जगह बातचीत करते रहे और इसके बाद जरूरी कामों से छुट्टी पा और उसी बावली पर संध्या-वन्दन कर पुनः उस कमरे में चले आए जिसमें दोपहर तक का समय बिता चुके थे। इस सम्य संध्या हो चुकी थी और कुमारों को यह देखकर ताज्जुब हो रहा था कि उस कमरे में रोशनी हो चुकी थी, मगर किसी गैर की सूरत दिखाई नहीं पड़ती थी।

कुमार को उस कमरे में गए बहुत देर न हुई होगी कि इन्द्रानी और आनन्दी वहां आ पहुंचीं, जिन्हें देख कुमार बहुत खुश हुए और इन्द्रजीतसिंह ने इन्द्रानी से कहा, "तुमने तो कहला भेजा था कि अब मैं मुलाकात नहीं कर सकती!"

इन्द्रानी–बेशक ऐसा ही है, मगर मैं छिपकर आपसे कुछ कहने के लिए आई हूं।

इन्द्रजीत–वह कौन-सी बात है जिसने तुम्हें छिपकर यहां आने के लिए मजबूर किया और वह कौन-सा कसूर है जिसने मुझे तुम्हारा मेहमान...

इन्द्रानी–(बात काटकर और मुस्कुराकर) मैं आपकी सब बातों का जवाब दूंगी, आप मेहरबानी करके जरा मेरे साथ इस दूसरे कमरे में आइए।

इन्द्रजीत–क्या मेरी चीठी का जवाब भी लाई हो?

इन्द्रानी–जी हां, जवाब की चीठी भी इसी समय आपको दूंगी। (इन्द्रजीतसिंह और आनन्दसिंह को उठते देखकर आनन्दसिंह से) आप इसी जगह ठहरिए (आनन्दी से) तू भी इसी जगह ठहर, मैं अभी आती हूं।

इन्द्रजीतसिंह यद्यपि इन्द्रानी के साथ शादी करने से इनकार करते थे, मगर इन्द्रानी और आनन्दी की खूबसूरती, बुद्धिमानी, सभ्यता और उनकी मीठी बातें इस योग्य न थीं कि कुमार के दिल पर गहरा असर न करतीं और सामना होने पर उसे अपनी तरफ न खैंचतीं। इन्द्रजीतसिंह इन्द्रानी की बात से इनकार न कर सके और खुशी-खुशी उसके साथ दूसरे कमरे में चले गए।

हम नहीं कह सकते कि इन्द्रजीतसिंह और इन्द्रानी में दो घण्टे तक क्या बातें हुईं और इधर आनन्दसिंह और आनन्दी में कैसी ठहरी, मगर इतना जरूर कहेंगे कि जब इन्द्रजीतसिंह और इन्द्रानी दोनों आदमी लौटकर कमरे में आए तो बहुत खुश थे और इसी तरह आनन्दी और आनन्दसिंह के चेहरे पर भी खुशी की निशानी पाई जाती थी। इन्द्रानी और आनन्दी के चले जाने के बाद कई औरतें खाने-पीने का सामान लेकर हाजिर हुईं और दोनों भाई भोजन करके सो रहे। सुबह को जब वह दारोगा अपनी बातों का जवाब लेने के लिए आया तो दोनों कुमार उससे खुशी-खुशी मिले और बोले कि हम दोनों भाइयों को इन्द्रानी और आनन्दी के साथ ब्याह करना स्वीकार है।

बारहवां बयान

कुंअर इन्द्रजीतसिंह और आनन्दसिंह ने इन्द्रानी और आनन्दी से ब्याह करना स्वीकार कर लिया और इस सबब से उस छोटे-से बाग में ब्याह की तैयारी दिखाई देने लगी। इन दोनों कुमारों के ब्याह का बयान धूमधाम से लिखने के लिए हमारे पास कोई मसाला नहीं है। इस शादी में न तो बारात है न बाराती, न गाना है न बजाना, न धूम है न धड़क्का, न महफिल है न ज्याफत, अगर कुछ बयान किया भी जाए तो किसका! हां, इसमें कोई शक नहीं कि ब्याह करानेवाले पण्डित अविद्वान् और लालची न थे तथा शास्त्र की रीति से ब्याह कराने में किसी तरह की त्रुटि भी दिखाई नहीं देती थी। बावली के ऊपर संगमरमरवाला चबूतरा ब्याह का मड़वा बनाया गया था और उसी पर दोनों शादियां एक साथ ही हुई थीं, अस्तु, ये बातें भी इस योग्य नहीं कि जिनके बयान में तूल दिया जाए और दिलचस्प मालूम हों, हां, इस शादी के

सम्बन्ध में कुछ बातें ऐसी जरूर हुईं जो ताज्जुब और अफसोस की थीं। उनका बयान इस जगह कर देना हम आवश्यक सनझते हैं।

इन्द्रानी के कहे मुताबिक कुंअर इन्द्रजीतसिंह को आशा थी कि राजा गोपालसिंह से मुलाकात होगी, मगर ऐसा न हुआ। ब्याह के समय पांच-सात औरतों के (जिन्हें कुमार देख चुके थे मगर पहिचानते न थे) अतिरिक्त केवल चार मर्द वहां मौजूद थे। एक वही बुड्ढा दारोगा, दूसरे ब्याह करानेवाले पण्डितजी, तीसरे एक आदमी और जो पूजा इत्यादि की सामग्री इधर-से-उधर समयानुकूल रखता था और चौथा आदमी वह था, जिसने कन्यादान (दोनों का) किया था। चाहे वह इन्द्रानी और आनन्दी का बाप हो, या गुरु हो, या चाचा इत्यादि जो कोई भी हो, मगर उसकी सूरत देख कुंअर इन्द्रजीतसिंह और आनन्दसिंह को बड़ा ही आश्चर्य हुआ। यद्यपि उसकी उम्र पचास से ज्यादे न थी, मगर वह साठ वर्ष से भी ज्यादे उम्र का बुड्ढा मालूम होता था। उसके खूबसूरत चेहरे पर जर्दी छाई थी, बदन में हड्डी-ही-हड्डी दिखाई देती थीं, और मालूम होता था कि इसकी उम्र का सबसे बड़ा हिस्सा रंज-गम और मुसीबत ही में बीता है। इसमें कोई शक नहीं कि यह किसी जमाने में खूबसूरत, दिलेर और बहादुर रहा होगा, मगर अब तो अपनी सूरत-शक्ल से देखनेवालों के दिल में दुःख ही पैदा करता था। दोनों कुमार ताज्जुब की निगाहों से उसे देखते रहे और उसका असल हाल जानने की उत्कण्ठा उन्हें बेचैन कर रही थी।

कन्यादान हो जाने के बाद दोनों कुमारों ने अपनी-अपनी अंगुली से अंगूठी उतारकर अपनी-अपनी स्त्री को (निशानी या तोहफे के तौर पर) दी और इसके बाद सभों की इच्छानुसार दोनों भाई उठ उसी कमरे में चले गए जो एक तौर पर उनके बैठने का स्थान हो चुका था। इस समय रात घण्टे-भर से कुछ कम बाकी थी।

दोनों कुमारों को उस कमरे में बैठे पहर-भर से ज्यादे बीत गया, मगर किसी ने आकर खबर न ली कि वे दोनों क्या कर रहे हैं और उन्हें किसी चीज की जरूरत है या नहीं। आखिर राह देखते-देखते लाचार होकर दोनों कुमार कमरे के बाहर निकले और इस समय बाग में चारों तरफ सन्नाटा देखकर उन्हें बड़ा ही ताज्जुब हुआ। इस समय न तो उस बाग में कोई आदमी था और न ब्याह-शादी के सामान में से ही कुछ दिखाई देता था, यहां तक कि उस संगमरमर के चबूतरे पर भी (जिस पर ब्याह का मड़वा था) हर तरह से सफाई थी और यह नहीं मालूम होता था कि आज रात को इस पर कुछ हुआ था।

बेशक यह बात ताज्जुब की थी, बल्कि इससे भी बढ़कर यह बात ताज्जुब की थी कि दिन-भर बीत जाने पर भी किसी ने उनकी खबर न ली। जरूरी कामों से छुट्टी पाकर दोनों कुमारों ने बावली में स्नान किया और दो-चार फल, जो कुछ उस बागीचे में मिल सके, खाकर उसी पर सन्तोष किया।

दोनों भाइयों ने तरह-तरह के सोच-विचार में दिन ज्यों-त्यों करके बिता दिया, मगर संध्या होते-होते जो कुछ वहां पर उन्होंने देखा, उसके बर्दाश्त करने की ताकत उन दोनों के कोमल कलेजों में न थी। संध्या होने में थोड़ी ही देर थी जब उन दोनों ने उस बुड्ढे दारोगा को तेजी के साथ अपनी तरफ आते हुए देखा। उसकी सूरत पर हवाई उड़ रही थी और वह घबड़ाया हुआ-सा मालूम पड़ रहा था। आने के साथ ही उसने कुंअर इन्द्रजीतसिंह की तरफ देखकर कहा, ''बड़ा अन्धेर हो गया! आज का दिन हम लोगों के लिए प्रलय का दिन था, इसलिए आपकी सेवा में उपस्थित न हो सका!''

इन्द्रजीत–(घबड़ाहट और ताज्जुब के साथ) क्या हुआ?

दारोगा–आश्चर्य है कि इसी बाग में दो-दो खून हो गए और आपको कुछ मालूम न हुआ!!

इन्द्रजीत–(चौंककर) कहां और कौन मारा गया?

दारोगा–(हाथ का इशारा करके) उस पेड़ के नीचे चलकर देखने से आपको मालूम होगा कि एक दुष्ट ने इन्द्रानी और आनन्दी को इस दुनिया से उठा दिया, लेकिन बड़ी कारीगरी से मैंने खूनी को गिरफ्तार कर लिया है।

यह एक ऐसी बात थी, जिसने इन्द्रजीतसिंह और आनन्दसिंह के होश उड़ा दिए। दोनों घबड़ाए हुए उस बुड्ढे दारोगा के साथ पूरब तरफ चले गए और एक पेड़ के नीचे इन्द्रानी और आनन्दी की लाश देखी। उनके बदन में कपड़े और गहने सब वही थे, जो आज रात को ब्याह के समय कुमार ने देखे थे, और पास ही एक पेड़ के साथ बंधा हुआ नानक भी उसी जगह मौजूद था। उन दोनों को देखने के साथ ही इन्द्रजीतसिंह ने नानक से पूछा, ''क्या इन दोनों को तूने मारा है?''

इसके जवाब में नानक ने कहा, ''हां, इन दोनों को मैंने मारा है और इनाम पाने का काम किया है, ये दोनों बड़ी ही शैतान थीं!''

॥ अठारहवां भाग समाप्त ॥

उन्नीसवां भाग

पहिला बयान

अठारहवें भाग के अन्त में हम इन्द्रानी और आनन्दी का मारा जाना लिख आए हैं और यह भी लिख चुके हैं कि कुमार के सवाल करने पर नानक ने अपना दोष स्वीकार किया और कहा–"इन दोनों को मैंने ही मारा है और इनाम पाने का काम किया है, ये दोनों बड़ी ही शैतान थीं।"

एक तो इनके मारे जाने ही से दोनों कुमार दुःखी हो रहे थे, दूसरे नानक के इस उद्दण्डता के साथ जवाब देने ने उन्हें अपने आपे से बाहर कर दिया। कुंअर आनन्दसिंह ने तलवार के कब्जे पर हाथ रखकर बड़े भाई की तरफ देखा अर्थात् इशारे ही में पूछा कि यदि आज्ञा हो तो नानक को दो टुकड़े कर दिया जाएं। कुंअर आनन्दसिंह के इस भाव को नानक भी समझ गया और हंसता हुआ बोला, "आश्चर्य है कि आपके दुश्मनों को मारकर भी मैं दोषी ठहराया जाता हूं।"

इन्द्रजीत–क्या ये दोनों हमारी दुश्मन थीं?

नानक–बेशक।

इन्द्रजीत–इसका सबूत क्या है?

नानक–केवल ये दोनों लाशें।

इन्द्रजीत–इसका क्या मतलब?

नानक–यही कि इन दोनों का चेहरा साफ करने पर आपको मालूम हो जाएगा कि ये दोनों वास्तव में मायारानी और माधवी थीं।

इन्द्रजीत–(चौंककर ताज्जुब से) हैं, मायारानी और माधवी!!

नानक–(बात पर जोर देकर) जी हां, मायारानी और माधवी!

इन्द्रजीत–(आश्चर्य और क्रोध से बूढ़े दारोगा की तरफ देखकर) आप सुनते हैं, नानक क्या कह रहा है?

दारोगा–नहीं, कदापि नहीं, नानक झूठा है।

नानक–(लापरवाही से) कोई हर्ज नहीं, यदि कुमार चाहेंगे तो बहुत जल्द मालूम हो जाएगा कि झूठा कौन है!

दारोगा–बेशक, कोई हर्ज नहीं, मैं अभी बावली में से जल लाकर और इनका चेहरा धोकर अपने को सच्चा साबित करता हूं।

इतना कहकर दारोगा जोश दिखाता हुआ बावली की तरफ चला गया और फिर लौटकर न आया।

पाठक, आप समझ सकते हैं कि नानक की बातों ने कुंअर इन्द्रजीतसिंह और आनन्दसिंह के कोमल कलेजों के साथ कैसा बर्ताव किया होगा? आनन्दी और इन्द्रानी वास्तव में मायारानी और माधवी हैं, इस बात ने दोनों कुमारों को हद से ज्यादे बेचैन कर दिया और दोनों अपने किए पर पछताते हुए क्रोध और लज्जाभरी निगाहों से बराबर एक-दूसरे को देखते हुए मन में सोचने लगे कि 'हाय, हम दोनों से कैसी भूल हो गई! यदि कहीं यह हाल कमलिनी और लाडिली तथा किशोरी और कामिनी को मालूम हो गया तो क्या वे सब मारे तानों के हम लोगों के कलेजों को छलनी न कर डालेंगी। अफसोस, उस बुड्ढे दारोगा ही ने नहीं, बल्कि हमारे सच्चे साथी भैरोसिंह ने भी हमारे साथ दगा की। उसने कहा था कि इन्द्रानी ने मेरी सहायता की थी इत्यादि पर यह कदापि सम्भव नहीं कि मायारानी भैरोसिंह की सहायता करे। अफसोस, क्या अब यह जमाना आ गया कि सच्चे ऐयार भी अपने मालिकों के साथ दगा करें।'

कुछ देर तक इसी तरह की बातें दोनों कुमार सोचते और दारोगा के आने का इन्तजार करते रहे। आखिर आनन्दसिंह ने अपने बड़े भाई से कहा, "मालूम होता है कि वह कमबख्त बुड्ढा दारोगा डर के मारे भाग गया, यदि आज्ञा हो तो मैं जाकर पानी लाने का उद्योग करूं।" इसके जवाब में कुंअर इन्द्रजीतसिंह ने पानी लाने का इशारा किया और आनन्दसिंह बावली की तरफ रवाना हुए।

थोड़ी ही देर में कुंअर आनन्दसिंह अपना पटूका पानी से तर कर ले आए और यह कहते हुए इन्द्रजीतसिंह के पास पहुंचे–"बेशक दारोगा भाग गया।"

उसी पटूके के जल से दोनों लाशों का चेहरा साफ किया गया और उसी समय मालूम हो गया कि नानक ने जो कुछ कहा सब सच है, अर्थात् वे दोनों लाशें वास्तव में मायारानी तथा माधवी की ही हैं।

अब दोनों भाइयों के रंज और गम का कोई हद न रहा। सकते की हालत में खड़े हुए पत्थर की मूरत की तरह वे उन दोनों लाशों की तरफ देख रहे थे। कुछ देर के बाद कुंअर आनन्दसिंह ने एक लम्बी सांस लेकर कहा, "वाह रे भैरोसिंह, जब तुम्हारा यह हाल है तब हम लोग किस पर भरोसा कर सकते हैं!"

इसके जवाब में पीछे की तरफ से आवाज आई, "भैरोसिंह ने क्या कसूर किया है जो आप उस पर आवाज कस रहे हैं!"

दोनों कुमारों ने घूमकर देखा तो भैरोसिंह पर निगाह पड़ी। भैरोसिंह ने पुनः कहा, "जिस दिन आप इस बात को सिद्ध कर देंगे कि भैरोसिंह ने आपके साथ दगा की उस दिन जीते-जी भैरोसिंह को इस दुनिया में कोई भी न देख सकेगा।"

इन्द्रजीत–आशा तो ऐसी ही थी, मगर आजकल तुम्हारे मिजाज में कुछ फर्क आ गया है।

भैरो–कदापि नहीं।

इन्द्रजीत–अगर ऐसा न होता तो तुम बहुत-सी बातें मुझसे छिपाकर मुझे आफत में न डालते।

भैरो–(कुमार के पास जाकर) मैंने कोई बात आपसे नहीं छिपाई और जो कुछ आप समझे हुए हैं, वह आपका भ्रम है।

इन्द्रजीत–क्या तुमने नहीं कहा था कि इन्द्रानी तुम्हें इस तिलिस्म में मिली थी और उसने तुम्हारी सहायता की थी?

भैरो–कहा था और बेशक कहा था।

इन्द्रजीत–(उन दोनों लाशों की तरफ इशारा करके) फिर यह क्या मामला है? तुम देख रहे हो कि ये किसकी लाशें हैं?

भैरो–मैं जानता हूं कि ये मायारानी और माधवी की लाशें हैं जो नानक के हाथ से मारी गई हैं, मगर इससे मेरा कोई कसूर साबित नहीं होता और न मेरी बात ही झूठी होती है। सम्भव है कि इन दोनों ने जिस तरह आपको धोखा दिया उसी तरह आपका मित्र और साथी समझकर मुझे भी धोखा दिया हो।

इन्द्रजीत–(कुछ सोचकर) खैर, एक नहीं, मैं और भी कई बातों में तुम्हें झूठा साबित करूंगा।

भैरो–दिल्लगी के शब्दों को छोड़कर आप मेरी एक बात भी झूठी साबित नहीं कर सकते।

इन्द्रजीत–सो सब-कुछ नहीं, इन पेचीली बातों को छोड़कर, तुम्हें साफ-साफ मेरी बातों का जवाब देना होगा।

भैरो–मैं बहुत साफ-साफ आपकी बातों का जवाब दूंगा, आपको जो कुछ पूछना हो, पूछें।

इन्द्रजीत–तुम हम लोगों से विदा होकर कहां गए थे, अब कहां से आ रहे हो, और इन लाशों की खबर तुम्हें कैसे मिली?

भैरो–आप तो एक साथ बहुत से सवाल कर गए जिनका जवाब मुख्तसर में हो ही नहीं सकता। बेहतर होगा कि आप यहां से चलकर उस कमरे में या और किसी ठिकाने बैठें और जो कुछ मैं जवाब देता हूं उसे गौर से सुनें। मुझे पूरा यकीन है कि निःसन्देह आप लोगों के दिल का खुटका निकल जाएगा और आप लोग मुझे बेकसूर समझेंगे इतना ही नहीं, मैं और भी कई बातें आपसे कहूंगा।

इन्द्रजीत–इन दोनों लाशों को और नानक को यों ही छोड़ दिया जाए?

भैरो–क्या हर्ज है अगर यों ही छोड़ दिया जाए!

नानक–जबकि मैंने आप लोगों के साथ किसी तरह की बुराई नहीं की है तो फिर मुझे इस बेबसी की हालत में क्यों छोड़े जाते हैं? यदि मुझे कुछ इनाम न मिले तो कम-से-कम कैद से तो छुट्टी मिल जाए।

इन्द्रजीत–ठीक है, मगर अभी हमें यह मालूम होना चाहिए कि तू इस तिलिस्म के अन्दर क्योंकर और किस नीयत से आया था, क्योंकि अभी उसी बाग में तेरी बदनीयती का हाल मालूम हो चुका, जब दारोगा ने तुझे पकड़ा था।

नानक–मगर आपको दारोगा की बदनीयती का हाल भी तो मालूम हो चुका है।

भैरो–इस पचड़े से हमें कोई मतलब नहीं, अभी राजा गोपालसिंह का आदमी इसको लेने के लिए आता होगा। इसे उसके हवाले कर दीजिएगा।

इन्द्रजीत–अगर ऐसा हो तो बहुत अच्छी बात है, मगर क्या तुमको ठीक मालूम है कि राजा गोपालसिंह का आदमी आएगा? क्या इस मामले की खबर उन्हें लग गई है?

भैरो–जी हां।

इन्द्रजीत–क्योंकर?

भैरो–सो तो मैं नहीं जानता, मगर कमलिनी की जुबानी जो कुछ सुना है, वह कह सकता हूं।

इन्द्रजीत–तो क्या तुमसे और कमलिनी से मुलाकात हुई थी? इस समय वे सब कहां हैं?

भैरो–जी हां, हुई थी और मैं आपकी मुलाकात उन लोगों से करा सकता हूं। (हाथ का इशारा करके) वे सब उस तरफवाले बाग में हैं, और इस समय मैं उन्हीं के साथ था (रुककर और सामने की तरफ देखकर), वह देखिए राजा गोपालसिंह का आदमी आ पहुंचा।

दोनों भाइयों ने ताज्जुब के साथ उस तरफ देखा, वास्तव में एक आदमी आ रहा था जिसने पास पहुंचकर एक चीठी इन्द्रजीतसिंह के हाथ में दी और कहा, ''मुझे राजा गोपालसिंह ने आपके पास भेजा है।''

इन्द्रजीतसिंह ने उस चीठी को बड़े गौर से देखा। राजा गोपालसिंह का हस्ताक्षर और खास निशान भी पाया। जब निश्चय हो गया कि यह चीठी राजा गोपालसिंह ही की लिखी है, तब पढ़के आनन्दसिंह को दे दिया। उस पत्र में केवल इतना लिखा हुआ था–

''आप नानक तथा मायारानी और माधवी की लाश को, इस आदमी के हवाले करके अलग हो जाएं और जहां तक जल्दी हो सके, तिलिस्म का काम पूरा करें।''

इन्द्रजीतसिंह ने उस आदमी से कहा, ''नानक और ये दोनों लाशें तुम्हारे सुपुर्द हैं, तुम जो मुनासिब समझो, करो, मगर राजा गोपालसिंह को कह देना कि कल तक वह इस बाग में मुझसे जरूर मिल लें।'' इसके जवाब में उस आदमी ने ''बहुत अच्छा'' कहा और दोनों कुमार तथा भैरोसिंह वहां से रवाना होकर बावली पर आए।

तीनों ने उस बावली में स्नान करके अपने कपड़े सूखने के लिए पेड़ों पर फैला दिए और इसके बाद ऊपरवाले चबूतरे पर बैठकर बातचीत करने लगे।

दूसरा बयान

कुंअर इन्द्रजीतसिंह ने एक लम्बी सांस लेकर भैरोसिंह से कहा, "भैरोसिंह, इस बात का तो मुझे गुमान भी नहीं हो सकता कि तुम स्वप्न में भी हम लोगों के साथ बुराई करने का इरादा करोगे, मगर तुम्हारे झूठ बोलने ने हम लोगों को दुःखी कर दिया। अगर तुमने झूठ बोलकर हम लोगों को धोखे में न डाला होता तो आज इन्द्रानी और आनन्दीवाले मामले में पड़कर हमने अपने मुंह में अपने हाथ से स्याही न मली होती। यद्यपि इन दोनों औरतों के बारे में तरह-तरह के विचार मन में उठते थे, मगर इस बात का गुमान कब हो सकता था कि ये दोनों मायारानी और माधवी होंगी! ईश्वर ने बड़ी कुशल की कि शादी होने के बाद आधी घड़ी के लिए भी उन दोनों कमबख्तों का साथ न हुआ, अगर होता तो बड़े ही धर्म-संकट में जान फंस जाती। मैं यह समझता हूं कि राजा गोपालसिंह की आज्ञानुसार आजकल तुम कमलिनी वगैरह का साथ दे रहे हो, शायद ऐसा करने में भी कोई फायदा ही होगा, मगर इस बात पर हमारा खयाल कभी नहीं जम सकता कि इतनी बढ़ी-चढ़ी दिल्लगी करने की किसी ने तुम्हें इजाजत दी होगी। नहीं-नहीं, इसे दिल्लगी नहीं कहना चाहिए, यह तो इज्जत और हुर्मत को मिट्टी में मिला देनेवाला काम है। भला तुम ही बताओ कि किशोरी और कमलिनी वगैरह तथा और लोगों के सामने अब हम अपना मुंह क्योंकर दिखाएंगे!

भैरो–और लोगों की बातें तो जाने दीजिए, क्योंकि इस तिलिस्म के अन्दर जो कुछ हो रहा है, इसकी खबर बाहरवालों को हो ही नहीं सकती, हां किशोरी, कामिनी और कमला वगैरह अवश्य ताना मारेंगी क्योंकि उनको इस मामले की पूरी खबर है और वे लोग इसी बगलवाले बाग में मौजूद भी हैं, मगर मैं सच कहता हूं कि इस मामले में मैं बिल्कुल बेकसूर हूं! इसमें कोई शक नहीं कि कमलिनी की इच्छानुसार मैं बहुत-सी बातें आप लोगों से छिपा गया हूं, मगर इन्द्रानी के मामले में मैं भी धोखा खा गया। मैंने ही नहीं बल्कि कमलिनी ने भी यही समझा था कि इन्द्रानी और आनन्दी इस तिलिस्म की रानी हैं। खैर, अब तो जो कुछ होना था वह हो चुका, रंज को दूर कीजिए और चलिए, मैं आपकी कमलिनी वगैरह से मुलाकात कराऊं।

इन्द्रजीत–नहीं, अभी मैं उन लोगों से मुलाकात न करूंगा, कुछ दिन के बाद देखा जाएगा।

आनन्द–जी हां, मेरी भी यही राय है। अफसोस, माधवी की बनावटी कलाई पर भी उस समय कुछ ध्यान नहीं गया, यद्यपि यह एक मामूली और छोटी बात थी!

भैरो–नहीं-नहीं, ऐसा खयाल न कीजिए, जब आप अपना दिल इतना छोटा कर लेंगे तब किसी भारी काम को क्योंकर करेंगे? इसे भी जाने दीजिए, आप यह बताइए कि इसमें किशोरी या कमलिनी वगैरह का क्या कसूर है जो आप उनसे मुलाकात तक भी न करेंगे? शादी-ब्याह का शौक बढ़ा आपको और भूल हुई आपसे, कमलिनी ने भला क्या किया? (चौंककर) खैर, आप उनके पास न जाइए, वह देखिए कमलिनी खुद ही आपके पास चली आ रही हैं!

कुंअर इन्द्रजीतसिंह और आनन्दसिंह ने अफसोस और रंज से झुका सिर उठाकर देखा तो कमलिनी पर निगाह पड़ी जो धीरे-धीरे चलती और मुस्कुराती हुई इन्हीं लोगों की तरफ आ रही थी।

तीसरा बयान

नानक को लिये हुए मायारानी दूसरी तरफ चली गई, मगर जिस जगह जाना चाहती थी, वहां पहुंचने के पहिले ही उसने पुनः एक गोपालसिंह को अपने से कुछ दूर पर देखा और उसी समय तिलिस्मी तमंचे में गोली भरकर निशाना सर किया। गोली उसके घुटने पर लगकर फूट गई और उसमें से निकला हुआ बेहोशी का धुआं उसके चारों तरफ फैल गया, मगर उसका असर गोपालसिंह पर कुछ भी न हुआ। गोपालसिंह तेजी के साथ लपककर मायारानी के पास चले आए और बोले, "मैं वह नकली गोपालसिंह नहीं हूं जिस पर इस तमंचे का कुछ असर हो, मैं असली गोपालसिंह हूं और तुझसे यह पूछने के लिए आया हूं कि बता अब तेरे साथ क्या सलूक किया जाए?"

यह कैफियत देखकर मायारानी घबड़ा गई और उसे निश्चय हो गया कि अब उसकी मौत सामने आ खड़ी हुई है जो एक पल के लिए भी उसका मुलाहिजा न करेगी, अस्तु, वह गोपालसिंह की बात का कुछ जवाब न दे सकी और नानक की तरफ देखने लगी। गोपालसिंह ने यह कहकर कि 'नानक की तरफ क्या देख रही है मेरी तरफ...' एक तमाचा उसके गाल पर इस जोर से मारा कि वह इस सदमे को बर्दाश्त न कर सकी और चक्कर खाकर जमीन पर बैठ गई। गोपालसिंह ने अपनी जेब में से कुछ निकालकर उसे जबर्दस्ती सुंघाया जिससे वह बेहोश होकर जमीन पर लेट गई।

इसके बाद गोपालसिंह ने नानक की तरफ, जो डर के मारे खड़ा कांप रहा था, देखा और कहा–

गोपाल–कहो नानक, तुम यहां कैसे आ गए? क्या उस भुवनमोहिनी के प्रेम में कमी तो नहीं हो गई या मनोरमा को खोजते हुए तो नहीं आ गए?

नानक–(डरता हुआ हाथ जोड़कर) जी मैं कमलिनी जी से मिलने के लिए आया था क्योंकि वे मुझ पर कृपा रखती हैं और जब-जब मुझे ग्रहदशा आकर घेरती है तब-तब सहायता करती हैं। मुझे यह खबर लगी थी कि वे इस बाग में आई हुई हैं।

गोपाल–मगर यहां आकर कमलिनी की जगह मायारानी से मदद मांगने की नौबत आ गई, बल्कि क्या ताज्जुब कि इसी के साथ तुम यहां आए भी हो।

नानक–जी नहीं, मेरा इसका साथ भला क्योंकर हो सकता है, क्योंकि यह मेरी पुरानी दुश्मन है और इसने धोखा देकर मेरे बाप को ऐसी आफत में डाल दिया है कि अभी तक उसे किसी तरह छुटकारा नहीं मिलता।

गोपाल–वह सब जो कुछ है, मैं खूब जानता हूं। तुमने अपने बाप के लिए जो कुछ कोशिश की वह भी किसी से छिपी नहीं है तथा तारासिंह ने तुम्हारे यहां जाकर जो कुछ तुम्हारा हाल मालूम किया है, वह भी मुझे मालूम है। अच्छा अब मैं समझा कि तुम तारासिंह से बदला लेने यहां आए हो! मगर यह तो बताओ कि किस राह से तुम यहां आए?

नानक–जी नहीं, यह बात नहीं है, भला मैं तारासिंह से क्या बदला ले सकूंगा? तारासिंह ही से नहीं, बल्कि राजा बीरेन्द्रसिंह के किसी भी ऐयार का मुकाबला करने की हिम्मत मेरे में नहीं, मगर तारासिंह ने जो कुछ सलूक मेरे साथ किया है उसका रंज जरूर है और मैं कमलिनी से इसी बात की शिकायत करने यहां आया था, क्योंकि मुझे उनका बड़ा भरोसा रहता है और यहां आने का रास्ता भी उन्होंने ही उस समय मुझे बताया था, जब कमबख्त मायारानी की बदौलत आप यहां कैद थे और पागल बने हुए तेजसिंह यहां आए हुए थे।

गोपाल–हां ठीक है, मगर मैं समझता हूं कि साथ ही इसके तुम उन भेदों के जानने का भी इरादा करके आए होगे जो गूंगी रामभोली की बदौलत यहां आने पर तुमने देखा था...

नानक–जी हां, इसमें कोई शक नहीं कि मैं उन भेदों को भी जानना चाहता हूं, परन्तु यह बात बिना आपकी कृपा के...

गोपाल–नहीं-नहीं, उन भेदों का जानना तुम्हारे लिए बहुत ही मुश्किल है क्योंकि तुम्हारी गिनती ईमानदार ऐयारों में नहीं हो सकती। यद्यपि वह सब हाल मुझे मालूम है। लाडिली ने तुम्हारा अनूठा हाल पूरा-पूरा बयान किया था और उसी को रामभोली समझकर तुम यहां आए भी थे, मगर जो कुछ तुमने यहां आकर देखा, उसका सबब बयान करना मैं उचित नहीं समझता, फिर भी इतना जरूर कहूंगा कि वह अनोखी तस्वीर जो दारोगावाले अजायबघर के बंगले में तुमने देखी थी वास्तव में कुछ न थी या अगर थी तो केवल तुम्हारी रामभोली की निरी शरारत।

नानक–और वह कुएंवाला हाथ?

गोपाल–वह तुम्हारे बुजुर्ग धनपत का साया था। (कुछ सोचकर) मगर नानक, मुझे इस बात का अफसोस है कि तुम अपनी जवानी, हिम्मत, लियाकत और ऐयारी तथा बुद्धिमानी का खून बुरी तरह कर रहे हो। इसमें कोई शक नहीं कि अगर तुम इश्क और मुहब्बत के झगड़ों में न पड़े होते तो समय पर अपने बाप की सहायता

करने लायक होते। अब भी तुम्हारे लिए उचित यही है कि तुम अपने खयालों को सुधारकर इज्जत पैदा करने की कोशिश करो और किसी के साथ दुश्मनी करने या बदला लेने का खयाल दिल से दूर कर दो। इस थोड़ी-सी जिन्दगी में मामूली ऐशोआराम के लिए अपना परलोक बिगाड़ना पढ़े-लिखे बुद्धिमानों का काम नहीं है। अच्छे लोग मौत और जिन्दगी का फैसला एक अनूठे ढंग पर करते हैं। उनका खयाल है कि दुनिया में वह कभी मरा हुआ तब तक न समझा जाएगा जब तक उसका नाम नेकी के साथ सुना या लिया जाएगा और जिसने अपने माथे पर बुराई का टीका लगा लिया वह मुर्दे से भी बढ़कर है। दुष्ट लोग यदि किसी कारण मनुष्य को चींटी समझने लायक हो भी जाएं तो भी कोई बात नहीं, मगर ईश्वर की तरफ से वे किसी तरह निश्चिन्त नहीं हो सकते और अपने-अपने कामों का फल अवश्य पाते हैं। क्या इन्हीं राजा बीरेन्द्रसिंह और मेरे किस्से से तुम यह नसीहत नहीं ले सकते? क्या तुम मायारानी, माधवी, अग्निदत्त और शिवदत्त वगैरह से भी अपने को बढ़कर समझते हो और नहीं जानते कि उन लोगों का अन्त किस तरह हुआ और हो रहा है? फिर किस भरोसे पर तुम अपने को बुरी राह चलाया चाहते हो? निःसन्देह तुम्हारा बाप बुद्धिमान है, जो एक नामी और अद्‌भुत शक्ति रखनेवाला अमीर ऐयार होने और हर तरह की बेइज्जती सहने पर भी राजा बीरेन्द्रसिंह का कृपापात्र बनने का ध्यान अपने दिल से दूर नहीं करता, और तुम उसी भूतनाथ के लड़के हो जो अपने दिल को भी काबू में नहीं रख सकते!

इस तरह की बहुत-सी नसीहत-भरी बातें राजा गोपालसिंह ने इस ढंग से नानक को कहीं कि उसके दिल पर असर कर गईं। वह राजा गोपालसिंह के पैरों पर गिर पड़ा और जब उन्होंने उसे दिलासा देकर उठाया तो हाथ जोड़के अपनी डबडबाई हुई आंखें नीचे किए हुए बोला, ''मेरा अपराध क्षमा कीजिए! यद्यपि मैं क्षमा मांगने योग्य नहीं हूं परन्तु आपकी उदारता मुझे क्षमा देने योग्य है। अब मुझे अपनी ताबेदारी में लीजिए और हर तरह से आजमाकर देखिए कि आपकी नसीहत का असर मुझ पर कैसा पड़ा और अब मैं किस तरह आपकी खिदमत करता हूं।''

इसके जवाब में गोपालसिंह ने कहा, ''अच्छा हम तुम्हारा कसूर माफ करके तुम्हारी दर्खास्त कबूल करते हैं। तुम मेरे साथ आओ और जो कुछ मैं कहूं, सो करो।''

चौथा बयान

कमलिनी को देखकर दोनों कुमार शर्माए और मन में तरह-तरह की बातें सोचने लगे। देखते-देखते कमलिनी उनके पास आ गई और प्रणाम करके बोली, ''आप यहां जमीन पर क्यों बैठे हैं? उस कमरे में चलकर बैठिए, जहां फर्श बिछा है और सब तरह का आराम है।''

इन्द्रजीत–मगर वहां अंधकार तो जरूर होगा?

कमलिनी–जी नहीं, वहां बखूबी रोशनी हो रही होगी, (मुस्कुराकर) क्योंकि यहां की रानी के मर जाने से यह बाग एक सुघड़ रानी के अधिकार में आ गया है और उसने आपकी खातिर में रोशनी जरूर कर रक्खी होगी।

इन्द्रजीत–(कुछ शर्मिन्दगी के साथ) बस रहने दीजिए, मैं यहां की रानियों का मेहमान नहीं बनता, जो कुछ बनना था, सो बन चुका, अब तो तुम्हारी दिल्लगी का निशाना बनूंगा।

कमलिनी–(हाथ जोड़के) मेरी क्या मजाल जो आपसे दिल्लगी करूं, अच्छा आप मेरे मेहमान बनिए और यहां से उठिए।

इन्द्रजीत–क्या तुम नहीं जानतीं कि यहां अपने भी पराए होकर दुःख देने के लिए तैयार हो जाते हैं?

भैरो–(कमलिनी से) आपने खयाल किया या नहीं? यह मेरी पूजा हो रही है।

कमलिनी–होनी ही चाहिए, आप इसी योग्य हैं। (इन्द्रजीतसिंह से) मगर आप मुझ लौंडी पर किसी तरह का शक न करें। यदि आप यह समझते हों कि मैं वास्तव में कमलिनी नहीं हूं तो मैं बहुत-सी बातें उस जमाने की आपको याद दिलाकर अपने पर विश्वास करा सकती हूं जिस जमाने में आप तालाबवाले तिलिस्मी मकान में मेरे साथ रहते थे। (उस समय की दो-तीन गुप्त बातों का इशारा करके) कहिए अब भी मुझ पर शक है?

इन्द्रजीत–(बनावटी मुस्कुराहट के साथ) नहीं, अब तुम पर शक तो किसी तरह का नहीं है मगर रंज जरूर है।

कमलिनी–रंज! सो किस बात का?

इन्द्रजीत–इस बात का कि यहां आने पर तुमने जान-बूझके अपने को मुझसे छिपाया और मुझे तरद्दुद में डाला!

कमलिनी–(हंसकर और कुमार का हाथ पकड़के) अच्छा आप यहां से उठिए और उस कमरे में चलिए तो मैं आपकी सब बातों का जवाब दूंगी। आप तो जरा-सी बात में रंज हो जाते हैं। अगर आपके साथ किसी तरह का मसखरापन किया या हम लोगों को आपसे मिलने नहीं दिया तो आपकी भावज साहेबा ने, अस्तु, आपकी ऐसी बातों का जवाब भी वे ही देंगी और उनसे भी उसी कमरे में मुलाकात होगी।

इन्द्रजीत–मेरी भावज साहेबा! सो कौन, क्या लक्ष्मीदेवी?

कमलिनी–जी हां, वे उसी कमरे में बैठी आपका इन्तजार कर रही हैं, चलिए।

इन्द्रजीत–हां, उनसे तो मैं जरूर मिलूंगा। जब से मैंने यह सुना है कि 'तारा लक्ष्मीदेवी है' तभी से मैं उनसे मिलने के लिए बेताब हो रहा हूं।

यह कहकर इन्द्रजीतसिंह उठ खड़े हुए और अपने सूखे हुए कपड़े पहिरकर कमलिनी के साथ उसी कमरे की तरफ चले जिसमें पहिले भी कई दफे आराम कर चुके थे। उनके पीछे-पीछे आनन्दसिंह और भैरोसिंह भी गए।

इस समय कमलिनी मामूली ढंग में न थी, बल्कि बेशकीमत पोशाक और गहनों से अपने को सजाए हुए थी। एक तो यों ही किशोरी के मुकाबिले खूबसूरत और हसीन थी, तिस पर इस समय की बनावट और शृंगार ने उसे और भी उभाड़ रक्खा था। यद्यपि आज उससे मिलने के पहिले कुमार तरह-तरह की बातें सोच रहे थे और इन्द्रानी तथा आनन्दीवाले मामले से शर्मिन्दा होकर जल्दी उससे मिलना नहीं चाहते थे, मगर जब वह सामने आकर खड़ी हो गई तो सब बातें एक तरह पर थोड़ी देर के लिए भूल गए और खुशी-खुशी उसके साथ चलकर उस कमरे में जा पहुंचे।

इस कमरे का दरवाजा मामूली ढंग पर बन्द था, जो कमलिनी के धक्का देने से खुल गया और ज्यादे रोशनी के सबब भीतर के जगमगाते हुए सामान तथा कई औरतों पर दोनों कुमारों की निगाह पड़ी जो उन्हें देखते ही उठ खड़ी हुईं और जिनमें से एक को छोड़ बाकी की सभों ने कुंअर इन्द्रजीतसिंह को और कई ने आनन्दसिंह को भी प्रणाम किया।

यह औरत, जिसने कुमार को सलाम नहीं किया लक्ष्मीदेवी थी और वह राजा गोपालसिंह की जुबानी सुन चुकी थी कि दोनों कुमार उनके छोटे भाई हैं, अस्तु दोनों कुमारों ने स्वयं लक्ष्मीदेवी को सलाम किया और उनकी पिछली अवस्था पर अफसोस करके पुनः जमानिया की रानी बनने पर प्रसन्नता के साथ मुबारकबाद देने के बाद और विषयों में भी देर तक उससे बातें करते रहे। इसके बाद किशोरी, कामिनी इत्यादि से बातचीत की नौबत पहुंची। किशोरी और इन्द्रजीतसिंह में तथा कामिनी और आनन्दसिंह में सच्ची और बढ़ी-चढ़ी मुहब्बत थी, परन्तु धर्म, लज्जा और सभ्यता का पल्ला भी उन लोगों ने मजबूती के साथ पकड़ा हुआ था, इसलिए यद्यपि यहां पर कोई बड़ी-बूढ़ी औरत मौजूद न थी जिससे विशेष लज्जा करनी पड़ती, तथापि इन चारों ने इस समय बनिस्बत जुबान के विशेष करके आंखों के इशारों तथा भावों ही में अपने दुःख-दर्द और जुदाई के सदमे को झलकाकर उपस्थित अवस्था तथा इस अनोखे मेल-मिलाप पर प्रसन्नता प्रकट की। कमलिनी, लाडिली, कमला, सर्यू और इन्दिरा आदि से भी कुशल-क्षेम पूछने के बाद इन लोगों में यों बातें होने लगीं--

इन्द्रजीत--(लक्ष्मीदेवी से) आपको इस बात की शिकायत तो जरूर होगी कि आपको हद से ज्यादे दुःख भोगना पड़ा, मगर यह जानकर आप अपना दुःख जरूर भूल गई होंगी कि भाई साहब ने कमबख्त मायारानी की बदौलत जो कुछ कष्ट भोगा, उसे भी कोई साधारण मनुष्य सहन नहीं कर सकता।

लक्ष्मीदेवी–निःसन्देह ऐसा ही है, क्योंकि मुझे तो किसी-न-किसी तरह आजादी की हवा मिल भी रही थी, मगर उन्हें अंधेरी कोठरी में जिस तरह रहना पड़ा वैसा ईश्वर न करे किसी दुश्मन को भी नसीब हो।

इन्द्रजीत–(मुस्कुराकर) मगर मैंने तो सुना था कि आप उनसे नाराज हो गई हैं और जमानिया जाने में...

कमलिनी–(हंसकर) ये बनिस्बत उनके जिन्न को ज्यादे पसन्द करती थीं।

लक्ष्मीदेवी–वास्तव में उन्होंने बड़ा भारी धोखा दिया था।

इन्द्रजीत–जैसाकि आपने तारा बनकर कमलिनी को धोखा दिया था।

कमला–आपने ठीक कहा, क्योंकि ऐयारी दोनों ही ने की थी।

कमलिनी–ओफ, जब मैं वह समय याद करती हूं, जब ये तारा बनकर मेरे यहां रहती और ऐयारी का काम करती थीं तो मुझे आश्चर्य होता है। वास्तव में इनकी ऐयारी बहुत अच्छी होती थी और ये दुश्मनों का पता खूब लगाती थीं, रोहतासगढ़ पहाड़ी के नीचे जब मायारानी का ऐयार कंचनसिंह को मारकर आपको रथ पर सुलाके ले गया था, तब भी इन्होंने मुझे खबर कुछ ही देर पहिले पहुंचाई थी।

इन्द्रजीत–(ताज्जुब से) हां! तब तो इनका बहुत बड़ा अहसान मेरी गर्दन पर भी है! ओफ, वह जमाना भी कैसा भयानक था! मजा तो यह था कि दुश्मन लोग आपुस में लड़ मरते थे पर एक की दूसरे को खबर नहीं होती थी। देखो रोहतासगढ़ में मायारानी की चमेली ने तो माधवी पर वार किया और माधवी को मरते दम तक इस बात का पता न लगा। अगर पता लग जाता तो क्या आज दिन माधवी, मायारानी के साथ मिलकर यहां के तिलिस्मी बाग में आने की हिम्मत कभी करती?

कमलिनी–कदापि नहीं, (हंसकर) मगर आश्चर्य तो यह है कि जिस माधवी और मायारानी ने इतना ऊधम मचा रक्खा था उन्हीं दोनों से आपने शादी कर ली। अफसोस तो यही है कि उनके पापों ने उन्हें बचने न दिया और हम लोगों को मुबारकबाद देने का मौका न मिला!

इन्द्रजीत–(शर्माकर) तुम तो...!

लक्ष्मीदेवी–(कुमार की बात काटकर कमलिनी से) बहिन, तुम भी कैसी शोख हो! कई दफे तुमसे कह चुकी कि इस बात का जिक्र न करना, मगर आखिर तुमने न माना! खैर, अगर कुमार ने शादी किया तो किया फिर तुम्हें क्या? तुम ताना मारने वाली कौन? और फिर भूलचूक की बात ही क्या है। इन्होंने कुछ जान-बूझके तो शादी की ही नहीं, धोखे में पड़ गए। खबरदार, अब इस बात का जिक्र कोई करने न पाए। (कुमार से) हां, तो बताइए कि हम लोगों का हाल आपको कुछ मालूम हुआ या नहीं?

इन्द्रजीत–मैं तो बहुत दिनों से तिलिस्म के अन्दर हूं, मगर बाहर का हाल जिसमें आप लोगों का हाल भी मिला हुआ था, भाई साहब (गोपालसिंह) बराबर सुना दिया करते थे और जो कुछ नहीं मालूम वह अब मालूम हो जाएगा, क्योंकि ईश्वर की कृपा

से आप लोगों का बहुत अच्छा समागम हुआ है, एक-दूसरे की बीती कहने-सुनने का मौका आज से बढ़कर फिर न मिलेगा। साथ ही इसके मैं यह भी कहूंगा कि आप (कमलिनी की तरफ इशारा करके) इन्हें बात-बात में डांटने या दबाने की तकलीफ न करें, ये जितना और जो कुछ मुझे कहें, कहने दीजिए क्योंकि मैं इनके हाथ बिका हुआ हूं। इन्होंने हम लोगों के साथ जो कुछ सलूक किया है वह किसी से छिपा नहीं है और न उसका बोझ हम लोगों के सिर से कभी उतर सकता है।

कमलिनी–बस-बस-बस, ज्यादे तारीफों की भरमार न कीजिए। अगर आप... (सर्यू की तरफ देखके) चाची क्षमा कीजिए और जरा इस कमरे में जाकर (दोनों कुमारों और भैरोसिंह की तरफ बताकर) इन लोगों के लिए खाने का इन्तजाम कीजिए।

सर्यू–कमलिनी का मतलब समझ गई कि उसके सामने हंसी-दिल्लगी की बातें करते इन लोगों को शर्म मालूम होती है और उचित भी यही है, अस्तु, वह उठकर दूसरे कमरे में चली गई और तब कमलिनी ने पुनः इन्द्रजीतसिंह से कहा, ''हां, अगर आप मेरे हाथ बिके हुए हैं तो कोई चिन्ता नहीं, मैं आपको बड़ी खातिर के साथ अपने पास रक्खूंगी।''

किशोरी–(मुस्कुराती हुई) इनकी तावीज बनाके गले में पहिर लेना।

कमलिनी–जी नहीं, गले तो ये तुम्हारे मढ़े जाएंगे, मैं तो इन्हें हाथों पर लिये फिरूंगी।

लक्ष्मीदेवी–बल्कि चुटकियों पर, क्योंकि तुम ऐसी ही शोख और मसखरी हो! (कुमार से) आज हम लोगों के लिए बड़ी खुशी का दिन है, ईश्वर ने बड़े भागों से यह दिन दिखाया है, अतएव अगर हम लोग हंसी-दिल्लगी में कुछ विशेष कह जाएं तो रंज न मानिएगा।

इन्द्रजीत–ताज्जुब है कि आप रंज होने का जिक्र करती हैं! क्या आप इस बात को नहीं जानतीं कि इन्हीं बातों के लिए हम लोग कब से तरस रहे हैं! (कमलिनी की तरफ देखके और मुस्कुराके) मगर आशा है कि अब तरसना न पड़ेगा।

कमलिनी–यह तो (किशोरी की तरफ बताके) इन्हें कहिए, तरसने की बात का जवाब तो यह ही दे सकेंगी।

किशोरी–ठीक है, क्योंकि आदमी जब किसी के हाथ बिक जाता है तो आजादी की हवा खाने के लिए उसे तरसना ही पड़ता है।

इन्द्रजीत–(बात का ढंग दूसरी तरफ बदलने की नीयत से कमलिनी की तरफ देखकर) हां, यह तो बताओ कि नानक से और तुम लोगों से मुलाकात हुई थी या नहीं?

कमलिनी–जी नहीं, उस पर तो आपको बड़ा रंज होगा!

इन्द्रजीत–हां, इसलिए कि उसने अपनी चाल-चलन को बहुत बिगाड़ रक्खा है। (कमला से) तुमने यह तो सुना ही होगा कि नानक भूतनाथ का लड़का है और भूतनाथ तुम्हारा पिता है!

कमला—जी हां, मैं सुन चुकी हूं, मगर वे (लम्बी सांस लेकर) आजकल अपनी भूलों के सबब आप लोगों के मुजरिम बन रहे हैं!

इन्द्रजीत—चिन्ता मत करो, पिछले जमानों में अगर भूतनाथ से किसी तरह का कसूर हो गया तो क्या हुआ, आजकल वह हम लोगों का काम बड़ी खूबी और नेकनीयत के साथ कर रहा है और तुम विश्वास रक्खो कि उसका सब कसूर माफ किया जाएगा।

कमला—यदि आपकी कृपा हो तो सब अच्छा ही होगा, (कमलिनी की तरफ इशारा करके) इन्होंने भी मुझे ऐसी ही आशा दिलाई है।

लक्ष्मीदेवी—इनका तो वह ऐयार ही ठहरा, इन्हीं के दिए हुए तिलिस्मी खंजर की बदौलत उसने बड़े-बड़े काम किए और कर रहा है। हां, खूब याद आया, (इन्द्रजीतसिंह से) मैं आपसे एक बात पूछूंगी।

इन्द्रजीत—पूछिए।

लक्ष्मीदेवी—तालाबवाले तिलिस्मी मकान से थोड़ी दूर पर जंगल में एक खूबसूरत नहर है और वहीं पर किसी योगिराज की समाधि है।

इन्द्रजीत—हां-हां, मैं उस स्थान का हाल जानता हूं। यद्यपि मैं वहां कभी गया नहीं, मगर 'रिक्तग्रन्थ' की बदौलत मुझे वहां का हाल बखूबी मालूम हो गया है, (कमलिनी की तरफ देखकर) इन्हें भी तो मालूम ही होगा क्योंकि वह 'रिक्तग्रन्थ' बहुत दिनों तक इनके पास था।

कमलिनी—जी हां, उसी रिक्तग्रन्थ की बदौलत मुझे उसका कुछ हाल मालूम हुआ था और उसी जगह से वह तिलिस्मी खंजर और नेजा मैंने निकाला था।[1] मगर मैं उस रिक्तग्रन्थ की लिखावट अच्छी तरह समझ नहीं सकती थी इसलिए उसका ठीक-ठीक और पूरा हाल मैं न जान सकी।

लक्ष्मीदेवी—इसी सबब से मेरी बातों का ठीक जवाब न दे सकी तब मैंने सोचा कि आपसे मुलाकात होने पर पूछूंगी कि क्या वहां भी कोई तिलिस्म है?

इन्द्रजीत—जी नहीं, वहां कोई तिलिस्म नहीं है। जिस दार्शनिक महात्मा की वह समाधि है, उन्होंने यह तिलिस्म तथा रोहतासगढ़ का तहखाना, तालाबवाला तिलिस्मी खण्डहर जिसमें मैं मुर्दा बनाकर पहुंचाया गया था[2] अथवा जिसमें किशोरी, कामिनी और भैरोसिंह वगैरह फंस गए थे बनवाया है, और चुनारगढ़वाला तिलिस्म उनके गुरु का बनवाया हुआ है। यहां के राजा जिन्होंने यह तिलिस्म बनवाया था, उन्हीं के शिष्य थे। उन महात्मा ने जीते-जी समाधि ले ली थी और उन्होंने अपना योगाश्रम भी उसी स्थान में बनवाया था। कमलिनी ने तिलिस्मी खंजर उसी योगाश्रम से निकाला होगा क्योंकि वहां भी बड़ी-बड़ी अनूठी चीजें हैं।

---

1. देखिए छठवाँ भाग, तीसरा बयान।
2. देखिए तीसरा भाग, पहिला बयान।

कमलिनी–जी हां, और उसी जगह मैंने इस बात की कसम भी खाई थी कि 'भूतनाथ और नानक को अपना भाई समझूंगी, अगर ये लोग हम लोगों के साथ दगा न करेंगे।' यद्यपि यह आश्चर्य की बात है कि अभी तक भूतनाथ के भेदों का सही-सही पता नहीं लगता फिर भी चाहे जो हो, यह तो मैं जरूर कहूंगी कि भूतनाथ ने हम लोगों के साथ बड़ी नेकियां की हैं।

इन्द्रजीत–इसमें किसी को क्या शक हो सकता है? भूतनाथ वास्तव में बड़ा भारी ऐयार है। हां, यह तो बताओ कि नानक यहां कैसे आ पहुंचा?

कमलिनी–भला मैं इस बात को क्या जानूं?

आनन्द–(मुस्कुराते हुए) अपनी रामभोली को खोजता हुआ आया होगा।

लाडिली–उसे मालूम हो चुका है कि उसकी रामभोली को मरे मुद्दत हो गई।

आनन्द–खैर, उसकी तस्वीर खोजने आया होगा!

लाडिली–या किसी की बारात में आया होगा!

लाडिली की इस आखिरी बात ने सभों को हंसा दिया और आनन्दसिंह शर्माकर चुप हो रहे।

इन्द्रजीत–(कमलिनी से) इस बात का कुछ पता न लगा कि अग्निदत्त को किसने मारा था! (किशोरी से) शायद इसका जवाब तुम दे सकती हो?

किशोरी–अग्निदत्त को मायारानी के ऐयारों ने मारा था[1] और उन्हीं लोगों ने मुझे ले जाकर उस तिलिस्मी खण्डहर में कैद किया था।

भैरो–(कमलिनी से) हां, खूब याद आया, हमने सुना था कि उस समय जब हम लोग शाहदरवाजा बन्द हो जाने के कारण दुःखी हो रहे थे तब आपने ही विचित्र ढंग से वहां पहुंचकर हम लोगों की सहायता की थी। आपको इन बातों की खबर कैसे मिली थी?[2]

कमलिनी–(लक्ष्मीदेवी की तरफ इशारा करके) उन दिनों ये ऐयारी कर रही थीं और इन्होंने ही उन बातों की खबर पहुंचाई थी तथा यह भी कहा था कि 'खण्डहरवाली बावली साफ हो गई है'। उस बावली में पहुंचने का रास्ता उसी योगिराज की समाधि के पास ही से है, अगर वह बावली खुदकर साफ न हो गई होती तो मैं शाहदरवाजा खोल न सकती क्योंकि ऊपर की तरफ से खण्डहर के अन्दर पहुंचना कठिन हो रहा था और भीतर मायारानी के आदमी उस तहखाने में जा पहुंचे थे। वह भी बड़ा कठिन समय था।

कमला–उसी समय राजा शिवदत्त भी वहां आकर...

कमलिनी–हां, उस समय भूतनाथ ने बड़ी मदद दी, रूहा बनकर अगर वह राजा शिवदत्त को पकड़ न लिये होता तो गजब ही हो जाता।[3]

---

1. देखिए पाँचवाँ भाग, चौथा बयान।
2. देखिए छठवाँ भाग, पहिला बयान।
3. देखिए छठवाँ भाग, दूसरा बयान।

भैरो–मैं तो कुमार की जिन्दगी से बिल्कुल ही नाउम्मीद हो गया था।

कमलिनी–(कुमार से) हां, यह तो बताइए कि आप वहां किस तरह पहुंचाए गए थे। इसमें तो कोई शक नहीं कि आपको मायारानी के आदमियों ने गिरफ्तार किया, था मगर इस बात का पता अभी तक न लगा कि उस मकान के अन्दर आप तथा देवीसिंह वगैरह ने क्या देखा कि हंसते-हंसते उसके अन्दर कूद गए[1] और कूदने के बाद फिर क्या हुआ?

इन्द्रजीत–कूद पड़ने के बाद फिर मुझे तनोबदन की सुध न रही और यही हाल उन सभों का भी हुआ जो मेरे पहिले उसके अन्दर कूद चुके थे, मगर यह अभी न बताऊंगा कि उसके अन्दर कौन-सी हंसानेवाली चीज थी।

कमलिनी–यही बात हम लोगों ने जब देवीसिंह से पूछी थी तो उन्होंने भी इनकार करके कहा था कि "माफ कीजिए, उस विषय में तब तक कुछ न कहूंगा जब तक इन्द्रजीतसिंह मेरे सामने मौजूद न होंगे क्योंकि उन्होंने इस बात को छिपाने के लिए मुझे सख्त ताकीद कर दी है।[2] ताज्जुब है कि आपने अपने साथियों को भी इस तरह की ताकीद कर दी और आज स्वयं भी उसके बताने से इनकार करते हैं।

इन्द्रजीत–उसमें कोई ऐसी बात नहीं थी जिसके बताने से मुझे परहेज हो, मगर मैं चाहता हूं कि वही तमाशा तुम लोगों को तथा और अपने सभों को दिखाकर बताऊं कि उस मकान के अन्दर बस यही था, निःसन्देह तुम लोगों की भी वही दशा होगी।

कमलिनी–तो आज ही वह तमाशा क्यों नहीं दिखाते?

इन्द्रजीत–आज वह तमाशा मैं नहीं दिखा सकता। हां, भाई साहब (गोपालसिंह) अगर चाहें तो दिखा सकते हैं, मगर इसके लिए जल्दी ही क्या है?

लक्ष्मीदेवी–खैर जाने दीजिए, आखिर एक-न-एक दिन मालूम हो ही जाएगा। अच्छा यह बताइए कि आप जब इस तिलिस्म में या इसके बगलवाले बाग में आए थे तो उस बुड्ढे तिलिस्मी दारोगा से मुलाकात हुई थी या नहीं?

इन्द्रजीत–हां, हुई थी, बड़ा ही शैतान है, क्या तुम लोगों से वह नहीं मिला?

लक्ष्मीदेवी–भला वह कभी बिना मिले रह सकता है? उसने तो हम लोगों को भी धोखे में डालना चाहा था, मगर तुम्हारे भाई साहब ने पहिले ही उसकी शैतानी से हम लोगों को होशियार कर दिया था इसलिए हम लोगों का वह कुछ बिगाड़ न सका।

कमलिनी–मगर आपने उसकी बात मान ली और इसलिए उसने भी आपसे खुश होकर आपकी शादी करा दी। आपको तो उसका अहसान मानना चाहिए...

लक्ष्मीदेवी–(कमलिनी को झिड़ककर) फिर, उसी रास्ते पर चलीं! खामखाह एक आदमी को...

---

1. देखिए छठवाँ भाग, चौथा बयान।
2. देखिए दसवाँ भाग, तीसरा बयान।

इन्द्रजीत–अबकी अगर वह मुझे मिले तो उसे बिना मारे कभी न छोडूं चाहे जो हो।

इन्द्रजीतसिंह की इस बात पर सब हंस पड़े और इसके बाद लक्ष्मीदेवी ने कुमार से कहा, "अच्छा अब यह बताइए कि मेरे चले जाने के बाद आपने तिलिस्म में क्या किया और क्या देखा?"

इसी समय सर्यू भी वहीं आ पहुंची और बोली, "चलिए पहिले खा-पी लीजिए, तब बातें कीजिए।"

लक्ष्मीदेवी के जिद करने से दोनों कुमारों को उठना पड़ा और भोजन इत्यादि से छुट्टी पाने के बाद फिर उसी ठिकाने बैठकर गप्पें उड़ने लगीं। कुमार ने अपना बिल्कुल हाल बयान किया और वे सब आश्चर्य से सब कथा सुनती रहीं। इसके बाद कुमार ने इन्दिरा से उसका बाकी किस्सा पूछा।

पांचवां बयान

दूसरे दिन तेजसिंह को उसी तिलिस्मी इमारत में छोड़कर और जीतसिंह को साथ लेकर राजा बीरेन्द्रसिंह अपने पिता से मिलने के लिए चुनार गए। मुलाकात होने पर बीरेन्द्रसिंह ने पिता के पैरों पर सिर रक्खा और उन्होंने आशीर्वाद देने के बाद बड़े प्यार से उठाकर छाती से लगाया और सफर का हाल-चाल पूछने लगे।

राजा साहब की इच्छानुसार एकान्त हो जाने पर बीरेन्द्रसिंह ने सब हाल अपने पिता से बयान किया जिसे वे बड़ी दिलचस्पी के साथ सुनते रहे। इसके बाद पिता के साथ-ही-साथ महल में जाकर अपनी माता से मिले और संक्षेप में सब हाल कहकर बिदा हुए तब चन्द्रकान्ता के पास गए और उसी जगह चपला तथा चम्पा से मिलकर देर तक अपने सफर का दिलचस्प हाल कहते रहे।

दूसरे दिन राजा बीरेन्द्रसिंह अपने पिता के पास एकान्त में बैठे हुए बातों में राय ले रहे थे, जब जमानिया से आए हुए एक सवार की इत्तिला मिली जो राजा गोपालसिंह की चीठी लाया था। आज्ञानुसार वह हाजिर किया गया, सलाम करके उसने राजा गोपालसिंह की चीठी दी और तब बिदा लेकर बाहर चला गया।

यह चीठी जो राजा गोपालसिंह ने भेजी थी, नाम ही को चीठी थी। असल में यह एक ग्रंथ ही मालूम होता था जिसमें राजा गोपालसिंह ने दोनों कुमार, किशोरी, कामिनी, सर्यू, तारा, मायारानी और माधवी इत्यादि का खुलासा किस्सा जो कि हम ऊपर के बयानों में लिख आए हैं और जो राजा बीरेन्द्रसिंह को अभी मालूम नहीं हुआ था, तथा अपने यहां का भी कुछ हाल लिख भेजा था और साथ ही यह भी लिखा था कि 'आप लोग उसी खण्डहरवाली नई इमारत में रहकर इन्द्रजीतसिंह और आनन्दसिंह के मिलने का इन्तजार करें' इत्यादि।

राजा सुरेन्द्रसिंह को यह जानकर बड़ी प्रसन्नता हुई कि हम और राजा गोपालसिंह असल में एक ही खानदान की यादगार हैं और इन्द्रजीतसिंह तथा आनन्दसिंह से भी अब बहुत जल्द मुलाकात हुआ चाहती है, अस्तु, यह बात तै पाई कि सब कोई उसी तिलिस्मी खण्डहरवाली नई इमारत में चलकर रहें और उसी जगह भूतनाथ का हाल-चाल मालूम करें। आखिर ऐसा ही हुआ अर्थात् राजा सुरेन्द्रसिंह, बीरेन्द्रसिंह, महारानी चन्द्रकान्ता, चपला और चम्पा वगैरह सभों की सवारी यहां आ पहुंची और मायारानी, दारोगा तथा और कैदियों को भी उसी जगह लाकर रखने का इन्तजाम किया गया।

हम बयान कर चुके हैं कि इस तिलिस्मी खण्डहर के चारों तरफ अब बहुत बड़ी इमारत बनकर तैयार हो गई है जिसके बनवाने में जीतसिंह ने अपनी बुद्धिमानी का नमूना बड़ी खूबी के साथ दिखाया है, इत्यादि। अस्तु, इस समय इन लोगों को यहां ठहरने में तकलीफ किसी तरह की नहीं हो सकती थी बल्कि हर तरह का आराम था।

पश्चिमी तरफवाली इमारत के ऊपरवाले खंडों में कोठरियों और बालाखानों के अतिरिक्त बड़े-बड़े कमरे थे जिनमें से चार कमरे इस समय बहुत अच्छी तरह सजाए गए थे और उनमें महाराज सुरेन्द्रसिंह, जीतसिंह, बीरेन्द्रसिंह और तेजसिंह का डेरा था। यहां भूतनाथ के डेरेवाला बारह नम्बर का कमरा ठीक सामने पड़ता था और वह तिलिस्मी चबूतरा भी यहां से उतना ही साफ दिखाई देता था जितना भूतनाथ के डेरे से।

इन कमरों के पिछले हिस्से में बाकी लोगों का डेरा था और बचे हुए ऐयारों को इमारत के बाहरी हिस्से में स्थान मिला था और उस तरफ थोड़े से फौजी सिपाहियों और शागिर्द पेशेवालों को जगह दी गई थी।

इस जगह राजा साहब और जीतसिंह तथा तेजसिंह के भी आ जाने से भूतनाथ तरद्दुद में पड़ गया और सोचने लगा कि 'उस तिलिस्मी चबूतरे के अन्दर से निकलकर मुझसे मुलाकात करनेवाले या बलभद्रसिंह को ले जानेवाले आदमियों का हाल कहीं राजा साहब या उनके ऐयारों को मालूम न हो जाए और मैं एक नई आफत में फंस जाऊं क्योंकि उनका पुनः चबूतरे के नीचे से निकलकर मुझसे मिलने आना कोई आश्चर्य की बात नहीं है।'

रात आधी से कुछ ज्यादे जा चुकी है। राजा बीरेन्द्रसिंह अपने कमरे के बाहर बरामदे में फर्श पर बैठे अपने मित्र तेजसिंह से धीरे-धीरे कुछ बातें कर रहे हैं। कमरे के अन्दर इस समय एक हलकी रोशनी हो रही है सही, मगर कमरे का दरवाजा घूमा रहने के सबब यह रोशनी बीरेन्द्रसिंह और तेजसिंह तक नहीं पहुंच रही थी जिससे ये दोनों एक प्रकार से अंधकार में बैठे हुए थे और दूर से इन दोनों को कोई देख नहीं सकता था। नीचे बाग में लोहे के बड़े-बड़े खम्भों पर लालटेनें जल रही थीं फिर

भी बाग की घनी सब्जी और लताओं का सहारा, उसमें छिपकर घूमनेवालों के लिए कम न था। उस दालान में भी कंदील जल रही थी जिसमें तिलिस्मी चबूतरा था और इस समय राजा बीरेन्द्रसिंह की निगाह भी जो तेजसिंह से बात कर रहे थे, उसी तिलिस्मी चबूतरे की तरफ ही थी।

यकायक चबूतरे के निचले हिस्से में रोशनी देखकर राजा बीरेन्द्रसिंह को ताज्जुब हुआ और उन्होंने तेजसिंह का ध्यान भी उसी तरफ दिलाया। उस रोशनी के सबब से साफ मालूम होता था कि चबूतरे का अगला हिस्सा (जो बीरेन्द्रसिंह की तरफ पड़ता था) किवाड़ के पल्ले की तरह खुलकर जमीन के साथ लग गया है और दो आदमी एक गठरी लटकाए हुए चबूतरे से बाहर की तरफ ला रहे हैं। उन दोनों के बाहर आने के साथ ही चबूतरे के अन्दरवाली रोशनी बन्द हो गई और उन दोनों में से एक ने दूसरे के कंधे पर चढ़कर वह कंदील भी बुझा दी जो उस दालान में जल रही थी।

कंदील बुझ जाने से वहां अंधकार हो गया और इसके बाद मालूम न हुआ कि वहां क्या हुआ या क्या हो रहा है। तेजसिंह और बीरेन्द्रसिंह उसी समय उठ खड़े हुए और हाथ में नंगी तलवार लिये तथा एक आदमी को लालटेन लेकर वहां जाने की आज्ञा देकर उस दालान की तरफ रवाना हुए जिसमें तिलिस्मी चबूतरा था, मगर वहां जाकर सिवाय एक गठरी के जो उसी चबूतरे के पास पड़ी हुई थी और कुछ नजर न आया। जब आदमी लालटेन लेकर वहां पहुंचा तो तेजसिंह ने अच्छी तरह घूमकर जांच की मगर नतीजा कुछ भी न निकला, न तो यहां कोई आदमी दिखाई दिया और न उस चबूतरे ही में किसी तरह के निशान या दरवाजे का पता लगा।

तेजसिंह ने जब वह गठरी खोली तो एक आदमी पर निगाह पड़ी। लालटेन की रोशनी में बड़े गौर से देखने पर भी तेजसिंह या बीरेन्द्रसिंह उसे पहिचान न सके, अस्तु, तेजसिंह ने उसी समय जफील बजाई जिसे सुनते ही कई सिपाही और खिदमतगार वहां इकट्ठे हो गए। इसके बाद बीरेन्द्रसिंह और तेजसिंह उस आदमी को उठवाकर राजा सुरेन्द्रसिंह के पास ले आए जो इस समय का शोरगुल सुनकर जाग चुके थे और जीतसिंह को अपने पास बुलवाकर कुछ बातें कर रहे थे।

उस बेहोश आदमी पर निगाह पड़ते ही जीतसिंह पहिचान गए और बोल उठे–
"यह तो बलभद्रसिंह हैं!"

बीरेन्द्र–(ताज्जुब से) हैं, यही बलभद्रसिंह हैं जो यहां से गायब हो गए थे!

जीतसिंह–हां, यही हैं, ताज्जुब नहीं कि जिस अनूठे ढंग से यहां पहुंचाए गए हैं, उसी ढंग से गायब भी हुए हों।

सुरेन्द्र–जरूर ऐसा ही हुआ होगा, भूतनाथ पर व्यर्थ शक किया जाता था। अच्छा अब इन्हें होश में लाने की फिक्र करो और भूतनाथ को बुलाओ।

तेजसिंह–जो आज्ञा।

सहज ही में बलभद्रसिंह चैतन्य हो गए और तब तक भूतनाथ भी वहां आ पहुंचा। राजा सुरेन्द्रसिंह, जीतसिंह और तेजसिंह को सलाम करने के बाद भूतनाथ बैठ गया और बलभद्रसिंह से बोला–

भूतनाथ–कहिए कृपानिधान, आप कहां छिप गए थे और कैसे प्रकट हो गए? सभों को मुझ पर सन्देह हो रहा है।

पाठक, इसके जवाब में बलभद्रसिंह ने यह नहीं कहा कि 'तुम्हीं ने तो मुझे बेहोश किया था' जिसके सुनने की शायद आप इस समय आशा करते होंगे बल्कि बलभद्रसिंह ने यह जवाब दिया कि "नहीं भूतनाथ, तुम पर कोई क्यों शक करेगा? तुमने ही तो मेरी जान बचाई है और तुम्हीं मेरे साथ दुश्मनी करोगे ऐसा भला कौन कह सकता है?"

तेजसिंह–खैर, यह बताइए कि आपको कौन ले गया था और कैसे ले गया था?

बलभद्र–इसका पता तो मुझे भी अभी तक नहीं लगा कि वे कौन थे जिनके पाले मैं पड़ गया था। हां, जो कुछ मुझ पर बीती है उसे अर्ज कर सकता हूं, मगर इस समय नहीं क्योंकि मेरी तबीयत कुछ खराब हो रही है, आशा है कि अगर मैं दो-तीन घण्टे सो सकूंगा तो सुबह तक ठीक हो जाऊंगा।

सुरेन्द्र–कोई चिन्ता नहीं, आप इस समय जाकर आराम कीजिए।

जीतसिंह–यदि इच्छा हो तो अपने उसी पुराने डेरे में भूतनाथ के पास रहिए, नहीं तो कहिए, आपके लिए दूसरे डेरे का इन्तजाम कर दिया जाए।

बलभद्र–जी नहीं, मैं अपने मित्र भूतनाथ के साथ ही रहना पसन्द करता हूं।

बलभद्रसिंह को साथ लिये भूतनाथ अपने डेरे की तरफ रवाना हुआ। इधर राजा सुरेन्द्रसिंह, जीतसिंह, बीरेन्द्रसिंह और तेजसिंह उस तिलिस्मी चबूतरे तथा बलभद्रसिंह के बारे में बातचीत करने लगे तथा अन्त में यह निश्चय किया कि बलभद्रसिंह जो कुछ कहेंगे उस पर भरोसा न करके, अपनी तरफ से इस बात का पता लगाना चाहिए कि उस तिलिस्मी चबूतरे की राह से आने-जानेवाले कौन हैं। उस दालान में ऐयारों का गुप्त पहरा मुकर्रर करना चाहिए।

छठवां बयान

कुमार की आज्ञानुसार इन्दिरा ने अपना किस्सा यों बयान किया–

इन्दिरा–मैं कह चुकी हूं कि ऐयारी का कुछ सामान लेकर जब मैं उस खोह के बाहर निकली और पहाड़ तथा जंगल पार करके मैदान में पहुंची तो यकायक मेरी निगाह एक ऐसी चीज पर पड़ी जिसने मुझे धोखा दिया और मैं घबड़ाकर उस तरफ देखने लगी।

जिस चीज को देखकर मैं चौंकी वह एक कपड़ा था जो मुझसे थोड़ी ही दूर पर ऊंचे पेड़ की डाल के साथ लटक रहा था और उस पेड़ के नीचे मेरी मां बैठी हुई कुछ सोच रही थी। जब मैं दौड़ती हुई उसके पास पहुंची तो वह ताज्जुब-भरी निगाहों से मेरी तरफ देखने लगी क्योंकि उस समय ऐयारी से मेरी सूरत बदली हुई थी। मैंने बड़ी खुशी के साथ कहा, "मां, तू यहां कैसे आ गई?" जिसे सुनते ही उसने उठकर मुझे गले से लगा लिया और कहा, "इन्दिरा, यह तेरा क्या हाल है? क्या तूने ऐयारी सीख ली है!" मैंने मुख्तसर में अपना सब हाल बयान किया, मगर उसने अपने विषय में केवल इतना ही कहा कि अपना किस्सा मैं आगे चलकर तुझसे बयान करूंगी, इस समय केवल इतना ही कहूंगी कि दारोगा ने मुझे एक पहाड़ी में कैद किया था जहां से एक स्त्री की सहायता पाकर परसों मैं निकल भागी, मगर अपने घर का रास्ता न पाने के कारण इधर-उधर भटक रही हूं।

अफसोस, उस समय मैंने बड़ा ही धोखा खाया और उसके सबब से मैं बड़े संकट में पड़ गई, क्योंकि वह वास्तव में मेरी मां न थी, बल्कि मनोरमा थी और यह हाल मुझे कई दिनों के बाद मालूम हुआ। मैं मनोरमा को पहिचानती न थी मगर पीछे मालूम हुआ कि वह मायारानी की सखियों में से थी और गौहर के साथ वह वहां तक गई थी, मगर इसमें भी कोई शक नहीं कि वह बड़ी शैतान, बेदर्द और दुष्टा थी। मेरी किस्मत में दुःख भोगना बदा हुआ था जो मैं उसे मां समझकर कई दिनों तक उसके साथ रही और उसने भी नहाने-धोने के समय अपने को मुझसे बहुत बचाया। प्रायः कई दिनों के बाद वह नहाया करती और कहती कि मेरी तबीयत ठीक नहीं है।

साथ ही इसके यह भी शक हो सकता है कि उसने मुझे जान से क्यों नहीं मार डाला? इसके जवाब में मैं कह सकती हूं कि वह मुझे जान से मार डालने के लिए तैयार थी, मगर वह भी उसी कमबख्त दारोगा की तरह मुझसे कुछ लिखवाया चाहती थी। अगर मैं उसकी इच्छानुसार लिख देती तो वह निःसन्देह मुझे मारकर बखेड़ा तै करती, मगर ऐसा न हुआ।

जब उसने मुझसे यह कहा कि 'रास्ते का पता न जानने के कारण से भटकती फिरती हूं' तब मुझे एक तरह का तरद्दुद हुआ, मगर मैंने कुछ जोश के साथ उसी समय जवाब दिया—'कोई चिन्ता नहीं, मैं अपने मकान का पता लगा लूंगी।'

मनोरमा—मगर साथ ही इसके मुझे एक बात और भी कहनी है।

मैं—वह क्या?

मनोरमा—मुझे ठीक खबर लगी है कि कमबख्त दारोगा ने तेरे बाप को गिरफ्तार कर लिया है और इस समय वह काशी में मनोरमा के मकान में कैद है।

मैं—मनोरमा कौन?

मनोरमा—राजा गोपालसिंह की स्त्री लक्ष्मीदेवी (जिसे अब लोग मायारानी के नाम से पुकारते हैं) की सखी।

मैं–असली लक्ष्मीदेवी से तो गोपालसिंह की शादी हुई ही नहीं, वह बेचारी तो... ।

मनोरमा–(बात काटकर) हां-हां, यह हाल मुझे भी मालूम है, मगर इस समय जो राजरानी बनी हुई है, लोग तो उसी को न लक्ष्मीदेवी समझे हुए हैं, इसी से मैंने उसे लक्ष्मीदेवी कहा।

मैं–(आंखों में आंसू भरकर) तो क्या मेरा बाप भी कैद हो गया?

मनोरमा–बेशक, मैंने उसके छुड़ाने का भी बन्दोबस्त कर लिया है क्योंकि तुझे तो शायद मालूम ही होगा कि तेरे बाप ने मुझे भी थोड़ी-बहुत ऐयारी सिखा रखी है अस्तु, वही ऐयारी इस समय मेरे काम आई और आवेगी।

मैं–(ताज्जुब से) मुझे तो नहीं मालूम कि पिताजी ने तुम्हें भी ऐयारी सिखाई है!

मनोरमा–ठीक है, तू उन दिनों बहुत नादान थी इसलिए आज वे बातें तुझे याद नहीं हैं, पर मेरा मतलब यही है कि मैं कुछ ऐयारी जानती हूं और इस समय तेरे बाप को छुड़ा भी सकती हूं।

मनोरमा की यह बात ऐसी थी कि मुझे उस पर शक हो सकता था, मगर उसकी मीठी-मीठी बातों ने मुझे धोखे में डाल दिया और सच तो यों है कि मेरी किस्मत में दुःख भोगना बदा था, अस्तु, मैंने कुछ सोचकर यही जवाब दिया कि 'अच्छा जो उचित समझो सो करो। ऐयारी तो थोड़ी-सी मुझे भी आ गई है और इसका हाल भी मैं तुम्हें कह चुकी हूं कि चम्पा ने मुझे अपनी चेली बना लिया है।'

मनोरमा–हां, ठीक है, तो अब सीधे काशी ही चलना चाहिए और वहां चलने का सबसे ज्यादे सुभीता डोंगी पर है, इसलिए जहां तक जल्द हो सके गंगा किनारे चलना चाहिए, वहां कोई-न-कोई डोंगी मिल ही जाएगी।

मैं–बहुत अच्छा, चलो।

उसी समय हम लोग गंगा की तरफ रवाना हो गए और उचित समय पर वहां पहुंचकर अपने योग्य डोंगी किराये पर ली। डोंगी किराये पर करने में किसी तरह की तकलीफ न हुई क्योंकि वास्तव में डोंगीवाले भी उसी दुष्ट मनोरमा के नौकर थे, मगर उस कमबख्त ने ऐसे ढंग से बातचीत की कि मुझे किसी तरह का शक न हुआ या यों समझिए कि मैं अपनी मां से मिलकर एक तरह पर कुछ निश्चिन्त-सी हो रही थी। रास्ते ही में मनोरमा ने मल्लाहों से इस किस्म की बातें भी शुरू कर दीं कि 'काशी पहुंचकर तुम्हीं लोग हमारे लिए एक छोटा-सा मकान भी किराए पर तलाश कर देना, इसके बदले में तुम्हें बहुत-कुछ इनाम दूंगी।'

मुख्तसर यह कि हम लोग रात के समय काशी पहुंचे। मल्लाहों द्वारा मकान का बन्दोबस्त हो गया और हम लोगों ने उसमें जाकर डेरा भी डाल दिया। एक दिन उसमें रहने के बाद मनोरमा ने कहा कि 'बेटी, तू इस मकान के अन्दर दरवाजा बन्द करके बैठ तो मैं जाकर मनोरमा का हाल दरियाफ्त कर आऊं। अगर मौका मिला तो मैं

उसे जान से मार डालूंगी और तब स्वयं मनोरमा बनकर उसके मकान, असबाब और नौकरों पर कब्जा करके तुझे लेने यहां आऊंगी, उस समय तू मुझे मनोरमा की सूरत-शक्ल में देखकर ताज्जुब न कीजियो। जब मैं तेरे सामने आकर 'चापगेच' शब्द कहूं तब समझ जाइयो कि यह वास्तव में मेरी मां है, मनोरमा नहीं, क्योंकि उस समय कई सिपाही और नौकर मुझे मालिक समझकर आज्ञानुसार मेरे साथ होंगे। तेरे बारे में मैं उन लोगों में यही मशहूर करूंगी कि यह मेरी रिश्तेदार है। इसे मैंने गोद लिया है और अपनी लड़की बनाया है। तेरी जरूरत की सब चीजें यहां मौजूद हैं, तुझे किसी तरह की तकलीफ न होगी।'

इत्यादि बहुत-सी बातें समझा-बुझाकर मनोरमा मकान के बाहर हो गई और मैंने भीतर से दरवाजा बन्द कर लिया, मगर जहां तक मेरा खयाल है वह मुझे अकेला छोड़कर न गई होगी, बल्कि दो-चार आदमी उस मकान के दरवाजे पर या इधर-उधर हिफाजत के लिए जरूर लगा गई होगी।

ओफ ओह, उसने अपनी बातों और तरकीबों का ऐसा मजबूत जाल बिछाया कि मैं कुछ कह नहीं सकती। मुझे उस पर रत्ती-भर भी किसी तरह का शक न हुआ और मैं पूरा धोखा खा गई। इसके दूसरे ही दिन वह मनोरमा बनी हुई कई नौकरों को साथ लिये मेरे पास पहुंची और 'चापगेच' शब्द कहकर मुझे अपना परिचय दिया। मैं यह समझकर बहुत प्रसन्न हुई कि मां ने मनोरमा को मार लिया अब मेरे पिता भी कैद से छूट जाएंगे। अस्तु, जिस रथ पर सवार होकर मुझे लेने के लिए आई थी उसी पर मुझे अपने साथ बैठाकर वह अपने घर ले गई और उस समय मैं हर तरह से उसके कब्जे में पड़ गई।

मनोरमा के घर पहुंचकर मैं उस सच्ची मुहब्बत को खोजने लगी जो मां को अपने बच्चे के साथ होती है, मगर मनोरमा में वह बात कहां से आती? फिर भी मुझे इस बात का गुमान न हुआ कि यहां धोखे का जाल बिछा हुआ है जिसमें मैं फंस गई हूं, बल्कि मैंने यह समझा कि वह मेरे पिता को छुड़ाने की फिक्र में लगी हुई है और इसी से मेरी तरफ ध्यान नहीं देती और वह मुझसे घड़ी-घड़ी यही बात कहा भी करती कि 'बेटी, मैं तेरे बाप को छुड़ाने की फिक्र में पागल हो रही हूं।'

जब तक मैं उसके घर में बेटी कहलाकर रही तब तक न तो उसने स्नान किया और न अपना शरीर ही देखने का कोई ऐसा मौका मुझे दिया जिसमें मुझको शक होता कि यह मेरी मां नहीं, बल्कि दूसरी औरत है। और हां, मुझे भी वह असली सूरत में रहने नहीं देती थी। चेहरे में कुछ फर्क डालने के लिए उसने एक तेल बनाकर मुझे दे दिया था जिसे दिन में एक या दो दफे मैं नित्य लगा लिया करती थी। इससे केवल मेरे रंग में फर्क पड़ गया था और कुछ नहीं।

उसके यहां रहनेवाले सभी मेरी इज्जत करते और जो कुछ मैं कहती उसे तुरन्त ही मान लेते, मगर मैं उस मकान के हाते के बाहर जाने का इरादा नहीं कर

सकती थी। कभी अगर ऐसा करती तो सभी लोग मना करते और रोकने को तैयार हो जाते।

इसी तरह वहां रहते मुझे कई दिन बीत गए। एक दिन जब मनोरमा रथ पर सवार होकर कहीं बाहर गई थी, मैं समझती हूं कि मायारानी से मिलने गई होगी, संध्या के समय जब थोड़ा-सा दिन बाकी था, मैं धीरे-धीरे बाग में टहल रही थी कि यकायक किसी का फेंका हुआ पत्थर का छोटा-सा टुकड़ा मेरे सामने आकर गिरा। जब मैंने ताज्जुब से उसे देखा तो उसमें बंधे कागज के एक पुर्जे पर मेरी निगाह पड़ी। मैंने झट उठा लिया और पुर्जा खोलकर पढ़ा, उसमें यह लिखा हुआ था—

"अब मुझे निश्चय हो गया कि तू 'इन्दिरा' है, अस्तु, तुझे होशियार करे देता हूं और कहे देता हूं कि तू वास्तव में मायारानी की सखी मनोरमा के फन्दे में फंसी हुई है! यह तेरी मां बनकर तुझे फंसा लाई है और राजा गोपालसिंह के दारोगा की इच्छानुसार अपना काम निकालने के बाद तुझे मार डालेगी। मुझे जो कुछ कहना था कह दिया, अब जैसा तू उचित समझ, कर। तुझे धर्म की शपथ है, इस पुर्जे को पढ़कर तुरन्त फाड़ दे।"

मैंने उस पुर्जे को पढ़ने के बाद उसी समय टुकड़े-टुकड़े करके फेंक दिया और घबड़ाकर चारों तरफ देखने अर्थात् उस आदमी को ढूंढ़ने लगी जिसने वह पत्थर का टुकड़ा फेंका था, मगर कुछ पता न लगा और न कोई मुझे दिखाई ही पड़ा।

उस पुर्जे के पढ़ने से जो कुछ मेरी हालत हुई, मैं बयान नहीं कर सकती। उस समय मैं मनोरमा के विषय में ज्यों-ज्यों पिछली बातों पर ध्यान देने लगी त्यों-त्यों मुझे निश्चय होता गया कि यह वास्तव में मनोरमा है, मेरी मां नहीं और अब अपने किए पर पछताने और अफसोस करने लगी कि क्यों उस खोह के बाहर पैर रक्खा और आफत में फंसी।

उसी समय से मेरे रहन-सहन का ढंग भी बदल गया और मैं दूसरी ही फिक्र में पड़ गई। सबसे ज्यादे फिक्र मुझे उसी आदमी के पता लगाने की हुई जिसने वह पुर्जा मेरी तरफ फेंका था। मैं उसी समय वहां से हटकर मकान में चली गई, इस खयाल से कि जिस आदमी ने मेरी तरफ वह पुर्जा फेंका था और उसे फाड़ डालने के लिए कसम दी थी, वह जरूर मनोरमा से डरता होगा और यह जानने के लिए कि मैंने पुर्जा फाड़कर फेंक दिया या नहीं, उस जगह जरूर जाएगा जहां (बाग में) टहलते समय मुझे पुर्जा मिला था।

जब मैं छत पर चढ़कर और छिपकर उस तरफ देखने लगी, जहां मुझे वह पुर्जा मिला था तो एक आदमी को धीरे-धीरे टहलकर उस तरफ जाते देखा। जब वह उस ठिकाने पर पहुंच गया तब उसने इधर-उधर देखा और सन्नाटा पाकर पुर्जे के उन टुकड़ों को चुन लिया जो मैंने फेंके थे और उन्हें कमर में छिपाकर उसी तरह धीरे-धीरे

टहलता हुआ उस मकान की तरफ चला आया जिसकी छत पर से मैं यह सब तमाशा देख रही थी। जब वह मकान के पास पहुंचा तब मैंने उसे पहिचान लिया। मनोरमा से बातचीत करते समय मैं कई दफे उसका नाम 'नानू' सुन चुकी थी।

इन्दिरा अपना किस्सा यहां तक बयान कर चुकी थी कि कमलिनी ने चौंककर इन्दिरा से पूछा, "क्या नाम लिया, नानू?"

इन्दिरा–हां, उसका नाम नानू था।

कमलिनी–वह तो इस लायक नहीं था कि तेरे साथ ऐसी नेकी करता और तुझे आनेवाली आफत से होशियार कर देता। वह बड़ा ही शैतान और पाजी आदमी था, ताज्जुब नहीं कि किसी दूसरे ने तेरे पास वह पुर्जा फेंका और नानू ने देख लिया हो और उसके साथ दुश्मनी की नीयत से उन टुकड़ों को बटोरा हो।

इन्दिरा–(बात काटकर) बेशक ऐसा ही है, इस बारे में मुझे धोखा हुआ जिसके सबब से मेरी तकलीफ बढ़ गई, जैसा कि मैं आगे चलकर बयान करूंगी।

कमलिनी–ठीक है, मैं उस कमबख्त नानू को खूब जानती हूं। जब मैं मायारानी के यहां रहती थी तब वह मायारानी और मनोरमा की नाक का बाल हो रहा था और उनकी खैरखाही के पीछे प्राण दिए देता था, मगर अन्त में न मालूम क्या सबब हुआ कि मनोरमा या नागर ही ने उसे फांसी देकर मार डाला। इसका सबब मुझे आज तक मालूम न हुआ और न मालूम होने की आशा ही है, क्योंकि उन लोगों में से इसका सबब कोई भी न बतावेगा। मैं भी उसके हाथ से बहुत तकलीफ उठा चुकी हूं जिसका बदला तो मैं ले न सकी मगर उसकी लाश पर थूकने का मौका मुझे जरूर मिल गया। (लक्ष्मीदेवी की तरफ देखके) जब मैंने भूतनाथ के कागजात लेने के लिए मनोरमा के मकान पर जाकर नागर को धोखा दिया था तब मैंने अपनी कोठरी के बगलवाली कोठरी में इसी की लटकती हुई लाश पर थूका था।[1] उसी कोठरी में मैंने अफसोस के साथ 'बरदेबू' को भी मुर्दा पाया था, उसके मरने का सबब भी मुझे न मालूम हुआ और न होगा। वास्तव में 'बरदेबू' बड़ा ही नेक आदमी था और उसने मेरे साथ बड़ी नेकियां की थीं। मुझे यह खबर उसी ने दी थी कि 'अब मायारानी तुम्हें मार डालने का बन्दोबस्त कर रही है।' वह उन दिनों खास बाग के मालियों का दारोगा था।

इन्दिरा–बेशक बरदेबू बड़ा नेक आदमी था, असल में वह पुर्जा उसी ने मेरी तरफ फेंका था और कमबख्त नानू ने देख लिया था, मगर मैं धोखा खा गई। मेरी समझ में आया कि वह पुर्जा नानू का फेंका हुआ है और उन टुकड़ों को इस खयाल से उसने चुन लिया है कि कोई देखने न पावे या किसी दुश्मन के हाथ में पड़कर मेरा...

कमलिनी–अच्छा फिर आगे क्या हुआ, सो कहो।

---

1. देखिए चन्द्रकान्ता सन्तति, सातवाँ भाग, सातवाँ बयान।

इन्दिरा–जब मैंने यह समझ लिया कि यह नेकी नानू ने ही मेरे साथ की है और वह टहलता हुआ मकान के पास आ गया तो मैं छत पर से उतरकर पुनः बाग में आई और टहलती हुई उसके पास पहुंची।

मैं–(नानू से) आपने मुझ पर बड़ी कृपा की है जो मुझे आनेवाली आफत से होशियार कर दिया। मैं अभी तक मनोरमा को अपनी मां ही समझ रही थी।

नानू–ठीक है, मगर तुम्हें मुझसे ज्यादा बातचीत न करनी चाहिए, कहीं ऐसा न हो कि लोगों को मुझ पर शक हो जाए।

मैं–इस समय यहां कोई भी नहीं है इसलिए मैं यह प्रार्थना करने आई हूं कि जिस तरह आपने मुझ पर इतनी कृपा की है उसी तरह मेरे निकल भागने में भी मदद देकर अनन्त पुण्य के भागी हों।

नानू–अच्छा, मैं इस काम में भी तुम्हारी मदद करूंगा, मगर तुम भागने में जल्दी न करना नहीं तो सब काम चौपट हो जाएगा क्योंकि यहां के सभी आदमी तुम पर गहरी हिफाजत की निगाह रखते हैं और 'बरदेबू' तो तुम्हारा पूरा दुश्मन है, उससे कभी बातचीत न करना, वह बड़ा ही धोखेबाज ऐयार है। बरदेबू को जानती हो न?

मैं–हां, मैं बरदेबू को जानती हूं।

नानू–बस तो तुम यहां से चली जाओ, मैं फिर किसी समय किसी बहाने से तुम्हारे पास आऊंगा तब बातें करूंगा।

मैं खुशी-खुशी वहां से हटी और बाग के दूसरे हिस्से में जाकर टहलने लगी जहां से पहरेवाले बखूबी देख सकते थे।

जैसे-जैसे अंधकार बढ़ता जाता था मुझ पर हिफाजत की निगाह भी बढ़ती जाती थी, यहां तक कि आधी घड़ी रात जाने पर लौंडियों और खिदमतगारों ने मुझे मकान के अन्दर जाने पर मजबूर किया और मैं भी लाचार होकर अपने कमरे में आ बिस्तर पर लेट गई। सभों ने खाने-पीने के लिए कहा, मगर इस समय मुझे खाना-पीना कहां सूझता था, अस्तु, बहाना करके टाल दिया और लेटे-लेटे सोचने लगी कि अब क्या करना चाहिए।

मैं समझे हुए थी कि नानू मेरे पास आकर मुझे यहां से निकल जाने के विषय में राय देगा जैसा कि वह वादा कर चुका था, मगर मेरा खयाल गलत था। आधी रात तक इन्तजार करने पर भी वह मेरे पास न आया। इसके अतिरिक्त रोज मेरी हिफाजत के लिए रात को दो लौंडियां मेरे कमरे में रहती थीं, मगर आज चार लौंडियों को रोज से ज्यादे मुस्तैदी के साथ पहरा देते देखा। उस समय मुझे खुटका हुआ, मैं सोचने लगी कि निःसंदेह इन लोगों को मेरे बारे में कुछ संदेह हो गया है। मैं नींद न पड़ने और सिर में दर्द होने से बेचैनी दिखाकर उठी और कमरे में टहलने लगी, यहां तक कि दरवाजे के बाहर निकलकर सहन में पहुंची और तब देखा कि आज तो बाहर भी पहरे का इंतजाम बहुत सख्त हो रहा है। मैंने प्रकट में किसी तरह का

आश्चर्य नहीं किया और पुनः अपने बिस्तरे पर आकर लेट रही और तरह-तरह की बातें सोचने लगी। उसी समय मुझे निश्चय हो गया कि उस पुर्जे को फेंकनेवाला नानू नहीं कोई दूसरा है, अगर नानू होता तो इस बात की खबर फैल न जाती क्योंकि उन टुकड़ों को तो नानू ने मेरे सामने ही बटोर लिया था। अफसोस, मैंने बहुत बुरा किया, अगर वे थोड़े-से शब्द मैं न कहती तो नानू सहज में ही उन टुकड़ों से कोई मतलब नहीं निकाल सकता था, मगर अब तो असल भेद खुल गया और मेरे पैरों में दोहरी जंजीर पड़ गई, अस्तु, अब क्या करना चाहिए!

रात-भर मुझे नींद न आई और सुबह को जैसे ही मैं बिछावन पर से उठी तो सुना कि मनोरमा आ गई है। कमरे के बाहर निकलकर सहन में गई जहां मनोरमा एक कुर्सी पर बैठी नानू से बात कर रही थी। दो लौंडियां उसके पीछे खड़ी थीं और उसके बगल में दो-तीन खाली कुर्सियां भी पड़ी हुई थीं। मनोरमा ने अपने पास एक कुर्सी खैंचकर मुझे बड़े प्यार से उस पर बैठने के लिए कहा और जब मैं बैठ गई तो बातें होने लगीं!

मनोरमा–(मुझसे) बेटी, तू जानती है कि यह (नानू की तरफ बताकर) आदमी हमारा कितना बड़ा खैरखाह है!

मैं–मां, शायद यह तुम्हारा खैरखाह होगा, मगर मेरा तो पूरा दुश्मन है।

मनोरमा–(चौंककर) क्यों-क्यों, सो क्यों?

मैं–सैकड़ों मुसीबतें झेलकर तो मैं तुम्हारे पास पहुंची और तुमने भी मुझे अपनी लड़की बनाकर मेरे साथ जो सलूक किया वह प्रायः यहां के रहनेवाले सभी कोई जानते होंगे, मगर यह नानू नहीं चाहता कि मैं अब भी किसी तरह सुख की नींद सो सकूं। कल शाम को जब मैं बाग में टहल रही थी तो यह मेरे पास आया और एक पुर्जा मेरे हाथ में देकर बोला कि 'इसे पढ़ और होशियार हो जा, मगर खबरदार, मेरा नाम न लीजियो।'

नानू–(मेरी बात काटकर क्रोध से) क्यों मुझ पर तूफान बांध रही हो! क्या यह बात मैंने तुमसे कही थी!

मैं–(रंग बदलकर) बेशक तूने पुर्जा देकर यह बात कही थी और मुझे भाग जाने के लिए भी ताकीद की! आंखें क्यों दिखाता है! जो बातें तूने...

मनोरमा–(बात काटकर) अच्छा-अच्छा, तू क्रोध मत कर जो कुछ होगा मैं समझ लूंगी, तू जो कहती थी उसे पूरा कर। (नानू से) बस चुपचाप बैठे रहो, जब यह अपनी बात पूरी कर ले तब जो कुछ कहना हो, कहना।

मैं–मैंने उस पुर्जे को खोलकर पढ़ा तो उसमें यह लिखा हुआ पाया–"जिसे तू अपनी मां समझती है वह मनोरमा है, तुझे अपना काम निकालने के लिए यहां ले आई है, काम निकल जाने पर तुझे जान से मार डालेगी, अस्तु, जहां तक जल्द हो सके निकल भागने की फिक्र कर।" इत्यादि और भी कई बातें उसमें लिखी हुई थीं,

जिन्हें पढ़कर मैं चौंकी और बात बनाने के तौर पर नानू से बोली, "आपने बड़ी मेहरबानी की जो मुझे होशियार कर दिया, अब भागने में भी आप ही मेरी मदद करेंगे तो जान बचेगी।" इसके जवाब में इसने खुश होकर कहा कि "तुम्हें मुझसे ज्यादे बातचीत न करनी चाहिए, कहीं ऐसा न हो कि लोगों को मुझ पर शक हो जाए। मैं भागने में भी तुम्हारी मदद करूंगा, मगर इस बात को बहुत छिपाए रखना क्योंकि यहां बरदेबू नाम का आदमी तुम्हारा दुश्मन है।" इत्यादि–

नानू–(बात काटकर) हां, बेशक यह बात मैंने तुमसे जरूर कही थी कि...

मैं–धीरे-धीरे तुम सभी बात कबूल करोगे, मगर ताज्जुब यह है कि मना करने पर भी तुम टोके बिना नहीं रहते।

मनोरमा–(क्रोध से) क्या तुम चुप न रहोगे?

इसका जवाब नानू ने कुछ न दिया और चुप हो रहा। इसके बाद मनोरमा की इच्छानुसार मैंने यों कहना शुरू किया–

मैं–मैंने उस पुर्जे को पढ़कर टुकड़े-टुकड़े कर डाला और फेंक दिया। इसके बाद नानू भी चला गया और मैं भी यहां आकर छत के ऊपर चढ़ गई और छिपकर उसी तरफ देखने लगी जहां उस पुर्जे को फाड़कर फेंक आई थी। थोड़ी देर बाद पुनः इसको (नानू को) उसी जगह पहुंचकर कागज के उन टुकड़ों को चुनते और बटोरते देखा। जब यह उन टुकड़ों को बटोरकर कमर में रख चुका और इस मकान की तरफ आया तो मैं भी तुरन्त छत पर से उतरकर इसके पास चली आई और बोली, 'कहिए, अब मुझे कब यहां से बाहर कीजिएगा?' इसके जवाब में इसने कहा कि 'मैं रात को एकान्त में तुम्हारे पास आऊंगा तो बातें करूंगा।' इतना कहकर यह चला गया और पुनः मैं बाग में टहलने लगी। जब अन्धकार हुआ तो मैं घूमती हुई (हाथ का इशारा करके) उस झाड़ी की तरफ से निकली और किसी के बात की आहट पा पैर दबाती हुई आगे बढ़ी, यहां तक कि थोड़ी ही दूर पर दो आदमियों के बात करने की आवाज साफ-साफ सुनाई देने लगी। मैंने आवाज से नानू को तो पहिचान लिया, मगर दूसरे को पहिचान न सकी कि वह कौन था, हां, पीछे मालूम हुआ कि वह बरदेबू था।

मनोरमा–अच्छा खैर, यह बता कि इन दोनों में क्या बातें हो रही थीं?

मैं–सब बातें तो मैं सुन न सकी, हां, जो कुछ सुनने और समझने में आया सो कहती हूं। इस नानू ने दूसरे से कहा कि 'नहीं, नहीं, अब मैं अपना इरादा पक्का कर चुका हूं और उस छोकरी को भी मेरी बातों पर पूरा विश्वास हो चुका है, निःसंदेह उसे ले जाकर मैं बहुत रुपये उसके बदले में पा सकूंगा, अगर तुम इस काम में मेरी मदद करोगे तो मैं उसमें से आधी रकम तुम्हें दूंगा,' इसके जवाब में दूसरे ने कहा कि 'देखो नानू, यह काम तुम्हारे योग्य नहीं है, मालिक के साथ दगा करनेवाला कभी सुख नहीं भोग सकता, बेहतर है कि तुम मेरी बात मान जाओ नहीं तो तुम्हारे लिए अच्छा न होगा और मैं तुम्हारा दुश्मन बन जाऊंगा।' यह जवाब सुनते ही नानू क्रोध

में आकर उसे बुरा-भला कहने और धमकाने लगा। उसी समय इसके सम्बोधन करने पर मुझे मालूम हुआ कि उस दूसरे का नाम बरदेबू है। खैर, जब मैंने जाना कि अब ये दोनों अलग होते हैं तो मैं चुपके से चल पड़ी और अपने कमरे में लेट रही। थोड़ी ही देर में यह मेरे पास पहुंचा और बोला, 'बस अब जल्दी से उठ खड़ी हो और मेरे पीछे चली आओ क्योंकि अब वह मौका आ गया कि मैं तुम्हें इस आफत से बचाकर बाहर निकाल दूं।' इसके जवाब में मैंने कहा कि 'बस रहने दीजिए। आपकी सब कलई खुल गई, मैं आपकी और बरदेबू की बातें छिपकर सुन चुकी हूं, मां को आने दीजिए तो मैं आपकी खबर लेती हूं।' इतना सुनते ही यह लाल-पीला होकर बोला कि 'खैर देख लेना कि मैं तेरी खबर लेता हूं या तू मेरी खबर लेती है।' बस यह कहके चला गया और थोड़ी देर में मैंने अपने को सख्त पहरे में पाया।

मनोरमा–ठीक है, अब मुझे असल बातों का पता लग गया।

नानू–(क्रोध के साथ) ऐसी तेज और धूर्त लड़की तो आज तक मैंने देखी ही नहीं! मेरे सामने ही मुझे झूठा और दोषी बना रही है और अपने सहायक बरदेबू को निर्दोष बनाया चाहती है!

इतना कहकर इन्दिरा कुछ देर के लिए रुक गई और थोड़ा-सा जल पीने के बाद बोली–

''जो कुछ मैंने कहा उस पर मनोरमा को विश्वास हो गया।''

इन्द्रजीत–विश्वास होना ही चाहिए, इसमें कोई शक नहीं कि तूने जो कुछ मनोरमा से कहा, उसका एक-एक अक्षर चालाकी और होशियारी से भरा हुआ था।

कमला–निःसन्देह, अच्छा तब क्या हुआ?

इन्दिरा–नानू ने मुझे झूठा बनाने के लिए बहुत जोर मारा, मगर कुछ कर न सका क्योंकि मनोरमा के दिल पर मेरी बातों का पूरा असर पड़ चुका था। उस पुर्जे के टुकड़ों ने उसी को दोषी ठहराया जो उसने बरदेबू को दोषी ठहराने के लिए चुन रक्खे थे, क्योंकि बरदेबू ने यह पुर्जा अक्षर बिगाड़कर ऐसे ढंग से लिखा था कि उसके कलम का लिखा हुआ कोई कह नहीं सकता था। मनोरमा ने इशारे से मुझे हट जाने के लिए कहा और मैं उठकर कमरे के अन्दर चली गई। थोड़ी देर बाद जब मैं उसके बुलाने पर पुनः बाहर गई तो वहां मनोरमा को अकेले बैठे हुए पाया। उसके पास वाली कुर्सी पर बैठकर मैंने पूछा कि 'मां, नानू कहां गया?' इसके जवाब में मनोरमा ने कहा कि 'बेटी, नानू को मैंने कैदखाने में भेज दिया। ये लोग उस कमबख्त दारोगा के साथी और बड़े ही शैतान हैं इसलिए किसी-न-किसी तरह इन लोगों को दोषी ठहराकर जहन्नुम में मिला देना ही उचित है। अब मैं उस दारोगा से बदला लेने की धुन में लगी हुई हूं, इसी काम के लिए मैं बाहर गई थी और इस समय पुनः जाने के लिए तैयार हूं, केवल तुझे देखने के लिए चली आई थी, तू बेफिक्री के साथ यहां रह। आशा है कि कल शाम तक मैं अवश्य लौट आऊंगी। जब तक मैं उस कमबख्त

से बदला न ले लूं और तेरे बाप को कैद से छुड़ा न लूं तब तक एक घड़ी के लिए भी अपना समय नष्ट करना नहीं चाहती। बरदेबू को अच्छी तरह समझा जाऊंगी, वह तुझे किसी तरह की तकलीफ न होने देगा।'

इन बातों को सुनकर मैं बहुत खुश हुई और सोचने लगी कि यह कमबख्त जहां तक शीघ्र चली जाए उत्तम है, क्योंकि मुझे हर तरह से निश्चय हो चुका था कि यह मेरी मां नहीं है और यहां से यकायक निकल जाना भी कठिन है। साथ ही इसके मेरा दिल कह रहा था कि मेरा बाप कैद नहीं हुआ, यह सब मनोरमा की बनावट है, जो मेरे बाप का कैद होना बता रही है।

मनोरमा चली गई, मगर उसने शायद ठीक मुझको यह न बताया कि नानू के साथ क्या सलूक किया या अब वह कहां है। फिर भी मनोरमा के चले जाने के बाद मैंने नानू को न देखा और न किसी लौंडी या नौकर ही ने उसके बारे में कभी कुछ कहा।

अबकी दफे मनोरमा के चले जाने के बाद मुझ पर उतना सख्त पहरा नहीं रहा जितना नानू ने बढ़ा दिया था, मगर वहां का कोई आदमी मेरी तरफ से गाफिल भी न था।

उसी दिन आधी रात के समय जब मैं कमरे में चारपाई पर पड़ी हुई नींद न आने के कारण तरह-तरह के मनसूबे बांध रही थी, यकायक बरदेबू मेरे सामने आकर खड़ा हो गया और बोला, "शाबाश, तूने बड़ी चालाकी से मुझे बचा लिया और ऐसी बात गढ़ी कि मनोरमा को नानू पर ही पूरा शक हो गया और मैं इस आफत से बच गया, नहीं तो नानू ने मुझे पूरी तरह फांस लिया था, क्योंकि वह पुर्जा वास्तव में मेरा ही लिखा हुआ था। मैं तुझसे बहुत खुश हूं और तुझे इस योग्य समझता हूं कि तेरी सहायता करूं।"

मैं–आपको मेरी बातों का हाल क्योंकर मालूम हुआ?

बरदेबू–एक लौंडी की जुबानी मालूम हुआ जो उस समय मनोरमा के पास खड़ी थी।

मैं–ठीक है, मुझे विश्वास होता है कि आप मेरी सहायता करेंगे और किसी तरह इस आफत से बाहर कर देंगे, क्योंकि मनोरमा के न रहने से अब मौका भी बहुत अच्छा है।

बरदेबू–बेशक मैं तुझे आफत से छुड़ाऊंगा, मगर आज ऐसा करने का मौका नहीं है, मनोरमा की मौजूदगी में यह काम अच्छी तरह हो जाएगा और मुझ पर किसी तरह का शक भी न होगा, क्योंकि जाते समय मनोरमा तुझे मेरी हिफाजत में छोड़ गई है। इस समय मैं केवल इसलिए आया हूं कि तुझे हर तरह की बातें समझा-बुझाकर यहां से निकल भागने की तरकीब बता दूं और साथ ही इसके यह भी कह दूं कि तेरी मां दारोगा की बदौलत जमानिया में तिलिस्म के अन्दर कैद है और इस बात की खबर गोपालसिंह को नहीं है। मगर मैं उनसे मिलने की तरकीब तुझे अच्छी तरह बता दूंगा।

बरदेबू घण्टे-भर तक मेरे पास बैठा रहा और उसने वहां की बहुत-सी बातें मुझे समझाईं और निकल भागने के लिए जो कुछ तरकीब सोची थी वह भी कही, जिसका हाल आगे चलकर मालूम होगा–साथ ही इसके बरदेबू ने मुझे यह भी समझा दिया कि मनोरमा की उंगली में एक अंगूठी रहती है जिसका नोकीला नगीना बहुत ही जहरीला है, किसी के बदन में कहीं भी रगड़ देने से बात-की-बात में उसका तेज जहर तमाम बदन में फैल जाता है और तब सिवाय मनोरमा की मदद के वह किसी तरह नहीं बच सकता। वह जहर की दवाइयों को (जिन्हें मनोरमा ही जानती है) घोड़े का पेट चीरकर और उसकी ताजी आंतों में उनको रखकर तैयार करती है...।

इतना सुनते ही कमलिनी ने रोककर कहा, "हां-हां, यह बात मुझे भी मालूम है। जब मैं भूतनाथ के कागजात लेने वहां गई थी तो उसी कोठरी में एक घोड़े की दुर्दशा भी देखी थी जिसमें नानू और बरदेबू की लाश देखी, अच्छा तब क्या हुआ?" इसके जवाब में इन्दिरा ने फिर कहना शुरू किया–

बरदेबू मुझे समझा-बुझाकर और बेहोशी की दवा की दो पुड़ियां देकर चला गया और उसी समय से मैं भी मनोरमा के आने का इन्तजार करने लगी। दो दिन तक वह न आई और इस बीच में पुनः दो दफे बरदेबू से बातचीत करने का मौका मिला। और सब बातें तो नहीं, मगर यह मैं इसी जगह कह देना उचित समझती हूं कि बरदेबू ने वह दवा की पुड़ियां मुझे क्यों दी थीं। उनमें से एक तो बेहोशी की दवा थी और दूसरी होश में लाने की। मनोरमा के यहां एक ब्राह्मणी थी जो उसकी रसोई बनाती थी और उस मकान में रहने तथा पहरा देनेवाली ग्यारह लौंडियों को भी उसी रसोई में से खाना मिलता था। इसके अतिरिक्त एक ठकुरानी और थी जो मांस बनाया करती थी। मनोरमा को मांस खाने का शौक था और प्रायः नित्य खाया करती थी। मांस ज्यादे बना करता और जो बच जाता वह सब लौडियों, नौकरों और मालियों को बांट दिया जाता था। कभी-कभी मैं भी रसोई बनानेवाली मिसरानी या ठकुरानी के पास बैठकर उसके काम में सहायता कर दिया करती थी और वह बेहोशी की दवा बरदेबू ने इसलिए दी थी कि समय आने पर खाने की चीजों तथा मांस इत्यादि में जहां तक हो सके, मिला दी जाए।

आखिर मुझे अपने काम में सफलता प्राप्त हुई, अर्थात् चौथे या पांचवें दिन संध्या के समय मनोरमा आ पहुंची और मांस के बटुए में बेहाशी की दवा मिला देने का भी मौका मिल गया।

रात के समय जब भोजन इत्यादि से छुट्टी पाकर मनोरमा अपने कमरे में बैठी तो उसने मुझे भी अपने पास बुलाकर बैठा लिया और बातें करने लगी। उस समय सिवाय हम दोनों के वहां और कोई भी न था।

मनोरमा–अबकी दफा का सफर मेरा बहुत अच्छा हुआ और मुझे बहुत-सी बातें नई मालूम हो गईं जिससे तेरे बाप के छुड़ाने में अब किसी तरह की कठिनाई नहीं

रही। आशा है कि दो-ही-तीन दिन में वह कैद से छूट जाएंगे और हम लोग भी इस अनूठे भेष को छोड़कर अपने घर जा पहुंचेंगे।

मैं–तुम कहां गई थीं और क्या करके आई?

मनोरमा–मैं जमानिया गई थी। वहां, राजा गोपालसिंह की मायारानी तथा दारोगा से भी मुलाकात की। मायारानी ने वहां अपना पूरा दखल जमा लिया है और वहां की तथा तिलिस्म की बहुत-सी बातें उसे मालूम हो गई हैं। इसीलिए अब राजा गोपालसिंह को मार डालने का बन्दोबस्त कर रही है।

मैं–तिलिस्म कैसा?

मनोरमा–(ताज्जुब के साथ) क्या तू नहीं जानती कि जमानिया का खास बाग एक बड़ा भारी तिलिस्म है?

मैं–नहीं, मुझे तो यह बात नहीं मालूम और तुमने भी कभी मुझे कुछ नहीं बताया।

यद्यपि मुझे जमानिया के तिलिस्म का हाल मालूम था और इस विषय की बहुत-सी बातें अपनी मां से सुन चुकी थी, मगर इस समय मनोरमा से यही कह दिया कि 'नहीं, यह बात भी मालूम नहीं है और तुमने भी इस विषय में कभी कुछ नहीं कहा।' इसके जवाब में मनोरमा ने कहा, "हां, ठीक है, मैंने नादान समझकर तुझे वे बातें नहीं कही थीं।"

मैं–अच्छा यह तो बताओ कि मायारानी को थोड़े ही दिनों में वहां का सब हाल कैसे मालूम हो गया?

मनोरमा–ये सब बातें मुझे मालूम न थीं, मगर दारोगा ने मुझको असली मनोरमा समझकर बता दिया, अस्तु, जो कुछ उसकी जुबानी सुनने में आया है सो तुझे कहती हूं। मायारानी को वहां का हाल यकायक थोड़े ही दिनों में मालूम न हो जाता और दारोगा भी इतनी जल्दी उसे होशियार न कर देता, मगर उसके (मायारानी के) बाप ने उसे हर तरह से होशियार कर दिया है क्योंकि उसके बड़े लोग दीवान के तौर पर वहां की हुकूमत कर चुके हैं और इसीलिए उसके बाप को भी न मालूम किस तरह पर वहां की बहुत-सी बातें मालूम हैं।

मैं–खैर, इन सब बातों से मुझे कोई मतलब नहीं। यह बताओ कि मेरे पिता कहां हैं और उन्हें छुड़ाने के लिए तुमने क्या बन्दोबस्त किया? वह छूट जाएं तो राजा गोपालसिंह को मायारानी के फंदे से बचा लें। हम लोगों के किए इस बारे में कुछ न हो सकेगा।

मनोरमा–उन्हें छुड़ाने के लिए भी मैं सब बन्दोबस्त कर चुकी हूं, देर बस इतनी ही है कि तू एक चीठी गोपालसिंह के नाम की उसी मजमून की लिख दे जिस मजमून को लिखने के लिए दारोगा तुझे कहता था। अफसोस इसी बात का है कि दारोगा को तेरा हाल मालूम हो गया है। वह तो मुझे नहीं पहचान सका मगर इतना कहता

था कि 'इन्दिरा को तूने अपनी लड़की बनाकर घर में रख लिया है, सो खैर, तेरे मुलाहिजे में मैं उसे छोड़ देता हूं, मगर उसके हाथ से इस मजमून की चीठी लिखाकर ज़रूर भेजना होगा।' (कुछ रुककर) न मालूम क्यों मेरा सिर घूमता है।

मैं–खाने को ज्यादा खा गई होगी।

मनोरमा–नहीं, मगर...

इतना कहते-कहते मनोरमा ने गौर की निगाह से मुझे देखा और मैं अपने को बचाने की नीयत से उठ खड़ी हुई। उसने यह देख मुझे पकड़ने की नीयत से उठना चाहा मगर उठ न सकी और उस बेहोशी की दवा का पूरा-पूरा असर उस पर हो गया अर्थात् वह बेहोश होकर गिर पड़ी। उस समय मैं उसके पास से चली आई और कमरे के बाहर निकली। चारों तरफ देखने से मालूम हुआ कि सब लौंडी, नौकर, मिसरानी और माली वगैरह जहां-तहां बेहोश पड़े हैं, किसी को तनोबदन की सुध नहीं है। मैं एक जानी हुई जगह से मजबूत रस्सी लेकर पुनः मनोरमा के पास पहुंची और उसी से खूब जकड़कर दूसरी पुड़िया सुंघा उसे होश में लाई। चैतन्य होने पर उसने हाथ में खंजर लिये मुझे अपने सामने खड़े पाया। वह उसी का खंजर था जो मैंने ले लिया था।

मनोरमा–हैं यह क्या? तूने मेरी ऐसी दुर्दशा क्यों कर रक्खी है?

मैं–इसलिए कि तू वास्तव में मेरी मां नहीं है और मुझे धोखा देकर यहां ले आई है।

मनोरमा–यह तुझे किसने कहा?

मैं–तेरी बातों और करतूतों ने।

मनोरमा–नहीं-नहीं, यह सब तेरा भ्रम है।

मैं–अगर यह सब मेरा भ्रम है और तू वास्तव में मेरी मां है तो बता मेरे नाना ने अपने अन्तिम समय में क्या कहा था?

मनोरमा–(कुछ सोचकर) मेरे पास आ तो बताऊं।

मैं–मैं तेरे पास आ सकती हूं, मगर इतना समझ ले कि अब वह जहरीली अंगूठी तेरी उंगली में नहीं है।

इतना सुनते ही वह चौंक पड़ी। उसके बाद और भी खूब-सूब बातें उससे हुईं जिससे निश्चय हो गया कि मेरी ही करनी से वह बेहोश हुई थी और अब मैं उसके फेर में नहीं पड़ सकती। मैं उसे निःसन्देह जान से मार डालती मगर बरदेबू ने ऐसा करने से मुझे मना कर दिया था। वह कह चुका था कि–"मैं तुझे इस कैद से छुड़ा तो देता हूं, मगर मनोरमा की जान पर किसी तरह की आफत नहीं ला सकता, क्योंकि उसका नमक खा चुका हूं।"

यही सबब था कि उस समय मैंने उसे केवल बातों की ही धमकी देकर छोड़ दिया। बची हुई बेहोशी की दवा जबर्दस्ती उसे सुंघाकर बेहोश करने के बाद मैं कमरे

के बाहर निकली और बाग में चली आई जहां प्रतिज्ञानुसार बरदेबू खड़ा मेरी राह देख रहा था। उसने मेरे लिए एक खंजर और ऐयारी का बटुआ भी तैयार कर रखा था जो मुझे देकर उसके अन्दर की सब चीजों के बारे में अच्छी तरह समझा दिया और इसके बाद जिधर मालियों के रहने का मकान था, उधर ले गया। माली सब तो बेहोश थे ही अस्तु, कमन्द के सहारे मुझे बाग की दीवार के बाहर कर दिया और फिर मुझे मालूम न हुआ कि बरदेबू ने क्या कार्रवाइयां कीं और उस पर तथा मनोरमा इत्यादि पर क्या बीती।

मनोरमा के घर से बाहर निकलते ही मैं सीधे जमानिया की तरफ भागी क्योंकि एक तो अपनी मां को छुड़ाने की फिक्र लगी हुई थी जिसके लिए बरदेबू ने कुछ रास्ता भी बता दिया था, मगर इसके इलावे मेरी किस्मत में भी यही लिखा था कि बनिस्बत घर जाने के जमानिया को जाना पसन्द करूं और वहां अपनी मां की तरह खुद भी फंस जाऊं। अगर मैं घर जाकर अपने पिता से मिलती और यह सब हाल कहती तो दुश्मनों का सत्यानाश भी होता और मेरी मां भी छूट जाती, मगर सो न तो मुझको सूझा और न हुआ। इस सम्बन्ध में उस समय मुझको घड़ी-घड़ी इस बात का भी खयाल होता था, मनोरमा मेरा पीछा जरूर करेगी, अगर मैं घर की तरफ जाऊंगी तो निःसन्देह गिरफ्तार हो जाऊंगी।

खैर, मुख्तसर यह है कि बरदेबू के बताए हुए रास्ते से मैं इस तिलिस्म के अन्दर आ पहुंची। आप तो यहां की सब बातों का भेद जान ही गए होंगे इसलिए विस्तार के साथ कहने की कोई जरूरत नहीं, केवल इतना ही कहना काफी होगा कि गंगा किनारे एक श्मशान पर जो महादेव का लिंग एक चबूतरे के ऊपर है, वही रास्ता आने के लिए बरदेबू ने मुझे बताया था।

इन्दिरा ने अपना हाल यहां तक बयान किया था कि कमलिनी ने रोका और कहा, "हां-हां, उस रास्ते का हाल मुझे मालूम है, (कुमार से) जिस रास्ते से मैं आप लोगों को निकालकर तिलिस्म के बाहर ले गई थी!"[1]

इन्द्रजीत–ठीक है (इन्दिरा से) अच्छा तब क्या हुआ?

इन्दिरा–मैं इस तिलिस्म के अन्दर आ पहुंची और घूमती-घूमती उसी कमरे में पहुंच गई जिसमें आपने उस दिन मुझे, मेरे पिता और राजा गोपालसिंह को देखा था, जिस दिन आप उस बाग में पहुंचे थे जिसमें मेरी मां कैद थी।

इन्द्रजीत–अच्छा ठीक है, तो उसी खिड़की में से तूने भी अपनी मां को देखा होगा?

इन्दिरा–जी हां, दूर ही से उसने मुझे देखा और मैंने उसे देखा, मगर उसके पास न पहुंच सकी। उस समय हम दोनों की क्या अवस्था होगी, इसे आप स्वयं समझ सकते हैं, मुझमें कहने की सामर्थ्य नहीं है। (एक लम्बी सांस लेकर) कई दिनों तक

---

1. देखिए आठवाँ भाग, दूसरे बयान का अन्त।

व्यर्थ उद्योग करने पर भी जब मुझे निश्चय हो गया कि मैं किसी तरह उसके पास नहीं पहुंच सकती और न उसके छुड़ाने का कुछ बन्दोबस्त ही कर सकती हूं तब मैंने चाहा कि अपने पिता को इन सब बातों की इत्तिला दूं। मगर अफसोस, यह काम मेरे किए न हो सका। मैं किसी तरह इस तिलिस्म के बाहर न जा सकी और मुद्दत तक यहां रहकर ग्रहदशा के दिन काटती रही।

इन्द्रजीत–अच्छा यह बता कि राजा गोपालसिंहवाली तिलिस्मी किताब तुझे क्योंकर मिली?

इन्दिरा–यह हाल भी मैं आपसे कहती हूं।

इतना कहकर इन्दिरा थोड़ी देर के लिए चुप हो गई और उसके बाद फिर अपना किस्सा शुरू किया ही चाहती थी कि कमरे का दरवाजा जो कुछ घूमा हुआ था, यकायक जोर से खुला और राजा गोपालसिंह आते हुए दिखाई पड़े।

सातवां बयान

राजा गोपालसिंह को देखते ही सब कोई उठ खड़े हुए और बारी-बारी से सलाम की रस्म अदा की। इस समय भैरोसिंह ने लक्ष्मीदेवी की आंखों से मिलती हुई राजा गोपालसिंह की उस मुहब्बत, मेहरबानी और हमदर्दी की निगाह पर गौर किया जिसे आज के थोड़े दिन पहिले लक्ष्मीदेवी बेताबी के साथ ढूंढ़ती थी या जिसके न पाने से वह तथा उसकी बहिनें तरह-तरह का इलजाम गोपालसिंह पर लगाने का खयाल कर रही थीं।

सभों की इच्छानुसार राजा गोपालसिंह भी दोनों कुमारों के पास ही बैठ गए और सभों के कुशल-मंगल पूछने के बाद कुमार से बोले, "क्या आपको उस बड़े इजलास की फिक्र नहीं है जो चुनार में होनेवाला है, जिसमें भूतनाथ के दिलचम्प मुकदमे का फैसला किया जाएगा और जिसमें उसका तथा और भी कई कैदियों के सम्बन्ध में एक-से-एक बढ़कर अनूठा हाल खुलेगा? इसके साथ ही मुझे यह भी सन्देह होता है कि आप उनकी तरफ से भी कुछ बेफिक्र हो रहे हैं जिनके लिए..."

इन्द्रजीत–नहीं-नहीं, मैं न तो बेफिक्र हूं और न अपने काम में सुस्ती ही किया चाहता हूं!

गोपाल–क्या हम लोग नहीं जानते कि इधर के कई दिन आपने किस तरह व्यर्थ नष्ट किए हैं और इस समय भी किस बेफिक्री के साथ बैठे गप्पें उड़ा रहे हैं?

इन्द्रजीत–(कुछ कहते-कहते रुककर) जी नहीं, इस समय तो हम लोग इन्दिरा का किस्सा सुन रहे थे।

गोपाल–इन्दिरा कहीं भागी नहीं जाती थी, यहां नहीं तो चुनार में हर तरह से बेफिक्र होकर आप इसका किस्सा सुन सकते थे, जहां और भी कई अनूठे किस्से आप सुनेंगे। खैर, बताइए कि आप इन्दिरा का किस्सा सुन चुके या नहीं?

इन्द्रजीत–हां और सब किस्सा तो सुन चुका केवल इतना सुनना बाकी है कि आपकी वह तिलिस्मी किताब क्योंकर इसके हाथ लगी और यह उस पुतली की सूरत में क्यों वहां रहा करती थी।

गोपाल–इतना किस्सा आप तिलिस्मी कार्रवाई से छुट्टी पाकर सुन लीजिएगा और खैर, अगर इस पर ऐसा ही जो लगा हुआ है तो मैं मुख्तसर में आपको समझाए देता हूं क्योंकि मैं यह सब हाल इन्दिरा से सुन चुका हूं। असल यह है कि मेरे यहां दो ऐयार हरनामसिंह और बिहारीसिंह रहते थे। वे रुपये की लालच में पड़कर कमबख्त मायारानी से मिल गए थे और मुझे कैदखाने में पहुंचाने के बाद वे लोग उसी की इच्छानुसार काम करते थे, मगर बुरी राह चलनेवालों को या बुरों का संग करनेवालों को जो कुछ फल मिलता है वही उन्हें भी मिला, अर्थात् एक दिन मायारानी ने धोखा देकर उन्हें खास बाग के एक गुप्त कुएं में ढकेल दिया[1] जिसके बारे में वह केवल इतना ही जानती थी कि वह तिलिस्मी ढंग का कुआं लोगों को मार डालने के लिए बना हुआ है, मगर वास्तव में ऐसा नहीं है। वह कुआं उन लोगों के लिए बना है जिन्हें तिलिस्म में कैद करना मंजूर होता है। मायारानी को चाहे यह निश्चय हो गया कि दोनों ऐयार मर गए, लेकिन वास्तव में वे मरे नहीं बल्कि तिलिस्म में कैद हो गए थे। इस बात को मायारानी बहुत दिनों तक छिपाए रही लेकिन आखिर एक दिन उसने अपनी लौंडी लीला से कह दिया और लीला से यह बात हरनामसिंह की लड़की ने सुन ली।

जब आपने मुझे कैद से छुड़ाया और मैं खुल्लमखुल्ला पुनः जमानिया का राजा बना तब हरनामसिंह की लड़की फरियाद करने के लिए मेरे पास पहुंची और मुझसे वह हाल कहा। मैंने जवाब में कहा कि 'वे दोनों ऐयार उस कुएं में ढकेल देने से मरे नहीं बल्कि तिलिस्म में कैद हो गए हैं, जिन्हें मैं छुड़ा तो सकता हूं, मगर उन दोनों ने मेरे साथ दगा की है इसलिए छुड़ाने योग्य नहीं हैं और न मैं उन्हें छुड़ाऊंगा ही।' इतना सुन वह चली गई, मगर छिपे-छिपे उसने ऐसा भेद लगाया और चालाकी की जिसे सुनेंगे तो दंग हो जाएंगे। मुख्तसर यह कि अपने बाप को छुड़ाने की नीयत से उसी लड़की ने मेरी तिलिस्मी किताब चुराई और उसकी मदद से तिलिस्म के अन्दर पहुंची, मगर उस किताब का मतलब ठीक-ठीक न समझने के सबब वह न तो अपने बाप को छुड़ा सकी और न खुद ही तिलिस्म के बाहर निकल सकी। हां, उसी जगह अकस्मात् इन्दिरा से उसकी मुलाकात हो गई। इन्दिरा को भी अपनी तरह दुःखी जानकर उसने सब हाल इससे कहा और इन्दिरा ने चालाकी से वह किताब अपने

1. देखिए सन्तति आठवाँ भाग, पाँचवाँ बयान।

कब्जे में कर ली तथा उससे बहुत-कुछ फायदा भी उठाया। तिलिस्म में आने-जानेवालों से अपने को बचाने के लिए इन्दिरा उस पुतली की सूरत बनकर रहने लगी, क्योंकि उसी ढंग के कपड़े इन्दिरा को उस पुतलीवाले घर से मिल गए थे। जब मैंने इन्दिरा से यह हाल सुना तो बिहारीसिंह और हरनामसिंह तथा उसकी लड़की को बाहर निकाला। वे सब भी चुनारगढ़ पहुंचाए जा चुके हैं। जब आप चुनारगढ़ पहुंचेंगे तो औरों के साथ-साथ उन लोगों का भी तमाशा देखेंगे, तथा...

लक्ष्मीदेवी–(गोपालसिंह से) मगर आप इन बातों को इतनी जल्दी-जल्दी और संक्षेप में कहकर कुमारों को भगाना क्यों चाहते हैं? इन्हें यहां अगर एक दिन की देर ही हो जाएगी तो क्या हर्ज है?

कमलिनी–मेहमानदारी के खयाल से जल्द छूटना चाहते हैं!

गोपाल–औरतों का काम तो आवाज कसने का हई है, मगर मैं किसी और ही सबब से जल्दी मचा रहा हूं। महाराज (बीरेन्द्रसिंह) के पत्र बराबर आ रहे हैं कि दोनों कुमारों को शीघ्र भेज दो, इसके अतिरिक्त वहां कैदियों का जमाव हो रहा है और नित्य एक नया रंग खिलता है। वहां जितनी आफतें थीं, वह सब जाती रहीं...

लक्ष्मीदेवी–(बात काटकर) तो कुमार को और हम लोगों को आप तिलिस्म के बाहर क्यों नहीं ले चलते? वहां से कुमार बहुत जल्दी चुनार पहुंच सकते हैं।

गोपाल–(कुमार से) आप इस समय मेरे साथ तिलिस्म के बाहर जा सकते हैं, मगर ऐसा होना न चाहिए। आप लोगों के हाथ से जो कुछ तिलिस्म टूटनेवाला है, उसे तोड़कर ही आपका इस तिलिस्म के अन्दर-ही-अन्दर चुनार पहुंचना उचित होगा। जब आपकी शादी हो जाएगी तब मैं आपको यहां लाकर अच्छी तरह इस तिलिस्म की सैर कराऊंगा। इस समय मैं (किशोरी, कामिनी, इन्दिरा वगैरह की तरफ बताकर) इन सभों को लेकर खास बाग में जाता हूं क्योंकि अब वहां सब तरह से शान्ति हो चुकी है और किसी तरह का अन्देशा नहीं। वहां आठ-दस दिन रहकर सभों को लिये हुए मैं चुनार चला जाऊंगा और तब उसी जगह आपसे हम लोगों की मुलाकात होगी।

इन्द्रजीत–जो कुछ आप कहते हैं वही होगा, मगर यहां की अद्‌भुत बातें देखकर मेरे दिल में कई तरह का खुटका बना हुआ है...

गोपाल–वह सब चुनार में निकल जाएगा, यहां मैं आपको कुछ न बताऊंगा। देखिए अब रात बीता चाहती है, सबेरा होने के पहिले ही आपको अपने काम में हाथ लगा देना चाहिए।

लक्ष्मीदेवी–(हंसकर) आप क्या आए मानो भूचाल आ गया! अच्छी जल्दी मचाई, बात तक नहीं करने देते! (कुमार से) जरा इन्हें अच्छी तरह जांच तो लीजिए, कहीं कोई ऐयार रूप बदलकर न आया हो।

गोपाल–(इन्द्रजीतसिंह के कान में कुछ कहकर) बस, अब आप विलम्ब न कीजिए।

इन्द्रजीत–(उठकर) अच्छा तो फिर मैं प्रणाम करता हूं और भैरोसिंह को भी आपके ही सुपुर्द किए जाता हूं। (लक्ष्मीदेवी से) आप किसी तरह की चिन्ता न करें, ये (गोपालसिंह) वास्तव में हमारे भाई साहब ही हैं, अस्तु, अब चुनार में पुनः मुलाकात की उम्मीद करता हुआ मैं आप लोगों से बिदा होता हूं।

इतना कहकर इन्द्रजीतसिंह ने मुस्कुराते हुए सभों की तरफ देखा और आनन्दसिंह ने भी बड़े भाई का अनुसरण किया। राजा गोपालसिंह दोनों कुमारों को लिये कमरे के बाहर चले गए और कुछ देर तक बातचीत करने तथा समझाकर बिदा करने के बाद पुनः कमरे में चले आए।

आठवां बयान

यद्यपि चुनारगढ़वाले तिलिस्मी खण्डहर की अवस्था ही जीतसिंह ने बदल दी और अब वह आला दर्जे की इमारत बन गई है, मगर उसके चारों तरफ दूर-दूर तक जो जंगलों की शोभा थी, उसमें किसी तरह की कमी उन्होंने न होने दी।

सुबह का सुहावना समय है और राजा सुरेन्द्रसिंह, बीरेन्द्रसिंह, जीतसिंह तथा तेजसिंह वगैरह धुर ऊपरवाले कमरे में बैठे जंगल की शोभा देखने के साथ-ही-साथ आपुस में धीरे-धीरे बात भी करते जाते हैं। जंगली पेड़ों के पत्तों से छनी और फूलों की महक से सोंधी भई दक्षिणी हवा के झपेटे आ रहे हैं और रात-भर की चुप बैठी हुई तरह-तरह की चिड़ियाएं सबेरा होने की खुशी में अपनी सुरीली आवाजों से लोगों का जी लुभा रही हैं। स्याह तीतर अपनी मस्त और बंधी हुई आवाज से हिन्दू-मुसलमान, कुंजड़े और कस्साब में झगड़ा पैदा कर रहे हैं। मुसलमान कहते हैं कि तीतर साफ आवाज में यही कह रहा है कि 'सुब्हान तेरी कुदरत' मगर हिन्दू इस बात को स्वीकार नहीं करते और कहते हैं कि यह स्याह तीतर 'राम लक्ष्मण दशरथ' कहकर अपनी भक्ति का परिचय दे रहा है। कुंजड़े इसे भी नहीं मानते और उसकी बोली का मतलब 'मूली प्याज अदरक' समझकर अपना दिल खुश कर रहे हैं, परन्तु कस्साबों को सिवाय इसके और कुछ नहीं सूझता कि यह तीतर 'कर जिबह और ढक रख' का उपदेश दे रहा है।

इसी समय देवीसिंह भी वहां आ पहुंचे और भूतनाथ और बलभद्रसिंह के हाजिर होने की इत्तिला दी। इच्छानुसार दोनों ने सामने आकर सलाम किया और फर्श पर बैठने के बाद इशारा पाकर भूतनाथ ने तेजसिंह से कहा–

भूतनाथ–(बलभद्रसिंह की तरफ इशारा करके) इनका हाल सुनने के लिए जी बेचैन हो रहा है, मैं इनसे कई दफे पूछ चुका हूं, मगर ये कुछ कहते नहीं।

तेजसिंह–(बलभद्रसिंह से) अब तो आपकी तबीयत ठिकाने हो गई होगी?

बलभद्र–जी हां, अब मैं बहुत अच्छा और अपना हाल कहने के लिए तैयार हूं।

तेजसिंह–अच्छी बात है, हम लोग भी सुनने के लिए तैयार हैं और आप ही का इन्तजार कर रहे थे।

सभों का ध्यान बलभद्रसिंह की तरफ खिंच गया और बलभद्रसिंह ने अपने गायब होने का हाल इस तरह कहना शुरू किया–

"इस बात की तो मुझे कुछ भी खबर नहीं कि मुझे कौन ले गया और क्योंकर ले गया। उस दिन मैं भूतनाथ के पास ही एक चारपाई पर सो रहा था और जब मेरी आंख खुली तो मैंने अपने को एक हरे-भरे और खूबसूरत बाग में पाया। उस समय मैं बिल्कुल मजबूर था अर्थात् मेरे हाथों में हथकड़ी और पैरों में बेड़ी पड़ी हुई थी और एक औरत नंगी तलवार लिये मेरे सामने खड़ी थी। मैंने सोचा कि अब मेरी जान नहीं बचती और मेरे भाग्य ही में कैदी बनकर जान देना बदा है। बहुत-सी बातें सोच-विचारके मैंने उस औरत से पूछा कि 'तू कौन है और मैं यहां क्योंकर पहुंचा हूं?' जिसके जवाब में उस औरत ने कहा कि 'तुझे मैं यहां ले आई हूं और इस समय तू मेरा कैदी है। मैं जिस मुसीबत में फंसी हुई हूं, उससे छुटकारा पाने के लिए इसके सिवाय और कोई तरकीब न सूझी कि तुझे अपने कब्जे में करके अपने छुटकारे की सूरत निकालूं, क्योंकि मेरा दुश्मन तेरे ही कब्जे में है। अगर तू उसे समझा-बुझाकर राह पर ले आवेगा तो मेरे साथ-साथ तेरी जान बच जाएगी।'

उस औरत की बातें सुनकर मुझे बड़ा ही ताज्जुब हुआ और मैंने उससे पूछा, 'वह है कौन जो तेरा दुश्मन है और मेरे कब्जे में है?'

औरत–तेरी बेटी कमलिनी मेरे साथ दुश्मनी कर रही है।

मैं–क्यों?

औरत–उसकी खुशी, मैंने तो उसका नुकसान नहीं किया।

मैं–आखिर दुश्मनी का कोई सबब भी तो होगा?

औरत–अगर कोई सबब है तो केवल इतना ही कि वह भूतनाथ का पक्ष करती है और मुझे भूतनाथ का दुश्मन समझती है, मगर मैं कसम खाकर कहती हूं कि मुझे भूतनाथ से जरा भी रंज नहीं है बल्कि मैं भूतनाथ को अपना मददगार और भाई समझती हूं। अगर मुझे भूतनाथ से किसी तरह का रंज होता तो मैं तुझे गिरफ्तार करके न लाती बल्कि भूतनाथ ही को ले आती, क्योंकि जिस तरह मैं तुझे उठा लाई हूं, उसी तरह भूतनाथ को भी उठा ला सकती थी। खैर, अब मैं चाहती हूं कि तू एक चीठी कमलिनी के नाम की लिख दे कि वह मेरे साथ दुश्मनी का बर्ताव न करे। अगर तू अपनी कसम देके यह बात कमलिनी को लिख देगा तो वह जरूर मान जाएगी।

मैंने कई तरह से, उलट-फेरके, कई तरह की बातें उस औरत से पूछीं, मगर साफ-साफ न मालूम हुआ कि कमलिनी उसके साथ दुश्मनी क्यों करती है? इसके

अतिरिक्त मुझे इस बात का भी निश्चय हो गया कि जब तक मैं कमलिनी के नाम की चीठी न लिख दूंगा तब तक मेरी जान को छुट्टी न मिलेगी। चीठी लिखने से इनकार करने के कारण कई दिनों तक नैं उसका कैदी बना रहा, आखिर लाचार हो मैंने उसकी इच्छानुसार पत्र लिख दिया, तब उसने बेहोशी की दवा सुंघाकर मुझे बेहोश किया और उसके बाद जब मेरी आंख खुली तो मैंने अपने को आपके सामने पाया।

भूतनाथ–आपको यह नहीं मालूम हुआ कि उस औरत का नाम क्या था?

बलभद्र–मैंने कई दफे नाम पूछा मगर उसने न बताया।

मालूम होता है कि बलभद्रसिंह ने अपना जो कुछ हाल बयान किया उस पर हमारे राजा साहब या ऐयारों को विश्वास न हुआ, मगर उनकी खातिर से तेजसिंह ने कह दिया कि 'ठीक है, ऐसा ही हुआ होगा।'

बलभद्रसिंह और भूतनाथ को राजा साहब बिदा किया ही चाहते थे कि उसी समय इन्द्रदेव के आने की इत्तिला मिली। आज्ञानुसार इन्द्रदेव हाजिर हुए और सभों को सलाम करने के बाद इशारा पाकर तेजसिंह के बगल में बैठ गए।

इन्द्रदेव के आने से हमारे राजा साहब और ऐयारों को बड़ी खुशी हुई और इसीलिए पन्नालाल, रामनारायण और पं. बद्रीनाथ वगैरह हमारे बाकी के ऐयार लोग भी, जो इस समय यहां हाजिर और इस इमारत के बाहरी तरफ टिके हुए थे, इन्द्रदेव के साथ-ही-साथ राजा साहब के पास आ पहुंचे क्योंकि इन्द्रदेव, बलभद्रसिंह और भूतनाथ का अनूठा हाल जानने के लिए सभी बेचैन हो रहे थे और खास करके भूतनाथ के मुकद्दमे से तो सभों को दिलचस्पी थी। इसके अतिरिक्त इन्द्रदेव अपने साथ दो कैदी अर्थात् नकली बलभद्रसिंह और नागर को भी लाए थे और बोले थे कि 'काशिराज के भेजे हुए और भी कई कैदी थोड़ी देर में हाजिर हुआ चाहते हैं' जिस कारण हमारे ऐयारों की दिलचस्पी और भी बढ़ रही थी।

सुरेन्द्र–तुम्हारे आने से हम लोगों को बड़ी प्रसन्नता हुई। इन्द्रजीत और गोपालसिंह तुम्हारी बड़ी प्रशंसा करते हैं और वास्तव में तुमने जो कुछ किया है वह प्रशंसा के योग्य भी है।

इन्द्रदेव–(हाथ जोड़कर) नैं तो किसी योग्य भी नहीं हूं और न कोई काम ही मेरे हाथ से ऐसा निकला जिससे महाराज के गुलाम के बराबर भी अपने को समझने की प्रतिष्ठा प्राप्त कर सकूं–हां, दुर्दैव ने जो कुछ मेरे साथ बर्ताव किया और उसके सबब से मुझ अभागे को जो कष्ट भोगने पड़े, उन्हें सुनकर दयालु महाराज को मुझ पर दया अवश्य आई होगी।

सुरेन्द्र–हम लोग ईश्वर को धन्यवाद देते हैं जिसकी कृपा से एक विचित्र और अनूठी घटना के साथ तुम्हारी स्त्री और लड़की का पता लग गया और तुमने उन दोनों को जीती-जागती देखा।

इन्द्रजीत–यह सब-कुछ आपके और कुमारों के चरणों की बदौलत हुआ। वास्तव में तो मैं भाड़े की जिन्दगी बिताता हुआ दुनिया से विरक्त ही हो चुका था। अब भी वे दोनों आप लोगों के चरणों की धूल आंखों में लगा लेंगी, तभी मेरी प्रसन्नता का कारण होंगी। आशा है कि आज ही या कल तक राजा गोपालसिंह भी उन दोनों तथा किशोरी, कामिनी, लक्ष्मीदेवी, कमलिनी, लाडिली और कमला इत्यादि को लेकर यहां आवें, और महाराज के चरणों का दर्शन करेंगे।

सुरेन्द्र–(आश्चर्य और प्रसन्नता के साथ) हां! क्या गोपालसिंह ने तुम्हें कुछ लिखा है?

इन्द्रदेव–जी हां, उन्होंने मुझे लिखा है कि 'मैं शीघ्र ही उन सभों को लेकर महाराज की सेवा में उपस्थित हुआ चाहता हूं, तुम भी अपने दोनों कैदी नकली बलभद्रसिंह और नागर को लेकर काशिराज से मिलते हुए चुनार जाओ और काशिराज ने हम पर कृपा करके हमारे जिन दुश्मनों को कैद कर रखा है अर्थात् बेगम, जमालो और नौरतन वगैरह को भी अपने साथ लेते जाओ।' अस्तु, इस समय उन्हीं के लिखे अनुसार मैं सेवा में उपस्थित हुआ हूं!

सुरेन्द्र–(उत्कण्ठा के साथ) तो क्या तुम उन लोगों को भी अपने साथ लेते आए हो?

इन्द्रदेव–जी हां और उन सभों को बाहर सरकारी सिपाहियों की सुपुर्दगी में छोड़ आया हूं। बेगम वगैरह का हाल तो काशिराज ने महाराज को लिखा होगा?

सुरेन्द्र–हां, काशिराज ने गोपालसिंह को लिखा था कि 'तुम्हारे ऐयार भूतनाथ के निशान देने के मुताबिक बलभद्रसिंह के दुश्मन गिरफ्तार कर लिये गए हैं और मनोरमा का मकान भी जब्त कर लिया गया है'। गोपालसिंह ने यह समाचार मुझको लिखा था!

इन्द्रदेव–ठीक है तो अब उन कैदियों के लिए भी उचित प्रबन्ध कर देना चाहिए जिन्हें मैं अपने साथ लाया हूं।

सुरेन्द्र–उसका प्रबन्ध बद्रीनाथ कर चुके होंगे क्योंकि कैदियों का इन्तजाम उन्हीं के सुपुर्द है।

बद्रीनाथ–(इन्द्रदेव से) उनके लिए आप तरद्दुद न करें क्योंकि वे लोग अपने उचित स्थान पर पहुंचा दिए गए।

पन्नालाल–(सुरेन्द्रसिंह से–भूतनाथ और बलभद्रसिंह की तरफ बताकर) मगर इन दोनों महाशयों में से जिनकी खातिरदारी मेरे सुपुर्द की गई, यह बलभद्रसिंह जी कहते हैं कि मैं महाराज का अन्न न खाऊंगा, बल्कि अपने आराम की कोई चीज भी यहां से न लूंगा, क्योंकि अब यह बात मालूम हो चुकी है कि राजा गोपालसिंह महाराज के पोते हैं और...

सुरेन्द्र–ठीक है, ठीक है, वास्तव में ऐसा ही होना चाहिए। (बलभद्रसिंह से) मगर आप बहुत ही मुसीबत और कैद से छूटकर आए हैं इसलिए आपके पास

रुपये-पैसे की जरूर कमी होगी, फिर आप क्योंकर अपने लिए हर तरह का सामान जुटा सकेंगे?

बलभद्र–मैं भी इसी फिक्र में डूबा हुआ था, मगर ईश्वर ने बड़ी कृपा की जो मेरे प्यारे मित्र इन्द्रदेव को यहां भेज दिया। अब मुझे किसी तरह की तकलीफ न होगी, जो कुछ जरूरत पड़ेगी, मैं इनसे ले लूंगा, फिर इसके बाद मुझे यह भी आशा है कि दुष्टों का मुकदमा हो जाने पर बेगम के कब्जे से निकली हुई मेरी दौलत भी मुझे मिल जाएगी।

इन्द्रजीत–(हाथ जोड़कर महाराज सुरेन्द्रसिंह से) मेरे मित्र बलभद्रसिंह जो कुछ कह रहे हैं, ठीक है और आशा है कि महाराज भी इस बात को स्वीकार कर लेंगे।

सुरेन्द्र–(पन्नालाल से) खैर, ऐसा ही किया जाए, इन्द्रदेव का डेरा बलभद्रसिंह के साथ ही करा दो जिसमें ये दोनों मित्र प्रसन्नता से आपुस में बातें करते रहें।

इन्द्रदेव–(हाथ जोड़कर) मैं भी यही अर्ज किया चाहता था। आज न मालूम किस तरह, कितने दिनों के बाद, ईश्वर ने मित्र-दर्शन का सुख दिया है, सो भी ऐसे मित्र का दर्शन, जिसके मिलने की आशा कर ही नहीं सकते थे और इसके लिए हम लोग भूतनाथ के बड़े ही कृतज्ञ हैं।

भूतनाथ–यह सब महाराज के चरणों का प्रताप है जिनके सदैव दर्शन के लोभ से महाराज का कुछ न बिगाड़ने पर भी मैं अपने को दोषी बनाए और भगवती की कृपा पर भरोसा किए बैठा हुआ हूं।

इन्द्रदेव–(महाराज की तरफ देखके) वास्तव में ऐसा ही है। अभी तक जो कुछ मालूम हुआ है, उससे तो यही जाना जाता है कि भूतनाथ ने महाराज के यहां एक दफे चोरी करने के अतिरिक्त और कोई काम ऐसा नहीं किया जिससे महाराज या महाराज के सम्बन्धियों को दुःख हो...

भूतनाथ–(लज्जा ने नीचे गर्दन करके) और सो भी बदनीयती के साथ नहीं!

इन्द्रदेव–आगे चलकर और कोई बात जानी जाए तो मैं नहीं कह सकता, मगर...

भूतनाथ–ईश्वर न करे ऐसा हो।

बीरेन्द्र–भूतनाथ ने अगर हम लोगों का कोई कसूर किया भी हो तो अब हम उस पर ध्यान नहीं दे सकते क्योंकि रोहतासगढ़ के तहखाने में मैं भूतनाथ का कसूर माफ कर चुका हूं।

भूतनाथ–ईश्वर आपका सहायक रहे!

इन्द्रदेव–लेकिन अगर भूतनाथ ने किसी ऐसे के साथ बुरा बर्ताव किया हो जिससे आज के पहिले महाराज का कोई सम्बन्ध न था तो उस पर भी महाराज को विशेष ध्यान न देना चाहिए।

तेजसिंह–जी हां, मगर इसमें कोई शक नहीं कि भूतनाथ की जीवनी अनेक अद्‌भुत-अनूठी और दुखद घटनाओं से भरी हुई है। मैं समझता हूं कि भूतनाथ ने लोगों

के दिल पर अपना भयानक प्रभाव तो पैदा किया, परन्तु अपने कामों की बदौलत अपने को सुखी न बना सका, उलटा इसने जमाने को दिखा दिया कि प्रतिष्ठा और सभ्यता का पल्ला छोड़कर केवल लक्ष्मी का कृपापात्र बनने के लिए उद्योग और उत्साह दिखानेवाले का परिणाम कैसा होता है।

इन्द्रदेव–निःसन्देह ऐसा ही है। अगर भूतनाथ उसके साथ-ही-साथ प्रतिष्ठा का पल्ला भी मजबूती के साथ पकड़े होता और इस बात पर ध्यान रखता कि जो कुछ करे, वह इसकी प्रतिष्ठा के विरुद्ध न होने पावे तो आज दुनिया में भूतनाथ तीसरे दर्जे का ऐयार कहा जाता।

जीतसिंह–(मुस्कुराकर) मगर सुना जाता है कि अब भूतनाथ इज्जत और हुर्मत की मीनार पर चढ़कर दुनिया की सैर किया चाहता है और यह बात देवताओं को भी वश में कर लेनेवाले मनुष्य की सामर्थ्य से बाहर नहीं।

इन्द्रदेव–अगर सिफारिश न समझी जाए तो मैं यह कहने का हौसला कर सकता हूं कि दुनिया में इज्जत और हुर्मत उसी को मिल सकती है जो इज्जत और हुर्मत का उचित बर्ताव करता हुआ किसी बड़े इज्जत और हुर्मतवाले का कृपापात्र बने।

देवीसिंह–भूतनाथ का खयाल भी आजकल इन्हीं बातों पर है। मैंने बहुत दिनों तक छिपे-छिपे भूतनाथ का पीछा करके जान लिया है कि भूतनाथ को होशियारी, चालाकी और ऐयारी की विद्या के साथ-ही-साथ दौलत की भी कमी नहीं है। अगर यह चाहे तो बेफिक्री के साथ अमीराना ढंग पर अपनी जिन्दगी बिता सकता है, मगर भूतनाथ इसे पसन्द नहीं करता और खूब समझता है कि वह सच्चा सुख जो प्रतिष्ठा, सभ्यता और सज्जनता के साथ सज्जन और मित्र मण्डली में बैठकर हंसने-बोलने से प्राप्त होता है, और ही कोई वस्तु है, और उसके बिना मनुष्य का जीवन वृथा है।

बलभद्र–बेशक, यही सबब है कि आजकल भूतनाथ अपना समय ऐसे ही कामों और विचारों में बिता रहा है और चाहता है कि अपना चेहरा बेदाग आईने में उसी तरह देख सके, जिस तरह हीरा निर्मल जल में, मगर इसके लिए भूतनाथ को अपने पुराने मालिक से भी मदद लेनी चाहिए।

इन्द्रदेव–(कुछ चौंककर) हां, मैं यह निवेदन करना तो भूल ही गया कि आज ही कल में यहां रणधीरसिंह भी आनेवाले हैं, अस्तु, उनके लिए महाराज को प्रबन्ध कर देना चाहिए।

यह एक ऐसी बात थी जिसने भूतनाथ को चौंका दिया और वह थोड़ी देर के लिए किसी गम्भीर चिन्ता में निमग्न हो गया, मगर उद्योग करके उसने शीघ्र ही अपने दिल को सम्हाला और कहा–

भूतनाथ–क्योंकि वे महाराज के मेहमान बनकर इस मकान में रहना कदाचित् स्वीकार न करेंगे।

जीतसिंह–ठीक है, तो उनके लिए दूसरा प्रबन्ध किया जाएगा।

इन्द्रदेव–उनका आदमी उनके लिए ख़ेमा वगैरह सामान लेकर आता ही होगा।

जीतसिंह–(इन्द्रदेव से) हमारे पास कोई इत्तिला तो नहीं आई!

इन्द्रदेव–जी, यह काम भी मेरे ही सुपुर्द किया गया था।

जीतसिंह–तो क्या तुम्हारे पास उनका कोई आदमी या पत्र गया था?

इन्द्रदेव–जी नहीं, वे स्वयं राजा गोपालसिंह के पास यह सुनकर गए थे कि माधवी उन्हीं के यहां कैद है, क्योंकि उन्होंने अपने हाथ से माधवी को मार डालने का प्रण किया था...

सुरेन्द्र–(ताज्जुब से) तो क्या उन्होंने माधवी को अपने हाथों से मारा?

इन्द्रदेव–जी नहीं, अपने खानदान की एक लड़की को मारकर हाथ रंगने की बनिस्बत प्रतिज्ञा भंग करना उत्तम समझा, उस समय मैं भी वहां था।

भूतनाथ–(सुरेन्द्रसिंह से हाथ जोड़कर) यदि मुझे आज्ञा हो तो खेमा वगैरह खड़ा करने का इन्तजाम मैं करूं और समय पर अगवानी के लिए कुछ दूर जाकर अपना कलंकित मुख उनको दिखाऊं। यद्यपि मैं इस योग्य नहीं हूं और न वे मेरी सूरत देखना पसन्द ही करेंगे, मगर उनके नमक से पला हुआ यह शरीर उनसे दुर्दुराया जाकर भी अपनी प्रतिष्ठा ही समझेगा।

सुरेन्द्र–ठीक है, मगर उनकी इच्छा के विरुद्ध ऐसा करने की आज्ञा हम नहीं दे सकते। हां, यदि तुम अपनी इच्छा से ऐसा करो तो हम रोकना भी उचित नहीं समझेंगे।

ये बातें हो ही रही थीं कि जमानिया से राजा गोपालसिंह के कूच करने की इत्तिला मिली, इस तौर पर कि–'किशोरी, कामिनी और लक्ष्मोदेवी वगैरह को लिये राजा गोपालसिंह चले आ रहे हैं।'

नौवां बयान

चुनारगढ़वाली तिलिस्मी इमारत के चारों तरफ छोटे-बड़े सैकड़ों खेमों-डेरों-रावटियों और शामियानों की बहार दिखाई दे रही है, जिनमें से बहुतों में लोगों के डेरे पड़ चुके हैं और बहुत अभी तक खाली पड़े हैं, मगर वे भी धीरे-धीरे भर रहे हैं। किशोरी के नाना रणधीरसिंह और किशोरी, कामिनी वगैरह को लिए हुए राजा गोपालसिंह भी आ गए हैं और इन लोगों के साथ कुछ फौजी सिपाही भी आ पहुंचे हैं, जो कायदे के साथ रावटियों में डेरा डाले हुए हैं। किशोरी इत्यादि महल में पहुंचा दी गई हैं जिसके सबब से अन्दर तरह-तरह की खुशियां मनाई जा रही हैं। राजा गोपालसिंह का डेरा भी तिलिस्मी इमारत के अन्दर ही पड़ा है। राजा बीरेन्द्रसिंह ने उनके लिए अपने कमरे

के पास ही एक सुन्दर और सजा हुआ कमरा मुकर्रर कर दिया है, और उनके (गोपालसिंह के) साथी लोग इमारत के बाहरवाले खेमों में उतरे हुए हैं। इसी तरह रणधीरसिंह का भी डेरा इमारत के बाहर उन्हीं के भेजे हुए खेमे में पड़ा है, और वे यहां पहुंचकर राजा सुरेन्द्रसिंह और बीरेन्द्रसिंह तथा और लोगों से मुलाकात करने के बाद किशोरी और कमला से मिलकर खुश हो चुके हैं, और साथ ही इसके भूतनाथ की नजर भी कबूल कर चुके हैं जिसकी उम्मीद भूतनाथ को कुछ भी न थी।

इसी तरह राजा बीरेन्द्रसिंह के बचे हुए ऐयार लोग भी जो यहां मौजूद न थे, अब आ गए हैं, यहां तक कि रोहतासगढ़ से ज्योतिषी जी का डेरा भी आ गया है और वे भी तिलिस्मी इमारत के बाहर एक खेमे में टिके हुए हैं।

इनके अतिरिक्त कई बड़े-बड़े रईस, जमींदार और महाजन लोग भी गया, रोहतासगढ़, जमानिया और चुनार वगैरह से राजा बीरेन्द्रसिंह को नजर और मुबारकबाद देने की नीयत से आए हुए हैं, जिनके सबब से यहां खूब अमन-चमन हो रहा है, और सभों को यह भी विश्वास है कि कुंअर इन्द्रजीतसिंह और आनन्दसिंह भी तिलिस्म फतह करते हुए शीघ्र आया चाहते हैं और उनके आने के साथ ही ब्याह-शादी के जलसे शुरू हो जाएंगे। साथ ही इसके भूतनाथ वगैरह के मुकदमे से भी सभों को दिलचस्पी हो रही है, यहां तक कि बहुत-से लोग केवल इसी कैफियत को देखने-सुनने की नीयत से आए हुए हैं।

तिलिस्मी इमारत के बाहर एक छोटा-सा बाजार लग गया है जिसमें जरूरी चीजें तथा खाने का कच्चा गल्ला तथा सब तरह का सामान मेहमानों के लिए मौजूद है, और राजा साहब की आज्ञा है कि जिसको जिस चीज की जरूरत हो दी जाए और उसकी कीमत किसी से भी न ली जाए। इस काम की निगरानी के लिए कई नेक और ईमानदार मुंशी मुकर्रर हैं जो अपना काम बड़ी खूबी और नेकनीयत के साथ कर रहे हैं। यह बात तो हई है, मगर लोगों को आश्चर्य के साथ उस समय और भी आनन्द मिलता है जब एक बहुत बड़े खेमे या पण्डाल के अन्दर कुंअर इन्द्रजीतसिंह और आनन्दसिंह की शादी का सामान इकट्ठा होते देखते हैं।

कैदियों को किसी खेमे में जगह नहीं मिली है, बल्कि वे सब तिलिस्मी इमारत के अन्दर एक ऐसे स्थान में रक्खे गए हैं जो उन्हीं के योग्य है, मगर भूतनाथ बिल्कुल आजाद है और आश्चर्य के साथ लोगों की उंगलियां उठवाता हुआ इस समय चारों तरफ घूम रहा है और मेहमानों की खातिरदारी का खयाल भी करता रहता है।

राजा साहब की आज्ञानुसार तिलिस्मी इमारत के अन्दर पहिले खण्ड में एक बहुत बड़ा दालान उस आलीशान दरबार के लिए सजाया जा रहा है जिसमें पहिले तो भूतनाथ तथा अन्य कैदियों का मुकदमा फैसल किया जाएगा और बाद में दोनों कुमारों के ब्याह की महफिल का आनन्द लोगों को मिलेगा, और इसे लोग 'दरबारे-आम' के नाम से सम्बोधित करते हैं। इसके अतिरिक्त 'दरबारे-खास' के नाम से

दूसरी मंजिल पर एक और कमरा सजाकर तैयार हुआ है जिसमें नित्य पहर दिन चढ़े तक दरबार हुआ करेगा और उसमें खास-खास तथा ऐयारी पेशेवाले लोग बैठकर जरूरी कामों पर विचार किया करेंगे। इस समय हम अपने पाठकों को भी इसी दरबारे-खास में ले चलकर बैठाते हैं।

एक ऊंची गद्दी पर महाराज सुरेन्द्रसिंह और उनके बाईं तरफ राजा बीरेन्द्रसिंह बैठे हुए हैं। सुरेन्द्रसिंह के दाहिने तरफ जीतसिंह और बीरेन्द्रसिंह के बाईं तरफ तेजसिंह बैठे हैं और उनके बगल में क्रमशः देवीसिंह, पण्डित बद्रीनाथ, रामनारायण, जगन्नाथ ज्योतिषी, पन्नालाल और भूतनाथ वगैरह दिखाई दे रहे हैं और भूतनाथ के बगल में चुन्नीलाल हाथ में नंगी तलवार लिये खड़े हैं। उधर जीतसिंह के बगल में राजा गोपालसिंह और फिर क्रमशः बलभद्रसिंह, इन्द्रदेव, भैरोसिंह वगैरह बैठे हैं और उनके बगल में नाहरसिंह नंगी तलवार लिये खड़ा है और इस बात पर विचार हो रहा है कि कैदियों का मुकदमा कब से शुरू किया जाए तथा उस सम्बन्ध में किन-किन बातों या चीजों की जरूरत है।

इसी समय चोबदार ने आकर अदब से अर्ज किया–"महल के दरवाजे पर एक नकाबपोश हाजिर हुआ है जो पूछने पर अपना परिचय नहीं देता, परन्तु दरबार में हाजिर होने की आज्ञा मांगता है।"

इस खबर को सुनकर तेजसिंह ने राजा साहब की तरफ देखा और इशारा पाकर उस सवार को हाजिर करने के लिए चोबदार को हुक्म दिया।

वह नौजवान नकाबपोश सवार जो सिपाहियाना ठाठ के बेशकीमत कपड़ों से अपने को सजाए हुए था, हाजिर होने की आज्ञा पाकर घोड़े से उतर पड़ा। अपना नेजा जमीन में गाड़ और उसी के सहारे घोड़े की लगाम अटकाकर वह इमारत के अन्दर गया और चोबदार के साथ घूमता-फिरता दरबारे-खास में हाजिर हुआ। महाराज सुरेन्द्रसिंह, बीरेन्द्रसिंह, जीतसिंह और तेजसिंह को अदब से सलाम करने के बाद उसने अपना दाहिना हाथ, जिसमें एक चीठी थी, दरबार की तरफ बढ़ाया और देवीसिंह ने उसके हाथ से पत्र लेकर तेजसिंह के हाथ में दे दिया। तेजसिंह ने राजा सुरेन्द्रसिंह को दिया। उन्होंने उसे पढ़कर तेजसिंह के हवाले किया और इसके बाद बीरेन्द्रसिंह और तेजसिंह ने भी वह पत्र पढ़ा।

जीतसिंह–(नकाबपोश से) इस पत्र के पढ़ने से जाना जाता है कि खुलासा हाल तुम्हारी जुबानी मालूम होगा?

नकाबपोश–(हाथ जोड़कर) जी हां, मेरे मालिकों ने यह अर्ज करने के लिए मुझे यहां भेजा है कि 'हम दोनों भूतनाथ तथा और कैदियों का मुकदमा सुनने के समय उपस्थित रहने की इच्छा रखते हैं और आशा करते हैं कि इसके लिए महाराज प्रसन्नता के साथ हम लोगों को आज्ञा देंगे। हम लोग यह प्रतिज्ञापूर्वक कहते हैं कि हम लोगों के हाजिर होने का नतीजा देखकर महाराज प्रसन्न होंगे।'

जीतसिंह–मगर पहिले यह तो बताओ कि तुम्हारे मालिक हैं कौन और कहां रहते हैं?

नकाबपोश–इसके लिए आप क्षमा करें, क्योंकि हमारे मालिक लोग अभी अपने को प्रकट नहीं किया चाहते और इसीलिए जब यहां उपस्थित होंगे तो अपने चेहरे पर नकाब डाले होंगे। हां, मुकदमा खतम हो जाने के बाद वे अपने को प्रसन्नता के साथ प्रकट कर देंगे। आप देखेंगे कि उनकी मौजूदगी में मुकदमा सुनने के समय कैसे-कैसे गुल खिलते हैं, जिससे आशा है कि महाराज भी बहुत प्रसन्न होंगे।

जीतसिंह–कदाचित् तुम्हारा कहना ठीक हो, मगर ऐसे मुकदमों में जिन्हें घरेलू मुकदमे भी कह सकते हैं, अपरिचित लोगों को शरीक होने और बोलने की आज्ञा महाराज कैसे दे सकते हैं?

नकाबपोश–ठीक है, महाराज मालिक हैं जो उचित समझें करें, मगर इसमें भी कोई सन्देह नहीं कि अगर उस समय हमारे मालिक लोग (केवल दो आदमी) उपस्थित न होंगे तो मुकद्दमे की बारीक गुत्थी सुलझ न सकेगी, और यदि वे पहिले ही से अपने को प्रकट कर देंगे तो...

जीतसिंह–(तेजसिंह से) इस विषय में उचित यही है कि एकान्त में इस नकाबपोश से बातचीत की जाए।

तेजसिंह–(हाथ जोड़कर) जो आज्ञा।

इतना कहकर तेजसिंह उठे और उस नकाबपोश को साथ लिये हुए एकान्त में चले गए।

इस नकाबपोश को देखकर सभी हैरान थे। इसकी सिपाहियाना चुस्त और बेशकीमत पोशाक, इसका बहादुराना ढंग और इसकी अनूठी बातों ने सभों के दिल में खलबली पैदा कर दी थी, खास करके भूतनाथ के पेट में तो चूहे दौड़ने लग गए और उसने इस नकाबपोश की असलियत जानने का खयाल अपने दिल में मजबूती के साथ बांध लिया था। यही कारण था कि जब थोड़ी देर बाद तेजसिंह उस नकाबपोश से बातें करके और उसको साथ लिये हुए वापस आए तब सभों का ध्यान उसी तरफ चला गया और सभी यह जानने के लिए व्यग्र होने लगे कि देखें, तेजसिंह क्या कहते हैं।

तेजसिंह ने अपने बाप जीतसिंह की तरफ देखकर कहा, "मेरे खयाल से इनकी प्रार्थना स्वीकार करने में कोई हर्ज नहीं है। यदि मान लिया जाए कि वे लोग हमारे साथ दुश्मनी भी रखते हों तो भी हमें इसकी कुछ परवाह नहीं हो सकती और न वे लोग हमारा कुछ बिगाड़ ही सकते हैं।"

तेजसिंह की बात सुनकर जीतसिंह ने महाराज की तरफ देखा और कुछ इशारा पाकर नकाबपोश से कहा, "खैर, तुम्हारे मालिकों की प्रार्थना स्वीकार की जाती है। उनसे कह देना कि कल से नित्य एक पहर दिन चढ़ने के बाद इस दरबारे-खास में हाजिर हुआ करें।"

नकाबपोश ने झुककर सलाम किया और जिधर से आया था उसी तरफ लौट गया। थोड़ी देर तक और कुछ बातचीत होनी रही जिसके बाद सब कोई अपने-अपने ठिकाने चले गए। केवल महाराज सुरेन्द्रसिंह, बीरेन्द्रसिंह, जीतसिंह, तेजसिंह और गोपालसिंह रह गए और इन लोगों में कुछ देर तक उसी नकाबपोश के विषय में बातचीत होती रही। क्या-क्या बातें हुईं इसे हम इस जगह खोलना उचित नहीं समझते, और न इसकी जरूरत ही देखते हैं।

दसवां बयान

दूसरे दिन फिर उसी तरह का दरबारे-खास लगा जैसा पहिले दिन लगा था और जिसका खुलासा हाल हम ऊपर के बयान में लिख आए हैं। आज के दरबार में वे दोनों नकाबपोश हाजिर होनेवाले थे जिनकी तरफ से कल एक नकाबपोश आया था। अस्तु, राजा साहब की तरफ से कल ही सिपाहियों और चोबदारों को हुक्म मिल गया था कि जिस समय दोनों नकाबपोश आवें, उसी समय बिना इत्तिला किए ही दरबार में पहुंचा दिए जाएं। यही सबब था कि आज दरबार लगने के कुछ ही देर बाद एक चोबदार के पीछे-पीछे वे दोनों नकाबपोश हाजिर हुए।

इन दोनों नकाबपोशों की पोशाक बहुत ही बेशकीमत थी। सिर पर बेलदार शमला था जिसके आगे हीरे का जगमगाता हुआ सरपेंच था। भद्दी मगर कीमती नकाब में बड़े-बड़े मोतियों की झालर लगी हुई थी। चपकन और पायजामे में भी सलमे-सितारे की जगह हीरे और मोतियों की भरमार थी तथा परतले के बेशकीमत हीरे ने तो सभों को ताज्जुब ही में डाल दिया था, जिसके सहारे जड़ाऊ कब्जे की तलवार लटक रही थी। दोनों नकाबपोशों की पोशाक एक ही ढंग की थी और दोनों एक ही उम्र के मालूम पड़ते थे।

यद्यपि देखने से तो यही मालूम होता था कि ये दोनों नकाबपोश राजाओं से भी ज्यादे दौलत रखनेवाले और किसी अमीर खानदान के होनहार बहादुर हैं, मगर इन दोनों ने बड़े अदब के साथ महाराज सुरेन्द्रसिंह, बीरेन्द्रसिंह और जीतसिंह को सलाम किया और इन तीनों के सिवाय और किसी की तरफ ध्यान भी न दिया। महाराज की आज्ञानुसार राजा गोपालसिंह के बगल में इन दोनों को जगह मिली। जीतसिंह ने सभ्यतानुसार कुशल-मंगल का प्रश्न किया।

दुष्टों के सिरताज, पतितों के महाराजाधिराज, नमकहरामों के किबलेगाह और दोजखियों के जहांपनाह, मायारानी के तिलिस्मी दारोगा साहब तलब किए गए और जब हाजिर हुए तो बिना किसी को सलाम किए, जहां चोबदार ने बैठाया, बैठ गए। इस समय इनके हाथों में हथकड़ी और पैरों में ढीली बेड़ी पड़ी हुई थी। जब से इन्हें

कैदखाने की हवा नसीब हुई तब से बाहर की कोई खबर इनके कानों तक पहुंची न थी। इन्हीं के लिए नहीं बल्कि तमाम कैदियों के लिए इस बात का इन्तजाम किया गया था कि किसी तरह की अच्छी या बुरी खबर उनके कानों तक न पहुंचे और न कोई उनकी बातों का जवाब ही दे।

महाराज का इशारा पाकर पहिले राजा गोपालसिंह ने बात शुरू की और दारोगा की तरफ देखकर कहा–

गोपाल–कहिए दारोगा साहब, मिजाज तो अच्छा है! अब आपको अपनी बेकसूरी साबित करने के लिए किन-किन चीजों की जरूरत है?

दारोगा–मुझे किसी चीज की जरूरत नहीं है और उम्मीद करता हूं कि आपको भी इस बात का कोई सबूत न मिला होगा कि मैंने आपके साथ किसी तरह की बुराई की थी या मुझे इस बात की खबर भी थी कि आपको मायारानी ने कैद कर रखा है।

गोपाल–(मुस्कुराते हुए) नहीं-नहीं, आप मेरे बारे में किसी तरह का तरद्दुद न करें। मैं आपसे अपने मामले में बातचीत करना नहीं चाहता और न यही पूछना चाहता हूं कि शुरू-शुरू में आपने नेरी शादी में कैसे-कैसे नोंक-झोंक के काम किए, और बहुत-सी मड़वे की बातों को तै करते हुए अन्त में किस मायारानी को लेकर, अपने किस मेहरबान गुरुभाई के पास किस तरह की मदद लेने गए थे या फिर जमाने ने क्या रंग दिखाए, इत्यादि। मेरे साथ तो जो कुछ आपने किया, उसे याद करने का ध्यान भी मैं अपने दिल में लाना पसन्द नहीं करता, मगर मेरे पुराने दोस्त इन्द्रदेव आपसे कुछ पूछे बिना भी न रहेंगे। उन्हें चाहिए था कि अब भी अपने गुरुभाई का नाता निबाहें, मगर अफसोस, किसी बेविश्वासे ने उन्हें यह कहकर रंज कर दिया है कि 'इन्दिरा और सर्यू की किस्मतों का फैसला भी इन्हीं दारोगा साहब के हाथ से हुआ है!'

राजा गोपालसिंह के जुबानी थपेड़ों ने दारोगा का मुंह नीचा कर दिया। पुरानी बातों और करतूतों ने आंखों के आगे ऐसी भयानक सूरतें पैदा कर दीं जिनके देखने की ताकत इस समय उसमें न थी। उसके दिल में एक तरह का दर्द-सा मालूम होने लगा और उसका दिमाग चक्कर खाने लगा। यद्यपि उसकी बदकिस्मती और उसके पापों ने भयानक अन्धकार का रूप धारण करके उसे चारों तरफ से घेर लिया था परन्तु इस अन्धकार में भी उसे सुबह के झिलमिलाते हुए तारे की तरह उम्मीद की एक बारीक और हलकी रोशनी बहुत दूर पर दिखाई दी जो उसी तरह ही थी जिसका सबब इन्द्रदेव था, क्योंकि इसे (दारोगा को) इन्दिरा और सर्यू के प्रकट होने का हाल कुछ भी मालूम न था और वह यही समझ रहा था कि इन्द्रदेव पहिले की तरह अभी तक इन बातों से बेखबर होगा और इन्दिरा तथा सर्यू भी तिलिस्म के अन्दर मर-खपकर अपने बारे में मेरी बदकारियों का सबूत साथ ही लेती गई होंगी, अस्तु, ताज्जुब नहीं

कि आज भी इन्द्रदेव मुझे अपना गुरुभाई समझकर मदद करे। इसी सबब से उसने मुश्किल से अपने दिल को सम्हाला और इन्द्रदेव की तरफ देखके कहा–

"राम-राम, भला इस अनर्थ का भी कुछ ठिकाना है! क्या आप भी इस बात को सच मान सकते हैं?"

इन्द्रदेव–अगर इन्दिरा मर गई होती और यह कलमदान नष्ट हो गया होता तो इस बात को मानने के लिए मुझे जरूर कुछ उद्योग करना पड़ता।

इतना कहकर इन्द्रदेव ने इन्दिरा की तस्वीरवाला वह कलमदान निकालकर सामने रख दिया।

इन्द्रदेव की बातें सुन और इस कलमदान की सूरत पुनः देखकर दारोगा की बची-बचाई उम्मीद भी जाती रही। उसने भय और लज्जा से सिर झुका लिया और बदन में पैदा हुई कंपकपी को रोकने का उद्योग करने लगा। इसी बीच में भूतनाथ बोल उठा–

"दारोगा साहब, इन्दिरा को आपके पंजे से बार-बार छुड़ानेवाला भूतनाथ भी तो आपके सामने ही मौजूद है और अगर आप चाहें, उस कमबख्त औरत से भी मिल सकते हैं, जिसने उस बाग में आपको कुएं के अन्दर और बेचारी इन्दिरा को दुःख के अथाह समुद्र से बाहर किया था।"

भूतनाथ की बात सुनते ही दारोगा कांप गया और घबड़ाकर उन नए आए हुए दोनों नकाबपोशों की तरफ देखने लगा। उसी समय उनमें से एक नकाबपोश ने नकाब हटाकर रूमाल से अपने चेहरे को इस तरह पोंछा, जैसे पसीना आने पर कोई अपने चेहरे को साफ करता है, लेकिन इससे उसका असल मतलब केवल इतना ही था कि दारोगा उसकी सूरत देख ले।

दारोगा के साथ-ही-साथ और कई आदमियों की निगाह उस नकाबपोश के चेहरे पर गई, मगर उनमें से किसी ने भी आज के पहिले उसकी सूरत नहीं देखी थी इसलिए कोई कुछ अनुमान न कर सका, हां, दारोगा उसकी सूरत देखते ही भय और दुःख से पागल हो गया। वह घबड़ाकर उठ खड़ा हुआ और उसी समय चक्कर खाकर जमीन पर गिरने के साथ ही बेहोश हो गया।

यह कैफियत देख लोगों को बड़ा ही ताज्जुब हुआ। राजा सुरेन्द्रसिंह, जीतसिंह, बीरेन्द्रसिंह, तेजसिंह, देवीसिंह और राजा गोपालसिंह ने भी उस नकाबपोश की सूरत देख ली थी, मगर इनमें से न तो किसी ने उसे पहिचाना और न उससे कुछ पूछना ही उचित जाना, अस्तु, आज्ञानुसार दरबार बर्खास्त किया गया और वह कमबख्त नकटा दारोगा पुनः कैदखाने की अंधेरी कोठरी में डाल दिया गया। उन दोनों नकाबपोशों में से एक ने तेजसिंह से पूछा, 'कल किसका मुकदमा होगा?' जवाब में तेजसिंह ने बलभद्रसिंह का नाम लिया और दोनों नकाबपोश वहां से रवाना हो गए।

ग्यारहवां बयान

दूसरे दिन नियत समय पर फिर दरबार लगा और वे दोनों नकाबपोश भी आ मौजूद हुए। आज के दरबार में बलभद्रसिंह भी अपने चेहरे पर नकाब डाले हुए थे। आज्ञानुसार पुनः वह नकटा दारोगा और नकली बलभद्रसिंह हाजिर किए गए और सबके पहिले इन्द्रदेव ने नकली बलभद्रसिंह से इस तरह पूछना शुरू किया–क्यों जी, क्या तुम असली बलभद्रसिंह का टीक-ठीक पता न बताओगे?

नकली बलभद्र–(लम्बी सांस लेकर और महाराजा साहब की तरफ देखकर) कैसा बुरा जमाना हो रहा है। हजार बार पहिचाने जाने पर भी अभी तक मैं नकली बलभद्रसिंह ही कहा जाता हूं और गुनाहों की टोकरी सिर पर लादनेवाले भूतनाथ को मूंछों पर ताव देता हुआ देखता हूं। (इन्द्रदेव की तरफ देखकर) मालूम होता है कि आपको जमानिया के दारोगावाला रोजनामचा नहीं मिला, अगर मिलता तो आपको मुझ पर किसी तरह का शक न रहता।

भूतनाथ–(जैपाल अर्थात् नकली बलभद्रसिंह से) मुझे अभी तक हौसला बना ही हुआ है? (तेजसिंह से) कृपानिधान, अभी कल की बात है, आप उन बातों को कदापि न भूले होंगे जो मैंने कमलिनी के तालाबवाले तिलिस्मी मकान में इस दुष्ट के सामने आप लोगों से उस समय कही थीं जब आप लोग इसे सच्चा मानकर मुझे कैदखाने की हवा खिलाने का बन्दोबस्त कर चुके थे। क्या मैंने नहीं कहा था कि महाराज के सामने मेरा मुकदमा एक अनूठा रंग पैदा करके मेरे बदले में किसी दूसरे ही को कैदखाने की कोठरी का मेहमान बनावेगा? देखिए आज वह दिन आपकी आंखों के सामने है, आपके साथ वे लोग भी हर तरह से मेरी बातों को सुन रहे हैं, जिन्होंने उस दिन इसे असली बलभद्रसिंह मान लिया और मुझे घृणा की दृष्टि से भी देखना पसन्द नहीं करते थे। आशा है, आप लोग उस समय की भूल पर अफसोस करेंगे और इस समय मैं बड़े अनूठे रहस्यों को खोलकर जो तमाशा दिखानेवाला हूं, उसे ध्यान देकर देखेंगे।

तेजसिंह–बेशक ऐसा ही है, औरों के दिल की तो मैं नहीं कह सकता, मगर मैं अपनी उस समय की भूल पर जरूर अफसोस करता हूं।

इस कमरे में जिसमें दरबार लगा हुआ था, ऊपर की तरफ कई खिड़कियां थीं जिनमें दोहरी चिकें पड़ी हुई थीं, जहां बैठी लक्ष्मीदेवी, कमलिनी वगैरह इन बातों को बड़े गौर से सुन रही थीं। भूतनाथ ने पुनः जैपाल की तरफ देखा और कहा–"अब मैं उन बातों को भी जान चुका हूं जिन्हें उस समय न जानने के कारण मैं सचाई के साथ अपनी बेकसूरी साबित नहीं कर सकता था। हां, कहो अब तुम अपने बारे में क्या कहते हो?

जैपाल–मालूम होता है कि आज तू अपने हाथ की लिखी हुई उन चीठियों से इनकार किया चाहता है जो तेरी बुराइयों के खजाने को खोलने के काम में आ चुकी

हैं और आवेंगी। क्या लक्ष्मीदेवी की गद्दी पर मायारानी को बैठाने की कार्रवाई में तूने सबसे बड़ा हिस्सा नहीं लिया था और क्य वे सब चीठियां तेरे हाथ की लिखी हुई नहीं हैं?

भूतनाथ–नहीं-नहीं, मैं इस बात से इनकार नहीं करूंगा कि वे चीठियां मेरे हाथ की लिखी हुई नहीं हैं, बल्कि इस बात को साबित करूंगा कि लक्ष्मीदेवी के बारे में मैं बिल्कुल बेकसूर हूं और वे चीठियां, जिन्हें मैंने अपने फायदे के लिए लिख रक्खा था, मुझे नुकसान पहुंचाने का सबब हुईं, तथा इस बात को भी साबित करूंगा कि मैं वास्तव में वह रघुबरसिंह नहीं हूं जिसने लक्ष्मीदेवी के बारे में कार्रवाई की थी। इसके साथ ही तुझे और नकटे दारोगा को भी यह सुनकर अपने उछलते हुए कलेजे को रोकने के लिए तैयार हो जाना चाहिए कि केवल असली बलभद्रसिंह ही नहीं, बल्कि इन्दिरा तथा सर्यू भी दम-भर में तुम लोगों की कलई खोलने के लिए यहां आ चुकी हैं।

जैपाल–(बेहयाई के साथ) मालूम होता है कि तुम लोगों ने किसी को जाली बलभद्रसिंह बनाकर राजा साहब के सामने पेश कर दिया है।

इतना सुनते ही बलभद्रसिंह ने अपने चेहरे से नकाब हटाकर जैपाल की तरफ देखा और कहा, ''नहीं-नहीं, जाली बलभद्रसिंह बनाया नहीं गया, बल्कि मैं स्वयं यहां बैठा हुआ तेरी बातें सुन रहा हूं।''

बलभद्रसिंह की सूरत देखके एक दफे तो जैपाल हिचका, मगर तुरन्त ही उसने अपने को सम्हाला और परले सिरे की बेहयाई को काम में लाकर बोला, ''आह, हेलासिंह भी यहां आ गए! मुझे तुमसे मिलने की कुछ भी आशा न थी, क्योंकि मेरे मुलाकातियों ने जोर देकर कहा था कि हेलासिंह मर गया और अब तुम उसे कदापि नहीं देख सकते।''

बलभद्र–(मुस्कुराता हुआ तेजसिंह की तरफ देखके) ऐसे बेहया की सूरत भी आज के पहिले आप लोगों ने न देखी होगी! (जैपाल से) मालूम होता है कि तू अपने दोस्त हेलासिंह की मौत का सबब भी किसी दूसरे को ही बताना चाहता है, मगर ऐसा नहीं हो सकता, क्योंकि मेरे दोस्त भूतनाथ मेरे साथ हेलासिंह के मामले का सबूत भी बेगम के मकान से लेते आए हैं।

भूतनाथ–हां-हां, वह सबूत भी मेरे पास मौजूद है जो सबसे ज्यादे मेरे खास मामले में काम देगा।

इतना कहके भूतनाथ ने दो-चार कागज, दस-बारह पन्ने की एक किताब और हीरे की अंगूठी, जिसके साथ छोटा-सा पुरजा बंधा हुआ था, अपने बटुए में से निकालकर राजा गोपालसिंह के सामने रख दिया और कहा, ''बेगम, नौरतन और जमालो को भी तलब करना चाहिए।''

इन चीजों को गौर से देखकर राजा गोपालसिंह ताज्जुब में आ गए और भूतनाथ का मुंह देखने लगे।

भूतनाथ–(गोपालसिंह से) आप जिस समय कृष्णाजिन्न की सूरत में थे उस समय मैंने आपसे अर्ज किया था कि अपनी बेकसूरी का बहुत अच्छा सबूत किसी समय आपके सामने ला रखूंगा, सो यह सबूत मौजूद है, इसी से दोनों काम चलेंगे।

गोपाल–(ताज्जुब के साथ) हां ठीक है, (बीरेन्द्रसिंह से) ये बड़े काम की चीजें भूतनाथ ने पेश की हैं। बेगम, नौरतन और जमालो के हाजिर होने पर मैं इनका मतलब बयान करूंगा।

बीरेन्द्रसिंह ने तेजसिंह की तरफ देखा और तेजसिंह ने बेगम, नौरतन और जमालो के हाजिर होने का हुक्म दिया। इस समय जैपाल का कलेजा उछल रहा था। वह उन चीजों को अच्छी तरह देख नहीं सकता था और न उसे इसी बात का गुमान था कि बेगम के यहां से भूतनाथ फलानी चीजें ले आया है।

कैदियों की सूरत में बेगम, नौरतन और जमालो हाजिर हुईं। उस समय एक नकाबपोश ने, जिसने भूतनाथ की पेश की हुई चीजों को अच्छी तरह देख लिया था, गोपालसिंह से कहा, "मैं उम्मीद करता हूं कि भूतनाथ की पेश की हुई इन चीजों का मतलब बनिस्बत आपके मैं ज्यादे अच्छी तरह बयान कर सकूंगा। यदि आप मेरी बातों पर विश्वास करके ये चीजें मेरे हवाले करें तो उत्तम हो।"

नकाबपोश की बातें सभी ने ताज्जुब के साथ सुनीं, खास करके जैपाल ने, जिसकी विचित्र अवस्था हो रही थी। यद्यपि वह अपनी जान से हाथ धो बैठा था, मगर साथ ही इसके यह भी सोचे हुए था कि मेरी चालबाजियों में उलझे हुए भूतनाथ को कोई कदापि बचा नहीं सकता और इस समय भूतनाथ के मददगार जो आदमी हैं, वे लोग तभी भूतनाथ को बचा सकेंगे, जब मेरी बातों पर पर्दा डालेंगे या मेरे कसूरों की माफी दिला देंगे, तथा जब तक ऐसा न होगा मैं कभी भूतनाथ को अपने पंजे से निकलने न दूंगा। यही सबब था कि ऐसी अवस्था में भी वह बोलने और बातें बनाने से बाज नहीं आता था।

नकाबपोश की बात सुनकर राजा गोपालसिंह ने मुस्कुरा दिया और भूतनाथ की दी हुई चीजें उनके सामने रखकर कहा, "अच्छी बात है, यदि आप मुझसे ज्यादा जानते हैं तो आप ही इस गुत्थी को साफ करें।"

नकाबपोश–अच्छा होता यदि इन चीजों को पहिले बड़े महाराज और जीतसिंह भी देख लेते।

गोपाल–मैं भी यही चाहता हूं।

इतना कहकर राजा गोपालसिंह ने उन चीजों को हाथ में उठा लिया और तेजसिंह की तरफ देखा। तेजसिंह का इशारा पाकर देवीसिंह राजा गोपालसिंह के पास गए और वे चीजें लेकर जीतसिंह के हाथ में दे आए।

महाराज सुरेन्द्रसिंह, जीतसिंह, राजा बीरेन्द्रसिंह और तेजसिंह ने भी उन चीजों को अच्छी तरह देखा और इसके बाद महाराज की आज्ञानुसार जीतसिंह ने कहा,

"महाराज हुक्म देते हैं कि आज की कार्रवाई यहीं खत्म की जाए और इसके बाद की कार्रवाई कल दरबारे-आम में हो और इन पुर्जों का मतलब भी कल ही के दरबार में नकाबपोश साहब बयान करें।"

इस बात को सभों ने पसन्द किया. खास करके दोनों नकाबपोश और भूतनाथ की भी यही इच्छा थी। अस्तु, दरबार बर्खास्त हुआ और कल के लिए दरबारे-आम की मुनादी की गई।

बारहवां बयान

आज के दरबारे-आम की बैठक भी उसी ढंग की है, जैसा कि हम दरबारे-खास के बारे में बयान कर चुके हैं, अगर फर्क है तो सिर्फ इतना ही है कि दरबारे-खास में बैठनेवाले लोगों के बाद उन रईसों, अमीरों और अफसरों तथा ऐयारों को दर्जे-बदर्जे जगह मिली है, जो आज के दरबार में शरीक हुए हैं और आदमी भी बहुत ज्यादे इकट्ठे हुए हैं, मगर आवाज के खयाल से पूरा-पूरा सन्नाटा छाया हुआ है। गुल-शोर की तो दूर रही, किसी की मजाल नहीं कि बिना मर्जी के चुटकी भी बजा सके। इसके अतिरिक्त नंगी तलवार लिये रुआबदार फौजी सिपाहियों के पहरे का इन्तजाम भी बहुत ही मुनासिब और खूबसूरती के साथ किया गया है और बाहर के आए हुए मेहमान भी बड़ी दिलचस्पी के साथ बलभद्रसिंह और भूतनाथ का मुकदमा सुनने के लिए तैयार हैं।

नकटा दारोगा, जैपाल, बेगम, नौरतन और जमालो के हाजिर होने के बाद तेजसिंह ने कल के दरबार में भूतनाथ की पेश की हुई चीठियां, अंगूठी और छोटी किताब राजा गोपालसिंह को दे दी और राजा गोपालसिंह ने इस खयाल से कि कल के और परसों के मामले से भी सभी को आगाही हो जानी चाहिए, जो कुछ पिछले दो दिन के दरबारे-खास में हुआ था, रणधीरसिंह की तरफ देखकर बयान किया और इसके बाद कहा, "आज भी वे दोनों नकाबपोश इस दरबार में हाजिर हैं जिन्हें हम लोग ताज्जुब की निगाहों से देख रहे हैं और नहीं जानते कि कौन हैं, कहां के रहनेवाले हैं, या इन मामलों से इन्हें क्या सम्बन्ध है, जिसके लिए इन दोनों ने यहां आने और मुकदमे में शरीक होने का कष्ट स्वीकार किया है। फिर भी जब तक ये दोनों अपने को प्रकट न करें, हम लोगों को इनका हाल जानने के लिए उद्योग न करना चाहिए और देखना चाहिए कि इनकी कार्रवाइयों और बातों का असर कमबख्त मुजरिमों पर कैसा पड़ता है।"

यह कहकर गोपालसिंह ने वह अंगूठी, चीठियां और छोटी किताब नकाबपोश के आगे रख दीं।

इस दरबारे-आमवाले मकान में भी ऐसी जगह बनी हुई थी, जहां से रानी चन्द्रकान्ता और किशोरी, कामिनी, लक्ष्मीदेवी, कमलिनी वगैरह भी यहां की कैफियत देख-सुन सकती थीं, इसलिए समझ रखना चाहिए कि वे सब भी दरबार के मामले को देख-सुन रही हैं।

उन दोनों में से एक नकाबपोश ने भूतनाथ के पेश किए हुए कागजों में से एक कागज उठा लिया और खड़े होकर इस तरह कहना शुरू किया—

''निःसन्देह आप लोग हम दोनों को ताज्जुब की निगाह से देखते होंगे और यह भी जानने की इच्छा रखते होंगे कि हम लोग कौन और कहां के रहनेवाले हैं, मगर अफसोस है कि इस समय इस बारे में हम इससे ज्यादा कुछ नहीं कह सकते कि हम लोग ईश्वर के दूत हैं और इन दुष्टों के अच्छे-बुरे कर्मों को अच्छी तरह जानते हैं। यह जैपाल अर्थात् नकली बलभद्रसिंह चाहता है कि अपने साथ भूतनाथ को भी ले डूबे, मगर इसे समझ रखना चाहिए कि भूतनाथ हजार बुरा होने पर भी इज्जत और कदर की निगाह से देखे जाने के लायक है। अगर भूतनाथ न होता तो यह जैपाल इस समय असली बलभद्रसिंह बनकर न मालूम और भी कैसे-कैसे अनर्थ करता और असली बलभद्रसिंह की जान न जाने किस तकलीफ के साथ निकलती। अगर भूतनाथ न होता तो आज का यह आलीशान दरबार भी हम लोगों के लिए न होता और राजा गोपालसिंह भी इस तरह बैठे हुए दिखाई न देते, क्योंकि भूतनाथ की ही बदौलत दारोगा की गुप्त कमेटी का अन्त हुआ और इसी की बदौलत कमलिनी भी मायारानी के साथ मुकाबला करने लायक हुई। अगर भूतनाथ ने दो काम बुरे किए हैं तो दस काम अच्छे भी किए हैं, जो आप लोगों से छिपे नहीं हैं। भूतनाथ के अनूठे कामों का बदला यह नहीं हो सकता कि उसे किसी तरह की सजा मिले बल्कि यही हो सकता है कि उसे मुंहमांगा इनाम मिले। आशा है कि मेरी इस बात को महाराज खुले दिल से स्वीकार भी करेंगे।''

इतना कहकर नकाबपोश चुप हो गया और महाराज की तरफ देखने लगा। महाराज का इशारा पाकर तेजसिंह ने कहा, ''महाराज आपकी इस बात को प्रसन्नता के साथ स्वीकार करते हैं।''

इतना सुनते ही भूतनाथ ने खड़े होकर सलाम किया और नकाबपोश ने भी सलाम करके पुनः इस तरह कहना शुरू किया—

''बहुतों को ताज्जुब होगा कि जैपाल जब बलभद्रसिंह बन ही चुका था तो इतने दिनों तक कहां, और क्योंकर छिपा रहा, लक्ष्मीदेवी या कमलिनी से मिला क्यों नहीं? और इसी तरह से भूतनाथ भी जब जानता था कि बलभद्रसिंह कौन और कहां है तो उसने इस बात को इतने दिनों तक छिपा क्यों रक्खा? इसका जवाब मैं इस तरह देता हूं कि अगर भूतनाथ कमलिनी का ऐयार बना हुआ न होता तो यह नकली बलभद्रसिंह अर्थात् जैपाल, जिसे भूतनाथ मरा हुआ समझे बैठा था, कभी का प्रकट

हो चुका होता, मगर भूतनाथ का डर इसे हद से ज्यादे था और यह चाहता था कि कोई ऐसा जरिया हाथ लग जाए जिससे भूतनाथ इसके सामने सिर उठाने लायक न रहे, और तब यह प्रकट होकर अपने को बलभद्रसिंह के नाम से मशहूर करे। आखिर ऐसा ही हुआ अर्थात् वह छोटी सन्दूकड़ी, जिसकी तरफ देखने की भी ताकत भूतनाथ में नहीं है, इसके हाथ लग गई और वह कागज का मुट्ठा भी इसे मिल गया जो भूतनाथ के हाथ का लिखा हुआ था। अपनी इस बात के सबूत में मैं इस (हाथ की चीठी दिखाकर) चीठी को जो आज के बहुत दिन पहिले की लिखी हुई है, पढ़कर सुनाऊंगा!"

इतना कहकर उसने चीठी पढ़ना शुरू किया जिसमें यह लिखा हुआ था–

"प्यारी बेगम,

वह सन्दूकड़ी तो मेरे हाथ लग गई जो भूतनाथ को बस में करने के लिए जादू का असर रखती है, मगर भूतनाथ तथा उसके आदमी बेतरह मेरे पीछे पड़े हुए हैं। ताज्जुब नहीं कि मैं गिरफ्तार हो जाऊं, इसलिए यह सन्दूकड़ी तुम्हारे पास भेजता हूं, तुम इसे हिफाजत के साथ रखना। मैं भूतनाथ को धोखा देने का बन्दोबस्त कर रहा हूं। अगर मैं अपना काम पूरा कर सका तो निःसन्देह भूतनाथ को विश्वास हो जाएगा कि जैपाल मर गया। उस समय मैं तुम्हारे पास आकर अपनी खुशी का तमाशा दिखाऊंगा। मुझे इस बात का पता भी लग चुका है कि वह कागज की गठरी उसकी स्त्री के सन्दूक में है, जिसका जिक्र मैं कई दफे तुमसे कर चुका हूं और जिसके मिले बिना मैं अपने को बलभद्रसिंह बनाकर प्रकट नहीं कर सकता।

–वही जैपाल"

पढ़ने के बाद नकाबपोश ने वह चीठी गोपालसिंह के आगे फेंक दी और बेगम की तरफ देखके पूछा, "तुझे याद है कि यह चीठी किस महीने में जैपाल ने तेरे पास भेजी थी?"

बेगम–बहुत दिन की बात हो गई, इसलिए मुझे महीना और दिन तो याद नहीं।

नकाबपोश–(जैपाल से) क्या तुझे याद है कि यह चीठी तूने किस महीने में लिखी थी?

जैपाल–वह चीठी मेरे हाथ की लिखी हुई होती तो मैं तेरी बात का जवाब देता।

नकाबपोश–तो यह बेगम क्या कह रही है?

जैपाल–तू ही जाने कि तेरी बेगम क्या कह रही है? मैं तो उसे पहिचानता भी नहीं!

इतना सुनते ही नकाबपोश को गुस्सा चढ़ आया। उसने अपने चेहरे से नकाब हटाकर गुस्से-भरी निगाहों से जैपाल की तरफ देखा जिसकी ताज्जुब-भरी

निगाहें पहिले ही से उसकी तरफ जम रही थीं, और इसके बाद तुरन्त अपना चेहरा ढांप लिया।

न मालूम उस नकाबपोश की सूरत में क्या बात थी कि उसे देखते ही जैपाल की सूरत बिगड़ गई और वह कांपता तथा नकाबपोश की तरफ देखता हुआ अपने हथकड़ी सहित हाथों को जोड़कर बोला, "बस-बस माफ कीजिए, बेशक यह चीठी मेरे हाथ की लिखी हुई है! ओफ, मैं नहीं जानता था कि तुम अभी जीते हो। मैं तुम्हारी तरफ देखना नहीं चाहता, बल्कि अपनी मौत चाहता हूं!"

इतना कहकर जैपाल ने दोनों हाथों से अपनी आंखें ढंक लीं और लम्बी-लम्बी सांसें लेने लगा।

इस नकाबपोश की सूरत पर सभों की तो नहीं, मगर बहुतों की निगाह पड़ी। हमारे राजा साहब, ऐयार लोग, गोपालसिंह, इन्द्रदेव और भूतनाथ वगैरह ने भी इसे देखा मगर पहिचाना किसी ने भी नहीं, क्योंकि इन लोगों में से किसी ने भी आज के पहिले इसे देखा न था। इसके अतिरिक्त पहिले दिन दरबार में नकाबपोश की जो सूरत दिखाई दी थी उसमें और आज की सूरत में जमीन-आसमान का अन्तर था। इस विषय में लोगों ने यह खयाल कर लिया कि पहिले दिन एक नकाबपोश ने सूरत दिखाई थी और आज दूसरे ने, क्योंकि नकाब और पोशाक इत्यादि के खयाल से जाहिर में दोनों नकाबपोश एक ही रंग-ढंग के थे।

इन नकाबपोशों की तरफ से भूतनाथ का दिल तरददुद और खुटके से खाली न था। पहिले दिन उस नकाबपोश की जो सूरत भूतनाथ ने देखी, उसे उसने अपने दिल में अच्छी तरह नक्श कर लिया था–बल्कि एक कागज पर उसकी सूरत (तस्वीर) भी बनाकर तैयार कर ली थी और आज भी इसी नीयत से उसकी सूरत के विषय में बारीक निगाह से भूतनाथ ने काम लिया, मगर ताज्जुब कर रहा था कि ये दोनों कौन हैं, जो बेवजह मेरी मदद कर रहे हैं, और ये गुप्त बातें इन दोनों को कैसे मालूम हुईं।

थोड़ी देर तक नकाबपोश चुप रहा और इसके बाद उसने राजा साहब की तरफ देखके कहा, "महाराज देखते हैं कि मैं इस मुकदमे की गुत्थी को किस तरह सुलझा रहा हूं और उस जैपाल के दिल पर मेरी सूरत का क्या असर पड़ा, अस्तु, मैं इसी जगह एक और भी गुप्त बात की तरफ इशारा किया चाहता हूं, जिसका हाल शायद अभी तक भूतनाथ को भी मालूम न होगा। वह यह है कि मनोरमा इस (बेगम की तरफ बताकर) बेगम की मौसेरी बहिन है और भूतनाथ की गुप्त सहेली नन्हों से गहरी मुहब्बत रखती है। यही सबब है कि भूतनाथ के घर से यह गठरी गायब हुई और जैपाल ने भी प्रकट होने के साथ ही लामाघाटी[1] की तरफ इशारा करके भूतनाथ को काबू में कर लिया। इस बात को महाराज तो न जानते होंगे, मगर भूतनाथ को इनकार करने की जगह अब नहीं तो दो दिन बाद न रहेगी।"

---

1. देखिए सन्तति ग्यारहवाँ भाग, आठवाँ बयान।

नकाबपोश की इस बात ने भूतनाथ को चौंका दिया और उसने घबड़ाकर नकाबपोश से कहा, "क्या यह बात आप पूरी तरह से समझ-बूझकर कह रहे हैं?"

नकाबपोश–हां, और यह बात तुम्हारे ही सबब से पैदा हुई थी जिसके सबूत में मैं यह पुर्जा पेश करता हूं।

इतना कहकर नकाबपोश ने अपनी जेब में से एक पुर्जा निकालकर पढ़ा और फिर राजा गोपालसिंह के सामने फेंक दिया। उसमें लिखा हुआ था–

"प्यारी नन्हों,

अब तो उन्होंने अपना नाम भी बदल दिया। तुम्हें पता लगाना हो तो 'भूतनाथ' के नाम से पता लगा लेना और मुझे भी चांदवाले दिन गौहर के यहां देखना, जो शेर की लड़की है।

–करौंदा की छैंये-छैंये"

इस चीठी ने भूतनाथ को परेशान कर दिया और उसने खड़े होकर कहा, "बस-बस, मुझे आपके कहने का विश्वास हो गया और बहुत-सी पुरानी बातों का पता भी लग गया।"

नकाबपोश–मैं इस बारे में और भी बहुत-सी बातें कहूंगा, मगर अभी नहीं, जब समय तथा बातों का सिलसिला आ जाएगा तब। मैं यह तो ठीक-ठीक नहीं कह सकता कि तुम्हारी स्त्री तुमसे दुश्मनी रखती है या वह इस बात को जानती है कि नन्हों और बेगम की मुहब्बत है, मगर इतना जरूर कहूंगा कि तुमने अपनी स्त्री को गौहर के यहां जाने की इजाजत देकर अपने पैर में आप कुल्हाड़ी मार ली। मुझे इन बातों के कहने की कोई जरूरत नहीं थी, मगर इस खयाल से बात निकल आई कि तुम भी अपनी गठरी के चोरी जाने का सबब जान जाओ। (तेजसिंह की तरफ देखकर) औरों को क्या कहा जाए, भूतनाथ ऐसे चालाक ऐयार लोग भी औरतों के मामले में चूक ही जाते हैं।

इसी समय बेगम उद्योग करके उठ खड़ी हुई और महाराज की तरफ देखकर जोर से बोली, "दोहाई महाराज की! इन नकाबपोश का यह कहना कि नन्हों नाम की किसी औरत से मुझसे दोस्ती है, बिल्कुल झूठ है। इसका कोई सबूत नकाबपोश साहब नहीं दे सकते। मैं तो जानती भी नहीं कि नन्हों किस चिड़िया का नाम है। असल तो यह है कि यह केवल भूतनाथ की मदद करने आए हैं और झूठ-सच बोलकर अपना काम निकालना चाहते हैं। अगर सरकार उस सन्दूकड़ी को खोलें तो सारी कलई खुल जाए।"

बेगम की बात सुनकर दोनों नकाबपोश गुस्से में आ गए। दूसरा नकाबपोश जो बैठा था, उठ खड़ा हुआ और अपने चेहरे की एक झलक लापरवाही के साथ बेगम को दिखाकर क्रोध-भरी आवाज में बोला, "क्या ये सब बातें झूठ हैं!"

इस दूसरे नकाबपोश ने अपनी सूरत दिखाने की नीयत से अपनी नकाब को दम-भर के लिए इस तरह हटाया जिससे लोगों को गुमान हो सकता था कि धोखे में नकाब खिसक गई, मगर होशियार और ऐयार लोग समझ गए कि इसने जान-बूझके अपनी सूरत दिखाई है। यद्यपि इसके चेहरे पर केवल तेजसिंह, देवीसिंह, गोपालसिंह, भूतनाथ, जैपाल और बेगम की निगाह पड़ी थी, मगर इस दूसरे नकाबपोश के चेहरे पर निगाह पड़ते ही बेगम यह कहकर चिल्ला उठी–"आह तू कहां! क्या नन्हों भी गई!!"

बस इससे ज्यादे और कुछ न कह सकी, एक दफे कांपकर बेहोश हो गई और जैपाल भी जमीन पर गिरकर बेहोश हो गया, अतएव मुकदमे की कार्रवाई रोक देनी पड़ी।

भूतनाथ तथा हमारे ऐयारों को विश्वास था कि यह दूसरा नकाबपोश वही होगा जिसने पहिले दिन सूरत दिखलाई थी, मगर ऐसा न था। उस सूरत और इस सूरत में जमीन-आसमान का फर्क था, अतएव सभों ने निश्चय कर लिया कि वह कोई दूसरा था और यह कोई और है।

इस सूरत को भी भूतनाथ पहिचानता न था। उसके ताज्जुब का हद न रहा और उसने निश्चय कर लिया कि आज इनकी खबर जरूर ली जाएगी और यही कैफियत हमारे ऐयारों की भी थी।

कैदी पुनः कैदखाने में भेज दिए गए, दोनों नकाबपोश बिदा हुए और दरबार बर्खास्त किया गया।

तेरहवां बयान

दरबार बर्खास्त होने के बाद जब महाराज सुरेन्द्रसिंह, जीतसिंह, बीरेन्द्रसिंह, तेजसिंह, गोपालसिंह और देवीसिंह एकान्त में बैठे तो यों बातचीत होने लगी–

सुरेन्द्र–ये दोनों नकाबपोश तो विचित्र तमाशा कर रहे हैं। मालूम होता है कि इन सब मामलों की सबसे ज्यादे खबर इन्हीं लोगों को है।

जीतसिंह–बेशक ऐसा ही है।

बीरेन्द्र–जिस तरह इन दोनों ने तीन दफे तीन तरह की सूरतें दिखाईं इसी तरह मालूम होता है और भी कई दफे कई तरह की सूरतें दिखाएंगे।

गोपाल–निःसन्देह ऐसा ही होगा। मैं समझता हूं कि या तो ये लोग अपनी सूरत बदलकर आया करते हैं या दोनों केवल दो ही नहीं हैं, और भी कई आदमी हैं जो पारी-पारी से आकर लोगों को ताज्जुब में डालते हैं और डालेंगे।

तेजसिंह–मेरा भी यही खयाल है। भूतनाथ के दिल में भी खलबली पैदा हो रही है। उसके चेहरे से मालूम होता था कि वह इन लोगों का पता लगाने के लिए परेशान हो रहा है।

देवीसिंह–भूतनाथ का ऐसा विचार कोई ताज्जुब की बात नहीं। जब हम लोग उनका हाल जानने के लिए व्याकुल हो रहे हैं तब भूतनाथ का क्या कहना है।

सुरेन्द्र–इन लोगों ने मुकदमे की उलझन खोलने का ढंग तो अच्छा निकाला है, मगर यह मालूम करना चाहिए कि इन मामलों से इनका क्या सम्बन्ध है?

देवीसिंह–अगर आज्ञा हो तो मैं उनका हाल जानने के लिए उद्योग करूं?

बीरेन्द्र–कहीं ऐसा न हो कि पीछा करने से ये लोग बिगड़ जाएं और फिर यहां आने का इरादा न करें।

गोपाल–मेरे खयाल से तो उन लोगों को इस बात का रंज न होगा कि लोग उनका हाल जानने के लिए पीछा कर रहे हैं, क्योंकि उन लोगों ने काम ही ऐसा उठाया है कि सैकड़ों आदमियों को ताज्जुब हो, सैकड़ों ही उनका पीछा भी करें। इस बात को वे लोग खूब ही समझते होंगे और इस बात का भी उन्हें विश्वास होगा कि भूतनाथ उनका हाल जानने के लिए सबसे ज्यादे कोशिश करेगा।

बीरेन्द्र–ठीक है और इसी खयाल से वे लोग हर वक्त चौकन्ने भी रहते हों तो कोई ताज्जुब नहीं।

जीतसिंह–जरूर चौकन्ने रहते होंगे और ऐसी अवस्था में पता लगाना भी कठिन होगा।

गोपाल–जो हो, मगर मेरी इच्छा तो यही है कि स्वयं उनका हाल जानने के लिए उद्योग करूं।

सुरेन्द्र–अगर उनके मामले में पता लगाने की इच्छा ही है तो क्या तुम्हारे यहां ऐयारों की कमी है जो तुम स्वयं कष्ट करोगे? तेजसिंह, देवीसिंह, पण्डित बद्रीनाथ या और जिसे चाहो इस काम पर मुकर्रर करो।

गोपाल–जो आज्ञा, देवीसिंह कहते ही हैं तो इन्हीं को यह काम सुपुर्द किया जाए।

सुरेन्द्र–(देवीसिंह से) अच्छा जाओ, तुम ही इस काम में उद्योग करो, देखें क्या खबर लाते हो।

देवीसिंह–(सलाम करके) जो आज्ञा।

गोपाल–और इस बात का भी पता लगाना कि भूतनाथ उनका पीछा करता है या नहीं।

देवीसिंह–जरूर पता लगाऊंगा।

इस बात से छुट्टी पाने के बाद थोड़ी देर तक और बातें हुईं, इसके बाद महाराज आराम करने चले गए तथा और लोग भी अपने ठिकाने पधारे।

चौदहवां बयान

सबसे ज्यादे फिक्र भूतनाथ को इस बात के जानने की थी कि वे दोनों नकाबपोश कौन हैं और दारोगा, जैपाल तथा बेगम का उन सूरतों से क्या सम्बन्ध है जो समय-समय पर नकाबपोशों ने दिखाई थीं या हमारे तथा राजा गोपालसिंह और लक्ष्मीदेवी इत्यादि के सम्बन्ध में हम लोगों से भी ज्यादे जानकारी इन नकाबपोशों को क्योंकर हुई तथा ये दोनों वास्तव में दो ही हैं या कई।

इन्हीं बातों के सोच-विचार में भूतनाथ का दिमाग चक्कर खा रहा था। यों तो उस दरबार में जितने भी आदमी थे सभी उन दोनों नकाबपोशों का हाल जानने के लिए बेताब हो रहे थे और दरबार बर्खास्त होने तथा अपने डेरे पर जाने के बाद भी हर एक आदमी इन्हीं दोनों नकाबपोशों का खयाल और फिक्र करता था, मगर किसी की हिम्मत यह न होती थी कि उनके पीछे-पीछे जाए। हां, ऐयार और जासूस लोग जिनकी प्रकृति ही ऐसी होती है, कि खामखाह भी लोगों के भेद जानने की कोशिश किया करते हैं, उन दोनों नकाबपोशों का हाल जानने के फेर में पड़े हुए थे।

भूतनाथ का डेरा यद्यपि तिलिस्मी इमारत के अन्दर बलभद्रसिंह के साथ था, मगर वास्तव में वह अकेला न था। भूतनाथ के पिछले किस्से से पाठकों को मालूम हो चुका होगा कि उसके साथी, नौकर, सिपाही या जासूस लोग कम न थे, जिनसे वह समय-समय पर काम लिया करता था और जो उसके हाल-चाल की खबर बराबर रक्खा करते थे। अब यह कह देना आवश्यक है कि यहां भी भूतनाथ के बहुत से आदमी धीरे-धीरे आ गए हैं जो सूरत बदलकर चारों तरफ घूमते और उसकी जरूरतों को पूरा करते हैं और उनमें से दो आदमी खास तिलिस्मी इमारत के अन्दर उसके साथ रहते हैं, जिन्हें भूतनाथ ने अपने खिदमतगार कहकर अपने पास रख लिया है और इस बात को बलभद्रसिंह भी जानते हैं।

दरबार बर्खास्त होने के बाद भूतनाथ और बलभद्रसिंह अपने डेरे पर गए और कुछ जलपान इत्यादि से छुट्टी पाकर यों बातचीत करने लगे–

बलभद्र–ये दोनों नकाबपोश तो बड़े ही विचित्र मालूम पड़ते हैं।

भूतनाथ–क्या कहें, कुछ अक्ल काम नहीं करती। मजा तो यह है कि वे हमीं लोगों की बातों को हम लोगों से भी ज्यादे जानते और समझते हैं।

बलभद्र–बेशक ऐसा ही है।

भूतनाथ–यद्यपि अभी तक इन नकाबपोशों ने मेरे साथ कुछ बुरा बर्ताव नहीं किया बल्कि एक तौर पर मेरा पक्ष ही करते हैं, तथापि मेरा कलेजा डर के मारे सूखा जाता है, यह सोचकर कि जिस तरह आज मेरी स्त्री की एक गुप्त बात इन्होंने प्रकट कर दी, जिसे मैं भी नहीं जानता था, उसी तरह कहीं मेरी उस

सन्दूकड़ी का भेद भी न खोल दें जो जैपाल की दी हुई अभी तक राजा साहब के पास अमानत रक्खी है और जिसके खयाल ही से मेरा कलेजा हरदम कांपा करता है।

बलभद्र–ठीक है, मगर मेरा खयाल है कि नकाबपोश तुम्हारी उस सन्दूकड़ी का भेद न तो खुद ही खोलेंगे और न खुलने ही देंगे।

भूतनाथ–सो कैसे?

बलभद्र–क्या तुम उन बातों को भूल गए जो एक नकाबपोश ने भरे दरबार में तुम्हारे लिए कही थीं? क्या उसने नहीं कहा था कि भूतनाथ ने जैसे-जैसे काम किए हैं उनके बदले में उसे मुंहमांगा इनाम देना चाहिए और क्या इस बात को महाराज ने भी स्वीकार नहीं किया था?

भूतनाथ–ठीक है, तो इस कहने से शायद आपका मतलब यह है कि मुंहमांगा इनाम के बदले में मैं उस सन्दूकड़ी को भी पा सकता हूं?

बलभद्र–बेशक ऐसा ही है और उन नकाबपोशों ने भी इसी खयाल से वह बात कही थी, मगर अब यह सोचना चाहिए कि मुकदमा तै होने के पहिले मांगने का मौका क्योंकर मिल सकता है।

भूतनाथ–मेरे दिल ने भी उस समय यही कहा था, मगर दो बातों के खयाल से मुझे प्रसन्न होने का समय नहीं मिलता।

बलभद्र–वह क्या?

भूतनाथ–एक तो यही कि मुकदमा होने के पहिले इनाम में उस सन्दूकड़ी के मांगने का मौका मुझे मिलेगा या नहीं और दूसरे यह कि नकाबपोश ने उस समय यह बात सच्चे दिल से कही थी या केवल जैपाल को सुनाने की नीयत से। साथ ही इसके एक बात और भी है।

बलभद्र–वह भी कह डालो।

भूतनाथ–आज आखिरी मर्तबे दूसरे नकाबपोश ने जो सूरत दिखाई थी उसके बारे में मुझे कुछ भ्रम-सा होता है। शायद मैंने उसे कभी देखा है, मगर कहां और क्योंकर सो नहीं कह सकता।

बलभद्र–हां, उस सूरत के बारे में तो अभी तक मैं भी गौर कर रहा हूं, मगर अक्ल तब तक कुछ ठीक काम नहीं कर सकती जब तक उन नकाबपोशों का कुछ हाल मालूम न हो जाए।

भूतनाथ–मेरी तो यही इच्छा होती है कि उनका असल हाल जानने के लिए उद्योग करूं, बल्कि कल मैं अपने आदमियों को इस काम के लिए मुस्तैद भी कर चुका हूं।

बलभद्र–अगर कुछ पता लगा सको तो बहुत ही अच्छी बात है, सच तो यों है कि मेरा दिल भी खुटके से खाली नहीं है।

भूतनाथ—इस समय से संध्या तक और इसके बाद रात-भर मुझे छुट्टी है, यदि आप आज्ञा दें तो मैं इस फिक्र में जाऊं।

बलभद्र—कोई चिन्ता नहीं, तुम जाओ, अगर महाराज का कोई आदमी खोजने आवेगा तो मैं जवाब दे लूंगा।

भूतनाथ—बहुत अच्छा।

इतना कहकर भूतनाथ उठा और अपने दोनों आदमियों में से एक को साथ लेकर मकान के बाहर हो गया।

पन्द्रहवां बयान

तिलिस्मी इमारत से लगभग दो कोस दूरी पर जंगल में पेड़ों के घने झुरमुट के अन्दर बैठा हुआ भूतनाथ अपने दो आदमियों से बातें कर रहा है।

भूतनाथ—तो क्या तुम उनके पीछे-पीछे उस खोह के मुहाने तक चले गए थे?

एक आदमी—जी नहीं, थोड़ी देर तक तो मैं उन नकाबपोशों के पीछे-पीछे चला गया, मगर जब देखा कि वे दोनों बेफिक्र नहीं हैं बल्कि चौकन्ने होकर चारों तरफ, खास करके मुझे गौर से देखते जाते हैं तब मैं भी तरह देकर हट गया। दूसरे दिन हम लोग कई आदमी एक-दूसरे से अलग दूर-दूर बैठ गए और आखिर मेरे एक साथी ने उन्हें ठिकाने तक पहुंचाकर पता लगा ही लिया कि ये दोनों इस खोह के अन्दर रहते हैं। उसके बाद हम लोगों ने निश्चय कर लिया और उसी खोह के पास छिपकर मैंने स्वयं कई दफे उन लोगों को उसी के अन्दर आते-जाते देखा और यह भी जान लिया कि वे लोग दस-बारह आदमी से कम नहीं हैं।

भूतनाथ—मेरा भी यही खयाल था कि वे लोग दस-बारह से कम न होंगे, खैर, जो होगा देखा जाएगा, अब मैं संध्या हो जाने पर उस खोह के अन्दर जाऊंगा, तुम लोग हमारी हिफाजत का खयाल रखना और इसके अतिरिक्त इस बात का पता लगाना कि जिस तरह मैं उनकी टोह में लगा हूं उसी तरह और कोई भी उनका पीछा करता है या नहीं।

आदमी—जो आज्ञा।

भूतनाथ—हां, एक बात और पूछना है। तुम लोगों ने जिन दस-बारह आदमियों को खोह के अन्दर आते-जाते देखा है वे सभी अपने चेहरे पर नकाब रखते हैं या दो-चार?

आदमी—जी, हम लोगों ने जितने आदमियों को देखा सभों को नकाबपोश पाया।

भूतनाथ—अच्छा तो तुम अब जाओ और अपने साथियों को मेरा हुक्म सुनाकर होशियार कर दो।

इतना कहकर भूतनाथ खड़ा हो गया और अपने दोनों आदमियों को बिदा करने के बाद पश्चिम की तरफ रवाना हुआ। इस समय भूतनाथ अपनी असली सूरत में न था, बल्कि सूरत बदलकर अपने चेहरे पर नकाब डाले हुए था।

यहां से लगभग कोस-भर की दूरी पर उस खोह का मुहाना था जिसका पता भूतनाथ के आदमियों ने दिया था। संध्या होने तक भूतनाथ इधर-उधर जंगल में घूमता रहा और जब अंधेरा हो गया तब उस खोह के मुहाने पर पहुंचकर चारों तरफ देखने लगा।

यह स्थान एक घने और भयानक जंगल में था। छोटे-से पहाड़ के निचले हिस्से में दो-तीन आदमियों के बैठने लायक एक गुफा थी और आगे से पत्थरों के बड़े-बड़े ढोकों ने उसका रास्ता रोक रक्खा था। उसके नीचे की तरफ पानी का एक छोटा-सा नाला बहता था जिसमें इस समय कम मगर साफ पानी बह रहा था और उस नाले के दोनों तरफ भी पेड़ों की बहुतायत थी। भूतनाथ ने सन्नाटा पाकर उस गुफा के अन्दर पैर रक्खा और सुरंग की तरफ रास्ता पाकर टटोलता हुआ थोड़ी देर तक बेखटके चला गया। आगे जाकर जब रास्ता खराब मालूम हुआ तब उसने बटुए में से मोमबत्ती निकालकर जलाई और चारों तरफ देखने लगा। सामने का रास्ता बिल्कुल बन्द पाया अर्थात् सामने की तरफ पत्थर की दीवार थी जो एक चबूतरे की तरह मालूम पड़ती थी, मगर वहां की छत इतनी ऊंची जरूर थी कि आदमी उस चबूतरे के ऊपर चढ़कर बखूबी खड़ा हो सकता था, अस्तु, भूतनाथ उस चबूतरे के ऊपर चढ़ गया और जब आगे की तरफ देखा तो नीचे उतरने के लिए सीढ़ियां नजर आईं।

भूतनाथ सीढ़ियों की राह नीचे उतर गया और अन्त में उसने एक छोटे-से दरवाजे का निशान देखा जिसमें किवाड़-पल्ले इत्यादि की कोई जगह न थी, केवल बाएं, दाहिने और नीचे की तरफ चौखट का निशान था। दरवाजे के अन्दर पैर रखने के बाद सुरंग की तरह रास्ता दिखाई दिया जिसे गौर से अच्छी तरह देखने के बाद भूतनाथ ने मोमबत्ती बुझा दी और टटोलता हुआ आगे की तरफ बढ़ा। थोड़ी दूर जाने के बाद सुरंग खतम हुई और रोशनी दिखाई दी। यह हलकी और नाममात्र की रोशनी किसी चिराग या मशाल की न थी बल्कि आसमान पर चमकते हुए तारों की थी, क्योंकि वहां से आसमान तथा सामने की तरफ मैदान का एक छोटा-सा टुकड़ा दिखाई दे रहा था।

यह मैदान आठ या दस बिगहे से ज्यादे न होगा। बीच में एक छोटा-सा बंगला था, उसके आगेवाले दालान में कई आदमी बैठे हुए दिखाई देते थे तथा चारों तरफ बड़े-बड़े जंगली पेड़ों की भी कमी न थी। सन्नाटा देखकर भूतनाथ सुरंग के पार निकल गया और एक पेड़ की आड़ देकर इस खयाल से खड़ा हो गया कि मौका मिलने पर आगे की तरफ बढ़ेंगे। थोड़ी ही देर में भूतनाथ को मालूम हो गया कि उसके पास ही एक पेड़ की आड़ में कोई दूसरा आदमी भी खड़ा है। यह दूसरा आदमी

वास्तव में देवीसिंह थे जो भूतनाथ के पीछे-ही-पीछे थोड़ी देर बाद यहां आकर पेड़ की आड़ में खड़े हो गए थे और वह भी सूरत बदलने के बाद अपने चेहरे पर नकाब डाले हुए थे इसलिए एक को दूसरे का पहिचानना कठिन था।

थोड़ी ही देर बाद दो औरतें अपने-अपने हाथों में चिराग लिये बंगले के अन्दर से निकलीं और उसी तरफ रवाना हुईं, जिधर पेड़ की आड़ में भूतनाथ और देवींसिंह खड़े हुए थे। एक तो भूतनाथ और देवीसिंह का दिल इस खयाल से खुटके में था ही कि मेरे पास ही एक पेड़ की आड़ में कोई दूसरा भी खड़ा है, दूसरे इन दो औरतों को अपनी तरफ आते देख और भी घबड़ाए, मगर कर ही क्या सकते थे, क्योंकि इस समय जो कुछ ताज्जुब की बात उन दोनों ने देखी उसे देखकर भी चुप रह जाना उन दोनों की सामर्थ्य से बाहर था अर्थात् कुछ पास आने पर मालूम हो गया कि उन दोनों ही औरतों में से एक तो भूतनाथ की स्त्री है, जिसे वह लामाघाटी में छोड़ आया था और दूसरी चम्पा।

भूतनाथ आगे बढ़ा ही चाहता था कि पीछे से कई आदमियों ने आकर उसे पकड़ लिया और उसी की तरह देवीसिंह भी बेकाबू कर दिए गए।

॥ उन्नीसवां भाग समाप्त ॥

बीसवां भाग

पहिला बयान

भूतनाथ और देवीसिंह को कई आदमियों ने पीछे से पकड़कर अपने काबू में कर लिया और उसी समय एक आदमी ने किसी विचित्र भाषा में पुकारकर कुछ कहा, जिसे सुनते ही वे दोनों औरतें अर्थात् चम्पा तथा भूतनाथ की स्त्री चिराग फेंक-फेंककर पीछे की ओर लौट गईं और अंधकार के कारण कुछ मालूम न हुआ कि वे दोनों कहां गईं, हां, भूतनाथ और देवीसिंह को इतना मालूम हो गया कि उन्हें गिरफ्तार करनेवाले भी सब नकाबपोश हैं। भूतनाथ की तरह देवीसिंह भी सूरत बदलकर अपने चेहरे पर नकाब डाले हुए थे।

गिरफ्तार हो जाने के बाद भूतनाथ और देवीसिंह दोनों एक साथ कर दिए गए और दोनों ही को लिये हुए वे सब बीचवाले बंगले की तरफ रवाना हुए। यद्यपि अंधकार के अतिरिक्त सूरत बदलने और नकाब डाले रहने के सबब एक को दूसरे का पहिचानना कठिन था, तथापि अन्दाज ही से एक को दूसरे ने जान लिया और शरमिन्दगी के साथ धीरे-धीरे उस बंगले की तरफ जाने लगे। जब बंगले के पास पहुंचे तो आगेवाले दालान में, जहां दो चिरागों की रोशनी थी, तीन आदमियों को हाथ में नंगी तलवार लिये पहरा देते देखा। वहां पहुंचने पर हमारे दोनों ऐयारों को मालूम हुआ कि उन्हें गिरफ्तार करनेवाले गिनती में आठ से ज्यादे नहीं हैं। उस समय देवीसिंह और भूतनाथ के दिल में थोड़ी देर के लिए यह बात पैदा हुई कि केवल आठ आदमियों से हमें गिरफ्तार हो जाना उचित न था और अगर हम चाहते तो इन लोगों से अपने को बचा ही लेते, मगर उन दोनों का यह विचार तुरन्त ही जाता रहा जब उन्होंने कुछ कमोबेश यह सोचा कि अगर हम इन लोगों से अपने को बचा लेते तो क्या होता, क्योंकि यहां से निकलकर भाग जाना कठिन था और अगर भाग भी जाते तो जिस काम के लिए आए हैं उससे हाथ धो बैठते, अस्तु, जो होगा देखा जाएगा।

इस दालान में अन्दर जाने के लिए दरवाजा था और उसके आगे लाल रंग का रेशमी पर्दा लटक रहा था। दीवार-छत इत्यादि सब रंगीन बने हुए थे और उन पर बनी हुई तरह-तरह की तस्वीरें अपनी खूबी और खूबसूरती के सबब देखनेवालों का

दिल खींच लेती थीं, परन्तु इस समय उन पर भरपूर और बारीक निगाह डालना हमारे ऐयारों के लिए कठिन था इसलिए हम भी उनका हाल बयान नहीं कर सकते।

जो लोग दोनों ऐयारों को गिरफ्तार कर लाए थे उनमें से एक आदमी पर्दा उठाकर बंगले के अन्दर चला गया और चौथाई घड़ी के बाद लौट आकर अपने साथियों से बोला, "इन दोनों महाशयों को सरदार के सामने ले चलो और एक आदमी जाकर इनके लिए हथकड़ी-बेड़ी भी ले आओ, कदाचित् हमारे सरदार इन दोनों के लिए कैदखाने का हुक्म दें।"

अस्तु, एक आदमी हथकड़ी-बेड़ी लाने के लिए चला गया और वे सब देवीसिंह और भूतनाथ को लिये हुए बंगले की तरफ रवाना हुए।

यह बंगला बाहर से जैसा सादा और मामूली ढंग का मालूम होता था, वैसा अन्दर से न था। जूता उतारकर चौखट के अन्दर पैर रखते ही हमारे दोनों ऐयार ताज्जुब के साथ चारों तरफ देखने लगे और फौरन ही समझ गए कि इसके अन्दर रहनेवाला या इसका मालिक कोई साधारण आदमी नहीं है। देवीसिंह के लिए यह बात सबसे ज्यादे ताज्जुब की थी और इसीलिए उनके दिल में घड़ी-घड़ी यह बात पैदा होती थी कि यह स्थान हमारे इलाके में होने पर भी अफसोस और ताज्जुब की बात है कि इतने दिनों तक हम लोगों को इसका पता न लगा!

पर्दा उठाकर अन्दर जाने पर हमारे दोनों ऐयारों ने अपने को एक गोल कमरे में पाया, जिसकी छत भी गोल गुम्बजदार थी और उसमें बहुत-सी बिल्लौरी हांडियां, जिनमें इस समय मोमबत्तियां जल रही थीं, कायदे और मौके के साथ लटक रही थीं। दीवारों पर खूबसूरत जंगलों और पहाड़ों की तस्वीरें निहायत खूबी के साथ बनी हुई थीं जो इस जगह की ज्यादे रोशनी के सबब साफ मालूम होती थीं और यही जान पड़ता था कि अभी बनकर तैयार हुई हैं। इस तस्वीरों में अकस्मात देवीसिंह और भूतनाथ ने रोहतासगढ़ के पहाड़ और किले की भी तस्वीर देखी, जिसके सबब से और तस्वीरों को भी गौर से देखने का शौक इन्हें हुआ, मगर ठहरने की मोहलत न मिलने के सबब लाचार थे। यहां की जमीन पर सुर्ख मखमली मुलायम गद्दा बिछा हुआ था और सदर दरवाजे के अतिरिक्त और भी तीन दरवाजे नजर आ रहे थे, जिन पर बेशकीमत किमखाब के पर्दे पड़े हुए थे और उनमें मोतियों की झालरें लटक रही थीं। हमारे दोनों ऐयारों को दाहिने तरफवाले दरवाजे के अन्दर जाना पड़ा जहां गली के ढंग पर रास्ता घूमा हुआ था। इस रास्ते में भी मखमली गद्दा बिछा हुआ था। दोनों तरफ की दीवारें साफ और चिकनी थीं तथा छत के सहारे एक बिल्लौरी कन्दील लटक रही थी जिसकी रोशनी इस सात-आठ हाथ लम्बी गली के लिए काफी थी। इस गली को पार करके ये दोनों एक बहुत बड़े कमरे में पहुंचाए गए जिसकी सजावट और खूबी ने उन्हें ताज्जुब में डाल दिया और वे हैरत की निगाह से चारों तरफ देखने लगे।

जंगल, मैदान, पहाड़, खोह, दर्रे, झरने, शिकारगाह तथा शहरपनाह, किले, मोरचे और लड़ाई इत्यादि की तस्वीरें चारों तरफ दीवार में इस खूबी और सफाई के साथ बनी हुई थीं कि देखनेवाला यह कह सकता था कि बस इससे ज्यादे कारीगरी और सफाई का काम मुसौवर कर ही नहीं सकता। छत पर हर तरह की चिड़ियों और उनके पीछे झपटते हुए बाज-बहरी इत्यादि शिकारी परिन्दों की तस्वीरें बनी हुई थीं जो दीवारगीरों और कन्दीलों की तेज रोशनी के सबब बहुत साफ दिखाई दे रही थीं। जमीन पर साफ-सुथरा फर्श बिछा हुआ था और सामने की तरफ हाथ-भर ऊंची गद्दी पर दो नकाबपोश तथा गद्दी के नीचे और कई आदमी अदब के साथ बैठे हुए थे, मगर उनमें से ऐसा कोई भी न था जिसके चेहरे पर नकाब न हो।

देवीसिंह और भूतनाथ को उम्मीद थी कि हम उन्हीं दोनों नकाबपोशों को उसी ढंग की पोशाक में देखेंगे जिन्हें कई दफे देख चुके हैं, मगर यहां उसके विपरीत देखने में आया। इस बात का निश्चय तो नहीं हो सकता था कि इस नकाब के अन्दर वही सूरत छिपी हुई है या कोई और लेकिन पोशाक और आवाज यही प्रकट करती थी कि वे दोनों कोई दूसरे ही हैं, मगर इसमें भी कोई शक नहीं कि इन दोनों की पोशाक उन नकाबपोशों से कहीं बढ़-चढ़के थी, जिन्हें भूतनाथ और देवीसिंह देख चुके थे।

जब देवीसिंह और भूतनाथ उन दोनों नकाबपोशों के सामने खड़े हुए तो उन दोनों में से एक ने अपने आदमियों से पूछा, "ये दोनों कौन हैं, जिन्हें गिरफ्तार कर लाए हो?"

एक–जी, इनमें से एक (हाथ का इशारा करके) राजा बीरेन्द्रसिंह के ऐयार देवीसिंह हैं और यह वही मशहूर भूतनाथ है जिसका मुकदमा आजकल राजा बीरेन्द्रसिंह के दरबार में पेश है।

नकाबपोश–(ताज्जुब से) हां! अच्छा तो ये दोनों यहां क्यों आए? अपनी मर्जी से आए हैं या तुम लोग जबर्दस्ती गिरफ्तार कर लाए हो?

वह आदमी–इस हाते के अन्दर तो ये दोनों आदमी अपनी मर्जी से आए थे, मगर यहां हम लोग गिरफ्तार करके लाए हैं।

नकाबपोश–(कुछ कड़ी आवाज में) गिरफ्तार करने की जरूरत क्यों पड़ी? किस तरह मालूम हुआ कि ये दोनों यहां बदनीयती के साथ आए हैं? क्या इन दोनों ने तुम लोगों से कुछ हुज्जत की थी?

वही आदमी–जी हुज्जत तो किसी से न की, मगर छिप-छिपकर आने और पेड़ की आड़ में खड़े होकर ताक-झांक करने से मालूम हुआ कि इन दोनों की नीयत अच्छी नहीं है, इसीलिए गिरफ्तार कर लिए गए।

नकाबपोश–इतने बड़े प्रतापी राजा बीरेन्द्रसिंह के ऐसे नामी ऐयार के साथ केवल इतनी बात पर इस तरह का बर्ताव करना तुम लोगों को उचित न था, कदाचित् ये

हम लोगों से मिलने के लिए आए हों। हां, अगर केवल भूतनाथ के साथ ऐसा बर्ताव होता तो ज्यादे रंज की बात न थी–

यद्यपि नकाबपोश की आखिरी बात भूतनाथ को कुछ बुरी मालूम हुई, मगर कर ही क्या सकता था? साथ ही इसके यह भी देख रहा था कि नकाबपोश भलमनसी और सभ्यता के साथ बातें कर रहा है, जिसकी उम्मीद यहां आने के पहिले कदापि न थी। अस्तु, जब नकाबपोश अपनी बात पूरी कर चुका तो इसके पहिले कि उसका नौकर कुछ जवाब दे, भूतनाथ बोल उठा–

''कृपानिधान, हम लोग यहां किसी बुरी नीयत से नहीं आए हैं, न तो चोरी करने का इरादा है न किसी को तकलीफ देने का, मैं केवल अपनी स्त्री का पता लगाने के लिए यहां आया हूं, क्योंकि मेरे जासूसों ने मेरी स्त्री के यहां होने की मुझे इत्तिला दी थी।''

नकाबपोश–(मुस्कुराकर) शायद ऐसा ही हो, मगर मेरा खयाल कुछ दूसरा ही है। मेरा दिल कह रहा है कि तुम लोग उन दोनों नकाबपोशों का असल हाल जानने के लिए यहां आए हो, जो राजा साहब के दरबार में जाकर अपने विचित्र कामों से लोगों को ताज्जुब में डाल रहे हैं, मगर साथ ही इसके इस बात को भी समझ लो कि यह मकान उन दोनों नकाबपोशों का नहीं है बल्कि हमारा है। उनके मकान में जाने का रास्ता तुम उस सुरंग के अन्दर ही छोड़ आए जिसे तै करके यहां आए हो अर्थात् हमारे और उनके मकान का रास्ता बाहर से तो एक ही है, मगर सुरंग के अन्दर आकर दो हो गए हैं। खैर, जो कुछ हो, हम इस बारे में ज्यादा बातचीत करना उचित नहीं समझते और न तुम लोगों को कुछ तकलीफ ही देना चाहते हैं, बल्कि अपना मेहमान समझकर कहते हैं कि अब आ गए हो तो रात-भर कुटिया में आराम करो, सबेरा होने पर जहां इच्छा हो, चले जाना। (गद्दी के नीचे बैठे हुए एक नकाबपोश की तरफ देखके) यह काम तुम्हारे सुपुर्द किया जाता है, इन्हें खिला-पिलाकर ऊपरवाली मंजिल में सोने की जगह दो और सुबह को इन्हें खोह के बाहर पहुंचा दो।

इतना कहकर वह नकाबपोश उठ खड़ा हुआ और उसका साथी दूसरा नकाबपोश भी जाने के लिए तैयार हो गया। जिस जगह इन नकाबपोशों की गद्दी लगी हुई थी उस (गद्दी) के पीछे दीवार में एक दरवाजा था, जिस पर पर्दा लटक रहा था। दोनों नकाबपोश पर्दा उठाकर अन्दर चले गए और यह छोटा-सा दरबार बर्खास्त हुआ। गद्दी के नीचे बैठनेवाले भी मुसाहब दरबारी या नौकर जो कोई हों, उठ खड़े हुए और उस आदमी ने, जिसे दोनों ऐयारों की मेहमानी का हुक्म हुआ था, देवीसिंह और भूतनाथ की तरफ देखकर कहा–''आप लोग मेहरबानी करके मेरे साथ आइए और ऊपर की मंजिल में चलिए।'' भूतनाथ और देवीसिंह भी कुछ उज्र न करके पीछे-पीछे चलने के लिए तैयार हो गए।

नकाबपोश की बातों ने भूतनाथ और देवीसिंह दोनों ही को ताज्जुब में डाल दिया। भूतनाथ ने नकाबपोश से कहा था कि मैं अपनी स्त्री की खोज में यहां आया हूं, मगर बहुत-कुछ कह जाने पर भी नकाबपोश ने भूतनाथ की इस बात का कोई जवाब न दिया और ऐसा करना भूतनाथ के दिल में खुटका पैदा करने के लिए कम न था। भूतनाथ को निश्चय हो गया कि उसकी स्त्री यहां है, और अवश्य है। उसने सोचा कि जो नकाबपोश राजा बीरेन्द्रसिंह के दरबार में पहुंचकर बड़ी-बड़ी गुप्त बातें इस अनूठे ढंग से खोलते हैं, उनके घर में यदि मैं अपनी स्त्री को देखूं तो यह कोई आश्चर्य की बात नहीं है। हमारे देवीसिंह ने तो एक शब्द भी मुंह से निकालना पसन्द न किया, न मालूम इसका सबब क्या था और वे क्या सोच रहे थे, मगर कम-से-कम इस बात की शर्म तो उनको जरूर ही थी कि वे यहां आने के साथ ही गिरफ्तार हो गए। यह तो नकाबपोशों की मेहरबानी थी कि हथकड़ी और बेड़ी से उनकी खातिर न की गई।

वह नकाबपोश कई रास्तों से घुमाता-फिराता भूतनाथ और देवीसिंह को ऊपर वाली मंजिल में ले गया। जो लोग इन दोनों को गिरफ्तार कर लाए थे, वे भी उनके साथ गए।

जिस कमरे में भूतनाथ और देवीसिंह पहुंचाए गए वह यद्यपि बड़ा न था, मगर जरूरी और मामूली ढंग के सामान से सजाया हुआ था। कन्दोल की रोशनी हो रही थी। जमीन पर साफ-सुथरा फर्श बिछा था और कई तकिए भी रक्खे हुए थे। एक संगमरमर की छोटी चौकी बीच में रक्खी हुई थी और किनारे दो सुन्दर पलंग आराम करने के लिए बिछे हुए थे।

भूतनाथ और देवीसिंह को खाने-पीने के लिए कई दफा कहा गया, मगर उन दोनों ने इनकार किया। अस्तु, लाचार होकर नकाबपोश ने उन दोनों को आराम करने के लिए उसी जगह छोड़ा और स्वयं उन आदमियों को जो दोनों ऐयारों को गिरफ्तार कर लाए थे, साथ लिये हुए वहां से चला गया। जाते समय ये लोग बाहर से दरवाजे की जंजीर बन्द करते गए और इस कमरे में भूतनाथ और देवीसिंह अकेले रह गए।

दूसरा बयान

जब दोनों ऐयार उस कमरे में अकेले रह गए तब थोड़ी देर तक अपनी अवस्था और भूल पर गौर करने के बाद आपुस में यों बातें करने लगे–

देवीसिंह–यद्यपि तुम मुझसे और मैं तुमसे छिपकर यहां आया, मगर यहां आने पर वह छिपना बिल्कुल व्यर्थ गया। तुम्हारे गिरफ्तार हो जाने का तो ज्यादे रंज न होना चाहिए क्योंकि तुम्हें अपनी जान की फिक्र पड़ी थी, अतएव अपनी भलाई के

लिए तुम यहां आए थे और जो कुछ किसी तरह का फायदा उठाना चाहता है उसे कुछ-न-कुछ तकलीफ भी जरूर ही भोगनी पड़ती है, मगर मैं तो दिल्लगी-ही-दिल्लगी में बेवकूफ बन गया। न तो मुझे इन लोगों से कोई मतलब ही था और न यहां आए बिना मेरा कुछ हर्ज ही होता था।

भूतनाथ–(मुस्कुराकर) मगर आने पर आपका भी एक काम निकल आया, क्योंकि यहां अपनी स्त्री को देखकर अब किसी तरह भी जांच किए बिना आप नहीं रह सकते।

देवीसिंह–ठीक है! मगर भूतनाथ, तुम बड़े ही निडर और हौसले के ऐयार हो, जो ऐसी अवस्था में भी हंसने और मुस्कुराने से बाज नहीं आते!

भूतनाथ–तो क्या आप ऐसा नहीं कर सकते?

देवीसिंह–अगर बनावट के तौर पर हंसने या मुस्कुराने की जरूरत न पड़े तो मैं ऐसा नहीं कर सकता। मैं इस बात को खूब समझता हूं कि तुम्हारे जीवट और हौसले की इतनी तरक्की क्योंकर हुई, मगर वास्तव में तुम निराले ढंग के आदमी हो, सच तो यह है कि तुम्हारी ठीक-ठीक अवस्था जानना कठिन ही नहीं, बल्कि असम्भव है।

भूतनाथ–आपका कहना बहुत टीक है, मगर तभी तक मेरे जीवट और मर्दानगी का अन्दाजा मिलना कठिन है जब तक कि मैं अपने को मुर्दा समझे हुए हूं, जिस दिन मैं अपने को जिन्दा समझूंगा, उस दिन यह बात न रहेगी।

देवीसिंह–तो क्या तुम अभी तक भी अपने को मुर्दा ही समझे हुए हो?

भूतनाथ–बेशक, क्योंकि अब मैं बेइज्जती और बदनामी के साथ जीने को मरने के बराबर समझता हूं। जिस दिन मैं राजा बीरेन्द्रसिंह का विश्वासपात्र बनने योग्य हो जाऊंगा, उस दिन समझूंगा कि जी गया। मैं आपसे इस किस्म की बातें कदापि न करता अगर आपको अपना मेहरबान और मददगार न समझता। आपको जैपाल या नकली बलभद्रसिंह की पहिली मुलाकात का दिन याद होगा, जब आपने मुझ पर मेहरबानी रखने और मुझे अपनाने का शपथपूर्वक इकरार किया था।

देवीसिंह–बेशक, मुझे याद है, जब तुम घबराए हुए और बेबसी की अवस्था में थे तब मैंने तुमसे कहा था कि 'यदि मुझे यह भी मालूम हो जाएगा कि तुम मेरे पिता के घातक हो, जिन पर मेरा बड़ा स्नेह था, तब भी मैं तुम्हें इसी तरह मुहब्बत की निगाह से देखूंगा जैसे कि अब मैं देख रहा हूं।'[1] कहो है न यही बात?

भूतनाथ–बेशक ये ही शब्द आपने कहे थे।

देवीसिंह–और अब भी मैं उसी बात का इकरार करता हूं।

भूतनाथ–(प्रसन्नता से) आपको सचाई पर भी मुझे उतना ही विश्वास है जितना एक और एक दो होने पर!

देवीसिंह–यह बात तो तुम सच नहीं कहते!

---

1. देखिए ग्यारहवें भाग का आखिरी बयान।

भूतनाथ–(चौंककर) सो कैसे?

देवीसिंह–इसी से कि तुमने भेद की कोई बात आज तक मुझसे नहीं कही, यहां तक कि इस जगह आने की इच्छा भी मुझ पर प्रकट न की।

भूतनाथ–(शरमिन्दगी से सिर नीचा करके) बेशक, यह मेरा कसूर है जिसके लिए (हाथ जोड़कर) मैं आपसे माफी मांगता हूं क्योंकि मैं इस बात को अच्छी तरह देख चुका हूं कि आपने अपनी बात का निर्वाह पूरा-पूरा किया।

देवीसिंह–खैर, अब भी अगर तुम मुझे अपना विश्वासपात्र समझोगे तो मेरे दिल का रंज निकल जाएगा, असल तो यों है कि इस मौके पर तुमसे मिलने के लिए ही मैंने यहां आने का इरादा भी किया, क्योंकि मुझे विश्वास था कि तुम यहां जरूर आओगे। खैर, अब तुम अपने कौल और इकरार को याद रक्खो और इस समय इन बातों को इसी जगह छोड़कर इस बात पर विचार करो कि अब हम लोगों को क्या करना चाहिए। मैं समझता हूं कि तुम्हारे पास तिलिस्मी खंजर मौजूद है।

भूतनाथ–जी हां, (खंजर की तरफ इशारा करके) यह तैयार है।

देवीसिंह–(अपने खंजर की तरफ बताके) मेरे पास भी है।

भूतनाथ–आपको कहां से मिला?

देवीसिंह–तेजसिंह ने दिया था। यह वही खंजर है जो मनोरमा के पास था, कमबख्त ने इसके जोड़ की अंगूठी अपनी जंघा के अन्दर छिपा रखी थी जिसका पता बड़ी मुश्किल से लगा और तब से इस ढंग को मैंने भी पसन्द किया।

भूतनाथ–अच्छा तो अब आपकी क्या राय होती है? यहां से निकल भागने की कोशिश की जाए या यहां रहकर कुछ भेद जानने की?

देवीसिंह–इन दोनों खंजरों की बदौलत शायद हम यहां से निकल जा सकें, मगर ऐसा करना न चाहिए। अब जब गिरफ्तार होने की शरमिन्दगी उठा ही चुके तो बिना कुछ किए चले जाना उचित नहीं है, जिस पर यहां आकर मैंने अपनी स्त्री को और तुमने अपनी स्त्री को देख लिया, अब क्या बिना उन दोनों का असल भेद मालूम किए यहां से चलने की इच्छा हो सकती है!

भूतनाथ–बेशक ऐसा ही है...

इतना कहते-कहते भूतनाथ यकायक रुक गया, क्योंकि उसके कान में किसी के जोर से हंसने की आवाज आई और यह आवाज कुछ पहिचानी हुई-सी जान पड़ी। देवीसिंह ने भी इस आवाज पर गौर किया और उन्हें भी इस बात का शक हुआ कि इस आवाज को मैं कई दफे सुन चुका हूं। मगर इस बात का कोई निश्चय वे दोनों नहीं कर सके कि यह आवाज किसकी है

देवीसिंह और भूतनाथ दोनों ही अदनी इस बात को गौर से देखने और जांचने लगे कि यह आवाज किधर से आई या हम उसे किसी तरह देख भी सकते हैं या नहीं, जिसकी यह आवाज है। यकायक उन दोनों ने दीवार में ऊपर की तरफ दो

सूराख देखे जिनमें आदमी का सिर बखूबी जा सकता था। ये सूराख छत से हाथ-भर नीचे हटकर बने हुए थे और हवा आने-जाने के लिए बनाए गए थे। दोनों को खयाल हुआ कि इसी सूराख में से आवाज आती है और उसी समय पुनः हंसने की आवाज आने से इस बात का निश्चय हो गया।

फौरन ही दोनों के मन में यह बात पैदा हुई कि किसी तरह उस सूराख तक पहुंचकर देखना चाहिए कि कुछ दिखाई देता है या नहीं, मगर इस ढंग से कि उस दूसरी तरफवालों को हमारी इस ढिठाई का पता न लगे।

हम लिख चुके हैं कि इस कमरे में दो चारपाइयां बिछी हुई थीं। देवीसिंह ने उन्हीं दोनों चारपाइयों को उस सूराख तक पहुंचने का जरिया बनाया अर्थात् बिछावन हटा देने के बाद एक चारपाई दीवार के सहारे खड़ी करके, दूसरी चारपाई उसके ऊपर खड़ी की और कमन्द से दोनों के पावे अच्छी तरह मजबूती के साथ बांधकर एक प्रकार की सीढ़ी तैयार की। इसके बाद देवीसिंह ने भूतनाथ के कन्धे पर चढ़कर कन्दील की रोशनी बुझा दी और तब उस चारपाई की अनूठी सीढ़ी पर चढ़ने का विचार किया। उस समय मालूम हुआ कि उस सूराख में से थोड़ी-थोड़ी रोशनी भी आ रही है। भूतनाथ ने नीचे खड़े रहकर चारपाई को मजबूती के साथ थामा और बिछावन के सहारे अंगूठा अड़ाते हुए देवीसिंह ऊपर चढ़ गए। वे सूराख टेढ़े अर्थात् दूसरी तरफ को झुकते हुए थे। एक सूराख में गर्दन डालकर देवीसिंह ने देखना शुरू किया। उधर नीचे की मंजिल में एक बहुत बड़ा कमरा था जिसकी ऊंची छत इस कमरे की छत के बराबर पहुंची हुई थी जिसमें देवीसिंह और भूतनाथ थे। उस कमरे में सजावट की कोई चीज न थी सिर्फ जमीन पर साफ सुफेद फर्श बिछा हुआ और दो शमादान जल रहे थे। वहां पर देवीसिंह ने दो नकाबपोशों को ऊंची गद्दी के नीचे बैठे हुए पाया और एक तरफ जिधर कोई मर्द न था, अपनी और भूतनाथ की स्त्री को भी देखा। ये लोग आपुस में धीरे-धीरे बातें कर रहे थे। इनकी बातें साफ समझ में नहीं आती थीं, जो कुछ टूटी-फूटी बातें सुनने में आईं, उनका मतलब यही था कि सुरंग का दरवाजा बन्द करने में भूल हो जाने के सबब से भूतनाथ और देवीसिंह वहां आ गए। अस्तु, अब ऐसी भूल न होनी चाहिए जिससे यहां तक कोई आ सके इत्यादि। इसी बीच में एक और भी नकाबपोश वहां आ पहुंचा जो इस समय अपने नकाब को उलटकर सिर के ऊपर फेंके हुए था। इस आदमी की सूरत देखते ही देवीसिंह ने पहिचान लिया कि भूतनाथ का लड़का और कमला का सगा बड़ा भाई हरनामसिंह है। देवीसिंह ने अपनी जिन्दगी में हरनामसिंह को शायद एक या दो दफे किसी मौके पर देखा होगा इसलिए उसको पहिचान तो लिया, मगर ताज्जुब के साथ-ही-साथ शक बना रहा, अस्तु, इस शक को मिटाने के लिए देवीसिंह नीचे उतर आए और चारपाई को खुद पकड़कर भूतनाथ को ऊपर चढ़ने और उस सूराख के अन्दर झांकने के लिए कहा।

जब भूतनाथ चारपाई की बिनन के सहारे ऊपर चढ़ गया और उस सूराख में झांककर देखा तो अपने लड़के हरनामसिंह को पहिचानकर उसे बड़ा ही ताज्जुब हुआ और वह बड़े गौर से देखने तथा उन लोगों की बातें सुनने लगा।

पाठक, ताज्जुब नहीं कि आप इस हरनामसिंह को एकदम ही भूल गए हों, क्योंकि जहां तक हमें याद है, इसका नाम शायद चन्द्रकान्ता सन्तति के दूसरे भाग के पांचवें बयान में आकर रह गया और फिर कहीं इसका जिक्र तक नहीं आया। यह वह हरनामसिंह नहीं है, जो मायारानी का ऐयार था, बल्कि यह कमला का बड़ा भाई तथा खास भूतनाथ का पहिला और असल लड़का हरनामसिंह है। इसे बहुत दिनों के बाद आज यहां देखकर आप निःसन्देह आश्चर्य करेंगे, परन्तु खैर, अब हम यह लिखते हैं कि भूतनाथ ने सूराख के अन्दर झांककर क्या देखा।

भूतनाथ ने देखा कि उसका लड़का हरनामसिंह गद्दी के ऊपर बैठे हुए दोनों नकाबपोशों के सामने खड़ा है और सदर दरवाजे की तरफ बड़े गौर से देख रहा है। उसी समय एक आदमी लपेटे हुए मोटे कपड़े का बहुत बड़ा लम्बा पुलिन्दा लिये हुए आ पहुंचा और इस पुलिन्दे को गद्दी पर रखके खड़ा हो हाथ जोड़कर भर्राई हुई आवाज में बोला, "कृपानाथ, बस मैं इसी का दावा भूतनाथ पर करूंगा।"

गद्दी के नीचे बैठे हुए दो आदमियों ने इशारा पाकर लपेटे हुए कपड़े को खोला और तब भूतनाथ ने भी देखा कि वह एक बहुत बड़ी और आदमी के कद के बराबर तस्वीर है।

उस तस्वीर पर निगाह पड़ते ही भूतनाथ की अवस्था बिगड़ गई और वह डर के मारे थर-थर कांपने लगा। बहुत कोशिश करने पर भी वह अपने को सम्हाल न सका और उसके मुंह से एक चीख की आवाज निकल ही गई अर्थात् वह चिल्ला उठा। उसी समय उसने यह भी देखा कि उसकी आवाज उन लोगों के कानों में पहुंच गई और इस सबब से वे लोग ताज्जुब के साथ ऊपर की तरफ देखने लगे।

भूतनाथ जल्दी के साथ चारपाई के नीचे उतर आया और कांपती हुई आवाज में देवीसिंह से बोला, "ओफ, मैं अपने को सम्हाल न सका और मेरे मुंह से चीख की आवाज निकल ही गई, जिसे उन लोगों ने सुन लिया। ताज्जुब नहीं कि उन लोगों में से कोई यहां आए, अस्तु, आप जो उचित समझिए कीजिए, कुछ देर बाद मैं अपना हाल आपसे कहूंगा।" इतना कह भूतनाथ जमीन पर बैठ गया।

देवीसिंह ने झटपट अपने बटुए में से सामान निकालकर मोमबत्ती जलाई, दो-तीन डपट की बातें कह भूतनाथ को चैतन्य किया और उसके मोढ़े पर चढ़कर कन्दील जलाने के बाद मोमबत्ती बुझाकर बटुए में रख ली और इसके बाद दोनों चारपाई उसी तरह दुरुस्त कर दीं, जिस तरह पहिले थीं, इसके बाद एक चारपाई पर भूतनाथ को सुलाकर पेट दर्द का बहाना करने और हाय-हाय करके कराहने के लिए कहकर आप उसी चारपाई के सहारे बैठ गए, उसी वक्त कमरे का दरवाजा खुला और तीन-चार नकाबपोश अन्दर आते हुए दिखाई पड़े।

उन आदमियों ने पहिले तो गौर से कमरे के अन्दर की अवस्था देखी और तब उनमें से एक ने आगे बढ़कर देवीसिंह से पूछा, "क्या अभी तक आप लोग जाग रहे हैं?"

देवीसिंह–हां, (भूतनाथ की तरफ इशारा करके) इनके पेट में यकायक दर्द पैदा हो गया और बड़ी तकलीफ है, अक्सर दर्द की तकलीफ से चिल्ला उठते हैं।

नकाबपोश–(भूतनाथ की तरफ देखके) आज यहां कुछ खाने में भी तो नहीं आया।

देवीसिंह–पहिले ही, कुछ कसर होगी।

नकाबपोश–फिर कुछ दवा वगैरह का बन्दोबस्त किया जाए?

देवीसिंह–मैंने दो दफे दवा खिलाई है, अब तो कुछ आराम हो रहा है, पहिले बड़ी तेजी पर था।

इतना सुनकर वे लोग चले गए और जाते समय पहिले की तरह दरवाजा पुनः बन्द करते गए।

अब फिर उस कमरे में सन्नाटा हो गया और भूतनाथ तथा देवीसिंह को धीरे-धीरे बातचीत करने का मौका मिला।

देवीसिंह–हां, अब बताओ तुनने पिछले कमरे में क्या देखा और तुम्हारे मुंह से चीख की आवाज क्यों निकल गई?

भूतनाथ–ओफ, मेरे प्यारे दोस्त देवीसिंह, क्योंकि अब मैं आपको खुशी और सच्चे दिल से अपना दोस्त कह सकता हूं, चाहे आप मुझसे हर तरह पर बड़े क्यों न हों, उस कमरे में जो कुछ मैंने देखा वह मुझे दहला देने के लिए काफी था। पहिले तो वहां मैंने अपने लड़के को देखा जिसे उम्मीद है कि आपने भी देखा होगा।

देवीसिंह–बेशक, उसे मैंने देखा था, मगर शक मिटाने के लिए तुम्हें दिखाना पड़ा, चाहे वह कोई ऐयार ही सूरत बदले क्यों न हो, मगर शकल ठीक वैसे ही थी।

भूतनाथ–अगर उसकी सूरत बनावटी नहीं है तो वह मेरा लड़का हरनामसिंह ही है, खैर, उसके बारे में तो मुझे कुछ ज्यादे तरद्दुद न हुआ, मगर उसके कुछ ही देर बाद मैंने एक ऐसी चीज देखी कि जिससे मुझे हौल हो गया और मेरे मुंह से चीख की आवाज निकल पड़ी।

देवीसिंह–वह क्या चीज थी?

भूतनाथ–एक बहुत बड़ी तस्वीर थी जिसे एक आदमी ने पहुंचकर उन नकाबपोशों के आगे रख दिया, जो गद्दी पर बैठे हुए थे और कहा, "बस मैं इसी का दावा भूतनाथ पर करूंगा।"

देवीसिंह–वह किसकी तस्वीर थी, किसी मर्द की या औरत की?

भूतनाथ–(एक लम्बी सांस लेकर) वह औरत, मर्द, जंगल, पहाड़, बस्ती, उजाड़ सभी की तस्वीर थी, मैं क्या बताऊं किसकी तस्वीर थी। एक यही बात है जिसे मैं अपने मुंह से नहीं निकाल सकता! मगर अब मैं आपसे कोई बात न छिपाऊंगा चाहे

कुछ ही क्यों न हो। आप यह तो अच्छी तरह जानते ही हैं कि मैं उस पीतल की सन्दूकड़ी से कितना डरता हूं, जो नकली बलभद्रसिंह की दी हुई अभी तक तेजसिंह के पास है।

देवीसिंह–मैं खूब जानता हूं और उस दिन भी मेरा खयाल उसी सन्दूकड़ी की तरफ चला गया था, जब एक नकाबपोश ने दरबार में खड़े होकर तुम्हारी तारीफ की थी और तुम्हें मुंहमांगा इनाम देने के लिए कहा था।

भूतनाथ–ठीक है, बलभद्रसिंह ने भी मुझे यही कहा था कि 'ये नकाबपोश तुम्हारे मददगार हैं और तुम्हारा भेद ढंके रहने के लिए महाराज से यह सन्दूकड़ी तुम्हें दिलाया चाहते हैं।' मैं भी यह सोचकर प्रसन्न था और चाहता था कि मुकदमा फैसल होने के पहिले ही इनाम मांगने का मुझे मौका मिल जाए, मगर इस तस्वीर ने जिसे मैं अभी देख चुका हूं, मेरी हिम्मत तोड़ दी और मैं पुनः अपनी जिन्दगी से नाउम्मीद हो गया हूं।

देवीसिंह–तो उस सन्दूकड़ी से और इस तस्वीर से क्या सम्बन्ध है?

भूतनाथ–वह सन्दूकड़ी अपने पेट में जिस भेद को छिपाए हुए है, उसी भेद को यह तस्वीर प्रकट करती है। इसके अतिरिक्त मैं सोचे हुए था कि अब उसका कोई दावेदार नहीं है, मगर अब मालूम हो गया कि उसका दावेदार भी आ पहुंचा और उसी ने यह तस्वीर नकाबपोश के आगे पेश की!

देवीसिंह–क्या तुम यह नहीं बता सकते कि उस सन्दूकड़ी और इस तस्वीर में क्या भेद है।

भूतनाथ–(लम्बी सांस लेकर) अब मैं आपसे कोई बात छिपा न रखूंगा, मगर इतना समझ रखिए कि उस भेद को सुनकर आप अपने ऊपर एक तरद्दुद का बोझा डाल लेंगे।

देवीसिंह–खैर, जो कुछ होगा सहना ही पड़ेगा और तुम्हारी मदद भी करनी ही पड़ेगी, मगर सबके पहिले मैं यह जानना चाहता हूं कि उस भेद से हमारे महाराज का भी कुछ सम्बन्ध है या नहीं।

भूतनाथ–अगर कुछ सम्बन्ध है भी तो केवल इतना ही कि उस भेद को सुनकर वे मुझ पर घृणा करेंगे, नहीं तो महाराज से और उस भेद से कुछ सम्बन्ध नहीं। मैंने महाराज के विपक्ष में कोई बुरा काम नहीं किया, जो कुछ बुरा किया है, वह सिर्फ अपने और अपने दुश्मनों के साथ।

देवीसिंह–जब महाराज से उस भेद का कोई सम्बन्ध ही नहीं है तो मैं हर तरह पर तुम्हारी मदद कर सकता हूं, अच्छा तो अब बताओ कि वह कौन-सा भेद है?

भूतनाथ–इस समय न पूछिए क्योंकि हम लोग विचित्र स्थान में कैद हैं, ताज्जुब नहीं कि हम दोनों की बातें कोई किसी जगह पर छिपकर सुनता हो, हां, मैदान में निकल चलने पर जरूर कहूंगा।

देवीसिंह–अच्छा यह तो बताओ कि उस आदमी की सूरत भी तुमने अच्छी तरह देख ली या नहीं जिसने यह तस्वीर नकाबपोश के आगे पेश की थी!

भूतनाथ–हां, उसकी सूरत मैंने बखूबी देखी थी। मैं उसे खूब पहिचानता हूं, क्योंकि दुनिया में मेरा सबसे बड़ा दुश्मन वही है और उसे अपनी ऐयारी का भी घमंड है।

देवीसिंह–अगर वह तुम्हारे कब्जे में आ जाए तो?

भूतनाथ–जरूर उसे फंसाने बल्कि मार डालने की फिक्र करूंगा! मैं तो उसकी तरफ से बिल्कुल बेफिक्र हो गया था, मुझे इस बात की रत्ती-भर उम्मीद न थी कि वह जीता है।

देवीसिंह–खैर, कोई चिन्ता नहीं जैसा होगा देखा जाएगा, तुम अभी से हताश क्यों हो रहे हो!

भूतनाथ–अगर वह सन्दूकड़ी मुझे मिल जाती और उसके खुलने की नौबत न आती तो...

देवीसिंह–वह सन्दूकड़ी मैं तुम्हें दिला दूंगा और उसे किसी के सामने खुलने भी न दूंगा, उसकी तरफ से बेफिक्र रहो।

भूतनाथ–(मुहब्बत से देवीसिंह का पंजा पकड़के) अगर ऐसा करो तो क्या बात है!

देवीसिंह–ऐसा ही होगा। खैर, अब यह सोचना चाहिए कि इस समय हम लोगों को क्या करना उचित है। मैं समझता हूं कि सुबह होने के साथ ही हम लोग इस हद के बाहर पहुंचा दिए जाएंगे।

भूतनाथ–मेरा खयाल भी यही है, लेकिन अगर ऐसा हुआ तो आपकी और मेरी स्त्री के बारे में किसी बात का पता न लगेगा।

देवीसिंह और भूतनाथ इस विषय पर बहुत देर तक बातचीत और राय पक्की करते रहे, यहां तक कि सबेरा हो गया, कई नकाबपोश उस कमरे को खोलकर भूतनाथ तथा देवीसिंह के पास पहुंचे और उन्हें बाहर चलने के लिए कहा।

तीसरा बयान

महाराज से जुदा होकर देवीसिंह और बलभद्रसिंह से बिदा होकर भूतनाथ, ये दोनों ही नकाबपोशों का पता लगाने के लिए चले गए। बचा हुआ दिन और तमाम रात तो किसी ने इन दोनों की खोज न की, मगर दूसरे दिन सबेरा होने के साथ ही इन दोनों की तलबी हुई और थोड़ी ही देर में जवाब मिला कि उन दोनों का पता नहीं है कि कहां गए और अभी तक क्यों नहीं आए। हमारे महाराज समझ गए कि

देवीसिंह की तरह भूतनाथ भी उन्हीं दोनों नकाबपोशों का पता लगाने चला गया, मगर उन दोनों के न लौटने से एक तरह की चिन्ता पैदा हो गई और लाचार होकर आज दरबारे-आम का जलसा बन्द रखना पड़ा।

दरबारे-आम के बन्द होने की खबर वहांवालों को तो मिल गई, मगर वे दोनों नकाबपोश अपने मामूली समय पर आ ही गए और उनके आने की इत्तिला राजा बीरेन्द्रसिंह से की गई। उस समय राजा बीरेन्द्रसिंह एकान्त में तेजसिंह तथा और भी कई ऐयारों के साथ बैठे हुए देवीसिंह और भूतनाथ के बारे में बातें कर रहे थे। उन्होंने ताज्जुब के साथ नकाबपोशों का आना सुना और उसी जगह हाजिर करने का हुक्म दिया।

हाजिर होकर दोनों नकाबपोशों ने बड़े अदब से सलाम किया और आज्ञा पाकर महाराज से थोड़ी दूर पर तेजसिंह के बगल में बैठ गए। इस समय तखलिये का दरबार था तथा गिनती के मामूली आदमी बैठे हुए थे, राजा बीरेन्द्रसिंह को नकाबपोश की बातें सुनने का शौक था, इसलिए तेजसिंह के बगल में ही बैठने की आज्ञा दी और स्वयं बातचीत करने लगे।

बीरेन्द्र–आज भूतनाथ के न होने से मुकदमे की कार्रवाई रोक देनी पड़ी।

नकाबपोश–(अदब से हाथ जोड़कर) जी हां, मैंने यहां पहुंचने के साथ ही सुना कि 'कल से देवीसिंह जी और भूतनाथ का पता नहीं है इसलिए आज दरबार न होगा।' मगर ताज्जुब की बात है कि भूतनाथ और देवीसिंह जी एक साथ कहां चले गए। मैं तो यही समझता हूं कि भूतनाथ हम लोगों का पता लगाने के लिए निकला है और उसका ऐसा करना कोई ताज्जुब की बात भी नहीं, मगर देवीसिंह जी बिना मर्जी के चले गए, इस बात का ताज्जुब है।

बीरेन्द्र–देवीसिंह बिना मर्जी के नहीं चले गए, बल्कि हमसे पूछके गए हैं।

नकाबपोश–तो उन्हें महाराज ने हम लोगों का पीछा करने की आज्ञा क्यों दी? हम लोग तो महाराज के ताबेदार स्वयं ही अपना भेद कहने के लिए तैयार हैं और शीघ्र ही समय पाकर अपने को प्रकट करेंगे ही, केवल मुकदमे की उलझन खोलने और कैदियों को निरुत्तर करने के लिए अपने को छिपाए हुए हैं।

तेजसिंह–आप लोगों को शायद यह मालूम नहीं कि भूतनाथ ने देवीसिंह को अपना दोस्त बना लिया है। जिस समय भूतनाथ के मुकदमे का बीज रोपा गया था, उसके कई घण्टे पहिले ही देवीसिंह ने उसकी सहायता करने की प्रतिज्ञा कर ली थी, क्योंकि वह भूतनाथ की चालाकी, ऐयारी तथा उसके अच्छे कामों से प्रसन्न थे।

नकाबपोश–ठीक है तब तो ऐसा हुआ ही चाहिए परन्तु कोई चिन्ता नहीं, भूतनाथ वास्तव में अच्छा आदमी है और उसे महाराज की सेवा का उत्साह भी है।

तेजसिंह–इसके अतिरिक्त उसने हमारे कई काम भी बड़ी खूबी के साथ किए हैं।

नकाबपोश–ठीक है।

तेजसिंह–हां, मैं एक बात आपसे पूछना चाहता हूं।

नकाबपोश–आज्ञा!

तेजसिंह–निःसन्देह भूतनाथ और देवीसिंह आप लोगों का भेद लेने के लिए गए हैं, अस्तु, आश्चर्य नहीं कि वे दोनों उस ठिकाने तक पहुंच गए हों जहां आप लोग रहते हैं और आपको उनका कुछ हाल भी मालूम हुआ हो!

नकाबपोश–न तो वे हम लोगों के डेरे तक पहुंचे और न हम लोगों को उनका कुछ हाल ही मालूम है। हम लोगों के विषय में हजारों आदमी, बल्कि यों कहना चाहिए कि आजकल यहां जितने लोग इकट्ठे हो रहे हैं, सभी आश्चर्य करते हैं और इसलिए जब हम लोग यहां आते हैं तो सैकड़ों आदमी चारों तरफ से घेर लेते हैं और जाते समय तो कोसों तक पीछा करते हैं, इसलिए हम लोगों को भी बहुत घूम-फिर तथा लोगों को भुलावा देते हुए अपने डेरे की तरफ जाना पड़ता है।

तेजसिंह–तब तो उन दोनों का न लौटना आश्चर्य है।

नकाबपोश–बेशक, अच्छा तो आज हम लोग कुंअर इन्द्रजीतसिंह और आनन्दसिंह का कुछ हाल महाराज को सुनाते जाएं, आखिर आ गए हैं तो कुछ काम करना ही चाहिए।

बीरेन्द्र–(ताज्जुब से) उनका कौन-सा हाल?

नकाबपोश–वही तिलिस्म के अन्दर का हाल। जब तक राजा गोपालसिंह वहां थे तब तक का हाल तो उनकी जुबानी आपने सुना ही होगा, मगर उसके बाद क्या हुआ और तिलिस्म में उन दोनों भाइयों ने क्या किया, सो न सुना होगा, वह सब हाल हम लोग सुना सकते हैं, यदि आज्ञा हो तो...

बीरेन्द्र–(ज्यादे ताज्जुब के साथ) कब तक का हाल आप सुना सकते हैं?

नकाबपोश–आज तक का हाल, बल्कि आज के बाद भी रोज-रोज का हाल तब तक बराबर सुना सकते हैं, जब तक उनके यहां आने में दो घण्टे की देर हो।

बीरेन्द्र–हम बड़ी प्रसन्नता से उनका हाल सुनने के लिए तैयार हैं, बल्कि हम चाहते हैं कि गोपालसिंह और अपने पिताजी के सामने वह हाल सुनें।

नकाबपोश–जो आज्ञा, मैं सुनाने के लिए तैयार हूं।

बीरेन्द्र–मगर वह सब हाल आप लोगों को कैसे मालूम हुआ, होता है और होगा?

नकाबपोश–(हाथ जोड़कर) इसका जवाब देने के लिए मैं अभी तैयार नहीं हूं, लेकिन यदि महाराज मजबूर करेंगे तो लाचारी है, क्योंकि हम लोग महाराज को अप्रसन्न भी नहीं किया चाहते।

बीरेन्द्र–(मुस्कुराकर) हम तुम्हारी इच्छा के विरुद्ध कोई काम करना भी नहीं चाहते।

इतना कहके बीरेन्द्रसिंह ने तेजसिंह की तरफ देखा। तेजसिंह स्वयं उठकर महाराज सुरेन्द्रसिंह के पास गए और थोड़ी ही देर में लौट आकर बोले, "चलिए, महाराज बैठे हैं और आप लोगों का इन्तजार कर रहे हैं।" सुनते ही सब उठ खड़े

हुए और राजा सुरेन्द्रसिंह की तरफ चले। उसी समय तेजसिंह ने एक ऐयार राजा गोपालसिंह के पास भेज दिया।

चौथा बयान

राजा सुरेन्द्रसिंह का दरबारे-खास लगा हुआ है। जीतसिंह, बीरेन्द्रसिंह, तेजसिंह, गोपालसिंह और भैरोसिंह वगैरह अपने खास ऐयारों के अतिरिक्त कोई गैर आदमी यहां दिखाई नहीं देता। महाराज की आज्ञानुसार एक नकाबपोश ने कुंअर इन्द्रजीतसिंह और आनन्दसिंह का हाल इस तरह कहना शुरू किया–

''जब तक राजा गोपालसिंह वहां रहे तब तक का हाल तो इन्होंने आपसे कहा ही होगा, अब मैं उसके बाद का हाल बयान करूंगा।

''राजा गोपालसिंह से बिदा हो दोनों कुमार उसी बावली पर पहुंचे। जब राजा गोपालसिंह सभों को लिये हुए वहां से चले गए उस समय सबेरा हो चुका था, अतएव दोनों भाई जरूरी काम और प्रातः कृत्य से छुट्टी पाकर बावली के अन्दर उतरे। निचली सीढ़ी पर पहुंचकर आनन्दसिंह ने अपने कुछ कपड़े उतार दिए और केवल लंगोट पहिरे हुए जल के अन्दर कूदकर बीचोंबीच में जा गोता लगाया। वहां जल के अन्दर एक छोटा-सा चबूतरा था और उस चबूतरे के बीचोंबीच में लोहे की मोटी कड़ी लगी हुई थी। जल में जाकर उसी को आनन्दसिंह ने उखाड़ लिया और इसके बाद जल के बाहर चले आए। बदन पोंछकर कपड़े पहिर लिये, लंगोट सूखने के लिए फैला दिया, और दोनों भाई सीढ़ी पर बैठकर जल के सूखने का इन्तजार करने लगे।

''जिस समय आनन्दसिंह ने जल में जाकर वह लोहे की कड़ी निकाल ली, उसी समय से बावली का जल तेजी के साथ घटने लगा, यहां तक कि दो घण्टे के अन्दर ही बावली खाली हो गई और सिवाय कीचड़ के उसमें कुछ भी न रहा, और वह कीचड़ भी मालूम होता था कि बहुत जल्द सूख जाएगा, क्योंकि नीचे की जमीन पक्की और संगीन बनी हुई थी, केवल नाममात्र को मिट्टी या कीचड़ का हिस्सा उस पर था। इसके अतिरिक्त किसी सुरंग या नाली की राह निकल जाते हुए पानी ने भी बहुत-कुछ सफाई कर दी थी।

''बावली के नीचेवाली चारों तरफ की अन्तिम सीढ़ी लगभग तीन हाथ के ऊंची थी और उसी दीवार में चारों तरफ दरवाजों के निशान बने हुए थे, जिसमें से पूरब तरफवाले निशान को दोनों कुमारों ने तिलिस्मी खंजर से साफ किया। जब उसके आगेवाले पत्थरों को उखाड़कर अलग किया तो अन्दर जाने के लिए रास्ता दिखाई दिया जिसके विषय में कह सकते हैं कि वह एक सुरंग का मुहाना था, और उस ढंग से बन्द किया गया था, जैसा कि ऊपर बयान कर चुके हैं।

"इसी सुरंग के अन्दर कुंअर इन्द्रजीतसिंह और आनन्दसिंह को जाना था, मगर पहर-भर तक उन्होंने इस खयाल से उसके अन्दर जाना मौकूफ रक्खा था कि उसके अन्दर से पुरानी हवा निकलकर ताजी हवा भर जाए क्योंकि यह बात उन्हें पहिले ही से मालूम थी कि दरवाजा खुलने के बाद थोड़ी ही देर में उसके अन्दर की हवा साफ हो जाएगी।

"पहर-भर दिन बाकी था जब दोनों कुमार उस सुरंग के अन्दर घुसे और तिलिस्मी खंजर की रोशनी करते हुए आधे घण्टे तक बराबर चले गए। सुरंग में कई जगह ऐसे सूराख बने हुए थे जिनमें से रोशनी तो नहीं, मगर हवा तेजी के साथ आ रही थी और यही सबब था कि उसके अन्दर की हवा थोड़ी देर में साफ हो गई।

"आप सुन चुके होंगे कि तिलिस्मी बाग के चौथे दर्जे में (जहां के देवमन्दिर में दोनों कुमार कई दिन तक रह चुके हैं) देवमन्दिर के अतिरिक्त चारों तरफ चार मकान बने हुए थे[1] और उनमें से उत्तर तरफवाला मकान गोलाकार स्याह पत्थर का बना हुआ तथा उसके चारों तरफ चर्खियां और तरह-तरह के कल-पुर्जे लगे हुए थे। उस सुरंग का दूसरा मुहाना उसी मकान के अन्दर था, और इसीलिए सुरंग के बाहर होकर इन्द्रजीतसिंह और आनन्दसिंह ने अपने को उसी मकान में पाया। इस मकान में चारों तरफ गोलाकार दालान के अतिरिक्त कोई कोठरी या कमरा न था। बीच में एक संगमरमर का चबूतरा था और उस पर स्याह रंग का एक मोटा आदमी बैठा हुआ था, जो जांच करने पर मालूम हुआ कि लोहे का है। उसी आदमी के सामने की तरफ के दालान में सुरंग का वह मुहाना था जिसमें दोनों कुमार निकले थे। उस सुरंग के बगल में एक और सुरंग थी और उसके अन्दर उतरने के लिए सीढ़ियां बनी हुई थीं। चारों तरफ देख-भाल करने के बाद दोनों कुमार उसी सुरंग में उतर गए और आठ-दस सीढ़ी नीचे उतर जाने के बाद देखा कि सुरंग खुलासी तथा दूर तक चली गई है। लगभग सौ कदम तक दोनों कुमार बेखटके चले गए और इसके बाद एक छोटे-से बाग में पहुंचे, जिसमें खूबसूरत पेड़-पत्तों का तो कहीं नामनिशान भी न था। हां, जंगली बेर, मकोय तथा केले के पेड़ों की कमी न थी। दोनों कुमार सोचे हुए थे कि यहां भी और जगहों की तरह हम सन्नाटा पाएंगे अर्थात् किसी आदमी की सूरत दिखाई न देगी, मगर ऐसा न था। वहां कई आदमियों को इधर-उधर घूमते देख दोनों कुमारों को बड़ा ही ताज्जुब हुआ और वे गौर से उन आदमियों की तरफ देखने लगे जो बिल्कुल जंगली और भयानक मालूम पड़ते थे।

वे आदमी गिनती में पांच थे और उन लोगों ने भी दोनों कुमारों को देखकर उतना ही ताज्जुब किया, जितना कुमारों ने उनको देखकर। वे लोग इकट्ठे होकर कुमार के पास चले आए और उनमें से एक ने आगे बढ़कर कुमार से पूछा, "क्या आप दोनों के साथ भी वही सलूक किया गया जो हम लोगों के साथ किया गया

---

1. देखिए नौवाँ भाग, पहिला बयान।

था? मगर ताज्जुब है कि आपके कपड़े और हर्बे छीने नहीं गए और आप लोगों के चेहरे पर भी किसी तरह का रंज मालूम नहीं पड़ता!"

इन्द्रजीत–तुम लोगों के साथ क्या सलूक किया गया था और तुम लोग कौन हो?

आदमी–हम लोग कौन हैं, इसका जवाब देना सहज नहीं है, और न आप थोड़ी देर में इसका जवाब सुन ही सकते हैं, मगर आप अपने बारे में सहज में बता सकते हैं कि किस कसूर पर यहां पहुंचाए गए

इन्द्रजीत–हम दोनों भाई तिलिस्म को तोड़ते और कई कैदियों को छुड़ाते हुए अपनी खुशी से यहां तक आए हैं, और अगर तुम लोग कैदी हो तो समझ रक्खो कि अब इस कैद की अवधि पूरी हो गई और बहुत जल्द अपने को स्वतन्त्र विचरते हुए देखोगे।

आदमी–हमें कैसे विश्वास हो कि जो कुछ आप कह रहे हैं, वह सच है?

इन्द्रजीत–अभी नहीं तो थोड़ी देर में स्वयं विश्वास हो जाएगा।

इतना कहकर कुमार आगे की तरफ बढ़े और वे लोग उन्हें घेरे हुए साथ-साथ जाने लगे। इन्द्रजीतसिंह व आनन्दसिंह को विश्वास हो गया कि सर्यू की तरह ये लोग भी इस तिलिस्म में कैद किए गए हैं, और दारोगा या मायारानी ने इनके साथ यह सलूक किया है, और वास्तव में बात भी ऐसी ही थी।

इन आदमियों की उम्र यद्यपि बहुत ज्यादे न थी, मगर रंज-गम और तकलीफ की बदौलत सूखकर कांटा हो गए थे। सिर और दाढ़ी के बालों ने बढ़ और उलझकर उनकी सूरत डरावनी कर दी थी, और चेहरे की जर्दी तथा गढ़हे में घुसी हुई आंखें उनकी बुरी अवस्था का परिचय दे रही थीं।

इस बाग में पानी का एक चश्मा था और वही इन कैदियों की जिन्दगी का सहारा था, मगर इस बात का पता नहीं लग सकता था कि पानी कहां से आता है और निकलकर कहां चला जाता है। इसी नहर की बदौलत यहां की जमीन का बहुत बड़ा हिस्सा तर हो रहा था और इस सबब से उन कैदियों को केला वगैरह खाकर अपनी जान बचाए रहने का मौका मिलता था।

बाग के बीचोबीच में बीस या पचीस हाथ ऊंचा एक बुर्ज था और उस बुर्ज के चारों तरफ स्याह पत्थर का कमर बराबर ऊंचा चबूतरा बना हुआ था, मगर इस बात का पता नहीं लगता था कि इस बुर्ज पर चढ़ने के लिए कोई रास्ता भी है या नहीं, या अगर है तो कहां से है। दोनों कुमार उस चबूतरे पर बेधड़क जाकर बैठ गए और तब इन्द्रजीतसिंह ने उन कैदियों की तरफ देखके कहा, "कहो अब तुम्हें विश्वास हुआ कि जो कुछ हमने कहा था, सच है?"

आदमी–जी हां, अब हम लोगों को विश्वास हो गया, क्योंकि हम लोगों ने इस चबूतरे को कई दफे आजमाकर देख लिया है। इस पर बैठना तो दूर रहा, हम इसे

छूने के साथ ही बेहोश हो जाते थे, मगर ताज्जुब है कि आप पर इसका असर कुछ भी नहीं होता।

इन्द्रजीत–इस समय तुम लोग भी चबूतरे पर बैठ सकते हो, जब तक हम बैठे हैं।

आदमी–(चबूतरा छूने की नीयत से बढ़ता हुआ) क्या ऐसा हो सकता है!

इन्द्रजीत–आजमाके देख लो।

उस आदमी ने चबूतरा छुआ, मगर उस पर कुछ बुरा असर न हुआ, और तब कुमार की आज्ञा पा वह चबूतरे पर बैठ गया। उसकी देखा-देखी सभी आदमी उस चबूतरे पर बैठ गए और जब किसी तरह का बुरा असर होते न देखा, तब हाथ जोड़कर कुमार से बोले, "अब हम लोगों को आपकी बात में किसी तरह का शक न रहा, आशा है कि आप कृपा करके अपना परिचय देंगे।"

जब कुंअर इन्द्रजीतसिंह ने अपना परिचय दिया तब सब-के-सब उनके पैरों पर गिर पड़े और डबडबाई आंखों से उनकी तरफ देखके बोले, "दोहाई है महाराज की, हमारे मामले पर विचार होकर दुष्टों को दण्ड मिलना चाहिए।"

इतना कहकर नकाबपोश चुप हो गया और कुछ सोचने लगा। इसी समय बीरेन्द्रसिंह ने उससे कहा, "मालूम होता है कि उस चबूतरे में बिजली का असर था और इस सबब से उसे कोई छू नहीं सकता था, मगर दोनों लड़कों के पास बिजली वाला तिलिस्मी खंजर मौजूद था और उसके जोड़ की अंगूठी भी, इसलिए तब तक के लिए उसका असर जाता रहा, जब तक दोनों लड़के उस पर बैठे रहे।"

नकाबपोश–(हाथ जोड़कर) जी बेशक, यही बात है।

बीरेन्द्र–अच्छा तब क्या हुआ।

नकाबपोश–इसके बाद कुमार ने उन सभों का हाल पूछा और उन सभों ने रो-रोकर अपना हाल बयान किया।

बीरेन्द्र–उन लोगों ने अपना हाल क्या कहा?

नकाबपोश–मैं यही सोच रहा था कि उन लोगों ने जो कुछ अपना हाल बयान किया, वह मैं इस समय कहूं या न कहूं।

तेजसिंह–क्या उन लोगों का हाल कहने में कोई हर्ज है? आखिर हम लोगों को मालूम तो होगा ही।

नकाबपोश–जरूर मालूम होगा और मेरी ही जुबानी मालूम होगा, मैं जो कहने से रुकता हूं, वह केवल एक ही दो दिन के लिए, हमेशा के लिए नहीं।

तेजसिंह–अगर यही बात है तो हमें दो-एक दिन के लिए कोई जल्दी भी नहीं।

नकाबपोश–(हाथ जोड़कर) अस्तु, अब आज्ञा हो तो हम लोग डेरे पर जाएं। कल पुनः सभा में उपस्थित होकर यदि देवीसिंह और भूतनाथ न आए तो कुमार का हाल सुनावेंगे।

सुरेन्द्र–(इशारे से जाने की आज्ञा देकर) तुम दोनों ने इन्द्रजीतसिंह और आनन्दसिंह का हाल सुनाकर अपने विषय में हम लोगों का आश्चर्य और भी बढ़ा दिया।

दोनों नकाबपोश उठ खड़े हुए और अदब के साथ सलाम करके वहां से रवाना हुए।

पांचवां बयान

देवीसिंह और भूतनाथ की यह इच्छा न थी कि आज सबेरा होते ही हम लोग यहां से चले जाएं और अपनी स्त्रियों के विषय में किसी तरह की जांच न करें, मगर लाचारी थी, क्योंकि नकाबपोशों की इच्छा के विरुद्ध वे वहां रह नहीं सकते थे, साथ ही इसके मालिक मकान की मेहरबानी और मीठे बर्ताव का भी उन्हें वैसा ही खयाल था, जैसा कि इस मजबूरी की अवस्था में होना चाहिए। सबेरा होने पर जब कई नकाबपोश उनके सामने आए और उन्हें बाहर निकलने के लिए कहा तो देवीसिंह और भूतनाथ उठ खड़े हुए और कमरे के बाहर निकल उनके पीछे-पीछे रवाना हुए। जब मकान के नीचे उतरकर मैदान में पहुंचे तो देवीसिंह का इशारा पाकर भूतनाथ ने एक नकाबपोश से कहा, "हम तुम्हारे मालिक से एक दफे और मिलना चाहते हैं।"

नकाबपोश–इस समय उनसे मुलाकात नहीं हो सकती।

भूतनाथ–अगर घण्टे या दो घण्टे में मुलाकात हो सके तो हम लोग ठहर जाएं।

नकाबपोश–नहीं, अब मुलाकात हो ही नहीं सकती, उन्होंने रात ही को जो हुक्म दे रक्खा था, हम लोग उसको पूरा कर रहे हैं।

भूतनाथ–हम लोगों को कोई जरूरी बात पूछनी हो तो?

नकाबपोश–एक चीठी लिखकर रख जाओ, उसका जवाब तुम्हारे पास पहुंच जाएगा।

भूतनाथ–अच्छा यह बताओ कि यहां हम लोगों ने गिरफ्तार होने के पहिले जिन दो औरतों को देखा था, उनसे भी मुलाकात हो सकती है या नहीं?

नकाबपोश–नहीं, क्या उन लोगों को आपने खानगी समझ रक्खा है?

दूसरा नकाबपोश–इन सब फजूल बातों से कोई मतलब नहीं और न हम लोगों को इतनी फुरसत ही है। आप लोग नाहक हम लोगों को रंज करते हैं और हमारे मालिक की उस मेहरबानी को एकदम भूल जाते हैं जिसकी बदौलत आप लोग कैदखाने की हवा खाने से बच गए!

भूतनाथ–(कुछ क्रोध-भरी आवाज में) अगर हम लोग न जाएं तो तुम क्या करोगे?

नकाबपोश—(रंज के साथ) जबर्दस्ती निकाल बाहर करेंगे। आप लोग अपने तिलिस्मी खंजर के भरोसे न भूलिएगा, ऐसे-ऐसे तुच्छ खंजरों का काम हम लोग अपने नाखूनों से लेते हैं। बस सीधी तरह कदम उठाइए और इस जमीन को अपनी मिल्कियत न समझिए।

नकाबपोशों की बातें यद्यपि भूतनाथ और देवीसिंह को बुरी मालूम हुईं, मगर बहुत-सी बातों को सोच-विचारकर चुप हो रहे और तकरार करना उचित न जाना। सब नकाबपोशों ने मिलकर उन्हें खोह के बाहर किया और लौटते समय भूतनाथ और देवीसिंह से एक नकाबपोश ने कहा, "बस अब इसके अन्दर आने का खयाल न कीजिएगा, कल दरवाजा खुला रह जाने के कारण आप लोग चले आए, मगर अब ऐसा मौका भी न मिलेगा।"

नकाबपोशों के चले जाने के बाद भूतनाथ और देवीसिंह वहां से रवाना हुए और कुछ दूर जाकर जंगल में एक घने पेड़ की छाया देख बैठकर यों बातचीत करने लगे—

भूतनाथ—कहिए, अब क्या इरादा है?

देवीसिंह—बात तो यह है कि हम लोग नकाबपोशों के घर जाकर बेइज्जत हो गए। चाहे ये दोनों नकाबपोश कुछ भी कहें, मगर मुझे निश्चय है कि दरबार में आनेवाले दोनों नकाबपोश वही हैं जिनके हम मेहमान हुए थे। मुझे तो शर्म आएगी जब दरबार में मैं उन्हें अपने सामने देखूंगा। इसके अतिरिक्त यहां से जाकर अपनी स्त्री को घर में न देखूंगा तो मेरे आश्चर्य, रंज और क्रोध का कोई हद न रहेगा।

भूतनाथ—यद्यपि मैं एक तौर पर बेहया हो गया हूं, परन्तु आज की बेइज्जती दिल को फाड़े डालती है, बहुत ऐयारी की, मगर ऐसा जक कभी नहीं उठाया। मेरी तो यहां से हटने की इच्छा नहीं होती, यही जी में आता है कि इनमें से एक-न-एक को अवश्य पकड़ना चाहिए और अपनी स्त्री के विषय में तो इतना कहना काफी है कि यदि अपने घर जाकर अपनी स्त्री को पा लिया तो मैं भी अपनी स्त्री की तरफ से बेफिक्र हो जाऊंगा।

देवीसिंह—करने के लिए तो हम लोग बहुत-कुछ कर सकते हैं, मगर जब मैं उनके बर्ताव पर ध्यान देता हूं, तब लाचारी आकर पल्ला पकड़ती है। जब एक बार उन्होंने हम लोगों को गिरफ्तार किया तो हर तरह का सलूक कर सकते थे, परन्तु किसी तरह बुराई हम लोगों के साथ न की, दूसरे वे लोग स्वयं हमारे महाराज के दरबार में हाजिर हुआ करते हैं और समय पर अपने को प्रकट कर देने का वादा भी कर चुके हैं, ऐसी अवस्था में उनके साथ खोटा बर्ताव करते डर लगता है। कहीं ऐसा न हो कि वे लोग रंज हो जाएं और दरबार में आना छोड़ दें, अगर ऐसा हुआ तो बड़ी बदनामी होगी और कैदियों का मामला भी आजकल के ढंग से अधूरा ही रह जाएगा!

भूतनाथ—आप बात तो ठीक कहते हैं, परन्तु...

देवीसिंह–नहीं, अब इस समय तरह देना ही उचित है, जिस तरह मैं अपनी बदनामी का खयाल करता हूं, उसी तरह तुमको भी तो खयाल होगा!

भूतनाथ–जरूर, यदि नकाबपोशों का कोई अकेला आदमी कब्जे में आ जाए तो शायद काम निकल जाए और किसी को इस बात की खबर भी न हो।

इस तरह की बातें हो रही थीं कि उनके कानों में घोड़े के टापों की आवाज आई और दोनों ने घूमकर पीछे की तरफ देखा। एक नकाबपोश सवार आता हुआ दिखाई पड़ा, जिस पर निगाह पड़ते ही भूतनाथ ने देवीसिंह से कहा, ''यह भी जरूर उन्हीं में से है, भला एक दफे और तो कोशिश कीजिए और जिस तरह हो सके, इसे गिरफ्तार कीजिए फिर जैसा होगा, देखा जाएगा। बस अब इस समय सोचने-विचारने का मौका नहीं है।''

वह सवार बिल्कुल बेफिक्री के साथ धीरे-धीरे आ रहा था अस्तु, ये दोनों भी उसके रास्ते के दोनों तरफ पेड़ों की आड़ देकर उसे गिरफ्तार करने की नीयत से खड़े हो गए। जब वह नकाबपोश सवार इन दोनों की सीध पर पहुंचा और आगे बढ़ा ही चाहता था, तभी भूतनाथ के हाथ की फेंकी हुई कमन्द उसके घोड़े के गले में जा पड़ी, घोड़ा भड़ककर उछलने-कूदने लगा और तब दोनों ने लपककर घोड़े की लगाम थाम ली। उस सवार ने खंजर खैंचकर वार करना चाहा, मगर कुछ सोचकर रुक गया और साथ ही इसके इन दोनों को भी उसने लड़ने के लिए तैयार देखा।

नकाबपोश–(भूतनाथ से) तुम लोग मुझे व्यर्थ क्यों रोकते हो? मुझसे क्या चाहते हो?

भूतनाथ–हम लोग तुम्हें किसी तरह की तकलीफ देना नहीं चाहते, बस थोड़ी देर के लिए घोड़े से नीचे उतरो और हमारी दो-चार बातों का जवाब देकर जहां जी में आवे, चले जाओ।

नकाबपोश–बहुत अच्छा, मगर नकाब हटाने के लिए जिद न करना।

इतना कहकर नकाबपोश घोड़े के नीचे उतर पड़ा और भूतनाथ ने उससे कहा, ''लेकिन तुम्हें अपने चेहरे से नकाब हटाना ही पड़ेगा और यह काम सबसे पहिले होगा।'' यह कहते-कहते भूतनाथ ने अपने हाथ से उसके चेहरे की नकाब उलट दी, मगर उसके चेहरे पर निगाह पड़ते ही चौंककर बोल उठा, ''हैं! यह तो मेरी स्त्री है, जो नकाबपोशों के घर में दिखाई पड़ी थी!''

छठवां बयान

अपनी स्त्री की सूरत देखकर, जितना ताज्जुब भूतनाथ को हुआ उतना ही आश्चर्य देवीसिंह को भी हुआ। यह विचार कर रंज, गम और गुस्से से देवीसिंह का सिर घूमने लगा कि इसी तरह मेरी स्त्री भी अवश्य नकाबपोशों के यहां होगी, और हम लोगों

को उसकी सूरत देखने में किसी तरह का भ्रम नहीं हुआ। यदि सोचा जाए कि जिन दोनों औरतों को हम लोगों ने देखा था, वे वास्तव में हम लोगों की औरतें न थीं, बल्कि वे औरतों की सूरत में ऐयार थे तो इसका निश्चय भी इसी समय हो सकता है। वह औरत सामने मौजूद ही है, देख लिया जाए कि कोई ऐयार है या वास्तव में भूतनाथ की स्त्री।

उस स्त्री ने भूतनाथ के मुंह से यह सुनकर कि 'यह तो मेरी स्त्री है'–क्रोध-भरी आंखों से भूतनाथ की तरफ देखा और कहा, "एक तो तुमने जबर्दस्ती मेरी नकाब उलट दी, दूसरे बिना कुछ सोचे-विचारे आवारा लोगों की तरह यह कह दिया कि 'यह मेरी स्त्री है'। क्या सभ्यता इसी को कहते हैं? (देवीसिंह की तरफ देखके) आप ऐसे सज्जन और प्रतापी राजा बीरेन्द्रसिंह के ऐयार होकर क्या इस बात को पसन्द करते हैं?"

देवीसिंह–अगर तुम भूतनाथ की स्त्री नहीं हो तो मैं जरूर इस बर्ताव को बुरा समझता हूं, जो भूतनाथ ने तुम्हारे साथ किया है।

औरत–(भूतनाथ से) क्यों साहब, आपने मेरी ऐसी बेइज्जती क्यों की! अगर मेरा मालिक या कोई वारिस इस समय यहां होता तो अपने दिल में क्या कहता?

भूतनाथ–(ताज्जुब से उसका मुंह देखता हुआ) क्या मैं भ्रम में पड़ा हुआ हूं या मेरी आंखें मेरे साथ दगा कर रही हैं?

औरत–सो तो आप ही जानें, क्योंकि दिमाग आपका है और आंखें भी आपकी हैं, हां, इतना मुझे अवश्य कहना पड़ेगा कि आप अपनी असभ्यता का परिचय देकर पुरानी बदनामी को चरितार्थ करते हैं। कौन-सी बात आपने मुझमें ऐसी देखी जिससे इतना कहने का साहस आपको हुआ?

भूतनाथ–मालूम होता है कि या तो तू कोई ऐयार है और या फिर किसी दूसरे ने तेरी सूरत मेरी स्त्री के ढंग की बना दी है जिसे शायद तूने कभी देखा नहीं।

भूतनाथ ने उस औरत की बातों का जवाब तो दिया, मगर वास्तव में वह खुद भी बहुत घबरा गया था। अपनी स्त्री की ढिठाई और चपलता पर उसे तरह-तरह के शक होने लगे और वह बड़ी बेचैनी के साथ सोच रहा था कि अब क्या करना चाहिए कि इसी बीच में उस स्त्री ने भूतनाथ की बात का यों जवाब दिया–

"यों आप जिस तरह चाहें सोच-समझकर अपनी तबीयत खुश कर लें, मगर इस बात को खूब समझ रक्खें कि मैं भी लावारिस नहीं हूं और आप अगर मेरे साथ कोई बेअदबी का बर्ताव करेंगे तो उसका बदला भी अवश्य पावेंगे, साथ ही इस बात को भी अवश्य समझ लें कि आपके इस कहने पर कि तू कोई ऐयार है, आपके सामने अपना चेहरा धोने की बेइज्जती बर्दाश्त नहीं कर सकती।

भूतनाथ–मगर अफसोस है कि मैं बिना जांच किए तुम्हें छोड़ भी नहीं सकता।

स्त्री–(देवीसिंह की तरफ देखके) बहादुरी तो तब थी जब आप लोग किसी मर्द के साथ इस ढिठाई का बर्ताव करते। एक कमजोर औरत को इस तरह मजबूर करके फजीहत करना ऐयारों और बहादुरों का काम नहीं है। हाय, इस जगह अगर मेरा कोई होता तो यह दुःख न भोगना पड़ता! (यह कहकर आंसू बहाने लगी)

उस औरत की बातचीत कुछ ऐसे ढंग की थी कि सुननेवालों को उस पर दया आ सकती थी और यही मालूम होता था कि यह जो कुछ कह रही है उसमें झूठ का लेश नहीं है, यहां तक कि स्वयं भूतनाथ को भी उसकी बातों पर सहम जाना पड़ा और वह ताज्जुब के साथ उस औरत का मुंह देखने लगा, खास करके इस खयाल से भी कि देखें आंसू बहने के सबब से उसके चेहरे पर रंग कुछ बदलता है या नहीं। उधर देवीसिंह तो उसकी बातों से बहुत ही हैरान हो गए और उनके जी में रह-रहके यह बात पैदा होने लगी कि जरूर भूतनाथ इसके पहिचानने में धोखा खा गया और वास्तव में यह भूतनाथ की स्त्री नहीं है। अक्सर लोगों ने एक ही रंग-रूप के दो आदमी देखे हैं, ताज्जुब नहीं कि यहां भी वैसा ही कुछ मामला आ पड़ा हो।

देवीसिंह–(स्त्री से) तो तू इस भूतनाथ की स्त्री नहीं है?

स्त्री–जी नहीं।

देवीसिंह–आखिर इसका फैसला क्योंकर हो?

स्त्री–आप लोग जरा तकलीफ करके मेरे घर तक चलें, वहां मेरे बच्चों को देखने और मेरे मालिक से बातचीत करने पर आपको मालूम हो जाएगा कि मेरा कहना सच है या झूठ।

देवीसिंह–(औरत की बात पसन्द करके) तुम्हारा घर यहां से कितनी दूर है?

स्त्री–(हाथ का इशारा करके) इसी तरफ है, यहां से थोड़ी ही दूर पर। इन घने पेड़ों के पार होते ही आपको वह झोंपड़ी दिखाई देगी जिसमें आजकल हम लोग रहते हैं।

देवीसिंह–क्या तुम झोंपड़ी में रहती हो? मगर तुम्हारी सूरत-शक्ल किसी झोंपड़ी में रहने योग्य नहीं है।

स्त्री–जी, मेरे दो लड़के बीमार हैं, उनकी तन्दुरुस्ती का खयाल करके हवा-पानी बदलने की नीयत से आजकल हम लोग यहां आ टिके हैं। (हाथ जोड़कर) आप कृपा कर शीघ्र उठिए और मेरे डेरे पर चलकर इस बखेड़े को तै कीजिए, विलम्ब होने से मैं मुफ्त में सताई जाऊंगी।

देवीसिंह–(भूतनाथ से) क्या हर्ज है, अगर इसके डेरे पर चलकर शक मिटा लिया जाए?

भूतनाथ–जो कुछ आपकी राय हो मैं करने को तैयार हूं, मगर यह तो मुझे अजीब ढंग से अन्धा बना रही है।

देवीसिंह–अच्छा फिर उठो, अब देर करना उचित नहीं!

उस औरत की अनूठी बातचीत ने इन दोनों को इस बात पर मजबूर किया कि उसके साथ-साथ डेरे तक या जहां वह ले जाए, चुपचाप चले जाएं और देखें कि जो कुछ वह कहती है, कहां तक सच है। और आखिर ऐसा ही हुआ।

इशारा पाते ही औरत उठ खड़ी हुई। देवीसिंह और भूतनाथ उसके पीछे-पीछे रवाना हुए। उस औरत को घोड़े पर सवार होने की आज्ञा न मिली, इसलिए वह घोड़े की लगाम थामे हुए धीरे-धीरे इन दोनों के साथ चली।

लगभग आध कोस के गए होंगे कि दूर से एक छोटा-सा कच्चा मकान दिखाई पड़ा जिसे एक तौर पर झोंपड़ी कहना उचित है। इस मकान के ऊपर खपड़े की जगह केवल पत्ते ही से छाजन छाया हुआ था।

जब ये लोग झोंपड़ी के दरवाजे पर पहुंचे, तब उस औरत ने अपने घोड़े को खूंटे के साथ बांधकर थोड़ी-सी घास उसके आगे डाल दी जो उसी जगह एक पेड़ के नीचे पड़ी हुई थी और जिसे देखने से मालूम होता था कि रोज इसी जगह घोड़ा बंधा करता है। इसके बाद उसने देवीसिंह और भूतनाथ से कहा, ''आप लोग जरा-सा इसी जगह ठहर जाएं, मैं अन्दर जाकर आप लोगों के लिए चारपाई ले आती हूं और अपने मालिक तथा लड़कों को भी बुला लाती हूं।''

देवीसिंह और भूतनाथ ने इस बात को कबूल किया और कहा, ''क्या हर्ज है, जाओ मगर जल्दी आना, क्योंकि हम लोग ज्यादे देर तक यहां ठहर नहीं सकते।''

वह औरत मकान के अन्दर चली गई और वे दोनों देर तक बाहर खड़े रहकर उसका इन्तजार करते रहे, यहां तक कि घण्टे-भर से ज्यादे बीत गया और वह औरत मकान के बाहर न निकली। आखिर भूतनाथ ने पुकारना और चिल्लाना शुरू किया, मगर इसका भी कोई नतीजा न निकला अर्थात् किसी ने भी उसे किसी तरह का जवाब न दिया। तब लाचार होकर वे दोनों मकान के अन्दर घुस गए, मगर फिर भी किसी आदमी की यहां तक कि उस औरत की भी सूरत दिखाई न पड़ी। उस छोटी झोंपड़ी में किसी को ढूंढ़ना या पता लगाना कौन कठिन था। अस्तु, बित्ता-बित्ता भर जमीन देख डाली, मगर सिवाय एक सुरंग के और कुछ भी दिखाई न पड़ा। न तो मकान में किसी तरह का असबाब ही था और न चारपाई-बिछावन, कपड़ा-लत्ता या अन्न और बरतन इत्यादि ही दिखाई पड़ा। अस्तु, लाचार होकर भूतनाथ ने कहा, ''बस-बस, हम लोगों को उल्लू बनाकर वह इसी सुरंग की राह निकल गई!''

बेवकूफ बनाकर इस तरह उस औरत के निकल जाने से दोनों ऐयारों को बड़ा ही अफसोस हुआ। भूतनाथ ने सुरंग के अन्दर घुसकर उस औरत को ढूंढ़ने का इरादा किया। पहिले तो इस बात का खयाल हुआ कि कहीं उस सुरंग में दो-चार आदमी घुसकर बैठे न हों जो हम लोगों पर बेमौके वार करें, मगर जब अपने तिलिस्मी खंजर का ध्यान आया तो यह खयाल जाता रहा और बेफिक्री के साथ हाथ में तिलिस्मी खंजर लिये हुए भूतनाथ उस सुरंग के अन्दर घुसा। पीछे-पीछे देवीसिंह ने भी उसके अन्दर पैर रक्खा।

वह सुरंग लगभग पांच सौ कदम के लम्बी होगी। उसका दूसरा सिरा घने जंगल में पेड़ों के झुरमुट के अन्दर निकलता था। देवीसिंह और भूतनाथ भी उसी सुरंग के अन्दर-ही-अन्दर वहां तक चले गए और इन्हें विश्वास हो गया कि अब उस औरत का पता किसी तरह नहीं लग सकता।

इस समय इन दोनों के दिल की क्या कैफियत थी सो वे ही जानते होंगे, अस्तु, लाचार होकर देवीसिंह ने घर लौट चलने का विचार किया, मगर भूतनाथ ने इस बात को स्वीकार न करके कहा, ''इस तरह तकलीफ उठाने और बेइज्जत होने पर भी बिना कुछ काम किए घर लौट चलना मेरे खयाल से उचित नहीं है।''

देवीसिंह–आखिर फिर किया हो क्या जाएगा? मुझे इतनी फुरसत नहीं है कि कई दिनों तक बेफिक्री के साथ इन लोगों का पीछा करूं। उधर दरबार की जो कुछ कैफियत है, तुम जानते ही हो! ऐसी अवस्था में मालिक की प्रसन्नता का खयाल न करके एक साधारण काम में दूसरी तरफ उलझे रहना मेरे लिए उचित नहीं है।

भूतनाथ–आपका कहना ठीक है, मगर इस समय मेरी तबीयत का क्या हाल है सो भी आप अच्छी तरह समझते होंगे।

देवीसिंह–मेरे खयाल से तुम्हारे लिए कोई ज्यादे तरद्दुद की बात नहीं है। इसके अतिरिक्त घर लौट चलने पर मैं अपनी औरत को देखूंगा, अगर वह मिल गई तो तुम भी अपनी स्त्री की तरफ से बेफिक्र हो जाओगे।

भूतनाथ–अगर आपकी स्त्री घर पर मिल जाए तो भी मेरे दिल का खुटका न जाएगा।

देवीसिंह–अपनी स्त्री का हाल-चाल लेने के लिए तुम भी अपने आदमियों को भेज सकते हो।

भूतनाथ–यह सब-कुछ ठीक है, मगर क्या करूं, इस समय मेरे पेट में अजब तरह की खिचड़ी पक रही है और क्रोध क्षण-क्षण में बढ़ा ही चला आता है।

देवीसिंह–अगर ऐसा ही है तो जो कुछ तुम्हें उचित जान पड़े सो करो, मैं अकेला ही घर की तरफ लौट जाऊंगा।

भूतनाथ–अगर ऐसा ही कीजिए तो मुझ पर बड़ी कृपा होगी, मगर जब महाराज इस बारे में पूछेंगे तब क्या जवाब...

देवीसिंह–(बात काटकर) महाराज की तरफ से तुम बेफिक्र रहो, मैं जैसा मुनासिब समझूंगा कह-सुन लूंगा, मगर इस बात का वादा कर जाओ कि कितने दिन पर तुम वापस आओगे या तुम्हारा हाल मुझे कब और क्योंकर मिलेगा?

भूतनाथ–मैं आपसे सिर्फ तीन दिन की छुट्टी लेता हूं। अगर इससे ज्यादे दिन तक अटकने की नौबत आई तो किसी-न-किसी तरह अपने हाल-चाल की खबर आप तक पहुंचा दूंगा।

देवीसिंह–बहुत अच्छा (मुस्कुराते हुए) अब आप जाइए और पुनः लात खाने का बन्दोबस्त कीजिए, मैं तो घर की तरफ रवाना होता हूं, जय माया की!

भूतनाथ–जय माया की!

भूतनाथ को उसी जगह छोड़कर देवीसिंह रवाना हुए और संध्या होने के पहिले ही तिलिस्मी इमारत के पास आ पहुंचे।

सातवां बयान

डेरे पर पहुंचकर स्नान करने और पोशाक बदलने के बाद देवीसिंह सबसे पहिले राजा बीरेन्द्रसिंह के पास गए और उसी जगह तेजसिंह से भी मुलाकात की। पूछने पर देवीसिंह ने अपना और भूतनाथ का कुल हाल बयान किया जो कि हम ऊपर के बयानों में लिख आए हैं। उस हाल को सुनकर बीरेन्द्रसिंह और तेजसिंह को कई दफे हंसने और ताज्जुब करने का मौका मिला और अन्त में बीरेन्द्रसिंह ने कहा, "अच्छा किया जो तुम भूतनाथ को छोड़कर यहां चले आए। तुम्हारे न रहने के कारण नकाबपोशों के आगे हम लोगों को शर्मिन्दा होना पड़ा।"

देवीसिंह–(ताज्जुब से) क्या वे लोग यहां आए थे?

बीरेन्द्र–हां, वे दोनों अपने मामूली वक्त पर यहां आए थे और तुम दोनों के पीछा करने पर ताज्जुब और अफसोस करते थे, साथ ही इसके उन्होंने यह भी कहा था कि वे दोनों ऐयार हमारे मकान तक नहीं पहुंचे।

देवीसिंह–वे लोग जो चाहें सो कहें, मगर मेरा खयाल यही है कि हम दोनों उन्हीं के मकान में गए थे।

बीरेन्द्र–खैर, जो हो, मगर उन नकाबपोशों का यह कहना बहुत ठीक है कि जब हम लोग समय पर अपना हाल आप ही कहने के लिए तैयार हैं तो आपको हमारा भेद जानने के लिए उद्योग न करना चाहिए!

देवीसिंह–बेशक उनका कहना ठीक है, मगर क्या किया जाए, ऐयारों की तबीयत ही ऐसी चंचल होती है कि किसी भेद को जानने के लिए वे देर तक या कई दिनों तक सब्र नहीं कर सकते। यद्यपि भूतनाथ इस बात को खूब जानता है कि वे दोनों नकाबपोश उसके पक्षपाती हैं और पीछा करके उनका दिल दुखाने का नतीजा शायद अच्छा न निकले, मगर फिर भी उसकी तबीयत नहीं मानती, तिस पर कल की बेइज्जती और अपनी स्त्री के खयाल ने उसके जोश को और भी भड़का दिया है। अगर वह अपनी स्त्री को वहां न देखता तो निःसन्देह मेरे साथ वापस चला आता और उन लोगों का पीछा करने का खयाल अपने दिल से निकाल देता।

तेजसिंह–खैर, कोई चिन्ता नहीं, वे नकाबपोश खुशदिल, नेक और हमारे प्रेमी मालूम होते हैं, इसलिए आशा है कि भूतनाथ को अथवा तुम्हारे किसी आदमी को तकलीफ पहुंचाने का खयाल न करेंगे।

बीरेन्द्र–हमारा भी यही खयाल है (देवीसिंह से मुस्कुराकर) तुम्हारा दिल भी तो अपनी बीवी साहेबा को देखने के लिए बेताब हो रहा होगा!

देवीसिंह–बेशक, मेरे दिल में धुकनी-सी लगी हुई है और मैं चाहता हूं कि किसी तरह आपकी बात पूरी हो तो महल में जाऊं।

बीरेन्द्र–मगर हमसे तो तुमने पूछा ही नहीं कि तुम्हारे जाने के बाद तुम्हारी बीवी महल में थी या नहीं।

देवीसिंह–(हंसकर) जी, आपसे पूछने की मुझे कोई जरूरत नहीं और न मुझे विश्वास ही है कि आप इस बारे में मुझसे सच बोलेंगे।

बीरेन्द्र–(हंसकर) खैर, मेरी बातों पर विश्वास न करो और महल में जाकर अपनी रानी को देखो, मैं भी उसी जगह पहुंचकर तुम्हें इस बेऐतबारी का मजा चखाता हूं!

इतना कहकर राजा बीरेन्द्रसिंह उठ खड़े हुए और देवीसिंह भी हंसते हुए वहां से चले गए।

महल के अन्दर अपने कमरे में एक कुर्सी पर बैठी चम्पा रोहतासगढ़ पहाड़ी और किले की तस्वीर दीवार के ऊपर बना रही है और उसकी दो लौंडियां हाथ में मोमी शमादान लिये हुए रोशनी दिखाकर इस काम में उसकी मदद कर रही हैं। चम्पा का मुंह दीवार की तरफ और पीठ सदर दरवाजे की तरफ है। दोनों लौंडियां भी उसी की तरह दीवार की तरफ देख रही हैं इसलिए चम्पा तथा उसकी लौंडियों को इस बात की कुछ भी खबर नहीं कि देवीसिंह धीरे-धीरे पैर दबाते हुए इस कमरे में आकर दूर से और कुछ देर से उनकी कार्रवाई देखते हुए ताज्जुब कर रहे हैं। चम्पा तस्वीर बनाने के काम में बहुत ही निपुण और शीघ्र काम करनेवाली थी तथा उसे तस्वीरों के बनाने का शौक भी हद से ज्यादे था। देवीसिंह ने उसके हाथ की बनाई हुई सैकड़ों तस्वीरें देखी थीं, मगर आज की तरह ताज्जुब करने का मौका उन्हें आज के पहिले नहीं मिला था। ताज्जुब इसलिए कि इस समय जिस ढंग की तस्वीरें चम्पा बना रही थी, ठीक उसी ढंग की तस्वीरें देवीसिंह ने भूतनाथ के साथ जाकर नकाबपोशों के मकान में दीवार के ऊपर बनी हुई देखी थीं। कह सकते हैं कि एक स्थान या इमारत की तस्वीर अगर दो कारीगर बनावें तो सम्भव है कि एक ढंग की तैयार हो जाएं, मगर यहां यही बात न थी। नकाबपोशों के मकान में रोहतासगढ़ पहाड़ी की जो तस्वीर देवीसिंह ने देखी थी उसमें दो नकाबपोश सवार पहाड़ी के ऊपर चढ़ते हुए दिखलाए गए थे जिनमें से एक का घोड़ा मुश्की और दूसरे का सब्जा था। इस समय जो तस्वीर चम्पा बना रही थी, उसमें भी उसी ठिकाने उसी ढंग के दो सवार इसने बनाए और उसी तरह इन दोनों सवारों में से भी एक का

घोड़ा मुश्की और दूसरे का सब्जा था। देवीसिंह का खयाल है कि यह बात इत्तिफाक से नहीं हो सकती।

ताज्जुब के साथ उस तस्वीर को देखते हुए देवीसिंह सोचने लगे, क्या यह तस्वीर इसने यों ही अन्दाज से तैयार की है? नहीं-नहीं, ऐसा नहीं हो सकता। अगर यह तस्वीर इसने अन्दाज से बनाई होती तो दोनों सवार और घोड़े ठीक उसी रंग के न बनते, जैसा कि मैं उन नकाबपोशों के यहां देखे आता हूं। तो क्या यह वास्तव में उन नकाबपोशों के यहां गई थी? बेशक गई होगी, क्योंकि उस तस्वीर के देखे बिना उसके जोड़ की तस्वीर यह बना नहीं सकती, मगर इस तस्वीर के बनाने से साफ जाहिर होता है कि यह अपनी उन नकाबपोशों के यहां जानेवाली बात गुप्त रखना भी नहीं चाहती, मगर ताज्जुब है कि जब इसका ऐसा खयाल है तो वहां (नकाबपोशों के घर पर) मुझे देखकर छिप क्यों गई थी? खैर, अब बातचीत करने पर जो कुछ भेद है, सब मालूम हो जाएगा।

यह सोचकर देवीसिंह दो कदम आगे बढ़े ही थे कि पैरों की आहट पाकर चम्पा चौंकी और घूमकर देखने लगी। देवीसिंह पर निगाह पड़ते ही कूंची और रंग की प्याली जमीन पर रखकर उठ खड़ी हुई और हाथ जोड़कर प्रणाम करने के बाद बोली, "आप सफर से लौटकर कब आए?"

देवीसिंह–(मुस्कुराते हुए) चार-पांच घण्टे हुए होंगे, मगर यहां भी मैं आधी घड़ी से तमाशा देख रहा हूं।

चम्पा–(मुस्कुराती हुई) क्या खूब! इस तरह चोरी से ताक-झांक करने की क्या जरूरत थी?

देवीसिंह–इस तस्वीर और इसकी बनावट को देखकर मैं ताज्जुब कर रहा था और तुम्हारे काम में हर्ज डालने का इरादा नहीं होता था।

चम्पा–(हंसकर) बहुत ठीक, खैर, आइए बैठिए।

देवीसिंह–पहिले मैं तुम्हारी इस कुर्सी पर बैठके इस तस्वीर को गौर से देखूंगा।

इतना कहकर देवीसिंह उस कुर्सी पर बैठ गए जिस पर थोड़ी ही देर पहिले चम्पा बैठी हुई तस्वीर बना रही थी और बड़े गौर से उस तस्वीर को देखने लगे। चम्पा भी कुर्सी की पिछवाई पकड़कर खड़ी हो गई और देखने लगी। देखते-देखते देवीसिंह ने झट हलके जर्द रंग की प्याली और कूंची उठा ली और उस तस्वीर में रोहतासगढ़ किले के ऊपर एक बुर्ज और उसके साथ सटी पताका का साधारण निशान बनाया अर्थात् उसकी जमीन बांधी, जिसे देखते ही चम्पा चौंकी और बोली, "हां-हां, ठीक है, यह बनाना तो मैं भूल ही गई थी। बस अब आप रहने दीजिए, इसे भी मैं ही अपने हाथ से बनाऊंगी, तब आप देखकर कहिएगा कि तस्वीर कैसी बनी और इसमें कौन-सी बात छूट गई थी।"

चम्पा की इस बात को सुन देवीसिंह चौंक पड़े। अब उन्हें पूरा-पूरा विश्वास हो गया कि चम्पा उन नकाबपोशों के मकान में जरूर गई हुई थी और मैंने निःसन्देह

इसी को देखा था, अस्तु, देवीसिंह ने घूमकर चम्पा की तरफ देखा और कहा, "मगर यह तो बताओ कि वहां मुझे देखकर तुम भाग क्यों गई थीं?"

चम्पा–(ताज्जुब की सूरत बनाके) कहां? कब?

देवीसिंह–उन्हीं नकाबपोशों के यहां!

चम्पा–मुझे बिल्कुल याद नहीं पडता कि आप कब की बात कर रहे हैं!

देवीसिंह–अब लगीं न नखरा करके परेशान करने?

चम्पा–मैं आपके चरणों की कसम खाकर कहती हूं कि मुझे कुछ याद नहीं कि आप कब की बात कर रहे हैं।

अब तो देवीसिंह के ताज्जुब का हद्द न रहा, क्योंकि वे खूब जानते थे कि चम्पा जितनी खूबसूरत और ऐयारी के फन में तेज है, उतनी ही नेक और पतिव्रता भी है। वह उनके चरणों की कसम खाकर झूठ कदापि नहीं बोल सकती। अस्तु, कुछ देर तक ताज्जुब के साथ गौर करने के बाद पुनः देवीसिंह ने कहा, "आखिर कल या परसों तुम कहां गई थीं?"

चम्पा–मैं तो कहीं नहीं गई! आप महारानी चन्द्रकान्ता से पूछ लें, क्योंकि मेरा-उनका तो दिन-रात का संग है, अगर कहीं जाती तो किसी काम के ही सिर जाती और ऐसी अवस्था में आपसे छिपाने की जरूरत ही क्या थी?

देवीसिंह–फिर यह तस्वीर तुमने कहां देखी?

चम्पा–यह तस्वीर? मैं...

इतना कह चम्पा कपड़े का एक लपेटा हुआ पुलिन्दा उठा लाई और देवीसिंह के हाथ में दिया। देवीसिंह ने उसे खोलकर देखा और चौंककर चम्पा से पूछा, "यह नक्शा तुम्हें कहां से मिला?"

चम्पा–यह नक्शा मुझे कहां से मिला सो मैं पीछे कहूंगी, पहिले आप यह बतावें कि इस नक्शे को देखकर आप चौंके क्यों और यह नक्शा वास्तव में कहां का है? क्योंकि मैं इसके बारे में कुछ भी नहीं जानती।

देवीसिंह–यह नक्शा उन्हीं नकाबपोशों के मकान का है, जिनके बारे में मैं अभी तुमसे पूछ रहा था।

चम्पा–कौन नकाबपोश? वे ही जो दरबार में आया करते हैं?

देवीसिंह–हां वे ही, और उन्हीं के यहां मैंने तुमको देखा था।

चम्पा–(ताज्जुब के साथ) यों मैं कुछ भी नहीं समझ सकती, पहिले आप अपने सफर का हाल सुनावें और यह बतावें कि आप कहां गए थे और क्या-क्या देखा?

इसके जवाब में देवीसिंह ने अपने और भूतनाथ के सफर का हाल बयान किया और इसके बाद उस कपड़ेवाले नक्शे की तरफ बताके कहा, "यह उसी स्थान का नक्शा है। इस बंगले के अन्दर दीवारों पर तरह-तरह की तस्वीरें बनी हुई हैं जिन्हें कारीगर दिखा नहीं सकता, इसलिए नमूने के तौर पर बाहर की तरफ यही रोहतासगढ़

की एक तस्वीर बनाकर उसने नीचे लिख दिया है कि इस बंगले में इसी तरह की बहुत-सी तस्वीरें बनी हुई हैं। वास्तव में यह नक्शा बहुत ही अच्छा, साफ और बेशकीमत बना हुआ है।"

चम्पा–अब मैं समझी कि असल मामला क्या है, मैं उस मकान में नहीं गई थी।

देवी–तब यह तस्वीर तुमने कहां से पाई?

चम्पा–यह तस्वीर मुझे लड़के (तारासिंह) ने दी थी।

देवी–तुमने पूछा तो होगा कि यह तस्वीर उसे कहां से मिली?

चम्पा–नहीं, उसने बहुत तारीफ करके यह तस्वीर मुझे दी और मैंने ले ली थी।

देवी–कितने दिन हुए?

चम्पा–आज पांच-छः दिन हुए होंगे।

इसके बाद देवीसिंह बहुत देर तक चम्पा के पास बैठे रहे और जब वहां से जाने लगे तब वह कपड़ेवाली तस्वीर अपने साथ बाहर लेते गए।

आठवां बयान

महल के बाहर आने पर भी देवीसिंह के दिल को किसी तरह चैन न पड़ा। यद्यपि रात बहुत बीत चुकी थी, तथापि राजा बीरेन्द्रसिंह से मिलकर उस तस्वीर के विषय में बातचीत करने की नीयत से वह राजा साहब के कमरे में चले गए, मगर वहां जाने पर मालूम हुआ कि बीरेन्द्रसिंह महल में गए हुए हैं। लाचार होकर लौटा ही चाहते थे कि राजा बीरेन्द्रसिंह भी आ पहुंचे और अपने पलंग के पास देवीसिंह को देखकर बोले, "रात को भी तुम्हें चैन नहीं पड़ती! (मुस्कुराकर) मगर ताज्जुब यह है कि चम्पा ने तुम्हें इतने जल्दी बाहर आने की छुट्टी क्योंकर दे दी!"

देवी–इस हिसाब से तो मुझे भी आप पर ताज्जुब करना चाहिए, मगर नहीं, असल तो यह है कि मैं एक ताज्जुब की बात आपको सुनाने के लिए यहां चला आया हूं।

बीरेन्द्र–वह कौन-सी बात है, और तुम्हारे हाथ में यह कपड़े का पुलिन्दा कैसा है?

देवी–इसी कमबख्त ने तो मुझे इस आनन्द के समय में आपसे मिलने पर मजबूर किया।

बीरेन्द्र–सो क्या? (चारपाई पर बैठकर) बैठके बातें करो।

देवीसिंह ने महल में चम्पा के पास जाकर जो कुछ देखा और सुना था सब बयान किया, इसके बाद वह कपड़ेवाली तस्वीर खोलकर दिखाई तथा उस नक्शे को अच्छी तरह समझाने के बाद कहा, "न मालूम यह नक्शा तारा को क्योंकर और कहां से मिला और उसने इसे अपनी मां को क्यों दे दिया!"

बीरेन्द्र–तारासिंह से तुमने क्यों नहीं पूछा।

देवी–अभी तो मैं सीधा आप ही के पास चला आया हूं, अब जो कुछ मुनासिब हो किया जाए। कहिए तो लड़के को इसी जगह बुलाऊं?

बीरेन्द्र–क्या हर्ज है, किसी को कहो, बुला लावे।

देवीसिंह कमरे के बाहर निकले और पहरे के एक सिपाही को तारासिंह को बुलाने की आज्ञा देकर पुनः कमरे में चले गए और राजा साहब से बातचीत करने लगे। थोड़ी देर में पहरेवाले ने वापस आकर अर्ज किया कि 'तारासिंह से मुलाकात नहीं हुई और इसका भी पता न लगा कि वे कब और कहां गए हैं, उनका खिदमतगार कहता है कि संध्या होने के पहिले ही से उनका पता नहीं है।'

बेशक यह बात ताज्जुब की थी। रात के समय बिना आज्ञा लिये तारासिंह का गैरहाजिर रहना सभों को ताज्जुब में डाल सकता था, मगर राजा बीरेन्द्रसिंह ने सोचा कि आखिर तारासिंह ऐयार है, शायद किसी काम की जरूरत समझकर कहीं चला गया हो। अस्तु, राजा साहब ने भैरोसिंह को तलब किया और थोड़ी ही देर में भैरोसिंह ने हाजिर होकर सलाम किया।

बीरेन्द्र–(भैरो से) तुम जानते हो कि तारासिंह क्योंकर और कहां गया है?

भैरो–तारा तो आज संध्या होने के पहिले ही से गायब है, पहर-भर दिन बाकी था जब वह मुझसे मिला था, उसे तरद्दुद में देखकर मैंने पूछा भी था कि आज तुम तरद्दुद में क्यों मालूम पड़ते हो, मगर इसका उसने कोई जवाब नहीं दिया।

बीरेन्द्र–ताज्जुब की बात है! हमें उम्मीद थी कि तुम्हें उसका हाल जरूर मालूम होगा।

भैरो–क्या मैं सुन सकता हूं कि इस समय उसे याद करने की जरूरत क्यों पड़ी?

बीरेन्द्र–जरूर सुन सकते हो।

इतना कहकर बीरेन्द्रसिंह ने देवीसिंह की तरफ देखा और देवीसिंह ने कुछ कमोबेश अपना और भूतनाथ का किस्सा बयान करने के बाद उस तस्वीर का हाल कहा और तस्वीर भी दिखाई। अन्त में भैरोसिंह ने कहा, "मुझे कुछ भी मालूम नहीं कि तारासिंह को यह तस्वीर कब और कहां से मिली, मगर अब इसका हाल जानने की कोशिश जरूर करूंगा।"

हुक्म पाकर भैरोसिंह बिदा हुआ और थोड़ी देर तक बातचीत करने के बाद देवीसिंह भी चले गए।

दूसरे दिन मामूली कामों से छुट्टी पाकर राजा बीरेन्द्रसिंह जब दरबारे-खास में बैठे तो पुनः तारासिंह के विषय में बातचीत शुरू हुई और इसी बीच में नकाबपोशों का भी जिक्र छिड़ा। उस समय वहां बीरेन्द्रसिंह, गोपालसिंह, तेजसिंह तथा देवीसिंह वगैरह अपने ऐयारों के अतिरिक्त कोई गैर आदमी न था। जितने थे, सभी ताज्जुब के साथ तारासिंह के विषय में तरह-तरह की बातें कर रहे थे और मौके पर भूतनाथ तथा नकाबपोशों का भी जिक्र आता था। दोनों नकाबपोश वहां आके इन्द्रजीतसिंह और

आनन्दसिंह का जो किस्सा सुना गए थे, उसे आज तीन दिन का जमाना गुजर गया। इस बीच में न तो वे दोनों नकाबपोश आए और न उनके विषय में कोई बात ही सुनी गई। साथ ही इसके अभी तक भूतनाथ का कोई हाल-चाल मालूम न हुआ। खुलासा यह कि इस समय के दरबार में इन्हीं सब बातों की चर्चा थी और तरह-तरह के खयाल दौड़ाए जा रहे थे। इसी समय चोबदार ने दोनों नकाबपोशों के आने की इत्तिला की। हुक्म पाकर वे दोनों हाजिर किए गए और सलाम करके आज्ञानुसार उचित स्थान पर बैठ गए।

एक नकाबपोश–(हाथ जोड़के राजा बीरेन्द्रसिंह से) महाराज ताज्जुब करते होंगे कि ताबेदारों ने हाजिर होने में दो-तीन दिन का नागा किया।

बीरेन्द्र–बेशक ऐसा ही है, क्योंकि हम लोग इन्द्रजीत और आनन्द का तिलिस्मी किस्सा सुनने के लिए बेचैन हो रहे थे।

नकाबपोश–ठीक है, हम लोग हाजिर न हुए, इसके कई सबब हैं। एक तो इसका पता हम लोगों को लग चुका था कि भूतनाथ जो हम लोगों की फिक्र में गया था, अभी तक लौटकर नहीं आया और इस सबब से कैदियों के मुकदमे में दिलचस्पी नहीं आ सकती थी। दूसरे कुंअर इन्द्रजीतसिंह और आनन्दसिंह के किस्से में कई बातें ऐसी थीं, जिनका हाल दरियाफ्त करना बहुत जरूरी था और इस काम के लिए हम लोग तिलिस्म के अन्दर गए हुए थे।

बीरेन्द्र–क्या आप लोग जब चाहे तब उस तिलिस्म के अन्दर जा सकते हैं जिसे वे दोनों लड़के फतह कर रहे हैं?

नकाबपोश–जी, सब जगह तो नहीं, मगर खास-खास ठिकाने कभी-कभी जा सकते हैं जहां तक कि हमारे गुरु महाराज जाया करते थे, मगर उनकी खबर एक-एक घड़ी की हम लोगों को मिला करती है।

बीरेन्द्र–आप लोगों के गुरु कौन और कहां हैं?

नकाबपोश–अब तो वे परमधाम को चले गए।

बीरेन्द्र–खैर, तो जब आप लोग तिलिस्म में गए थे तो क्या दोनों लड़कों से मुलाकात हुई थी!

नकाबपोश–मुलाकात तो नहीं हुई, मगर जिन बातों का शक था, वह मिट गया और जो बातें मालूम न थीं, वे मालूम हो गईं, जिससे इस समय हम लोग पुनः उनका किस्सा कहने के लिए तैयार हैं। (देवीसिंह की तरफ देखकर) आपने भूतनाथ को अकेला ही छोड़ दिया?

देवी–हां, क्योंकि मुझे आप लोगों का भेद जानने का उतना शौक न था जितना भूतनाथ को है। मैं तो उस दिन केवल इतना ही जानने के लिए गया था कि देखें भूतनाथ कहां जाता है और क्या करता है, मगर मेरी तबीयत इतने में ही भर गई।

नकाबपोश–मगर भूतनाथ की तबीयत अभी नहीं भरी।

तेज–वह भी विचित्र ढंग का ऐयार है! साफ-साफ देखता है कि आप लोग उसके पक्षपाती हैं, मगर फिर भी आप लोगों का असल हाल जानने के लिए बेताब हो रहा है। यह उसकी भूल है, तथापि आशा है कि आप लोगों की तरफ से उसे किसी तरह की तकलीफ न पहुंचेगी।

नकाबपोश–नहीं-नहीं कदापि नहीं। (राजा बीरेन्द्रसिंह की तरफ देखके और हाथ जोड़के) हम लोगों को अपना लड़का समझिए और विश्वास रखिए कि आपके किसी ऐयार को हम लोगों की तरफ से किसी तरह की तकलीफ नहीं पहुंच सकती, चाहे वे लोग हमें किसी तरह का रंज पहुंचावें।

बीरेन्द्र–आशा तो ऐसी ही है, और हमारे ऐयार भी बड़े ही नालायक होंगे अगर आप लोगों को किसी तरह की तकलीफ पहुंचाने का इरादा करेंगे।

देवी–मैं कल से एक और तरद्दुद में पड़ गया हूं।

नकाबपोश–वह क्या?

देवी–कल से मेरे लड़के तारासिंह का पता नहीं है, न मालूम वह क्यों और कहां चला गया।

नकाबपोश–तारासिंह के लिए आपको तरद्दुद न करना चाहिए, आशा है कि घण्टे-भर के अन्दर ही यहां आ पहुंचेगा।

देवी–आपके इस कहने से तो मालूम होता है कि आपको उसका हाल मालूम है।

नकाबपोश–बेशक मालूम है, मगर मैं अपनी जुबान से कुछ भी न कहूंगा, आप स्वयं उससे जो कुछ पूछना होगा, पूछ लेंगे। (बीरेन्द्रसिंह से) आज जिस समय हम लोग घर से यहां की तरफ रवाना हो रहे थे उसी समय एक चीठी कुंअर इन्द्रजीतसिंह की मुझे मिली जिसमें उन्होंने लिखा था कि तुम महाराज के पास जाकर मेरी तरफ से अर्ज करो कि महाराज भैरोसिंह और तारासिंह को मेरे पास भेज दें, क्योंकि उनके बिना हम लोगों को कई बातों की तकलीफ हो रही है, साथ ही इसके एक चीठी महाराज के नाम की भी उन्होंने भेजी है।

इतना कहके नकाबपोश ने अपनी जेब में से एक बंद लिफाफा निकालकर बीरेन्द्रसिंह के हाथ में दिया।

बीरेन्द्र–(ताज्जुब के साथ लिफाफा लेकर) सीधे मेरे पास क्यों नहीं भेजा?

नकाबपोश–वे न तो खुद तिलिस्म के बाहर आ सकते हैं और न किसी को भेज सकते हैं, हम लोगों का आदमी हर तिलिस्म के अन्दर मौजूद रहता है और उनके हालचाल की खबर लिया करता है, इसलिए उसके मारफत पत्र भेज सकते हैं।

इतना सुनकर बीरेन्द्रसिंह चुप हो रहे और लिफाफा खोलकर पढ़ने लगे। प्रणाम इत्यादि के बाद यह लिखा था–

"हम दोनों भाई कुशलपूर्वक तिलिस्म की कार्रवाई कर रहे हैं, परन्तु कोई ऐयार या मददगार न रहने के कारण कभी-कभी तकलीफ हो जाती है इसलिए आशा है

कि भैरोसिंह और तारासिंह को शीघ्र भेज देंगे। यहां तिलिस्म में ईश्वर ने हमें दो मददगार बहुत अच्छे पहुंचा दिए हैं जिनका नाम रामसिंह और लक्ष्मणसिंह है। ये दोनों मायारानी के तिलिस्मी दारोगा इत्यादि के भेदों से खूब वाफिक हैं। यदि इन लोगों के सामने दुष्टों के मुकदमे का फैसला करेंगे तो आशा है कि देखने-सुननेवालों को एक अपूर्व आनन्द मिलेगा। इन्हीं दोनों की जुबानी हम दोनों भाइयों का हाल पूरा-पूरा मिला करेगा और ये ही दोनों भैरोसिंह और तारासिंह को भी हम लोगों के पास पहुंचा देंगे। भाई गोपाल सिंह से कह दीजिएगा कि उनके दोस्त भरतसिंह जी भी इस तिलिस्म में मुझे मिले हैं। उन्हें कमबख्त दारोगा ने कैद किया था, ईश्वर की कृपा से उनकी जान बच गई। भाई गोपालसिंह जी मुझसे बिदा होते समय तालाबवाले नहर के विषय में गुप्त रीति से जो कुछ कह गए थे वह ठीक निकला, चांदवाला पताका भी हम लोगों को मिल गया।

आपके आज्ञाकारी पुत्र—इन्द्रजीत, आनन्दसिंह।''

इस चीठी को पढ़कर बीरेन्द्रसिंह बहुत ही प्रसन्न हुए, मगर साथ ही इसके उन्हें ताज्जुब भी हद से ज्यादे हुआ। इन्द्रजीतसिंह के हाथ के अक्षर पहिचानने में किसी तरह की भूल नहीं हो सकती थी, तथापि शक मिटाने के लिए बीरेन्द्रसिंह ने वह चीठी राजा गोपालसिंह के हाथ में दे दो क्योंकि उनके विषय में भी दो-एक गुप्त बातों का ऐसा इशारा था जिसके पढ़ने से इस बात का रत्ती-भर भी शक नहीं हो सकता था कि चीठी कुमार के हाथ की लिखी हुई नहीं है या ये नकाबपोश जाल करते हैं।

चीठी पढ़ने के साथ ही राजा गोपालसिंह हद से ज्यादे खुश होकर चौंक पड़े और राजा बीरेन्द्रसिंह की तरफ देखकर बोले, ''निःसन्देह यह पत्र इन्द्रजीतसिंह के हाथ का लिखा हुआ है। बिदा होते समय जो गुप्त बातें मैं उनसे कह आया था, इस चीठी में उनका जिक्र एक अपूर्व आनन्द दे रहा है, तिस पर अपने मित्र भरतसिंह के पा जाने का हाल पढ़कर मुझे जो प्रसन्नता हुई, उसे मैं शब्दों द्वारा प्रकट नहीं कर सकता। (नकाबपोशों की तरफ देखके) अब मालूम हुआ कि आप लोगों के नाम रामसिंह और लक्ष्मणसिंह हैं। जरूर आप लोग बहुत-सी बातों को छिपा रहे हैं परन्तु जिस समय भेदों को खोलेंगे, उस समय निःसन्देह एक अद्‌भुत आनन्द मिलेगा।''

इतना कहकर राजा गोपालसिंह ने वह चीठी तेजसिंह के हाथ में दे दी और इन्होंने पढ़कर देवीसिंह को और देवीसिंह ने पढ़कर और ऐयारों को भी दिखाई जिसके सबब से इस समय सभों ही के चेहरे पर प्रसन्नता दिखाई देने लगी। इसी समय तारासिंह भी वहां आ पहुंचा।

नकाबपोश ने जो कुछ कहा था, वही हुआ अर्थात् थोड़ी देर में तारासिंह ने भी वहां पहुंचकर सभों के दिल से खुटका दूर किया, मगर हमारे राजा साहब और ऐयारों को इस बात का ताज्जुब जरूर था कि नकाबपोश को तारासिंह का हाल क्योंकर मालूम हुआ और उसने किस जानकारी पर कहा कि वह घण्टे-भर के अन्दर आ

जाएगा। खैर, इस समय तारासिंह के आ जाने से सभों को प्रसन्नता ही हुई और देवीसिंह को भी उस तस्वीर के विषय में कुछ खुलासा हाल पूछने का मौका मिला, मगर नकाबपोशों के सामने उस विषय मे बातचीत करना उचित न जाना।

नकाबपोश–(बीरेन्द्रसिंह से) देखिए, तारासिंह आ गए, जो मैंने कहा था, वही हुआ। अब इन दोनों के विषय में क्या हुक्म होता है? क्या आज ये दोनों ऐयार कुंअर इन्द्रजीतसिंह और आनन्दसिंह के पास जाने के लिए तैयार हो सकते हैं?

तेजसिंह–हां, तैयार हो सकते हैं और आप लोगों के साथ जा सकते हैं, मगर दो-एक जरूरी कामों की तरफ ध्यान देने से यही उचित जान पड़ता है कि आज नहीं बल्कि कल इन दोनों भाइयों को आपके साथ बिदा किया जाए।

नकाबपोश–जैसी मर्जी, अब आज्ञा हो तो हम लोग बिदा हों।

तेजसिंह–क्या आज इन्द्रजीतसिंह और आनन्दसिंह का किस्सा आप न सुनावेंगे?

नकाबपोश–देर तो हो गई, मगर फिर भी कुछ थोड़ा-सा हाल सुनाने के लिए हम लोग तैयार हैं, आप दरियाफ्त कराए यदि बड़े महाराज निश्चिन्त हों तो...

इशारा पाते ही भैरोसिंह बड़े महाराज अर्थात् महाराज सुरेन्द्रसिंह के पास चले गए और थोड़ी देर में लौट आकर बोले, "महाराज आप लोगों का इन्तजार कर रहे हैं।"

इतना सुनते ही बीरेन्द्रसिंह के साथ-ही-साथ सब कोई उठ खड़े हुए और बात-की-बात में यह दरबारे-खास महाराज सुरेन्द्रसिंह का दरबारे-खास हो गया।

नौवां बयान

महाराज सुरेन्द्रसिंह और बीरेन्द्रसिंह तथा उनके ऐयारों के सामने एक नकाबपोश ने दोनों कुमारों का हाल इस तरह बयान करना शुरू किया–

नकाबपोश–कुंअर इन्द्रजीतसिंह ने भी उन पांचों कैदियों के साथ रात को उसी बाग में गुजारा किया। सबेरा होने पर मामूली कामों से छुट्टी पाकर दोनों भाई उसी बीचवाले बुर्ज के पास गए और चबूतरेवाले पत्थरों को गौर से देखने लगे। उन पत्थरों में कहीं-कहीं अंक और अक्षर भी खुदे हुए थे, उन्हीं अंकों को देखते-देखते इन्द्रजीतसिंह ने एक चौखूटे पत्थर पर हाथ रक्खा और आनन्दसिंह की तरफ देखकर कहा, "बस इसी पत्थर को उखाड़ना चाहिए।" इसके जवाब में आनन्दसिंह ने "जी हां" कहा और तिलिस्मी खंजर की नोक से टुकड़े को उखाड़ डाला।

पत्थर के नीचे एक छोटा-सा चौखूटा कुण्ड बना हुआ था और उस कुण्ड के बीचोबीच में लोहे की एक गोल कड़ी लगी थी जिसे कुंअर इन्द्रजीतसिंह ने खींचना शुरू किया। उस कड़ी के साथ लोहे की पचीस-तीस हाथ लम्बी जंजीर लगी हुई थी

जो बराबर खिंचती हुई चली आई और जब वह रुक गई, अर्थात् अपनी हद तक खिंचकर बाहर निकल आई, तब उस चबूतरे के चारों तरफ का निचला पत्थर आप-से-आप उखड़कर जमीन के साथ लग गया और उसके अन्दर जाने के लिए दो रास्ते दिखाई देने लगे। इनमें से एक रास्ता नीचे तहखाने में उतर जाने के लिए था और दूसरा बुर्ज के ऊपर चढ़ने के लिए।

दोनों कुमार पहिले बुर्ज के ऊपर चढ़ गए और वहां से चारों तरफ की बहार देखने लगे। खास बाग के कुछ हिस्से और उनके कई तरफ की मजबूत दीवारें तथा कुछ इमारत और पेड़-पत्ते इत्यादि दिखाई दे रहे थे। उन सभों को गौर से देखने के बाद कुमार नीचे उतर आए और उन पांचों कैदियों को यह कहकर कि 'तुम लोग इसी बाग में रहो, खबरदार नीचे न उतरना' दोनों भाई तहखाने में उतर गए।

नीचे उतरने के लिए चक्करदार ग्यारह सीढ़ियां थीं जिन्हें तै करने के बाद वे दोनों एक लम्बे-चौड़े कमरे में पहुंचे। वहां बिल्कुल अन्धकार था, मगर तिलिस्मी खंजर की रोशनी करने पर वहां की सब चीजें साफ दिखाई देने लगीं। वह कमरा लम्बाई में बीस हाथ और चौड़ाई में पन्द्रह हाथ से ज्यादे न होगा। उसके बीचोबीच में लोहे का एक चबूतरा था और उसके ऊपर लोहे ही का एक शेर बैठा हुआ था, जिसकी चमकदार आंखें उसके भयानक चेहरे के साथ-ही-साथ देखनेवालों के दिल पर खौफ पैदा कर सकती थीं। उसके सामने जमीन पर लोहे का एक हथौड़ा पड़ा हुआ था। बस इसके अतिरिक्त उस कमरे में और कुछ भी न था। कुंअर इन्द्रजीतसिंह ने उस शेर के सिर को अच्छी तरह टटोलना शुरू किया।

उस शेर के दाहिने कान की तरफ केवल एक अंगुली जाने लायक छोटा-सा गड़हा था। कुंअर इन्द्रजीतसिंह ने अपनी जेब में से एक चमकदार चीज निकालकर उस गड़हे में फंसाने के बाद शेर के सामनेवाला हथौड़ा जमीन से उठाकर उसी से वह चमकदार चीज (कील) एक ही चोट में ठोंक दी और इसके बाद तुरन्त ही दोनों भाई उस तहखाने के बाहर निकल आए।

वह चमकदार चीज जो शेर के सिर में ठोंकी गई थी, क्या थी, इसे आप लोग जानते होंगे। यह वही चमकदार चीज थी जो कुंअर इन्द्रजीतसिंह को बाग के उस तहखाने में एक पुतले के पेट में से मिली थी जिसमें वे कुंअर आनन्दसिंह को खोजते हुए गए थे।[1]

जब दोनों कुमार तहखाने के बाहर निकल आए उसके थोड़ी ही देर बाद जमीन के अन्दर से धमधमाहट और घड़घड़ाहट की आवाज आने लगी जिससे वे पांचों कैदी बहुत ही ताज्जुब और घबड़ाहट में आ गए। मगर कुमार ने उन्हें समझाकर शान्त किया और कुछ खाने-पीने की फिक्र में लगे। पहर-भर बाद वह आवाज बन्द हुई और तब तक कुमार भी हर तरह से निश्चिन्त हो गए। दो पहर दिन ढलने के बाद पांचों

1. देखिए चन्द्रकान्ता सन्तति, दसवां भाग, पहिला बयान।

कैदियों को साथ लिये हुए दोनों कुमार पुनः तहखाने के अन्दर उतरे। जब उस कमरे में पहुंचे तो वहां शेर और चबूतरे का नाम-निशान भी न पाया, हां, उसके बदले में उस जगह एक गड़हा देखा जिसमें उतरने के लिए छः-सात सीढ़ियां बनी हुई थीं। कैदियों को भी साथ लिये और तिलिस्मी खंजर की रोशनी किए हुए दोनों कुमार इस सुरंग में घुसे और लगभग पचास कदम जाने के बाद पुनः एक कमरे में पहुंचे। यह कमरा भी पहिले ही कमरे के बराबर था और इसके सामने की दीवार में पुनः आगे जाने के लिए एक सुरंग का मुहाना नजर आ रहा था अर्थात् इस कमरे को लांघकर पुनः आगे बढ़ जाने के लिए भी सामने की तरफ सुरंग दिखाई दे रही थी।

यह कमरा पहिले की तरह खाली या सुनसान न था। इसमें तरह-तरह की बेशकीमत चीजों तथा हर्बों, जवाहिरात और अशर्फियों के भी जगह-जगह ढेर लगे हुए थे जिन्हें देखकर उन पांचों कैदियों में से एक ने कुंअर इन्द्रजीतसिंह से पूछा, "यह इतनी बड़ी रकम यहां किसके लिए रक्खी हुई है?"

इन्द्रजीत–यह सब दौलत हमारे लिए रक्खी हुई है, केवल इतनी ही नहीं, बल्कि इसी तरह और भी कई जगह इससे भी बढ़के अच्छी-अच्छी और कीमती चीजें दिखाई देंगी।

कैदी–इन चीजों को आप क्योंकर बाहर निकालेंगे?

इन्द्रजीत–जब हम लोग तिलिस्म तोड़ते हुए चुनारगढ़ पहुंचेंगे, तब ये सब चीजें निकलवा ली जाएंगी।

कैदी–तब तक इसी तरह ज्यों-की-त्यों पड़ी रहेंगी?

इन्द्रजीत–हां।

इस कमरे में चारों तरफ की दीवारों के साथ तरह-तरह के बेशकीमत हर्बे लटक रहे थे, जिन पर इस खयाल से कि जंग इत्यादि लगकर खराब न हो जाएं, एक किस्म का मोमी रोगन लगा हुआ था। नीचे दो सन्दूक जड़ाऊ जेवरों से भरे हुए थे जिनमें ताले लगे हुए न थे। इसके अतिरिक्त सोने के बहुत-से जड़ाऊ खुश्नुमा और नाजुक बर्तन भी दिखाई दे रहे थे।

इन चीजों को देख-भालकर कुमार आगे बढ़े और सुरंग के दूसरे मुहाने में घुसकर दूर तक चले गए। अबकी दफे का सफर सीधा न था, बल्कि घूम-घुमौवा था। लगभग दो या डेढ़ कोस जाने के बाद पुनः एक कमरे में पहुंचे। पहिले कमरे की तरह, इसमें भी आमने-सामने दोनों तरफ सुरंग बनी हुई थी।

इस कमरे में सोने-चांदी या जवाहिरात की कोई चीज न थी, हां, दीवारों पर बड़ी-बड़ी तस्वीरें लटक रही थीं, जो एक किस्म के रोगनी कपड़े पर, जिस पर सर्दी-गर्मी का असर नहीं पहुंच सकता था, बनी हुई थीं। इन तस्वीरों में रोहतासगढ़ और चुनार की तस्वीरें ज्यादे थीं और तरह-तरह के नक्शे भी जगह-जगह लटक रहे थे, जिन्हें बड़े गौर से दोनों कुमार देर तक देखते रहे।

इस कमरे की कैफियत को देखके इन्द्रजीतसिंह ने आनन्दसिंह से कहा, ''मालूम होता है, 'ब्रह्म-मण्डल' यही है, इसी जगह हम लोगों को बराबर आना पड़ेगा तथा चुनारगढ़ की तिलिस्म की चाभी भी इसी जगह से हमें मिलेगी।''

आनन्द–बेशक यही बात है, इस जगह के 'ब्रह्म-मण्डल' होने में कुछ भी सन्देह नहीं हो सकता।

इन्द्रजीत–फिर अब तुम्हारी क्या राय है? इस समय यहां कुछ काम किया जाए या नहीं? क्योंकि इस काम को हम लोग अपनी इच्छानुसार कर सकते हैं।

आनन्द–मेरी राय में तो इस समय यहां कोई काम न करना चाहिए, क्योंकि (कैदियों की तरफ इशारा करके) इन लोगों को तकलीफ होगी, पहिले इन लोगों को तिलिस्म के बाहर कर देना उचित होगा, फिर हम लोग यहां आकर अपना काम किया करेंगे।

इन्द्रजीत–मैं भी यही उचित समझता हूं, इसके अतिरिक्त हम लोगों को यहां कई दफे आने की जरूरत पड़ेगी, अस्तु, इस समय अगर यहां अटककर कोई काम करेंगे तो बाहर निकलने में बहुत देर हो जाएगी और हम भी परेशान और दुखी हो जाएंगे।

इतना कहकर इन्द्रजीतसिंह आगे की तरफ बढ़े और सभों को लिये सामनेवाली सुरंग में घुसे। अबकी दफे दोनों कुमारों और कैदियों को बहुत ज्यादे चलना पड़ा और साथ ही इसके भूख-प्यास की भी तकलीफ उठानी पड़ी। कई कोस का सफर करने के बाद जब वे लोग सुरंग के बाहर निकले तो सुबह की सुफेदी आसमान पर फैल चुकी थी इसलिए दोनों कुमारों ने अन्दाज से समझा कि अबकी दफे हम लोग चौदह या पन्द्रह घण्टे तक बराबर चलते रहे और जमानिया को बहुत दूर छोड़ आए।

सुरंग के बाहर निकलकर इन्द्रजीतसिंह और आनन्दसिंह ने जिस सरजमीन में अपने को पाया, वह एक बहुत ही दिलचस्प और सुहावनी घाटी थी। चारों तरफ कम ऊंची, सुन्दर और हरी-भरी पहाड़ियों के बीच में सरसब्ज मैदान था जिसके बीच में बरसाती पानी से बचने के लिए एक स्थान भी बना हुआ था। इस सरजमीन को इन्द्रजीतसिंह और आनन्दसिंह ने बहुत ही पसन्द किया और इन्द्रजीतसिंह ने उन कैदियों की तरफ देखकर कहा, ''अब तुम लोग अपने को आजाद और तिलिस्मी कैदखाने से बाहर निकला हुआ समझो, थोड़ी देर में हम लोग तुम्हें इस घाटी से बाहर पहुंचा देंगे, फिर जहां तुम लोगों की इच्छा हो, चले जाना।''

इसके जवाब में इन कैदियों ने हाथ जोड़कर कहा–''अब हम लोग इन चरणों को छोड़ नहीं सकते! यद्यपि अपने दुश्मनों से बदला लेने के लिए हम लोग बेताब हो रहे हैं, परन्तु हमारी यह अभिलाषा भी आपकी कृपा के बिना पूरी नहीं हो सकती अस्तु, हम लोग आपके साथ-ही-साथ राजा बीरेन्द्रसिंह के दरबार में चलने की इच्छा रखते हैं।''

दोनों कुमारों ने उनकी प्रार्थना मंजूर कर ली और इसके बाद जो कुछ अनूठी कार्रवाई उन लोगों ने की, दूसरे दिन बयान करूंगा।

इतना कहकर नकाबपोश चुप हो गया और अपने घर जाने की इच्छा से राजा साहब का मुंह देखने लगा। यद्यपि महाराज इसके आगे भी इन्द्रजीतसिंह और आनन्दसिंह का हाल सुना चाहते थे, परन्तु इस समय नकाबपोशों को छुट्टी दे देना ही उचित जानकर घर जाने की इजाजत दे दी और दरबार बर्खास्त किया।

दसवां बयान

अब देखना चाहिए कि देवीसिंह का साथ छोड़के भूतनाथ ने क्या किया। भूतनाथ भी वास्तव में एक विचित्र ऐयार है। जिस तरह वह अपने फन में बड़ा ही तेज और होशियार है और जिस काम के पीछे पड़ जाता है, उसे कुछ-न-कुछ सीधा किए बिना नहीं रहता, उसी तरह वह निडर भी परले सिरे का कहा जा सकता है। यद्यपि आजकल उसे इस बात की धुन चढ़ी हुई है कि उसके दो-एक पुराने ऐब, जिनके सबब से उसकी ऐयारी में धब्बा लगता है, छिपे रह जाएं और वह किसी-न-किसी तरह राजा बीरेन्द्रसिंह का ऐयार बन जाए, मगर फिर भी ऐयारी के समय अपना काम निकालने की धुन में वह जान तक की परवाह नहीं करता। इस मौके पर भी उसने नकाबपोशों का पीछा करके जो कुछ किया उसके विषय में भी यही कहने की इच्छा होती है कि उसने अपनी जान को हथेली पर लेकर वह काम किया जिसका हाल अब हम लिखते हैं।

संध्या होने में अभी घण्टे-भर की देर है। उसी खोह के मुहाने पर जिसके अन्दर नकाबपोशों का मकान है या जिसमें भूतनाथ और देवीसिंह नकाबपोशों का पता लगाते हुए गए थे, हम दो नकाबपोशों को ढाल-तलवार लगाए, हाथ-में-हाथ दिए टहलते हुए देखते हैं। इन दोनों नकाबपोशों की पोशाक और नकाब साधारण थी और हाथ-पैर से भी ये दोनों दुबले-पतले और कमजोर मालूम पड़ते थे। हम नहीं कह सकते कि यह दोनों यहां कितनी देर से और किस फिक्र में घूम रहे हैं तथा आपुस में किस ढंग की बातें कर रहे हैं, हां, इनके हाव-भाव से इस बात का पता जरूर लगता है कि ये दोनों किसी के आने का इन्तजार कर रहे हैं। ऐसे ही समय में अचानक एक आदमी इनके पास आकर खड़ा हो गया जो सूरत-शक्ल आदि से बिल्कुल उजड्ड और देहाती मालूम पड़ता था तथा जिसके हाथ-पैर तथा चेहरे पर गर्द रहने से यह भी जान पड़ता था कि यह कुछ दूर से सफर करता हुआ आ रहा है।

दोनों नकाबपोशों ने उसकी सूरत गौर से देखी और एक ने पूछा, "तू कौन है और क्या चाहता है?"

उस देहाती ने नकाबपोश की बात का कुछ जवाब न दिया और इशारे से बताया कि 'यहां से थोड़ी दूर पर कोई किसी को मार रहा है।'

पुनः एक नकाबपोश ने पूछा, "क्या तू गूंगा है?"

इसका भी उसने कुछ जवाब न देकर फिर पहिले की तरह इशारे से कुछ समझाया और अपने साथ आने के लिए कहा।

दोनों नकाबपोशों को विश्वास हो गया कि यह गूंगा-बहरा और साथ ही इसके उजड्ड तथा बेवकूफ भी है। अस्तु, एक नकाबपोश ने अपने साथी से कहा, "इसके साथ चलकर देखो तो सही क्या कहता है।"

दोनों नकाबपोश उसके साथ चलने के लिए तैयार हो गए और वह भी यह इशारा करके कि तुम्हें थोड़ी ही दूर चलना पड़ेगा, उन्हें अपने साथ लिये हुए पूरब की तरफ रवाना हुआ।

थोड़ी दूर जाने के बाद उस देहाती ने जमीन पर गिरे कई रुपये और दो-तीन जनाने जेवर नकाबपोशों को दिखाए जिससे इन्हें ताज्जुब हुआ और उन्होंने उस देहाती को जेवर और रुपये उठा लेने के लिए कहा, मगर उस देहाती ने ऐसा करने से इनकार किया और आगे चलने के लिए इशारा किया।

दोनों नकाबपोश भी जेवरों और रुपयों को उसी तरह छोड़ उस देहाती के पीछे-पीछे चलकर और आगे बढ़े तथा कुछ दूर चलने पर पुनः दो-तीन जेवर और एक कटा हुआ हाथ जमीन पर देखा। ताज्जुब में आकर एक नकाबपोश ने दूसरे से कहा, "यह क्या मामला है? हमारे पड़ोस ही में कोई बुरी घटना हुई जान पड़ती है!"

दूसरा–रंग तो ऐसा ही मालूम पड़ता है!

पहिला–यह हाथ भी किसी औरत का जान पड़ता है, शायद ये जेवर भी उसी के हों!

दूसरा–बेशक ये जेवर उसी के होंगे, इस बात का पता लगाके अपने सरदार को इत्तिला देनी चाहिए।

ये बातें हो ही रही थीं कि आगे से किसी औरत के रोने की आवाज इन दोनों नकाबपोशों ने सुनी जिससे ताज्जुब में आकर ये आगे की तरफ बढ़े।

इसी तरह चलकर वे दोनों अपने स्थान से दूर निकल गए और अन्त में एक औरत को जोर-जोर से रोते और चिल्लाते देखा। यह औरत साधारण न थी बल्कि किसी अमीर घर की मालूम पड़ती थी। इसके बदन में खुशबूदार फूलों के जेवर पड़े हुए थे और यह दोनों हाथ से अपना सिर पीटके रो रही थी। इसके सामने एक दूसरी औरत की लाश पड़ी हुई थी और उसके बदन में भी खुशबूदार फूलों के जेवर पड़े हुए थे। उस लाश के बदन से खून बह रहा था और उसका एक हाथ कटा हुआ था।

थोड़ी देर तक ताज्जुब के साथ देखने के बाद एक नकाबपोश ने उस औरत से पूछा, "इसे किसने मारा और यह तेरी कौन है?" इसके जवाब में उस औरत ने अपने आंचल से आंसू पोंछकर कहा, "मैं क्या बताऊं कि किसने मारा! तुम्हारे किसी साथी ने मारा है, अब तुम मुझे भी मारकर छुट्टी करो जिससे बखेड़ा ही तै हो जाए।"

एक नकाबपोश–(ताज्जुब और क्रोध के साथ) क्या हम लोग ऐसे नामर्द और पतित हैं जो औरतों के खून से अपना हाथ रंगेंगे?

औरत–मैं तो यही सोचती हूं, जब खुद मुझी पर बीत चुकी और बीत रही है तब मैं और क्या कहूं? शायद आप न हों, मगर आप ही की तरह पर्दे में मुंह छिपाने वालों ने इसे मारा है। चाहे वह मर्द हो या औरत, मगर याद रहे कि इसका बदला लिये बिना न रहूंगी या इसके साथ अपनी भी जान दे दूंगी।

नकाबपोश–मगर यह तू कह किससे रही है और तुझे क्योंकर यकीन हो गया कि इसे हमारे साथियों ने मारा है?

औरत–तुम्हीं लोगों से कह रही हूं और मुझे यह अच्छी तरह यकीन है कि इसे तुम्हारे साथियों ने मारा है!

नकाबपोश–(क्रोध से) क्या कहूं तू औरत है, तुझ पर हाथ छोड़ नहीं सकता, अगर कोई मर्द ऐसी बातें करता तो उसे इस कहने का मजा चखा देता!

औरत–शायद मुझे धोखा हुआ हो, मगर इसमें कोई शक नहीं कि जिसने इसे मारा है, वह तुम्हारी तरह का था।

नकाबपोश–तू अपना और इसका हाल तो कह, शायद उससे कुछ पता लगे।

औरत–मैं इस जगह कुछ भी नहीं कहने की, अगर तुम उन लोगों में से नहीं हो, जिन्होंने मुझे सताया है और असल मर्द हो तो मुझे अपने सरदार के पास ले चलो, उसी जगह मैं सब हाल कहूंगी।

नकाबपोश–हमारे सरदार के पास तू नहीं जा सकती।

औरत–तो अब मुझे विश्वास हो गया, जो कुछ किया है, सब तुम लोगों ने किया है।

इसी तरह की बातें देर तक होती रहीं, यद्यपि वे दोनों नकाबपोश उस औरत को अपने सरदार के पास ले चलना या उसे अपना पता देना नहीं चाहते थे, मगर उस औरत ने ऐसी तीखी-तीखी बातें कहीं कि वे दोनों जोश में आ गए और उसे तथा लाश को उठाकर अपने खोह के मुहाने पर चलने के लिए तैयार हो गए। उन्होंने लाश उठाकर ले चलने में मदद करने के लिए उस गूंगे देहाती को इशारे में कहा, मगर उसने ऐसा करने से साफ इनकार किया, बल्कि जब उन दोनों नकाबपोशों ने उसे डांटा तब वह डरकर वहां से भागा और कुछ दूर पर जाकर खड़ा हो गया।

फिर उन दोनों नकाबपोशों ने उस गूंगे से कुछ कहना उचित न जाना और जोश में आकर खुद लाश को उठाकर ले चलने के लिए तैयार हो गए, क्योंकि उन्हें इस

बात का पूरा विश्वास था कि इस औरत की जुबानी जरूर कोई अनूठी बात सुनने में आएगी।

हम ऊपर बयान कर चुके हैं कि उस औरत की लाश भी फूलों के गहनों से भरी हुई थी, अब इतना और कह देना है कि उन फूलों पर बेहोशी की दवा इस ढंग पर छिड़की हुई थी कि कुछ मालूम नहीं होता था और खुशबू के साथ उस दवा का गुण भी धीरे-धीरे फैल रहा था। यद्यपि फूलों की फैलनेवाली खुशबू के सबब नकाबपोशों पर उसका कुछ असर हो चुका था, मगर उन्हें इस बात का खयाल कुछ भी न था।

जब उन दोनों ने उस लाश को उठा लिया और फूलों की खुशबू को तेजी के साथ दिमाग में घुसने का मौका मिला तब उन दोनों नकाबपोशों ने समझा कि हमारे साथ ऐयारी की गई है। मगर अब कर ही क्या सकते हैं? तुरत सिर में चक्कर आने लगा जिसके सबब से वे दोनों बैठ गए और साथ ही इसके बेहोश होकर जमीन पर लम्बे हो गए। उस समय औरत की लाश भी चैतन्य हो गई और वह देहाती गूंगा भी उनकी खोपड़ी पर आ मौजूद हुआ। उस औरत ने देहाती गूंगे से कहा, "अब क्या करना चाहिए।"

देहाती–बस अब हमारा काम हो गया, अब इन्हें मालूम हो जाएगा कि भूतनाथ कोई साधारण ऐयार नहीं।

औरत–मगर अब भी आपको इस बात के सोचने का मौका है कि नकाबपोश लोग आपसे रंज न हो जाएं और इस बखेड़े का नतीजा बुरा न निकले।

देहाती–इन बातों को मैं खूब सोच चुका हूं। उन दोनों नकाबपोशों को जो हमारे राजा साहब के दरबार में जाया करते हैं, मैं रंज होने का मौका ही न दूंगा और इन दोनों में से भी केवल एक ही को उठा ले जाऊंगा और उसी से अपना काम निकालूंगा।

इतना कह उस देहाती ने दोनों नकाबपोशों के चेहरे पर से नकाब उलट दी, मगर असली सूरत पर निगाह पड़ते ही चौंकके उस औरत की तरफ देखकर कहा, "ओफ ओह, ये सूरतें तो वे ही हैं जिन्होंने दरबारे-आम में दारोगा और जैपाल को बदहवास कर दिया था। पहिले दिन जब एक नकाबपोश ने अपने चेहरे पर से नकाब हटाई थी तो दारोगा के सिर में चक्कर[1] आ गया था और दूसरे दिन जब दूसरे नकाबपोश ने सूरत दिखाई तो जैपाल की जान शरीर से निकलने की तैयारी करने लगी थी।[2]

इसी बीच में वह औरत भी उठकर हर तरह से दुरुस्त हो गई थी जिसे थोड़ी देर पहिले दोनों नकाबपोश मुर्दा समझकर उठा ले चले थे, असल में उसका हाथ कटा

1. देखिए चंद्रकान्ता सन्तति, उन्नीसवाँ भाग, दसवाँ बयान।
2. देखिए चंद्रकान्ता सन्तति, उन्नीसवाँ भाग, बारहवाँ बयान।

हुआ न था, असली हाथ कपड़े के अन्दर छिपा हुआ था और एक बनावटी कटा हुआ हाथ लगाकर दिखा दिया गया था।

ऊपर की बातचीत से हमारे पाठक समझ गए होंगे कि ये देहाती महाशय असल में भूतनाथ हैं और दोनों औरतें उसके नौजवान शागिर्द तथा मर्द हैं।

भूतनाथ की आखिरी बात सुनकर उसके एक शागिर्द ने जो औरत की सूरत में था, कहा, "क्या ये ही दोनों हमारे महाराज के दरबार में जाया करते हैं?"

भूतनाथ—दरबार में जब नकाबपोशों ने सूरत दिखाई थी तब दो दफे इन्हीं दोनों की सूरतें देखने में आई थीं, मगर मैं नहीं कह सकता कि वहां जानेवाले दोनों नकाबपोश यही हैं। मेरा दिल तो यही गवाही देता है कि दोनों नकाबपोश कोई दूसरे हैं और जब दरबार में जाते हैं तो केवल नकाब ही डालकर नहीं, बल्कि अपनी सूरतें भी बदलकर जाते हैं और उस दिन इन्हीं की-सी सूरत बनाकर गए थे।

शागिर्द—बेशक ऐसा ही है।

भूतनाथ—खैर, अब मैं इन दोनों में से एक को छोड़ न जाऊंगा जैसाकि पहिले इरादा कर चुका था, बल्कि दोनों ही को उठाकर ले जाऊंगा और असली भेद मालूम करके ही छोडूंगा।

इतना कहके भूतनाथ ने ऐयारी ढंग पर उन दोनों नकाबपोशों की गठरी बांधी और तीनों आदमी मिल-जुलकर उन्हें उठा ले गए।

ग्यारहवां बयान

नकाबपोशों के चले जाने के बाद जब केवल घरवाले ही वहां रह गए तब राजा बीरेन्द्रसिंह ने अपने पिता से तारासिंह की बाबत जो कुछ हाल हम ऊपर लिख आए हैं, कुछ घटा-बढ़ाकर बयान किया और इसके बाद कहा, "तारासिंह नकाबपोशों के सामने ही लौटकर आ गया था जिससे अभी तक यह पूछने का मौका न मिला कि वह कहां गया था और वह तस्वीर उसे कहां से मिली थी जो उसने अपनी मां को दी थी।"

इतना कहकर बीरेन्द्रसिंह चुप हो गए और देवीसिंह ने वह कपड़ेवाली तस्वीर (जो चम्पा ने दी थी) महाराज सुरेन्द्रसिंह के सामने रख दी। सुरेन्द्रसिंह ने बड़े गौर से उस तस्वीर को देखा और इसके बाद तारासिंह से पूछा—

"निःसन्देह यह तस्वीर किसी अच्छे कारीगर के हाथ की बनी हुई है, यह तुम्हें कहां से मिली?"

तारा—मैं स्वयं इस तस्वीर का हाल अर्ज करनेवाला था, परन्तु इसके सम्बन्ध की कई ऐसी बातों को जानना आवश्यक था जिनके बिना इसका पूरा भेद मालूम नहीं

हो सकता, अतएव मैं उन्हीं बातों के जानने की फिक्र में पड़ा हुआ था और इसी सबब से अभी तक कुछ अर्ज करने की नौबत नहीं आई।

तेज–तो क्या तुम्हें इसका पूरा-पूरा भेद मालूम हो गया।

तारा–जी नहीं, मगर कुछ-कुछ जरूर मालूम हुआ है?

तेज–तो इस काम में तुमने अपने साथियों से मदद क्यों नहीं ली?

तारा–अभी तक मदद की जरूरत नहीं पड़ी थी, मगर, हां, अब मदद लेनी पड़ेगी!

बीरेन्द्र–खैर, बताओ कि इस तस्वीर को तुमने क्योंकर पाया?

तारा–(इधर-उधर देखकर) भूतनाथ की स्त्री से।

तारासिंह की इस बात को सुनकर सब कोई चौंक पड़े, खासकर देवीसिंह को तो बड़ा ही ताज्जुब हुआ और उसने हैरत की निगाह से अपने लड़के तारासिंह की तरफ देखकर पूछा–

"भूतनाथ की स्त्री तुम्हें कहां मिली?"

तारा–उसी जंगल में जिसमें आपने और भूतनाथ ने उसे देखा था, बल्कि उसी झोंपड़ी में, जिसमें भूतनाथ और आप उसके साथ गए थे और लाचार होकर लौट आए थे। आपको यह सुनकर ताज्जुब होगा कि वह वास्तव में भूतनाथ की स्त्री ही थी।

देवी–(आश्चर्य से) हैं, क्या वह वास्तव में भूतनाथ की स्त्री थी?

तारा–जी हां, आप और भूतनाथ नकाबपोशों के फेर में यद्यपि कई दिनों तक परेशान हुए, परन्तु उतना हाल मालूम न कर सके, जितना मैं जान आया हूं।

इस समय दरबार में आपुसवालों के सिवाय कोई गैर आदमी ऐसा न था जिसके सामने इस तरह की बातों के कहने-सुनने में किसी तरह का खयाल होता, अतएव बड़ी उत्कण्ठा के साथ सब कोई तारासिंह की बातें सुनने के लिए तैयार हो गए और देवीसिंह का तो कहना ही क्या, जिनका दिल तूफान में पड़े हुए जहाज की तरह हिंडोले खा रहा था। उन्हें यकायक यह खयाल पैदा हुआ कि अगर वह वास्तव में भूतनाथ की स्त्री थी तो दूसरी औरत भी जरूर चम्पा ही रही होगी जिसे नकाबपोशों के मकान में देखा गया था। अस्तु, बड़े ताज्जुब के साथ अपने लड़के तारासिंह से पूछा, "क्या तुम बता सकते हो कि जिन दो औरतों को हमने नकाबपोशों के मकान में देखा था, वे कौन थीं?"

तारा–उनमें से एक तो जरूर भूतनाथ की स्त्री थी, मगर दूसरी के बारे में अभी तक कुछ पता नहीं लगा।

देवी–(कुछ सोचकर) दूसरी तुम्हारी मां होगी?

तारा–शायद ऐसा हो, मगर विश्वास नहीं होता।

तेज–तुम्हें यह कैसे निश्चय हुआ कि वास्तव में वह भूतनाथ की स्त्री थी?

तारा–उसने स्वयं भूतनाथ की स्त्री होना स्वीकार किया, बल्कि और भी बहुत-सी बातें ऐसी कहीं जिससे किसी तरह का शक नहीं रहा।

देवी–और तुम्हें यह कैसे मालूम हुआ कि नकाबपोशों के घर जाकर हम लोगों ने किसे देखा या जंगल में भूतनाथ की स्त्री हम लोगों को मिली थी और हम लोग उसके पीछे-पीछे एक झोंपड़ी में जाकर सूखे हाथ लौट आए थे?

तारा–यह सब हाल मुझे बखूबी मालूम है और उस समय मैं भी उसी जंगल में था, जिस समय आपने भूतनाथ की स्त्री को देखा था और उसके पीछे-पीछे गए थे। इस समय आप यह सुनकर और ताज्जुब करेंगे कि आपसे अलग होकर भूतनाथ ने उसी दिन अर्थात् कल संध्या के समय उन दोनों नकाबपोशों को गिरफ्तार कर लिया, जिनकी सूरत यहां दरबार में देखकर दारोगा और जैपाल बदहवास हो गए थे।

बीरेन्द्र–(ताज्जुब से) हैं! मगर वे दोनों नकाबपोश तो आज भी यहां आए थे जिनका जिक्र तुम कर रहे हो।

तारा–जी हां, उन्हें तो मैं अपनी आंखों ही से देख चुका हूं, मगर मेरे कहने का मतलब यह है कि भूतनाथ ने कल जिन दोनों नकाबपोशों को गिरफ्तार किया है, उनकी सूरतें ठीक वैसी ही हैं जैसी दारोगा और जैपाल ने यहां देखी थीं, चाहे ये लोग हों कोई भी।

तेज–और भूतनाथ ने उन्हें गिरफ्तार कहां पर किया?

तारा–उसी खोह के मुहाने पर उसने उन्हें धोखा दिया, जिसमें नकाबपोश लोग रहते थे।

देवी–मालूम होता है कि हम लोगों की तरह तुम भी कई दिनों से नकाबपोशों की खोज में पड़े हो?

तारा–खोज में नहीं बल्कि फेर में।

बीरेन्द्र–खैर, तुम खुलासे तौर पर सब हाल बयान कर जाओ, इस तरह पूछने और कहने से काम नहीं चलेगा।

तारा–जो आज्ञा, मगर मेरा हाल कुछ बहुत लम्बा-चौड़ा नहीं, केवल इतना ही कहना है कि मैं भी पांच-सात दिन से उन नकाबपोशों के फेर में पड़ा हूं और इत्तिफाक से मैं भी उसी खोह के अन्दर जा पहुंचा जिसमें वे लोग रहते हैं। (कुछ सोच और जीतसिंह की तरफ देखकर) अगर कोई हर्ज न हो तो दो घण्टे के बाद मुझसे मेरा हाल पूछा जाए।

जीत–(महाराज की तरफ देखकर और कुछ इशारा पाकर) खैर, कोई चिन्ता नहीं, मगर यह बताओ कि इन दो घण्टों के अन्दर तुम क्या काम करोगे?

तारा–कुछ भी नहीं, मैं केवल अपनी मां से मिल लूंगा और स्नान-ध्यान से छुट्टी पा लूंगा।

देवी–(धीरे से) आजकल के लड़के भी कुछ विचित्र ही पैदा होते हैं, खास करके ऐयार के।

इसके जवाब में तारासिंह ने अपने पिता की तरफ देखा और मुस्कुराकर सिर झुका लिया। यह बात देवीसिंह को कुछ बुरी मालूम हुई, मगर बोलने का मौका न देखकर चुप रह गए।

तेज–(तारा से) आज जब हम लोग तुम्हारे न मिलने से परेशान थे तो हमारी परेशानी को देखकर नकाबपोशों ने कहा था कि तारासिंह के लिए आपको तरद्दुद न करना चाहिए, आशा है कि वह घण्टे-भर के अन्दर ही यहां आ पहुंचेगा, और वास्तव में हुआ भी ऐसा ही, तो क्या नकाबपोशों को तुम्हारा हाल मालूम था? यह बात नकाबपोशों से भी पूछी गई थी, मगर उन्होंने कुछ जवाब न दिया और कहा कि 'इसका जवाब तारा ही देगा।'

तारा–नकाबपोशों की सभी बातें ताज्जुब की होती हैं, मैं नहीं जानता कि उन्हें मेरा हाल क्योंकर मालूम हुआ।

तेज–क्या तुम्हें इस बात की खबर है कि इन्द्रजीतसिंह और आनन्दसिंह ने तुम्हें और भैरोसिंह को बुलाया है?

तारा–जी नहीं।

तेज–(कुमार की चीठी तारा को दिखाकर) लो, इसे पढ़ो।

तारा–(चीठी पढ़कर) नकाबपोशों ही के हाथ यह चीठी आई होगी?

तेज–हां और उन्हीं नकाबपोशों के साथ तुम दोनों को जाना भी पड़ेगा?

तारा–जब मर्जी होगी हम दोनों चले जाएंगे।

इसके बाद महाराज की आज्ञानुसार दरबार बर्खास्त हुआ और सब कोई अपने-अपने ठिकाने चले गए। तारासिंह भी महल में अपनी मां से मिलने के लिए चला गया और घण्टे-भर से ज्यादे देर तक उसके पास बैठा बातचीत करता रहा। इसके बाद जब महल से बाहर आया तो सीधे जीतसिंह के डेरे में चला गया और जब मालूम हुआ कि वे महाराज सुरेन्द्रसिंह के पास गए हुए हैं तो खुद भी महाराज सुरेन्द्रसिंह के पास चला गया।

हम नहीं कह सकते कि महाराज सुरेन्द्रसिंह, जीतसिंह और तारासिंह में देर तक क्या-क्या बातें होती रहीं, हां, इसका नतीजा यह जरूर निकला कि तारासिंह को पुनः अपना हाल किसी से कहना न पड़ा अर्थात् महाराज ने उसे अपना हाल बयान करने से माफी दे दी और तारासिंह को भी जो कुछ कहना-सुनना था, महाराज से ही कह-सुनकर छुट्टी पा ली। औरों को तो इस बात का ऐसा खयाल न हुआ, मगर देवीसिंह को यह चालाकी बुरी मालूम हुई और उन्हें निश्चय हो गया कि तारासिंह और चम्पा दोनों मां-बेटे मिले हुए हैं और साथ ही इसके बड़े महाराज भी इस भेद को जानते हैं, मगर ताज्जुब है कि ऐयारों पर प्रकट नहीं करते, इसका कोई-न-कोई सबब जरूर है, और तब देवीसिंह की हिम्मत न पड़ी कि अपने लड़के को कुछ कहें या डांटें।

दो घण्टे रात जा चुकी थी जब महाराज सुरेन्द्रसिंह ने बीरेन्द्रसिंह और तेजसिंह को अपने पास बुलाया। उस समय जीतसिंह पहिले ही से महाराज सुरेन्द्रसिंह के पास बैठे हुए थे, अस्तु, जब दोनों आदमी वहां आ गए तो दो घण्टे तक तारासिंह के बारे में बातचीत होती रही और इसके बाद महाराज आराम करने के लिए पलंग पर चले गए। बीरेन्द्रसिंह और तेजसिंह अपने-अपने कमरे में चले आए।

बारहवां बयान

दूसरे दिन अपने मामूली समय पर पुनः दोनों नकाबपोशों के आने की इत्तिला मिली। उस समय जीतसिंह, बीरेन्द्रसिंह और तेजसिंह, राजा गोपालसिंह, बलभद्रसिंह, इन्द्रदेव और बद्रीनाथ वगैरह अपने यहां के कुछ ऐयार लोग भी महाराज सुरेन्द्रसिंह के पास बैठे हुए थे और उन्हीं नकाबपोशों के बारे में तरह-तरह की बातें हो रही थीं। आज्ञानुसार दोनों नकाबपोश हाजिर किए गए और फिर इस तरह बातचीत होने लगी–

तेज–(नकाबपोशों की तरफ देखकर) तारासिंह की जुबानी सुनने में आया कि भूतनाथ ने आपके दो आदमियों को ऐयारी करके गिरफ्तार कर लिया है।

एक नकाबपोश–जी हां, हम लोगों को भी इस बात की खबर लग चुकी है मगर कोई चिन्ता की बात नहीं है। गिरफ्तार होने और बेइज्जती उठाने पर भी वे दोनों भूतनाथ को किसी तरह की तकलीफ न देंगे और न भूतनाथ ही उन्हें किसी तरह की तकलीफ दे सकेगा। यद्यपि उस समय भूतनाथ ने उन दोनों को नहीं पहिचाना, मगर जब उनका परिचय पाएगा और पहिचानेगा तो उसे बड़ा ही ताज्जुब होगा। जो हो, मगर भूतनाथ को ऐसा करने की जरूरत न थी। ताज्जुब है कि ऐसे फजूल के कामों में भूतनाथ का जी क्योंकर लगता है। ऐयारी करके जिस समय भूतनाथ ने दोनों को गिरफ्तार किया था उस समय उन दोनों की सूरत देखने के साथ ही छोड़ देना चाहिए था, क्योंकि एक दफे भूतनाथ इस दरबार में उन दोनों सूरतों को देख चुका था और जानता था कि आखिर इन दोनों का हाल मालूम होना ही। अब दोनों को गिरफ्तार करके ले जाने से भूतनाथ की बेचैनी कम न होगी, बल्कि और ज्यादे बढ़ जाएगी।

तेज–हां, हम लोगों ने भी यही सुना था कि जिन सूरतों को देखकर मायारानी का दारोगा और जैपाल बदहवास हो गए थे, उन्हीं दोनों को भूतनाथ ने गिरफ्तार किया है।

नकाबपोश–जी हां, ऐसा ही है।

तेज–तो क्या वे दोनों स्वयं इस दरबार में आए थे या आप लोगों ने उन दोनों के जैसी सूरत बनाई थी?

नकाबपोश–जी वे लोग स्वयं यहां नहीं आए थे बल्कि हम ही दोनों उन दोनों की तरह की सूरत बनाए हुए थे। दारोगा और जैपाल इस बात को समझ न सके।

तेज–असल में दोनों कौन हैं जिन्हें भूतनाथ ने गिरफ्तार किया है?

नकाबपोश–(कुछ सोचकर) आज नहीं, अगर हो सकेगा तो दो-एक दिन में मैं आपको इस बात का जवाब दूंगा क्योंकि इस समय हम लोग ज्यादा देर तक यहां ठहरना नहीं चाहते। इसके अतिरिक्त सम्भव है कि कल तक भूतनाथ भी उन दोनों को लिये हुए यहीं आ जाए। अगर वह अकेला ही आवे तो हुक्म दीजिएगा कि उन दोनों को भी यहां ले आए। उस समय कमबख्त दारोगा और जैपाल के सामने उन दोनों का हाल सुनने से आप लोगों को विशेष आनन्द मिलेगा। मैं भी...(कुछ रुककर) मौजूद ही रहूंगा, जो बात समझ में न आवेगी समझा दूंगा। (कुछ रुककर) हां, भैरोसिंह और तारासिंह के विषय में क्या आज्ञा होती है? क्या आज वे दोनों हमारे साथ भेजे जाएंगे? क्योंकि इन्द्रजीतसिंह और आनन्दसिंह को उन दोनों के बिना सख्त तकलीफ है।

सुरेन्द्र–हां, भैरो और तारा तुम दोनों के साथ जाने के लिए तैयार हैं।

इतना कहकर महाराज ने भैरोसिंह और तारासिंह की तरफ देखा जो उसी दरबार में बैठे हुए नकाबपोशों की बातें सुन रहे थे। महाराज को अपनी तरफ देखते देख दोनों भाई उठ खड़े हुए और महाराज को सलाम करने के बाद दोनों नकाबपोशों के पास आकर बैठ गए।

नकाबपोश–(महाराज से) तो अब हम लोगों को आज्ञा मिलनी चाहिए।

सुरेन्द्र–क्या आज दोनों लड़कों का हाल हम लोगों को न सुनाओगे?

नकाबपोश–(हाथ जोड़कर) जी नहीं, क्योंकि देर हो जाने से आज भैरोसिंह और तारासिंह को इन्द्रजीतसिंह के पास हम लोग पहुंचा न सकेंगे।

सुरेन्द्र–खैर क्या हर्ज है, कल तो तुम लोगों का आना होगा ही?

नकाबपोश–अवश्य।

इतना कहकर दोनों नकाबपोश उठ खड़े हुए और सलाम करके बिदा हुए। भैरोसिंह और तारासिंह भी उनके साथ रवाना हुए।

तेरहवां बयान

रात घण्टे-भर से कुछ ज्यादे जा चुकी है। पहाड़ के एक सुनसान दर्रे में जहां किसी आदमी का जाना कठिन ही नहीं बल्कि असम्भव जान पड़ता है, सात आदमी बैठे हुए किसी के आने का इन्तजार कर रहे हैं और उन लोगों के पास ही एक लालटेन जल रही है। यह स्थान चुनारगढ़ के तिलिस्मी मकान से लगभग छः-सात कोस की

दूरी पर होगा। यह दो पहाड़ों के बीचवाला दर्रा बहुत बड़ा, पेचीला, ऊंचा-नीचा और ऐसा भयानक था कि साधारण मनुष्य एक सायत के लिए भी यहां खड़ा रहकर अपने उछलते और कांपते हुए कलेजे को सम्हाल नहीं सकता था। इस दर्रे में बहुत-सी गुफाएं ऐसी हैं जिनमें सैकड़ों आदमी आराम से रहकर दुनियादारी की आंखों से, बल्कि वहम और गुमान से भी अपने को छिपा सकते हैं, और इसी से समझ लेना चाहिए कि यहां ठहरने या बैठनेवाला आदमी साधारण नहीं बल्कि बड़े जीवट और कड़े दिल का होगा।

ये सातों आदमी, जिन्हें हम बेफिक्री के साथ बैठे देखते हैं, भूतनाथ के साथी हैं और उसी की आज्ञानुसार ऐसे स्थान में अपना घर बनाए पड़े हुए हैं। इस समय भूतनाथ यहां आनेवाला है, अस्तु, ये लोग भी उसी का इन्तजार कर रहे हैं।

इसी समय भूतनाथ भी उन दोनों नकाबपोशों को, जिन्हें आज ही धोखा देकर गिरफ्तार किया था, लिये हुए आ पहुंचा। भूतनाथ को देखते ही वे लोग उठ खड़े हुए और बेहोश नकाबपोशों की गठरी उतारने में सहायता दी।

दोनों बेहोश जमीन पर सुला दिए गए और इसके बाद भूतनाथ ने अपने एक साथी की तरफ देखकर कहा, "थोड़ा पानी ले आओ, मैं इन दोनों के चेहरे धोकर देखा चाहता हूं।"

इतना सुनते ही एक आदमी दौड़ता हुआ चला गया और थोड़ी ही दूर पर एक गुफा के अन्दर घुसकर पानी का भरा हुआ लोटा लेकर चला आया। भूतनाथ ने बड़ी होशियारी से (जिसमें उनका कपड़ा भीगने न पावे) दोनों नकाबपोशों का चेहरा धोकर लालटेन की रोशनी में गौर से देखा, मगर किसी तरह का फर्क न पाकर धीरे से कहा, "इन लोगों का चेहरा रंगा हुआ नहीं है।"

इसके बाद भूतनाथ ने उन दोनों को लखलखा सुंघाया जिससे वे तुरत ही होश में आकर उठ बैठे और घबराहट के साथ चारों तरफ देखने लगे। लालटेन की रोशनी में भूतनाथ के चेहरे पर निगाह पड़ते ही उन दोनों ने भूतनाथ को पहिचान लिया और हंसकर उससे कहा, "बहुत खासे! तो ये सब जाल आप ही के रचे हुए थे?"

भूतनाथ–जी हां, मगर आप इस बात का खयाल भी अपने दिल में न लाइएगा कि मैं आपको दुश्मनी की नीयत से पकड़ लाया हूं।

एक नकाबपोश–(हंसकर) नहीं-नहीं, यह बात हम लोगों के दिल में नहीं आ सकती और न तुम हमें किसी तरह का नुकसान पहुंचा ही सकते हो, मगर मैं यह पूछता हूं कि तुम्हें इस कार्रवाई के करने से फायदा क्या होगा?

भूतनाथ–आप लोगों से किसी तरह का फायदा उठाने की भी मेरी नीयत नहीं है। मैं तो केवल दो-चार बातों का जवाब पाकर ही अपनी दिलजमई कर लूंगा और इसके बाद आप लोगों को उसी ठिकाने पहुंचा दूंगा, जहां से ले आया हूं।

नकाबपोश–मगर तुम्हारा यह खयाल भी ठीक नहीं है, क्योंकि तुम खुद समझ गए होगे कि हम लोग थोड़े ही दिनों के लिए अपने चेहरे पर नकाब डाले हुए हैं और अपना भेद प्रकट होने नहीं देते। इसके बाद हम लोगों का भेद छिपा नहीं रहेगा, अस्तु, इस बात को जानकर भी तुम्हें इतनी जल्दी क्यों पड़ी है और क्यों तुम्हारे पेट में चूहे कूद रहे हैं? क्या तुम नहीं जानते कि स्वयं महाराज सुरेन्द्रसिंह और राजा बीरेन्द्रसिंह हम लोगों का भेद जानने के लिए बेताब हो रहे थे, मगर कई बातों पर ध्यान देकर हम लोगों ने अपना भेद खोलने से इनकार कर दिया और कह दिया कि कुछ दिन सब्र कीजिए फिर आपसे आप हम लोग अपना भेद खोल देंगे।

नकाबपोश की कुरुखी मिली हुई बातें सुनकर यद्यपि भूतनाथ को क्रोध चढ़ आया, मगर क्रोध करने का मौका न देख वह चुप रह गया और नरमी के साथ फिर बातचीत करने लगा।

भूतनाथ–आपका कहना ठीक है, मैं इस बात को खूब जानता हूं, मगर मैं उन भेदों को खुलवाना नहीं चाहता जिन्हें हमारे महाराज जानना चाहते हैं, मैं तो केवल दो-चार मामूली बातें आप लोगों से पूछना चाहता हूं जिनका उत्तर देने में न तो आप लोगों का भेद ही खुलता है और न आप लोगों का कोई हर्ज ही होगा। इसके अतिरिक्त मैं वादा करता हूं कि मेरी बातों का जो कुछ आप जवाब देंगे उसे मैं किसी दूसरे पर तब तक प्रकट न करूंगा जब तक आप लोग अपना भेद न खोलेंगे।

नकाबपोश–(कुछ सोचकर) अच्छा पूछो क्या पूछते हो?

भूतनाथ–पहिली बात तो मैं यह पूछता हूं कि देवीसिंह के साथ मैं आप लोगों के मकान में गया था, यह बात आपको मालूम है या नहीं?

नकाबपोश–हां, मालूम है।

भूतनाथ–खैर, और दूसरी बात यह है कि यहां मैंने अपने लड़के हरनामसिंह को देखा, क्या वह वास्तव में हरनामसिंह ही था?

नकाबपोश–(कुछ क्रोध की निगाह से भूतनाथ को देखकर) हां, था तो सही, फिर?

भूतनाथ–(लापरवाही के साथ) कुछ नहीं, मैं केवल अपना शक मिटाना चाहता था। अच्छा अब तीसरी बात ये जानना चाहता हूं कि वहां देवीसिंह ने अपनी स्त्री को और मैंने अपनी स्त्री को देखा था, क्या वे दोनों वास्तव में हम दोनों की स्त्रियां थीं या कोई और?

नकाबपोश–चम्पा के बारे में पूछनेवाले तुम कौन हो? हां, अपनी स्त्री के बारे में पूछ सकते हो, सो मैं साफ कह देता हूं कि वह बेशक तुम्हारी स्त्री 'रामदेई' थी।

यह जवाब सुनते ही भूतनाथ चौंका और उसके चेहरे पर क्रोध और ताज्जुब की निशानी दिखाई देने लगी। भूतनाथ को निश्चय था कि उसकी स्त्री का असली नाम 'रामदेई' किसी को मालूम नहीं है, मगर इस समय एक अनजान आदमी के मुंह से

उसका नाम सुनकर भूतनाथ को बड़ा ही ताज्जुब हुआ और इस बात पर उसे क्रोध भी चढ़ आया कि मेरी स्त्री इन लोगों के पास क्यों आई, क्योंकि वह एक ऐसे स्थान पर थी जहां उसकी इच्छा के विरुद्ध कोई जा नहीं सकता था, ऐसी अवस्था में निश्चय है कि वह अपनी खुशी से बाहर निकली और इन लोगों के पास आई। केवल इतना ही नहीं, उसे इस बात के खयाल से और भी रंज हुआ कि मुलाकात होने पर भी उसकी स्त्री ने उससे अपने को छिपाया बल्कि एक तौर पर धोखा देकर बेवकूफ बनाया–आदि इसी तरह की बातों को परेशानी और रंज के साथ भूतनाथ सोचने लगा।

नकाबपोश–आप जो कुछ पूछना था पूछ चुके या अभी कुछ बाकी है?

भूतनाथ–हां, अभी कुछ और पूछना है।

नकाबपोश–तो जल्दी से पूछते क्यों नहीं, सोचने क्या लग गए?

भूतनाथ–अब यह पूछना है कि मेरी स्त्री आप लोगों के पास कैसे आई और वह खुद आप लोगों के पास आई या उसके साथ जबर्दस्ती की गई?

नकाबपोश–अब तुम दूसरी राह चले, इस बात का जवाब हम लोग नहीं दे सकते।

भूतनाथ–आखिर इसका जवाब देने में हर्ज ही क्या है?

नकाबपोश–हो या न हो, मगर हमारी खुशी भी तो कोई चीज है।

भूतनाथ–(क्रोध में आकर) ऐसी खुशी से काम नहीं चलेगा, आपको मेरी बातों का जवाब देना ही पड़ेगा।

नकाबपोश–(हंसकर) मानो आप हम लोगों पर हुकूमत कर रहे हैं और जबर्दस्ती पूछ लेने का दावा रखते हैं?

भूतनाथ–क्यों नहीं, आखिर आप लोग इस समय मेरे कब्जे में हैं।

इतना सुनते ही नकाबपोश को भी क्रोध चढ़ आया और उसने तीखी आवाज में कहा, ‘‘इस भरोसे न रहना कि हम लोग तुम्हारे कब्जे में हैं, अगर अब तक नहीं समझते थे तो अब समझ रक्खो कि उस आदमी का तुम कुछ भी नहीं बिगाड़ सकते जो अपने हाथों से तुम्हारे छिपे हुए ऐबों की तस्वीर बनानेवाला है। हां-हां, बेशक तुमने वह तस्वीर भी हमारे मकान में देखी होगी अगर सचमुच अपने लड़के हरनामसिंह को उस दिन देख लिया है तो।’’

यह एक ऐसी बात थी जिसने भूतनाथ के होशहवास दुरुस्त कर दिए। अब तक जिस जोश और दिमाग के साथ वह बैठा बातें कर रहा था वह बिल्कुल जाता रहा और घबराहट तथा परेशानी ने उसे अपना शिकार बना लिया। वह उठकर खड़ा हो गया और बेचैनी के साथ इधर-उधर टहलने लगा। बड़ी मुश्किल से कुछ देर में उसने अपने को सम्हाला और तब नकाबपोश की तरफ देखकर पूछा, ‘क्या वह तस्वीर आपके हाथ की बनाई हुई थी?’’

नकाबपोश–बेशक!

भूतनाथ–तो आप ही ने उस आदमी को वह तस्वीर दी भी होगी जो मुझ पर उस तस्वीर की बाबत दावा करने के लिए कहता था।

नकाबपोश–इस बात का जवाब नहीं दिया जाएगा।

भूतनाथ–तो क्या आप मेरे उन भेदों को दरबार में खोला चाहते हैं?

नकाबपोश–अभी तक तो ऐसा करने का इरादा नहीं था, मगर अब जैसा मुनासिब समझा जाएगा, वैसा किया जाएगा।

भूतनाथ–उन भेदों को आपके अतिरिक्त आपकी मण्डली में और भी कोई जानता है?

नकाबपोश–इसका जवाब देना भी उचित नहीं जान पड़ता।

भूतनाथ–आप बड़ी जबर्दस्ती करते हैं!

नकाबपोश–जबर्दस्ती करनेवाले तो तुम थे, मगर अब क्या हो गया?

भूतनाथ–(तेजी के साथ) मुमकिन है कि मैं अब भी जबर्दस्ती का बर्ताव करूं। कोई क्या जान सकता है कि तुम लोगों को कौन उठा ले गया?

नक़ाबपोश–(हंसकर) ठीक है, तुम समझते हो कि यह बात किसी को मालूम न होगी कि हम लोगों को भूतनाथ उठा ले गया है।

भूतनाथ–(जोर देकर) ऐसा ही है, इसके विपरीत भी क्या कोई समझा सकता है?

इतने ही में थोड़ी दूर पर से यह आवाज आई, "हां, समझा सकता है और विश्वास दिला सकता है कि यह बात छिपी हुई नहीं है।"

अब तो भूतनाथ की कुछ विचित्र ही हालत हो गई। वह घबड़ाकर उस तरफ देखने लगा जिधर से आवाज आई थी और फुर्ती के साथ अपने आदमियों से बोला, "पकड़ो, जाने न पाए!"

भूतनाथ के आदमी तेजी के साथ उस बोलनेवाले की खोज में दौड़ गए, मगर नतीजा कुछ भी न निकला अर्थात् वह आदमी गिरफ्तार न हुआ और भागकर निकल गया। यह हाल देख दोनों नकाबपोशों ने खिलखिलाकर हंस दिया और कहा, "क्यों, अब तुम अपनी क्या राय कायम करते हो?"

भूतनाथ–हां, मुझे विश्वास हो गया कि आपका यहां रहना छिपा नहीं रहा अथवा हमारे पीछे आपका कोई आदमी यहां तक जरूर आया है। इसमें कोई शक नहीं कि आप लोग अपने काम में पक्के हैं, कच्चे नहीं, मगर ऐयारी के फन में मैंने आपको दबा लिया।

नकाबपोश–यह दूसरी बात है, तुम ऐयार हो और हम लोग ऐयारी नहीं जानते, इतना होने पर भी तुम हमारे लिए दिन-रात परेशान रहते हो और कुछ करते-धरते नहीं बन पड़ता। मगर भूतनाथ, हम तुमसे फिर भी यही कहते हैं कि हम लोगों के फेर में न पड़ो और कुछ दिन सब्र करो, फिर आप-से-आप हम लोगों का हाल मालूम

हो जाएगा। ताज्जुब है कि तुम इतने बड़े ऐयार होकर जल्दबाजी के साथ ऐसी ओछी कार्रवाई करके खुद-ब-खुद अपना काम बिगाड़ने की कोशिश करते हो! उस दिन दरबार में तुम देख चुके हो और जान भी चुके हो कि हम लोग तुम्हारी तरफदारी करते हैं, तुम्हारे ऐबों को छिपाते हैं, और तुम्हें एक विचित्र ढंग से माफी दिलाकर खास महाराज का कृपापात्र बनाया चाहते हैं, फिर क्या सबब है कि तुम हम लोगों का पीछा करके खामखाह हमारा क्रोध बढ़ा रहे हो?

भूतनाथ–(गुस्से को दबाकर नर्मी के साथ) नहीं-नहीं, आप इस बात का गुमान भी न कीजिए कि मैं आप लोगों को दुःख दिया चाहता हूं और...

नकाबपोश–(बात काटके लापरवाही के साथ) दुःख देने की बात मैं नहीं कहता, क्योंकि तुम हम लोगों को दुःख दे ही नहीं सकते।

भूतनाथ–खैर, न सही मगर मैं अपने दिल की बात कहता हूं कि किसी बुरे इरादे से मैं आप लोगों का पीछा नहीं करता, क्योंकि मुझे इस बात का निश्चय हो चुका है कि आप लोग मेरे सहायक हैं, मगर क्या करूं अपनी स्त्री को आपके मकान में देखकर हैरान हूं और मेरे दिल के अन्दर तरह-तरह की बातें पैदा हो रही हैं। आज मैं इसी इरादे से आप लोगों को यहां ले आया था कि जिस तरह हो सके अपनी स्त्री का असल भेद मालूम कर लूं।

नकाबपोश–जिस तरह हो सके के क्या मानी? हम कह चुके हैं कि तुम हमें किसी तरह की तकलीफ नहीं पहुंचा सकते और न डरा-धमकाकर ही कुछ पूछ सकते हो, क्योंकि हम लोग बड़े ही जबर्दस्त हैं।

भूतनाथ–अब इतनी ज्यादे शेखी न बघारिए, क्या आप ऐसे मजबूत हो गए कि हमारा हाथ कोई काम कर ही नहीं सकता!

नकाबपोश–हमारे कहने का मतलब यह नहीं है बल्कि यह है कि ऐसा करने से तुम्हें कोई फायदा नहीं हो सकता, क्योंकि हमारे संगी-साथी सभी कोई तुम्हारे भेदों को जानते हैं, मगर तुम्हें नुकसान पहुंचाना नहीं चाहते। हमारी ही तरफ ध्यान देकर देख लो कि तुम्हारे हाथों दुःखी होकर भी तुम्हें दुःख देना नहीं चाहते और जो कुछ तुम कर चुके हो उसे सहकर बैठे हैं।

भूतनाथ–हमने आपको क्या दुःख दिया है?

नकाबपोश–अगर हम इस बात का जवाब देंगे तो तुम औरों को तो नहीं, मगर हमें पहिचान जाओगे।

भूतनाथ–अगर आपको पहिचान भी जाऊंगा तो क्या हर्ज है? मैं फिर प्रतिज्ञापूर्वक कहता हूं कि जब तक आप स्वयं अपना भेद न खोलेंगे तब तक मैं अपने मुंह से कुछ भी किसी के सामने न कहूंगा, आप इसका निश्चय रखिए।

नकाबपोश–(कुछ सोचकर) मगर हमारा जवाब सुनकर तुम्हें गुस्सा बढ़ आवेगा और ताज्जुब नहीं कि खंजर का वार कर बैठो।

भूतनाथ–नहीं-नहीं, कदापि नहीं, क्योंकि मुझे अब निश्चय हो गया कि आपका यहां आना छिपा नहीं है, अगर मैं आपके साथ कोई बुरा बर्ताव करूंगा तो किसी लायक न रहूंगा।

नकाबपोश–हां, ठीक है और बेशक बात भी ऐसी ही है। (फिर कुछ सोचकर) अच्छा तो अब तुम्हारी उस बात का जवाब देते हैं, सुनो और अपने कलेजे को अच्छी तरह सम्हालो।

भूतनाथ–कहिए मैं हर तरह से सुनने के लिए तैयार हूं।

नकाबपोश–उस पीतलवाली सन्दूकड़ी में जिसके खुलने से तुम डरते हो, जो कुछ है, वह हमारे ही शरीर का खून है, उसे तुम हमारे ही सामने से उठा ले गए थे और हमारा ही नाम 'दलीपशाह' है।

यह एक ऐसी बात थी कि जिसके सुनने की उम्मीद भूतनाथ को नहीं हो सकती थी और न भूतनाथ में इतनी ताकत थी कि ये बातें सुनकर भी अपने को सम्हाले रहता। उसका चेहरा एकदम जर्द पड़ गया, कलेजा भड़कने लगा, हाथ-पैर में कंपकंपी होने लगी, और वह सकते की-सी हालत में ताज्जुब के साथ नकाबपोश के चेहरे पर गौर करने लगा।

नकाबपोश–तुम्हें मेरी बातों पर विश्वास हुआ या नहीं?

भूतनाथ–नहीं, तुम दलीपशाह कदापि नहीं हो सकते, यद्यपि मैंने दलीपशाह की सूरत नहीं देखी है, मगर मैं उसके पहिचानने में गलती नहीं कर सकता और न इसी बात की उम्मीद हो सकती है कि दलीपशाह मुझे माफ कर देगा या मेरे साथ दोस्ती का बर्ताव करेगा।

नकाबपोश–तो मुझे दलीपशाह होने के लिए कुछ और भी सबूत देना पड़ेगा, और उस भयानक रात की ओर इशारा करना पड़ेगा जिस रात को तुमने वह कार्रवाई की थी, जिस रात को घटाटोप अंधेरी छाई हुई थी, बादल गरज रहे थे, बार-बार बिजली चमककर औरतों के कलेजों को दहला रही थी, बल्कि उसी समय एक दफे बिजली तेजी के साथ चमककर पास ही वाले खजूर के पेड़ पर गिरी थी, और तुम स्याह कम्बल की घोंघी लगाए आम की बारी में घुसकर यकायक गायब हो गए थे! कहो कुछ और भी परिचय दूं या बस!

भूतनाथ–(कांपती हुई आवाज में) बस-बस, मैं ऐसी बातें सुना नहीं चाहता। (कुछ रुककर) मगर मेरा दिल यही कह रहा है कि तुम दलीपशाह नहीं हो।

नकाबपोश–हां! तब तो मुझे कुछ और भी कहना पड़ेगा। जिस समय तुम घर के अन्दर घुसे थे तुम्हारे हाथ में स्याह कपड़े का एक बहुत बड़ा लिफाफा था। जब मैंने तुम पर खंजर का वार किया तब वह लिफाफा तुम्हारे हाथ से गिर पड़ा और मैंने उठा लिया जो अभी तक मेरे पास मौजूद है, अगर तुम चाहो तो मैं दिखा सकता हूं।

भूतनाथ–(जिसका बदन डर के मारे कांप रहा था) बस-बस-बस, मैं तुम्हें कह चुका हूं और फिर कहता हूं कि ऐसी बातें सुना नहीं चाहता और न इसके सुनने से मुझे विश्वास ही हो सकता है कि तुम दलीपशाह हो। मुझ पर दया करो और अपनी चलती-फिरती जुबान रोको!

नकाबपोश–अगर विश्वास नहीं हो सकता तो मैं कुछ और भी कहूंगा और अगर तुम न सुनोगे तो अपने साथी को सुनाऊंगा। (अपने साथी नकाबपोश की तरफ देख के) मैं उस समय अपनी चारपाई के पास बैटा कुछ लिख रहा था जब यह भूतनाथ मेरे सामने आकर खड़ा हो गया। कम्बल की घोंघी एक क्षण के लिए इसके आगे की तरफ से हट गई थी और इसके कपड़े पर पड़े खून के छींटे दिखाई दे रहे थे। यद्यपि मेरी तरह इसके चेहरे पर भी नकाब पड़ी हुई थी, मगर मैं खूब समझता था कि यह भूतनाथ है। मैं उठ खड़ा हुआ और फुर्ती के साथ इसके चेहरे पर से नकाब हटाकर इसकी सूरत देख ली। उस समय इसके चेहरे पर भी खून के छींटे पड़े हुए दिखाई दिए। भूतनाथ ने मुझे डांटकर कहा कि 'तुम हट जाओ और मुझे अपना काम करने दो।' तब तक मुझे इस बात की कुछ भी खबर न थी कि यह मेरे पास क्यों आया है और क्या चाहता है। जब मैंने पूछा कि 'तुम क्या किया चाहते हो और मैं यहां से क्यों हट जाऊं' तब इसने मुझ पर खंजर का वार किया क्योंकि यह उस समय बिल्कुल पागल हो रहा था और मालूम होता था कि उस समय अपने-पराये को पहिचान नहीं सकता...

भूतनाथ–(बात काटकर) ओफ, बस करो, वास्तव में उस समय मुझमें अपने-पराये को पहिचानने की ताकत न थी, मैं अपनी गरज में मतवाला और साथ ही इसके अन्धा भी हो रहा था!

नकाबपोश–हां-हां, सो तो मैं खुद ही कह रहा हूं क्योंकि तुमने उस समय अपने प्यारे लड़के को कुछ भी नहीं पहिचाना और रुपये के लालच ने तुम्हें मायारानी के तिलिस्मी दारोगा का हुक्म मानने पर मजबूर किया। (अपने साथी नकाबपोश की तरफ देखकर) उस समय इसकी स्त्री अर्थात् कमला की मां इससे रंज होकर मेरे घर में आई और छिपी हुई थी और जिस चारपाई के पास मैं बैठा हुआ लिख रहा था, उसी पर उसका छोटा बच्चा अर्थात् कमला का छोटा भाई सो रहा था। उसकी मां अन्दर के दालान में भोजन कर रही थी और उसके पास उसकी बहिन अर्थात् भूतनाथ की साली भी बैठी हुई अपने दुःख-दर्द की कहानी के साथ ही इसकी शिकायत भी कर रही थी, उसका छोटा बच्चा उसकी गोद में था, मगर भूतनाथ...

भूतनाथ–(बात काटता हुआ) ओफ-ओफ! बस करो, मैं सुनना नहीं चाहता, तु तु तु तुम मैं...।

इतना कहता हुआ भूतनाथ पागलों की तरह इधर-उधर घूमने लगा और फिर एक चक्कर खाकर जमीन पर गिरने के साथ ही बेहोश हो गया।

चौदहवां बयान

भूतनाथ के बेहोश हो जाने पर दोनों नकाबपोशों ने भूतनाथ के साथियों में से एक को पानी लाने के लिए कहा और जब वह पानी ले आया तो उस नकाबपोश ने, जिसने अपने को दलीपशाह बताया था, अपने हाथ से भूतनाथ को होश में लाने का उद्योग किया। थोड़ी ही देर में भूतनाथ चैतन्य हो गया और नकाबपोश की तरफ देखकर बोला, "मुझसे बड़ी भारी भूल हुई जो आप दोनों को फंसाकर यहां ले आया! आज मेरी हिम्मत बिल्कुट टूट गई और मुझे निश्चय हो गया कि अब मेरी मुराद पूरी नहीं हो सकती और मुझे लाचार होकर अपनी जान दे देनी पड़ेगी।"

नकाबपोश–नहीं-नहीं, भूतनाथ, तुम ऐसा मत सोचो, देखो हम कह चुके हैं और तुम्हें मालूम भी हो चुका है कि हम लोग तुम्हारे ऐबों को खोला नहीं चाहते बल्कि राजा बीरेन्द्रसिंह से तुम्हें माफी दिलाने का बन्दोबस्त कर रहे हैं। फिर तुम इस तरह हताश क्यों होते हो? होश करो और अपने को सम्हालो।

भूतनाथ–ठीक है, मुझे इस बात की आशा हो चली थी कि मेरे ऐब छिपे रह जाएंगे और मैं इसका बन्दोबस्त भी कर चुका था कि वह पीतलवाली सन्दूकड़ी खोली न जाए, मगर अब वह उम्मीद कायम नहीं रह सकती, क्योंकि मैं अपने दुश्मन को अपने सामने मौजूद पाता हूं।

नकाबपोश–बड़े ताज्जुब की बात है कि दरबार में हम लोगों की कैफियत देख-सुनकर भी तुम हमें अपना दुश्मन समझते हो! यदि तुम्हें मेरी बातों का विश्वास न हो तो मैं तुम्हें इजाजत देता हूं कि खुशी से मेरा सिर काटकर पूरी दिलजमई कर लो और अपना शक भी मिटा लो। तब तो तुम्हें अपने भेदों के खुलने का भय न रहेगा?

भूतनाथ–(ताज्जुब से नकाबपोश की सूरत देखकर) दलीपशाह, वास्तव में तुम बड़े ही दिलावर शेर-मर्द, रहमदिल और नेक आदमी हो। क्या सचमुच तुम मेरे कसूरों को माफ करते हो?

नकाबपोश–हां-हां, मैं सच कहता हूं कि मैंने तुम्हारे कसूरों को माफ कर दिया, बल्कि दो रईसों के सामने इस बात की कसम खा चुका हूं।

भूतनाथ–वे दोनों रईस कौन हैं?

नकाबपोश–जिनके कब्जे में इस समय हम लोग हैं और जो नित्य महाराज साहब के दरबार में जाया करते हैं।

भूतनाथ–क्या राजा साहब के दरबार में जानेवाले नकाबपोश कोई दूसरे हैं, आप नहीं, या उस दिन दरबार में आप नहीं थे जिस दिन आपकी सूरत देखकर जैपाल घबड़ाया था?

नकाबपोश–हां बेशक, वे नकाबपोश दूसरे हैं और समय-समय पर नकाब डालने के अतिरिक्त सूरतें भी बदलकर जाया करते हैं। उस दिन वे हमारी सूरत बनकर दरबार में गए थे।

भूतनाथ–वे दोनों कौन हैं?

नकाबपोश–यही तो एक बात है जिसे हम लोग खोल नहीं सकते, मगर तुम घबड़ाते क्यों हो? जिस दिन उनकी असली सूरत देखोगे खुश हो जाओगे, तुम ही नहीं बल्कि कुल दरबारियों को और महाराज साहब को भी खुशी होगी, क्योंकि वे दोनों नकाबपोश कोई साधारण व्यक्ति नहीं।

भूतनाथ–मेरे इस भेद को वे दोनों जानते हैं या नहीं?

नकाबपोश–फिर तुम उसी तरह की बातें पूछने लगे।

भूतनाथ–अच्छा अब न पूछूंगा, मगर अंदाज से मालूम होता है कि जब आप उनके सामने भेद छिपाने की कसम खा चुके हैं तो वे इस भेद को जानते जरूर होंगे। खैर, जब आप कहते ही हैं कि मेरा भेद छिपा रह जाएगा तो मुझे घबड़ाना न चाहिए। मगर मैं फिर यही कहूंगा कि आप दलीपशाह नहीं हैं।

नकाबपोश–(खिलखिलाकर हंसने के बाद) तब तो फिर मुझे कुछ और कहना पड़ेगा। वाह, तुम्हारी स्त्री बड़ी नेक थी, जो कुछ तुमने उसके सामने किया...

भूतनाथ–(नकाबपोश के मुंह पर हाथ रखकर) बस-बस-बस, मैं कुछ भी सुना नहीं चाहता, यह कैसी माफी है कि आप अपनी जुबान नहीं रोकते!

इतने ही में पत्थरों की आड़ में से एक आदमी निकलकर बाहर आया और यह कहता हुआ भूतनाथ के सामने खड़ा हो गया, "तुम उन्हें भले ही रोक दो, मगर मैं उन बातों की याद दिलाए बिना नहीं रह सकता!"

हम नहीं कह सकते कि इस नए आदमी को यहां आए कितनी देर हुई या यह कब से पत्थरों की आड़ में छिपा हुआ इन दोनों की बातें सुन रहा था, मगर भूतनाथ उसे यकायक अपने सामने देखकर चौंक पड़ा और घबड़ाहट तथा परेशानी के साथ उसकी सूरत देखने लगा। यह देख उस आदमी ने जान-बूझकर रोशनी के सामने अपनी सूरत कर दी जिसमें पहिचानने के लिए भूतनाथ को तकलीफ न करनी पड़े। यह वही आदमी था जिसे भूतनाथ ने नकाबपोशों के मकान में सूराख के अंदर से झांककर देखा था और जिसने नकाबपोशों के सामने एक बड़ी-सी तस्वीर पेश करके कहा था कि 'कृपानाथ, बस मैं इसी का दावा भूतनाथ पर करूंगा।'

इस आदमी को देखकर भूतनाथ पहिले से भी ज्यादे घबड़ा गया। उसके बदन का खून बर्फ की तरह जम गया और उसमें हाथ-पैर हिलाने की ताकत बिल्कुल न रही। उस आदमी ने पुनः कड़ककर भूतनाथ से कहा, "ये नकाबपोश साहब तुम्हारी बात मानकर चाहे चुप रह जाएं, मगर मैं उन बातों को अच्छी तरह याद दिलाए

बिना न रहूंगा, जिन्हें सुनने की ताकत तुममें नहीं है। अगर तुम इनको दलीपशाह नहीं मानते तो मुझे दलीपशाह मानने में तुम्हें कोई उज्र भी न होगा।"

भूतनाथ यद्यपि आश्चर्यमय घटनाओं का शिकार हो रहा था और एक तौर पर खौफ, तरद्दुद, परेशानी और नाउम्मीदी ने उसे चारों तरफ से आकर घेर लिया था, मगर फिर भी उसने कोशिश करके अपने होश-हवास दुरुस्त किए और उस नए आए दलीपशाह की तरफ देखकर कहा, "बहुत खासे! एक दलीपशाह ने तो परेशान ही कर रक्खा था अब आप दूसरे दलीपशाह भी आ पहुंचे! थोड़ी देर में कोई तीसरे दलीपशाह भी आ जाएंगे, फिर मैं काहे को किसी से दो बातें कर सकूंगा। (पुराने दलीपशाह की तरफ देखकर) अब बताइए दलीपशाह आप हैं या ये?"

पुराना दलीप–तुम इतने ही में घबड़ा गए! हमारे यहां जितने नकाबपोश हैं, सभी अपना नाम दलीपशाह बताने के लिए तैयार होंगे, मगर तुम्हें अपनी अक्ल से पहिचानना चाहिए कि वास्तव में दलीपशाह कौन है।

भूतनाथ–इस कहने का मतलब तो यही है कि आप लोग सच नहीं बोलते?

पुराना दलीप–जो बातें हमने तुमसे कहीं, क्या वे झूठ हैं?

नया दलीप–या मैं जो कुछ कहूंगा वह झूठ होगा! अच्छा सुनो, मैं एक दिन का जिक्र करता हूं जब तुम ठीक दोपहर के समय उसी पीतलवाली सन्दूकड़ी को बगल में छिपाए रोहतासगढ़ की तरफ भागे जा रहे थे। जब तुम्हें प्यास लगी, तब तुम एक ऊंचे जगतवाले कुएं पर पानी पीने के लिए ठहर गए, जिस पर एक पुराने नीम के पेड़ की सुन्दर छाया पड़ रही थी। कुएं की जगत में नीचे की तरफ एक खुली कोठरी थी और उसमें एक मुसाफिर गर्मी की तकलीफ मिटाने की नीयत से लेटा हुआ तुम्हारे ही बारे में तरह-तरह की बातें सोच रहा था। तुम्हें उस आदमी के वहां मौजूद रहने का गुमान भी न था, मगर उसने तुम्हें कुएं पर जाते हुए देख लिया, अस्तु, वह इस फिक्र में पड़ गया कि तुम्हारी छोटी-सी गठरी में क्या चीज है, इसे मालूम करे और अगर उसमें कोई चीज उसके मतलब की हो तो उसे निकाल ले। उस समय उस आदमी की सूरत ऐसी न थी कि तुम उसे पहिचान सकते बल्कि वह ठीक एक देहाती पंडित की सूरत में था, क्योंकि वह वास्तव में एक ऐयार था, अस्तु, वह हाथ में लोटा लिये हुए कोठरी के बाहर निकला और उस ठिकाने गया जहां तुम कुएं में झुककर पानी खींच रहे थे। तुम्हें इस बात का गुमान भी न था कि वह तुम्हारे साथ दगा करेगा, मगर उसने पीछे से तुम्हें ऐसा धक्का दिया कि तुम कुएं के अन्दर जा रहे और उसने तुम्हारे ऐयारी के बटुए पर कब्जा करके जो कुछ अन्दर था, उसे अच्छी तरह देख और समझ लिया बल्कि कुछ ले भी लिया। क्या तुम्हें आज तक मालूम भी हुआ कि वह कौन था?

भूतनाथ–(ताज्जुब से) नहीं, मैं अभी तक न जान सका कि वह कौन था, मगर इन बातों के कहने से तुम्हारा मतलब ही क्या है?

नया दलीप—मतलब यही है कि तुम जान जाओ कि इस समय वही आदमी तुम्हारे सामने खड़ा है।

भूतनाथ—(क्रोध से खंजर निकालकर) क्या वह तुम ही थे?

नया दलीप—(खंजर का जवाब खंजर ही से देने के लिए तैयार होकर) बेशक मैं ही था और मैंने तुम्हारे बटुए में क्या-क्या देखा, सो भी इस समय बयान करूंगा।

पहिला दलीप—(भूतनाथ को डपटकर) बस खबरदार, होश में आओ और अपनी करतूतों पर ध्यान दो। हमने पहिले ही कह दिया था कि तुम क्रोध में आकर अपने को बर्बाद कर दोगे। बेशक, तुम बर्बाद हो जाओगे और कौड़ी काम के न रहोगे, साथ ही इसके यह भी समझ रखना कि तुम दलीपशाह का कुछ भी नहीं बिगाड़ सकते और न उसे तुम्हारे तिलिस्मी खंजर की परवाह है।

भूतनाथ—मैं आपसे किसी तरह तकरार नहीं करता, मगर इसको सजा दिए बिना भी न रहूंगा, क्योंकि इसने मेरे साथ दगा करके मुझे बड़ा नुकसान पहुंचाया है और यही वह शख्स है जो मुझ पर दावा करनेवाला है, अस्तु, हमारे-इसके बीच इसी जगह सफाई हो जाए तो बेहतर है।

पहिला दलीप—खैर, जब तुम्हारी बदकिस्मती आ ही गई है तो हम कुछ नहीं कह सकते, तुम लड़ के देख लो और जो कुछ बदा है भोगो, मगर साथ ही इसके यह भी सोच लो कि तुम्हारी तरह इसके और मेरे हाथ में भी तिलिस्मी खंजर है और इन खंजरों की चमक में तुम्हारे आदमी तुम्हें कुछ भी मदद नहीं पहुंचा सकते।

भूतनाथ—(कुछ सोचकर और रुकके) तो क्या आप इसकी मदद करेंगे?

पहिला दलीप—बेशक!

भूतनाथ—आप तो मेरे सहायक हैं?

पहिला दलीप—मगर इतने नहीं कि अपने साथियों को नुकसान पहुंचावें।

भूतनाथ—आखिर ये जब मुझे नुकसान पहुंचाने के लिए तैयार हैं तो क्या किया जाए?

पहिला दलीप—इनसे भी माफी की उम्मीद करो, क्योंकि हम लोगों के सरदार तुम्हारे पक्षपाती हैं।

भूतनाथ—(खंजर म्यान में रखकर) अच्छा अब हम आपकी मेहरबानी पर भरोसा करते हैं, जो चाहे कीजिए।

पहिला दलीप—(नए दलीप से) आओ जी, तुम मेरे पास बैठ जाओ।

नया दलीप—मैं तो इससे लड़ता ही नहीं, मुझे क्या कहते हो? लो मैं तुम्हारे पास बैठ जाता हूं, मगर यह तो बताओ कि अब इसी भूतनाथ के कब्जे में पड़े रहोगे, या यहां से चलोगे भी?

पहिला दलीप—(भूतनाथ से) कहो अब मेरे साथ क्या सलूक किया चाहते हो? तुम्हें मुनासिब तो यही है कि हमें कैद करके दरबार में ले चलो।

भूतनाथ–नहीं, मुझमें इतनी हिम्मत नहीं है बल्कि आप मुझे माफी की उम्मीद दिलाइए तो मैं यहां से चला जाऊं।

पहिला दलीप–हां, तुम माफी की उम्मीद कर सकते हो, मगर इस शर्त पर कि अब हम लोगों का पीछा न करोगे!

भूतनाथ–नहीं, अब ऐसा न करूंगा। चलिए, मैं आपको आपके ठिकाने पहुंचा दूं।

नया दलीप–हमें अपना रास्ता मालूम है। किसी मदद की जरूरत नहीं।

इतना कहकर नया दलीपशाह उठ खड़ा हुआ और साथ ही वे दोनों नकाबपोश भी, जिन्हें भूतनाथ बेहोश करके लाया था, उठे और अपने मकान की तरफ चल पड़े।

पन्द्रहवां बयान

महाराज सुरेन्द्रसिंह के दरबार में दोनों नकाबपोश दूसरे दिन नहीं आए, बल्कि तीसरे दिन आए और आज्ञानुसार बैठ जाने पर अपनी गैरहाजिरी का सबब एक नकाबपोश ने इस तरह बयान किया–

''भैरोसिंह और तारासिंह को साथ लेकर यद्यपि हम लोग इन्द्रजीतसिंह और आनन्दसिंह के पास गए थे, मगर रास्ते में कई तरह की तकलीफ हो जाने के कारण जुकाम (सर्दी) और बुखार के शिकार बन गए, गले में दर्द और रेजिश के सबब साफ बोला नहीं जाता था बल्कि अभी तक आवाज साफ नहीं हुई, इसीलिए कुंअर इन्द्रजीतसिंह ने जोर देकर हम लोगों को रोक लिया और दो दिन अपने पास से हटने न दिया, लाचार हम लोग हाजिर न हो सके, बल्कि उन्होंने एक चीठी भी महाराज के नाम की दी है।''

यह कहके नकाबपोश ने एक चीठी जेब से निकाली और उठकर महाराज के हाथ में दे दी। महाराज ने बड़ी प्रसन्नता से वह चीठी जो खास इन्द्रजीतसिंह के हाथ की लिखी हुई थी, पढ़ी और इसके बाद बारी-बारी से सभों के हाथ में वह चीठी घूमी। उसमें यह लिखा हुआ था–

प्रणाम इत्यादि के बाद

''आपके आशीर्वाद से हम लोग प्रसन्न हैं। दोनों ऐयारों के न होने से जो तकलीफ थी, अब वह भी जाती रही। रामसिंह और लक्ष्मणसिंह ने हम लोगों की बड़ी मदद की इसमें कोई सन्देह नहीं। हम लोग तिलिस्म का बहुत ज्यादे काम खत्म कर चुके हैं। आशा है कि आज के तीसरे दिन हम दोनों भाई आपकी सेवा में उपस्थित होंगे और इसके बाद जो कुछ तिलिस्म का काम बचा हुआ है, उसे आपकी सेवा में रहकर ही पूरा करेंगे। हम दोनों की इच्छा है कि तब तक आप कैदियों का मुकदमा

भी बन्द रक्खें, क्योंकि उसके देखने और सुनने के लिए हम दोनों बेचैन हो रहे हैं। उपस्थित होने पर हम दोनों अपना अनूठा हाल भी अर्ज करेंगे।"

इस चीठी को पढ़कर और यह जानकर सभी प्रसन्न हुए कि अब कुंअर इन्द्रजीतसिंह और आनन्दसिंह आया ही चाहते हैं। इसी तरह इस उपन्यास के प्रेमी पाठक भी जानकर प्रसन्न होंगे कि अब यह उपन्यास भी शीघ्र ही समाप्त हुआ चाहता है। अस्तु, कुछ देर तक खुशी के चर्चे होते रहे और इसके बाद पुनः नकाबपोशों से बातचीत होने लगी–

एक नकाबपोश–भूतनाथ लौटकर आया या नहीं?

तेज–ताज्जुब है कि अभी तक भूतनाथ नहीं आया। शायद आपके साथियों ने उसे...

नकाबपोश–नहीं-नहीं, हमारे साथी लोग उसे दुःख नहीं देंगे, मुझे तो विश्वास था कि भूतनाथ आ गया होगा क्योंकि वे दोनों नकाबपोश लौटकर हमारे यहां पहुंच गए, जिन्हें भूतनाथ गिरफ्तार करके ले गया था। मगर अब शक होता है कि भूतनाथ पुनः किसी फेर में तो नहीं पड़ गया या उसे पुनः हमारे किसी साथी को पकड़ने का शौक तो नहीं हुआ!

तेज–आपके साथी ने लौटकर अपना हाल तो कहा होगा?

नकाबपोश–जी हां, कुछ हाल कहा था, जिससे मालूम हुआ कि उन दोनों को गिरफ्तार करके ले जाने पर भूतनाथ को पछताना पड़ा।

तेज–क्या आप बता सकते हैं कि क्या-क्या हुआ?

नकाबपोश–बता सकते हैं, मगर यह बात भूतनाथ को नापसन्द होगी, क्योंकि भूतनाथ को उन लोगों ने उसके पुराने ऐबों को बताकर डरा दिया था और इसी सबब से वह उन नकाबपोशों का कुछ बिगाड़ न सका। हां, हम लोग उन दोनों नकाबपोशों को अपने साथ यहां ले आए हैं, यह सोचकर कि भूतनाथ यहां आ गया होगा। अस्तु, उनका मुकाबिला हुजूर के सामने करा दिया जाएगा।

तेज–हां! वे दोनों नकाबपोश कहां हैं?

नकाबपोश–बाहर फाटक पर उन्हें छोड़ आया हूं, किसी को हुक्म दिया जाए, बुला लावे।

इशारा पाते ही एक चोबदार उन्हें बुलाने के लिए चला गया, और उसी समय भूतनाथ भी दरबार में हाजिर होता दिखाई दिया। कौतुक की निगाह से सभों ने भूतनाथ को देखा। भूतनाथ ने सभों को सलाम किया और आज्ञानुसार देवीसिंह के बगल में बैठ गया।

जिस समय भूतनाथ इस इमारत की ड्योढ़ी पर आया था, उसी समय उन दोनों नकाबपोशों को फाटक पर टहलता हुआ देखकर चौंक पड़ा था। यद्यपि उन दोनों के चेहरे नकाब से खाली न थे, मगर फिर भी भूतनाथ ने उन्हें पहिचान लिया कि ये

दोनों वही नकाबपोश हैं, जिन्हें हम फंसा ले गए थे, अपने धड़कते कलेजे और परेशान दिमाग को लिये हुए भूतनाथ फाटक के अन्दर चला गया और दरबार में हाजिर होकर उसने दोनों सरदार नकाबपोशों को देखा।

एक नकाबपोश–कहो भूतनाथ, अच्छे तो हो?

भूतनाथ–हुजूर लोगों के इकबाल से जिन्दा हूं, मगर दिन-रात इसी सोच में पड़ा रहता हूं कि प्रायश्चित करने या क्षमा मांगने से ईश्वर भी अपने भक्तों के पापों को क्षमा कर देता है, परन्तु मनुष्यों में वह बात क्यों नहीं पाई जाती!

नकाबपोश–जो लोग ईश्वर के भक्त हैं और जो निर्गुण और सगुण सर्वशक्तिमान जगदीश्वर का भरोसा रखते हैं, वे जीवमात्र के साथ वैसा ही बर्ताव करते हैं जैसा ईश्वर चाहता है या जैसा कि हरिइच्छा समझी जाती है। अगर तुमने सच्चे दिल से परमात्मा से क्षमा मांग ली और अब तुम्हारी नीयत साफ है तो तुम्हें किसी तरह का दुःख नहीं मिल सकता, अगर कुछ निलता है तो इसका कारण तुम्हारे चित्त का विकार है। तुम्हारे चित्त में अभी तक शान्ति नहीं हुई और तुम एकाग्र होकर उचित कार्यों की तरफ ध्यान नहीं देते इसलिए तुम्हें सुख प्राप्त नहीं होता। अब हमारा कहना इतना ही है कि तुम शान्ति के स्वरूप बनो और ज्यादे खोजबीन के फेर में न पड़ो। यदि तुम इस बात को मानोगे तो निःसन्देह अच्छे रहोगे और तुम्हें किसी तरह का कष्ट न होगा।

भूतनाथ–निःसन्देह आप उचित कहते हैं।

देवीसिंह–भूतनाथ, तुम्हें यह सुनकर प्रसन्न होना चाहिए कि दो-ही-तीन दिन में कुंअर इन्द्रजीतसिंह और आनन्दसिंह आनेवाले हैं!

भूतनाथ–(ताज्जुब से) यह कैसे मालूम हुआ!

देवीसिंह–उनकी चीठी आई है।

भूतनाथ–कौन लाया है?

देवीसिंह–(नकाबपोशों की तरफ बताकर) ये ही लाए हैं।

भूतनाथ–क्या मैं उस चीठी को देख सकता हूं?

देवीसिंह–अवश्य।

इतना कह देवीसिंह ने कुंअर इन्द्रजीतसिंह की चीठी भूतनाथ के हाथ में दे दी। भूतनाथ ने प्रसन्नता के साथ पढ़कर कहा; "अब सब बखेड़ा तै हो जाएगा!"

जीत–(महाराज का इशारा पाकर भूतनाथ से) भूतनाथ, तुम्हें महाराज की तरफ से किसी तरह का खौफ न करना चाहिए, क्योंकि महाराज आज्ञा दे चुके हैं कि तुम्हारे ऐबों पर ध्यान न देंगे और देवीसिंह, जिन्हें महाराज अपना अंग समझते हैं, तुम्हें अपने भाई के बराबर मानते हैं। अच्छा यह बताओ कि तुम्हारे लौट आने में इतना विलम्ब क्यों हुआ, क्योंकि जिन दो नकाबपोशों को गिरफ्तार करके ले गए थे, उन्हें अपने घर लौटे दो दिन हो गए।

भूतनाथ कुछ जवाब देना ही चाहता था कि वे दोनों नकाबपोश भी हाजिर हुए जिन्हें बुलाने के लिए चोबदार गया था। जब वे दोनों सभों को सलाम करके आज्ञानुसार बैठ गए तब भूतनाथ ने जवाब दिया–

"(दोनों नकाबपोशों की तरफ बताकर) जहां तक मैं खयाल करता हूं ये दोनों नकाबपोश वे ही हैं, जिन्हें मैं गिरफ्तार करके ले गया था। (नकाबपोशों से) क्यों साहबो?"

एक नकाबपोश–ठीक है मगर हम लोगों को ले जाकर तुमने क्या किया, सो महाराज को मालूम नहीं है।

भूतनाथ–हम लोग एक साथ ही अपने-अपने स्थान की तरफ रवाना हुए थे, ये दोनों तो बेखटके अपने घर पहुंच गए होंगे, मगर मैं एक विचित्र तमाशे के फेर में पड़ गया था।

जीत–वह क्या?

भूतनाथ–(कुछ संकोच के साथ) क्या कहूं, कहते शर्म मालूम होती है!

देवीसिंह–ऐयारों को किसी घटना के कहने में शर्म न होनी चाहिए चाहे उन्हें अपनी दुर्गति का हाल ही क्यों न कहना पड़े, और यहां कोई गैर शख्स भी बैठा हुआ नहीं है, ये नकाबपोश साहब भी अपने ही हैं, तुम खुद देख चुके हो कि कुंअर इन्द्रजीतसिंह ने इनके बारे में क्या लिखा है।

भूतनाथ–ठीक है मगर...खैर जो होगा देखा जाएगा, मैं बयान करता हूं, सुनिए, इन नकाबपोशों को बिदा करने के बाद जिस समय मैं वहां से रवाना हुआ, रात आधी से कुछ ज्यादा जा चुकी थी। जब मैं 'पिपलिया' वाले जंगल में पहुंचा जो यहां से दो-ढाई कोस होगा, तो गाने की मधुर आवाज मेरे कानों में पड़ी और मैं ताज्जुब से चारों तरफ गौर करने लगा। मालूम हुआ कि दाहिनी तरफ से आवाज आ रही है। अस्तु, मैं रास्ता छोड़ धीरे-धीरे दाहिनी तरफ चला और गौर से उस आवाज को सुनने लगा। जैसे-जैसे आगे बढ़ता था, आवज साफ होती जाती थी और यह भी जान पड़ता था कि मैं इस आवाज से अपरिचित नहीं, बल्कि कई दफे सुन चुका हूं, अस्तु, उत्कण्ठा के साथ कदम बढ़ाकर चलने लगा। कुछ और आगे जाने के बाद मालूम हुआ कि दो औरतें मिलकर बारी-बारी से गा रही हैं जिनमें से एक की आवाज पहिचानी हुई है। जब उस ठिकाने पहुंच गया, जहां से आवाज आ रही थी तो देखा कि बड़ के एक बड़े और पुराने पेड के ऊपर कई औरतें चढ़ी हुई हैं, जिनमें दो औरतें गा रही हैं। वहां बहुत अन्धकार हो रहा था इसलिए इस बात का पता नहीं लग सकता था कि वे औरतें कौन, कैसी और किस रंग-ढंग की हैं तथा उनका पहिरावा कैसा है। मैं भले-बुरे का कुछ खयाल न करके उस पेड़ के नीचे चला गया और तिलिस्मी खंजर अपने हाथ में लेकर रोशनी के लिए उसका कब्जा दबाया। उसकी तेज रोशनी से चारों तरफ उजाला हो गया और पेड़ पर चढ़ी हुई वे औरतें साफ

दिखाई देने लगीं। मैं उनके पहिचानने की कोशिश कर ही रहा था कि यकायक उस पेड़ के चारों तरफ चक्र की तरह आग भभक उठी और तुरत ही बुझ गई। जैसे किसी ने बारूद की लकीर में आग लगा दी हो और वह भक से उड़ जाने के बाद केवल धुआं-ही-धुआं रह जाए ठीक वैसा ही मालूम हुआ। आग बुझ जाने के साथ ही ऐसा जहरीला और कडुआ धुआं फैला कि मेरी तबीयत घबड़ा गई और मैं समझ गया कि इसमें बेहोशी का असर जरूर है और मेरे साथ ऐयारी की गई। बहुत कोशिश की, मगर मैं अपने को सम्हाल न सका और बेहोश होकर जमीन पर गिर पड़ा।

मैं नहीं कह सकता कि बेहोश होने के बाद मेरे साथ कैसा सलूक किया गया, हां, जब मैं होश में आया और मेरी आंखें खुलीं तो मैंने एक सुन्दर सजे हुए कमरे में अपने को हथकड़ी-बेड़ी से मजबूर पाया। उस समय कमरे में रोशनी बखूबी हो रही थी और मेरे सामने साफ फर्श के ऊपर कई औरतें बैठी हुई थीं, जिनमें मेरी औरत ऊंची गद्दी पर बैठी हुई उन सभों की सरदार मालूम पड़ती थी।

॥ बीसवां भाग समाप्त ॥